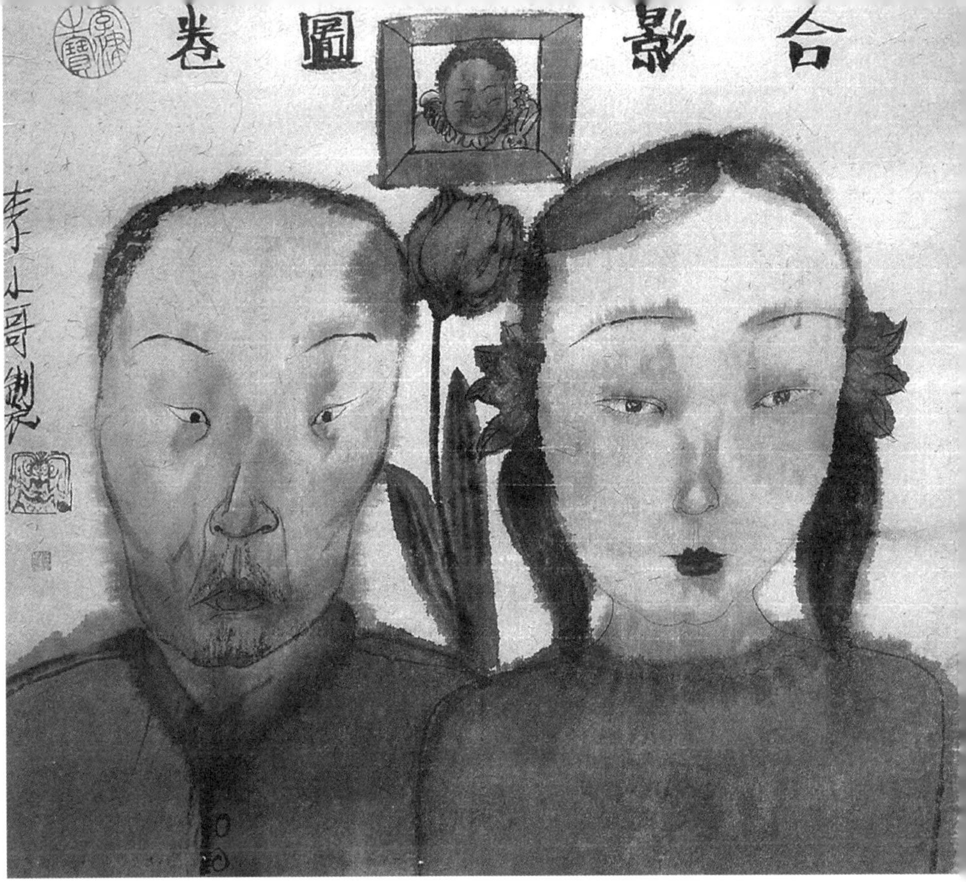

浪漫时代

Romantic Times

戴谙 著

天津出版传媒集团
百花文艺出版社

图书在版编目（CIP）数据

浪漫时代 / 戴谙著. -- 天津：百花文艺出版社，2014.1
ISBN 978-7-5306-6428-5

Ⅰ. ①浪… Ⅱ. ①戴… Ⅲ. ①长篇小说-中国-当代 Ⅳ. ①I247.5

中国版本图书馆 CIP 数据核字(2013)第 307395 号

选题策划： 李华敏　高为　**责任编辑：** 高为　徐福伟
封面设计： 易水　**版式设计：** 郭亚红　**责任校对：** 魏红玲

出版人： 李华敏
出版发行： 百花文艺出版社
地址： 天津市和平区西康路 35 号　**邮编：** 300051
电话传真： +86-22-23332651（发行部）
+86-22-23332656（总编室）
+86-22-23332478（邮购部）
主页： http://www.bhpubl.com.cn
印刷： 天津新华二印刷有限公司
开本： 787×1092 毫米　1/16
字数： 288 千字　**插页：** 7
印张： 26.75
版次： 2014 年1 月第1 版
印次： 2014 年1 月第1 次印刷
定价： 48.00 元

目录

上篇　光荣

下篇 梦想

上篇

光荣

引　子

林欢和青果正弓着背在山坡下的菜园子里忙活，就听见女儿乖乖站在坡顶房廊子上不耐烦地大喊:“Mom,电话！”喊完,摔门就进了楼。

青果直起腰来,拍了下手中的泥,对林欢说:“你一会儿进屋把你的脏鞋脱在外面,不要把我的波斯古董地毯搞得都是泥。”

林欢正在低头埋一棵西红柿秧子,没理她。

青果冲他又喊了一嗓子,林欢才抬起头来笑道:“哎哟,你的地毯就那么金贵,我的鞋就不配踩在上面啊?”

“谁让你穿着你的高级鞋跑到泥地里呢?听见没,不管什么鞋都给我脱到外面去！”

“霸道。”林欢低头小声嘟囔一句,青果笑着扭身走了。

没一会儿,林欢进了家门,把鞋脱在门外,光着脚丫进屋,刚要张嘴问,就见青果眼泪汪汪地坐在厨房里,他过去一把抓过她的胳膊紧张地问:“怎么了?家里又出事了?”

青果摇头:“欢欢,你知道刚才谁来电话吗?”

“谁啊?”

“老支书！他告诉我李心走了……”

“什么?！”

“李心走了,他跑到四川去赈灾,把自己留在那里了。”

“真的?！”林欢倒吸了口凉气,也叫了起来。

青果木呆着两眼,喃喃道:“是真的,欢欢,是真的,我知道他也就是这样一个结局,这个结局其实是他想要的,”又抬头说,“我跟你说过,去年回去跟他在电话里吵了一架,就觉得情况不妙,这个结局不奇怪。”

“唉！李心这人太特别了,咱们中国其实需要这样的人,死了太可惜,要说拿多少人跟他换都值啊！”林欢叹一声。

“可他把自己逼到这样一个境地,走也是必然。”青果说完眼泪涌了出来。

林欢忙拿袖子给她拭泪:“傻子,你别把自己伤着,人死了不能复生。”

没等他说完,青果红着眼说:“我要去送他,我们同学和社科院要在北京开追悼会,下个星期二,我要去送他。”

林欢推开她问:“你想好了,真要回去?”

“嗯,我都跟支书说了。”

“妈妈你不要去！我不想让你去！”一直站在旁边的乖乖发话了。

林欢一听笑了问:“怎么了,乖乖?”

“下个星期我在学校里的Show开演,我们都排了一个学期,妈妈要走了就看不到了。”

青果摇头冲着孩子苦笑："乖，我们让爸爸录下来行吗？等回来看，妈要不去送这个同学，就再也没有机会了，妈都后悔去年因为跟他吵架，没去见他，要是这回再不见他，妈妈可能要后悔一辈子。"

林欢低头看着女儿说："我们就让你妈去吧，要不然她在这里这也不对，那也不对，到头来整天跟我们发脾气，骂我们，那我们岂不更倒霉？"

说得青果破涕为笑。

小树林野展

"青果！青果！"Jenny在宿舍窗户下狂喊，把青果从梦中惊醒。

"唉——"她马上朝窗户方向答应了一声，知道Jenny又有什么好事情要说，不是哪个系有舞会就是有什么热闹的事情，真是十处敲锣九处在，没有她不去凑的热闹！得，觉也别睡了，她睡眼惺忪地从床上起来，穿着粉红色带小绣花的确良睡裙，快步走到窗口，没好气地冲下面喊："小声点，没看见人家都在睡觉吗？"

"还睡啊！你就睡死吧！你看看谁还在睡觉？都几点了？"Jenny在楼下仰着脸，身上穿着镂空绣花白亚麻布立领小短袖，下面配自己缝的齐大腿鲜红色百褶短裙，戴着同样鲜红色毛巾布做的帽圈，瞪着眼，急得挥手舞脚。

青果见了"扑哧"一声笑出来，回头扫一眼，同屋张红的床上，被子叠得整整齐齐，空无一人。她忙把枕头下的手表掏出来，一看，哟！可不是嘛，都3:00了，怪不得！她向下招手："上来！上来！我还没穿衣服呢！"

没一会儿，"噔噔"的脚步声在楼道里响起来了，就听"咣"的一声，门被一脚踹开，Jenny涨红了脸，气冲冲地进来。青果正把一条牛仔裤往上拉，笑骂："轻点行不行？别把你的武术腿踢在我们门上，看把我们门踢个洞！"

Jenny冲进屋，把头上的帽圈摘下来往青果床上一扔，一歪身倒在被子上，笑说："你个懒人，没见过你这么懒的，除了床你没别的地方去了？你就长在上面吧？！"

"你真是，管天管地，还管人家睡觉！"青果一边系衣扣，一件浅蓝色圆翻领细布短袖，领口有橘黄色小绣花，一边看着她问："又有什么事情？看你忙的，你就是个'无事忙'！"

Jenny猛地翻身起来，大眼睛闪着光："中文系的人在食堂贴了广告呢，今儿下午翠湖公园前的小树林子里，美院的人在那里搞展览，你还在睡大觉，人都跑光了！"

"是吗？这是什么时候的事儿？我怎么没看见通知？"青果听了也兴奋起来。

Jenny又往后一躺，撇嘴："你看见，等你看见黄花菜都凉了！人家都贴了两天了！"

青果赶紧蹬上麻绳编底、红色帆布面凉鞋，见Jenny穿着一双黄色塑料拖鞋，就问："你这帽子裙子倒对，你那双红的鞋呢？"

“断了！昨天断的。”

“我说你吧，就是个铁脚！什么都不够你作的！武术脚！”

Jenny一欠身，拽着她一只手起来，说：“快走吧，就你啰唆！”

两人骑上车就往校南门去。这翠湖公园就在校南门外，只需五分钟，被N大的人叫作后花园，建于“文革”期间，当时的军人们在路旁密植白桦树，现如今已森森然一片。六月下午的太阳明晃晃，照得人眼花，好在还不算闷热，不过两人还没到校门口，脸上都冒小细汗珠了。一出南校门，跨过马路便是直通翠湖公园的林荫大道。青果一进林荫大道就大呼一口气，就听Jenny在耳边大声说：“哎——青果，快看！就在那里！”

青果顺她手看过去，远远见左手边白桦树林子里，两米来高的白布把林子围了起来，足有一个篮球场那么大。林子里人头攒动，人声嘈杂，一队队的自行车穿进穿出。围子口向着马路，门口横七竖八堆满了自行车。Jenny见了急得叫：“晚了！晚了！”

两人忙忙慌慌把车子扔在围子口，Jenny等不及青果把车锁好，拽了她就往场子里跑。

场子里挤满了人，围口处设有大案子，一群衣着时髦的男学生聚集在那里，老远就看见这伙人与众不同：他们留着长发，蓄着胡须，要不就秃瓢，远处望去黑压压的一片军绿色和黑色。T恤，牛仔，带兜军马裤，大头军鞋，有外语字母的鲜艳棒球帽跟他们的主人一样在树林子里招摇，他们各个不是嘴叼着烟就是手拿着啤酒瓶子。青果心里想，美院的人就是不一样，他们站在那里就一个离经叛道文艺范儿，不像这林子里她们学校的人，更别提T大理工科的人了，瞧那一片一片的确良白衬衣和眼镜片子的反光，不用猜就知道准是他们。

闪着阳光的白桦树叶在人们头顶上哗哗作响，画就挂在下面笔直的白桦树上，一棵树一幅，一些画热情似火，红、黄、蓝、绿，有点凡·高的样子，大笔触，大块颜色，画着风景；另一些沉稳、严肃、黑蓝基调，画的是西藏的人物和场景。下午的阳光穿过树叶洒下来，在画上跳跃，让每幅画看起来更加色彩斑斓，光彩夺目。人们挤在树间，擦着汗，谈笑着，踩在树下的杂草和陈年落叶上，尘土扬起来，薄薄一层弥漫在空中，被透过树叶的阳光变成一束束尘埃光柱，交叉穿射在林中，整个林子像是笼罩在光光点点的迷阵里。林中的空气有点发闷，带着些微尘土呛鼻味儿，再加上树林里特有的腐叶味儿，杂草和树叶的清香，还有人们身上的汗酸味儿，一个场子像罩在闷热的纱帐里。青果拉着Jenny一棵树一棵树地看，她恍惚起来，觉得似乎穿梭在一个离奇的梦境里，不对，应该说画里，那幅著名的印象派名画，记得那画里艺术家和众多人物在林子里悠闲取乐，好不快活，今儿这也轻松热烈，她擦擦额头上的汗想。

林子深处，一个蓄着齐脖子长发，戴白色塑料圆眼镜的男子，站在一个树墩上，清瘦的一张脸跟他的白短袖衬衣一样苍白，正挥手朗诵，声音又尖又细，他的周围围满了人。

中国,我的钥匙丢了,
那是十多年前,
我沿着红色大街疯狂地奔跑,
我跑到了郊外的荒野上欢叫,
后来,我的钥匙丢了。
心灵,苦难的心灵,
不愿再流浪了,
我想回家
…………

两人走到围观的人群外面,听他朗诵。Jenny说:“还真有人在这里表演啊?这不是梁小斌那首有名的诗吗?”

青果点头,转身不远处见李心和他们宿舍的老王、小张、小谢、小周正站在一幅西藏人物画前讨论,李心穿着白衬衣、牛仔裤,站在一堆人里,就显得他又高又瘦。她拉Jenny走出人群,走到几位同学旁,冲李心说:“好啊!有好事情也不告诉我,就你自己跑来玩儿的?要不是Jenny,我们怕是看不到这个展览了!”

“你自己想想这两天都干什么了?我连你影子都没见着!”李心嘴角露出了一丝儿笑意,他脸色苍白,深褐色的头发干涩支棱着立在头顶,一双细长的单眼皮三角眼睛略往里眍,带着点儿倦意,这会儿因见了她,闪着光彩。

青果想想,是的,有两天没去上课了,一直在看一本新书,昆德拉的《生命中不能承受之轻》,昨天看了一天,没去教室,昨天晚上在床上又再翻翻某些觉得精彩的段落,搞得晚了,今儿早上没起来,就又没去教室,可不有两天了。她冲他笑着点头:“回头再告诉你,我这里有本新书。”

老王在旁边冷不丁阴笑问:“什么书?这么神秘!准是三毛之类的。”

青果瞟他一眼,冷冷打量他脑门子上厚密油腻的头发:“三毛不错啊!你干吗不喜欢人家?”

“我没说她不好啊,我正喜欢她呢!”老王狡黠一笑。

“放屁!瞧你那德行样儿!”青果笑着照着他的脸就甩出去一句不客气的,老王的脸唰地红了,张嘴还要说什么,见李心和其他几个人都忍着笑,又咽回去。

Jenny忙在中间打岔:“不要讲书的事情了,看画还不够你们忙的?”拽了青果一下:“走,我们到那边去看看,看谁是那两幅画的作者。”青果回头冲大伙儿笑,脚不沾地被她带走了。

一路往围子口大案子走,Jenny一路喊:“真受不了老王,一副小人样子!你真是的,生的什么气?要都这样还不给气死了!他不就嫉妒嘛!淡着他就够他受的了!”

老王是班里的党支部书记，所谓德高望重、社会经验丰富之人，可青果跟 Jenny 就是不待见他，难怪他每见她俩就酸言酸语。

出口处那张大案上放着大大小小的各种墨瓶、墨盒和毛笔，好些美院的人各自拿笔，蘸了墨往白布围子上留言。那白围子已经被画得哪哪儿都是了，很多人就直接在上面画了他们的画，有写书法的，有留诗的。很显然这些留言者有的是老师，或者市里面的画家，但最多的还是同学。

Jenny 抓过一支笔，笑着说："我也来签名！"

青果笑："好啊！你看人家那些人龙飞凤舞，那叫书法，瞧你那屁屁字！你可永垂不朽地落在人家的白布上了！"

Jenny 昂头笑："我偏落，偏落！"

没想桌子后面一个美院男生突然接下她的话茬儿："没关系，没关系，尽管画，尽管写！写什么都成。"

Jenny 马上感激地看看他，扭头冲她的伙伴说："青果，听见没有?听见没有?！"

其实刚才她俩大叫大笑地，惊动了桌子后面这个美院男生。此人的头发几乎长到肩头，一身军装，只没有领章帽徽，挽着胳膊。他站在桌子后面打量这一黑一白两人，琢磨这俩女孩儿必是 N 大的，要不就是 T 大的?就见皮肤白皙那位一双黑眼睛波光流转，一副不屑神情；她抬起雪白的胳膊，抹了下额上的细汗珠儿，香汗习习，隔着桌子似乎都能闻到；薄薄尘雾里，光斑在她脸上身上跳跃，一张小圆脸在阳光里晶莹剔透，仿佛她周身都散发着温柔的光辉，连圆衣领上菊黄色的小绣花都在发光，她周围的一切都变模糊了。我不是眼晕吧?这是谁啊?怎么像在什么地方见过?他不动声色暗吸一口气，一大口混着杂草和尘土味儿的潮湿空气吸进鼻子。

俩女生谢过他，蘸了墨，举着笔离开桌子，走到一处有空白地儿的围子跟前，Jenny 挥笔就在上面歪歪扭扭写："青果不让留言我偏留！"想一下，又抓过青果手中的笔写："She can't smother me！"

"好啊！抢我的笔！岂有此理！"青果大叫，她正要往白布上写点什么。

Jenny 两手一摊，无聊坏笑："没办法，我的笔没墨了。"

"这里有墨，这里有墨！"身后一个悦耳男声让两人都吃了一惊，一回头，原来那位美院男生就站在她们后面，手里举着个大墨瓶子。

"谢谢！谢谢！"Jenny 又惊又喜，很显然没想到他会跟了过来，还给她们送来墨。

青果这才认真打量他，中等个儿，二十五六模样，一双浓眉横卧在一对又长又大深棕色单眼皮眼睛上，眼眸清澈明亮，眼角上挑，浅褐色皮肤光洁无瑕。见他温和地正笑着端详她，便抿嘴笑了，嘴角旁一个小梨涡冲他闪了一下："谢谢了，别理我们，她在这儿捣乱，别浪费了你们的墨。"

"谁不在胡闹?大家都玩儿得开心不就得了！"他嘴上说着心里暗惊她好清亮的声音，一时望着她有点呆，正愣着，青果微笑冲他点头，就见一排珍珠般的小白牙在他眼前一晃，那粒粒珍珠立时咬在他心上，咬得他一阵心惊。

Jenny在旁边当然丝毫不觉，问他："你是不是这画家？"顺手指了下就近一棵树上的画，上面五颜六色，一幅西藏风景。

他笑着点头："正是，正是。"

Jenny瞪大了眼睛，一只有墨污的脏手捂了嘴，看看他，又看看画上的签名，问："你，你——你就是林欢？"

他笑了起来，问："怎样？不像吗？"

"不是，不是——我以为，以为——"Jenny声音越变越小，最后变成了小声嘟囔："你是个满脸胡须，彪——"还朝美院那一堆人指了一下。

"我的画给你这个印象吗？"他再大笑起来，嘴角上翘，高挺的鼻子微微皱了一下，青果被他逗笑了。

"林欢！来点儿墨！"倏地，一个黑影从旁边蹿出来，此人黑面，二十七八模样，满脸黑胡须，一颗大脑袋，一个大蒜头鼻子，小寸头，穿着黑色T恤，身材魁梧。嗯，此人倒像李逵，正是Jenny所谓的彪形大汉，青果不禁笑出了声，Jenny跟她一对视也笑了起来。

林欢忙看了那"黑"人，笑问："哎，老窦，你什么时候来的？要墨啊？这里有，这里有！"边说边把墨瓶子递过去。这个老窦把他手中的笔伸进瓶子，抬头扫了俩女生一眼，他两眼细长黑亮，犀利如剑，青果觉得好像从黑压压模糊一团的什么东西里射出来两支利箭，照直就射向她，她像被射中了，顿时哑口，收了笑容。

林欢在旁边介绍说："这位是窦老师，这两位——你们的名字？"

"我们N大的，Jenny。""青果。"俩女孩忙向他们微笑点头。

窦老师笑了，露出他硕大结实的牙齿，拍一下林欢的肩头说："哥们儿，别叫老师，我只比你高一届，不敢当，窦斗就是了。"说完转身把自己的名字写在白布上。他的字也跟Jenny的一样歪歪扭扭，但不同的是一看就是练出来的，故意露出来的单纯和稚气，煞是可爱。

这时李心他们一伙人带着人类学教授John过来。John执教于纽约州立大学石溪分校，是系里那位刚从美国回来的主任请来的专家，讲一学期人类学。老教授六十多岁，银白头发，淡蓝色眼睛，清瘦修长，穿着白衬衣、浅咔叽布裤子。李心一如既往在他周围鞍前马后地服务，这不就带了他过来见画家。

李心指着林欢问："你就是这画家之一吧？"

林欢笑着回答："是。"又转身扬手向后一指："这风景基本上是我的。我林欢。"

李心忙给John介绍。

John非常优雅地伸出手跟林欢握了一下，笑着说："Nice to meet you！"

"很高兴认识你！"李心给他们翻译。

"你好！你好！"林欢腼腆地笑着，把有墨迹的脏手往身上擦擦，尽管手已经握完了。

John看着林欢的眼问："你们为什么要选择这么个地方来做你们的展览？而不

是什么正规的地方，我是说画廊啊，什么的。”

这回 Jenny 抢着给翻译，她最好在人面前展示她流利的英语，现在众目睽睽之下，她可不会放掉这个绝好的机会。

林欢看看 John，又看看 Jenny，有点局促不安：“嗯，我们选择这里没有别的原因，因为这里不需要审批，这片林子是公共场所，又离几个大学近，同学们都是我们的观众，我们到这儿围起布来，就可以让公众看到我们的作品，我们想展什么就展什么。”

John 听完翻译，跟他会心一笑：“那么想在正规场合展出你们的作品是不是就很难?”

林欢笑得很爽快：“当然，几乎没有可能，审查很严的。”

John 来兴趣了，问得很认真：“你们画这样的东西在学校里不会受到批判吗?老师和学校允许吗?”

林欢轻摇头：“不会，老师应该没什么问题，学校也不会有什么问题，不过他们不一定那么认同，觉得我们是在模仿西方。”

“那你觉得自己是在模仿吗?”

“当然不是！我画的是我内心的东西，我内心的感受。”他回头指一幅颜色浓烈、笔触奔放的风景画，那上面红色的树像是着了火，他的声音跟他的画一样充满了热情，“这些都是我内心的写照，要爆炸、要燃烧的感觉！跟我们这令人激动的时代一样。”他话音一落，周围的人都笑了起来。

John 听了高兴得又笑又点头，眼里闪着光，又问：“那你就没有被什么西方的艺术家影响吗?”

“当然有！凡·高是我最喜欢的画家！”林欢故意大声回答，像是向周围所有的人宣告。

“那你有没有看过他的真迹呢?”

“怎么可能?！在中国很难看到的。”

“你连真迹都没有看到过，那你的学习和创造令人惊叹，而且你画得也很好！我很喜欢。”John 教授认认真真地对着他讲。

听完翻译，林欢一脸通红，咧开嘴露出一排雪白的牙齿，连说：“谢谢，谢谢！”

John 又问：“还有一位做展的艺术家呢？”

这时窦斗在人群外喊：“我去把他叫来！”

青果回头发现他们周围已经围成了一个巨大的圈子，大家都围在周围，听这位美国教授发问。

没一会儿，窦斗领了一个矮胖墩儿过来，此人留着平头，穿白色 T 恤、牛仔裤，圆脑袋、圆身子、圆眼睛，整个一球。林欢一见他就把他拽进圈子里，给大家介绍：“他就是参展画家之一皮皮！”

“哄”的一声，四周都笑了。皮皮站在林欢旁，不知所措地也跟大伙儿一起笑起来。

John又开始提问题。青果觉得有人拽她的胳膊，一回头，窦斗正对她使眼色，让她出去。她莫名其妙地看他一眼，他却固执地冲她点头，她只好挤出人群。

窦斗低下头，在她耳边悄声说："不要扭头，不要乱看，你后面和前面这几个，都是便衣，安全局的，你得告诉他们不要再问问题了，一会儿你们的教授就得问西藏问个没完。"

青果一听，惊得僵直了脖子，不敢乱看，两眼飞快瞟一眼他所指的那几个人：二十五六到三十岁的样子，面目陌生，一看就不是N大或T大的学生，更不是美院的，他们大都穿白衬衣、深蓝或军绿色裤子，各个神色警觉。她心里说：大事不好！可怎么去阻止里面热火朝天的讨论呢？西藏可不是个好题目，尽人皆知，西藏早成为一个敏感话题，可这里一半的画都是这个题材，美国教授跑不了要问，她看看窦斗，发愁地跟他小声嘟囔："怎么去打断他们呢？"

窦斗往人群里面瞅了一眼，小声说："我先去喊我们的人，然后你趁乱把你们的外教搞走。"

青果点头，然后又钻进人群里，挤到李心旁边。

就听见窦斗在圈外喊："林欢！林欢！出来一下，有人找！"

"哎！"林欢昂头朝圈外喊了一嗓子，向大伙儿点了一下头，往外挤。

青果赶紧往李心身边凑凑，可是他个儿高，够不着，她干咳一声，李心马上反应过来，朝她低下头。青果在他耳边悄声说："快带John走，这四周都是便衣！"

李心一听脸上的神情僵住了，眼珠向四周转了转，也不管John正在和皮皮说什么，就打断他们："要不我们再去看看他们的作品？"

Jenny莫名其妙地回头，青果早过去暗中拽她，说："走啊，走啊！"

Jenny又好奇地看了青果一眼，把要说的话咽了回去。

他们连拖带拉，把John带出人群，周围的人这才散开了。

等人散开，青果才把便衣的事悄悄告诉Jenny，听得她瞪大了眼睛，小声说："我一直在这里当翻译呢，很得意，人家在暗处不知看得有多清楚！"说完眼睛四下搜寻，小声惊呼："是不是你左前方那个，穿军裤的？还有那个穿浅蓝衬衣的，正前方。我来数数，一，二，三……哼！有五六个呢。我可认识他们，这些雷子，我一眼就能认出他们来。"

"小声点，你还怕人听不见啊！"青果甩她一句。

一眨眼，李心带着John出了围子，想必把他劝走了。青果松了一口气。回头跟Jenny说："我们也走吧，这里可没什么好玩儿的了。"

她们走到围子口，林欢站在那里，正跟一个三十多岁的男人说话，此人一头乌黑头发，留着偏分，戴一副高度近视眼镜，中等个儿，穿一件白色短袖、深蓝色西裤。林欢一见她俩，丢了说话的人就跑过去说："青果，Jenny，不要走，不要走！这里一会儿就完，我们一起去吃一顿，今天你们帮了很多忙，要好好谢你们！"

Jenny一听兴奋地扭头看着青果，拖长了声音自问自答：“咱们去吗？咱们去吧！”

青果也高兴地问：“你真想要我们去?我们可跟你们的人都不熟。”

“不熟没关系，一回生两回熟嘛！来，来。”林欢回头，左手往后让，指着他后面的那位三十多岁的男人，把她俩引到他跟前：“来，介绍一下，这位是鼎鼎大名的《艺术》月刊的编辑，陆华，陆大编辑，他专门从北京过来支持我们，我们不胜感激！嗯——这两位是N大的学生，青果，Jenny。”

陆华抬起向外凸出、像是肿起来的上眼皮，不冷不热打量她们，没张口。

俩女生忙微笑点头。青果最怕跟人寒暄，虽然林欢的热情笑脸在挽留她们，但很明显眼前这位编辑却不一定有兴趣跟她们聊什么，就拉了下Jenny的胳膊告辞：“我们就不多聊了，先走了。”

见俩女生要走，林欢忙把餐厅地址跟她们落实一遍，又再三相邀，这才放她们走了。

林欢和陆华目送俩女生走出围子口，突然一位精瘦、长脸中年男人站在他们面前，问：“你俩谁是林欢?”

林欢打量这位陌生人，一身蓝布便装，知来者不善，把陆华往后一拉，一跨步站在他面前回答：“我就是。”

那人脸上没任何表情：“另外一位皮皮呢?把他找来，我有话要问你们。”

“好。”林欢转身给陆华使个眼色，找皮皮去了。

陆华知道找麻烦的来了，可一想林子里这些画有什么啊?他身子往前一探，明知故问：“请问同志你是谁?你有什么事情?”

那人瞥他一眼，没搭他的茬儿，他正要再说什么，林欢已经带着皮皮过来，那人朝他们紧走几步，带他们走到围子外面去了。

围子口外面堆着百十来辆自行车，横七竖八摆了一地，人们仍然蹿进蹿出，熙熙攘攘，谁也没注意到自行车后面，两个主角跟公安正进行一场严肃谈话。

等公安离开，陆华立刻过去关切地问：“怎么样?怎么样?没事吧?”

“没事，没事！就吓唬吓唬我们，能把我们怎么样?我们又没打砸抢，也没反党反革命，我就不信能把我们怎么样！”皮皮声音发紧，变得又尖又细，差点叫起来。

林欢把食指放嘴上“嘘”他一声：“人家正找不到茬儿呢，你干吗去送死?我们做我们的，不理他们！”

陆华笑：“好，看来就给你们一警告，不要怕，你们的东西没什么。”

两人点头，都松了口气。

庆 功 宴

下午6:30，青果好不容易才下决心去赴宴，市里那家正宗老牌俄国馆子“狮子林”起了决定性作用。这餐馆据说由一个俄国人开在二十世纪初,里面的俄国大菜非常地道,在T市享有盛名。馆子坐落在市里老租界区,从外形看是一座三层楼半圆形欧式建筑,门口有一连六根大石柱支起来的拱形门洞廊子,石柱上有西式雕花,门楼用石料雕成,漂亮的花纹下,刻着“狮子林”三个大字,沿街三层楼落地玻璃窗吊着厚厚深红色金丝绒窗帘。每次青果从那家餐馆门口经过,都让她联想起前苏联长篇小说里的情景,想起安娜的哥哥吃生蚝的地方,或者皮埃尔去过的地方,很想进去看看里面到底是怎么个光景。她曾想象过,厚重的金丝绒窗帘把繁杂喧闹的世界隔在外面,里面昏暗中烛光摇曳,四处摆着真皮沙发,墙上挂着古典油画,精致的瓷器、漂亮的红酒玻璃瓶子、水晶酒杯在烛光中晶莹闪亮……想是想,可她从来也没敢进去过,估摸着一顿还不得把半个月的饭票都吃下去,所以每次路过她只有张望的份儿,可今天这个机会简直太好了。

让青果大失所望,当她和Jenny走进狮子林,里面的陈设把她脑子里的图像消除得一干二净,除了那一弯深棕色半圆老式木头吧台还有点气势外,一切看来都那么廉价和平庸。方桌上铺着雪白的台布,可新式的椅子上裹着鲜红廉价腈纶平绒罩,这哪是皮埃尔可能待过的地方?太喜庆明亮了。正失望呢,就听Jenny在旁边一个劲儿感叹:“多豪华啊!太高级了!青青,咱们今天可来了这最高级地儿了,我可得大大地吃一顿,别客气,不吃白不吃,反正有人埋单,你可别装淑女,那可就傻了!”

青果笑着冲她猛点头。

两人上到二楼,林欢在一个包间门口迎着她们,把她们让了进去。房间不大,刷着灰白的墙,几张方桌子拼成一大案子,放在屋子中间,二十来个同学都挤在门口,里面坐着几位上了年纪的,估计是他们的老师,市里的几个知名画家、陆华、窦斗也在座。林欢和皮皮忙把她们引进屋,让她们在陆华和窦斗对面坐下来。青果见了这嗡嗡作响的一屋子人,刚进餐馆的失望才稍稍减轻点。

林欢和皮皮并肩站在桌子一头,皮皮端着杯酒,拿勺子敲敲,顿时,屋里静下来,皮皮仰脸大声说:“今天,我们终于在T市的公共场所第一次向社会公开展示了我们的作品。首先,我们要感谢所有支持我们的老师和同学,尤其是我们要感谢远道而来的陆华同志,感谢他对我们的支持。”他举杯向大家环视一圈,说:“谢谢大家!”然后一口都喝了。

在座的都举杯,干了。窦斗给青果倒了大半杯红葡萄酒,她学大家一仰脖子也喝完。紧接着,老师同学一个个都站起来发言,祝贺鼓励,说得青果跟Jenny面面相觑,没想到这么正式。青果天生就怕开会,能躲的都躲了,她幸灾乐祸跟自己笑,今天可是自投罗网,瞧这顿饭吃的。没一会儿觉得心热脸红起来,她知道是酒劲儿上来了,还从来没喝过那么多酒呢,正恍惚着听人发言,就见陆华在对面站起来说:“很高兴今天到T市看林欢和皮皮他们搞的这次活动。虽然不能和现在国内各个省份大的活动相比,但是,这在T市是个好开头,我们需要更多、更剧烈的这样的活动。所以我无论多忙也要赶过来,来支持,来鼓动。”他特意转过身又对着门口坐着的美院同学们，“现在全国各地的新美术运动已经起来，各地的艺术家群体已经对顽固的、旧的条条框框开始颠覆性的反叛，星星之火可以燎原，我希望T市的艺术家也动起来，像皮皮和林欢这样动起来，中国新美术的局面就要到来，我们正在创造一个新的未来！”

话音刚落，包间内就响起一阵掌声。

青果歪头跟挪到旁边就座的窦斗说：“整个一煽阴风点鬼火之人！”

窦斗笑：“有点红卫兵的劲儿。”

发完言，服务员开始往桌上上菜。房间里人们分成堆热聊起来，今天公安的光顾和警告是个大故事，当然是餐桌上的主要谈资。皮皮和林欢这会儿看起来既骄傲又得意，一副满不在乎的劲儿，当时的恐惧和紧张一扫而光。

不知是因为兴奋还是酒劲儿上来了，青果的心脏“怦怦”乱跳，她心慌得趴在桌子上，拉Jenny要她倒点茶来。Jenny正跟人聊得热闹，没听见。林欢远远早看见了，忙过去扶着她问：“青果，你不舒服吗？喝多了？”

“有点头晕，可能是喝多了。”她满脸通红。

旁边窦斗忙说：“我没给她倒多少，最多就大半杯。”

林欢不由分说，倒了杯热茶放她面前：“把茶喝下去会好点儿。”青果忙谢他。

青果喝完茶，起身去卫生间。站在水池边拧开水龙头，捧起凉水往脸上淋几下，一抬头瞥见镜子里自己绯红的脸，一双眼睛因兴奋炯炯发亮，便拿手捂着发烫的脸自言自语：“好啊，艺术家的造反运动！”她愣神盯着镜子，突然一个念头在脑子里闪过：对，毕业论文就做这个题目！这个新美术运动应该很有写头，新颖又有趣！她庆幸今天看了这个展览，认识这些人，要不然一天在宿舍里睡觉，怎会知道这外面的世界都已经闹翻天了？

回到包间，她已经完全清醒了，隔桌子笑着对陆华说：“我现在正在做硕士论文，想从社会学的角度来写这个新美术运动，你看怎么样？”

陆华一听喜出望外，本来就近视得往外鼓的眼球更往外拱了一下：“哦？这有意思！我正想有人能从这个角度来写文章，我们的人都不是学这个专业的，从社会学的角度真是太好了！”

没想到她的想法立刻就被这个人接受了，他的鼓励让她开始有点放松，又问：“我可以去拜访你吗？我想对这个运动做个调查，找点资料……”

“没问题，尽管来！我随时都欢迎。我那里有全国各地的材料，应有尽有，恐怕谁也没我那里多。”说着就从上衣口袋里掏出一张名片，递给她：“到北京后就打这上面的电话，有三个在这里，总能找到我。”

“好！谢谢！”青果很高兴，居然事情就这么简单，她正犯愁写什么题目呢，此人其实没一点儿架子，有的是热情。

林欢过来，听说了此事，忙伸手给陆华，说了几声谢谢。陆华拍了一下林欢的手说：“小林啊，你谢什么？我这又不是帮你。”说得大家都笑了。

饭菜都上来了，一小罐一小盆的，好些上面糊一层白白的黏东西。青果用叉子挑出一块尝尝，奶制品，很香，下面是烤的东西，模糊不清，忙拉身边 Jenny："快尝这个，好吃。"

正巧林欢站在背后，忙向俩女生介绍："你们都尝尝，奶酪烤羊杂碎是这里的名菜。"

Jenny 一听忙下叉子，青果却悄悄收了刀叉，她怕吃内脏。

在林欢和皮皮的躬身敬礼中，老师们终于走了，大家这才放松起来。陆华坐在台子正中，开始讲全国各地的艺术家群体最新搞的事情。他的声调平和，各个省市的活动和艺术家群体都在他脑子里，他们的名字和作品张口就来。听起来就跟闹事似的，全国各地的活动少则几人，多的都上千人。闹得最响的是厦门达达艺术家群体的反艺术活动，他们把展览搞到福州美术馆，把参展作品改装、毁坏，然后在众目睽睽之下都烧了。真是各式各样，花样百出，反叛的宣言响彻云霄，教室、宿舍、城市广场、街边、公园，还有今天的树林子等等，都可以变成展览活动场地。青果跟 Jenny 恨不能伸长了耳朵，把所有新鲜的事情都听进去。餐桌上的酒早就喝光了，皮皮不停吆喝人过来倒开水，屋里的人各个面红耳赤，群情振奋。

夜已深，陆华抬头环视一圈，说："如果再不走，回北京最后一趟车就赶不上了，我得走了。你们大家都有我联系号码，有什么事情尽管上北京来找我。希望大家都动起来。"

众人派林欢和皮皮送陆华去火车站，这才都散了。

李　心

第二天青果起了个早，因为有 John 的人类学，就是再懒也不想缺了他的课。等她连撞带碰踩着铃声进教室，已经是一屋子人了。John 站在讲台上，大家都抬头看她，李心霍地从第二排中间的一个位子上站起来，走了出来，把位子空出来，让她进去。青果顿时窘在那里，好像只能接受。在全屋子人的注视下，她低头，脸红着在李心让出来的位子上坐下，而他则悄然坐到最后一排。还嫌不打眼啊?！绅士味儿也不用这样非得做给大家看啊，也太各了！她虽尴尬得面红耳赤，不过心里却很受用，被人在大庭广众之下献殷勤，真是件很好受的事情，更何况献殷勤的人是心高气傲又出类拔萃的李心。

后面的幻灯机开了，教室里所有的日光灯都关掉。John 开始讲非洲平原上的一个土著部落——Maya 族人的文化和社会结构。从 John 一来，当他第一次把他非洲大平原的幻灯片打到 419 号大阶梯教室的银幕上，就把大家带进一个神奇、美妙的世界。John 在非洲陆陆续续待了有三十年，是美国甚至世界上研究 Maya 部落文化的权威。这是青果有生以来第一次听人类学，没想到这么有意思，给她开了无数的天窗，她几乎立刻就接受了 John 的文化相对论。

下课铃响了。

李心过去坐在青果旁边，低头问："昨天你怎么知道有雷子在场子里？"

"一个美院的人发现的，他告我让你们快走。"她笑吟吟看着他。

"是那位有黑胡子的？"

"对啊！你怎么知道？"她诧异地问。

"哼，我看他就像个雷子！"青果乐了，他笑着又问："昨天你说什么书，是什么书？"

"哎呀，可是本好书！是这两年的诺贝尔文学奖获得者，一位捷克作家，米兰·昆德拉，叫《生命中不能承受之轻》，你有听说过吗？"见她开始要热情介绍。他在嗓子眼儿里轻咳了一下，看她一眼，问："咱们出去，行吗？"

她知他烟瘾犯了，嗔怪道："我看你成天这样，你要死啊！我整天地吃你的二手烟，真够我倒霉的！"

他转过头来，笑道："不至于，不至于。"

他们都站起来，他侧身让她先出门，随她走到教室外面的过道里，他熟练地给她点上一支，又给自己点上。青果看看手里的烟笑："真是近墨者黑！"

"No，No，是近朱者赤，你没见我很正吗？这样才公平，哪能总让你吃我的二手烟，我也得吃吃你的才对。"

"你怎么就这么感觉对？你还真以为你就是真理的化身？……"她话里带着揶揄。

没等她说完，他抢了过去："你是这么觉得的？谢谢你告诉我，确实，真理总在我手里，因为真理只能在一个有智慧的人手里。"

"你的意思我们都是些蠢人……"青果白他一眼，反唇相讥。

他把烟从嘴上拿下来："我可不敢这样说，尤其不敢说你，这个是真心话，别的人可就不好说了。"

她一撇嘴："真荣幸，被你高看了。"

他把烟举到眼前，瞥了一眼冉冉升起的青烟，问："是吗，高看了？"

两人四目相对，都憋不住笑出来。

这时 Jenny 跳着过来，问："你们笑什么呢？"

"没什么，嗯，你说他是不是经常都太自以为是了？"青果拿烟朝他指了一下。

"这是大家公认的！那还用说？"Jenny 冲口而出。

"看，看，这可是大家的想法。"青果趁机打击他。

李心笑着招架："我从来都不和女人斗，况且还是两个，我投降得了！"这时铃声又响起来，他们都收住了话题，回到教室。

两年前入校后的一两个星期，班里所有的人都彼此熟悉，可青果因为缺课和不参加班里的聚会，又成天爱睡，搞不清谁是谁。一次电脑课临时改在机房，就她一个人浑然不知。她兴冲冲跑到教室，没一个人在那儿，只好沮丧出来。一出教学大楼，就见李心正好骑车路过，她张嘴就喊，可不知他叫什么，只好“喂！喂！”大叫。

李心一见是她就笑了，一双长腿往地上一支，远远停在路中，望着她问：“你怎么今天来上课了？”心想她准不知道我叫什么，等她气喘吁吁跑到跟前，才说：“自我介绍一下吧，我姓李名心。你青果吧？很难得见啊！”

她被他说得羞红了脸，边喘边问：“课改了？人都没一个！”

“改机房了，走吧！我带你过去！”

她跳上他的车后座，他长腿一蹬，车走了。青果感觉有点怪，跟这个人应该说不认识，居然现在就离这么近坐在人家的车上，她抬头看看他的后背，这人可真瘦，虽说骨头架子在那里支着，但是在洗得薄薄的的确良白衬衣里，单薄的身子晃晃悠悠的，一条牛仔裤扎在外面，显然也太肥了，腰间裤子和衬衣的褶子都挤在一起。她坐在后座上一直没说话，不知该说什么。

“我们班的男生都在打听你。”还是李心打破了沉默。

“打听什么？”

“都在问班里考第三名的女生怎么总见不着人影，是不是被她男朋友掳了去不放回来了？”

“无聊！懒得理你们！看看你们那些贼眉鼠眼的样子！”

“嗳！你也不能过分骄傲了吧？”

“不是小人是什么？还不认识就打听人家有没有男朋友，叫人烦。”

“嗯……这你的看法就有失偏颇，古人云：‘窈窕淑女，君子好逑’。这岂非人之常情？你又何必生气呢！”他一句话倒把她说住了，再说什么不更显得小气了，她便闭了嘴。

两人聊了几句，青果知道他就是N大的子弟，他祖父便是外文系那位全国知名学者李诵琳，大翻译家，青果酷爱的好些名著都出自他祖父之手。他从小被祖父母带大，这回是直接从郊县的工厂考来，连大学文凭都没有。

到机房门口，青果等他弯腰锁车，就在他一抬身向她走来时，更觉得他人修长又苍白，清瘦的脸上就剩下高挺的鼻子了，连走路都是晃的；一双浅褐色细长三角眼，疲倦而无神；嘴唇很有质感，厚薄适中，轮廓分明，放在他消瘦的脸上稍稍显得有点大。他皱了眉，站下立在那里，从衬衣兜里掏出烟来，熟练弹出一支，叼在嘴上，点了，随即深吸一大口，再吐出来，这么些动作，就在一眨眼间做完；又发现他的手指也同样苍白，修长，指甲很漂亮，紧紧包着指头，修得整整齐齐，那烟就粘在他指尖上，任他摆布，服服帖帖。见青果愣在那里，他说：“快走，要迟到了。”两人忙跑进实验大楼。

一进校，Jenny就是班里的中心人物，她天性就喜欢被所有的男生围着，到哪里都大叫大笑地，跟人伶牙俐齿，话茬子接得快，班里的男生没几个是她对手。那次电脑课后没多久，冬天到了，Jenny要过生日，她兴冲冲跑到青果的宿舍说得开个party。

青果白她一眼问:“你有多少钱?要请多少人?”

Jenny 得意说:“钱嘛不多,几十块还是有的,请十几个人没问题。”

“我看你这个月不要吃饭了!”青果杵她一句。

“反正这个月就什么都不买了,饭菜票够吃就得了。”她说得嬉皮笑脸。

N 大和 T 大说起来在全国都有名头,是老大学里的老的。N 大在抗战时曾与另外两所名校蜚声西南,现在已经是一所综合性文理大学;T 大则建于清末,将近百年的发展,成了全国知名的理工大学。两校之间没有围墙,只有一条五百米的小街,走过中界,就进了 T 大。小街两旁商店、小饭馆林立,是两校学生最爱的地方。Jenny 的生日 party 就选在街上的一个小火锅馆子里。馆子位于 T 大那头,等 Jenny 和青果进去时发现男生们早到了,他们占住了两张桌子连带几条凳子,在拥挤不堪、冒着白色水蒸气迷雾的小餐厅里向她俩兴奋招手。屋里摆着二十来张桌子,Jenny 把班里的头头脑脑都请来了,班长老张,支书老王,班里所有的党员,还有她觉得对眼的,当然包括李心。

青果随便找了个位子坐下,李心挪了过去,问:“可以吗?”指了下她旁边的位子。

她点下头,看看他没说话。这会儿他穿了件深蓝色衬衣,外套一件黑色毛衣,脸显得更苍白了。等坐下了,他便客气地跟她笑一下,从左胸衬衣兜里掏出一包烟,她瞥一眼是大前门,他又说一声“对不起了”,便熟练点着,深吸一大口,旋即吐出来;烟屁股晃晃悠悠叼在唇上,他眯缝着眼,伸出左手,五根修长的手指在一个玻璃杯的杯口上用指尖就那么一提,杯子落到他跟前;接着,用右手的食指和拇指从嘴上捏了烟,在指间翻了一下,无名指轻轻在烟杆子上往玻璃杯那么一弹,烟灰落进杯里,优雅又帅气。哇!青果在心里惊叹一声。

他好奇地看她一眼,见她目瞪口呆地望着他,两眼冒光,便含笑问:“要不来一支?”

她点了下头,眼里都是兴奋,这个人把烟抽得让人不抽都不行了,怎么着也得试试。她从他手里接过烟,笨拙地放到嘴上,他修长的手指就在她眼前一打,举着个银色的打火机给她点了。

青果小心吸一口,有点苦,还有点辣,真的有点香。她再吸一口,立刻呛得吐了出来,说:“让我吸真是浪费了你的烟。”

“怎么会?又不是什么好烟。你不要往肚子里吸,这可对人不好。”

“那你为什么死命地往肚里咽?”青果乐了。

他手捏了烟笑:“我这是老烟枪了。”

老王在桌子对面嚷:“李心你就少抽两支吧!把宿舍搞得乌烟瘴气不算,这里空气本身就不好,还把这也搞得气都喘不上来,”又指指青果,“看!还带坏无辜的革命同志,你可不要跟他学!”说完跟青果又瞪下眼。

一桌子的人都笑了起来。

Jenny 跳过去,拍了下李心的肩膀说:“好啊,有好东西也不叫我尝尝!来一支!”

李心忙捏了一支给她,对老王说:“看见了,这可不是我拉拢腐蚀的,是她自己找来的!”

“好了,好了!”老王阴笑:“要贡献就得多贡献,不要男女不平等嘛,来,来……”他把手伸给李心,大家都哄起来,李心笑着把烟盒从右上衣兜里掏出来,交给老王,说:“谁叫我才写了入党申请书呢,只好贡献了。”

老王一把抢过去,跟一桌子人分。

听他说完最后一句,青果吃惊地睁大了眼睛:“什么?你写了入党申请书?真的假的?”

“真的。”他一脸诚恳。

“你想入党?”她更奇怪了,眼里露着讥讽。

“对啊!”见她马上就要奚落他,便微笑放低声音,“看看,党需要我们这样的人,不是吗?如果像我们这样品质高尚的人不入党,我们怎么能真正地发挥作用呢?”青果听着他的奇谈怪论,还真是无懈可击!上次他说他高中毕业就在工厂里干,算下来也快干了十年,不像个头脑发热的热血青年。她笑着诚心诚意地说:“你的想法跟众人不同,真难得!我是没你的那些理想,你这样想还真让人佩服。”

李心往深了注视她,其实从一进校他便注意到她,她在班里一天懒散、心不在焉、不爱搭理人的劲儿,早让他好奇,这会儿见她眼里满是讥讽,更激起表白的冲动,他嘴角露出一丝笑意:“你知道我年轻的时候是个多么狂热的理想主义者?为理解马克思的理论通宵看《资本论》;为雷锋精神,我可以每个周末都在外面去做好人好事;那时是献身,没日没夜地看书,跟人探讨,付诸行动,为的就是那个理想!”说到这里,他停住了,两眼放光,刚才眼里的疲惫一扫而光。青果挑眉望他,忍着没笑,很想听他把话说完。

他自嘲地笑了一下,说:“就因为这样,我经常把自己搞得精疲力尽,身体虚弱。”

“你是否现在还这样啊?我看你一天到晚疲惫不堪的样子。”她仍在奚落他。

可他根本没在意,语气更为诚恳:“你不知当我到了工厂,做着最低贱的工作,真正的现实给我的打击……”他停下,眼里仍然闪着光亮,看了她一眼,“我从来都没有想到在我们这个社会里,有如此低贱的工作,有如此低下的等级!”他又抽出一支烟,点上,细长的手指微微颤抖。

青果心里某个柔软的地方被他撩了起来,她努力控制自己,定睛看着他。

他吸下去一大口,慢慢吐出来,放慢了语速:“在工厂的时候,我是个工人,我能做什么来改变这种生活状态?我干了很多事情,”他微笑,“譬如劳保、福利、权益等等,我得罪了厂里大部分领导。我还跑去建娱乐室,主持读书会,可是这些都不能起到实质性的作用。”他又自嘲地苦笑了一下,把烟从嘴上拿下来,眯缝了一下眼说:“个人的力量是多么的微不足道,可是我相信意志的力量,意志是无坚不摧的钢铁,有了它什么都可以实现，所以我要入党，我得考研究生。”

她望着他笑了。

看得出来她的笑再没有一点儿嘲讽的意思，是发自内心的欢喜，就在刹那间，周围的同学，桌上的饭菜，什么都与他们无关了，他也没再往下说。很多年以后他跟她说，他永远都记得那天晚上在那家嘈杂狭小的餐馆里的笑容，就像一朵花儿在他眼前盛开。

从那天晚上以后，他们变成了交心的朋友，这点让他很欣慰。其实他很享受跟人心灵沟通的那一刹那，让他精神振奋滔滔不绝，只是他一生里不那么容易碰到这种情况。两年前他读到叔本华的《作为意志和表象的世界》一书，很激动，改变了很多想法，他的思考变得深邃起来，常常超出现实这个表象世界，他越来越感到自己不合时宜，难得与人沟通，所以他从来不屑跟人掰扯，无论在什么样的环境里，他都怀揣着一颗高傲的心俯瞰着这世界。其实他没意识到他的内心多么渴望与人分享，他在高处的心是多么的孤独。青果身上不知什么点燃了他的激情，让他有热望时常向她倾诉。他问自己，我是爱上她了吗？他立刻果断否定了这个假设，以往的经验告诉他别轻易爱上谁，过去往往在他对一个女人倾注完所有的热情后，就会倒了胃口。女人除了虚荣、自私、愚蠢，还有什么？就如老话说的头发长、见识短，男人却常常因为欲望对女人抱有神秘、浪漫，甚至诗意的遐想。他常自嘲却又明知故犯，因为他是个男人，正值冲动的年龄，面对女人无法不动心。他发现叔本华说得没错，一个人要时常控制自己的欲望，别让它把一些高尚美好的事情弄败了兴。青果跟别的女人能有什么质的区别？第一学期完了，他发现对她的心思居然没减，他奇怪她身上不知哪儿来的淡漠和自信，他会尽量在她面前控制自己，面对她坦诚的黑眼睛，觉得没法有非分之想，他怕在她眼里自己变成猪狗，可真的能控制得住那种不由自主的热情和喜欢吗？

看来 Jenny 的客没白请，她很快被老王定为入党重点培养对象，李心既窝火没把党员名额给他，又忌妒老王利用职权向 Jenny 献殷勤，私下里跟青果抱怨，逗得她大笑：“你是不是想献殷勤献不上，就嫉妒了？”

他赶紧狡辩：“给她献殷勤？我总觉得她有一股子臭脚丫味儿，你就不要开玩笑了，你看她粗得像个农妇！”

“别酸葡萄了，”青果很不以为然，“你可真够损的，你的聪明才智也不要用在这上头。”Jenny 是学校女子足球队的队长，长一对儿小粗腿，爱穿球鞋，这些都没错，不过那也是女研究生宿舍楼里的出色人物。

听见青果的奚落，李心尴尬笑着承认：“是有点损，只是我一见支书拉着她的手在那里依依不舍的，就变恶毒了。”

青果笑道：“别不承认，你是嫉妒了，你自视太高，觉得凡是你看上的女生都应该首选你才对，跟你调情才对，你有挑选的权利，人家没有。可事情偏不是你想的那样，人家偏要去和你看不中的人调情去，也许她就认为那人哪儿都不比你差呢！你气也白气的。”

一句话说得他乐了,喜她挖苦的是地方。

那天天色晚了,他们遛到校园正中的星湖边,对面图书馆一栋楼灯火通明,明亮的灯光映在湖面上。浓密的柳树下,一对对情人坐在石头凳子上卿卿我我。两人坐下,他把烟往她跟前举了一下,她摇头,黑暗里他自弹出一支,点了,深吸一口,缓缓吐出来。又过了片刻,他转头看着她,眼里闪着湖面折射过来的灯光:“我有时总在想,我这一辈子是为个什么?我要的是什么?什么才是一个实质性的东西?”

青果静静地没搭腔,等他的下文,他又深吸一口烟,说:“其实就是一种人与人之间的关系,不是吗,一种舒服的人与人之间的关系。我在这个世上有什么可求的?没有,什么也没有。我想要的,想建立的就是一种舒服的人与人之间的关系。”

等他一说完,青果笑起来:“我看你也该被叫作‘无事忙’才对。”

李心忙笑:“我可不是贾宝玉。”

她点头笑:“很像啊,只可惜你没生在那个时候。不要以为把你比作宝玉玷污了你,这世上有几个人可配他的?他身上的东西可是生来的,这世人又有几个懂他的?他们哪里知道他的心?!”

李心再看她一眼,没再说什么。

就在那个冬天,一天下午的太阳正好,Jenny 和青果说笑着从教学大楼往宿舍走,远远就见冻得死死的星湖上,有两三人滑冰,青果眨眼说:“Jenny,你看那不是李心吗?他滑得简直太帅了!”

果然是他,穿着深蓝色的防寒服,戴一副血红的毛线手套,围着同样红色的长围巾,头上戴着深蓝色的毛线滑雪帽,弓着腰,两臂反握着放在后背上,脚上一双雪亮的长冰刀在冰上飞驰,身体随之左右摇摆,行云流水,身轻如燕。冰刀在冰上一闪一闪,反射下午温暖的阳光,在灰白湖面上滑出了一个雪白的大圈。

Jenny 一看急得招手大叫:“李心!李心!过来!过来!”

就听冰刀在冰面上“嘎吱”一声,李心转身急刹停住了,一见是她俩,开心笑起来,脚下一溜,滑到她们跟前,脸上少有地泛着血色,光彩熠熠。Jenny 冲他大叫:“李心!你知道我们从哪里来吗?我们刚从中文系那边过来,知道你得第几名吗?”

李心嘴角挂了一丝儿笑意,微喘着气:“第一名?”

“你知道啊?”Jenny 又大叫。

“写的时候就知道,我的东西怎么可能不是第一名?”说完又自负地笑了一下。

“哎!看把你得意的!”Jenny 又说。

青果站在旁边一直没说话,只笑眯眯望着他,为他高兴。两个星期了,学校里闹翻了天,中文系举办全校小说征文大赛,在教学楼二楼上贴满了所有投稿,供全校师生选读,旁边放了个无记名投票箱,最后居然是李心的稿子得了头奖。今天他们才公布消息,两人实际刚从中文系看榜回来。李心写了一个工厂女工的故事,她卑微而又善良,让人看了不胜唏嘘。青果知他是有感而发,也许那人就是他最熟知、亲密的人。他文章里流露出来的悲悯之心打动了所有的人,还又发现他文字很好,比那些中文系的人不知强多少。

李心伸手向青果说:“我刚去宿舍找你,在这里等你半天了,快去换冰鞋,我带你几圈。”

青果忙摇头笑:“谢你,不,我才不滑呢,昨天体育课把我摔得现在左半边身子都还在痛,我得歇两天。”

“就得摔,滑冰就是摔出来的,不要怕,摔摔就会了!”李心忙说。

“不!我现在是老了,摔一下就痛得要死,半天缓不过来,你滑得那么好,我真佩服,你都怎么学的啊?”

“打小就滑,天生的。”

“吹牛吧!李心!”Jenny 在旁边说。

李心急了问:“真不想学了?我这免费教练在这里恭候着还不想学?”

青果一听笑了:“好,你等我们,可约法三章,不能让我摔了,得在旁边把着。”

“行,行,行!快去换鞋!”

青果拉 Jenny 回去,两人提着鞋出来。

在李心的教导下,一个冬天下来,Jenny 会了,青果还是滑得歪歪斜斜。一天李心恨铁不成钢地说:“根本的原因是不舍得摔。”

青果跟他眨眼:“宁肯滑不好也不狠命摔,痛在身上多不值啊,能凑合滑着走不就行了,干什么凡事要最好呢?你看错过了摔也不知道疼的少儿年代,现在老了来摔,这不跟自己过不去吗?何必强求呢!”

“你这是什么逻辑?!”

青果笑着哼一声:“我告诉过你,我是个不求上进的人。”

李心只得苦笑作罢。

夜　会

吃过中午饭,青果正懒洋洋想躺下。外面烈日当头,热得透不过气来,她把短裙和背心都脱了,套上薄薄的睡裙,就听见楼下一个陌生的男生喊:“青果!青果!”声音洪亮,底气十足。

她没好气地想:谁啊?大中午的!赶紧挪到窗户跟前,一探头,见林欢像一只没头的苍蝇推着车对着楼下物理系女生的窗户大叫。她赶忙止住他:“喂!在这里呢!你等着,我马上下来!”他一扭头见到她,咧开嘴乐了。

青果胡乱套上条连衣裙,趿了拖鞋,跑到楼下,见他一头大汗地站在太阳底下,就笑了:“也不知在哪里就一通乱喊,声音又那么大,就不知道这是午睡时间?”

“我哪知道你在哪个房间?你又没告诉我。我就知道你们研究生女生楼是这栋小砖楼,不乱喊我能把你喊出来?”林欢兴奋得脸都红了。

青果心里好笑，美院的人就是不一样，要是别人还不到看门大娘那儿去问问？见他还是穿着军队的布衬衣，底下不过换了条牛仔裤，长头发都湿了贴在脸上，就问："有事吗？大热的天。"

"没，没什么事情，就是来看看你，找你玩儿。"他脸上一阵尴尬，脸红筋胀。

青果忙缓和问："你吃过中午饭没有？看你跑了这一头汗。"

"吃了。走吧！我们去冷饮店！"她的关心让他立刻自然放松起来，转身跨上车，一只脚支在地上，跟她一摆头："上来啊，还愣在那里干什么？"

她一听才反应过来他要带她去，稍一迟疑，还是上了他的车后座。

下午在教室里，Jenny一见青果就喊："请客！请客！"见青果一头雾水看着她，就又嚷："装傻啊！今天中午谁来找你了？全宿舍的人都知道了！还装啊？我们可打了赌的。"Jenny越喊声音越大，青果这才记起昨天从狮子林回来的路上她们打赌林欢会来追她，Jenny很肯定。

青果忙止住她："小声点，请你就是了。"

恰巧李心和支书、小谢、小周刚好进来，都问："谁要请客？是谁？"

Jenny瞪了支书一眼："没你什么事儿，一边儿待着去！"

老王讪讪地干笑："我知道我没资格被你们请，我们这里恐怕只有李心有资格。"

Jenny一听来劲儿了，把脑袋凑到老王跟前，睁了大眼嚷："怎么样啊？这回请客的人不是别人就是你，李心他要请我我还不去呢，就要你请！"

青果忙打断她，笑："老王，别理她。"

老王顺竿儿下来："整个儿一疯丫头。"

李心笑着低头在青果耳边说："晚饭后去找你，别忘了把书给我。"

青果皱了眉："下课后我和Jenny跟美院的那些人约了，我们要去看他们收摊子。"

Jenny恰在前头听见了，回头问："什么？跟美院的人约了，我怎么不知道？"

青果笑着拍她一下："死人，还没来得及告诉你。"

"还没告诉我？"Jenny故意翻了下眼珠子，说："哦！我说呢，没告诉我就给我做了主！"

青果笑着又掐她："你有完没完？"

Jenny不屑撇嘴："没理了吧？没理了就动武，等我动手看你好受！"

李心在旁边看着她俩闹，说："那下课后我跟你们一起去。"

Jenny翻眼看他："你又没跟他们约，你去干什么？我们也不要你！对不对，青果？"

说得青果一笑，这时铃声响起来，他们都散了，各自找了座位上课。

两节统计课，青果完全不知所云，李心在她旁边做着笔记，见她走神没动笔，就歪头问："怎么了？"

青果微笑,小声说:“你知道我恨这种冷酷无情的课。”其实她脑子里一直在回闪中午跟林欢见面的情景,他冒着汗紧张的脸和兴奋发亮的长眼就在她眼前晃,台上在讲什么她根本没听进去。

这时 Jenny 在青果的另一旁突然站起来,问那位刚留校的研究生毕业“小老头”(当然这是 Jenny 起的名字)张老师:“在这个线性回归里,那个 X 是指什么?”

老师一下语塞,涨红了脸问:“什么?你问什么?”

“那 X 是指什么?”

“自变量。”

“你确定吗?是因变量还是自变量?”

“小老头”张老师的手有点哆嗦,放在黑板上,又回头看看他在黑板上写的式子,说:“嗯,嗯——应该是自变量,自变量。”

教室里“哄”的一声笑开了。

Jenny 还没有完的意思,站在那里没坐下来。青果拽了下她的袖子,小声骂她:“缺德的!不要再问了,你个缺德的猪!”

Jenny 回头得意地看看她,又扫了一眼教室,不情不愿地坐了下来。

“小老头”真教不了这一屋子聪明人,青果知道 Jenny 玩儿着就自己把统计书早看完了。每次上课,她和另外一个数学系考来的男生就此起彼伏地站起来提问,把上课当作玩儿,一出活报剧,搞得大家都期待上这个统计课,不过有时看那“小老头”在台上煎熬,青果真同情他。

李心笑着转过身,在青果的笔记本上写:下课后我用跟你们去吗?

青果立刻在旁边写:不用。

他低头瞥了一眼没再说话。

终于下课了。青果和 Jenny 拿了夹子就要跑,Jenny 突然回头看了李心说:“你不跟我们去吗?我可真没不要你去的意思。”

“走啊!还闹!”青果拉了她就往楼下跑,撇下李心一个人站在过道里。

她们骑上车就往校南门去,Jenny 突然说:“李心怎么那么黏?甩都甩不掉。”

青果看着她抿嘴笑一下,没说话。

Jenny 又看看青果的表情,见没有什么表示,就又说:“你知道的,他结婚了,他有老婆。”

青果翻她一眼:“他有老婆和我有什么关系?我又没说爱上他。就是真要爱上了他,他有老婆又有什么关系?!”

Jenny 马上笑:“我可没有别的意思……”

青果瞪她:“那你是什么意思?”

“你凶,你凶,算我没说。”

“记着,以后不要跟我讲这些无聊的话。”

“我这是为你好。”

青果不客气地甩她："我请你来为我操心了吗?"

Jenny 恨得咬牙切齿，说："看我以后还跟你说这事，我就是小狗！"

"你可不就是一狗！"青果没一点儿谦让。

Jenny 气得伸手就来抓她，青果骑在车上躲不及被她狠掐了一下。"哎哟！"她大叫一声："痛死我了！你个武术 Finger，你就不能轻点?！"青果生气了，一扭头不理她，紧蹬几下跑到她前面去了。

Jenny 忙赶上去，说："喔——宝贝儿，生气了?谁叫你骂我?等会儿给你打一下出气就是了！"把青果逗笑了。

两人到了小树林，见七八个美院的学生正在那里忙着，白布围子已经拆了下来，撂在泥地上，画也东一张，西一张，东倒西歪搁在地上。青果想昨天这里还热火朝天，就一天工夫，这些美好的东西就都没有了，变成这样一片狼藉。心里不是滋味，四下里茫然张望，就听身后猛地一声高叫："喂！你们再不来就什么都看不到了，东西都要包完了！"是林欢从身后跳出来，青果和 Jenny 同时转过身，都笑起来。

Jenny 忙奔到那些搁在地上的画跟前问："你要把这些画都怎样呀?"

"先运回学校再说。"林欢一边说一边擦汗。

青果忙问："今天下午公安又来了吗?"

"来！当然来！不来怎么对得起我们?承蒙他们看得起，不过来也白来。"

皮皮走过来跟俩女生打招呼。皮皮的画有些麻烦，都是些大尺寸。青果说："我们想帮点忙，让我们来帮你们包一包怎样?"

皮皮就手递给青果一卷胶条，指着脚下的牛皮纸笑道："谢谢，谢谢。这里是胶条，就用这些牛皮纸包就行了。"

林欢小声嘟囔一句："其实真不用你们，差不多都完了。"

青果笑道："你总不想让我们在这里就傻站着吧?"

"那就谢谢了！"他从地上捡起一张大牛皮纸，递给她，说："大概齐，包包就行了。"

大家分头包起来，青果跟 Jenny 扶起一张皮皮的大画，上面乌云密布，一个藏族人正抽着他的马鞭子。

Jenny 问："皮皮你去了西藏多久?"

皮皮笑着回答："三个月，回来差点被学校开除。"

林欢在旁边笑："你们不知道，我们去年去山西写生，他自己偷跑到西藏，一搞就三个月，也不打招呼，学校当然急了，要开除他学籍。"

皮皮说得有点得意："一到西藏就傻了，管他那么多，先扎下来再说，要不是学校说要开除学籍，我才不回来呢！"

"是因为陈丹青去了西藏，你们才都去的吧?"青果问。

"可以这么说，但是西藏的神奇也不是陈丹青发现的，其实大家早就知道，但百闻不如一见啊，只有去了才知道，说不出来的。"他又看看手中的画，摇头："我还没

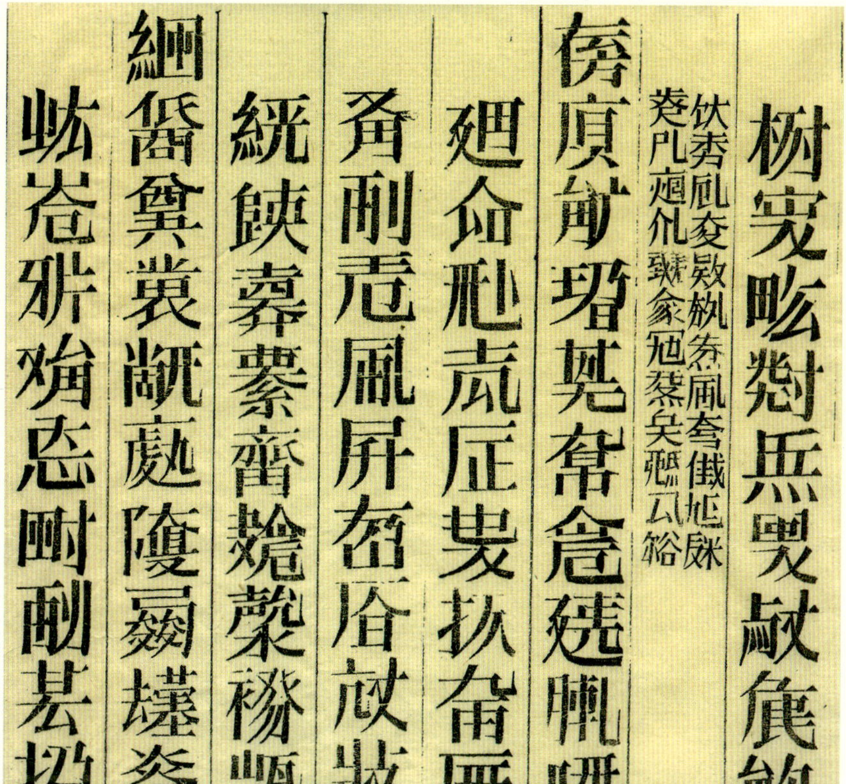

《天书》　　徐　冰／作

徐冰是'85新潮美术运动最重要的艺术家之一。《天书》是中国前卫艺术作品中里程碑性的作品。长达几十米的巨幅书法长卷让观画者恐慌、惊讶、不知所为，从而引领观画者通过与未知状况的对抗来了解自身本性。

有完全把它画出来。”

青果又再仔细看他画的那些藏族人,那些在灰暗的天空下的藏族人,他们在牧羊,在割禾,他们在庙前买东西……皮皮刻画细腻,用笔老到,但是他所呈现的图像并不是写实的,并不是真的要讲一个藏族人在那里做着什么事情,他还是传递了他要讲的东西,西藏给他的是沉沉的宗教感,单纯又强大。这是他在西藏感触最深的。她有点吃惊,皮皮看起来简单傻乐,怎么会这么沉重?

所有的画和杂物都搬到了四辆三轮车上, 林欢向皮皮和其他来帮忙的同学挥手,说:“谢了,帮我把画卸在画室里,咱们晚上再说。”

“说个屁! 你老兄晚上还回得来吗?”一个声音从那一堆人里发出来,引得大伙儿一阵哄笑。

林欢尴尬地笑着朝他们摆摆手,看他们都蹬车走了,这才转身跟俩女生说:“走吧!”

Jenny 故作惊讶:“你要跟我们回 N 大?”

林欢笑:“对啊,要送你们回去,还要请你们吃晚饭。”

Jenny 一听高兴地大叫:“有这好事儿?青果正欠我一顿呢!”

林欢还没等她说完马上接过去说:“是吗?那让我来替她,我来请。”

“哎哟!有人要替你请客了,快答应啊!当然我不念他好,只念你好就是。”Jenny 笑着拉青果。

青果笑骂:“缺德的猪! 我本来想今儿晚上都不理你的,你就老实点儿!”

“我不管,我不管,反正今儿晚上我要在朝鲜小馆里吃,你们谁请我都没意见!”

“臭不要脸的!”青果笑着再骂她。

林欢看她俩斗嘴,一个字都插不上,光有笑的份儿。

朝鲜小馆也坐落在两校的那条小街上,进去后,三人分头坐下,三三两两邻座都是 N 大和 T 大的学生。这间小馆子,由东北来的朝鲜族人开的,别看就只十来张桌子,却是青果和 Jenny 的最爱。林欢看了一眼肮脏的菜单,伸手就递给 Jenny,说:“今天是请 Jenny,Jenny 点。”

青果笑道:“她倒名正言顺、大模大样地做我们的主!”

Jenny 得意笑:“真对不起,这可没法子了!”她点了一份大的朝鲜烤牛肉、红油豆腐、肉丝炒黄瓜、凉拌蕨菜,还点了一大碗酸菜汤。很丰盛,要在平时她们最多点碗凉面,一个月里有钱了才可点烤肉。

林欢一见“吱吱”叫的烤肉上桌,立刻兴奋大叫:“不要客气,大批地吃,大批地吃!”

青果跟 Jenny 相互看一眼,都毫不客气立刻把手伸向烤肉。Jenny 一边把一块肉往嘴里送,一边说:“我们可不是淑女,是食肉动物!”

青果在桌子下踢她一脚,Jenny 立刻“嗷”的一声大叫:“踹我干什么?难道你不是食肉动物?那你就不要吃这肉,让我和林欢吃!”

青果皱起鼻子，瞪她一眼："死猪！"

林欢大笑起来："今天就是要请你们吃肉，管够，不够了再要！"

Jenny 指着青果对林欢说："你可要小心了，她可是出了名的悍妇，谁娶了她都得倒霉！"

林欢转头望着青果笑。青果急了，向 Jenny 扑过去，就往她身上使劲掐了一下，她还要举手再掐，早被 Jenny 有力的一只手把她的双手捉住，她怎么使劲都抽不出来。林欢伸手过去，把 Jenny 拉开，笑道："我看你俩就一分没闲着地打！"他看看俩女生，眼一鼓，用山西腔说："怎么样？咱们还是先把盘子里的肉都吃了再说！"俩女生听完顿时笑翻在地。林欢很得意地看她俩，估摸着今晚有戏，他的脸因为兴奋而发亮。

吃完饭，Jenny 找机会先跑了，说肉也吃了，饭也饱了，再不当灯泡了，留下青果和林欢两人尴尬地站在朝鲜小馆外面。

初夏校园的夜晚，绿荫浓浓，小马路上，灌木丛里，湖边，树下，小花园里到处是一对对情人，或搂着，或抱着，依在一起亲吻，整个校园的夜空里都弥漫着恋爱的气味。他们路过小花园，林欢问："我们进去？"

青果想这下可好，要跟那些藏在浓密树下的情侣们一样了，忙摇头："咱们不如骑车出校门，到外面去。"她预感今晚也许要发生什么，大马路会安全些。

林欢一听高兴应和："好啊，走！"

两人从校东门出去，大马路上没有多少人，高大漂亮的新路灯，发着金黄的光辉，一路看不到头，骑在干净宽敞的马路上，凉风阵阵，青果觉得比憋屈的小花园有诗意多了。他们越骑越远，不知不觉来到校南门后的小树林。两人不约而同都站住了，林欢说："走，再看看去！"

青果推车跟他进入林子，这两天已经是第三次到这里了。她四下里看看，林子里空无一人，地上还有些扔下的垃圾，几只瓶子，一些纸屑，看着这些弃物，她的心开始往下沉。下午下课后来这里已经很沮丧，现在在黑暗里，更觉得失望，她眼望着林子深处说："你不觉得这林子在伤心吗？好好的林子就被你们丢弃了，被你们搅和一阵后丢在这里，就像这些地上你们扔的垃圾！"

林欢摸摸手边一棵树，说："我们不也没有丢弃它吗？这不我俩来看它了，我记得这棵树上就挂了我的一幅画，还有那儿。"他指了下不远的一棵树。

青果说："是啊，这些树上都挂了你两人的画，这个林子当时围满了人，扎着白围子，欢声笑语，甚至公安叔叔都来凑热闹，多好的事情！可能是这个林子一辈子最光彩的时候吧！可这个光彩就那么短，一眨眼就完了。"

林欢笑嘻嘻望着她，觉得她不管说什么都是这世界上最独特最动听的话。

他们把车倚在树上，并肩往林子里走。初夏夜里的白桦林，笼罩在一层淡淡的雾气里，黑暗中，林子更加静谧和神秘。清风在硬亮浓密的树叶里穿行，沙沙细语，像情人的私语；远处马路上，看得到飘浮的薄雾，必是从林子飘过去的，昏黄的路灯在雾里诡异闪烁。林欢深吸一口气,凉爽带野草味儿的潮湿空气直沁心肺,他往身边看看,她就近在咫尺,近得几乎能闻到她身上幽幽的清香,心里一热,就觉得有万般柔情要倾泻出来。从中午到现在,他一直就忍着,怕自己造次了让人家觉得轻浮,自昨天见到她,他的身体就进入一种莫名的亢奋状态,想再见她,中午离开她后骑在路上想起她淡淡的笑靥,不知怎么一股子柔情蜜意就充满了心间,这会儿他再也忍不住了,伸出手轻轻把她拉进怀里。

青果睁着眼,看着发生的一切,没惊讶,好像这事跟自己没关系。林欢的头已经弯下来,他的嘴就要过来了,她一歪头,错了过去。林欢就势双臂圈住她,喃喃说:"青果,我喜欢你,我喜欢你……"

听完这句话,她还是被吓了一跳,心"怦怦"狂跳起来,这么一个人,一个几乎不认识的男生直接面对面跟她说喜欢她,这是她一生里第一次。他清澈的长眼在黑暗里正注视着她,发出温柔的光波,一波一波地直漫进她心里,弄得她身体里就像进了水,一下子又软又凉,她不知道该怎么办,是把他推开呢?还是该说点什么?她僵直着身子,任他抱着,说不出话来。

林欢的双臂其实在她身上就停了一秒,马上松开手,低下头没敢再看她。

青果却睁大了眼端详他。直挺的鼻梁上,落着长眼睫毛的影子,垂着眼睑,眼线细长往上挑,对了,他长了一双长眼;一对浓眉卧在上面;抿着嘴,嘴角有点上翘。她想起他色彩浓烈的油画,他下午带着她骑车时被风吹起来的长发,这么漂亮的人,我要爱上他吗?

两人都沉默着,半天林欢抬起头问:"我冒犯你了吗?"

黑暗里他眼眸清凉,青果心里"咯噔"一下,知道不好,勉强笑道:"你不要再说什么了,我都知道了。"

"那我们能交朋友吗?"林欢热切地看着她又紧问。

她看见他着急的目光,不想拒绝,可又不想答应他,她还不知道自己是否真的爱上了他,她低下头站在他面前,没敢再抬头。这时,就觉得额头上被一个又软又凉的东西压了一下,她一哆嗦,不对,是心哆嗦,一个声音在她脑子里叫,他吻我了,他吻了我的额头!她一时有点呆,顶着额头上一小块地方冰凉麻木柔软的感觉好像动不了,人的嘴唇这么软啊?她脑子里飞快转起来,搜索记忆,在她的记忆里有没有被任何人吻过的经历?妈妈?爸爸?还有谁?没有,完全没有,她这一辈子从来没有被人吻过,不知道人的嘴唇是这么软的,真有点意想不到!她抬眼,见他两眼正灼热地望着她,耳里是他颤抖的声音:"青果! 我从昨天到现在脑子里就一直在想你,我一生从来没这样过!昨晚我基本上没睡觉!"她怔怔地望着他,就觉得身体里面"砰"的一声裂开,一股热流奔了出来,直冲眼底,冲出眼眶,顺着眼角就流了下来。

林欢看见她晶莹的泪珠在黑暗里闪动,伸手抓住她的双肩,低头小声在她耳边柔声说:"是我让你伤心了?我说的话都不对,以后再也不说了,行吗?"

"不要说了,以后再也不要跟我讲这样的话! "她躲开他的嘴唇,抬手把泪水擦掉："我想回去了。"声音里还带着点儿哭腔。

"好！我送你回去。"林欢却没有放手的意思，又亲了她一下，这回是在脸上。

她一把推开他，急了喊："你是个坏人，坏人！我要走了！"转身去推自己的车。

林欢慌了，在她身后喊："青果！青果！"

她还没走出去两步，就觉得身后一只手抓住了她的胳膊，没来得及想，就一头栽进了他的怀里。霎时，嘴被他的唇封住了，他疯狂的嘴唇让她无法呼吸，脑子顿时一片空白。等他松开他的唇，发现她低着头眼泪直流。

"青果，青果！"林欢慌乱地喊她的名字，可是怎么着也止不住她伤心。他站在她面前，见她低着头，泪光闪闪，突然莫名的，就像有一根丝线把他的心缠住了，拽得他又酸又疼，他颤声在她耳边再喊："青果！……"

终于，她止住了泪水，说："我说你是个坏人，你就是！你就这样欺负我，把我的心拿走了！"说完又伤心哭起来。

林欢一听开心大叫："青果你答应了?！答应了?！"

"我答应你什么了?什么也没有！"

"青果！你刚才说的可不能反悔，不能！"

她没好气地望着他，破涕为笑。

守　着

青果呆呆地回到宿舍，刚躺下，就听宿舍门"砰"的一声被撞开，紧接着就听见Jenny的喊声："才回来，我以为你今晚回不来了！"Jenny一撩蚊帐进去，扑到她身上，在她耳边小声说："老实交代！都干什么坏事了?"

青果瞪着眼盯着蚊帐顶，两眼发直，什么都没有说。Jenny又说："傻了?他怎么你了?"

青果看着她半天还是没说话。

Jenny又急得问："他到底怎么你了?"

"怎么也没怎么！走吧！回去睡你的，别瞎操心。"

"不行！得告诉我。"

"你还不嫌烦啊?我都累了，明天再说行吗?"

"你就告诉我你是不是答应他了?"

"答应他什么了?"

"跟他好啊！你是傻了?"

"不知道，真的不知道！走吧，求你了！"

Jenny走了。

青果赶紧把夹在蚊帐里的灯关了，宿舍里安静下来。黑暗里她睁着眼，脑子里都是林欢温柔的嘴唇，他疯狂的亲吻，他甘甜的唇齿，他望着她明亮的眸子，她的心狂跳起来，他真的让人晕啊！她想着他吻她时嘴里嘟囔的话，不禁把双手压到心口上，发生了什么？！顿时眼里充满泪水。林欢动了她的心，她现在一想起他就觉得心酸，就禁不住要哭。她搞不明白她为什么要心酸？是为她的心？还是为他的心？我就这样被他掳了去吗？好奇怪，为什么是他？才认识没两天，可以说根本不了解，可他就那么简单地单刀直入，直捣她的心脏。这么多年，复杂的，简单的，漂亮的，丑的，有才华的，没才华的，深沉的，浅薄花哨的，年纪大的，小的，说得来的，说不来的，那么多的追求者都没让她动心，为什么是他？她说不出道理来，不知什么地方他可着她心里最软的地方，让她为他流泪。他是她命中注定的人，是这样吗？她不知道这是什么？是爱吗？没道理，没任何精神准备，好像也做不了主，一看见他清澈的眼眸，连挣扎的力气都没了。她暗自嘲笑，你不是一直都很高傲，很厉害吗？怎么就这样了？

第二天等青果醒来已经快 11:00 了，而且是 Jenny 把她弄醒的，她刚下了课，跑到她床前，把蚊帐撩开，喊："懒猪，又不去上课，我就知道你死在床上呢！"

她迷迷糊糊睁开眼："有什么了不得的课要上？昨天睡得太晚了嘛！"

"哎！宝贝！"她兴奋地凑到她跟前问："告诉我你是不是跟林欢好了？"

"差不多。"青果其实已经是如实相告了，而且她是第一个。Jenny 听了一拍手，叫道："我就知道，从一开始就有预感，告诉我到底是怎么回事？"

"不知道。"

"嗯？"Jenny 瞪大了眼，完全不相信。

"真的不知道，真的！不跟你说，说不清楚！"

楼下一个男生喊："青果！青果！"

她们都听出来是李心的声音，青果翻身从枕边拿出《生命中不能承受之轻》递给 Jenny，说："去，把这书给他，说我不方便出去。"

"哦，把我当你们的信使了，我才不效力呢，我得什么好处？"

"哎呀，你没看我穿着睡衣嘛，又没梳头，没洗脸的，要人家等太久总不好吧？"

Jenny 听了，很不情愿地说："就这一回，你回来还得另谢我！"

"就你算计，看把你聪明的！"Jenny 拿了书走了。

青果起床，慢慢趿着拖鞋去水房，又慢慢洗脸、刷牙，她问自己，我的生活就此会不一样了吗？还不是一样地刷牙洗脸，不过永远都有他在我的心里了，无论我干什么，在什么地方，他都会在心里，他把我的心摘了，把他自己放这里了，真可恶！她狠劲往外啐了口嘴里的牙膏沫子。

她慢慢回屋，拿上饭盆去楼后的研究生小食堂。刚出宿舍门，就看见正对着的假山旁站着林欢。他一见她，就笑着朝她走过去。青果停下脚，眼怔怔地望着他，觉得好陌生，好像从来也不认识，但是昨天晚上还为他痛哭过一大场啊！她真不想现在就又见到他，下意识里知道一旦卷进去就完了，她就再也不是她了，她在心里好怕，觉得他就像皮皮画里的乌云，沉沉的，一坨搅不开的麻烦，让人心烦意乱。

林欢还穿着昨天晚上一模一样的衣裤，面带倦容，应该说疲惫不堪。等走近了，他俩神色上都有些尴尬。

青果勉强笑了一下,问:“你怎么在这里?”

他没回答,却问:“你昨天晚上睡好了吗?我看你今天没去上课。”

她知道他准一大早就在这里,也没答他的问题,问:“你昨儿晚回去没有?”

他只管盯着她的眼,什么都不说。她把饭盒搁他手上,说:“等着。”转身上楼。没一会儿,又拿了一个大饭盒出来,说:“走吧,你快饿坏了吧?”

他一伸手把她揽进怀里,就紧紧地抱着,还是什么都不说。

见化学系、中文系的几个女生正往这边看,她小声说:“林欢,这可是大白天,到处都是熟人,别这样。”

他放开手,满眼的委屈:“你一点儿都不懂我的心!”

她温柔地看着他:“走吧,总不能饿好几顿吧?”

他们进了食堂,就见李心、Jenny,还有班长、支书等人坐在正对门的大圆桌旁。她冲他们笑笑,看了李心问:“书拿到了吧?”又瞥了一眼Jenny,她立刻给她做个鬼脸。

李心马上欠欠身,笑着看看她,又看看林欢说:“拿到了,拿到了。谢谢,谢谢。”然后又伸出手给林欢,“我认识你,你就是美院的那个画家。”

林欢忙把手伸出来,握了李心的手,说:“对,林欢。你好!”

“李心。你好!”李心又欠了下身。

一桌子人都好像恍然大悟,都冲他点头。大家打过招呼,总算可以去买饭了。青果知道这无疑向全班同学宣布林欢是她的男朋友,她在心里说这就是你的新生活,你再也不是一个乱七八糟、无组织无纪律的单身女孩了。

两人打完饭走出食堂,边走边吃,他们走到湖边,坐了下来。

林欢看着青果的眼说:“青果,我昨晚其实离开了,走到半路就很担心,觉得第二天再见你,你准会变卦的,所以就又骑回来到这儿来守着。”

青果笑:“真是个大傻瓜,你守在这里就管用啊?我在里面也不知你在外面……”

林欢不让她继续:“我就想在这里等着天亮,我一直都醒着,就不算是第二天,应该还算昨天,等你一出来就不会变主意了。”

“你真傻啊!”她拿手摸了下他的脸,心里发酸,要掉下泪来:“以后可别再这样了!你要保证,回去洗澡,还要好好睡一觉,要不然我真的不理你了,听见没有?”

林欢一听高兴了,说:“保证,我保证!”随即他又拿眼看着她小声说:“——不过,你——你得再告诉我,你——你没变卦,还跟昨晚一样。”

青果抬头看着他,没说话。

林欢急了,睁大了眼问:“变了?”

她摇头。

林欢又问:“没变?”

她盯了他半天,终于点头。

林欢一把将她揽进怀里,出了一口大气,在她耳边小声喊:“我才不在乎谁看见呢,反正你答应了!”

青果挣脱他的臂膀,笑道:“明天是星期六,你明天中午来。你现在回去,好好睡一觉。把澡洗了,衣服换了。”她说一句,他答应一声,欢喜得眼都放光。

Jenny 的圣经,信仰的牢狱

青果趿着拖鞋,端着饭盆从食堂出来,见 Jenny 坐在宿舍门前的树荫下,埋头看什么,就过去拍在她后背上,问:“看什么呢?”往她手上瞥一眼,厚厚一小本像字典,就说:“别又是在这里背英文字典吧?”

Jenny 忙合上手里的书说:“不是,不是。”

青果伸手把一本字典大小、厚厚的小书拿到眼前一看便喊开了:“哦!怪不得要偷偷摸摸的,是《圣经》啊!”又一转眼,见她手里还拿了个小笔记本,上面歪歪扭扭地写着英文,更惊,“你不至于吧?没看你学什么这么认真过!”

Jenny 脸上居然面露尴尬之色:“我在这儿学英文呢!”

“做贼心虚,老实交代!”青果知她是个标新立异之人,比如热衷于学校里的女子足球队,因为觉得比什么女子排球队、篮球队有意思多了,很少有人干过的,这会子在这里这么认真地看《圣经》,肯定有问题。

“告诉你吧,这故事长了。”Jenny 意味深长地看她一眼,没有把话说下去。

“你别真的信教了?”青果盯着她再问,没想到她认真点了一下头,果不出所料!

Jenny 这才老实把事情都说了,她加入了一个秘密的宗教组织。

自她十五岁以全省理科状元考进 N 大,周围便一片恭维声,她自恃聪明,又正值青春年少,因此比一般人都更猎奇一些。大学四年,学校里活跃的学术气氛让她下决心放弃数学,一头扎进文学、哲学的热潮里。她曾为自己的选择沾沾自喜,为同系那些整天忙在实验室或图书馆的女同学遗憾,她们的生活该多枯燥无味啊!一个没有艺术、没有文学诗歌的人生,那会是怎样一个枯燥无味有缺憾的人生?现在谁还整天谈 1+1=1?大家谈的是高深的哲学,或者新朦胧诗。她曾跑到哲学系、中文系旁听,甚至比那些哲学系的人都更热衷时髦观念。

学校里开始有外国教授和留学生,他们住在学校的专家楼里,好像天外来客,一举一动都叫人关注。全校学生跟这些优越的外来客的关系很微妙,外文系英语专业的同学经常跟留学生们开 party,在教学楼里大声用英文跟他们聊天,好像连带着也优越起来,大家羡慕又嫉妒。和突然成为一个文学狂一样,Jenny 立即决定要成为一个英语狂, 她才不会去羡慕别人, 以她的聪明不仅可以在几天背下来一本字典,英文流畅到听不出口音,别说介入到外国人的圈子里,她根本就可以把自己变成其中一分子,叫外文系的人自叹不如。在那些外国人的聚会里她不仅交上一个美国男朋友 Michael，还结识一些别的院校的外教，美院的 Keith 一家就是这样认识的。

一开始这家人让她很好奇，Keith 是一位年轻英俊的美国白人，可他的太太 Linda 是个菲律宾人，又黑又矮，还奇丑无比，但他们比一般人家看起来却更觉恩爱，不仅如此，他们还有一窝子孩子，有白有黑的混血儿，各个都友爱有加。她先对 Keith 着迷，后来对人家一家人都着迷，觉得从来也没见过这么有“爱”的家庭。他们口口声声天天嘴里讲的“爱”这个概念让她觉得新鲜又震惊，在她的一生里，没有一个中国人跟她讲过这样的事情。记忆里，她脾气大的母亲高兴了恨不能一巴掌拍得她头昏，她为 Keith 一家那种文雅、高尚、相互尊重、人人平等的“爱”感动，最后被 Keith“爱”成他们秘密组织上帝之子的会员，她进去后又把男朋友 Michael 也拖了进去。

“什么?再后来呢?”青果听完她的叙述瞪大了眼。

“我们就经常活动，我们聚在一起学《圣经》，做仪式，互相爱。”

“互相爱?”青果听她说到这里，眼里已经开始冒冷光了，冷笑了问：“你是不是觉得参加这种秘密的，又是外国人搞的宗教组织很刺激?”

Jenny 一听不高兴了，反驳道：“你没有经历过，就不要妄加评论！只有经历过才知道有多美好。基督教你如何去爱和被爱，是种灵魂升华的过程，尤其去学会爱基督。”见青果嘴角浮着讥讽，便又说：“我不跟你说了，你不知道。”

青果从牙缝里恨道：“我只知道人生来是会爱的，只要你有心，用得着由谁来教吗?教不好恐怕会教坏的。”见 Jenny 瞪着她恨恨的，就笑道：“你尽管去信你的上帝，看《圣经》总是好的，我还看过呢，只是我看的中文的，至少你的英文能更好。”

宗教对于 Jenny 来说到底意味着什么? 青果其实完全不懂，因为她没这个经历，她受训于哲学和理性思维，应该说是个无神论者。而 Jenny 刚刚开始思考人生，寻求真理，宗教给她带来的是高尚的情感和生活的法则，她以为她依循便能让她变得智慧和道德，人人平等的爱是那样的动人心弦，所以青果不能理解 Jenny 在其中所受到的震撼和教诲，她只明白一点儿，她俩在这个问题上恐怕不会一致，便不再勉强和她纷争。

到了周末，青果见到林欢就迫不及待地打听他们学校的外籍老师 Keith。没想到林欢说：“他们被安全局抓了，还被轰出了境，这都是去年的事情了，还把我们美院的几个学生也抓了，闹得沸沸扬扬的。”

青果一听急了：“到底是怎么回事?”

林欢笑问：“怎么了?打听这个事情?”

青果吼道：“快说！我都急死了！”使劲摇他的胳膊。

林欢笑着说：“好，好，别急！是这样的，我也是听说的，到底怎么回事只有安全局的人知道。”他停下来看了她一眼，青果急得掐他一下。

他才把事情讲了，原来 Keith 他们是一个传教组织，是个邪教，应该说是个黄色宗教,以性为手段吸引人加入,他们之所以瞄准美院是因为他们认为画画的艺术家性观念都更开放和自由,容易被洗脑。这个组织里的人都可以相互滥交,以此确保每个人都留在组织里。而且经常都在一个大房间里胡搞。后来不知怎么被安全局发现了,美院有好几个学生都进去了,关了一个多月。

"什么?!"青果听完喊出了声,吃惊地瞪大眼:"Jenny也参加了这个宗教组织,她才告诉我,不知她知不知道乱交的事情?"她急得跳了起来。

"她要是去年加入的,肯定知道!真没想到她这么猛,怪不得她外语那么好!"

"如果说为了外语吃这么大的亏,我宁肯不学这外语。这孩子就是傻啊!别看她聪明,精得跟什么似的,就是个理科脑子,什么都不懂。"

"你别急,你别急!"林欢见她气得跳脚,就说:"你回头再问问她,劝劝她,也许她的问题没那么严重。"

青果点头说:"已经很严重了,昨天还看她在园子里看《圣经》,还做笔记呢!她什么时候好好做过笔记?"

晚上,Jenny照例在睡前会跑到青果床上来唠叨几句,她的宿舍就在青果的隔壁。青果一见她就喊:"老实待着,别走!我有事情问你。"

她一歪身倒在青果旁边,嬉皮笑脸地问:"又要审问我什么?"

青果想了一下,开始发问:"你的那位美国男朋友哪儿去了?"

她一听就呆住了,半天才说:"在香港。"

"你们吹了?"

"没有,只是联系不上。"

"为什么联系不上?现在写信,打电话很方便,打到宿舍门口,大娘会叫你的。"

"他不能的,他不能跟我联系,我给他去过一封信,三个多月了,还不知到现在他看到没有呢?"

"三个月?陆路?不对,水路?都不对啊!"

"哎呀!"Jenny急得打了青果一下。

青果笑着说:"轻点,轻点!你的武术Finger痛死人!"她发现Jenny没有像往常那样跟她闹,第一次眼里有了哀伤,便笑了问:"到底是怎么一回事?"

Jenny低下头,说:"上次不是都告诉你了,我俩都加入了一个宗教组织。"

"对呀!那又怎样?"青果明知故问。

"去年安全局的人把他们都轰出境了。"Jenny的声音很小,几乎就贴在青果耳边说,这可是惊天的秘密,她不知青果已经都知道了。

青果故作惊讶:"那后来怎样了呢?"

"当时,当时——我也是一下跟他失去联系的,我,我——我在北京火车站突然被安全局的人带走了,当时他在N大到处都找不到我,就知道不好了。"

"什么?!"这回青果惊叫一声,是真的了。她忙用手捂住嘴,问:"把你逮了?在北京火车站?你犯了什么罪?"

“安全局的人说我们是邪教。我当时正在北京站里洗脸的地方洗脸，手上还有肥皂沫子，就被他们戴了手铐。”

“啊?！还戴了手铐?”青果惊得更是目瞪口呆。

Jenny 当时正热衷于宣传组织，不知道被安全局早盯了都快一个月了，到哪儿去安全局的人了如指掌，一逮逮个正着，叫她防不胜防。等她一个月后从监狱出来，人都散了，后来才知道她的组织把 Michael 转移到香港，就此没了消息。她为了再联系上组织，多方打听，发封信得通过朋友的朋友，绕好几道弯，这才发现，昔日“爱”进骨血的组织根本不爱她了，包括她的男朋友，都换了冷冷的脸孔，跟躲瘟疫一样躲着她。

Jenny 说得很平静：“这没什么，比这惨的还在后头呢！我们组织看来吓着了，死都不敢跟我联系，他们恐怕觉得我是个叛徒，很危险，可我什么也没有说，谁也没揭发。可 Michael 也不敢跟我联系。”说到这里，Jenny 的眼里顿时溢满了泪水。

青果在心里阿弥陀佛一声，联系不上才好呢，拿手摸摸她的脸：“宝贝儿，不要急，总会有消息的。”

这一说不打紧，Jenny 的泪珠儿大滴大滴地掉下来，青果从来只知她彪悍的模样，没想也有今天，就问：“你说被安全局关了一个多月，关你那么久干什么?”

“审问呗，就问组织里有些什么人，干了什么。你想我能说吗?打死也不说的。”

青果一转身笑：“哦——你跟江姐一样宁死不屈啊?！”话音未落，Jenny 翻身就把她压在身下，双手摁住她，笑着咬牙切齿地说：“说什么?再说一遍，再说一遍?”眼角上的泪珠儿甩到青果的身上。

青果笑着在床上挣扎，断断续续喊：“松手……要死了……”

Jenny 见她上气不接下气，喘不上来气，才松了手。

青果一翻身坐了起来，打了她一下，又摸摸被她攥红的手腕，说：“你要死啊！用这么大的劲！你个黑铁手！”又问：“哎，他们打你没有?”

“没有，不过他们有办法对付我。”

“他们对你做什么了?”

“他们把我放一间屋里，用几个大的雪亮的探照灯照着我，几天不让我睡觉，不停地问，是个铁人也完了。我一开始还挺厉害，谁知到后来就知道谁是厉害的了，再坚强的意志也要完的。”Jenny 笑着，就像说着别人的事情。

青果睁着眼哑口无言，眼泪在眼眶里打转。Jenny 一副无所谓的样子：“这一个月，我还跟监狱里的人打。他们把我跟一些女犯人关一起，什么样的人都有。一开始还想欺负我，到最后都被我收拾了，她们都打不过我。”

青果瞅一眼她一双铁一样硬的手，泪眼模糊地点头，猛地冲她嚷：“都这样了你还信啊?还不明白事情?！”

Jenny 一下起身立了起来，看着窗外，轻声自语：“当你信了，你的灵魂就被照耀过，你不知道那种升华，当你有过，就很难否定它。”

青果叹了口气，把她的头扳回来对着自己，说："你还是太幼稚，知道得太少，就是个理科脑子，麻烦的是你觉得自己很聪明，以为人家说得有道理那就是真理，不知道各种人和文化都有自己的真理，你要寻求也要多看几家，也许别的人说得也不错呢。我看 John 的课你都白听了！你现在是听了一个就是唯一的了，拼了命也不知为的什么，何不叫大家都来照耀你，总比一家强些，还免了受这些苦。"

Jenny 听她说完低下头，半天才又抬起头，眼里还是委屈："我想不通的就是我们组织里的人现在都像躲瘟疫似的躲着我，不问我在监狱里受了多少苦？看我的眼神就像我是个叛徒一样。"

青果听完生起气来，拿手就往她身上打了一下："你是个猪啊，笨得不用脑子！你真的笨得不值得我为你流泪，你要把我气死了。"说完使劲推了她一下，恨声道："你要再去找那些人，就别来找我！你要是想读《圣经》，要信上帝，这里有教堂，你去好了，为什么跟这些不明不白的人搅和在一起？"

Jenny 再也不出声了。青果拿脚踹了她一下，说："走啊，去睡觉！"

Jenny 还在那里低着头，不出声。两人僵了一会儿，都不说话，突然，Jenny 抓过青果的一只手来，在她手背上就是一口，微红了脸，低声说："宝贝儿，我爱你！"不等青果说话，站起身来，摔门跑了。

没两个星期，Jenny 跑来告诉一个好消息，她的 Michael 终于有消息了，绕了三个人，带的口信，说人已经去了日本，盼望能早日相见。青果听了自然为她高兴，说："不早告诉你了？会有消息的。"

一天下午下了课，到处都热得像下火一样。青果拿了游泳衣到 Jenny 的房间，想叫她去游个晚场。没想到她躲在蚊帐里，笨手笨脚地捧了四根大粗竹签子和一团枣红色毛线，聚精会神地正织什么。青果见她朝竹签子一头绾一下线，又慢慢往出挑一针，再拢拢两头的针脚，怕滑了出去，笨得急人。她故意惊呼："你没吃错药吧，现在织毛衣？真长本事了啊你！哎呀，现在这个时候真是看一眼都嫌热，你不热啊?！"伸手撩起她织出来的成果瞧了瞧，松松垮垮一个大圈，像是毛衣的下摆，便又问："这是什么？这么大，给你父亲？给你兄弟？"

从青果一进屋，Jenny 就像被逮着什么似的一直心虚暗笑，这可是绝无仅有的事情，这会子听了青果的问话，也不答，还一味地笑。

青果横她一眼："老实交代，给谁织的？"

她老实回答："Michael。"

青果看看她鸡爪子一样的手指，大叹："真难为你了，这是你这辈子头一回吧？"

"你以为呢！"Jenny 挑了下眉，"我就是太想他了，每织一下就想着是给他织的，心里就好受一点儿。"

"哎——"青果一声高叫，"这才是怎么唱来着的？"她拿手做缝衣服的样子，挑着眉唱："哎呀，小妹妹是线，郎是针，哎呀，穿在一起不离分……"她一边唱，一边笑，Jenny 把手里的毛线和家伙什往旁边一扔，笑着就扑了过去，摁住她边胳肢边喊："我——我——我把你这个——黑心烂肺的……" 青果被她挠得笑得喘不上气来，喊："饶了我吧，再不唱了，再不唱了。"

Jenny松了手，青果一边喘一边问："不唱了，可以念吗？"Jenny还没反应过来，青果早扬声念："这应该是，咳，咳，'横也丝来，竖也丝……'"还没等她念完，Jenny又伸手来挠，这回她跑得快，早跳到门外去了，站在外面，瞪了眼喊："还不把你的那些个热家伙扔下跟我去游泳?！"

Jenny乖乖地跟她走了。

默契，大俗和大雅

下午在食堂里李心见着青果，问："这几天都干什么了？下了课都没人，这是你的书。"说着把《生命中不能承受之轻》递给她。

青果问："怎么样？喜欢吗？"

"不错，翻译得还不错。"

她突然想起来说："我应该祝贺你吧？听说你入党了。"

"批了，马上就是。"

"为什么反而没有Jenny？你不是说她有可能在你之前？"

"听说他们查出来她曾入过什么邪教，Jenny和支书闹翻了。"

Jenny实际早把情况告诉了她，支书曾想拿这个作要挟，占她的便宜，被她骂得狗血淋头。青果冷笑一声："我看你们都是鬼迷了心窍，你现在一脑门子心思，将来有你们好受的。"

李心"嘿，嘿"干笑了两声，说："我没有别的可选择，只有这条路。"

青果听他说这话就笑了摇头，这个人可是个牛前进，没人能转了他的意。

两人从食堂聊出来，不知不觉走到湖边，坐在常坐的那条石凳上。

青果说："好，你现在入党了，该请大家一顿，我们这么多人都眼巴巴地等着呢。"

他看着她笑了起来："好，这个周末你们来我家，我老婆做饭很好吃的。"

"哎呀，我周末可没空陪你们，林欢要来。"青果张口就拒绝了。

李心直视她，认真说："青果，你不能为了你的男朋友，所有的朋友都不要了嘛！同学之间也需要多交流，我最近都好少见到你，你也不常来上课，今儿醒了，今儿来，明儿睡过去了，你老人家就不来了。我们的聚会，系里的舞会，出去搞的活动都不参加，也太超脱了嘛！"

青果一听大笑起来，说："有这么严重吗？我经常去上课的啊！上次你们去爬山我是没去，我坐车晕车，每次都吐得一塌糊涂，痛苦死了。"

李心听了也笑起来："反正这回不能缺席，不管你找什么理由。"

"好，我去，我去，有好吃的我当然去，是这个星期六？"

“嗯，就这个星期六。”

天慢慢开始暗了下来，夕阳的余晖罩着湖面，湖对面的柳树，旁边的图书馆，身后的宿舍……一切一切眼里能看到的地方都被裹进一个无处不在温暖的、金黄色光辉里。青果开始忐忑不安，她从小就怕黄昏，一到黄昏便惶恐不定，就想哭，小时候在幼儿园，一到黄昏就想妈妈，李心在讲什么，她已经心不在焉，想赶快回到宿舍，躲到蚊帐里。

李心问：“嗯，怎么了？”

“没什么，没什么，我——我就是怕黄昏，一到黄昏我就很乱，不知为什么伤，就Sad，心里发慌。”她杂乱无章地说着，眼里浮着不安。

李心微笑着听她说完，熟练地拿出烟，弹出一支来给她，又抽出一支自己叼在唇边上。她接了，他给他们都点上，然后把一只胳膊伸过去，松松地搂住她的后腰，说：“不要怕，有我在这里保护你！”

青果直了下身子，往前倾了倾，李心的手立刻放了下来，看着湖面哑了口。过了一会儿，他细长、苍白的手指把烟从嘴上拿了下来，吐出一大口，说：“你给的那本书里讲的一些事还是对的，从Sympathy的角度来讲情感，比世人都深一层。人的情感很奇怪，你以为你会为那些高山流水或者智慧动心，其实都错了，情感跟理性无关，真正打中你让你趴下的是人心里不能用理智控制的东西，那才是致命的，所以也悲哀，其实你无能为力。我跟小张在工厂的那个环境里，就觉得唯一能做的就是娶了她，给她一个改变，一种不一样的生活。她跟了我这些年……”见青果眼神游离，他没有再说下去。

这是他第一次跟她提到他老婆，其实她没有好奇过，李心在她眼里从来都跟他的脸色一样苍白，清凉，没有杂质，有老婆和没有老婆都是一样的，他无须像今天这样跟她表白，她不在意他最深的情感在谁的身上，她永远都可以安心地把心裸露给他，他们从进校认识以来就彼此交了心。记得她曾经在一次跟他夜里长谈后问过自己，你爱上了他没有？她回忆无论在任何时候，他们彼此的目光都坦然相对，没有任何杂念，她没有，他也没有，有的时候甚至忘了他的性别。可他的做派总有点不合时宜，完全十八世纪浪漫绅士的做派，譬如在大庭广众之下给她让座儿，给她拉椅子；她上下楼梯时扶一下，进门时为她开门；如果她推着车，他没有，他会为她推；会为她提重东西，会陪她去要去的地方；舞会上，他会跟她从头跳到尾，只跟她一个人跳；在拥挤的地方他会为她挡着。记得有一次从公共汽车上下来，他笑着说：“我怕那些人把你臭晕了。”她一直泰然自若地接受着，甚至享受着他的殷勤，不惧任何人的目光。

到了周末，青果、Jenny，还有老王跟他们宿舍的人都去了李心家，终于见到了他老婆小张，她跟他一样清瘦，高挑，大眼，面目姣好、清秀。看她在厨房里做饭，麻利又爽快，她知道李心的生活如果没有她，真不堪设想。他们的小公寓是李心爷爷奶奶留下的学校的房子，一卧一厅被她收拾得井井有条，陈设得简洁大方。客厅里对门一墙书,靠窗一书桌,上面醒目地放着一个一米来长的双卡豪华录音机。

一屋子人在客厅里高谈阔论,乌烟瘴气,小张忙进忙出,端茶倒水。青果跟Jenny都站起来想帮忙,她拦住她们笑:“不用,不用!你们今天在这里不知他有多高兴,你们坐,你们聊。”

李心看了青果一眼说:“你们都不用管,让小张去。”又冲她点下头:“过来,听听我的好东西。”

两个女生只好作罢。

李心修长的手指碰了一下他的豪华录音机上凸出来的小银色按钮,一个高亢的女高音直接冲进了所有人的耳膜。

李心看了青果问:“听过吗?”她摇头。

“瓦格纳的《特里斯坦与伊索尔德》。”

一屋子人登时都默不作声,任那女人的高音灌耳。李心眯缝着眼,手里的烟灰已经烧了一大截。突然老王大叫:“哎呀,行了,行了!就别放你的那些个鬼哭狼嚎出来了,我们这里来吃饭呢!有什么轻松一点儿的啊?”

大家都笑起来,说:“打住,打住!”

李心笑了忙把盒带停住,抱歉地朝大家说:“我这里没有什么轻松的啊!”突然他举手说:“有了,放这个!”忙换了一盘磁带,长手指一摁,就听一阵响亮,明快摇滚节奏里一个亢奋男高音唱得铿锵有力:

I want to break free
I want to break free
I want to break free from your lies
You are so self-satisfied I don't need you
I've got to break free
God knows
God knows I want to break free

I've fallen in love
I've fallen in love for the first time and this time I know it's for real
I've fallen in love, yeah
God knows
I've fallen in love...

青果一时被那神经质颤抖又激昂的男高音吸引,他决绝又果敢的气势把屋里的人都慑住了,他唱得一句比一句华丽高昂,把所有人的心都唱得蹦跳了起来。

李心往烟缸里弹灰,满意地冲青果说:“好听吧?英国的Queen。”

青果咧开嘴笑,跟着节奏点头,真是太来劲儿啦,恨不能都跟着节奏挥拳,怪不得他要喜欢呢!又低头一看,他的烟缸也与众不同,是一个不锈钢饭盆,作为饭盆它不大,但作为烟缸就太大了。

小张推门进屋, 笑着瞧瞧一屋子情绪高涨的人说:“你怎么不放你喜欢的邓丽君啊?”

李心忙辩解:“谁喜欢邓丽君了?是你喜欢吧?我只是觉得她唱得还行而已。”

青果看他一眼,喜欢邓丽君不一定就俗了,没听过大俗大雅吗?便笑:“邓丽君?我喜欢,我想大家都赞成放她的歌。”

李心听她一说,赶紧把邓丽君盒带放进了录音机。

老王在旁边嚷:“这才像话,再嗷嗷叫,我要饿得吃人肉了!”

在邓丽君清亮的嗓音里,小张的绛红色、亮晶晶的红烧肘子端了上来,引得一屋子人号叫。

李心笑说:“这才是饿狼的嗥叫。”

大家一阵哄笑,七手八脚朝那盆菜扑了上去。Jenny 还能跟李心他们宿舍的男生们抢一阵,青果就举着筷子,笑着近不了身。李心用餐刀从盆里割了块大的,搛了放她碗里说:“再不动手就剩骨头了。”

大家开了瓶红葡萄酒,李心给青果倒了一杯,她又忘了上次在餐馆里的事情,一高兴喝了大半杯,没一会儿就脸红心跳,一路红到手指尖。Jenny 也喝了不少。剩下的还不够几个人抢的,一瓶酒眨眼工夫就没了。

屋里的人又重新把皇后乐队的磁带放进录音机, 震耳欲聋的摇滚声再次充塞房间,青果迷糊中也没忘让李心帮她翻录一盒。

迎宾小馆,挺身勇士

就在放暑假的前一个月,林欢和青果双双坠入爱河,以迅雷不及掩耳之势,两人都陷了进去。林欢为了见青果,不惜旷课,不顾毕业展览、酷热、路远,只要心里想起来,蹬了车就去找她。青果会为了一句话,一个字,一个表情,一会儿哭一会儿笑,林欢由此被她弄得忽上忽下,没了主张。他知道自己是着了迷,就只差把心挖出来给她看了,可不知就怎么了,一不小心,青果就泪水涟涟,委屈噘嘴。后来还没好气地说:“哦,心都给了你,还不让我委屈啊?”林欢对她的混乱逻辑无话可说,可她的一举一动、一颦一笑就那样牵动他的心,占了他十二万分心思。她越喜怒无常,他就陷得越深,她那些精致、细腻的情感起伏让他彻底不能自拔。他觉得她身上带着一种气息,一到她周围就没了魂。他迷她时常慵懒、心不在焉、精神涣散的神情;迷她时而又天真俏皮,有时又委婉灵气,善解人意。他知道这回他是死定了,一生也没有遇到过这样的女孩子,什么样的波折起伏都认了,哪怕日日纠缠不清,也在所不惜。青果可是这有生以来第一次动了心,便任了性只要林欢的宠爱,她敏感又多情,任性又善感，弄得两人常常赌气伤心，拿林欢的话说就是“麻烦”。一天晚上，两人不知为了什么又生气，默默坐在星湖旁的石凳上。林欢低着头，正准备要跟她解释什么，青果突然眨着泪眼说：“林欢，我不要我们这样了，你在这里就要了我的命，我什么也干不了，我不要见你，至少不要每天都见你，我现在要考试，你也要准备你的毕业展览，你让我好好活两天行吗？”

从那以后，林欢只能周末去看她，他忍着悲伤，委屈地骑车回学校。可对她的思念和渴望，让他坐卧不宁，他开始画她，把心里的狂热都抛向画布；给她写信，把每天要讲的话都写在纸上，包括他的幽思冥想、心灵深处的絮语。尽管就在一个城市里，也得写，没想回信里的青果让他更加惊喜，如果说见了她就如在迷雾里，那么见了信却像坐在清澈见底的小溪旁，什么都清清楚楚，明明白白，他看见她颤抖纤细的心就那样在他面前跳动，禁不住狂喜万分，经常读湿了眼睛。

到月底，就在青果放假的第二天，林欢的毕业展览在学校的画廊里隆重举行。青果和 Jenny 一进展厅，都大吃一惊，皮皮的画还老样子，可林欢的全变了样。一连五幅大画，全是青果：她坐在牛背上，悠然自得地走在黄土地上；骑在马上，跑在西藏的高原上；她在小溪边，在林子里；她在笑，在哭，在皱眉头……画以黄、红、绿为主调，色彩浓烈，笔触豪放。

林欢一看见她们进门，立刻舍了同学们，奔到门口迎她们。Jenny 见了他一声惊叫：“林欢，你每天写那么多情书，哪来的时间画这么多画？”

林欢望着青果傻笑，青果也笑，两人就那么傻笑着，都跟丢了魂一样。

皮皮过来了，拍了一下林欢的肩膀，说：“这才是爱情的力量，你们都不知道欢欢是怎么没日没夜地干的了，哥们儿都羡慕啊！”

林欢冲皮皮说：“行了，行了，哥们儿！”拉了青果就往一边跑。皮皮自觉地留在 Jenny 身边，当了一下午的护花使者。

窦斗一阵黑旋风般刮到大家面前，跟皮皮和林欢拍了下肩，拿眼瞥了一眼青果，开心地向她伸出手来说：“欢迎，欢迎，有欢欢的展览，当然不能少了你。”又转向 Jenny：“有青果就更不能少了你！”

Jenny 大叫一声：“窦斗你什么意思啊？”

“没什么，没什么，就是我在这里致以最热烈的欢迎！哦，代表美院，我们美院全体师生！”说得大家全笑了。

窦斗盯着青果，两眼放光：“这里有人该开心了，”又瞄眼林欢，“我们这里有个人变成了永恒的主题，没见这里大的、小的、横的、竖的都是她，世道变化快啊！眨眼工夫，我们欢欢魂都没了！”

一句话引得众人大笑，青果的脸都红了。林欢笑着捶了他一下，骂道：“话那么多！”

窦斗抱了下拳，说有事，告退要走。皮皮在后面喊：“等一会儿去迎宾小馆！”

“知道啦！”窦斗丢下一句走了。

美院门口的迎宾小馆一直被林欢他们称作“小食堂”，三天两头的，美院的学生就到里面喝酒。餐馆不大，门上挂着草珠子门帘，门楣上挂一黑色门匾，上书“迎宾小馆”四字行书，一看就是美院人之手笔，清雅大方。进得里面，就十来张黑木桌子，摆着简单的条凳子。四周漆了一米来高鲜绿色墙围。白墙上空无一物，落满了灰尘，已经是灰墙了。临街两大玻璃窗户上，用红油漆写着：

新鲜啤酒
时令小炒
经济实惠
物美价廉

屋里就一桌食客，四个愣头小伙子坐在窗下，桌上摆着几大杯酒。

林欢一伙二十来人吵吵嚷嚷拥进小门帘，有人大喊：“周师傅！周师傅！快上酒！”

一群人七手八脚开始拼桌子，一个四十来岁圆眼胖大叔腆着个大肚子从厨房里面跑了出来，他一见皮皮就开心地说：“哎！皮皮，今天是你们的好日子，好，今天给你们好好炒几个菜！酒管够！”

皮皮立刻离了众人跟周师傅进厨房，商量菜单去了。林欢招呼大家坐下，特意给青果和Jenny安排离厨房远一点儿、又通风的位子。

没一会儿，七八个塑料白色大量杯摆上桌，里面装满散啤酒，皮皮跑了回来，吆喝：“满上，满上！”

大家纷纷拿塑料量杯倒酒，林欢给青果倒了小半杯，Jenny自己倒了一大杯。

“干杯！”

“来一个！”

“干了！”

“喝！”

…………

吆喝声此起彼伏，把个小饭馆差点掀了盖儿。

青果笑着四下看看，生怕太吵惊了别人，可这会儿这些人谁还顾得了那么多？

这应该是他们最后的散伙饭了，青果看得出来他们各个好似毫不在意地大声喧哗，其实难掩盖内心依依不舍之情。Jenny也感觉出来了，她出奇的没有喧宾夺主，只拿着酒杯，静静地坐在青果旁，不时喝上一口。

林欢一会儿站起来跟同学们拼酒，一会儿又坐下照顾一下青果，总不得尽兴。青果拉拉他衣袖，在他耳边小声说：“你不要管我们，跟你的哥们儿喝去吧。”林欢迷离着眼，望着青果，眼都喝红了。

突然，邻桌一个头皮刮得铁青的精瘦小伙子走了过来，照着皮皮的背使劲拍了一下。皮皮一愣，抖了一下肩，大吼一声："干什么?！"

一桌子人都住了口，立了眼看这个不速之客。青果见他眯缝着小眼，已经喝得红红的了。

他撇嘴一笑："哎！哥们儿！咱喝一个！"说罢拿了一个大杯过来，"砰"的一声蹾在桌上，又提过大塑料量杯，利索地倒了一杯，说："来，我们划拳！"

皮皮跟大家一样被那小子一时搞蒙了，不过马上就醒过味儿来，立马也给自己倒了一杯，说："好！来！"

两人"五"啊"六"地吆喝起来。没一会儿，那小伙子连输两局，喝下去一大杯。

皮皮得意地说："承让了！"转过身，跟大家又举杯，引得一桌子人一阵欢叫。青果和 Jenny 也被他们感染了，喜笑颜开。青果摇头，知道今天非得把这家小店的酒喝完了不行。

那愣头小伙子回到自己的桌上，立刻又提了酒桶走到桌子这边，放下一只碗，倒满了，他的朋友们也跟着过来了。这下一桌子的人都知道皮皮必须得应战了。皮皮很不耐烦地瞥了那小伙子一眼，心想哪里来的这么个人?笨得像个猪脑子，谁要跟你喝?！他给自己满了一碗，笑着说："对不住了！来吧！"

那人涨红着一双眼，看了他们同来的几个人一眼，两人又开始划上了。

没两下，皮皮又赢了两局。他冲着那小伙子忍不住轻蔑地一笑："对不住，承让了！"

那小伙子涨红了脸，端起碗来，当众"咕咚，咕咚"都灌了下去。

这回，林欢一伙人转过身尽量背对着那桌人，都敛着气，不敢笑了。大家刚坐定，没想那小伙子又过来了，他"咣，咣"放下俩大碗，提过一大瓶子白酒，开了瓶塞就往碗里倒，一桌子人立刻傻眼了：这哪是要喝酒?分明来拼命了。

皮皮立刻站起来，冲他抱拳一笑说："这位兄弟，这回我认输，让我喝了这碗。"

小伙子横了眼，大吼："你这什么意思?输了才喝，你还没赌呢，你这是要埋汰我吗?"

皮皮瞪他一眼，心里大骂：你个不知死活的蠢猪！大吼一声："好，来吧！"

两人再划拳。四下里，所有人都屏住呼吸，看他俩划。没两下，皮皮轻松又赢了他。青果松了口气。

众目睽睽之下，那人羞得面红耳赤，低头捧起碗，憋了口气，"咕咚，咕咚"把一大碗白酒灌了下去。听他嗓子眼儿里"咕咚"之声，青果惊得浑身冒凉气，她知道她什么都不能说，更不能去阻止任何一方，要不然事情会更糟，她只能抓过林欢的手，使劲捏着。林欢这时两眼都在皮皮身上，不时拉他一把，也不知该怎么办。

小伙子喝完了，便摔了碗，人已经站不稳了。他的朋友们早过去把他架了起来。

一桌的人都站着。

林欢喊了一声："走吧，今天就散了吧。"

"呼啦啦"大家都离了座位，拔腿就走。才走到门口，就听背后一声大喊："钱包掉了，准在这些人身上，别走，别走，搞清楚了再走！”

青果一听知道坏了，这回碰上流氓无赖了，皮皮今天得有麻烦了。她担心地看了眼那几个人，各个膀大腰圆，不是好惹的主儿；再看看这些学生，再怎么闹，也不像那些在社会上混的人，就是今天人多，也不一定是这些人的对手。

说时迟那时快，那人的三个朋友快步冲到门口，拦在皮皮面前，其中一个人得有一米八以上，皮皮在他面前立刻显得又矮又小。所有人都站住了，一时剑拔弩张，空气都凝固了。

就在此时，窦斗笑眯眯从门外冲了进来，挡在皮皮面前，朝那几个人拱手道：“对不住！对不住了！他们这些都是外地来的学生，不懂得T市的规矩，你们大人大量，不跟这些小孩们一般见识，放过他们。我是他们的老师，有什么事情跟我说！”说完回头冲皮皮叫：“还不快走！把女同学都赶快带走！”

林欢拽了青果和Jenny就往外走，还踢了皮皮一脚，一伙子人迅速逃离那个小馆子。这时餐馆门口已经围满了看热闹的人。临出门前，青果回头再看一眼窦斗，只见他一人挡在那几个人面前，那几个人都蒙啦。林欢脚都没停，拉着青果和Jenny越过马路，冲进美院大门，这才松了口气。皮皮和其他同学也都跟着回来了。

那边小餐馆里，窦斗面对着几张气歪了的脸，这才意识到事情严重了。三个壮汉本想抓了皮皮发威，不想半路杀出个程咬金来，此人抱拳又赔笑，还真不知道是哪里的路数，一时都傻了眼，等回过神来，肇事者已经没了影儿。这一气非同小可，那个为首的高个儿抓过窦斗的衣领耸了几耸，大吼：“你是谁?！敢跑到这里来乱我们的事?！”吼完，抡起大巴掌就往他脸上扇。

窦斗唰地一下脸都黄了，心里说：完了，这回躲不过了！他原本想T市的人好面子，最讲码头上江湖义气，给赔个笑脸，等于就给人家一个面子，也就打不起来了，没想人家根本不吃他这套。

那人手还没落下，门口一声大喊：“住手！”

那壮汉扭头往门口一看，手松了下来，两个公安已经进来。原来周师傅看情况不妙，早打了电话到街道派出所。公安来得正是时候。窦斗一看眯眼笑了起来，在心里念了好几声阿弥陀佛，好人有好报啊！

公安抓了那四个小伙子再要窦斗一起回派出所录下口供，到门口轰散了围观的人群，带五个人走了。

再说皮皮一伙子人站在校门内，都没有散去，把窦斗一个人留在那里凶多吉少，谁都放心不下。皮皮不敢回去，怕被那些人拉扯着走不了。

林欢冲他说：“你在这里看着青果和Jenny，我过去看看，把窦斗救过来。”

青果在旁忍不住喊了一声：“欢欢！”

一群人里俩小伙子，山西来的王实、王远两兄弟说：“欢欢，你就别勇了，你在这里看着你的女朋友，让我们去！”

没一会儿，两人从教室里拿了军训课用的两枚手榴弹出来，青果又叫一声：“欢欢,别是真的吧?!”

林欢笑道:“当然是!哎,哥们儿,别真拉,弄死人可不是好玩儿的!吓唬吓唬他们就得了!”说得大伙儿都乐了。

众人看着两人拎俩手榴弹出了校门,又有几个人赶过去为他俩助威。

过了十来分钟,两人又拎着手榴弹回来了,大家一看都急了,立刻围上去问:“怎么回事,窦斗呢?”

王实说:“我们走后,公安来啦,他们刚要动手打窦斗,就被公安抓了。现在他们几个都去派出所了,窦斗没事,他一没有喝酒,二没有打架,估计一会儿就回来了。”

大家一听,这才都松了口气,各自散了。

“一无所有”,新长征摇滚

第二天,等青果醒来已经是11:00了。她奇怪Jenny怎么没来找她,便拿了饭盆,趿着拖鞋去砸开她宿舍的门,一进屋,见她正倒在床上哭呢,青果大吃一惊,问:“Jenny,出什么事情了?”

Jenny红着眼,哽咽着说:“他派人传消息来了,叫我不要再等他了,组织上给他安排了一个婚姻,和一个日本老女人结婚了。”

“什么?是真的?”青果脸上做着吃惊的样子,心里却一阵暗喜。

“我知道是真的,在我们组织里婚姻都是安排的,为的是组织的一些目的,譬如Keith和Linda,他们的婚姻就是为了在中国开展工作,把Michael配一个日本人是为了在日本开展工作,还有一个目的摆脱掉我。现在除了组织知道他在哪里,没有人能知道,连他父母都不知道,他们把他完全洗脑了。”

“你看看,你看看!不到这时候你不会跟我讲真话!一天到晚盼着,想着,现在鸡飞蛋打了吧?到现在你该醒醒了!”

“不为Michael,我也不会那么心甘情愿去受那么多苦。”

“你现在倒好,不仅害了你自己,还害了人家,一好好的美国大小伙,都是你好奇,图新鲜,把人家害了吧?人家的父母还不知道怎么伤心呢?这等于白养了个孩子。”

“你就不要骂我了,我都快后悔死了。”Jenny看了青果一眼,眼泪又要掉下来。

“好了,别再伤心了。”青果把她拉起来,“去洗个脸,咱们先吃午饭,等下午我给你好好打扮一下,咱们去皮皮的party。”

“没心情,不想去。”Jenny头一回缩头缩脑,不像个样子。

青果说:“这些都是迟早的事,难道监狱生活这教训还不够大吗?还有什么值得留恋的?过去看在你男朋友的份儿上我不好说你,你真是不该哭,你就笑吧!亏得陷得不是那么深,要不你的一生都毁了。跟你说实话,我恨这些招摇撞骗的外国宗教组织,他们真的是祸害无知的青少年,跑到我们中国来,看我们都是些傻子,来骗我们。也就是像你这样的傻子上当！”说着拿手指戳了她脑袋一下，“现在好不容易被公安叔叔救出来，还哭，哭什么？你不是真的傻得想让你的组织给你配个又老又丑的丑八怪吧？”

一席话说得Jenny破涕为笑：“他们明知道我跟Michael相爱，故意拆散我们，真不是东西！什么‘爱’呀，说的比唱的好听！”泪珠儿还挂在眼角。

青果冷笑：“哼，这下明白了？还得事实才能教育你！”

吃过午饭，青果开始给Jenny打扮。她看了一眼墙上挂的有波姬小丝头像的挂历，又看一眼Jenny的披肩长发，说：“我来给你做个波姬小丝头。去，去把头洗了。”

Jenny这会子出奇的听话，几分钟后湿着脑袋冲到青果跟前，青果拿了一块干毛巾给她擦，说：“这可是N大头一份，也许全中国就此一家呢。”

Jenny说：“先别吹，弄难看了我先把你的头发剪了。”

青果瞪她一眼：“你敢！”笑着拿梳子开始给她梳头，Jenny的头发又密又厚，一个结跟着一个结，青果大喊：“别动，站稳了，瞧你这一头蠢头发！”

“哎呀呀！你给我弄一次头发我得受多少虐待啊！”

青果大笑一声：“你也有今天啊，这下你知道你平时怎么虐待我的了？过来，坐在这凳子上！”她指了一下身旁的凳子。

Jenny乖乖地坐在她面前。她开始把她的头发分成小指头粗细那么一股一股的，湿着就给她编小辫子，足编了一脑袋。

Jenny看了下镜子，说：“你这不把我弄成个非洲人了？”

“嗯，你要是再黑点我就给你往那个方向搞。”

Jenny生着一对双眼皮大眼睛，不算多么出众，翘翘的小鼻子才是她最漂亮的地方，让她的脸立刻生动起来；她还生着高高的颧骨和大奔儿头，一张脸轮廓分明；她爱运动，身材发育得很好，高胸蜂腰的。李心说她粗其实是气话，最多是把她好动的气质往坏里说，怎么来说，她都是女研究生宿舍里的出色人物。青果编完后再端详一下，满意地说：“等着，别动那些小辫子，等林欢来后我们再来搞。”

Jenny点头，湿着一脑袋小辫子回屋去睡午觉了。

下午2:00后，青果和Jenny正坐在一处准备弄头发，就有人“咣！咣！”砸门。

Jenny冲过去把门打开说：“一听就是你，只有你们美院的男生才使那么大的劲。”

青果笑着跟林欢往同屋张红的空床上努了一下嘴，说：“坐那边床上去，我要在这里给Jenny做头发，你等我们一会儿。”

林欢笑着坐下，说：“你们女生就是麻烦……”

青果得意地打断他：“可你们就喜欢我们女生麻烦。”

“是，是。”林欢满眼都是欢喜。

青果问：“对了，昨天晚上窦斗最后怎么样了？他没事了吗？”说完示意Jenny坐在她跟前。

林欢往后仰了一下,长长叹口气:“唉,窦斗真倒霉!昨天晚上我从你这里走,心里就发毛,知道事情不会那么简单,果不其然。也怪我急着送你俩回来,没跟大伙儿交代。他本来没事了,去了派出所,登记完了,没想等他出来,那些混混儿一伙的人还在街上等着他呢,逮着他就一通打,把他打晕了,然后把他塞下水道里了,最后是下水道里的臭水把他熏醒的,这才喊人,是路人把他救了起来,我回去正好碰上路人把他往学校里送。”

青果大叫:“我说这个皮皮怎么这么不是个东西?你都不放心,知道回去找窦斗,他怎么就不知道马上去找窦斗呢?”

林欢笑道:“他可能也是有点被那些人吓着了,毕竟事儿是他挑的,人家正找他呢,他怎么敢往枪口上撞?”

“可人家窦斗都为了他啊!”青果很不服气又喊,拿着梳子的手在空中挥了一下。

这会儿 Jenny 的头发已基本上干透了,青果一根一根松开了刚才编的小辫子,拿手只在她头上抓了几抓,头发就跟被烫过,打着小卷全翘起来,像极了挂历上的波姬小丝,她又在抽屉里找了两根一寸来长、小雨伞镂空金丝发卡,在她的宽额上一左一右各别一个,压住翘起来的头发,露出她的大奔儿头,说:“好,你去配条裙子,最好是大花无袖的。”Jenny 应一声喜滋滋地跑了。

见 Jenny 走了,林欢过去抓过青果的手,放到嘴边轻吻一下:“别人再怎么打扮都不如你好,还是你最好看!”说着就向她的脸凑过去。

青果忙躲:“别动手动脚的,Jenny 在这里,坐那边去,我还要梳头呢。”

林欢很不情愿地磨回去。

青果麻利地把所有头发往后梳拢,编了一根辫子吊在后面,露出雪白的长脖子。她怕热,入夏以来她就没有把头发散下来过,不是梳着大尾巴,就是独辫子。她又在抽屉里找出个白色的一拃来长的小梳子,反着卡在侧面,冲林欢说:“你得出去,我要换衣服了。”

林欢不情愿地说:“我不看行吗?我转过头去,总可以了吧?”说着就把头扭过去,背对着她。

青果笑了:“饶你,看你跑来跑去不容易,可不准回头!”她把睡衣脱了,套上无袖浅粉暗花收腰小绸衣,底下配了一条齐小腿肚枣红、黑紫、深蓝色交织的小斜格子布长裙,再配一双深粉红色亮漆细高跟凉鞋。她站起来跺跺脚,说:“好了,转过来吧,穿好了。”

林欢回头,上下打量,走到她跟前,伸手就搂住她的细腰:“我说什么来着?你随便一个样子就够她们追半年的。”

青果推他:“别叫 Jenny 看见,她一会儿就进来。”

林欢却搂得更紧,埋头就吻在她嘴上,边吻还边说:“我怕她什么?我就要,我就要……”就听见 Jenny 的房门开了,青果急忙狠命把他推开,说时迟那时快,Jenny

一头撞了进来,手里拿了个小香水瓶,身上穿了件橘黄色大花连衣裙,看他俩绯红了脸尴尬的样子,笑了说:“你们在干什么坏事?”

青果涨红了脸,接过她手里的香水瓶子问:“什么香水?”

Jenny 看看她,再看看林欢,一脸坏笑:“不知道是什么牌子,是国际香型哦,Linda 过去给的。”

青果认真看了一下瓶子上的商标,几乎都落了,就撇一下嘴说:“他们就用这些小恩小惠拉拢腐蚀你们这些人,再教你们几句英文,你们就把自己的一生给他们,为他们去坐牢,没见过像你这么傻的人!”

Jenny 一听,把青果手中的香水瓶一把夺过去,说:“你不喜欢他们就不要用他们的东西。”

“我也没有说我要用他们的东西啊!我宁可身上有汗味儿都不要有他们的国际香味儿!”

“可——你不会让我把这小半瓶香水扔了吧?”

“要我是你我就扔了。”

林欢见她俩又杠上了,就说:“我看没必要扔,他们人都被驱逐出境了,跟东西治什么气呢?好歹东西也可以用的。”听了林欢的话,青果没再说什么。

Jenny 往自己身上喷了一些,确实很香,也不像国内的香水闻着发甜,又举到青果跟前问:“要不要给你来一点儿?”

她坚决地摇了摇头。

皮皮的 party 是在他的家里,城里的一座老院子。等他们到时,早就一院子人了,都是皮皮的朋友和同学。院子不大,红砖砌地,窗下摆了一张小木桌子和几把椅子。一个来月在美院进进出出,再加上昨天那一战,青果和 Jenny 跟大家都认识了,皮皮给她们介绍自己小巧玲珑、青梅竹马的漂亮女朋友贾红。皮皮的父母准备了一大桌西式冷餐,他们做完饭就出去了,把院子让给年轻人。所有的菜肴都精致美味,咖喱牛肉、辣子炒青蛙味道尤其好。青果心里羡慕皮皮有这么开明的父母,她扫了一眼院子另一头,想找 Jenny,怕她没人照看,发现她正端着酒杯跟一个有黑卷头发的高个男生聊着,她心里放松一些。

小院里凉风习习,夜里已不像白天那样热了。小天井露出一块深蓝色的天空,缀满钻石般的繁星。小院没灯,只有窗户上的灯光忽明忽暗,照着一院子的人魅影重重。

皮皮把屋里所有的凳子、椅子都搬到院里,拿勺子在酒瓶上敲了敲,喊:“来,来,来,大家来坐,让汉生给大家拉一段。”

林欢在青果耳边说:“皮皮的发小,音乐学院刚毕业,可能要分到市交响乐团。”

汉生一头黑发微卷,一对漆黑眼珠炯炯有神,瘦高身材,穿一件白色 T 恤和一条牛仔裤,正是刚才跟 Jenny 聊天的那主儿。让青果吃惊的是他真的拿出一把小提琴站在院子中间拉了起来。一首家喻户晓的《毛主席的光辉把炉台照亮》被他拉得行云流水、熟练无比，听得出来他连脑子都不用动。青果很诧异，他们的聚会怎么总搞得那么正式？本来是件很随便的事情。

等汉生停下来，皮皮从屋里扛出一台跟李心家一样的豪华录音机，他不知从什么地方拿出一页纸，举在脸前高声冲一院的人说："我来给大伙儿朗诵首诗，咳，咳——"清了下嗓子，手指在录音机上一摁，贝多芬的《英雄》在小院里响起来，皮皮洪亮的声音响在小院的上空：

卑鄙是卑鄙者的通行证，

北岛最有名的《回答》！青果在心里叫了一声，惊诧地望着皮皮，只见他一只手举着纸，另一只手在空中舞着，配着音乐，拿腔作调：

高尚是高尚者的墓志铭，
看吧，在那镀金的天空中，
飘满了死者弯曲的倒影。

冰川已经过去了，
为什么到处都是冰凌？
好望角发现了，
为什么死海里千帆相竞？
…………
告诉你吧，世界
我——不——相——信！
纵使你脚下有一千名挑战者，
那就把我算作一千零一名。
…………

如果海洋注定要决堤，
就让所有的苦水都注入我心中，
如果陆地注定要上升，
就让人类重新选择生存的峰顶。
…………

青果屏住呼吸听他朗诵完，在他铿锵有力的声音里回不过神来，他读出来的每个字都重重地敲打在她心上。就几年前，朦胧诗大兴，那是一个多么诗意的时候，那时仿佛空气都要轻盈欢快一些，学校里总有诗歌朗诵会，年轻人的思考，更多的是憧憬就在天空中飞扬,青果到现在都还记得蚊帐里读诗的情景。

皮皮声音一落,音乐也停下来,小院子里一时没了声音,他得意地回头看看贾红,红了脸说:“下一个,欢欢!来段小号。”

大伙儿仿佛才回过神来,都喊:“欢欢,来一个!”

青果吃惊地看了林欢一眼,心想我怎么不知道他会吹号?还真是,我也没想到皮皮要朗诵诗,他是那样一个好玩儿、成天不正经的人啊!

林欢在她旁边站着撇了几下嘴,突然,罗马尼亚电影《沸腾的生活》里面那段悠扬曲子在院子上空响起来。青果记得电影里响这段音乐时,画面上有大浪和情侣。从电影在国内各大影院上映,这段抒情浪漫的电子音乐便深得国人之心,这还是国人第一次听到电子乐,立刻在全国流行起来,经常都能在电台里听到,这回难以置信居然从林欢的嘴里发出来,变成了小号,听得青果大惊。

Jenny 站在青果边上,早大喊一声“好!”大家跟着都鼓起掌来。汉生大叹:“哎哟!比我们音乐学院那些吹号的都吹得更像小号!”

青果笑嘻嘻碰了下他的胳膊说:“你还有这本事啊?”

林欢得意地把曲子吹完,跟她眨了下眼:“本事还多着呢!”

皮皮又喊:“青果!来一段!”

她脸都红了,忙说:“不会,什么都不会!”

林欢看她窘的样子,忙替她解围:“我来段替她。”伸了下脖子,开嗓便唱:

> 天长地久在等待,
> 只等那漫山鲜花开。
> 问过了高山,
> 我问大海,
> 都说是人生要忍耐,
> 都说是人生要忍耐,
> 要忍耐——

林欢高亢、嘹亮的嗓音艳惊四座,引得一个院子的人号叫,这首陕北民歌因为“西北风”广为流传,其悲凉优美的旋律经常在收音机里能听到。青果瞪圆了眼睛,傻了眼光看着他,林欢得意地说:“告诉你了本事还多着哪!”

青果搂了他的胳膊,笑眯眯在他耳朵边说:“欢欢,哎呀,我多幸运啊!我以后每天都要听你唱了。”

“那不行,得有条件。”林欢闭上眼,直摇头。

“什么条件?”青果笑着还咬他耳朵。

林欢冲她眨了下眼:“第一,你要听话,我说什么就是什么。第二——”

还没等他把话说完,青果笑着掐他一下:“你想得美啊!”

院里的同学们一个一个都出来表演，青果趁汉生又拉“文革”曲子，笑着低声问Jenny：“怎么样啊？跟人聊得兴致勃勃的？”

Jenny微笑，眼睛在黑影里发亮：“没什么，这个人一直就跟我讲Isaac Stern那人简直就是他偶像，他给我讲为了听他的排练，旷课跑到北京，偷进人家排练厅被人抓着了那档子事儿，你说我们这代人都多如饥似渴啊！为了学个什么，在所不惜的，真不易！”

青果乜斜了眼笑：“你是不是被感动了？”

“哼！我就觉得他好玩儿，精力旺盛，别看他风流飘逸，淘气的事情也能干呢！”

青果挑着眉，撇嘴点头儿笑，Jenny没理她还自顾说：“他跟我说就这样，如同望梅止渴，这哪行啊？他最大的理想就是真的出去学，跟大师学，这才够劲儿。他说技术可以学，音乐可以听录音、唱片，可生活是没法学的，不到西方去生活，怎么理解、表达人家的音乐？青果，你看他说得有点道理。”

青果笑着点头：“嗯，这才是个有志青年！”说完冲她眨眼。

Jenny笑着拍了她一下：“青果！你可别往歪里想，人家就这么一说，我就这么一听，也许他有女朋友呢！”

“有没有你得问了才知道，是不是？”青果还笑。

Jenny瞪了她一眼，闭嘴不说了。

这时窦斗满头是汗从院门进来，皮皮快步迎上去，一院子的人都围过去，倒酒，打扇，拉椅子，皮皮还正正规规给他抱了下拳，鞠一躬，勾了头问：“让我看看，让我看看，打到哪里了？伤了没有？真对不起哥们儿了，我该去找你去的，我以为就没事了，哪知道——哪知道——唉！”

窦斗笑着挥了下手：“没事，没事！”又跺跺脚说：“我这不挺好的吗？没少胳膊没少腿的，就是昨天把我臭得不行。”说完，一院子的人都乐了。

青果在人堆里仔细打量他，见他眼睛旁、嘴角有乌青，胳膊上也有，知道他昨天肯定被打得很惨。

窦斗站在人群里，早瞥见青果在暗处关切地打量他，心里一阵得意。等所有人都不再问他问题了，便走到她和Jenny跟前说：“我知道你们会在的。对不住，我今天来晚了，送我老婆回家过暑假了。”

“王维今天回去啦，何不叫她晚走一天？”林欢在旁边遗憾地说。

“她打定了主意谁也没办法啊，我劝过她了，不过她想回杭州看她父母，就让她走吧。”

青果一双黑亮眼睛直视他，没眨一下：“你怎么不在家里休息？还这样满世界乱跑，你还痛吗？他们一定把你打狠了吧？”

就这一句话，窦斗顿觉一股清泉涌进了心里，就要从眼里涌出来，他忍着，咽下一大口唾沫，一时说不出话来。从昨天晚上被打到现在，这是他最想听到的问候，不知道为的什么？他今天就期望从青果嘴里听到这话，这不忍着浑身酸痛也要来，因为他估摸着她一定会在的。其实王维哪儿都没去,在家里生气呢,她气皮皮昨天晚上不够意思,害得窦斗被打。今天一早她就宣布坚决不去皮皮的聚会,也不让窦斗去,可没有拦住他。窦斗自己也不知道是怎么了,昨天在餐馆里一见那阵势,就往前冲,糊里糊涂到最后被人塞了下水道,说实话,这样的英勇连自己都没有想到。这会儿看到青果关切温柔的目光,又听她这样问自己,心里就发酸,有她这句话,被打得再痛也值了。他朝青果笑了起来:“没什么,不用提了。对了,昨天一见你们就跟人干上了,来不及说话,前两天在北京又见着陆华了,他还问起你呢,说你怎么还没去北京呢?”

林欢立刻把青果的一只手抓起来举上天,说:“这位同志是个出名的懒人,要让她挪窝比什么都难。”

青果没好气地笑着看了林欢一眼,把手收回来,说:“别听他胡说八道,前些日子期末太多考试,天又热。这不我马上就要回C市去,路过北京,一定会去找他的。”

皮皮过来,拿了一瓶刚开的冰镇啤酒,递给窦斗:“哥们儿,喝这个,今天你来晚了,得表演个什么吧?”

窦斗“嘿,嘿”笑了几声,从口袋里掏出一盒带子,交给皮皮:“放你的大家伙里,听听这个新鲜的。”

皮皮忙不迭地弹开机关,把窦斗那盘无名无封皮的盒带放进去,手指一摁,摇滚乐里,一个戏谑的、抽搐着的摇滚前奏立刻响在小院的上空,一声唢呐的鸣叫,引出一个沙哑,不,不是,是一群沙哑野小伙子喊叫:

一,二,三,四……

然后开唱:

听说过,没见过两万五千里呀,
有的说,没的做真的不容易,
抬起头向前走寻找我自己啊,
走过来走过去没有根据地。
…………

青果一听不禁喜笑颜开,问:“哎!窦斗,你哪弄来的这个,这是谁?”

这时院子里的人跟着那音乐的摇滚节奏跳开了。皮皮把声音拧到最大,震耳欲聋,院里的人一下都疯起来了,林欢和Jenny都跟着蹦进了院子中间。

窦斗低下头,把嘴凑到她耳边说:“崔健,听说过吗?崔健,北京玩儿摇滚的。”

她笑着摇头,跟他说:“真好玩儿,他写得真好玩儿!”

窦斗把手伸给她,她笑着把手搭在他手心里,就在他们的肌肤接触那一刹那,她碰上他一双贼亮的细眼，心里“咯噔”一下，迟疑着，把手缩了回去。窦斗立刻眯缝着眼笑了。青果有点难堪，忙把眼光扫向院子中央，想找到林欢，让他赶快过来，快来救她。

窦斗却笑着看着她问：“你不想去跳吗？”

“嗯——不！”青果先点头后又摇头，她是想到院子中间去跟林欢跳，可不想跟他跳，回答得乱七八糟，脸红了，而他却固执地又伸出手来。青果看了看他的手，没有别的退路了，只好用指尖碰他的指尖，他却在她一触到他的肌肤时，张开五指，一下就把她的整个手握在他的手心里，她睁眼看着他，好像无能为力，只好由他握着。青果觉得他的手出奇的柔软，温柔又体贴，小心翼翼，她讶异地看着自己的手不知该怎么办。窦斗没回头，就这样把她牵进了院子中间，一直牵到林欢跟前。

林欢一回头看见青果，伸胳膊揽住她，跟窦斗喊：“老窦你哪儿弄来的带子？太棒啦！”

窦斗拍了下他：“北京。”转身往院子门边走。

一院子人围成一个圈随着强烈的节奏跳起来，直跳到一面的音乐停止，各个面红耳赤。青果大口喘气，直喊渴。林欢跑进屋给她倒了杯开水出来，说：“你到边上坐会儿，有点烫。”

青果坐在一把椅子上，接过林欢递过来的开水杯子，在上面吹了口气，这时崔健开始唱新歌了，只听他唱：

> 我曾经问个不休，你何时跟我走？
> 可你却总是笑我一无所有；
> 我要给你我的追求，
> 还有我的自由，
> 可你却总是笑我一无所有。
> …………

崔健的嗓子沙哑、粗糙，有点像哀号，非常爷们儿，而且是北京爷们儿的品格。他的这首曲子大有陕北民歌之风，正是这两年盛行的“西北风”。后面的伴奏用了柔软的笛子，他粗糙、沙哑的嗓子吼一句，舒缓悠扬的笛子就跟一句，就像两人一来一往地对唱，撩得人心动。再加上吉他和摇滚打击节奏，尤其中间的过门，他用了唢呐，吹得悠悠扬扬，整个曲子百转千回，跌宕起伏，很完美。青果抬头冲林欢说：“我喜欢，我喜欢这个崔健。”说完喝下去一大口烫开水。

Jenny 早跟汉生搂着在院子里跳上了。林欢笑着把青果拉起来，抓过她手中的杯子放到旁边的小桌子上，回身紧紧搂着她。

她推了他一下说：“那么多人你不害臊！”

林欢没松手,搂得更紧了,青果伏在他肩头上说:“欢欢,你去跟窦斗要这个带子,咱们录几盘,我要给李心一盘,他准喜欢。”

“好,好,遵命,遵命。”

青果一抬眼瞥见窦斗在院门边一闪,出去了。她忙推开林欢,小声说:“他走了,欢欢,窦斗走了,你快去追他,就说我们要借他的带子。”

林欢立刻丢了青果, 追到门外, 没一会儿回来说:“窦斗说了这盒带子送给你了。他不要了。”

皮皮见林欢追出去,知是有事情,走到林欢跟前问:“窦斗怎么了?刚来就走,也不打招呼,出什么事儿了?”

林欢不置可否,只说是有什么事,青果可没在意,她欣喜又感激窦斗有心送这盒磁带给她,真送到了她心坎里。

窦斗悄悄溜出了皮皮家的院子,脑子有点蒙。刚才看见林欢和青果柔情蜜意地贴在一起,心里突然很烦,只想马上离开,眼不见心不烦。七月盛夏的夜晚,热得仍然让人喘不上气,他骑在车上,心里恨了一声:贴那么紧,也不怕热?! 他气鼓鼓的,自己也没有搞清气什么。刚才青果亮晶晶的眼波在他脑海里闪了一下,她羞涩又惊诧的眼神,嗯,她知道我的意思,她的手真的好柔软啊!青果,这名字跟她倒妥帖,想到这里,他嘴角露出了一丝儿笑意,蹬车往家去了。

’85 领袖

终于在青果和林欢要回 C 市的前一天,林欢的分配方案下来了。他被分到了市里的无线电公司,皮皮被分到了一家电脑公司,都属于市一轻局,班里其他同学也七搞八搞分到这个局、那个公司,最好的分到一个纺织中专教书。林欢似乎毫不在意,也不准备去报到,要紧的是他要跟青果过一个暑假,再也不用等到周末见她了,有两个月哪,想起来都让他兴奋,青果却为他发起愁来,学了四年画,难不成他要去卖收音机?

他们到北京打了四五个电话,转了三趟车,终于找到了陆华的小公寓。当青果坐到跟他书桌对着的小沙发上, 觉得这书房也太小了吧! 除了一张书桌和一对沙发、一个小书架,就没地方过人了。这楼外面看起来很气派,二十几层的电梯公寓,里面就这么小,真是中看不中用。她再看看他屋里的陈设,极简单的木制家具,桌上、地上、书架子上到处是书、报纸、杂志。

陆华见到他们喜出望外,他边给他们倒茶边说:“我一直等你们过来呢,都一两个月了吧?林欢你们毕业了,有什么打算没有?现在全国的这几届的都动起来了,看,看。”他随手从桌上拿过一张报纸,是当下最流行的《中华美术报》,上面登了山西、浙江、江苏等地大型艺术家群体的活动,有图片,有文章,还有老米写的时评。

从小树林展览后,青果才知道陆华是何许人也,他和北京的老米可是全国响当当的人物，两个鼓吹手，是现在全国如火如荼的新潮美术运动的幕后推手。他们一人占领了一个阵地，陆华在《艺术》月刊，老米在《中华美术报》不停发表大量的报道和评论，跟传统势力论战，推广先锋艺术。差不多三年前，陆华在一篇署名文章《更新我们的艺术观念》里首先提出“新潮美术”一词，从此正式为这个新兴的、青年的、发生在八十年代的美术运动命名，就此’85新潮或者’85美术运动成为美术界最时髦的名词。林欢他们小树林里的活动只应该算是这个运动的一小部分。

“看看，看看这篇文章！”陆华又递过新一期的《中华美术报》说：“我们要暴露这些人的嘴脸，让他们出来唱，这样我们才可以有的放矢，这是一场战斗，是一场革命。”

青果忙看那篇文章，是一位知名画家方明的大作，大肆攻击这些造反派：“年轻的否定派换上了洋装，他们持戈披甲，向中国画坛发起猛烈进攻，他们进攻的内容是否定，否定，否定，他们进攻的形式是嘴巴，嘴巴，嘴巴。”

青果跟林欢互相看了一眼，林欢说：“这些人，他们急了，还都是‘文革’语言。”

陆华在鼻子里笑了一声，把身子往椅背后仰了一下：“我不会跟这些人骂大街，我们要在关键的时候、关键的题目上给他们好看。可更重要的是全国各地的活动，艺术家群体的活动，要把声势造起来，现在运动在全国已经形成燎原之势，这就是历史的必然，几个人发几声噪音，无伤大局。”他深知三十年的体制和观念不是喊几句口号就可以完蛋的，现在最麻烦的是人们脑子里的顽固的观念。

他不动声色，语调平缓，就像说着吃饭、睡觉的事情。青果一共也就听他讲几次话，每次都只有听的份儿。从他嘴里出来的都是新鲜的、刺激的、激动的事情，可他总是冷语冷调，很沉着。她见过林欢和皮皮还有其他美院的人在他面前的样子，大家都很尊敬他，但又好像很平等。他可以很耐心地听他们讲发生的事情，显然跟他们是“战友”，很近，但你能感觉他又没有跟这些人有多少个人的交情，好像他凌驾在这些人之上，所以又不亲。皮皮和林欢跟他就这样。青果看着他藏在厚眼镜片后面微微往外凸的近视眼，想这个人真的就是他们的领袖吗？

他转身把杂志扔回桌子上，看了青果问：“对了，你上次说要用社会学的方式来研究’85，我看很有意思。我们现在正在写一本书，就是给这个运动留下文案，应该说就是写当代史。你的方法我看很好，如果你愿意，那你就加入到我们这个写作组里来。”

青果听了大吃一惊，什么都没有，他就邀她写书。她忙点头：“那好啊！这个暑假我就把提纲给你。”她兴奋得眼睛都亮了。

陆华又指指桌上、架子上、地上各种各样的牛皮纸大信封，说：“不要愁资料，这里有的是，就怕你看不完，都可以给你。”

“都可以给我？”青果又惊又喜，“真的？那我现在就可以拿吗？”

陆华盯着她乐了：“当然可以！”他拿过一大兜，看看封皮，说：“这是各地群体展览的资料。”又从书架上抽出一大包，说：“这是各地方艺术家给我写来的信件。”

青果迟疑地伸出手,想私人信件给我合适吗?

陆华看出她的疑惑,把手里的牛皮纸袋往她面前一伸说:“没关系的,我们讨论的都是关于运动的事情。”

“还有。”他又转身到书架上找。

她忙说:“我看这些先够了,让我对运动有个了解,这么多也拿不了,等我从C市回来再来要。”

陆华好像恍然大悟,问:“你们不回N大?对了,你们放假了！看我忘了这个！”他摇了下头。青果跟林欢都笑起来。

他们跟陆华道了别,高高兴兴拿了两大包材料从他的公寓里出来,直奔火车站,上了回C市的火车。

两人在卧铺的中层,一人一个铺,面对面地躺着,都不出声读那些牛皮纸袋里的材料,是各地先锋画家们给陆华的活动汇报和思想汇报,一厚沓子一厚沓子的,他们精神上的痛苦、纠结、渴求、企望、最原始的想法、最宏大的追求,热诚又真挚,如同情书表露无遗,让青果大吃一惊。她猛地坐起来,说:“你看看这些人,他们的追求,他们得多费劲儿！你不觉得吗?T市这个地方别看离北京这么近真还不如云南、东北那些偏远的地方,你看看森林艺术家群体还有北望艺术家群体的活动,你们T市的真是毛毛雨,太小布尔乔亚了!人家才是生猛的。你听听人家的宣言,这是北望的,‘我们要表现出一种崇高的理念之美,人本的永恒的协调和健康精神’,这是什么?嗯?还有,森林的,他们反诗意化、理想化的牧歌情调,听见没有?那叫着庸俗的都市梦想!尤其那些低级的伤感怀旧、小情小调,喔!你听他们要什么?”青果两眼发亮,“他们要表现的是难于表达的、潜在的、支配着生命的那股力量,哦！”青果激动得声调高了八度,林欢瞥她一眼没有理她,她又埋头接着看牛皮纸袋里的东西,一会儿又说:“你看厦门达达,他们才敢干！”

林欢扭头见她粉红着小脸,一脸的认真劲儿,忍不住甩了手里的东西,爬到她的铺位上,抱住她说:“我才没那么丧心病狂呢,搞不搞运动其实都无所谓,关键是要随心所欲,像现在这样比搞运动好。”说着就亲她的脸。

青果抬手打他,笑着骂:“臭不要脸的,过去,到你自己的床上去!我要看东西。”

他一侧身把她挡在里面,不由分说吻住了她的唇,突然他停了下来,微红着眼在她耳边说:“青青,我爱你！”

“我也是。”她小声回他,见他喜得两眼放光,就又说:“你没想到吧?我们第一次说这三个字是在火车上,你要永远都记住。”

林欢又亲了下她,说:“嗯。你知道我就说不出口,男人都说不出口的。可是心在那里,你不会不明白。”

她白他一眼:“那你现在为什么就说得出口了?”

林欢笑着摇头:“不知道,真不知道,是你施了魔法。你是个魔女,我被你害得神魂颠倒,半条命都没了。”

“我可没害你，是你自找的！”

暑假很快就过去了，青果和林欢疯玩儿了一个暑假，与她愿望所背，整个假期她没有写一个字，也没读一个字。

博物馆新展和 Jenny 的性教育

林欢和青果走后，窦斗在T市干了件轰动的大事。他心里惦着要开个展的事情也不是一天两天了。两年前从西藏回来，窦斗攒了好几百幅画，一直憋在画室里，只在一个区级文化宫的小展览室里亮相过几幅，他心里早就不愤了，看看现在那些画西藏的，都变成风情画，哪有我这样愤怒的？哼！你们要见了我的才知道什么是真正的西藏！他发誓要让这些心血公之于世。看看全国各地，同辈人都行动起来，造反已成燎原之势，老米的《中华美术报》不时传来最新的消息，窦斗再也憋不住了，他得大干一场，林欢和皮皮在树林里干的可真是毛毛雨，怎么能与全国那些人干的事情相比呢？

画是现成的，场地是个问题，到底选在哪里？他脑子里转着念头，可不想选在林子里，也不想选区级文化宫，他跟自己笑了一声，我这么伟大的作品怎么能憋憋屈屈放到那些不成样的地方？为什么就不可以是市里的博物馆？打定了主意，拿了作品的幻灯片，回家去了。原来窦斗的父亲不是别人，正是市里主管文艺的局长。说起来他可比全国任何一位前卫艺术家幸运，他只要说服父亲就什么都搞定了，结果市博物馆就成了他毕生第一各个展的展览场地。

一个月，他又忙着上北京，请理论权威、教授，当然陆华和老米是他第一要请的；再又请到了两三家全国性大型画刊的编辑们，以及市里各报社的记者们、市里管文艺的官员们，还有北京、T市所有的哥们儿，想着开幕时的盛况，他兴奋得眼都亮了。

窦斗要办个展，老婆王维当然不能回家去，她放下手里的一切事情，全心全意为他的展览做准备，窦斗不愿跑的、交际的，她都揽了下来，再加上裱画装框子，布置展厅，两人忙得焦头烂额。林欢跟青果不在，皮皮、汉生，还有美院的哥们儿都来帮忙了，这可是他们中头一份把展览办进了国家博物馆里，一帮子人咂舌羡慕又嫉妒。

开幕式选在八月中旬的一个上午，天就像下火一样热，可再热也没挡住来往的人流，展览正如所料大告成功。人们看了他的画都大吃一惊，只见宣纸上处处是随意、狂野的动物和牧牲口的人物，笔笔都率性张狂，人物、牲口夸张变形，幅幅都显示他反叛、不羁的个性，无疑是水墨画里的野兽派。他这般狂野的国画，竟没一个人说他出格，权威们、报纸和杂志的编辑们都给予了高度评价。传统的人从他的用笔、着墨里看他技术完善，亦待见他的真性情；前卫的则推崇他反叛传统水墨，乖张的个性，表现出西藏原始的生命力，把水墨画出了新意。窦斗在人头攒动的展厅里，听到人们的赞美,喜不自胜。

照例,展览完后,得请所有捧场的朋友去餐馆大吃一顿,大家纷纷举杯向他祝贺,陆华端了酒杯站在桌边说:“首先,我要祝贺窦斗的展览成功,这T市终于又有一次活动,窦斗的水墨是新的,反叛传统的,攻击性的,他对传统水墨做了革命。上次来我们还在树林里,这次就在博物馆里,这简直就是一个飞跃,真要恭喜啊!有这一次,全国就会有第二次,逐步地,不管大家用什么途径,我们的展览从树林、教室、公园、广场、街边,再到区、市文化馆,再到这市、省博物馆,最后我们的展览就会到国家的美术馆,会的,会有这一天的!来,我们为了这一天的到来干杯!”

“干杯!”“干杯!”大家一阵碰杯。

老米也来了,他站了起来,个头不高,身板厚实,留着络腮胡子,笑眯眯睁着一双和蔼的大眼睛,冲窦斗说:“窦斗要一直这样画下去,他越不正经就越出色!来,祝贺你展览成功!”

大家又一阵干杯。

窦斗几杯酒下肚,得意微醺中,突然心中隐隐不乐起来,说也是,我这么大的个展她居然没看到,瞧我一急选的这日子,他们走之前我就在嚷嚷,也不知林欢跟她提过没有?想到这里,脸上怏怏的,不似刚才神采奕奕,得意非凡。

王维坐在他旁边,见他兴致低了下来,就问:“怎么了?”

“没事,没事,累的。”窦斗忙敷衍过去,遂又精神百倍赔笑喝酒,等把所有请来的客人都送走了,这才有气无力地回家。

不出一个月,窦斗的展览不仅登了报,还上了好几家国内大型美术画刊,全国知晓,学术评价甚高,青果和林欢知道也是九月开学以后的事了。

九月开学半个月后,青果跟王导师讨论了三次,过了论文大纲。

王导师四十出头,刚从美国拿了博士回来,不到半年就当了系主任,可谓学校里的风云人物。从他上任伊始,就在系里改革,系里风气大变,一半的专业课都用英文,美国教授在专业教授里的比重比中国老师都大。青果英文不好,每天上课都要坐“飞机”,尤其要坐王导师的“飞机”,因为他的课也用英文,可他的英文带着口音,真真难懂,尤其讲的是时髦的《十七世纪英国的科学、技术与社会》,那个默顿的晦涩英文连英国人恐怕都读不懂。可王导讲这本书连课都不用备,因为他就是这本书中文译本唯一的译者。青果在私下里骂,李心就笑她:“少睡点,拿本字典背背,你看Jenny就这样。”

青果冷笑道:“我们干什么非得用英文?这不王导有译本吗?英文只是一种语言,又不是专业,现在时髦的就是流利地大讲特讲英文,好像英文好了,连你人都比别人高明一些,现在的事只要沾上点外国人的事情,就趾高气扬,我讨厌这些个崇洋媚外的事情!”

李心脸上有点下不来台了,嘟囔:“我什么都别说了,别让你讨厌。”

青果还不服气:“干吗他要用英文?他又不是不会中文,无缘无故地给我们增加困难,那么难听的英文有什么可显摆的?我真的很恨社会学,真真一个无聊的学科,想用科学的方法来解释社会?你说说可能吗?采样啦,调查啦,哦,那样就科学啦?不知道社会是人组成的,那么冷酷无情地分析,分析,根本不知道那些分析所依据的数据都是错的,能把复杂社会复杂的人分析出来吗?我看未必!”

李心点支烟,眯缝着眼看着她,嘴角含笑,见她气急败坏,不禁笑了问:“你后悔了?考了社会学系?”

“就是,就是!我恨这些冷酷无情的理论,还一套一套的。”

李心听了大笑起来,丢了手里的烟,说:“嗯,我看你也不适合学这个,要理性的人还差不多,得像我这样的,女的其实都不合适。”

青果瞪他一眼:“你什么时候能把你的男人优越感扔掉?你才是真正的不文明。不要以为你们男人的智商就真的比女人高!”

“哟,哟,今儿怎么啦?我可没有惹你。”

“你就惹我了!”说完她转身就走,把李心留在教室的过道里丈二和尚摸不着头脑。

其实青果心里烦的不是李心,是英文。刚回校就开始上一门新课,英语强化课。没想到那位英语老师 Nancy 还不到一个星期就给她和 Jenny 传教。Jenny 立刻跟她打得火热,青果气得连课都不想去上了。

她跟林欢讨论这个事情,说也不知国家教委知不知道这些事情?十有八九的专门教英文的组织都是传教组织,他们渗透到全国各大院校,“毒害”青少年,而且这些组织鱼龙混杂,什么样的都有,这次 Nancy 的和上次那个又不一样,国家应该管一管,把这些人都轰出去。

林欢听了笑她:“文化大革命都过来了,还怕什么?传不上的人他就是再传也传不上。你该学的还是去学。”

就算能逃掉一些强化班的课,还有几门英文的专业课是逃不掉的,所以她很烦,跟李心发火。

林欢跟皮皮都去报到上班了,每次来都灰头土脸的,说工作了没劲,不自由了。没什么事情干,就是在办公室里抽烟,看报纸,浪费时间,还不能不去。

Jenny 在青果回 C 市之后很久才回了新疆的家,没待两天一开学就回来了。开学后第一件事就是向青果报告她跟汉生好了,青果故作吃惊:“什么时候?”

Jenny 笑道:“就你们走后,是我约的他,我觉得他拉琴的样子太迷人了,一下就爱上了。”

青果瞪大了眼说:“怪不得放假了我跟欢欢都走了那么长时间你都没回去,偷偷留在学校里会情人呢!老实交代你们到什么程度了?”

Jenny 撇了下嘴,说:“还不是跟你差不多……”说着又转眼珠子。

青果知她话里有话,喝问:“我们什么程度?说来听听。”

这下 Jenny 把头埋在她肩头,小声在她耳边说:“我跟他上床了,你不知道他有多厉害！”

“啊！”青果大叫一声，“你，你跟他那个了？”

Jenny一看她的样子就红了脸。

“什么跟我们差不多，差远了！我可没你胆子大。”她讥讽她一句，Jenny听了脸更红了：“我怎么能控制得住？我跟他都是爱激动的人，你告诉我怎么控制？”

“你爱他吗？”

“嗯。”Jenny点点头，又摇摇头，“他跟Michael太不一样了，当然我跟Michael更有感情。”

“那你的意思你早跟Michael上过床了？”

没想到Jenny说：“是啊！”又笑了瞥她一眼：“你怎——么虐待你们林欢了？都三四个月了，还让人家忍着！”

青果傻眼了，Jenny的口气说到上床都好自然，没有倒奇怪了，她打了她一下：“不要脸的东西还不住口，一点儿羞耻都没有！”

Jenny拿手搂住她脖子说：“什么羞耻？人有感情就没有羞耻了，你不知道有多尽兴，有了这个才完美，要不然都不全的。”

青果红了脸问她：“那你说说你的事情。”

要放在过去，Jenny打死也不会说这些事情，当初公安审问让她恐惧得心里有了阴影，天天担心他们会检查她的身体，证明她跟Michael发生了关系，来给她治罪。那事就像一块巨大的石头一直压在她心里，没想今天让青果这样一闹，倒轻松起来。她拉青果坐到床上，把蚊帐放下来，在她耳边悄悄说：“我跟Michael的时候还才大四，什么都不懂，当时就急得要命又都想，就跑到北京开了房。”

“什么?！”青果瞪大了眼就像听天方夜谭。Jenny却笑着根本不在意她的表情，接着说：“你知道他太高大了，他有一米九，他的那个也太大了，我们又都是第一次，都不会，出了一身汗，光觉得痛。”

“痛?！”青果吓得大叫一声。没想到Jenny说：“是痛啊！一直都痛，后来才好了。”

“什么意思？后来就不痛了？”青果又叫了一声。

Jenny笑了问：“我这是给你的启蒙教育吧？我可不白教，得收学费的。”

青果抬手就打了她一下，骂：“臭不要脸的，你跟臭流氓有什么两样?！”

“什么流氓，这叫你情我愿，你没有经历过就不知道有多好！我疯起来比Michael都厉害，我可以一直要，能把他给吓着。”

青果也斜了眼笑：“你是告诉我你是个性欲旺盛者，而且是个性虐狂？”

“你说什么？你说什么？”Jenny翻身就把她压在下面，伸手就要胳肢她。青果早领教过她的厉害，马上求饶：“说错了，说错了，你不是，你不是。”

Jenny放了手，青果起身，笑了又问：“那你跟汉生呢？”

Jenny兴奋得一挺身子，屁股快离开床：“汉生真是太好了，其实我跟汉生更和谐,尺码都差不多,小钢炮比大炮更管用。”

青果一听笑得没背过气去,倒在床上起不了身。Jenny 扑在她身上,在她耳边说:“我曾经跟他一个星期都在床上,基本没有下床,就在他的房间里,就这个暑假。”

青果一把推开她,骂道:“你真好意思说!天啊!你就是个大流氓,真不要脸!”

Jenny 抓了青果的手放到嘴上张嘴就咬,青果刚要叫,没想她亲了一下,笑道:“宝贝,我怕把你咬疼了,我才不舍得呢!你看我每次都最疼你,从来也不舍得。”青果忙把手抽回去,推了她一下,说:“滚!”

Jenny 笑着起身红着脸走了。

选题,资产阶级价值观

青果把论文提纲抄了一份给陆华寄过去,算是交差。没想到没两天就收到他的回信。当她从系里拿了有《艺术》编辑部字样的牛皮纸信封,有点莫名激动,站在系办公室里撕开信封想看看他要讲些什么。一页纸只写了半页,可字字珠玑,真是太漂亮了!一看就知道有书法功底,清瘦,有劲,潇洒,那种飘逸的潇洒。人都说字如其人,青果想他人可没字漂亮,如果人有那么漂亮,真真完美了。只见他写道:

青果:

看了你的提纲喜出望外,我们的书里正需要这样的分析。尤其你的调查和统计部分,希望你能早点完成,我们下一次统稿的时间是下个月的今天,希望你能过来,把你的成果给我们展示一下。我们这本书一共有五位合作者,都是冲在最前沿的人物,我想你也会有兴趣见到他们。

望你抓紧时间,我们能尽快再见!

陆华

看完信,青果受了鼓舞,开始跑图书馆。林欢第一次有了份工作,被派到广州出差,他走后,青果天天泡在图书馆里,查资料,画图表。这学期同学们都在搞论文,一有时间大家都挤在图书馆里。李心做的题目和社会分层有关,分析当下社会阶层。一天下午青果在图书馆里又见到他,就说:“李心,你不觉得这个题目太危险吗?明眼人一看你就想反阶级斗争学说,到时给你上纲上线你就惨了。”

“拿阶级来解释社会的等级和分化是有它的局限性,这是理论,和政治是两回事。”

“是啊,说起来是这样,可是到时候就由不得你了。”

老王凑过来问:“怎么了?”

“我说李心。他写的这个题目太危险了,老王你觉得呢?”老王跟李心在一个宿舍里，当然知道他在做什么，青果想他是支书应该可以有点办法。

没想老王说："你真瞎操心，你倒为他想，你的题目不更危险？我听王导说了，你搞的是当前的社会价值，还写的是现在正在发生的现代艺术运动？我看你才危险。这些搞现代的，他们搞什么？他们不就是照搬西方，宣扬西方资产阶级价值观，这不是搞自由化吗？你写这个比李心危险。"

李心看了青果一眼，伸手从上衣兜里掏出烟来，又放回去，想是意识到是在图书馆里。

青果不想跟支书讨论她的题目，可他一句"西方资产阶级价值观"却在她耳朵里响了一下，什么是西方资产阶级价值观？这个现代美术运动到底要的是什么？这些年轻人在公园里搞，在大街上、在树林里搞，从仅看到的部分材料和见过的林欢的那些同学，他们怎么就资产阶级了？他们不跟我们一样吗？无非想表达一下自己，说说自己的心里话，怎么就大逆不道了？过去连想什么都没有自己的权利，更别说表达的权利了，现在开放了，终于可以表达了，就算是自由化那又怎么样？她不想跟老王争辩，就转了话题，问："听说你在写心理学方面的？"

"应该是社会心理学，你看我比你们都麻烦，几乎找不到心理学方面的书，关键是没有原著，更不要说社会心理学方面的，少之又少。"

"那你为什么非要写这个？"

"标新立异呗！"李心在他后面笑。

Jenny一蹦一跳进了图书馆，老远地拿了一封信冲他们晃，青果喜出望外，立刻过去抓在手里，她知道是林欢的信。

老王在旁边喊："Jenny，你有时间吗？我们还需要再谈谈。"

"有什么好谈的？我不是连申请书都撤了吗？还要谈什么？我现在忙得很，有事找青果。"Jenny白了他一眼，拉了青果脚不沾地往外走。

两人刚出得图书馆大楼，李心从后面追出来，小声喊："哎！两位！"

两人都站住了。李心到了她们跟前，说："这个周末我们想去公园划船，你们能去吗？"

"去！去！"Jenny张口就答应了。

李心看了眼青果，没说话。

Jenny马上说："放心，青果也去，她老公出差了。"

青果笑着踹了她一脚。大家就那么说定了。

卡桑德拉——生与死，价值和意义

李心小心地把青果扶上了他的自行车后座，一直把她驮到宿舍门口，再扶她下车，说："你其实应该到我家去，让小张给你煮碗热面汤喝。"青果笑着摇了摇头，她心里就想躺到自己的床上去，换掉身上湿漉漉游泳衣，其他的什么都不想了。

Jenny跟上来说："我把她弄上去没问题，给她煮碗方便面一样的。"

她们和李心道了别，青果扶着Jenny上楼，脑子这会儿不能思考，刚才到底发生了什么？她模糊地记得她的鼻子呛水了，她咳嗽，咳得肺生疼，她大口地喝水，绿莹莹的水直往肚子里灌；天啊！脚心抽得钻心痛，抽得整条腿都短了，抽得她头昏脑涨，心慌气短，僵直了身子就往下沉。水漫过了头顶，"咕咚咕咚"的灌水声响得惊心；脖子被Jenny卡着，胳膊被她生拉死拽，就听她"呼哧，呼哧"的换气声。是Jenny拼了命救自己，李心他们男生都游得太远了，现在耳朵里还响着她带着哭腔的呼救声："死人啊，都听不见！李心！老王！小谢！小周！救命！救命！"她侧头感激地看她一眼，一跛一跛地让她拖着进了屋。

终于躺在自己干爽的床单上，换上棉布睡裙，青果感叹过去从来也没像今天这般觉得自己的床和睡裙舒服。脚心还隐隐痛着，不过和刚才抽着、拧着相比已经不算什么了。Jenny在电炉子上煮方便面，一会儿就端了饭盆过来，里面的面条已经煮得透明，汤上面漂着几粒油珠，香气扑鼻。青果笑着欠身起来："宝贝你也吃啊？"

"面也得一碗一碗地煮吧？你先吃，趁热赶赶寒气。今儿轮到我来伺候你了，你得乖乖听我的。"

青果冲她笑了一下，算是谢她。Jenny看着她吃面，又说："把汤都喝了。"

她喝了两口，说："太咸了。"就把碗放到桌上。

Jenny又倒了杯水放在她手边，青果赶她："你快吃去吧，该干吗干吗，别守着我。"

Jenny说："在水里的时候你怎不轰我了？看来我俩只能共难不能共乐。"

青果瞪她一眼："你这说的什么话？！"

"对啊！在生死关头才觉得我们的命是不可分的，谁都救不了我们，只能是我们自己。他们那些人跟我们有关吗？没关，你难道还不明白？"

青果怔怔地看着她没有说话。

Jenny低下头接着又说："当我意识到一松手你就会沉下去，你整个人就会没了，不知道我有多害怕！比被公安铐手铐还害怕，你可别再出这样的事了。"说完她抬头看她一眼，眼圈有点红。

青果笑："算我命大福大，多亏了你，没你我死定了，你叫我怎么谢你？林欢回来知道了肯定也会重重地谢你。"说完她抓过她的手紧握了一下。

Jenny突然站起来，拿了脏碗出去了，留下青果一个人愣在床上。

晚上汉生来喊，Jenny不想去，青果把她轰走了，说汉生久旱，正需要她的甘霖，别把他旱死了。她前脚刚走，李心跟小谢混过门口的大娘也上来看她，李心自始至终没有说话，临了就说："好好休息。"

晚上同屋张红去看露天电影了，青果难得自己在屋里。她把枕边的录音机打开，听崔健的带子，又拿出林欢的信来看，就那么几句话，她都能背下来。看着他可笑的、飞扬的签名，就想起他兴致勃勃的脸，他还不知道呢，要是我死了，他会怎样呢?他会气死?哭死?伤心死?想象他悲痛欲绝的样子,心里一酸,要掉下泪来。怎么能舍得下?还有Jenny、李心,还有家里的亲人,怎么受得了?他们都会难过死的。今天如果Jenny坚持不住一松手,我整个人,我的世界就没了,这不是我的感觉吗?现在耳朵里听崔健的感觉,没了,猛地她坐了起来,我还如获至宝呢!我费尽心思地要这样那样,为个什么事情慌张不安,我人都没了,这些,包括崔健,还有什么意义?还费个什么劲儿呢?她翻身起来,心慌意乱,想出去找李心,刚下了床,又犹豫,不知道此时他在什么地方。看看空无一人的屋子,这就是个信号吧?这一生里当需要人的时候,其实没有人可以投奔,就像现在这样,会孤独一个人。她复又倒下,灰心丧气。

第二天已经到中午11:00了,青果还在蚊帐里,听见同屋的张红进进出出,楼道里饭盆磕碰声叮叮当当,她不想起来,不想吃东西,闭着眼,脑子里一片空白。

"青果!青果!"听见李心在下面叫,她动不了,不想回应他。

张红正坐在桌边吃饭,跑到窗口,对下面喊:"等一下,她马上就下来。"又过去掀开她的蚊帐,喊:"青果,快起!你们班的李心在下面叫你呢!"

她只好起来,胡乱套了件米色长袖羊毛衫,穿上条深蓝色条绒裤子,趿着拖鞋去水房洗脸漱口,然后才跑下楼。

李心站在宿舍门口,手里举着烟,正不耐烦地靠在自行车上,一见青果出现在门口,马上过去,眼里都是关切:"你还没吃饭了吧?昨天休息好了没?"

她举眼望他,见他穿着一件白色夹克,敞着怀,里面是件浅蓝色衬衣,下面一条牛仔裤,还如过去一样苍白优雅,他关切的目光就像这秋日正午的阳光,径直照进了她的心里,温暖又明亮,映得她一脸的阳光灿烂,昨天晚上的眼泪和灰心一扫而光。见她动人的笑脸,李心一时忘了刚才想问她什么来着?愣在那里,停了片刻,把手里的烟屁股灭了,扔进旁边的垃圾桶,说:"这两天我兜里正好有钱,走,我们去外面吃去!"

"好啊!咱们去哪儿?"她兴奋起来。

他看了眼她的脚说:"去,去换鞋,我们去外面。"

她笑着点头,转身上楼。一会儿,换了双平底便鞋,推了车出来。两人骑上车出了北校门。李心带着她去狮子林,不过去的是一家分店,青果没想到分店在一个小巷子里。

正是午饭时分,店里却没人,一色老式西洋家具,墙上还挂了西画印刷品。他俩选了个靠窗的位子坐下。青果问:"你怎么发现这个地方的?"

李心一边把菜单给她,一边眯着眼把嘴上的烟取下来,问:"想吃什么?"

青果打开菜单说:"我喜欢他们的土豆沙拉,还有就不知道了,你来点。"

他仰头对站在旁边的服务生说:"来两份土豆沙拉,一个奶酪烤鱼,一份番茄炖牛肉。对了再来一杯红酒,一杯橙汁。"

等服务生走了,青果问:"你怎么突然间有钱了?"

这时服务生端来面包黄油、饮料和酒。李心修长的手指拿起餐刀,熟练地往面包上抹黄油，然后斜着按对角线切了，用刀叉叉了一半三角面包放她碟子里，说："你就不要问了，我们吃好了。"

"我担心你这个月没了饭钱。"青果笑。

"不至于，饭钱还是有的。对了，我们应该碰一杯，来，为你死里逃生！"

青果忙举起杯子跟他碰了一下，说："过了生死线，你知道我感受最深的是什么？"

"什么？"他探究地看了她一眼，见她没回答，就问："是生的价值？生的可贵？"

她笑着摇头："不，是死的价值和生的无意义。李心，我昨天晚上就忍不住想去找你，你不知道我有多灰心。"说到最后她的声音很小，几乎听不见。

"你怎么不来呢？我在宿舍里啊！我想着昨天的事情，干什么都没兴致，又怕打扰你。面对死亡也不是第一次了，可昨天还是让我不能平静。"他喝了口酒又说："如果你昨天出事了，我会恨自己一辈子，因为我预感你俩会出事，但是我没有留下来看住你们，本来是可以制止的事情。当我发现Jenny在呼救，我都快疯了。"说完他的手开始抖起来。

青果抬了眼直视他，小声说："谢谢！好在我命大，好在Jenny拼了命救我，你们也及时赶到。就是出了事也没你什么事情，请你不要自责。生和死反正都是一定的，生得再怎样到头来还是要死，说实话生就生，死就死了，没什么值得你去自责的。"

"你人不大怎么说话这么不好听？"李心说得像是生起气来。

"你不知道我昨天最大的醒悟是什么？"青果停住了，半天才一字一字地说："人——是——要——死——的。"说完马上笑了一下，"你看我说的这是什么大白话！可你知道我说的是什么，这就是结局。你跟我在这里吃饭，就这些，都要消失。我们的存在轻得没有意义，记得昆德拉说的吗？他也说过这样的话。我们生的意义在哪里？为什么昆德拉说这种轻是不能承受的？当你醒悟了，就不由得灰心丧气。"

李心掏出烟来，夹在指缝中，点了，眯缝了眼："你的生还没有真正开始呢！你这是少年不知愁。你太敏感了，会伤着的。"

青果愣愣地看着他，这时服务生把所有的菜都端过来了，她将沙拉碟子放在面前，开始用小勺子挑来吃，说："这才是正宗沙拉，不像有些地方的甜得要命。"

李心熟练地切下一小方块牛肉，蘸了黄芥末，左手送进嘴里，等咽下去，才张嘴说："尽管到最后都要死，但是此沙拉跟彼沙拉还是有区别的，我们的生就在这不同的沙拉里，这难道不让你欣喜？不享受吗？"

青果张口笑了："要是生就是吃沙拉多好，就这么美妙和简单。最多吃成个胖子，然后就死了，那也痛快。"

李心立刻笑了："对的，生不是为了吃沙拉。我们人很麻烦，我们有一颗复杂的大脑，生就变成了一种信念，一种精神。保尔·柯察金的话去掉政治含义，他说得没有错。我过去是个狂热的共产主义者，虽然连党员都不是，但是在我十七八岁的时候，就在找这种精神，能忘我投入的精神，让我的生能因此有意义。在工厂那么黑暗和艰苦的环境里，你还是能看到生的美丽，这就是意义。”说完，他把面前他那份沙拉推到她跟前，说：“给你，在你还没真正开始前，这些美好的……”

青果瞪他一眼：“不要这样宠我，李心！你太过分了！”

李心又点了支烟，看着她轻微地笑了一下，吸进一大口烟，吐出来，半眯着眼问：“你爱林欢吗？”

“嗯。”她看着他点了下头。他又深深地吸了口烟。

青果直视他的眼：“我爱林欢，我就这样明白告诉你。”

他把烟从嘴上拿下来，打断她：“青果，我会更尊重你。”他停顿一下，“可是你有什么古怪？让我一见你就把自己倒出来？”

“你后悔了吗？那以后你就不要说了。”青果嘴角上有一丝儿笑意。

“不对，我这一辈子都在跟人对牛弹琴，为什么不说？好不容易可以说了。幸好你考了一个你不喜欢的专业，幸好我突然要考研，这都是机缘。”听了他的话，青果温柔地笑了，可她心里最软的地方又被他搅了一下，她红了眼圈，忙低下头，怕他看出来。没想李心伸出手来，隔着桌子，轻轻地摸了一下她的头。当他细长的手指触及她的发丝时，一股轻柔的电流从她的头顶传下来，她埋头闭上眼，拼命把眼泪忍了回去。一时两人都无话。

吃过饭，两人去看正在上演的存在主义经典热片《卡桑德拉大桥》，从电影院出来，天已经黑尽了，他们低了头并肩推着车往学校走。李心突然说：“昨天的事和今天的电影真是巧合，看看这存在主义讲的就是你说的生死。”

青果还在她的深思里，听见他说什么，便侧过头看着他，没回过味儿来。见她愣着，他继续：“其实这是存在主义动人的地方，萨特一直讲的是生的意义和美丽，是啊，死是一把最好、最精确的尺子来衡量它。你昨天不是深有体会吗？当你面对死的时候，才会想到生，要不你什么时候会像昨天晚上那样想？”

青果停了脚步，看着他说：“可我跟他想的不一样，因为我想的是结果，而萨特讲的是过程，我是消极的，他是积极的，不是吗？他的生是激动的，刺激的，绚丽的，美妙的、有价值的，而我的是无可奈何的、随波逐流的、无所谓价值的。”

李心听到这里也站住了，脸色凝重起来：“青果！你什么都还没有开始就不要说这样的话！要相信人的精神、个人的意志，要相信这世上存在着正义、道义和公平。在你的骨子里难道你不相信这些吗？你没有厚爱吗？你不悲悯吗？还有就是对美、对美好事物的热爱。这些信念都是人赖以生存的原动力和价值。坚强一点儿！要让自己有一颗坚强的心。”

青果很无奈地看了他一眼：“李心，你不知道我们家里人先天心脏不好，我母亲他们家过去是个大家，不知是哪一代里有姑表成亲的，我祖父、我母亲、舅舅都有先天性心脏病，我小时候都不让上游泳课。看来我是没指望了，我是心也没劲，力更不足。我永远都不会有你那样的精神、那样的意志，可我不是不喜欢你那样，你知道我甚至羡慕你。”她停了一下，“我也许相信你说的那些东西；谢谢我的母亲，她把我生得敏感，在我很小的时候把我扔在家里乱读一屋子书，没有束缚，我的心智还算正常，即便我慈悲，有悟性我又能怎样呢？”

李心吃惊地看着她，没说话。

她接着说：“你看，我什么事情上能做主？其实就是没有昨天那事，我也体会至深，我只能随着命运起伏，来了便来了，去了就去，我又有什么法子？譬如你成了我的同学，继而成了我的朋友；Jenny 成了我的救命之人；林欢成了我的情人，等等。我面临的，和已成的事情都是我无能为力的。再譬如学英文，我就不能下个狠心像 Jenny 那样去背，去用功，凡事我都没劲去狠心。你看——”她看了他一眼，顿了一下，“我是个意志薄弱者，和你正好反着，事情在我都得自然而然，求不得。我只能去接受，去体悟，甚至去享受。我在享受你们，享受你说的所有的美好，是你们让我觉得生的可贵，让我不能割舍，你知道吗？是不舍。昨天在水里我想这是要死了，所以晚上想起来那么灰心。”

李心停下来，深深地注视她，闭上了嘴。他拿出烟来点了一支，等吸了两口，才说：“青果！你知道你需要什么吗？你需要毕业，真正地成为一个社会的人。”

青果摇头：“不，人的有些根本的东西永远都不会变的。我不是你看起来的娇娇女，从七岁到十几岁，我就像个孤儿被姐姐带大，经历了‘文革’的人你不用担心，我的心脏再弱也能受得了这生的潮流。我只是……”

李心突然伸出手来抓住她一只胳膊，她看了他一眼，没再继续说下去。

理想主义与历史撰写者

林欢在广州出完差，又被朋友拉了去深圳，给深圳市的展览馆设计馆徽，所以又耽搁了一个星期。他跑到著名的中英街给青果买了一大包礼物回来，想着她见到这些东西惊喜的小脸，心里不由得高兴。买的都是些青果平时跟他上街时到处找的东西，比如各色的发卡啊，白色的高跟鞋啊，设计独特的钱包啊，精致的化妆盒，秋天的裙子啊，等等。最关键的是他还在广州的音响店里找着了一盒拉赫玛尼诺夫的第二钢琴交响曲，他一直都听从别人那里翻录来的带子，这回可好，找着原版的了。展览馆给了他两百块钱的设计费，他拿到设计费的当天，突然心里慌慌的，恨不得马上能见到她，立刻决定不坐火车了，用那两百块钱买了机票，当天就飞回 T 市。等见了面，听说她差点淹死，吓得出了一身冷汗，直呼：“果然有事啊！”后来见了 Jenny 自是要谢她。青果把他带来的礼物分了一大半给 Jenny，说是要和她分享，林欢笑称只要不分享他怎么都成。

周六青果早早起来，去北京参加第一次统稿。今天她把齐肩长发放了下来，入秋后，她很少再把头发揪得那么高了。穿了件白地大红花裙子，上面配了件白色亚麻镂空收腰长袖衬衣，脚上一双红色翻皮平口、平底软鞋，把她最正式的衣服都穿上了，要去见那么多的生人，还要做所谓的“统稿”，心里不免紧张，也有点兴奋。

当青果敲开陆华小公寓的门时都差不多11:30了。陆华来开的门,一见是她,藏在厚镜片后面的双眼便闪起亮光,高兴地说:“你可来了,我们这几个都等不及了。来,来,来。”他把她让进上次去的小书房的隔壁。推门进去,只见一间十八九平方米的屋子里坐着有男有女约八九个人。屋子本不大,向右顶头窗户下一张大床占了小半间,一张小方桌支在屋子当中,对门靠窗一个放杂物小柜子,再旁边就是一个小冰箱,看来这既是卧室又是客厅饭厅,这会儿床上、地上,人们只能捡着地儿就座,几个男人围坐在桌子旁,三个女人都坐在床上。

陆华带着青果进屋,走到桌子跟前,高兴地介绍:“这位是N大的青果,搞社会学的。这是小锋,费小锋,《艺术》编辑部的。”他指了一位尖鼻,细眼,薄唇,穿灰色休闲西装的二十八九模样的年轻人,坐在桌边正对着门。青果忙说:“你好!”

小锋站了起来,很礼貌地握了下青果的手。青果发现他手指细长,瘦骨嶙峋,简直就握了一把骨头,又注意到他一头乌黑的头发,留着分头,个子偏高。

陆华又指差不多年纪两位:“郭亮,中央美院搞史的;这位,张良,《建筑》编辑部的;还有这位——”又指坐在桌子最里面一小个子清瘦青年人,此人乌黑茂盛的头发揎在头顶,戴着黑色圆眼镜,一对黑豆豆般眼睛在镜片后面睁得很大,似乎有一点儿对眼,也就二十五六样子,“这位是北望艺术家群体的德拉。”

青果忙问好,郭亮身材瘦小,长一对小眼,高颧骨,苍白一张脸,面无表情。张良睁着一对和善的大眼睛,皮肤发黑,冲青果微笑点头,青果忙点头,算是打招呼。又朝床上三个女人微笑,估计是这几个人的老婆或者女朋友,就见一个皮肤白皙,烫着齐脖子钢丝头,清秀典雅的三十来岁的女人;另一位戴眼镜,梳齐耳短发,也三十五六岁模样,小个子,干练,消瘦;还有一位烫着一头长卷发,年轻些,二十来岁的样子。

陆华给青果找来一只凳子,放在他的位子边上,让她坐下来。

陆华举了下手,看着大家说:“咱们聚一次不容易,今天要把很多事情都搞定,这样大家分头去做自己的事情。首先,记一下,这本书已经跟广州人民出版社说好了,把它作为他们‘世界和中国’丛书里唯一一本关于中国当代艺术的专著,十二月交稿,我们还有两个半月,看来时间很紧。十一月中旬我们每个人都要把自己的部分完成,最后两个星期我们要聚在一起定稿。这之前也许还得再聚几次,看情况。”他拿起茶杯喝了一口水,又看青果一眼,“青果是新来的,我们大家都想看你的成果,这里其他人的工作你在后面会逐步了解。”

青果俯身把挎包打开,拿出完成了的第一章和第二章的初稿。

陆华拿了起来,兴奋快速翻阅,边看边说:“哎呀,你们看看,你们看看,这正是我想要的。”他抬起头看大家,“我们只知道用语言来说这个运动怎样怎样,你们看看这些表格,这些图,简直科学得不能再科学,客观得不能再客观了。这些东西放到我们书里太有说服力了!这样看起来才严谨,看那些人还能说什么?”

大家听他一说,都伸手要看。青果心里很不以为然,因为她的数据采样有很大的主观性,她知道她在价值判断上认定这个新潮美术是个好的,有趣的,值得推崇的事情,如果在界定上都没有客观,那么出来的数据就肯定不会客观,再从这些数据分析出来的东西就更不客观了,会差到十万八千里。这种社会学的所谓方法一直就是她反感和怀疑的,她曾经在李心面前对之嗤之以鼻,说貌似科学,其实是个伪科学,也就哄骗不懂的人,拉大旗做虎皮吓唬别人。果不出所料,大家对她的东西新奇又欢迎,本来她还准备了一堆理由要说服他们,看来都免了。

陆华把手里的第一章递了出去,又看第二章。很惊讶地看着青果说:“你这个模式还真不错,哎!哎!看看,人家搞社会学的就是不一样。一整就整出个模式。”青果一听,立刻在心里笑,他们恐怕都不知道这是默顿的模式吧?不过换了她自己的命题而已。

德拉拍拍手中一沓子图说:“有这个就行, 我说呢老陆怎么突然又拉来一个女孩?”说完瞥了青果一眼。

其他几位看了青果的稿子,都面露喜色,那位烫齐脖子钢丝头的女人过来拍了拍她的肩,说:“想不到是个才女啊! ”青果被她说得脸红了。

陆华看看表,说:“菁菁,还别说,中午了,走,我们到外面去吃,大家也该饿了。”

大家步行到楼下一家极小的餐馆,C 市的人管这种街边小馆子叫苍蝇馆子,因为这种馆子卫生不好,简陋狭小。一行九个人,拼了两张桌子,把个小馆子塞得满满当当。这些小馆子都是北京郊县的农民开的,他们的价格便宜,做的饭菜味重生猛,分量也给得很足。陆华点了炒肝尖、京酱肉丝、葱爆羊肉、青椒炒肉片、黄瓜炒鸡蛋,外加番茄鸡蛋汤,又要了啤酒。酒菜一上,大碗大碟大杯子地摆了两桌子,蔚为壮观。

青果挨着钢丝头女人坐着,右手是德拉,陆华跟她正对着,德拉为青果介绍,那位戴眼镜的是陆华的夫人小平,另外那位时髦长发是小锋的女朋友秋婷,钢丝头是大家的朋友菁菁。陆华先举起了杯子,说:“大家来碰一杯,一是为我们新成员青果,再为我们的书找到了最合适的出版社! ”

“干! ”“干! ”几个人都叫起来。

一杯酒下肚,德拉睁着他镜片后面黑圆的眼睛,盯了青果问:“你怎么认识陆华的?”眼睛里露着明显的不信任。

“在一次活动里。T 市的活动里。”青果回答得很勉强,心想你有什么不高兴的?

“哦,就是那次小树林活动?”

“对啊! ”

“你们 T 市的事情加西南森林群体,所有所谓生命的、生命之流、热的都归我来写,小锋写那些冷的、酷的,像浙美一带、厦门达达之类,当然老陆跟郭亮写理论部分,老张写建筑部分。其他剩下的都是老陆的了。当然最重要的,理性绘画由老陆来写。”青果边听边纳闷,什么?什么理性绘画?从来也没听说过,隔行如隔山,他们没有听过默顿,自然自己也没有听过理性绘画了。

小锋坐在他们斜对角，听见德拉的话，马上撇了下嘴说：“德拉，你能不能消停会儿？一天到晚贩卖你的狗皮膏药！你们北望群体在这本书里地位够特殊了，你进来作为历史的编写者已经很不客观了，还要在这里不停地强调你们……”

德拉立刻打断他，五指并拢对他做了个推的手势，“小锋！不要因为你跟厦门达达关系密切就贬低别人，他们这些南方人是冷是酷，但是与我们这个时代不符，他们玩儿的不是我们现在最需要的。把所有的东西烧了，砸了，就行了？让公安封了就达到目的了？我们这个时代需要的是什么？需要的是建设，精神建设，崇高的精神！只有理性才能把中国引向光明。‘文革’是什么？是非理性！全中国人成了什么？成了羊群！我们的任务就是要削掉这些羊群！”说完，他右手从上往下做了一个有力的下劈姿势，声音更大，“建立一个高尚的精神体系，健康的社会，高尚的人格！这才是我们这个时代的当务之急。”

哦，理性绘画从这里而来！青果暗自推断，看来他受尼采、叔本华影响够深，再一转头，见他瞪圆了眼睛，激动得手舞足蹈，青果差点笑出声。

小锋被他打断了，没给他说完话的机会，急得冒火，德拉刚一住嘴，立刻皱着鼻子嚷：“你以为对这个历史，对这个社会的批判就靠喊几句口号啊？它需要冷静地清理，懂吗？冷静！批判者不是红脸粗脖子一腔热血的狂想者，应该是一个真正的文明智者。理想不等于现实，一个真正的批判者不是头脑发热的理想主义者！”

德拉一听急得把右手举起来，握成一个拳头，在耳边激动挥着，鼓眼说：“说到文明，我们中国还不配说现代文明，中国从‘五四’以来还没有真正的启蒙，你说我们完成了现代文明的启蒙吗？没有！我们现在需要的是完成现代文明的启蒙，光撇着嘴批判能行吗？我们要的是建设，明白吗？建设！什么都还没有建设起来就砸，砸什么？艺术家是干什么的？他们是精神世界的建设者，是这个时代的敏感者，是精英中的精英，他们应该是最热血的理想主义者，艺术家还有什么可考虑的？除了表达崇高的精神再也没有其他的了。那些个人的、小情小调的，都是羊群，都和这个时代脱节，我们要的、要表达的是这个时代的大精神！”

青果忍不住笑了：“哎呀，照你这么说人就只有一条活路了，得又高又大还得全，否则就是羊群，可我们都形而上了还怎么吃饭啊？你要我们全中国人都食不甘味吗？怪不得你那么瘦，瘦得没形了啊！”她话音一落，引得满桌哄笑。

德拉涨得满脸通红，摆摆手：“我不跟你们女孩争，你们更说不通。”

青果笑道：“好了，那你就给我一个定义，什么是你所说的理性？还有你说的崇高的精神？时代大精神？更推到理性绘画，你所谓的精神绘画？”

德拉瞪着黑圆眼珠子，一时语塞，他没想到这个新来的女孩问了一个让他最近两年为之疯狂的概念，同时也是他每天绞尽脑汁天天宣扬，时时琢磨如何表达，无论从文字上还是画布上的概念。在他熟悉的朋友圈里，人们天天都能听到他不厌其烦地提，他可以说理性这个，崇高那个，好像人们都约定俗成地知道那是什么意思，到底是什么意思？今天突然被她这么从根本上一问倒不知怎么回答了。

德拉再一次涨红了脸，陆华在对面笑道："好了，快吃，我们下午还要继续统稿，青果今天留在北京吗?"

青果忙摇头："不行，我的票是5:00的。"

"那我们下午还有很多事情要做。"陆华摆了下手。

大家都不再争论了，不过德拉脸上还泛着红潮很显然没有尽兴。

陆华说："除去所有女生，我们男的一人交三块钱。"

青果红了脸问："不要我出钱吗?"

德拉对她摆手："去，去，没你什么事，女的都不要管。"

在回公寓的路上，德拉和小锋搭着肩，低头嘀咕着走在前头，陆华走到青果旁边，嘴朝走在前面的德拉努了一下，眼睛并没看她，说："很好，对他就得这样，你时不时地问他几句，很好。"

青果笑了："你不觉得他很可爱吗?"

陆华的嘴角露出一丝儿笑意。

回到陆华那间饭厅加卧房再加会议室的屋子，大家再一次围坐在支在屋子中间的小方桌边，几个女人仍然坐床上去，小声在那里聊天儿。

陆华说："小锋你开始，每个人把自己写的念念，然后大家提提，看看这本书的意思。"

小锋拿出一厚沓子手抄稿，开始念。一开始是对厦门达达，后来的是对以浙江美院为基地'85新空间、池社等艺术家群体，对他们的新艺术理念、他们的作品、他们的活动详尽描述。青果专心听下来，发现他用词华丽，神采飞扬。倒是很好的描述，但觉得不像史。后来德拉抢着要念他的部分，德拉写得更文学性，听得出来，如果不是为了中立的立场，要按他的禀性来写，他可能早写上"羊群"两字了。他的文字语短，急促，就跟他说话一样。听他们念着，她突然想起林欢兴致勃勃的脸，想起他拿了画笔站在画架前有了新想法时兴奋的样子。嗯，管这些人搞什么呢，他们要的和上辈人要的完全是不一样的东西，他们受够了虚假的那一套，他们不想再被当成宣传工具，他们要真的东西，发自内心的东西。可过去文艺路线下一个艺术家你有什么创作的自由?你被规定只能画一种革命题材，这也不能画，那也不能画；风格也只能一种，那就是老百姓喜闻乐见的写实的，看得懂的，西方的任何其他形式都不行；甚至规定你"红、光、亮"，"高、大、全"，"三突出"，现在他们不想再成天昧了心歌功颂德，他们要造反，没有别的路。

几乎每个人都对细节和不同的观点发表意见，尤其德拉和小锋，两人争论不休，青果话不多，毕竟她对整个运动还了解甚少，陆华一个下午都没有怎么说话，突然他看了看表对青果说："现在4:00了，你要怎样?"

青果听了立刻跳起来："我马上得走，要不就来不及了。"

陆华也急得起来："我去送送你，你们继续讨论。"

青果一边把稿子往书包里塞，一边跟大家说再见。德拉很不高兴道："咱们正讨论到好地方,事情才刚刚开头,你这就要走?精彩的在后头呢!”

青果勉强说:“下次吧,这回没准备。”

德拉说:“在北京谁不漂着?随便找个地方睡觉还是很容易的。我们北望群体的人到处乱找地方,有挤人家宿舍的,有租农民房子的,有借人家地儿的,五花八门,搞事情的人还怕什么?什么都是次要的。”

青果再次抱歉地跟大家笑了一下:“再见!”站起来走出陆华那间万能屋子。

陆华陪青果朝楼前的公共汽车站走去,满心欢悦,从青果的眼睛里他敢肯定这个漂亮女孩不说崇拜,至少是佩服他的,其实对她写出来的东西有点惊讶,文章冷冰冰的不像她如花容颜,笔锋很硬,瞧她给德拉提问,一针见血,让德拉哑口无言,看来一开始找她就没错,他得意自己的直觉,又遗憾还没来得及跟她单独多待一会儿,这就要走了,说:“下次可以坐更早一班车,大概在早上6:00。”

青果看着他微笑,心想要我起那么早还不如要我死了。

见她抿嘴笑着没说话,陆华又道:“不好吗?这样你就可以多一点儿时间在这里。”

青果转过头说:“我宁可晚点从这里走也不可早起,差点觉我会心累心跳一天的。”

“哦——是这个原因,那就不好勉强了。”陆华瞥了她一眼。

青果装着没看见,心里却想着另外的事,刚才一路听下来,觉得有问题要问这个主事的人:“你要怎样把握这本书的调子呢?尤其在理论上。今天听了他们两个人写的,觉得有点乱,感觉像一个资料大汇编。”话刚说出来,305路车过来了,正是青果要坐的车,她忙打住话说:“我们再说吧,我得走了。”说完她排在等车人群的后面。

大长车停在跟前,人们开始往上挤,上车的和下车的人搅在一起,一阵混乱。陆华一直在青果侧面挡着后面的人挤向她。

青果转过头喊:“谢谢!你回去吧,有事我们写信联系。”

突然,陆华伸出手抓住青果的手说:“我们很快就要再聚一次,你一定要过来,最好你的东西能都完了。”他听见她发问,其实也是他的感觉,真恨不能她再多待一会儿。

“好!”青果一边忙着往上挤,一边朝他挥手:“再见!”上了车的台阶。车门在青果的脸前关上了,他们隔着车,上面和下面互相再挥了挥手,车身摇晃了几下,喘了几口大气,走了。青果望见陆华不舍的眼神,有一丝儿心动,送人就是这样,被送的没事,送的人总被撇在地下成了孤魂。其实她也愿意再多待会儿,今天遇见的人和事情都让她开心,她整日在学校里,没人谈论“大精神”、“文化启蒙”、“社会批判”这些概念,也没有像德拉、小锋、陆华这样一群有思想、有社会抱负、敢干事情的年轻人,一比较才发现学校还真是个象牙塔,里面所有的学问跟这个时代和社会都隔着一层,她有点兴奋,今天总算走出了象牙塔,第一次触摸到时代的大潮。

天造地设，变黄的照片

Jenny下课后直接去了青果的房间，报告两个好消息：第一，汉生被美国最好的音乐学院纽约的Juilliard录取，过了圣诞节就走；第二，皮皮下个周末要办婚礼，大家都得去。青果听了喜得尖声大叫，为汉生实现了梦想高兴，可旋即又担心汉生走了Jenny怎么办?Jenny表面上若无其事，说怎么办?凉拌，她才不想结婚呢，这却让青果更担心，她知道这事情不能跟她过多讨论，汉生要不提结婚，Jenny不能上赶着要求，况且Jenny现在又没毕业，眼睁着结不了婚。这些年学校里男的出国把国内女朋友甩了的多了去了，她现在听上去嘴头子硬，其实心里怎么想的还真不一定呢！接下来的几天青果不敢提汉生的事情，倒认认真真给陆华写了封长信，对书的口径、调子、学术性等等提出了意见。

周末连着两天Jenny跟青果都往城里跑，皮皮的婚礼在他们城里的小院里举行。来的人真多，皮皮、贾红的朋友，家里的亲戚，双方父母的同事把个小院挤得满满当当，热闹非常。来的人送上薄礼以表祝贺，大多二十元的信封，也有送鸳鸯枕头套的，混纺被面的，高级点缎子被面的，各式各样生活用品，等等，大多用红纸包上。主人则忙着沏茶，点烟，散喜糖。

林欢跟青果、Jenny一起到的，一进门就见门窗上都贴了红喜字，新房里铺着红被子，摆着皮皮新买的时髦捷克组合家具，深褐色，床、梳妆台、大衣柜、书桌、漂亮的装饰柜。满眼的红色和热闹的一屋子人让青果有点发呆，两个毫不相干的人就要在一起过一辈子了，就要在这个贴满红双喜的小屋子里，这些家具就组成了一个家，他俩就得在这里一起吃饭、睡觉、穿衣服、洗……要一起做所有的事情，再没有自己私密的东西，他们要分享对方的打嗝、放屁、磨牙、打鼾等等事情，真是太不可思议了！这屋里的家具就是个明证，所有这一屋子人也是，证明这两个不相干的人彼此就绑上了。青果长出一口气，暗自庆幸，还好，我还没有这样一屋子家具来绑我，她侧头看看林欢，想着将来可能就会跟林欢在一起，在什么地方?他那间又小又脏的小破屋子里?过事无巨细的生活，天啊，好可怕！青果摇摇头，林欢问："怎么了?摇什么头?"青果笑而不语。

皮皮和贾红都穿了红衣。贾红的脸本来雪白的细皮嫩肉，被红衣一映，再加上喝了喜酒，腮上便飞了红霞，更加娇艳欲滴。皮皮快乐得更像个球了，牵了新娘的手，滚这里滚那里，到处给人敬茶，点烟，散喜糖。

皮皮和贾红的父母文质彬彬，既是同事又是朋友，一同在师范大学里做教授；一对新人，默契又知心，他们从一个院里长出来，没有人比他们更了解彼此。青果对Jenny说："你看他们是不是世界上最和谐的夫妻?我敢打赌他们会一生一世都在一起，他们是我见过的最青梅竹马、最门当户对的一对人。"

Jenny"嗯"了一声，又说："不过我看他们就像左手和右手，熟得不能再熟，好像

《生生息息之爱》 张晓刚/作

张晓刚是'85新潮美术运动最重要的艺术家之一。《生生息息之爱》是张晓刚最重要的代表作。画中描绘多位裸露上身的原始男女，栖身于大自然的环境中，在代表泥土的黄褐色画面上，强韧的生命力跃动其中，洋溢着对生命的歌颂，充满神秘的象征意味。

缺乏新鲜感。”

“过日子哪能像你那样，要不一个星期不下床，要不丢了一边不理不睬，你看你把汉生甩得心慌意乱的，快，过去跟人家好点。”说完推她一下，转身往厨房去提开水为客人泡茶。

在皮皮家附近的一家小餐馆里吃过婚宴，婚礼在热闹中结束了。汉生邀请朋友们去他家，他已经为皮皮准备了 party。汉生在五大道有一栋青砖三层楼小洋房，是他祖上传下来的，前两年才还给他。小楼带着前后小花园，院子里光秃秃什么花草都没有，泥地被人踩成死板一块，只有一棵老紫荆树，歪歪斜斜站在门前，后院墙角还堆着些杂物。红色的水磨石门厅里，还依稀可见过去堆煤球、码蜂窝煤的黑印子。看来“文革”期间，不止一家人住在这里，没人护理园子，都荒了。“文革”期间汉生父母双亡，现在汉生一个人就更没有这个心思。

青果跟着林欢走进半圆的大厅，抬头就见一只古老水晶灯吊在当中，姿态优雅，仍然闪着光辉；半圆的扶梯从二楼弯下来，乌黑的木头扶手仍然滑溜有光泽；红色油漆地板，很多地方漆都脱落了，露出里面的木头；半圆的落地窗，白色的木头窗楣上面雕了花纹。青果摇了下头，叹再怎样世事变迁，这房子的气派还是在那里，只可惜老主人都不在了。

汉生有心专门为皮皮布置了大客厅，水晶灯闪亮，挂一屋子皱纹纸彩条，打开落地音响，迪斯科舞曲在一栋房子里响起来，他有意关掉屋子里所有的灯，只留下水晶灯，有人已经蹦进屋子中间跳起来。Jenny 就像个女主人一样，轻车熟路，引着青果各屋子乱窜，两人跑到二楼主卧室里，一仰身都倒在大席梦思上。楼下的音乐声飘上来了，汉生放的英文歌，就听见一个慵懒的女声：“Like virgin...very first time...”

青果拍了下 Jenny：“你听他们音乐学院的就是有好音乐，比 N 大舞会上的好。”她伸着脖子听了会儿，又问：“唱的什么?什么处女的，这是谁?”

Jenny 说：“我在留学生楼里听过，现在在美国很流行，叫什么不知道。”

“走，咱们下去问问汉生。”

两人“噔噔”跑下楼，Jenny 抓过汉生就问：“你这放的谁?好像她很流行，我在什么地方听过。”

汉生笑了起来：“Jenny，没想你这么老外，这都快过时了，玛当娜都不知道?”

Jenny 不以为然：“你们搞音乐的当然知道得比我们外面的人早些，外面的人我敢打赌没人知道。”

窦斗下午在皮皮的小院里早就见过青果了，他们打过招呼，为他个展的事情交谈过几句，他跟自己说：看，什么都没有，什么也没发生。的确，这是他想要的，上次打架过后，整个夏天过去了，他似乎也相信这个事实，实际上什么都没有。虽然跟林欢一如既往该怎么着就怎么着，没少见面，他没再见过她，也不去寻找任何理由见她。他今天揣着个冷静观察的态度，倒想把自己心里曾经有过怪怪的念头清除干净。

青果跟林欢拉着手在舞厅中间,有几次她不经意一转头,或一扭身,便碰上窦斗犀利的目光不定从什么地方射向她,刺得她心里犯怵,对林欢说:“走,咱们去找找 Jenny,你跟我去。”

“我才不去呢,他俩在楼上能干什么好事?咱们还是待在楼下的好。”

青果见拉不走他,就自己往楼上去,心里想惹不起,总躲得起,楼上好些房间,总可以找间没人的坐一下。她悄悄上了楼,刚才 Jenny 带她去过的主卧室门关着,知道他们准在里面,就轻轻走到旁边一间小卧房里。里面有一张单人床,一张书桌,青果过去把上面的一盏欧式小台灯拧亮,灯光透过水红色的灯罩让屋里顿时温馨起来,她看见靠窗有个小书架,上面摆满了琴谱,一垛一垛的;地上摆着好几个乐谱架子,东歪西倒;靠门立着一个五斗橱,上面铺着钩针钩的白线小花台布,摆了好些照片架子,还摆了一个精致的迷你小提琴模型。所有的家具黑又亮,英国老样式,看得出来长期无人打扫,落满了灰尘。

青果走到五斗橱跟前,仔细看那些老照片。照片都发黄了,有穿着西装的年轻绅士和穿着白纱的新娘。青果想,这一定是汉生的祖父母了,这一定就是他们的结婚照,他们兴许就在这个楼里结的婚!唉,皮皮和贾红也在这里结婚,人们都要结婚,一代一代的,就这样下来,什么都剩不下,就剩下这些个发黄的照片。她再看看各个精致的小镜框,有小汉生在他父母的怀里,满周岁的,戴红领巾的,再大一点儿的。青果拿起一张汉生跟他父母的合照,见他的父母一个穿着中山装,一个穿着最普通的灰色的外套。尽管他们的衣服都没性别,没样式,但还是能在他们的脸上看到惊人的美丽和非凡的气质。对啊,美丽和气质是长在身上的,再丑陋的衣服,再普通的装扮都挡不住。再看看小汉生,他在父母的怀里多么滋润,张了嘴开心大笑。他顶了一头父亲的黑卷发,又承袭了母亲精致的五官,多么美的爸爸和妈妈!可惜他们都死了,Jenny 早告诉过她这件事情,“文革”期间他们都走了,看着照片,青果不由得为汉生惋惜,小汉生不知道遭了多大的难,他没了父母是怎么过来的?

楼下的音乐一阵一阵地传上来,青果看着手中的照片,有点不知所措,楼下真的又是一个婚礼啊!这时一个人影倏地在青果面前一闪,把她吓得抬起头来,就见窦斗站在过道里,闪着眼正瞅着她,青果瞪了眼一时说不出话来。

窦斗手里仍然拿着酒杯,见她愣在那里,笑了一下说:“对不住你,吓着你了。”

青果忙说:“没有,没有。”

窦斗挨身过去,犀利的目光变得温柔了,又瞟了一眼她手里拿的照片,柔声地在她耳边小声问:“看见汉生的父母伤感了?”

青果不好意思低下头,抿嘴笑了一下,定定神,把照片摆回去,又抬头看他一眼说:“他们真好看。”

窦斗没有说话,只看着她。青果又问:“你知道汉生父母死的时候他有多大?”

“大概十一二岁的样子。”窦斗的声音很轻。

青果睁大了眼又问："你见过他父母吗?见过他们真人吗?"

"见过，我们小时候常过来玩儿，他父母非常好。"窦斗望着她直视过来的黑亮眼睛，心里一颤，手里的酒杯晃了一下。

青果点头："能看出来。"她的眼又转到照片上。

"可惜他们'文革'期间双双自杀了。"窦斗的声音很低。

"什么?！你说什么?！"青果尖叫一声，惊得目瞪口呆。

窦斗伸出一只手扶了她一下，像是要帮她镇定："我以为你知道呢，没人告诉你吗?"

青果摇头："没人告诉我，我只知道他们都不在了，但没人说怎么不在的。"

窦斗叹了口气："唉！大家都不愿提这些惨事情，汉生现在幸福就可以了。"

"汉生现在幸福又能怎样?可他们就这样没啦！"

窦斗没说话，就望着她。

青果愣着，眼神有些游离，像自言自语："汉生这么小就没了父母，真可怜啊！你看他们还那么好！我知道这些都会没的，包括我们，包括现在。我们现在也许跟这些先人一样也能给后人留下个影子，但有可能我们还不如他们，将来没有一个后人能像我俩现在这样来惋惜我们。"她突然停住不说了，又重新看他一眼，皱下眉："我看见皮皮的朋友在给大家照相，你还不下去留个影?"青果抬脚往外走，想离开那个房间。

窦斗一只手扳了她的肩，挡了她的去路，一双眼睛温柔又明亮："青果，咱们中国人说好死不如赖活着，这就是真理。你只要随了心去活就不枉活一辈子。"

青果微微侧下身子，他的手一下从她肩上滑了下来，她没有停脚步，在跟他擦肩时，说了一句："谢你这样说。"走了出去。

楼下，迪斯科音乐震响，屋子正中有几对人随着音乐蹦着，一屋子人或端着酒杯围着聊天儿，或嬉笑，三三两两，各自取便。林欢充当摄影师给新人和大伙儿照相，青果站在楼梯上看着下面欢乐的场面停足不前。没一会儿，窦斗下来站在她身后，在背后说："走啊，该高兴的时候都不高兴，那就没有出头之日了。"

青果回头勉强笑了一下，跟他下楼。

林欢见青果来到身边，就把手里的相机给了一起过来的窦斗，问她："你上去捉到他俩了?"

青果笑笑没说话，窦斗替她回道："她跑上去看老照片了。"

青果点头说："看见了汉生的父母，还有祖父母。"

林欢探究地看了看她的眼睛，问："你怎么了?"

"没什么，他后来才告诉我他父母是自杀的。"

林欢忙说："青青，今天大喜的日子可不要说这些，不吉利。"

闪光灯一闪，把青果和林欢都吓了一跳，他们同时回头，见窦斗端了相机对着他俩又一闪，林欢喊："好了，老窦，不要闪我们，去闪皮皮。"又突然发现什么问："你也应该是两人才对,你们王维呢?这些日子都没有看见她?”

“她病了,这两天她都躺在床上起不来。”

“什么病?要紧吗?”林欢马上问。

“没什么,小病。”窦斗脸上讪讪地,林欢知道不好问就没再继续。

Jenny和汉生刚出来站在楼梯口,就被楼下大厅里的人发现。一个声音喊:“汉生出来了,罚他,罚他!”

好几个人冲上去拽住他,Jenny趁机从边上溜下来。她一下来就在人群里找青果,两眼冒光。当她看见青果一头黑亮齐肩长发在屋子靠门的角落里,就挤了过去,伸手拍在她肩上。

青果回头一笑:“下雨去了?要下也不看个时候!”

Jenny正神清气爽,整个皮肤都在发光,伸手把胳膊搭在青果的肩上,笑着眨了下眼。青果忙缩了肩,让开她的手说:“你不知道你有多沉,不要成天地往别人肩上挂!”

窦斗瞥了青果一眼,在旁暗笑。Jenny听了此话,干脆把两只胳膊都挂在青果的肩上,说:“谁让你高矮正合适,这样放着最舒服。”

这时楼梯上的汉生已被押着喝了些罚酒,被逼着表演节目。

汉生满脸通红,两只本来就黑亮的眸子因兴奋而更加明亮。他冲大伙喊:“今天不拉琴,拉琴没劲,我来首诗献给我们的新娘和新郎。”说完转身跑上楼,拿出一本薄薄的小册子,在楼梯上站定了,开始朗诵:

我如果爱你——
绝不像攀缘的凌霄花,
借你的高枝炫耀自己
我如果爱你
绝不学痴情的鸟儿,
为绿荫重复单调的歌曲;
…………

汉生洪亮的声音在大厅里响起来,他抑扬顿挫,一时喧闹的大厅静了下来。

青果听见他朗诵舒婷的诗,不禁感慨万千,轻轻说:“可惜他的父母听不到他这样朗诵舒婷了。”

窦斗微笑侧头瞥她一眼。

林欢马上说:“你就是个悲观主义者,汉生现在很好。有这么多的朋友……”

青果打断他:“我在想我要是他父母,看他现在出落得这般,不知会有多高兴!”

Jenny得意地笑道:“不用是他妈,是他女朋友就可以了。”

“德行的你!”青果冲她乐了。

汉生朗诵完,Jenny一甩头冲出人群,跑到楼梯上,抓过汉生手里的书,大声说:“我跟汉生要再朗诵首给新人。我们一人来一句。”说完,Jenny笑嘻嘻地望着汉生,汉生伸手揽了她的肩,Jenny翻了几页,大声开头:

雾打湿了我的双翼
可风却不容我再迟疑
岸啊,心爱的岸
昨天刚刚和你告别
今天你又在这里
明天我们将在
另一个纬度相遇

是一场风暴,一盏灯
把我们联系在一起
是另一场风暴,另一盏灯
使我们再分东西
不怕天涯海角
岂在朝朝夕夕
你在我的航程上
我在你的视线里

两人一人一句,朗诵到最后两句,汉生和Jenny没有再分着朗诵,他们齐声把它朗诵完。两人声音一落,屋子里一阵尖叫和鼓掌,两人兴高采烈地手拉手下了楼梯。

汉生转身拿酒瓶给一对新人斟酒,又举了下杯子对大家说:“都满上,都满上,我们来祝皮皮和贾红的爱情就如诗里的一样永不衰老, 再祝他们一生一世幸福美满,白头偕老。干了!干了!”

大家都去祝酒,青果举杯也对新人说:“皮皮,贾红,祝你们白头偕老,早生贵子。”

贾红俯在青果耳边小声说:“让你说中了,我都怀上一个月了。”

“哎哟,恭喜,恭喜。”青果惊喜大叫。

贾红幸福地笑起来,突然扭头对着窦斗说:“老窦,你也是,为什么老让王维做啊?生下来多好,我们就要。有小孩多好!”她说着眼睛却在皮皮身上。

皮皮立刻点头笑:“是,领导您说得是!”说得周围的人都乐了。

窦斗笑道:“不行,我们跟你们可不一样,我们现在还不想要。”

贾红又问:“王维怎样,好些了没有?至少要让她躺一个星期,没听说刮孩子跟小产一样，你别在这里，回去侍候她去。”

“不用，她没事。”窦斗笑着回她。

汉生跟 Jenny 一直在唱片机那里捣鼓，放玛当娜的迪斯科舞曲，这些年迪斯科风靡各处舞场，每次都能把人跳出一身汗。最后他们放了一张古典圆舞曲唱片，是施特劳斯的《蓝色多瑙河》。音乐一起，就真像一条河，卷动了屋里所有的人和东西，流畅又舒缓。人们都让开来，让一对新人先跳。

然后汉生、Jenny，林欢、青果，还有所有屋里能配上对的都跟着跳了起来。林欢扶着青果，一会儿就踩了青果的脚，没一会儿又踩一下，青果笑：“你从来没有跳过交谊舞?”

“谁跳交谊舞啊，老掉牙。”说着再踩一脚。

青果皱眉：“来，你跟着我，一二三，一二三……”

林欢扶着她的腰，笨手笨脚地跟她挪步，几乎又要踩在她脚上，青果笑他：“这么简单的，你要跟拍子啊，笨猪！”

林欢不耐烦了，松开手说：“你自己跳去吧！”撇了她在屋子中间，自己走到旁边去了，青果又好气又好笑，站在那里一时愣了。

突然一阵风，窦斗悄然站在她面前，伸手问：“怎样?让我带你一圈?”

她微笑着搭上他的手，他们在屋子里旋起来。青果没想到他身轻体柔，别看他身材魁梧，形象彪悍，乐感却极好，真奇怪了。上次在皮皮家院子里就觉得他握她手时小心翼翼，这次更觉得他温柔体贴。他的手扶着她的腰不轻不重，跟她的距离也很有礼貌地有一胳膊宽，他带着她一会儿旋，一会儿高，一会儿低，张弛有致。她对着他笑起来：“你怎么跳得这么好?”

“为了今天，练的。”窦斗从牙缝里蹦出几个字。

“胡说！”她瞪他一眼。

他动了下嘴，却没再说出一个字。音乐已经到了最后，他带着她一阵快转，音乐戛然而止，他松开了她的手，厚厚的胡须下，嘴角含笑，俩黑眼咄咄逼人：“很高兴，今晚跟你……”

青果看了他一眼，轻轻叹口气，打断他：“谢你！”转身就往林欢那边去，把他扔在了后面。

舞会结束了，皮皮拉着贾红站在屋子中间，跟大家拱手，道谢。汉生拽了 Jenny 不让走，林欢和青果跟大家道别，出得门来，已经是午夜 2:00 了。

初夜，蜜周

青果跟着林欢进了他又乱又小的屋子，一间十二平方米机关筒子楼单身宿舍，他父母单位的房子，现在成了他的家。这种宿舍本没有厨房设施，只有公共水房和厕所，但小单身们在黑黑的楼道里放上煤气炉子，墙上再吊个灯泡，一间宿舍就变成了家，甚至婚房，在里面生儿育女，居家过起小日子。青果来过林欢这“家”，从来没有逗留过太长时间。屋子里除了一张单人床，一张桌子，一个破双门柜子，就是些林欢的画架子、画布、画箱、画具、画框子、颜色等杂物。

青果不管三七二十一先倒在床上，甩掉高跟鞋，喊：“累死了，这鞋累死人。”

林欢忙桌上地上慌乱收拾一通，说：“谁让你穿这鞋的？”又转身往桌子去：“我给你搞点热水。”他提了下桌上的暖瓶，空的。

青果笑：“别麻烦了，我就倚你这儿歇歇。”

“那怎么行？”林欢说完出去了。没一会儿，提了一壶热水进来，又从门后面拿了个脸盆，看他把热水倒进盆里，青果欠身笑道：“真谢谢你，只有你知道我想要什么。”

林欢递过一条灰灰白白看不出什么颜色的毛巾给她，说：“洗吧。”

青果看看那毛巾问：“你这是洗脸的还是洗脚的？”

林欢笑着回她：“脸脚还分家吗？这俩谁也不能对不起吧？”

青果笑得扑倒在被子上：“真没见过你这样的！”

林欢把盆子端了放在床前，青果先蹲下来，拿手在盆里捧了水往脸上洗洗，林欢忙从椅背上拿了一件T恤给她，见她满脸疑惑，就说：“权当洗脸毛巾。”青果笑着接了，擦干脸上的水，然后坐在床边，把脚放进了热水里。一股热流立刻通过脚心径直流进了青果的心里，她轻轻叫了一声：“真舒服。”

林欢满意地看了她一眼，说：“你泡一会儿，我去水房洗洗。”拿了个盆子走了。

等林欢回来，青果已经洗完了，坐在床边，林欢又把青果的那盆水端出去倒了，再进屋，见他反身扣上门，青果有点紧张地问：“我们要睡在一张床上吗？”

林欢笑嘻嘻地过去，俯身看着她反问：“你说呢？”

“那，那，那我们就不脱衣服。”青果开始有点口吃。

林欢笑着慢慢倒向她，压在她身上：“不脱衣服怎么睡觉？嗯？嗯？你说怎么睡？”说完便开始轻柔地吻她。

青果闻着他嘴里的酒气，小声问：“你今天想干什么？林欢我——我——我害怕，咱们不要做那事行吗？”

林欢听了更狂热地吻她，说：“青青，今天不是皮皮的新婚之夜，是我们的，你难道不明白？”说完，他开始脱衣服，把自己所有的衣服都脱了，就剩背心和短裤。青果一见拿手捂了眼，轻叫一声：“天啊，林欢！今天晚上你要害我！”

林欢已经把她压在了下面，随手关了灯。青果想这下完了！她突然想起Jenny嘲笑的口吻“让你们林欢——忍着——”这下不让他忍着，我倒霉了，青果无奈地想。

黑乱中林欢脱了青果的衣服、裙子，进而胸罩，他边疯狂地吻她边喘着大气，浑身颤抖。青果没有反抗，软在他怀里，任他吻遍了全身。她搂着他的脖子，闭着眼想迟早都会有这样一天的。她感到下面钻心的痛，痛得她一声尖叫，她的叫声停住了林欢。他轻轻吻她的眼,知道她在哭。

青果说:“我们等下次行吗?真的没想到这么痛。”

他把自己从她身体里抽了出来,随即“嗷”地轻叫一声,倒在她身边,双手捂着下体:“我难受死了,青你不要碰我,让我自己待着。”黑暗里林欢的声音发闷。

没一会儿,林欢伸出手来抓了青果的手,说:“你来摸摸,看他有多喜欢你。”青果的手碰到了他又热又粗的东西,林欢在旁边轻轻呻吟一声。

黑暗里青果破涕为笑:“真硬啊!平日里它在裤子里没想到是这样,它跑了我那里有什么好?它就那么舒服?我可痛死了,跟打针一样,谁要没事打针啊?”一句话说得林欢笑得软瘫在旁边。没一会儿他轻轻叫了一声:“喔!青青,它又想要你了,我们再试一下行吗?我保证小心,不弄痛你。”说完把青果压在下面,这一次林欢非常轻,小心翼翼。

青果觉得和刚才一样痛,只是因为有准备,没有叫出来,她一直忍着,不觉得有任何好处,痛得她眼泪不由自主地往下流。

林欢把灯打开,拿手为她拭泪,说:“青青,原谅我,我知道你不想,我不想伤你,你不要哭了,我以后再不干了。”

青果抬了泪眼看他,摸了下他的脸,什么都说不出来。林欢把她放到椅子上,从破柜子里找了床干净床单,把有血迹的换了。青果看见自己的血落在床单上,能不痛吗,就是拿个小刀子割一下都痛得要命,何况还流了这么多血。青果又开始掉泪,林欢说:“不要委屈了,青青,人都要这样的,以后就好了。”

“我们女的真倒霉,生来就被你们男的欺负,这人真的不公平。”

林欢听她这样一说,抱住她说:“青青,我可没有欺负你,我怎么会欺负你?你知道我,我——”他把青果抱回到床上,给她盖上被子,侧身躺在她边上。青果还在流泪,林欢吻掉了一只眼中的泪,另一只的又流了出来。

青果把脸靠在林欢的胸上,快快道:“这就是洞房花烛夜?这就是书里讲的初夜?我所了解的都是多么浪漫,多么快乐,多么享受,多么令人难忘。真的太可悲了,没有一个人为我们女人说真话。我敢打赌,这世界上百分之九十九的女人,如果她是第一次,她不会喜欢这个,她不会不哭,她不会不痛,她不会不觉得是对她的侵犯。”

林欢又紧紧地抱了一下她。青果抬头又说:“你想,我俩这么好,我都觉得委屈,那些从来都不认识新郎的新娘们,她们不知有多苦?她们都只好忍着,还不能哭。我现在知道那些被强奸女人的感受了,她们被伤害得有多深!”

林欢紧张地抓过青果的手说:“青青,你不会说我强奸你吧?那你要我怎样呢,要我永远都不碰你吗?”

青果叹了口气:“你固然不算强奸,但我也没有那么愿意,我唯一可以做的就是忍受。”

“青果!”林欢一头撞在床头上。

“好，我们不要说了，明天我还有课，睡吧！”青果把背对着林欢，闭上了眼。

没一会儿，青果的呼吸均匀起来，林欢知道她已经睡着了。他起身开了灯，伸出胳膊在被子外面搂着她，低下头端详她的脸，见她眼睫毛上似乎还有泪水，眉头微微皱着，她今天太累了，又痛，还大哭了一场，这就是我朝思暮想的人！她现在终于跟我睡在一起了，可我都干了什么让她这么受伤?！他心疼地拿手指为她把眼泪擦干净，俯过身轻轻吻她的耳朵。青果动了一下，他马上立起身，一不小心，被子被他掀开了，他看见她雪白、丰满、娇嫩的裸体，优美，没有一点儿瑕疵，安然地卧在身边，比所有画过的模特都要炫目。

林欢其实从来没有像现在这样真正地看到过她，刚才一阵慌乱，又关了灯，后来虽开了灯，青果一哭，林欢乱得没了主意。现在可不一样了，四下里安静得掉根针都能听得见，在这静夜里，这眼前的一切就如一朵花儿只为他一个人开放。他愣在那里，双手捧了自己的脸，跟自己说：林欢你有什么好?让你今生碰到了青果?天啊，青青！他伸出手想去抚摸她腰和臀之间那优美的部位，到跟前又把手缩了回去，我不能弄醒她，不能。他立刻翻身从画架子上拿了纸和炭条，飞快地画起来，一会儿一幅速写出来，没一会儿又一幅。

青果似乎觉得有点冷了，伸手往身边抓。林欢见了忙收了纸，笑着过去把被子给她盖上，轻声说：“对不起，宝宝。对不起。”

他睡意全无，舍不得就这样睡过去，这样跟青果躺在这里他幻想了好几个月，他要醒着，要醒着过这一夜的每一秒。将来还有这种可能吗?青果那么不愿意，怎么办啊?他垂头丧气地又看了下自己的下面，因为刚上得床来挨着她，下面又硬了。他无可奈何地开始自慰，直到自己精疲力尽。

青果把论文的资料放在一个大背包里，又把换洗的衣物放了一大包，她怕真的要在外面住几天，虽说昨天晚上很痛，但她一想起来心里就忍不住“怦怦”乱跳，林欢健硕赤裸的身体，他疯狂又温柔的进攻让她魂不守舍。一个上午她都惶恐不安，听不进课，还没结婚就做了不该做的事情，她知道错了，可又按捺不住内心的焦灼渴望，她已经眩晕在他炙热的双眼里，那火已经烧着她了。中午下了课，她跟李心说：“我大概要出去住几天，系里有什么事情帮我们看着点。”“我们”指的是Jenny跟她，Jenny根本就没影，青果想最短也得一个星期才能回来。

李心点了下头，问：“你在外面住在你男朋友家里?”

她看了他一眼：“就告诉系里去北京查资料去了，谢你了。”她不愿回答他的问题，李心点了下头，就没再问了。

过了午休时间，林欢带着她进了筒子楼，在黑暗的过道里摸着把锁打开，一推门，青果大吃一惊，房间大变。屋子中间的小床换成了一张新的铁栏杆钢丝双人床，上面铺着雪白的床单。桌子上放了一个大的玻璃花瓶，插着红玫瑰。床头墙上拿图钉钉满了一墙的女裸体速写。窗户上钉了大张的宣纸，遮了大半个窗子，上面画了几笔山水。

林欢一弯腰把青果抱了起来，喊：“抱新娘进门了！”

青果吃惊地问：“你就一个白天搞了这么多事情？”

林欢得意地说：“那是，新娘就要进门了，我能不着急吗？”翻身打开柜子，拿出所有新买的东西，洗脸盆、毛巾、牙刷、牙膏，一应卫生用具等都抖落到床上。

青果“扑通”一屁股坐到床上，伸手搂住林欢的腰：“欢欢，我们真的结婚了！”

“是啊！”

青果眼圈红了。林欢忙蹲在她面前说：“不要哭，要高兴，我们结婚了，多高兴啊！”

接下来几天，青果基本上没怎么出屋子。她穿着睡衣在桌子上写论文，林欢忙进忙出，端茶倒水。他一直不敢相信这一切都是真的，青果就在他怀里，晚上跟他睡在一张床上。他怕弄痛了她，怕把她的小腰弄折了，一看见她慌乱羞涩的眼神，他的心就奇怪地被揪扯得酸痛；他惊叹她身子柔软得如同她温柔如水的双眼，让他一头栽在里面头晕目眩，拔不出来，他心里空空如也，口不能言。他经常望着她出神，想那天在树林子里怎么就见着她了，没想就是现在这样，真的太神奇了，现在只知道他一刻也离不了她。

对于青果来说这几天可谓天翻地覆，她的人生都变了，这一生第一次发现她对人类的另一半世界其实知之甚少，这下才实质性地跟那一半的人纠缠在一起了。有时她望着他会想怎么就是他？为什么是他？恍惚中觉得他是个陌生人，可她就让他进来了，进到她的身体里来了。她说不出来那是什么？就觉得心酸。她这一辈子跟人从没有这么近的关系，跟自己的家人都没有这么近，能进到自己的身体里面，这是什么人啊？她心里惶惑不安，搂着他又悲又喜，这难道不是天注定的？

文化启蒙，被紧握的双手

星期六早上8:00刚过，林欢拉着青果站在拥挤的检票口，被后面的人群推着，急忙地说：“青你无论如何都得上晚上7:00的车，你要不回来，我会在这里等你一晚上的。”

“知道了，放心。”人群开始动起来，青果回头跟他摆手，看见他一双不舍的眼睛红了，青果在心里大叫一声：欢欢！转身向站台里走，她怕自己会真的跑回去，走不出去了。

今天她穿了便装，一条牛仔裤，还有她爱穿的那双翻皮红色软底鞋，黑色鸡心领羊毛衫，同样牛仔夹克，脖子上围了条白色的长丝巾。她转了三趟车，终于在一片一模一样的公寓楼里找到了菁菁那栋。离上次统稿也有些日子了，陆华在信里告诉她，这次安排在菁菁家，她家稍微宽敞一点儿，大家不至于那么挤。电梯吱吱嘎嘎往上升，她又担心，千万别错了，北京那么大，要找错一栋楼、一个单元真是太可能了，等敲开门，没想来的正是菁菁，悬着的一颗心这才放下。菁菁一身家居随便衣服，乳白色细羊毛开衫,下面一条深蓝色紧身运动裤,头发仍然髴着,清香淡雅。一见是她,兴高采烈朝里嚷:“来了,来了!还怕你找不到呢!”

青果跨进门,微笑问好,四下里打量,菁菁的公寓正对着门的是厨房、卫生间,稍微装修了,比陆华的公寓高档些,也大多了。菁菁往左手让她,两人进了客厅,房间很大,已经坐了一屋子人,德拉、小锋、郭亮、张良都在,除青果认识的,还多了两位不认识的。房正中摆了一圈老式带铜钉黑皮沙发,对门靠窗一架黑色立式钢琴。沙发后面的墙上挂了一张苏式风景油画,像是原作,装在暗金雕花框子里。一张老书桌靠在尽头的窗前,旁边立着俩大书架,上面挤满了书和各种工艺品。青果暗忖菁菁到底什么来历?这种油画和钢琴不是一般人家能有的,怪不得她看起来那样好呢。

陆华站起来,伸出手说:“来,来介绍一下,这是我们的成员之一,N大的青果。”又指着那两位生人中一位圆脸胖子说:“这位是《世界和中国》主编卫东方,这位是哲学所的唐人。”唐人精瘦矮小,面带猴相,两人跟陆华年龄相仿。

“你好!”青果伸出手跟他们握手,又跟小锋、郭亮、张良、德拉打招呼。菁菁从隔壁给拿了张椅子过来,青果一边坐,一边谢她。

看着她坐下,陆华才开口说:“今天很难得,东方兄想来看看我们这本书的情况,又拉了唐人兄过来,大家正好聊聊。”陆华的语气客气中又透着尊敬,青果知道他们在北京的圈子里一定是些不同凡响的人物,他又看了青果一眼,说:“上次完事后,青果给我来过一封信,都转给大家了,她提了一个很重要的问题,就是这本书的调子,不能你唱你的,我唱我的,还有就是她提出的我们中立的立场,就是所谓客观性,我知道大家都尽量想客观了,但是在言语当中还是要尽量避免让人看出来。”又转头问:“哎,东方、唐人,你俩也看了大部分书稿,你们说说看法。”

唐人摆了摆手,没说什么。卫东方伸了下脖子,说:“我们其实不懂艺术,这套丛书是这个大时代的东西,是这个时代急需的东西。我们还是着重要引进西方,把西方新的、好的东西全面引进来,之所以把你们放到这套书里,是因为你们是前所未有的,先锋的,同时又是开放的,面向未来的。那天和老陆碰到了,聊了些就一拍即合,你们是这套丛书里唯一的一本艺术书,而且是我们的当代艺术,这就不一样,令人激动啊!”

唐人这才张口:“其实也无所谓客观性,在这个精神变革的时代,我们在建设,在创造,在提倡,对要弘扬的就大张旗鼓地说它好,说它棒,这没有什么。为什么叫‘中国和世界’?就是要扔掉过去陈旧的、压得人喘不过气的包袱去跟世界接轨。要和国际同步发展,我们要扔的要破的还很多,太多顾忌就什么都干不成。”他环视一下在座的,“现在国家的政策是改革开放,这是一个多么好的机会,百年的现代文明启蒙,到我们手中有了这个难得的机会,我们要抓住它,要让它在我们这代人身上彻底完成,中国要往何处去?我们要建立一个什么样的文明?这不就是我们这代人,甚至几代人一直思考和奋斗的?这就是我们的历史使命,所以我们得大声说,大声呐喊，让全中国人都听到。”

就听德拉“啪”一声击掌大喊：“对！老唐，我们就得这样干，灭了那些羊群们，让他们都消失掉！”

卫东方笑了：“我知道，你们北望群体那些干将们搞了很多事情。”又转过头说：“看了你们的东西就放心了，你们再继续搞细节吧，我俩得马上走，电视台还有一帮子人等着呢！”说着站起来，唐人也站了起来，两人告辞，屋里所有的人都站了起来，陆华、德拉送了出去。

青果坐下来，想着自己这一个星期来的生活，觉得自己太小资了，看看人家都在干什么？我在干什么？可是一想到林欢在车站的那双红眼睛，就一阵揪心。菁菁见她愣着，说：“来，青果，喝杯水。”

小锋问大家：“你们都看了子圆的黄土系列了吗？刚出来。”

陆华和德拉回来正进房间，德拉一卷袖子大声嚷：“看见了，看见了。说实话，别看他不是我们北望群体的，但是我对他最有‘阶级感情’，他是最深沉的。”说着就喊：“哎，菁菁！把最新的《中华美术报》拿来。”

菁菁忙从书桌上拿了递给他。他指着头版上一张大图，嚷：“你们看，你们看，这才是一种力量，悲剧的、崇高的力量！”

报纸递到青果手上，她认真看了看，一个男人体半蹲在画的中间，精瘦，垂着头，伸着两只胳膊，很像西画里的基督受难的身体。他的后面一排排似窑洞的圆拱门又似教堂的大拱窗的图案，都按透视的规则左右向画的中心延伸。天空阴沉，灰暗，整个画面的调子非常凝重，通篇以褐黄、黑为主调，画家恨不能把人体画得跟后面的黄土高原背景一样悲怆沉重。青果第一个反应这不是中国的基督受难图吗？难不成把我们中国人都搞成基督那样受苦才叫深沉?！还没苦够吗？

德拉又在耳边大声叫起来：“听着，老米写的！”他举着报纸响亮地读起来：“‘他在人类文化历史和大人类精神的高度上对中国文化命运的深切关注。他所表达的是深沉痛苦所凝聚的力度。’还是老米概括得好！”德拉又挥手喊：“哎——哎！听，这里有子圆自己说的，‘痛苦不能限于个人经历，它必须升华到普遍永恒的、形而上的层次，这种根植于特定痛苦中的普遍痛苦，以至于达到一种永恒悲剧的境界才是我们应全力投入的方向。’你们听这一句更狂，‘在伟大光辉照耀下的伟大灵魂将自然把握伟大形式。’”

青果听了不禁笑了起来：“用了那么多的伟大，他的意思是说他画出来的这些个高级痛苦的东西一定就是这世界上最伟大的作品，毋庸置疑。”说完青果嘴角上的微笑已经变成了讥笑。

陆华看她一眼，没说话。

德拉接过去说：“话是说得过头一点儿，可这是一个非常时期，我们要的就是这样的东西。老米也真能捧他，大家谁不知道他跟老米的关系？我那天听人说他什么时候往老米家送了个高级相机……”

陆华抬抬手止住了他继续往下说，接过去："好，我们还是把话题转到稿子上来吧。老郭，你写这段，可以把这些都包括进去。"

郭亮说："我已经留了这段，我想再找到他跟他好好聊聊。"

小锋说："我听说他回家去了，他老婆生孩子了，他在北京待了快半年，把老米搞定了，这不回去再把老婆儿子搞定。"

这时就听见"咣咣"砸门声，菁菁飞快跑了出去，跟她进来一高一矮两个长头发、长络腮胡子大汉，两人都穿着军裤、大长黑皮夹克、黑厚军靴，连碰带响地一阵风冲进屋。

高个子一进屋就先抓过陆华的手摇，大喊："老陆！几天不见，好几天不见！"又转身跟在座每位握手，到了青果那里他停住了。德拉马上指着青果冲他喊："N大的搞社会学的，青果。"又朝那人，"这是我们的干将张大侠。"

青果忙站起来，跟他握手，她早知此人，是北望群体里的唯一善画者。青果在看陆华给的材料时发现就他的东西多，除了图片多，还能写。再看此人长相：一双浮肿细长吊眼，眼珠浅棕色，混浊，有一点儿翻白眼，高鼻梁，椭圆包子脸，蓄着稀疏络腮胡子，如果扎了头巾便是小人书里的梁山好汉，无须化装。

另一个人，稍矮，方脸长须，面白，衬得更加黑眼黑发黑须，目光清澈，过来握了青果的手，说："赵楚。"

德拉在旁边大叫："我们北望群体的！"

青果站在那里想这个名字不熟，没怎么看到过他的东西。

陆华高兴地说："来，来，都坐下。今天热闹，咱们都聚这里了。"

张大侠瞟青果一眼，说："菁菁，有酒吗?你看这里都有新人，还有这么多老友没酒不好玩儿嘛！"

陆华忙摁住他说："不要跟菁菁要，她哪禁得起你闹，走，我们都外面去，大家还没吃饭呢！"

菁菁听了忙附在陆华耳边说了一句，陆华说："走，我们去莫斯科餐厅，菁菁的提议。"

德拉头一个叫好，所有人都站起来响应，大家拿了包"呼啦啦"冲出公寓。一群人各自骑上车，青果跳上德拉的车后座，陆华骑在他们前面，青果见菁菁跳了上去，随手扯了一下他的衣服。嗯，他们的关系准不一般，便问前面的德拉："哎，德拉，上次没记住，菁菁是《艺术》里的编辑吗?"

"你不知道啊?她也是画画儿的，是他们杂志社的美编，很有才。"

"哦，看不出来，还以为她是搞文字的呢。"

"不是，她搞设计画插图很棒的，她跟老陆差不多都是老三届的，还都是老知青。"

"我说呢怎么跟你们掺和一起去了。"

"不是跟我们，是跟老陆。嘿，嘿。"德拉干笑了两声。

青果笑着讥讽他:“这北京圈儿里就没有你不知道的。”

德拉挥了下手:“哎呀,我是谁?从东北跑到北京来干革命,不了解敌军阵营能打胜仗吗?我们北望群体几个大老爷们儿那不跑这里来瞎整吗?”

青果在他后面笑开了:“那你们的仗怎么打的呢?”

德拉没回答他,可心里却很得意,这我可不能告诉你这个丫头片子。他和大侠从来就没有怯弱过,他们一群人曾在哈尔滨搞了好些活动,野展,办自己的刊物,记得当时群体就几个画家还有几个新派诗人,他的想法,高扬崇高的精神,建立真正的文明鼓动了所有人,是他提出“理性绘画”的概念。他们没钱没背景,要弄个场地搞活动都费尽周折,搞了半天在社会上也没什么反响。刊物虽没办成公开的,好在印出来了,地下的也发出去不少;活动也办了几次,不是借学校的大教室,就是跑到公园、文化宫什么地方;讨论会也开了,终于吸引远在北京的陆华和老米的注意。他当时就醒悟到不在伟大首都,就是再折腾都是白费劲,他自信他们的理念和作品比整个美术界至少超前五至十年,一定会引领中国的艺术潮流,就凭着这个自信和热情,他们一定能干出一番轰轰烈烈的事业。当他第一次在杂志上看见陆华的《更新我们的艺术观念》,就认定此人就是“英明领袖”,他们北望群体如果想在全国站稳,想干出点事情,得要这样一个“理性”的代言人。他当机立断,跑到北京找到他,促膝谈心,几个晚上聊下来,陆华最知名的几篇文章,《理性绘画》系列就出来了,北望群体终于在全国打响了,群体大部分人相继辞掉家里的工作,到北京聚齐,从此过上漂泊动荡的“革命”生活。他一直都这么认为陆华现在的地位跟他和北望群体根本分不开的,几年前谁知道他老陆何许人也?

见他没吱声,青果又问:“我知道你们都不容易,北京不仅有陆华还有老米。”

没等青果说完,德拉抢过去:“我们都拜访啊,能少了吗?张大侠这些比我强,他早搞定了。”

“怪不得《中华美术报》总发你们的消息,你们都很不简单啊!”

“这就是干革命,‘革命不是请客吃饭’,应该说不单是请客吃饭,还要建立阶级友情和培养共同的革命信念,和老陆……”他没把话说下去。

青果听了又笑出声。

德拉接着说:“我相信,就凭我们在北京的经历,就凭我们的能力加智商,我们就能出这个世纪的大师。”德拉越说越激动,回头看眼青果,这女孩懂吗?南方的那些群体,他们都整些什么?特别是西南的那些诗意的,还有生命的、性饥渴的,都搞些什么操蛋的事情?!他们怎么能跟我们相提并论?要不然老陆一看我们的东西,就中意,我们玩儿的是形而上!整个’85,我们和老陆才是主要推手!

青果见他满脸的得意劲儿,话带揶揄:“你的意思是陆华和你们是王八看绿豆对了眼,一开始就合上了。”

“差不多。”

青果又笑:“我说嘛,你一天到晚的目中无人,原来有这层原因。那你在北京有工作吗?包括大侠、赵楚?”

“找得到就有,找不到就没有,无所谓了。”

青果第一次来到这个著名的莫斯科餐厅,一进去发现其实就一个简单的大食堂,又高又敞,跟学校里最大的食堂差不多,只是豪华些,放着带软垫的欧式椅子,有些大柱子支着。他们一群人选了一张大长方桌子,青果觉得像前苏联集体农庄的大桌子,这里的菜还能做细了?

看来菁菁跟小锋是这里的常客,德拉也很熟,大侠好像根本没在意,他一直跟陆华在桌子的另一头说话。

菁菁点的菜,有法国泡菜、红菜汤、番茄牛肉、腌鹅肝、奶油烤鱼等等,哩哩啦啦摆了一桌子,还有什么青果看不清,也吃不上。因为她还没喝完手里的一大扁碗红菜汤,那些碟子就都空了,只剩下一点儿汤汁。青果搛了块鹅肝,两根法式泡菜。桌上照例要了啤酒,德拉看来喝了不少,满脸通红,他站起来举杯喊:“来,来,大家干杯!”

所有的人都站起来,德拉绕桌子跟每个人都碰杯。陆华好不容易摆脱掉大侠,举杯跑到青果边坐下问:“你要不要喝一点儿?”

青果笑着摇头。

陆华又问:“今天带来多少东西?差不多完了吗?”

“差不多,就差个结尾了。”

“现在十月底了,十一月中旬我们再碰一次,十二月我们作最后统稿,这事就算完了。十二月中旬我们要在黄山开一个重要的会议,是’85运动的总聚会,希望你能来,到时全国的艺术家都要过来。各个群体的,将会是一个空前的盛会。”

青果听了喜得就满口答应了,这些日子每天看这些人的文章和幻灯片,作品都熟得不得了,就差见这些人了。

陆华又说:“看看等一会儿有时间,我们还是看看你的稿子,看来下午搞不成什么东西了,你的东西我看就行了,他们就不用看了。”

“好,一会儿跟我要。”

一眨眼酒喝光了,盆碗吃得干干净净,一桌子人干坐着热闹聊天儿,就见德拉站起来大喊:“今天高兴,来,我们来唱两句。”

菁菁忙喊:“走吧,不要在这里这么闹,我们回去再说。”

一大群人又呼啦啦站起来出了餐馆,谁付的账青果也没有搞清楚。

回到菁菁的公寓,德拉已经等不得,满脸通红,大喊:“我们来唱歌。”说着就走进刚才大家坐过的那间客厅,掀开琴盖,手指从左至右就一划拉,一串美妙的钢琴声在屋子里响起来。众人鱼贯而入,各自找了地儿坐下。

菁菁把德拉推开,坐下来问:“要唱什么?”

“《唱支山歌给党听》!”

菁菁开始弹前奏,熟悉的音乐响起来,谁都知道这首歌,不仅因为《东方红》和雷锋，还因为这首歌深情而优美，才旦卓玛的声音高远纯净，圣诗般抒情。德拉站在琴边，抬起一只胳膊，深情地唱起来：

唱支山歌给党听，
我把党来比母亲，
…………

才刚第一句，他的脸和眼已经红起来，一对斗眼睁得溜圆，声音尖细，令人可笑地颤抖着。

…………
母亲只生了我的身，
党的光辉照我心，
党的光辉照我心！

到最后两句，德拉的两只手臂随着高音往上升，直到不能升为止，歌声戛然而止。他的手停在空中，青果看见他圆眼镜后面似乎泪光闪闪。

青果看傻了。

小锋跑过去把菁菁推开，喊："搞那么深情干什么？"

德拉笑着喊："对！我就恨不得把我、还把你们都唱哭了！你懂吗？这才叫感动，我们要的就是这灵魂深处的感动！"

"我来一个。"小锋说着就弹起前苏联老歌《小路》的前奏，德拉又要唱，小锋举一只手打住他，叫："老陆你跟菁菁唱！"

这时房间门被推开了，一个高大、英俊年轻男人推门进来，一看屋里那么多人，就转身退了出去。张良正好坐在青果边上，她便问他："这是谁来找菁菁？"

"他是菁菁的丈夫，他才不是来找人的。"

"我们这样会不会太吵了？"青果又问。

"没事，他才不管呢。"

陆华唱完，过去坐在青果身旁，说："走，把你的稿子拿来给我看看。"

青果忙取了放在门口的包，拿出稿子递给他。陆华看了眼正在弹琴的菁菁，说："来，我们到另外房间去，这里太吵。"

青果点了下头，就站起来跟他出来，走到隔壁的房间。

是间卧房，屋子中间摆着一张席梦思，淡紫的落地窗帘，同样也是粉地紫花床罩，靠墙一张梳妆台，立着一面椭圆大镜子，台上零零星星摆着高低不一、形状各异的香水瓶，化妆品罐子、盒子。青果猛然想起陆华家里极简单的木头板子床，还有他家里极简单的装饰，他们可真不一样啊！青果在心里感叹一下，不禁对菁菁更添些好感,她以为会见到菁菁的丈夫,但是卧室里没人。

陆华非常自然地就坐到大床上,青果不知他是常来坐还是他根本就不在意,可她却犹豫着,觉得不好意思去坐人家的床。她四下看看屋里没有一把椅子,都被菁菁搬到隔壁给大伙儿坐了,她顺着床沿轻轻坐下。这时陆华开始翻稿子,看起来。

青果忐忑不安地四下看看,又下意识地瞥了一眼门,就见一个人影一闪,嗯,是大侠。他一定是来侦查的,想搞清楚我跟陆华的关系,看他贼眉鼠眼的样子,青果顿时觉得很不舒服。从上次来北京跟这些人认识,她就从所有人打量她的眼神里,感觉到他们对她跟老陆有一种不明不白的默契。记得上次德拉就说"我说怎么老陆又找个女孩来?"是啊,没有企图那是什么?整个北京城跟这些搞艺术混的女孩子多了,还都是些漂亮、聪明女孩子,不是什么特殊关系,谁带她们玩儿?!对周围人的态度她尽量不去理会,陆华把她拉进来到底是什么动机?她没去深想。她不反感他,应该说佩服他,这个反叛运动和这些反叛的画家都让她感兴趣,只是她头一次出校门,发现女人在这个社会上的地位是附属的,是情人,是老婆,是花瓶,在艺术圈儿里,活跃在一堆披头散发、放荡不羁的男人里的女人,最大的可能性是他们的情人。

大侠又走过门口,装着没有往里看的样子,他是想搞清楚我们在这里有没有干见不得人的事?想到这里,青果的脸一下就红了。这时陆华正好抬头,见她脸上泛着红晕,大有尴尬之态,不禁伸手抓住她的手,低声喊:"青果!"

青果忙把手缩回去,脸更红了,真是跳进黄河都洗不清了。陆华见她更羞了,就缩回手,笑了起来。青果想这下坏了,这一笑好像我们之间有了默契,她恨不得站起来就走出去。她看着他的眼最后终于站了起来,陆华马上也站了起来,两手压在她的肩上,往下一摁,笑道:"不要急,我们把这几章过过再说。"

青果的肩僵在那里,没好意思把他的手甩下来,可是她已经很不自然了。她低下眼只好又坐下。

隔壁的钢琴声,菁菁、小锋、德拉、大侠的歌声、叫声、笑声不时传过来。就听见大侠和德拉高昂的声音朗诵《长征组歌》那个有名的段落:

长征是宣言书
长征是播种机
长征是宣传队
长征是以我们胜利,敌人失败的结果而宣告结束
…………

两人一时都愣着,没说话。见青果坐回到床上,陆华挨着她也顺着坐下,手还在她的肩上,青果明显地感觉到他的手在她的肩头上颤抖,青果抬起眼看看他搁在肩头上的手,再看他一眼。陆华忙把两只手从她的肩上拿开,交叉着放在肚子前,仍然有点抖,他望着她似乎忘记了跟她到底要说什么。

青果见他尴尬地僵在那里,就笑了,把床上的稿子拿起来,放他手上,问:“第二还是第三章?”

陆华笑着接了第二章的稿子,说:“上次没有把这些看仔细了,嗯……”翻着读了一会儿,又从床上拿了第三章,又看了一会儿,“你的这些论述有很多和书中其他部分重叠,不能全都用在书里。”

没等他说完,青果打断他,想结束讨论离开那个房间:“本来这个东西自成体系,有立论,设计,然后阐述,证明。这个东西不是为这本书写的,是我的毕业论文,你要用可以随便用,我没意见,只要你觉得好用就行。你也可以随便改,我看我们别讨论了。”

陆华看她一眼,有点吃惊,不相信这些话是从这样一个女孩嘴里说出来,她把什么都看得那么清楚,还讨论什么?青果却觉得他们之间没有什么共同的东西可以讨论,因为他其实不懂她讲的理论,隔着行呢,总不能教他一遍社会学,他们之间有的是根本不同的思维方式。再有这书是他们的,又不是她的书,他们那套老式的美术史理论的思路套子,她也不可能扭转,她发现她最好把自己的东西交给他们就是了。她没有兴趣去影响他人,更没有兴趣去改变他人。其实在写了一半论文时,她已经对这个题目不感兴趣了,她觉得自己的立论和论据都牵强附会,陆华如果要用,要改,她都无所谓。看了很多材料,还有那些造反的先锋画家们纷纷写给陆华的“情书”,曾自问什么是这些人的真正动机?今天见了大侠,再见了德拉,还有更多的没有见过的、野心勃勃的群体画家,现在青果更怀疑自己的立论。在过去的一个星期里,林欢的爱恋里,这些人和他们的事情都黯然失色,她几乎要写不下去。可今天见了他们,又感到他们的真实,他们生机勃勃的动力,她自惭形秽,觉得自己太小资。青果搞不清楚,那是什么?不是他们表面上发表的豪言壮语,不是他们什么了不得的作品,更不是他们的艺术理念,不知什么吸引着她,让她兴奋。哪怕就是那支《唱支山歌给党听》,她的心刚才就被德拉撩拨了一下。

陆华已经伸出手来:“走,青果,我们也去唱。”

青果没有搭他的手,但还是应声站了起来,陆华在青果肩头上轻轻搂了一下,她几步就走到他前面去了。

一见他俩走进房间,屋里所有的人都睁大了眼,好像他们去幽会了。菁菁在钢琴边没说话,偷偷观察他们。

陆华走到钢琴边说:“菁菁,弹《十五的月亮》。”

德拉正弹着,菁菁说:“德拉弹,德拉弹。”说完又瞥了青果一眼,走出了房间。

青果很窘,天黑下来了,她抬手看了眼手表,说:“我的票是7:00的,我看我该走了。”

陆华忙停了歌声,问:“几点了?不要急,我去送你,我去送你。”

德拉这回真的不高兴了,大声说:“哎呀,青果你怎么就那么扫兴呢?上次也这样,玩儿得正好,你就要走,你那边有人要你命啊?如果你男朋友跟你吵架,告诉我,我去帮你吵，怕他什么，我们这些人呢！”

“就是啊，怕他什么！”大侠也在旁边敲铲子。

青果脸红了。

陆华笑盈盈地看着她，不说话，笑看她的窘态。

青果知道这会儿他们正在兴头上，可一想林欢在车站等着，她又坐不住了，还是站了起来，说：“还是得走，真对不起。”

陆华突然说：“青果，你要不然今天晚上就留下，明天我送你回去。要玩儿就痛快玩儿一次，每次都慌慌张张，大家都不高兴。”又专门盯了她的眼，问：“行吗？”

德拉大叫：“哎呀，陆华的面子总得给了吧?！”

青果被陆华逼得涨红了脸下不来台，心想欢欢要急死的，怎么办嘛！她慢慢弯腰把双肩包从椅子背后拿了出来。

陆华见了，走过去说：“好了，我回头跟林欢说，你今天就不要回去了。”

“对不起，还是得走，下次吧。”青果红着脸，挎上双肩包。

在遗憾声中，陆华给青果开了门，其他的人没有跟着出来，好像大家都有默契，故意给他们单独相处的机会。

电梯门开了，两人进去。

陆华挨着青果，站在电梯里，青果几乎可以闻到他身上的味道。她立刻就往旁边挪开一大步，笑着说：“陆华，你不要再远送了，今天就到楼下，上面还有那么多人呢。”

陆华一双凸眼迟疑地看着她，没有回答。

他们出了公寓楼，天已经完全黑了。陆华跟着青果往汽车站走。青果又回头说：“谢谢，不要送了，我自己能行。”

陆华还是没说话，只是跟着。青果看看，知道说什么都没有用，等上了车他就会走了。

正是下班高峰，车站上人挤成了堆，一趟车来了，人们都往前冲，堆在车门口往上挤，和下车的人绞在一起，人是上也上不去，下也下不来。青果心里着急，知道这种时候，要挤上车得费点劲。后来又来了几趟车都不是青果要上的，车站上似乎人越来越多，青果焦灼起来，她担心误了回去的火车。又看陆华固执地站在身边，也恨不得他快回去，不要这样陪着她。

她的车来了。人群变成了一个大疙瘩堵在车门口，青果被挤得喘不上气，陆华站在青果的背后护着她，就在青果要登公共汽车的门时，陆华一把抓住了青果的胳膊，大喊一声：“青果！”

青果被挤着往上登台阶，来不及回答，等她在车里站稳了，回头想跟他道再见，赫然见他还紧贴在背后，他被人群挤上了车！

车动起来了。

“哈哈！”青果望着他不禁大笑，陆华也开始笑，青果越笑越觉得好笑，最后笑得弯了腰，眼泪都出来了。陆华拿手拍拍青果的背，说："我就送你去车站吧，反正都上来了。"

青果擦擦眼角的泪水，笑道："只好这样了，那要多谢你了。"

陆华开始往车里面挤，让青果过去，说："咱们要到终点站呢，最快也得一个小时，站在门口太挤了。"他们挤进了两大长车厢之间的连接处，终于人少些。陆华伸手要取青果背上的包，说："我来背吧。"

青果笑着摇头："不重，就是稿子。"

他们面前的一对人站起来要下车，陆华马上坐在上面，让青果坐下。青果长出一口气在他身边坐下，笑道："真对不起，让你跑这一大趟。"

陆华定睛看着她，说："你知道吗，我是故意的，我想去送你。"

"那——"青果说了一个字，就脸红了，她不知道该怎样去拒绝。

见她窘着，陆华得意地笑了。青果只好什么都不说，转了头看车窗外面的街景。两人尴尬地沉默着，她开始紧张，什么都不说搞得好像有默契，可是她不知道现在她有什么题目可以自然并且坦然地跟他讨论，她知道他正注视着她，盼望着她回眸。

突然，陆华一伸手捉住了她的右手，举到他胸前。青果回头吃惊地看着他，不知道该怎么办。

陆华微笑着盯着青果惊诧的双眼，说："青果，来，让我给你算算命。"说着就把她的手向上举到眼前，几乎快到他的嘴边。青果惊得出了汗，她僵在那里希望他不要吻上去。

陆华看了半天，她能感觉到他手心里微微的颤动，天啊！快点说吧！

陆华又伸出另一只手的两根手指，在青果的手心里敲了一下，嘴角仍然挂着笑意："青果，你这一辈子有两个重要的男人，他们对你的事业、爱情至关重要，影响你一生。"

青果看着他，心想：你当然要这样说了，就算有个什么人，大概也不会是你吧？

"你不信啊？你看，你看，这是你的爱情线，你看——"陆华眨下眼，指尖指着青果右掌最顶上的那根线说："这里不是有根岔吗？从这里开始就是双线了，一直到最后。"

她看了一下自己的手掌，也许这辈子真的会有两个人呢！会是眼前这位吗？她借着路边的霓虹，看看他，不像，青果很快就把他否决了。

陆华却还没有松手的意思，他哆嗦着指着青果手心里的这条线、那条线一直在解说。青果在心里轻轻笑起来，最后终于忍不住笑出了声："哎呀，不要说了，我的命都叫你说完了，我还活什么活？一头撞死就得了。"

"那怎么行？很多人都会舍不得的，包括我。"

青果看了他一眼，没敢再开口。

到了火车站，青果站在进站口拥挤的广场上跟陆华道别："你回去吧，耽误你这么长时间,真谢谢你了。”

“青果你等一下。”说完他冲进售票厅,一会儿冲了出来,手里拿了一张站台票,“青果,让我把你送上火车。”青果只好跟他走了。

他们进了候车室。候车室里人山人海,躺着、坐着、横着的人、箱、包,纵横交错,陆华就一直拉着青果的手,帮她挡横过来的大包、小箱,冲过来的人流。终于他们站到了检票口。

陆华喘了口气说:“青果你来趟北京真不容易,你要是住在北京多好。你开始找工作了吗?明年不就要毕业了?到北京来,北京好得多。有这么多的朋友在这里,有意思的人,有意思的事都在这里,待在大学里会把人待傻的。”

青果笑着回他:“我还没想这个问题呢,等明年再说。”

人群开始动起来,他们被挤着进了检票口。陆华先登上车厢的阶梯,回身拉青果的手,他走在头里,牵着她进到车厢。到青果的座位,他把她的背包从肩上拿下来,放到头上面的架子上,说:“青果,你坐。”然后跟青果一起坐下。他的神情好像庄重又认真起来:“你看,我——们都不愿意你每回都这样匆忙,希望你多待点时间。”

青果忙说:“我这次比上次晚 2 小时, 等我回去都得 11:00 过呢, 你还觉得不够?”

“下回来就不要走了,起码要住一晚。”他的眼神诚恳又不舍。

青果心里动了一下,忙说:“好,下次我考虑。”再看表,就差五分钟车就要开了,急着催他:“快下去,火车快开了,你别再跟我去了 T 市。”

陆华站了起来,低头凝视她:“你以为怎样?我还真想跟你过去。”

“快下去吧,不要乱说,不是过不了多久我就再过来跟大家统稿吗?”

“好吧,你等我的信,我会尽量安排的。下次来就不能这样跑了,我要把你留下来。”

“好,再见!谢谢你,咱们回来再说。快下去!”

这时站台上铃声响起来,陆华快步跑出了车厢,下去后站在青果的车窗外。青果伸出手跟他摆手,车身动了,陆华跟着车也走起来,突然他抓过她的手紧紧地握着,青果喊:“陆华,再见,不要跑了。”

陆华停下脚步,松开了她的手。

火车一声长鸣,冲进茫茫的黑夜里。青果闭上眼,往后一仰,把头靠在椅背上,松了口气。她慢慢把手举到眼前,看了看,这是什么?她问自己,一天下来,最后留下来的是手上被握过后紧紧挤压过的感觉。她脑海里浮现出他刚才依依不舍的神情,他想要什么?她奇怪,自己为什么不反感他?明明知道他跟林欢的区别,但她却不反感,他这样依依不舍的,他要调情吗?可是他什么都没有说,只是暗示,怎么去拒绝?拒绝人家的暗示吗?搞不好把自己弄得很尴尬,青果闭了眼,想着一会儿就能见着林欢了,心里一阵高兴。

头破血流，大河之殇

早上，青果在林欢的大床上醒来，一眼看见桌上多了台九英寸的日立黑白小电视。“哎！你哪里弄来台电视？昨天晚上太饿了，光顾吃了。”青果又惊又喜。

“是光顾吃吗？还干了别的吧？坦白交代！”林欢把脑袋伸她跟前。

青果伸出胳膊搂了他脖子，笑着在他耳朵边说：“都是你坏，看我那么累你都不同情一下。”

林欢把头埋进青果的睡衣里，嘟囔：“青青，还要怎样同情？一早上都没有叫你，让你睡。”

青果推开他，伸手把电视打开，“很清楚哇！”

“昨天你不在我回家去了，看见家里淘汰这个，就搬到这里。我妈一见我就数落我不回家，她一心疼就给我烧了一大锅红烧肉……”

“好啊！昨天的肉都是你从家里拿来的，不是你烧的，我说那么好吃呢！”

“我妈知道你跟我在一起，就故意多烧了些，说让你多吃。”

“你替我谢谢你妈妈！”青果说得有点别扭，她还没见过他母亲呢。

两人坐在桌前边吃饭边看新闻，青果开始讲昨天在北京的事情。不过她没提陆华，很自然地把陆华的事情一句就带过去。

“你怎么没提陆华啊？他没有特别照顾你吗？”林欢盯着她问得意味深长。

青果瞪他一眼：“你什么意思？”

“我什么意思你应该知道。我又不是个傻瓜，是个男人都知道，他没有企图对你那么提携干什么？其实这跟我无关，追你的人越多越好，说明你有魅力啊！你是不是很得意他那么看重你？”他心里早就不舒服，故意没陪她去北京，他不想给人一个小气男人的印象，可昨天一天他的心都随她去了，一整天一个人在家里生闷气。陆华他是了不起啊，他是我们这些人的领袖，我这样一个刚毕业无名小人物怎么能跟他比呢？他可以起各种由头勾引女孩子，展览啊，研讨啊，交流啊，聚会啊，什么时髦来什么，这不写书啊，就是再聪明、再清高的女孩子都受不了他的诱惑，瞧，青青屁颠儿屁颠儿就去了，什么啊！谁不知道他净玩儿的骗人小把戏，看看，傻青还说不得。

青果听了他的话，气得把碗摔在桌子上，嚷：“你这是什么意思？就像我干了什么见不得人的事，你有什么权利这样说我？我是你什么人？”说完委屈得眼睛都红了。

见青果急了，林欢低了声嘟囔：“我没有说你什么啊，干吗生那么大的气？我知道陆华比我强，我也没说你什么，你用不着发这么大的火！既然不是什么敏感的话题，你急什么急？”

青果听见他嘟囔，越听越气：“你还要怎样才算没说我？你对我有一点儿信任吗？有一点儿尊重吗？你既然这么认为，我走就是了！”喊完，她站起来就收拾包，把衣服、稿子胡乱地往两个包里塞，一只手提一个，抬腿就往外走。

林欢一时蒙了，开始恨自己，可他又不知道该说什么让她息怒，眼见着她收拾东西，就要出房门，一伸手搂住她的腰，大喊一声："青果！"立在她面前。

青果把一只包扔地上，空出手想掰开他的手，嚷："你不要拦我，我懒得见你，算我白认得你了，你让我走！"嚷完就踢他。

林欢不仅没有松手，干脆一把将她抱起来，甩到床上。

青果气得大叫："你个流氓！"喊完她蹦了起来，抬腿就走。林欢急了，跟着她也往门外冲，霎时两人都冲到了门口，眼看青果就要拉门，林欢伸手摁住，青果还拉，林欢大叫一声"青果！"一头撞在门上，等他转过身，就见额头上渗出了血。

青果一时傻眼站在他面前。

林欢红着眼，喘着气大声喊："青果，你要把你的话收回去！你没白认得我，我们刚结婚！我知道我也许配不上你，所以你就不把我当回事，可是我没有别的意思，我——"他一口气噎住，泪水顺着眼角就流了下来。

青果顿时两眼溢满热泪。

两人都愣着，林欢额头上的血穿过他浓厚的眉毛，眼看就要流到眼睛上了，她扔了手里的包，伸手从门背后取了毛巾给他擦。

林欢抓过她的手颤声喊："青青，你不走了？"

青果心里一酸泪掉了下来，抬手给他擦血，哽咽道："你为什么要去撞门？你傻啊？看你，血流了这么多，使那么大的劲干什么？今天你要存心气死我啊？！"

林欢喊："宝宝，我刚才是被你逼急了，就顾不得了。"

青果一下抱着他的身子，哭出了声："欢欢，我心里只有你，你不要那样想我……"

青果让林欢靠在床上，在他撞破的地方贴了一小片卫生纸，这才站起身收拾桌上的碗筷，端了出去。屋里林欢打开电视，刚看一会儿，青果甩着湿淋淋的手回来了，他兴奋地喊："青青，快来看，有意思。"

青果问：" 能有什么有意思的东西？这些个电视。"

林欢急得招手："过来，过来。这是你在北京遇到的唐人他们搞的片子，很不错哦！"

青果忙坐上床，见小屏幕上正演着黄土高原的风景，一会儿镜头转向奔腾在干裂黄土山坡中间的黄河。一个庄严、浑厚的男中音在里面说："黄河，中华民族的摇篮……"她兴奋地大喊："叫什么？叫什么？"

"《大河之殇》，一群北京的所谓文化精英搞的，领头的就是唐人。"

"昨天唐人跟卫东方两人就待了一会儿，说要去电视台，他们在搞这个啊！"青果大叫一声。

电视屏幕上开始讲中国灾难、痛苦、封闭的近代史，现代史，中国古代辉煌文明的衰落。她又喊："哎呀，怎么都是这个调调？怪不得叫《大河之殇》。"这种调子不奇怪，"文革"后，全中国掀起"文化热"，后来变成了"寻根热"，从流行的小说到流行音乐、电影、绘画，再到全国的报刊纸杂志，广泛讨论什么是中国人的东西？中国文化的根?现在应该建立一个什么样的精神文化?前些日子大红的电影《黄土地》,流行的“西北风”,小说《红高粱》都说的是这些事情。

林欢瞄着电视说:“要说寻根,我们画画的搞得最早,他们不过从文字上、理论上提纲挈领地总结就是了。搞成片子还是头一次,这影响力得有多大?一幅画再没有这个效果。”

青果眼睛一亮,往床下溜。林欢伸手就拉她,“青青!”

青果回头说:“一刻都离不得,这怎么行?”

林欢笑:“我怕你漏了好段落。”

她摆了一下头,滑下床,跑到门边,打开书包把昨天从北京带回来登有子圆画的那张《中华美术报》拿出来,丢在林欢的脑袋上,说:“昨晚上回来就想给你看的,见了你就没了魂,今天我们又吵架,更没机会了。”

林欢打开报纸正要看,听青果一说,扔下报纸说:“什么报纸,什么故事通通都不要紧,你才是最重要的,吵架也比看这破报纸要紧。”

“你说什么?你还想吵架啊?”青果揪住他耳朵不放手。

林欢歪着嘴喊:“不敢,不敢,再不敢了,青,你饶我,哎哟,痛死了!”

青果松了手,笑道:“好好把报纸读读,读完了跟我汇报!”

“是!”林欢把那张报纸又抓过去,读起来。

电视里《大河之殇》的上半部已结束了,开始演广告,一台台的洗衣机从荷花池里升起来,然后一个女声在旁边念:荷花牌洗衣机……舒缓动听的音乐响起来。青果笑着喊:“哎呀,我每次看到这个就忍不住要上厕所。受不了,受不了,我得走了。”甩门出去了。

等青果回来,林欢把报纸摊在床上,意味深长笑吟吟地伸手就拉她。青果坐到床沿上问:“怎么样啊?看完了?”

“要听我讲真话吗?”林欢眨了下眼。

“说!”

林欢笑着一个字一个字地说:“一——坨——屎!一坨干屎!”

青果“扑哧”一声笑倒在他怀里。

林欢也笑:“真搞不懂这些搞理论的,我怀疑他们懂不懂画?就这样大便干燥的画还说了这一大版。老米怎么会这样呢?我一直觉得他很懂画的,怎么说话这么失水准?”

青果把在北京听来关于老米和子圆的故事说给他听,又专门讲了一下德拉和陆华之间的故事,大侠以及北望群体在东北和北京的故事,林欢皱着眉听着,半天没说话。

电视上的广告完了,《大河之殇》的下半部开始了。画面上出现了大海,从郑和下西洋讲起,讲中国历史上一次次如何走出去,和西方交流。最后,那位男中音的声音已经变得非常的激昂,听见他喊:“让我们拥抱蓝色吧!让我们的胸就像这大海一样广阔,我们的明天,我们的未来就在这蔚蓝之上!”

“天,他们要逃离那些痛苦的黄土地跑到海上去,建一个海上的文化!真不知道他们在鼓吹什么?”青果瞟着小电视,嚷起来。

“哎,你也不要这样说他们,求变求新的心态还是要理解,我们都有这样的心,不是吗?当务之急是和世界同步。突然间门开了,我们被关了三十年,人家在什么地方?我们在什么地方?能不叫中国人着急吗?这不流行的说法‘和世界接轨’。”

“那再急,自己的历史也不是想扔就扔得掉的,开放不等于都扔嘛!都扔了,我们还能剩下什么?我们连中国人都不是了。”

“你还是太认真了,说你没有出过校门吧?”

“你才出了几天啊就来说我!”青果白他一眼。

“对了,没几天也是出了。”林欢拍了下青果的头,觉得她太单纯,这些人也许并不相信他们自己说的,关键的是要付诸行动,“文革”的东西不去掉什么也不要讲。他抬了下青果的下巴:“你不是讲了很多这些人的故事吗? 他们的手段和动机未见得就怎样,但结果却是好的,起码他们可以起到一个破坏体制的作用。”

“嗯?”青果不以为然地挑了下眉毛。

林欢说:“这几年为什么有这个文化热?为什么大家都要去寻根?是因为过去那一套再没人相信了,人们突然发现其实什么都没有了,过去信的,过去以为的真理都是虚的。大家最热切的是要找着安身立命的东西,我们这个国家、民族安身立命的东西,还不仅仅就急着想跟世界接轨的问题。”

青果听了点头,记得去年的全国美展有一幅得金奖还是银奖的画,叫作《民族魂》什么的,就画个陕北老汉站在黄河边,就是一个高大全形象,跟“文革”的工农兵没什么区别。难道一个陕北的农夫就是我们中国人了?还民主魂呢,他就代表了我们中华民族、中国文化了?确实这些日子流行的所谓第五代导演们搞的那些《黄土地》、《红高粱》都是这个味儿。

有没有搞错?我们中国几千年文化不是陕北的农夫和黄土地!那些寻根的一寻就寻到那里去了,现在更甚,这子圆的画,所谓黄土地痛苦情结 ,居然被拔高成新时代的精神。她朝林欢说:“我就觉得好笑,现在精英们太过分,他们寻根寻了半天,发现中国就这样不堪,还就由此把我们的过去都给否了,他们还自以为是大众的指路明灯呢?!”

林欢笑:“你就是看问题片面,虽然我不一定赞同他们的观点,但是陕北黄土地总比红光亮强,比革命理想、比无产阶级工农兵更代表我们中国人,起码他是我们自然的中国人吧?”其实几年前当文化热潮时,林欢一直很关注,他认为现在大家在找中国文化的根,没什么不好,找着找着就找着了,这也不是一代两代人的事情,现在这一代人生在新社会长在红旗下,谁知道过去的中国人是什么样子?不可能一下子就都找回来,人们在反思,在清除“文革”的东西这就是好事情,不过他从来没有热情地介入过,他更专注在画画儿上,当他发现身边画画儿的忽地都变成了深邃的思考者或哲人就哑然失笑,看着人脸红脖子粗地争论哲学,他时常退避三舍,深觉自己不是个时髦的人。

青果一撇嘴说:“你不要说这么多,我知道你一直都若即若离,我早就看出来了!”

“青青,只有你懂我,而且你也不是那种追时髦的人,你的昆德拉的书里说的什么?对了‘媚俗’,‘媚俗’之人。”

青果笑:“你知道我是个没用的人。”

“宝宝,我为什么一看见你就那么喜欢?”林欢抓过她的手放到唇边轻吻,“因为你老是心不在焉的样子,就这个要了我的命。”

一句话说得青果笑了。

林欢立起身拉青果起来:“天要黑了,我们今天去哪里吃?我们去外面吃去?”

青果狡黠地冲他眨了下眼:“我们去N大的朝鲜小馆怎样?”

“好啊,在这等着我啊?你还真要回去?我这里撞破了头都不行?”林欢瞪了眼问。

“欢欢,你知道我早上起不来,太痛苦了。”青果摸了下他的头。

林欢把她拉向自己,头埋在她脖子窝上:“宝宝,你用了什么魔法,让我离不开你?我一想到自己在这里独自过夜就想去撞墙,我们刚结婚7天啊!你让我怎么过今天晚上?”说完他生气地一仰头倒在床上。

青果挨身坐在床沿上,拿手抚摸他的头,心里一阵阵发酸,从小看《红楼梦》,原想曹雪芹还泪之说荒谬,没想他讲的是实话,爱了一个人就这样伤心,这些日子为他时常都觉得撕心裂肺的,原来怕陷进来,就是这样了。

突然林欢翻身起来,脸对着她,神情严肃,半天话才冲出来:“青果,我爱你,我爱你!我这一辈子都爱你,再也不会有第二个人!”

一个小时后,他们挨着坐在朝鲜小馆子里,手拉着手。青果看着他,虽然额头上还沾着小片卫生纸,但是他的脸还是那么英俊,一双长眼,明亮的眸子闪着光。青果不禁抬手摸了下他受伤的地方,说:“欢欢,你不要让这个地方沾水,听见没有?”

林欢两手抓了青果的手放到唇上吻着,说:“嗯,嗯,遵命。”

“还有不要每天来看我,一个星期一会儿就过去了,听见了没有?”

林欢直摇头:“做不到,做不到,我要太想你我就来,你不要管我,我也不会听你的。”

这时菜上来了,他们点了常点的。

给心给肺的痛

青果离了林欢,一进宿舍楼,就看见楼道里东倒西歪的自行车,闻到空气里水房的潮湿怪味儿,一切照旧,却恍若隔世。就在林欢那里住了那么一个星期,仿佛走了一辈子。对啊，是另一辈子的事情，现在又回来了，又回到自己老辈子的生活里了。她快步推门进宿舍，悄悄把包放下，一仰身倒在被子上。

不知过了多久，听见有人轻手轻脚地进来，没一会儿，来人就坐在了床边。

是Jenny。她把嘴放到她耳边，小声说："才回来，我都来过100次了。"青果一翻身，Jenny见她一双红眼吃惊地问："宝贝，怎么了?吵架了，林欢欺负你了?"

青果摇头，眼泪流得更凶了，她起身搂着Jenny就哭："我结婚了，跟他结婚了。"

"结婚了?！"Jenny一声惊叫。

"嗯——"青果边点头边流泪。

"那哭什么，后悔了?"

青果又摇头。

Jenny看着她笑了："那你是高兴的?"又激动地抓住青果的胳膊说："我知道你什么意思，你是说你跟他上床了，对不对?对不对?"

青果瞪她一眼："就你什么都知道。"

"哎呀！你终于走这步了，我告诉你好吧?跟我说好不好?嗯?好不好?"

青果脸红了，眼里还含着泪水："一开始好痛，我都受不了，就叫他拿出去。"

"什么?"Jenny笑得扑在青果身上，"居然有你这样的，也就是林欢了，他真拿出来?"

"对啊，这有什么奇怪的，都要痛死了，不拿出来还要我怎样呢?"青果推了她一下。

"我看你们林欢真疼你啊！没有你这样的，女的不都忍着吗?他真的娇你啊！"

"你就忍着?"

"对啊！"

"可是我心脏弱，痛得受不住。"青果脸更红了。

"那后来呢?"

"后来就一次次试呗，他很轻，很小心，后来才好一点儿。"

"那你告诉我，你现在喜欢跟他那个吗?"Jenny得寸进尺又问。

青果打她一下："你没完了?我反正不是你，再喜欢也不像你似的那么疯狂。"

Jenny接着又问："那你们最多有多少次?"

青果叫了起来："你要死了，问那么详细干什么?"

Jenny抓过她的手说："我就是想知道你的事情，知道你怎样我就高兴了。"见青果不回答就又问："嗯，林欢怎样?他厉害吗?"

青果气得打她，Jenny也不躲，笑着喊："怎样啊?说啊！"

青果含羞笑道："他好像随时都可以，根本不能碰我，一碰就不行，不知哪来的那么大的干劲?我可累不起。"

"那你就老拒绝他?"

“也没有，有时。哎呀，你问那么多干什么？你个死人！”青果笑着又打她。

Jenny 正色说：“我在关心你的幸福，这对我很重要。”

“跟你有什么关系？”青果翻她一眼。

“当然有，你高兴了，我就高兴。”

青果又瞪她一眼：“你少问我几句我就高兴了。”说完仰身躺下，看着蚊帐顶发呆，过了半天才说：“Jenny，你有这种感觉吗？有了那种事两个人就不一样了，我觉得我跟他血肉都连着，不知道这是什么？他今天气得都去撞墙，我们——你是不是也有这感觉？”说着眼泪就要涌出来。

“青果！你们这是爱，傻子！不是谁都有你这样感觉的。”Jenny 喊完把青果的手攥得更紧了。

“嗯，Jenny，你说得对。”青果点头，好像刚恍然大悟：我爱他，从来没有明明白白地告诉过他，等明儿见了他一定跟他说，她愣着叹口气：“我这会儿才知道爱一个人是一件很惨的事情，随时好像有人拿着刀子在扎我的心，给心给肺的痛，我真的痛死了！”说着就拿手揉心。

Jenny 把手按在青果的那只手上，挨着她也躺了下来，半天才说：“既然这样，干脆就别回来，住在他那里不成吗？省得这样揪心挠肺的。”

青果一翻身，扳着 Jenny 的肩：“我何尝不想？可我们确实还没有结婚啊！就这样明目张胆地住在一起成何体统！其实要上课都是借口，说实话，我是不想那样，那我都成了什么人了？”

“哎呀，你这个人就是麻烦，这叫画地为牢！你自己找罪受也怨不得别人。”

青果摆摆手不再说了。

Jenny 翻身坐起来，神情变得有点尴尬、神秘，最后忍不住还是跟青果讲了一个新闻：李心在追管理系的鲁红兵，现在每天都看见他在她周围献殷勤，他们能在宿舍门外一聊就聊到深更半夜。

“鲁红兵？哪个鲁红兵？住楼下那个？好像比我们大很多，外语特棒那位？”青果听了有点不相信。

“就是她。反正现在无论哪个系的舞会上他俩都一直跳，前段时间就这样，周末你都不在，我也不好乱跟你说什么，现在他俩快形影不离了。”Jenny 停下仔细看她的反应，又说：“我一直犹豫是不是要告诉你，怕你生气。”

“我为什么要生气？我又不是他女朋友，又没有爱上他，他在外面交多少女人都跟我没关系，我不过跟他是个交心的朋友罢了。”

“可是他对你献殷勤的劲儿外人都看不惯。”

“那是他的事，又不是我的事。他无论做什么我都理解，而且也不会影响我对他的看法。”青果笑了一下，“别说，他这样我倒要对鲁红兵另眼相看呢，也许是个不寻常的优秀女孩子。”

“什么女孩子，都三十了。”

“那就更了不起，她一定有什么过人之处。”青果立起身说：“我要去洗了，明天还有课呢！”抬手把蚊帐撩开，一眼瞥见桌上一张邮局的单子，问：“这是什么？”

“忘了说了，电报。下午大娘给你拿上来的。”Jenny 忙说。

青果拆开，只见上面写着：

我们都还在战斗望 12 号过来

陆华

Jenny 斜眼读了，看着青果笑：“我要是林欢我就跟你去，这个人是急了，昨儿才见了今儿就发电报，真受不了。”

青果一开始还看着电报发愣，听 Jenny 一说马上笑起来：“林欢才不会去呢，咱们打赌，他才不想给人一种印象，一副小肚鸡肠，时时看着老婆，他就是嫉妒外表也不会表现出来。陆华现在在他们这批年轻画家里就是个领袖人物，他心里早就别扭，今天我们还为此吵架呢。”

“那你要怎样？总不能伤他。”

“你说什么呢？”青果摇头。

出　走

中午青果跟 Jenny 刚从教室回到宿舍门口，就见林欢站在假山旁，穿了一件深灰色高领毛衣，下面一条军绿色带兜裤子，外面套了件黑色的皮夹克，寸头立着，额头上还有一小块疤，皱着浓眉。青果见了欢喜得心里直颤，昨天还不让他来，这哪行？她得每天见他，一天里怎么能少了他呢？

林欢见了她俩，忙走到她们面前，Jenny 喊：“林欢，你干了什么坏事让我们青果昨天晚上哭得要命，你是要害她啊？”

林欢低头看着青果的眼问：“是吗？昨天晚上哭了？”

青果笑了说：“没有，她的话还信啊？”

Jenny 大叫：“青果你可要小心，别以后指望我帮你！”说完扭头进了楼。

见他目不转睛阴着脸看着自己，青果知道有事情，便摇了下手说：“饿了吧？咱们先吃饭。”说完转身上楼拿下饭盆来，两人去食堂。打完饭，又往湖边走去，照样拣了过去坐过的石凳坐下。

林欢皱着眉，若有所思，饭也没往日吃得快，青果问：“怎么了？”

林欢叹了口气：“唉，还是你知道我。我觉得我不能这样下去，我林欢不是这样一个男人，从认识你到现在，尤其毕业后，我——我，这里都乱了，什么也干不下去，你看，我得干点正事。”说到这里他迟疑一下，“另外，你也不能每天晚上让我在床上想你，与其不能在一起，不如我走，走得远点。”说完，他忐忑不安地望着她，知道不会有好结果。昨天晚上他们分开后，他一个人回到自己的小屋，没有她的晚上真是无边的磨难，让他煎熬难耐。

果不其然，青果气得已经瞪大了眼："什么？"

"我决定了，这个月我去西北一趟。"林欢说得很肯定。

"什么？什么？你要干什么？"见林欢点头，青果大叫一声："你是不想再见我了？你脑子没有撞出毛病吧？"

"青青！"林欢一把抓住她的手，"你让我去一趟西北，让我一个人待待。"

"你真自私，只为你自己想，我怎么办？我想你怎么办？"

"你比我好混得多，你有 Jenny，每天还要上课，学校里还有活动，有事情，有社交，可我就一个人。"

青果听他说完眼泪掉了下来，哽咽道："真是作孽，我们是什么冤家？你除了害我，就是伤我，不让我有一天开心的日子。"

林欢一把将她搂到怀里大喘一口气："我们没有别的，就是太喜欢了。"他吻她的额头，"宝宝，你要支持我，我想一个人出去，再去那些地方，我从来都没像现在这样乱了方寸，连画东西的情绪都没有了，你看我得把感觉拢拢，需要凝神静气，这是没有办法的办法，但凡有一点儿法子我也不走这条路了。"

"那好，你答应我一个月准回来，还有你不能马上就走，下个星期走行吗？让我有点准备。"青果的声音低了下来。

"好。"林欢答应了。

从那天后，林欢隔一天去看她，不时报告准备了什么，照相机、速写本，还买了双回力鞋，给她画路线图。林欢在他走的前一天晚上带她回趟家。

青果打开地板上军用大双肩包，看了一遍包里的东西，问："你觉得你拿够了换洗的袜子和内裤？你要带点治拉肚子的药，要在外吃了脏东西到时候就管用了。我怎么没有看到暖和的帽子？"青果说着就在桌上拿笔写个单子交给他，"欢欢你明天去把这些都买了来。"

林欢笑着点头："遵命，我的小娘子，明天走之前我都去办了。"

青果对着他又说："你现在不是一个人，你一个人管了两个人的命，不要出任何事，答应我。"

"我答应你，我不会出事，会小心的。今天就算你送我，我到个地方就给你写信。"

"林欢，" 青果红了眼睛，"我的命大概就得是这样，我真不知道这就是我该着的？你一定要走，我一定要被撇下一个人伤心。那天跟 Jenny 说起，才发现我从来都没有跟你说过有多爱你，就想一定要明明白白告诉你，可是这几天我都说不出口，我跟你之间不是一个爱字能说的。"

"青果！"林欢大叫一声。

鲁 红 兵

林欢走了，热辣辣地撇下青果走了，让她一个人在学校里想他，想起他来心里跟猫抓般难受，想他的胳膊、他的嘴唇、他的身体，想得伤心了，一个人躲在蚊帐里生气。她又陆续收到陆华的信，每封信里都在告诉她一些让人激动的事情，关于《大河之殇》，关于书的进展，关于马上要在黄山开的“土匪”大会，还有一个更惊人的秘密，陆华卖关子说等她到了北京再告诉她。青果没回他一个字，她一门心思想着林欢，跟什么人都懒得说话。Jenny 知道她难受，每日跟她形影不离，她们照常上课，去食堂，在图书馆赶论文。

一天她猛然想起陆华好几封信没回，便问：“今天几号了？”

“怎么了？12 号了。”

“哎呀，我忘了今天要去北京统稿！也没给陆华回过一封信，太过分了。我得赶快给他写封信，道个歉。”青果一下着急起来，忙拿出稿纸。

Jenny 笑道：“我看你没有什么好理由去道歉，说实话吗？还是说什么别的？他是多聪明的人，你怎么能骗了他呢？”

青果住了手，有点为难。

Jenny 在旁边奸笑：“这封信我来写，保证没事。”

青果笑着问：“难不成你想写我光荣牺牲了？”

Jenny 笑：“没那么严重，不用牺牲，生病就可以了。”

青果一听就说：“好，这件事就交给你，我不管了。”说完起来让她坐在桌前。

Jenny 提笔就写：

陆华大人明鉴：

Jenny 受青果小姐委托特书此书只为告之青果小姐之深深歉意，为不能如期赴约。近日青果小姐偶染风寒，又她夫君远赴西北，无人照料，她便病况日深，卧床不起。如有怠慢望陆华大人见谅。

Jenny 代笔　11.12

青果读了不禁大笑，说：“瞧你这狗屁不通的汉语，好，就这样，马上寄出去。”

两人嘻嘻哈哈跑到邮局，把信发了。

等她们回到宿舍，汉生站在门口正等得不耐烦，两人见了大笑，青果说：“说曹操曹操就到，我们今天正说你呢。”

汉生也笑：“你俩能说出什么好话来？”

青果笑道：“都是好话，都是好的。你们聊，我先上去了。”

晚饭时分，青果在图书馆完成了论文的最后定稿，拿着夹子走出图书馆，长出了口气。站在高石阶上，一眼看见李心跟鲁红兵在下面热聊，李心微微往下弯着身子，一双专注的眼睛都在鲁红兵的脸上。青果停住脚步，转身往左，从侧面的石阶下去，快步避开。这是她回来后第一次看见他俩在一起，自从 Jenny 讲了他们的新闻，她因为林欢走情绪不好，一个多星期没跟李心说过几句话，今天头一次见到他们在一起，没想心里还是咯了一下。她边走边在心里问：你还是不高兴了，你不是不爱他吗？可是看他把他的热情和精力放到别的女人身上你还是嫉妒了，你只想要你一个人得他的殷勤和关注，可是你凭什么？

她快快地回到宿舍，躺倒在被子上，心里还是别扭，又坐了起来，看了眼镜子里的自己：这世上的女人很多，我要是个男的，看见好的就都想要吗？都会去动心吗？她得不出结论，她想象不出自己是个男的会怎样？可林欢绝对不会去跟别的女人献殷勤的，他永远都不会，他只对青果我一个人动心，不可能，不可能，青果想着就摇头，仰身再躺下。又想：如果欢欢再碰到一个比我更让他动心的女人，那会怎样呢？难道他会像李心那样把心变了？从理论上来讲这也是可能的，他要是被一个更有魅力的女人吸引变了心，也应该是合理的，任何人都不可以强迫一个人去爱另一个人，想到这里青果一下慌起来。

Jenny 来告辞，跟汉生走了，说明天回来。青果觉得干什么都无精打采，开晚饭了，她拎了饭盆一个人溜溜达达去食堂。走到食堂门口，又见李心和鲁红兵站在那里，李心已经看见她，要躲是躲不掉了，她只好硬着头皮过去。李心甩了鲁红兵快步迎上来问：“青果你病了？这几天都见你情绪不好，话都不说。”

青果忙笑笑：“哪里？挺好的啊！”

他俩走到鲁红兵面前，李心介绍：“认识吗？这位是管理系的鲁红兵，这位是我们班的青果。”

青果笑着点头：“住一个宿舍楼能不知道吗？只是没有讲过什么话。”

鲁红兵也笑着忙说：“青果是我们这楼里出名的漂亮女孩，谁不知道？我来这里第一天就见着一个漂亮女孩趿着拖鞋，端着个饭盆从食堂吃到宿舍，懒懒散散的，就在想这是谁啊？这么 Easy 啊？”

青果被说得笑了起来：“不好意思，我是臭名在外，不求上进之人，就不要提了。”

青果趁机认真看她两眼，三十来岁模样，烫了一头黑卷发，大眼，短鼻子，嘴唇很薄，高颧骨。说不上好看，但是干练，精瘦，深色皮肤很光滑。李心看了两位女生说：“怎么样？咱们都进去？”

三人一起走进食堂。青果故意去排另外的队买饭菜，完后低头目不斜视，加快脚步往外走，想快出去避开那两个人。“青果！”听见李心在一张圆桌后喊她，她回头摆摆手，又转了头继续往外走，跟自己说我从不在这里吃饭，臭烘烘的，何况还跟你俩。还没走出去，李心已经跑到她面前，拦住她问：“青果，一会儿去我家行吗？”

“干什么？”青果看着他已经有点烦了。

“你还有鲁红兵都去我家，我们听音乐怎样？”李心的口气已经在求她了。

"为什么要我去?我最近没精神。"青果低声说。

"这就是为什么啊！我看你最近不好,也不理人,是我得罪你了?"李心着急地问。

青果笑了一下:"你怎么会得罪我?你要记住你永远都不会得罪我。"

"那你为什么不理不睬的,邀你都不去?"

"好吧,我去。"青果只得答应了,心里真不想跟他们玩儿,这个李心要怎样才让他放心呢?

李心这些日子眼睁睁地看着青果坠入爱河,心里说不出来是个什么滋味。他曾在心里鄙视过自己，跟自己说你有什么资格嫉妒？你不是从来都只把她当朋友的吗?在青果不在的周末舞会上,他碰到了管理系的鲁红兵,没想两人一见如故,无话不谈。鲁红兵与众不同,虽出身高干,却修养极好,做派和行事无不深得他之意。因为她的关系,李心又专门去选了他们系一门外教的课,这门课由她担任翻译。他发现她不仅英文好,而且汉语精湛,她才应该算得上是一位饱读诗书、聪颖过人的才女,让他暗地佩服。说实话,他从来没有佩服过任何人,鲁红兵是个例外。她不会像青果那样任性,尤其对着李心偶尔的偏执和冲动,她美丽的大眼睛里就会闪着疼爱的光芒,让他心动。熟悉后,他发现鲁红兵不仅聪颖、博学,还豪爽有趣,为她复杂的经历,就有说不完的故事,无论老红卫兵北京联动,知青农场,还是部队,她总有奇闻逸事,每说到高兴处,便会满脸放光,生动异常,在学校小花园里那些数不清的朦胧夜晚,经常挑得他内心阵阵骚动,恨不能就拥抱她,甚至吻她。他又有把自己都倒出来的冲动,甚至倒得比任何时候都彻底,他的生活再一次充满了生机,每天有新的期盼。可李心突然发现这个星期青果好像变了一个人,他心里不安起来,不用想就下了断定,原因只能是鲁红兵。

半小时后,青果下楼,鲁红兵和李心已经站在那里等着她了。青果勉强笑了笑,说:"走吧！"

三人各自骑上车,往李心家去。

小张来给大家开的门,穿着家居衣服,一件深蓝色手织开襟毛衣,一条驼色毛料裤子,不冷不热地欢迎两位女生的到来,并为她们端来茶水。两人忙站起来接过去谢她,小张客气笑笑,出去了,走到隔壁卧室里没影儿了。

青果盯着门很不安:"哎,把小张叫过来,她为什么不过来?"

"不要管她,她有她自己的事要做。"李心头都没抬,拉开抽屉,往外拿磁带,贝多芬、巴赫、莫扎特、肖邦、柴可夫斯基……通通都拿了出来放在桌子上。

鲁红兵也忙从书包里拿出几盘带子,说:"不好意思,今天匆忙,我这些带子献丑了,这都是翻录的,不是原版。这是巴赫的《勃兰登堡协奏曲》,李心你好像没有,就放我这个。"

"没事,没事,翻录的效果也可以,只要好机器就行。"说着把鲁红兵的磁带放进机器里。

“不会,还是有差别的。”鲁红兵摇摇头说。

还真听得仔细呢!青果见他俩埋头在那里选东选西默契的样子,怪不得小张要走,她在这里能不难受吗?音乐响起来了,不知是巴赫的还是谁的,就听见里面有美妙的羽管键琴,古色古香,高贵典雅。平日里,青果一看见人狂热地买磁带,买机器,买介绍书刊就嘲笑人家,她说也不知是不是真的有感觉?以为成个发烧友就有修养了,搞不好听了半天,这音乐到底妙在何处都说不出来,还得去找书来看。她其实不抵制古典音乐,她抵制变成一个发烧友。所以她听古典音乐从来都随意,听到什么就是什么,她才懒得下那些个工夫记这是谁的,什么作品。她几乎不买磁带,可是上次林欢给她买的她很喜欢,总在她的机器里。她看看鲁红兵,坐在旁边,聚精会神,眼睛瞪得很大,看来她是一个发烧友。青果欠身喝口茶,觉得这音乐完全是抽象的,其实用不着那样聚精会神地听。

李心点了支烟,站起来给俩女生倒水,青果心里不是个滋味。见他对鲁红兵、对自己这样发自内心的殷勤,而小张就在隔壁,这是一件多么残酷的事情。小张眼睁睁地就看着自己最爱的男人在别人身上用心,就在她眼皮底下跟别的女人分享他的爱好,她却没有任何能力去介入。虽然他没有做任何出格的事情,青果完全知道他的绅士风格,但是他不跟她分享他的精神世界,这样的关系或者爱是一种什么样的爱呢?要是林欢这样对我,我早就离开了,难道我爱林欢不如小张爱得深?是什么让小张容忍这么大的伤害呢?不理解,不理解!

音乐已经到第二部分,里面的长笛和双簧管让青果很动心,旋律华丽缓慢,莫名让她伤感,她不知是音乐本身还是因为小张。确实,鲁红兵这样优秀,小张怎么能比得上她呢?如果李心和鲁红兵真的相爱,他们也应该没有错,爱上了怎么有错呢?人家就是互相理解,气味相投,跟两人的各种因素都有关就是和道德无关,人不会因为道德去爱上一个人。爱是真爱上了,不爱也真的不爱了,变了心什么都挡不住,这才叫残酷。李心并不是因为鲁红兵变了心,这人可以是青果你自己,可以是张三或李四,他的心早就不在小张身上了。青果坐在那里感觉不舒服,这满耳朵的音乐让她更觉得荒唐,她听不下去,没等结束就站起来说:“不早了,我想回去了。”

李心忙说:“还早呢,急什么?”

“我想回去躺着去,真得走了。”

李心把机器停了。

小张从隔壁敲门进来,笑道:“你们再待一会儿,没见着李心忙着给你们放音乐,他就想拿它来留你们。”

青果一听更要走了,这人其实一直在隔壁竖着耳朵听着这边的动静呢,“对不起,真得走了。”她毫不犹豫走出了他们的小公寓楼。鲁红兵一直都没有说话,跟着也出来了。

李心把两人送下楼说:“等会儿,我推车,让我送你们回去。”

青果忙说:“你不要送了,我俩能自己回去,又没有多远。”

鲁红兵也说:“不用了,已经很打扰了。”

李心没有再说什么,只管推了车跟在她们后面。

青果回头急了:“你怎么还跟着,让小张一个人在家里!快回去!”

李心站在地上,小声说:“其实我基本上没在家住,我一直都住在宿舍里。”

三个人沉默下来。青果心里揪着,如果林欢能在学校里有套小公寓,他能每天去别地儿住吗?他能让你青果一个人守在家里吗?他就是因为不能每日都在一起才跑的,他受不了分离,才狠下心干脆分得更远一点儿。她回想起从研究生入学到现在跟李心的交往,从来就没有多想过小张,甚至都没见过她几面,就当这个人不存在,她坦然地毫无顾忌地接受,甚至享受着李心所有的情义和殷勤,觉得自己就是那么理所当然,这会儿她有点恨自己。

第二天在教室里,青果一见李心就扭头走到另外一头坐下,下课后李心跟了她走到过道里,点上烟,看着她没说话。

青果沉默半天终于说:“李心,我不想干涉你的私生活。可你不可以这样,包括对我,对任何其他女人。”

李心吸了口烟,皱着眉说:“我对你怎样了?我做过什么过分的事情吗?我们不是一直就是朋友?!你不要这样说,你总不能不叫我活着,要活着就要发生。我们认识,我们交心能怪我吗?都是自然而然的事情,我能控制它发生吗?按你的意思,我只能拿绳子绑了自己,拿黑布蒙了自己,那不对我太残忍了吗?”

“可这样对她也很残忍啊!”

“可我有什么办法?你怎么知道我就不Care她?就不心疼她?我们有这么多年,不是一句话可以说的。我曾经跟她提过,她就快哭死过去,她甚至都可以去死。你让我怎么办呢?你总不能剥夺我生的权利。”

“可是你要了她的心,跟她成了夫妻。”青果的眼睛都瞪圆了。

“青果,我真不知道该怎么跟你说?我们过去在工厂里的那些事情,你不在其间你不能理解。我看着她受苦,看着那些善良的人受苦我就想帮助他们,我只有一个身子,只能做这么多了。”

青果叹了口气:“哎,你真是作孽啊!你让我怎么说你呢!”她生气地瞪了他一眼。

“青果咱们不要说这个行吗?你看我这里已经很乱了。”他看着手里的烟说。

青果没有理他,继续道:“事情既然已经这样,你就改变她啊,让她成为你想要的人嘛!”

李心一时无语,看了青果半天,苦笑:“你以为她不努力啊?你以为她不用功啊?她现在已经在外语学院进修,做得很好。她跟着我这些年改变太多了,可是我始终把她当成妹妹。你知道我为什么不在家住?我——我——”他看了青果一眼没把话说完,见青果惊诧的眼神已经混乱了,才把话说出来:“我不能,我一跟她就不行,我会有内疚感,有乱伦般的犯罪感。她对我来说不是wife,她是我妹妹,是我亲妹妹。”

“什么?”青果瞪大了眼,喊起来:“你可真的不可救药!”脚轻轻在地上跺了一下,甩了他就往教室走。

李心跟在她后面,在她耳边悄声说:“你不要把我的秘密告诉人,特别是Jenny,听见没有?”

青果转过身瞪他一眼,没理他,进了教室。

大 灰 狼

中午Jenny回来了。

她冲进宿舍就扑倒在青果的床上,喊:“号外,号外,特大喜讯,本小姐Jenny结婚了!”

青果一点儿都不惊讶,她不才跟林欢结婚了嘛,皮皮也结了,大家都结婚了。

Jenny翻起身看着青果问:“你怎么一点儿都不惊喜啊?还不热烈祝贺我?”

青果对着她眨了下眼睛:“咱们不是都在结婚嘛,有什么好稀奇的?”

Jenny睁大了眼嚷:“我的跟你的不一样,我是真结婚了,我们去登记了,是法律上的夫妻了。”

青果忙捂了她的嘴,问:“你怎么搞的,你又没有户口,怎么可能呢?”

Jenny开心说:“汉生下个月就要去纽约的Juilliard。我俩高兴又伤心,汉生说要不伤心就结婚,他找了他的朋友,从公安局搞了证明,我们就真的登记了。”

青果几乎蹦了起来,兴奋拍手嚷:“太好了!宝贝,你真的结婚了!那你怎么办呢?你每天都回去跟他住吗?”

“我想了,除了几天重要的课要上,我就跟他住着,也没有几天了,他就要走,我还真舍不得他呢!”说着就红了眼圈,“我今天来就来搬东西,汉生在下面呢。”

“Jenny,你不要搞得太明显,不要叫学校知道,傻子。”

“知道。”Jenny站了起来,青果跟着她去她的屋子,帮她收拾。

两人正收包,就听见过道里大娘的声音,她一边敲着隔壁青果的门,一边喊:“青果,青果,楼下有人找。”

青果和Jenny都睁大了眼睛,互相瞪着,“林欢?!”两人同时都叫了出来。青果疑惑起来,林欢从来不找大娘啊,他要不就喊,要不就直接上来,她迫不及待地打开门,对着大娘的后背喊:“大娘,我在这里!谢了,谢了。”三步并作两步,飞快跑出去,不由得心狂跳,欢欢!欢欢回来啦!等猛冲到楼梯口,看到站在宿舍门厅里左顾右盼的人时,惊得呆在楼梯上,来人不是林欢,是陆华!“死Jenny,写的什么狗屎信,看,这下好了,把狼引来了!”她镇定下自己,还是笑着走下去,对着陆华笑:“怎么是你啊?你怎么来了?太突然了!”

陆华笑道:“给你写信你又不回,收到你同学的信我就担心了,就是再忙我都得来看看你啊!你好了吗?”

青果一听脸都红了，忙说："谢谢，谢你惦记着。"

陆华见她脸上羞赧赧的，早明白了七八分，他笑着打量她就没有说话，青果觉得在他的审视下像是被他剥了衣服，心想要跟他撒谎真是自投罗网。

青果红着脸说："怎么样？到我宿舍待一会儿？"

陆华仍然笑着没开口。

青果在传达室窗口上跟大娘说："大娘，这位朋友从北京来，怪累的，让他上去歇会儿，行吗？"

"行，时间别太长了。"

"好！"她回头跟陆华说，"咱们走吧。"

她这才仔细打量他一眼，他今天穿了风衣，里面是一件咖啡黄细条绒夹克，下面是一条黑色的西裤，银丝边眼镜，偏分着头发。

Jenny"噔噔"从上面下来，肩上挎了个大包，一看见陆华就大叫："我说是谁呢，是你啊！你收到我的信了？不放心了？哎呀，我言过其实了，青果她没两天就好了，都是我写的，青果她不知道。"

"谢谢你写信通报情况，我本来就想来看她，不能总让她跑北京嘛！"陆华笑了一下，没动声色。

青果悄悄瞪了Jenny一眼，想叫她别说了，越说越乱，便转身对陆华说："咱们上去吧！"

Jenny趁陆华不注意在她耳边小声说："狼来了！狼来了！"

青果在她身上掐了一把，引得她"嗷"地大叫一声。

青果没理她，引着陆华上楼，走了两步又回头问："你什么时候回来？"

"明天。"Jenny甩下一句跑了。

进屋后，陆华脱下风衣，青果让他坐在凳子上，提暖瓶给他泡茶。

陆华说："没想到你爱喝茶，一般学生宿舍里的人都不喝茶。"

青果笑道："我小时候就捡桌子上我妈妈喝剩的茶喝，这么着就爱了。"说着把茶杯递给陆华，面含羞涩，"真对不起，没去北京跟你们统稿，我，我也没有告诉你。"

"没什么关系，不想去就不去，何必要挣扎呢？你不去，我可以过来，稿子可以照样看嘛！"陆华说得似乎若无其事。

青果一听立刻伸手将桌子上的夹子打开，把刚完成的稿子都放他跟前。陆华笑着盯着她说："我今天不是来看稿子的，我今天是来看人的，不知这个人病得怎样了？看来还好。"

青果低下头笑，恨不能地上有个缝儿钻下去。

陆华勾头问："你能告诉我怎么了吗？到底是因为什么？林欢跟你吵架了？他去哪儿了？"

青果抬起头来笑着摇头："没什么，真是什么都没有，我们很好，他跑到西北去了，他想一个人在外面待待。"

“哦——”陆华故意拉长声,作出怀疑的样子。

青果忙转话题:“讲讲,北京你们那些人都怎样了?书都写得差不多了吧?”

陆华故意松口气:“差不多了,就你这块了,其他人的分别都完了,现在是要把你这块糅进去。我们最后一次统稿就提前了,这个周末就搞,你得到北京来,就在我家里住几天,要把所有的稿子搞一遍,你还得再根据后面加的一些材料再画些图。如何把你的东西糅到书里,得我俩来搞。”

“好吧!”青果答应了,又问:“对了,黄山开会的事情怎样了?”

陆华伸手从放在桌子上的皮包里拿出一张纸,上面盖着好几个杂志社和出版社的公章,“今天就为这事来的,这是开会通知。”青果往上一看,自己的名字清清楚楚写在上面,一看就是陆华的手笔,“你拿着这个到系里去请假,嗯,12 月 5 号到 10 号,全国的先锋画家都要去,会很热闹。”

青果接过通知,兴奋问:“T 市有谁去?”

“除了你就是窦斗。对了,这里还有他的邀请函,你回来给他,我今天没时间找他了。”说着又从包里拿出另外一张纸来,青果一边接过去一边问:“怎么没有林欢跟皮皮的?”她想有个开会的由头能把林欢叫回来。

陆华作出很理解的表情点头:“全国那么多人不可能都邀请,还是要有点影响的才行。况且林欢不在,Jenny 不是来信讲了?要是林欢都不去,皮皮也就别去了。”

听他说得意味深长,青果知他误会她的本意,她可没想过跟他走什么后门,她不想解释,但却下意识知道把林欢撇出去定是他故意的,瞧他说得冠冕堂皇的,这人可真是心深难测。她于是转了话题打听起他信里说的大秘密,陆华看着她笑了:“你这么好奇,还不过来?一天在这里干什么?就把你忙得走不了?”

青果敷衍他:“其实没什么,上上课,挺无聊的,我整天都发愁怎么打发时间,要不就睡一下午。”

听她这样一说,陆华叫出了声:“你居然不知道怎么打发时间?真有你的!我们在北京都快忙死了,你这样真是浪费,我是忙得脱不开身,要不然真来这里拉你!”

青果嘴角上露出一丝儿轻笑:“我就是懒得跑,怪累的,少一次也没什么吧?”

陆华没立刻回她,眼睛在她脸上扫了一遍,心想到底什么能让她兴奋呢?她也跟大伙儿玩儿,却若即若离无所谓,便摇头故作恨声:“你没看看北京的女孩子们,她们各个心急火燎的,都恨不能献身艺术。”

“什么艺术?你想说献身你们这些时髦的人吧?”青果挑着眉故意把“时髦的人”说得很重,陆华听了大笑,她没理他,“可惜我不时髦,是个没出息的懒人!告诉我是什么秘密?”

陆华这才笑着把美术馆展览的事情说了。这些年陆华一直思考一个问题,要从学术上让新潮美术真正立起来,只有彻底打破旧的评判体系,这些造反的才能谈得上真正的成功。几年来各地的展览活动风起云涌,但他始终觉得还没得到各方承认,心里便萌发一个大计划,简直就是美术界的十月革命,他想把全国的先锋艺术家组织起来，在国家美术馆举办一个大型的、绝无仅有的当代艺术展，对，就像前苏联红军占领冬宫一样，占领中国最权威、最学术的国家美术馆，来一场美术界的改朝换代，让这些年的革命载入史册，这才从学术上真正翻了身。从有这个念头到现在已经有三年了，他一直在暗中筹划。黄山会议是这个计划的第一部分，是这个“暴动”的密谋大会。陆华各方求助，找到一笔赞助，租下黄山脚下一整座酒店，连吃带住的费用都包了，事情顺利得让他难以置信。

“所有全国造反的人?”青果听了吃惊得眼都瞪圆了。

“当然，各地群体艺术家，这次开会就是筹备这个事情，会轰动的。青果你要相信我们就在创造历史，这个能让你激动了吧?”

青果笑了没说话。陆华又看着她问：“到时候你能过来给我帮忙吗?”

“我能做什么?我什么都不会。”青果摇头。

“到时候就知道了，一个全国性的展览，几百件作品，没有人手怎么能做出来?”

见她兴奋得眼里发亮，陆华又道：“看来你还是很关心嘛！”

“是个‘槛外人’，关心也是因为认识你。”青果笑。

陆华听了心中大喜：“这句话还中听。官方还在活动，现在开放了，顽固势力毕竟不吃香了，中国的事情太复杂，你也不要听了，反正大大地有希望。”

青果双手紧握，由衷感叹：“今年是什么年?这么多事?真的为你高兴。”

陆华一时鼓着眼看了她半天没说话，最后才说：“我大老远赶火车跑来告诉你，看来还是有点回报，算没有白跑。”

青果仰头大笑：“你真笨啊，干什么要亲自跑啊?寄封信就可以了嘛。”

“我寄了信怎么能马上听到你这些发自肺腑的话呢? 青果我给你写了多少信，你都没有回啊！”

青果的脸红了，小声说：“真对不起，我应该给你回信的，那两天心情不好，就不想写，什么都不想干。”

陆华深深地凝视她，没再说话。

西 部 的 诗

算算林欢走了有大半个月了，青果又过大娘窗口，照例伸头问：“有我的信吗?”

大娘立刻从里面甩出来厚厚的一个大信封，她一眼看见上面有肥肥大大“青果”两个可爱的字，就一把攥在手中，激动大喊：“Jenny，Jenny，快看，林欢，林欢。”

Jenny 瞥了眼她手里的信，撇嘴：“至于吗?至于吗?”

青果瞪她一眼喊：“就至于，就至于！”说完抬腿就往楼上跑，推门冲进宿舍，扔下手里的夹子，一屁股坐在床上把信封拆开，埋头就读：

青青：

这些诗都是我给你写的。我走得越远，心就跟你越近；我越孤独，就越觉得幸福，因为你就在我心里。你说得对，我们不是爱，我们是命，我们互相给了性命，以命相抵。这些日子都在黄河流域转，坐羊皮筏子渡了黄河，你不可想象我接了什么样的气?! 古人云“山河浩荡，其容大焉”，外面到处空旷无人，就是这浩荡之气，这种厚重、朴实的东西吞噬了我，在城里永远都找不到的，我一定要跟你再来这里。

告诉你我走到哪里就住在哪里，大部分都住在老乡家，难以想象的干净，地方干净，人也干净，这里的人都长得好看，你想那么好的地方怎能长出歪瓜裂枣、恶毒刁民来？这里没有多少车，与其等半天坐车，我干脆就走，几个县就这样走过来的，越走心情越开阔，越踏实。都踏实了，青青，你在我心里也踏实了。其实没有什么要画的，拍得多一些，画了点速写。什么都不能代替人的这种亲身的感受。当学生时出来写生过，但是这次感觉不一样，因为我是一个人，一个体验者，一颗孤独的心，这次的感觉真实又痛彻。

我明天再回西安，然后再往西，看能走多远。不方便就不给你写信了，你知道我很好，很踏实，很幸福，你放心。看来月底是回不去了，不过年底一定会回去的，原谅我，是我不守信用。不要想我，你要好好的，等我回去，我们一起过新年。

欢　11.22

看到这里青果已经泣不成声，眼泪“吧嗒吧嗒”掉在信纸上，Jenny 急了，塞了一条毛巾在她眼下，说：“哎呀，接着点，把信都模糊了，别人还怎么看?”

青果抬起头来泪眼汪汪看着她，没反应过来她在说什么。

Jenny 说：“对啊，把你哭成那样，怎么也得让我看看，他到底写了些什么，我以后可以照抄啊。”

青果眼里含着泪，笑着就打她：“你个死人，”说着就把第一张信纸给她，“看吧，也没有什么见不得人的，林欢不是个肉麻的人，他从来就不是。”

接着青果往下翻，全是诗，青果数数，一共四页，叫了一声：“天，我从来不知道欢欢写诗！”急着往下看：

沙石
褐黄
滚在脚下
烈日
高远
曝在头顶
四下寂静

我的皮肤贴着你
毛孔俱张

我干裂的嘴唇
就像这干裂的土地
让它们都裂开吧
你能看到
皮肤后
黄土下
那赤裸的血肉

你看到吗
鲜红的血管埋在我的皮肤里
它们纠缠,延伸
布满了我的身体
也埋在这厚土下
它们雄壮,蜿蜒
在下面交织一体
就让我的血在你体内狂奔
你的肉在我身上飙长

青果读完一页翻一页,扔给 Jenny。Jenny 大叫:“哎哟,怪不得你们林欢把你搞得要死要活的,他还是个诗人啊?”

青果顾不上她,又一首:

天空就像透明的水晶
清亮,湛蓝
我看见你了
飞过头顶的小青鸟
你是我的青青吗
一定是你
瞧它扭身看我
眨巴眼
笑我够不着
我的小精灵

读到这里，青果笑了，再翻：

从前有座山
山上有个洞
我就在这洞里讲故事
讲的什么呢？

一个男人的事
他生来心里便有洞
神说出去找吧
总会找着那块肉
填在洞里
从此便安生

这样
他奔出了家门
寻遍千山万水
受尽千辛万苦
他喊
神啊，请指条明路
神说
路就在你脚下
不要停息

Jenny看到最后问："最后这首诗什么意思？"

青果笑着说："你自己想嘛，他这有点寓言和象征的味儿，我们的一生不就是在找我们要的吗？你为什么要去信教，你以为找到真理了，所以你欣喜若狂，但是你却为之受苦，这就是他说的千辛万苦。我们生的信念是什么？当你没找着的时候，在你的心里就是个洞，你的心就是虚的，林欢他比喻得很好啊。"

"那林欢的意思我们要辛苦一辈子才找得到？"

青果看了她一眼："你说呢？"

"哎哟，真了不起，你们林欢怎么又成了哲学家了？我现在知道你为什么那么爱他了。"Jenny大叹。

青果摇头："Jenny，没理由的，爱上他好像在看这些诗之前。"说完她两眼发直，似乎看见林欢疾走在蓝天黄土之间，他一颗赤诚的心就在她眼前跳动，忍不住又眼睛红了。

Jenny 搂着青果的脖子，摇了几下："别哭，我真的真的为你高兴，我再也不为你们流泪了。"

青果奇了问："为我们流泪？为什么？"

Jenny 说："你不知道我嫉妒呢！"

青果笑道："你真是个傻子，我们这样，有没有林欢都不会变的，嫉妒他干什么？应该是让他嫉妒，他有段时间真的很嫉妒。"

Jenny 得意地大笑："对，我们就这样治他，看他敢对你不好。"

"那不行！我现在都恨不能他回来，每天想他，都想不起他长什么样子了。"

"说的什么话？怎么每天想反而想不起他长什么样？"

"就是啊，想着想着就糊涂了。"青果翻身由枕头下取出一张照片，照片上林欢正搂着青果，他们齐回头望镜头，那是在皮皮婚礼上窦斗抢拍的，她眼睛看着照片，愣愣地又问："你今天还回汉生那儿吗？"

Jenny 摇摇头："算了，看你情绪那么波动，我就陪会儿你吧。"这些日子她被卷进了一个大漩涡，汉生要出国便是这个漩涡的中心，把她的生活全变了。汉生已经买了 25 号圣诞节当天的打折机票，算下来还就剩二十多天了。说实话，这一栋楼的人都在往外走，她从没心慌过，这回汉生走才让她头一次感觉不安。对他对自己，对他们的生活，她都没把握，她既非诚心实意要跟他结婚，也非假情假意。她只知道舍不得他，却又无能为力，婚必须得结，国也必须得出，结婚就是个结果，反正什么事情都得有个结果，她从心里感到悲哀。这些日子都是青果在旁边安慰她，鼓励她，才让她心里稍稍轻松一点儿。

她们在食堂门口碰到李心和鲁红兵，Jenny 看了青果一眼，像是要证实上次说的新闻，但她不知道青果早就知道了，更不知昨天上午她跟李心的深谈。从那以后，青果就避着他，不想跟他再谈。因为她不由自主地要同情他，怕自己会流露出来，李心是一个多么心高气傲的人，他才不需要别人的这些东西，青果觉得进入他的私生活太多了，他生活的困扰，似乎也困扰了她，她不知道应该把他放在一个什么位置？可在心里她知道有多么在意他。

李心目不转睛望着青果，她没有回头跟他对视，装着没看见跟他们擦肩而过。

Jenny 在青果的耳边说："看见了？"

青果没转头在牙缝里说："你不要再说了。"

第二天，在教室里见着李心，青果忙跟 Jenny 坐在一起，下课后李心趁 Jenny 出去，就过去坐在青果旁边问："昨天晚上你怎么不下来？"

她微笑："不方便，鲁红兵突然来访。"

"好啊，我从第一天就告诉她你是我的好朋友，我就想让她跟你做朋友。"

"怪不得她昨天晚上莫名其妙地跑来要跟我聊，我都奇怪了。李心你以后不要干这种事情行吗？你让我自然行事好吗？你又不是不知道我最不喜欢敷衍，跟说不上来的人都懒得说话，我又傻又直的……"

“什么又傻又直的?你想说什么?”李心打断她。

“哎呀,就是不想跟不想聊的人聊!”青果有点急了。

Jenny这时已经回来站在旁边了,笑道:“李心,你什么时候也干这种婆婆妈妈的拉郎配了,你还不嫌烦啊!”

李心一听就站起来,走到另一边去了。

下课铃响起来,一上午的课完了,一教室的人都忙着收拾书包、夹子,恨不能立刻冲进食堂。李心把青果叫住,对Jenny说:“你先走一步,让我跟青果说两句。”

Jenny一甩头走了。

李心面带怨气,问:“那天说完了你就不理我,为什么?就像我吐了肺腑之言反而得罪了你。”

“李心——”青果喊出了声,“我跟你说过多少遍?无论你做什么都不会得罪我,请你一定要记住,记一辈子。我只是不知道该跟你说什么?你看困扰你的也同样困扰我,我为你想过,但是我也想不出什么好法子。”见李心脸色稍微好看点,又道:“我可以问你一句吗?”李心拿出烟来点上,看着她没说话,“你是不是爱上了人了?”

李心皱下眉,说:“差不多,但是她有男朋友,我不知道会怎样?”

青果说:“既然是这样,你要有个了断,最好跟小张分手。”

“可是她不同意啊!”

“那也得分,你以为你现在不忍心是对她好啊?你不知道这是多大的伤害,你在害她。她跟你有什么前途?她找一个工人都比你强!”青果说得有点气愤。

李心忙说:“你这样说我好像十恶不赦了!就是要跟她分我也得给她安排好了,她现在已经跟我生活惯了,别的人不一定就入了她的眼。她的习惯啊,品位啊,都变了。我知道她的。”他猛抽一口烟,把烟灰狠劲往地上一弹。

“可你跟她再怎样,都做不了夫妻,要不然你们去看心理医生?”

“说什么?我才不去呢!而且我敢断言现在全中国都还没有心理医生,你没看老王要写东西连书都找不着?”说完他走开两步,又走回来。

青果急了:“其实不管你有没有爱上别人你都应该跟她断,你让她去重新生活,生儿育女,这才是对她的关爱!”

李心听着,抽着烟,没有再说话。

青果终于低声说:“对你这件事我要说的就这么多,以后我们就不要再谈了。走吧。”

两人慢慢地走出了教学大楼。

精神领袖,旗鼓相当

青果去北京赶火车前专门绕道去了美院一趟, 在窦斗他们系办公室把通知交给一个不认识的老师,请他转交。青果撕下一张纸给他留言:

窦斗：

你好！

这是你的开会通知，你如果要去，看是否我们一起走？T 市就我俩。

青果

候车室里，照样人山人海，挤满了南来北往的旅客。恍惚中青果似乎看见林欢就在什么地方这样的人堆里，现在他在什么地方?一想起他来，她心里便阵阵发酸，下次他还要去什么地方，哪怕是地狱都得跟着，管他去哪里呢！她被人挤着，手里攥着车票，好不容易挤进检票口。今天她穿着棉布军大衣，里面还穿了粗毛线织的深枣红色高领毛衣连衣裙，下面是一条牛仔裤，蹬了双厚底黑靴。天冷衣服穿得多，她把头发梳成一根粗粗的独辫子垂在后面，都有齐背心那么长了。

当她走进陆华家的起居室兼卧室加餐厅的那间小屋子，郭亮、小锋、德拉、张良已经都在了。大家仍然都围坐在屋子中央的方桌旁，陆华高兴得直搓手，笑道："我跟他们都打包票了，说你马上就到，你看这不就来了?"

德拉说："那是！陆华你专门跑了一趟，多大的面子，青果能不给吗?"

"哎呀呀，你们不要把注意力对着我，我是个无足轻重的人，你们说点别的不行啊?"青果笑着，有点脸红，把军大衣脱了下来。陆华站在旁边，忙伸手接过去，放在床上。青果找了一个凳子坐在桌旁。

陆华拍了一下手，开心道："现在大家的章节都只差最后的润色和衔接了，有关联的就各自找在一起搞，把章节都衔接起来。我们用两天定稿。下个星期一就交出去。大家都知道黄山会议要在下个星期开，千头万绪，大家抓紧，就这一下了。"又转过头对着青果说："你跟我过来，就差我俩的部分了。"说完站起来往门外走，青果在众人的注视下只好站起来，跟他出屋，走进隔壁的小书房，就是青果第一次见他的那间屋子。

进屋后，陆华把门虚掩上，伸手接过青果手里的包说："今天我把书桌让给你，你在上面坐，我在这里。"他指了下跟书桌对着的小沙发。

青果看着他抿嘴笑了："不用，让我在沙发上。"

"你以为我就那么让着你? 你不是要画图吗?" 说完他把她摁到书桌前的转椅上。青果坐在上面，笑着打量他，今天他穿了一件土黄色家居毛开衫，里面是白衬衣，仍然一条深色西裤。

陆华又接着说："上次就说我们应该再画些互动的图，群体艺术家跟个人、社会、团体等等的互动。青果，你给了我好些好想法，把新潮美术放到社会这个角度去研究，它本身确实是这个社会大环境和文化的产物。"

"好！"青果说着把包里的稿子一股脑儿都拿出来，"啪"的一声扔在他手上，"稿子都在这里了，你拿了去随便改，随便用，你觉得怎么放在书里合适，就怎么弄。你可以剪,我有备份。"

"好极了!"陆华接过稿子,目不转睛地望着她。

青果被他看得有点窘,就又伸手在他手里翻,翻到最后,拿出一沓来说:"让我再看看这些,看怎么画你说的那些图。"

陆华愣在那里,没有动,也没有说话,在青果就要转身时,他突然一把握住她的手说:"青果你来了,你知道我有多高兴吗?"

青果忙把手缩回去:"高兴,高兴,大家不都高兴?我也高兴,这总行了吧?"说完赶紧转身背对着他坐在转椅上,心里七上八下,跟自己说:陆华你别这样,挺聪明的一个人,怎么让人下不来台啊?!她埋下头一句话都不想说,僵直着身子,眼看着稿子,一个字也读不进去。她听见陆华在背后也坐了下来,半天,静静的没一点儿声音,屋里的空气像要凝住了,书房本来就小,青果觉得快要喘不上气了。

这时门被轻轻推开了,德拉走了进来。陆华忙站起来,扶了下眼镜。

德拉脸上的表情好似在说抱歉打扰了,说得吞吞吐吐:"老陆,你来看看这里,我,我跟小锋……"

陆华站起来,跟他走了出去。

喔!谢天谢地!青果长出口气,再不出去,我就得出去了。她开始在陆华的书桌上找尺、圆规、笔,一时没有找着圆规,她不敢喊他,跟自己笑,真是Jenny说的大灰狼,招惹不得。她边开始画图边想:他为什么对你要这样?他不爱你,可他不停地隐晦表达对你的兴趣,让你意会又没法说,他理所当然地认为你跟他有默契,就范了,是否也太自信了?

半天陆华回来说:"走,我们出去吃饭。"

青果收拾好桌子上的东西,跟着他出去了。一行六人,又去上次去过的小餐馆。众人边吃边聊,所有的题目都围绕黄山会议,全国各地的邀请名单啦,谁更重要啦,谁跟谁有矛盾啦,谁跟谁搞得火热啦,等等。在青果听来就是八卦,是非,不过很有趣。她坐在那里,走神了,突然觉得所有的这一切,这'85新潮,这些近八九年来的艺术活动,这要开的会议,这要搞的全国最大型的展览,这要出版的史书……都是虚妄,是游戏,一场由一群年轻的野心勃勃的画家们玩儿的无比真实的游戏。历史就是这样玩儿出来的,不是吗?陆华说我们正在创造历史,这些事情都是要写进史书的历史事件,更可笑的是我们就正在写美术史,能有比这更荒诞的事情?!

吃过饭,回到陆华的小书房,青果跟陆华要圆规,他审视她,问:"你今天怎么啦?怎么这么沉默?哪儿不对了?"

青果转过身,直视他的双眼:"没有,陆华,我只是感觉怪,觉得这一切都那么荒诞,可大家却都着迷地玩儿着这场游戏,跟真的似的。"

"你是在骂我?因为我是带头玩儿这场游戏的人。"陆华看着她有点吃惊。

"不会,玩儿游戏也没什么不好,玩儿中你不就做事了?你看你这一两年做了多少事情?"她轻声说。

“青果！”陆华喊了一声，突然停下来，房间里一时静得发紧，青果没说话，眼睛晶莹闪亮，陆华艰难地再启口：“青果，你是我见过最灵动的女孩子。”

青果直视他，没有一点儿儿躲让：“谢谢你这么说。”她把话接过去省得他艰难。

“你——”陆华望着她，没把话说下去。

青果在嘴角上微微笑了一下，怕他说出更尴尬的来：“你不要说了，陆华，你知道吗？其实做一个女人是件很幸福的事情，你能理解我的意思吗？”

陆华瞪着她，拿着稿子的手哆嗦起来，还是没把话说出来。

青果转过身开始画图，她再也不在乎他是否在她的背后了。陆华在她的后面一会儿站起来，一会儿出去，一会儿又进来，青果完全不受干扰，她专心地画，自然地转过身看他要改的地方，坦然地看着他的眼跟他讨论，她不知道什么事情发生在他们之间，总之她坦然了。

天暗了下来，青果完成了五张图表，又跟陆华讨论了两个小时他们共同的章节。

黄昏时分，公寓的门打开了，陆华的妻子小平带着他们的小孩进来，孩子聪明活泼，有七八岁大了。小平冲大家笑道：“知道你们今天赶稿子，我们故意出去把房子让给你们，大家辛苦了，都不要走，让我来给你们做饭。”

青果感动地走到她跟前：“你要我帮忙吗？让我来帮你。”

德拉马上说：“看看，还是人家青果懂事，嫂子你就让她帮你。”

小平高兴地看了眼青果，说：“你叫什么？我忘了。”听她这么一问，青果腼腆地站在旁边傻笑点头，陆华在青果后面，惊喜地看着这场面。

吃过晚饭，小锋提议去他家喝咖啡，得到每个人的拥护，只有张良要回家见老婆，大家都穿戴整齐，准备出门，青果见陆华的妻子在旁边站着没动，就问：“嫂子，你不跟我们一块儿去吗？”

小平说：“我们就不去了，孩子太小，他 8:00 就得睡觉，你们好好玩儿。”

德拉说：“郭亮，把小宋叫上，对了，小锋，还有你的秋婷，当然我们卡桑，咱们分头，一会儿在小锋家聚。张良你不去？你要后悔的！”

站在陆华家楼下，大家互相道别。陆华一直在青果的身后没有吱声，临要分手时，他喊住德拉：“你除了把卡桑叫上，再叫上菁菁，我带青果过去。”

“好！”德拉说着骑跑了。

陆华载着青果，往西骑出去了。

寒风飕飕叫着满大街窜，夹杂着沙尘，刮得昏天黑地，路上的行人被刮得透心凉，各个缩着脖子匆匆奔逃，只有路边小店里的灯光让人觉得有一点儿儿暖意。陆华艰难地蹬车，骑到半路，突然在前面叹道：“青果，你看你这就很好。”

还想着刚才的事啊！青果坐在他背后哑然失笑，我这么对你老婆又不是因为你，是因为你老婆，你不会明白的。陆华干脆不骑了，让青果下来，自己也下来，推着车在冷风呼啸的大街上步行。

青果拿手捂嘴挡着风喊："陆华，你骑吧，你要冻死我啊？！"

陆华站住，让自行车靠在身上，伸出双手把青果的军大衣的毛领子翻起来，又把她领口上的扣子再扣上，默默地望着她。青果看着他做这一切，心里一热，他也这样温情啊！她没有拒绝，只抿嘴笑了一下，他们没有再说话，路过一家咖啡店，陆华看着她问："咱们进去暖和暖和？"

青果笑着点了下头。

一间小咖啡馆，里面几乎没人，他们拣了靠窗的位子坐下来，青果没脱大衣，她的脸冻得通红，一进了暖和的屋子，两眼立刻起雾。

陆华诧异问："青果你哭了？"

青果笑："我为什么要哭？你知道这里没有什么事情要让我哭的。"

"那什么事情才会让你哭？"

青果狡谲一笑："反正不是这里的事情，也不是你，我懒得讲。"

陆华说："我敢打赌不知有多少男人都想成为那个能让你哭的人。"

青果笑："没有多少，只有一个，他已经让我哭了。"

"谁？是林欢吗？"

"是他啊！"青果大笑起来。

温暖的屋子再加上青果没有脱衣服，她的脸和嘴红得就像美丽的晚霞，陆华望着她心里直颤："你有没有想过你会让很多男人为你哭？"

青果睁着亮晶晶的大眼睛直摇头："没有！从来没有想过！你不要乱说，我没有让人为我哭，只有一个人哭过，也不是我让他哭的。"

"还是林欢吗？"

"对啊！"

陆华摇头笑了。

他们走出咖啡馆，顶着寒风再骑，等到小锋温暖宽敞的家，已经一屋子人了，德拉、大侠、赵楚、菁菁、郭亮、郭亮的老婆小宋、小锋的女朋友秋婷都在，还有不认识的一对年轻夫妻和一个高个儿女孩。小锋的家在一个机关大院里，一栋五十年代最高规格苏式老公寓楼里。青果听德拉介绍过，小锋的父母是全国最知名法国文学专家，曾留学法国，和刘海粟那些人一拨，现在有一半的时间他们都住在法国。青果打量他们的公寓，宽敞的客厅里除了钢琴、墙上的野兽派油画原作，家里一应家具、物件都是西式的，有些年头了。

德拉拉过那个比他还高出半个头的女孩，对青果说："来，来，介绍一下，这是我的战友卡桑。"

青果笑着打量她，一张娃娃脸，腼腆得满脸通红，便握住她的手问好。

"好！"卡桑的声音小得跟蚊子叫似的，还没等俩女人说话，德拉早丢了她们满屋子窜，大声跟人吆喝。卡桑面无表情，干脆闭上嘴一个字都不说了。

一会儿，德拉又拉来一对陌生的年轻人到青果面前，介绍："这位是著名存在主

《饮食男女》　　李　津/作

李津是'85新潮美术运动最重要的艺术家之一，也是当今中国水墨画的代表人物之一。《饮食男女》以工笔和写意两种方法，描绘了夫妻日常生活中的休闲、慵懒，诙谐、散淡，富于情趣。

义和尼采的专家高一平，这是他的新婚夫人健雅。”又指着青果，“青果，N大的。”

“你好！”高一平伸出了手。

“你好！久仰！”青果忙双手握住。去年才拜读了他研究存在主义的大作，厚厚一大本，没想到能见到本人，真是喜出望外。他穿着深蓝色的毛制服，戴着黑色方框眼镜，儒雅沉静；他的夫人气质不凡，梳着一根齐肩辫子，露着大奔儿头，五官端正，雪白干净的皮肤，穿着一件白地有彩色抽象图案的粗绒手织毛线衣。两人都很年轻，也就三十五到四十之间的样子。青果总觉得喜欢尼采和存在主义的人须得有点艺术家气质，否则就对它不住，看他大作时曾想象过他的模样，希望不要太丑，这下她很满意了，他俩这般洋气漂亮真没辱没了那厚厚一本书。

小锋跟秋婷给每人端来咖啡，还从厨房烤箱里烤了馒头片端出来。青果惊叹真是稀罕玩意儿，恐怕全中国也没有几个烤箱呢。德拉早等不得，掀开琴盖，拿手一划拉，说：“咱们今天唱什么？”

菁菁戗他：“反正不能是《唱支山歌给党听》！”

德拉说：“哎呀！那是我的经典曲目，怎么能删呢？”

说得一屋人哄笑。

窗户外寒风“呜呜”叫着，可屋里橘黄色丝绸纱罩下灯光温暖，似乎是它把寒冷的世界隔在了窗外，整间屋子温馨又舒适。银灰色金丝绒路易沙发上，放着灰绿色又松又软的大靠垫，青果手捧热咖啡倚在上面，完全放松下来，从早上出来，没停一刻一直在工作，她有点累。钢琴声响起来了，是小锋在弹琴，屋里气氛欢乐起来。

高一平从书包里拿出来了几本小薄册子，递给陆华一本，德拉一本，大侠、小锋、郭亮，一人一本，说：“今天不好意思没有想到这么多人，书没带够。下次见了你们再补上。”

德拉翻书，大声问：“你新出的诗集？”停在一页上，张嘴就念：

爱你
当你不在身边
便是我最爱你的时候
…………

才念了两句，健雅就扑了过去把书抢在手里，笑着嚷：“念什么念？回去自己看嘛！”德拉大笑把书抢回去：“还不好意思了？全国人民都看着呢，有什么不好意思的？”

大侠过去把德拉摁住，喊：“算了，算了。”

青果缩在沙发里暗笑，可惜没听完，嗯，他还是个诗人，不枉搞尼采和存在主义。青果见他们夫妇紧挨着坐在一起，丈夫坐在单人沙发椅上，妻子就落座在旁边的脚凳上，伏在他的膝上，半个身子都在他怀里，他的一只手臂从后面搂着她，他们静静地笑着看屋里人的表演,偶尔会对视一下。青果暗暗观察他们,每看到他们眼里对彼此的爱意,心里便微微颤动。他还是一个浪漫的情人呢,如果不是,怎么能写出那些情诗?这位儒雅的绅士才应该算得上是这些画家们崇拜的偶像。这些日子看他们的材料,谁都在谈生命的哲学,超人意志和《悲剧的诞生》,大肆颂扬酒神,高歌生命的意义,是这个人把尼采真正地介绍进中国,还有萨特,因为有了他,所有这些艺术家才有了精神食粮和反抗武器。他也许自己都没有想到他的作用吧?让青果意外的是这位真正的精神领袖和这些造反的画家们关系匪浅,看得出他们之间的交情不是一日两日。

菁菁在弹钢琴,陆华站在琴边,直着嗓子唱《敖包相会》。菁菁眼里泛着光,弹一下,又抬头看一下陆华,微微笑着,一脸陶醉。青果想她不知道他跑到T市去找我吧?不知道他今天跟我说的那些话,这人心有多复杂啊?!现实就是这样,你不能用好坏去衡量,也不能有半点的勉强,这征服和被征服的必得旗鼓相当,这样才能了结,要不就得流血流泪,惨烈发生。高一平和健雅还不知是怎么较量后得来的呢?又转念想欢欢可没有跟我较量,他一出手我就投降了,不是吗?我们是生来的情人,生来的旗鼓相当,想到这里,青果用手捂住眼睛。

德拉又跳起来唱,这次是《地道战》里那支有名的歌。他颤抖的细嗓子,声情并茂,舒展两胳膊,青果一听就想发笑。还是菁菁在给他伴奏:

太阳一出照四方
毛主席的思想闪金光
太阳照得人身暖哎
毛主席思想的光辉
照得咱心里亮
照得咱心里亮
…………

陆华过去坐在青果旁边,看着她的眼问:“你怎么了?”

青果笑着说:“笑的,笑得我眼泪直流。”

大家足足唱了一晚“文革”老歌。所有的人都跟德拉一样尽兴抒情,大家兴奋地争相坐到琴边弹琴。青果自是不会,她像孤儿一样长大怎么可能有机会学琴?看着别人只有羡慕的份儿。

突然一声撕心裂肺的惨叫从厕所里发出来,屋里歌声琴声笑声戛然而止,接着又听见几声哀号,声音洪亮,是男人的声音。青果忙看这屋子里缺了谁。大侠一个箭步冲出去,德拉、小锋也跟着过去。青果知道是谁了,是那位有清澈眼神、黑头发、黑胡子、黑眼珠的赵楚。他怎么了?闹腾了一晚上的房间突然安静下来,谁也没张口问到底发生了什么,似乎那几声凄厉的哭叫把所有人的喉咙都卡住了。

高一平夫妇起身告辞，青果看表已过2:00，小锋对一屋子剩下的人说：“我看这样，你们都别回去了，外面冷得要命，咱们男生住一屋，女生一屋。”

这一提议得到所有人的拥护，几个人把赵楚带到最大一间卧室，大家静静地分头睡下。在小一点儿的红色卧室里，五个女人横躺在席梦思上。青果在黑暗里睁着眼，浑身不适，她还从来没跟这么多人睡在一张床上，这还是席梦思呢。哀号的赵楚恐怕平时睡的是地板，或者别人的过道，谁知道呢，他会睡在什么地方？可以想象不会比现在舒服，怪不得谁都不问，其实这些人跟他的处境不相上下，德拉早说过，来北京混就是干革命来了，没有一颗强大的心脏和高扬的梦想，来也白来。他们怎么为生呢？青果想不出答案，她翻过身，听见窗外寒风呼啸，我又能做什么呢？我就是知道了他们这些人的境况，也不能为他们做什么。

第二天，青果头昏眼花，她几乎一夜没睡。

大家都站在客厅里，陆华看了看眼前疲惫不堪的一群人说：“书稿还得搞，咱们分头回我家去。”

小锋忙说：“先别急，吃过早饭再说。”说完冲进厨房泡奶粉，烤馒头片。

青果走到钢琴边，见琴盖上面立着一些照片框子，小锋抱着一个非常漂亮的女孩，两人有亲吻的，还有穿礼服的。青果问旁边的菁菁：“这是谁？”

菁菁吃惊地看着青果说：“你不知道啊？她是小锋的心肝老婆，出国了，走了有一年了。”

“是吗？！”青果很惊讶，小锋的情人不是那位音乐学院弹钢琴的秋婷吗？昨天晚上她弹得那么神态自如，难道没有看见这琴盖上的照片？

在回陆华家的路上，青果坐在车子后座上，闭着眼说：“陆华，你把我送到车站吧，我想回去了，我头晕，告诉过你如果缺了觉我会死的。”

陆华回头笑：“你什么时候告诉过我这个？”

“没有吗？凡知道我的人都知道我必须要睡够，要不然……”

陆华打断她：“咱们稿子还没有搞完，你怎么能走呢？”

“有什么了不得的？你随便怎么搞好了。”她说得有气无力。

“可你好不容易来了，我想让你多待几天。”陆华干脆停了下来，望着她有点失望。

青果没精打采地说：“我可跟你们玩儿不起，我要累死了。”

陆华伸手就扶了她一下，像是怕她倒了，青果话都懒得再说。

陆华看她那样，只好说：“好吧，咱们先去公共汽车站。”

陆华把自行车锁在车站上，仍然像上次那样陪青果上了公共汽车，青果连阻止他的力气都没有，她头昏脑涨地就想靠在什么地方，可是她忍着也不想倒在他身上。到了北京站，陆华又把她送上了火车。

青果勉强笑一下，说：“你看我来了有什么好？除了让你更忙一点儿。”

“青果，你怎么这么说？忙没有什么，你没想我们都做了什么？都说了什么？难道不值得吗?今天是走不开了,要不然我就跟你回T市去,你这么走我都不放心。”

“有什么不放心的?都走了好多趟,闭着眼都能回去,你下去吧。”

“好,反正我们几天后就又见面了,到了黄山宾馆后就来找我,好吗?”

“嗯,你快下去,就不谢你了。”青果闭了下眼。陆华抓了一下她的手,转身下车走了。

黄山,先锋大会

大约正午,青果终于回到宿舍,一进门就脱衣服,不管三七二十一先躺下,蒙上被子就睡。刚睡着不到一个小时,就有人在楼下叫,青果醒了,没应。

没一会儿,有人“咣咣”砸门,她还是没应。

门开了,一个陌生的男人声音问:“青果是住这儿吗?”

青果一翻身起来,谁呀?催命的来了!她坐在被窝里,穿着睡衣,睡眼惺忪,披头散发,一脸不耐烦,往门一瞧,窦斗满脸黑胡须的大脑袋伸了进来。

他一见她那样儿就乐了:“对不起,来得不是时候,我晚上再来。”

“不行,明儿再来。”青果恨声嚷。

窦斗笑着转身走了。

骑上车,他嘴角上还挂着刚才的笑容,脑子里却是她刚刚的神情,瞧她懒洋洋的样子!她迷迷瞪瞪的样儿搅得他心里一阵乱撞,真搞不清她身上有什么这么勾他的心思,变成了他心里的秘密。他断定她一定知道这个秘密,最早夏天在皮皮的舞会上她小鹿般慌乱的眼神就让他确定自己的想法。想起来那天在皮皮的婚礼上,就在那间汉生的小卧室里,她晶莹的黑眼睛似乎还在他眼前闪动,她的哀叹轻盈缥缈,丝丝都还在耳朵里,从那以后,他经常会不分场合地点突然想起她来,每当这种时候,便放任自己闭上眼,回到那天那个场景,那种感觉。可就是一瞬间的事情,一睁眼,现实就在眼前,老婆王维,朋友林欢,还有乱哄哄人堆,他迈不出半步去。没想前天办公室里见到她的字条了,看着她随意的字迹,不禁心中暗喜,跟自己说要来的挡都挡不住,这下看来只能随缘了。

王维知道窦斗要跟林欢的女朋友一起代表T市去黄山开会,很诧异,又见他忙里忙外地买票,找她安排时间,便莫名不安。林欢的这个女朋友她早有耳闻,听说把林欢迷得够呛,必是个风流人物,她很不以为然地问:“这个青果凭什么代表我们?她会什么?T市有那么多画家还没被邀请呢!”窦斗便一番解释,说得王维更不以为然。在王维质疑的眼神中,窦斗还是专门请父亲派小车送他和青果去车站,在王维看来怎么都有那么点煞有介事,过去他要去哪儿搭个公车就行了,哪像现在这么事儿事儿的?

他们到达N大青果宿舍门口已经是黄昏时分,窦斗打开车后排的门,正式介绍两个女人认识。

青果见一个瘦小的身影在车里微微欠了下身，听见一口清脆的南方普通话对着她说:“你好！”

青果笑着坐下问候,侧目打量一下身边娇小清秀的人儿,黑暗里,看见尖尖的下巴和点点眼镜架上的闪光。

窦斗进了前排,跟开车的师傅说了一声:“咱们走吧！”

车轻轻地滑出了宿舍区。开出去五分钟,车里出奇的安静,青果很恨自己不会跟生人搭讪,王维没有张口,她也就不知道该跟她说什么,又不想在王维面前表现出跟窦斗有多熟络,其实本来也没有多熟,干脆就闭了嘴。黑暗里,她觉得尴尬又生硬,几乎没敢再看身边的王维,两人都扭头看着各自车窗外的街景。

站在火车站的广场上,青果终于看清王维的模样,清瘦,小巧,比自己还小一圈,五官端正,但脸上的轮廓线条很硬,腮骨几乎是方的,高颧骨,小巧的鼻子上架了一副银丝边眼镜。她挨着窦斗站在那里,看了眼青果,脸上没有任何表情,青果立刻觉察到她眼里的一丝敌意,心里微微笑一声,真对不起,从这以后好几天我都得跟你的丈夫在一起了。

看着司机和王维离开,窦斗这才说:“咱们走吧。”说得若有所思,没再看青果一眼。

走进卧车厢,窦斗阴着脸,好像没说话的欲望,青果如释重负,很快爬到中铺上去,脱下深枣红色长羽绒服大衣躺下,原来的一点儿点担心都没了,说实话她一直有点怕他咄咄逼人的目光。在列车的摇晃中,很快进了梦乡。

窦斗闷坐在下铺上,心里气恼不已,还没来得及说上一句整话哪,眼见着她就睡了。刚才在小车里,王维就在跟前,他莫名紧张,说什么好像都不合适,突然觉得自己有那样的心思真不是个东西,跟自己生起气来,这可好,这一夜算白白浪费了。

天亮了,青果醒了,翻身瞄了眼铺位下面,窦斗的铺位空着,过道里人们忙进忙出,打水,上厕所,刷牙,洗脸。青果起来,伸了个懒腰,这一觉睡得比在宿舍里都好。她精神抖擞地爬下床铺,伸手够放在架子上的包,一只长胳膊在她头顶上先把那包取了下来,青果忙回头谢他,窦斗似乎刚漱洗过,穿着一件咖啡色的厚毛衣,脸色苍白,更显得满脸的黑胡子浓密,不过他的眼神还一如既往地雪亮,犀利如剑。

“你起来了?我以为你会一直睡到站呢！”窦斗开心地看着她。

“哪能呢！那不睡死了?”

“是啊,我担心我们都捞不到话讲,你看从上了车你连一句话都没跟我说。”他盯着她的眼试探着又说。

青果抿嘴笑了一下,从包里拿出牙刷、洗脸毛巾走了。

她站在那里刷牙,看着镜子里的自己:怕什么?他又不是个怪物,不就是眼睛亮一点儿嘛,有什么好怕的?

等回到自己的铺位,见窦斗坐在下铺上,就把毛巾牙刷往包里一塞,扔上架子,站在过道里,两手撑着两边中铺想往自己铺上爬。

窦斗突然站了起来，面对面地就立在她面前，几乎要贴着她的脸，青果一时愣在那里，他盯着她的眼问："你就不想在这儿坐一下，又要去睡吗？"

青果跟自己生气，怕他什么？我干什么要躲他？嘴里却说："不，我怕打扰你。"

"打扰什么？"他仍目不转睛盯着她。

青果大声说："打扰就是打扰啊！"这会儿她真生气了，不知是生自己的还是生他的，气得一屁股就坐在他的铺位上。

窦斗也跟着她坐了下来，挨着她，眼里闪着兴奋的光亮。他往后一靠，倚在隔板上问："青果，你不觉得很难得吗？我们终于有这样的机会单独在一起了。"

青果抬眼冷冷问："你什么意思？"

"就是——就是——很难得，我都算计过我们单独见面的机会，微乎其微，更何况像现在这样——"他欲言又止。

青果没好气道："你算计得真不是地方！"

他挺直了身子，可怜巴巴地看她一眼，承认："是。"

青果一下憋不住笑了。

见青果乐了，他也张开嘴笑，露出一排结实的牙齿。青果没想到他的笑容顿时改变了他的形象，那些彪悍的黑胡子立刻变成圣诞老人的胡子，脸上剩下的是带着稚气的憨态和闪着光黑亮快乐的眼睛，嗯，怎么像个孩子？"你们王维是这边的人？"她想缓和一下气氛，开始跟他攀谈。

窦斗按捺不住心里欢喜，终于能在青果面前尽兴了，这里没有别人，就他俩，还一整天，可他还是很紧张，一路沉默的时候多，好在她就在眼前，这也足够了，倒是青果一路找话题。

当天中午，他们顺利到达黄山宾馆。宾馆五层楼高，现代设计，房顶加了点中国元素，阁楼式风格，绿瓦鹅黄墙，整栋楼典雅气派。青果从来也没有住过这么好的地方，暗叹陆华本事。一进门，大厅里都是人，三五一群，披头散发，放荡不羁的；皮衣马靴，衣装出格的；大呼小叫，南腔北调的。青果心里想笑，嗯，是些土匪，一点儿错都没有。

他们去会务报到，各自拿了自己的钥匙，在大门厅碰到北望群体一群人正好进门，德拉呜哩哇啦打招呼，青果把窦斗介绍给大家。没一会儿陆华走进大厅门，热情地跟所有人握手，问候："怎样？怎样？都好吧？"到青果那里，就看她一眼，没伸手，只问了声："你什么时候来的？怎么不来找我？"

青果笑着把手伸出去说："我们也要握一下嘛！"

周围的人都笑了。陆华马上握住她的手说："失礼，失礼。嗯，一会儿有人会把餐券还有其他的东西给你送过去，你住在几号？"

"谢谢，106。"大家这才告别，各回自己的房间。

黄山宾馆建在黄山脚下古老的滨镇上，镇上唯一的一条小街就从宾馆门前穿过。小镇卧在山沟里，青山环抱，山溪长流。小街上有几排老房子，两三家餐馆，一家百货小店、邮局、长途汽车站,看得出来这里平时少有外人来,是个清静的地方。青果望望不长的一条街,奇怪是谁的主意在这里盖这座豪华的宾馆?这里怎么可能招得来住客?毫无疑问是一个决策性的错误,当然如果没有这个错误,这帮子"土匪"也别想能在这里开会。她记得陆华曾提到过这个宾馆几乎整个冬天都没有人住。看看现在,三层楼挤得满满当当,连小街上都热闹起来,几天会开下来,还不知道会把这个安静的小镇闹成什么样呢?

下午 2:00,会议正式开始。宾馆的一间最大的豪华会议室里,阳光穿过雪白的薄纱窗帘把整间屋子照得通亮,三个吊在天花板上的大水晶灯在阳光下晶莹闪烁,黑色大理石地板上铺着深红色雕花纯毛地毯。会议室中间放着一张铺着雪白台布的大案子, 四周围一排一排放满咖啡色高背会议椅子。此时已黑压压坐了一屋子人,各路人马这才真正地汇聚齐了。主持会议的人物坐在那张长方桌的后面,坐了一排。艺术家们便散坐在四周,一坨儿一坨地,看得出来,各群体的成员都坐在一处,单个儿的便找到自己的朋友、熟人坐一处。青果一个人找了个不惹人注意的角落坐下。

会议还没有开始,兴奋的说话声、招呼声不绝于耳。北望群体的有二十来人,以大侠和德拉为首,大呼小叫,最为嚣张。他们大部分人都蓄着长须、长头发,满屋子就听见他们"整——整——"的东北口音。比较文静的是江浙一带的艺术家们,温文尔雅,干干净净,没有长胡子、长头发,虽说穿得中规中矩,但他们各个露着骄傲、冷酷的神色,一副不屑跟人啰唆较劲的范儿。窦斗跟山西、河南的人坐在一起,里面有他的同学王实两兄弟。放眼望去,这一两百人,或高或矮,或圆或扁,胡子拉碴,衣衫不整,牛仔衣裤,皮衣皮靴,在这个豪华的会议室里,突兀生硬完全不搭。

一会儿,呼啦啦又进来十几个人,各个高挑抢眼,时髦漂亮,说一口 S 省口音,青果知道他们准是鼎鼎大名的西南森林群体的人了。青果见到他们就激动起来,不仅仅因为她是 S 省人,还因为她曾在陆华给的材料里读到一个人的东西,被他忧郁的文字和画里的真诚灵气深深打动,记得此人大名罗小刚。出乎她意料,他们一群人各个看起来都高大帅气,谁是他呢?

陆华坐在会议桌的正中间,拿手拍了下话筒,清了下嗓子,大声说:"喂,喂,喂,大家静一下,静一下。我们现在正式开会!"

屋里顿时鸦雀无声, 陆华紧张颤抖的声音在大厅里响起来:"所有赶来参加这次'85 新潮美术运动研讨会的艺术家和专家们,下午好!现在我来宣布我们的会议正式开始!各位手中有我们会议的议事日程,大家可以看到我们这次大会的目的,我们这个大会将是对这将近十年来新潮美术的一个总结, 是我们全国各地先锋艺术家们前所未有的历史性的大会师。我们安排了大家相互交流的机会,接下来几天全国各地的艺术家群体和个人将有大型的幻灯展。还有几天学术演讲和研讨会,最后,我们要对将要在中国美术馆举办的第一届现代艺术大展进行详细讨论,拿出方案,讨论作品。"陆华指了一下跟他一排的几位人物,说:"首先,让我来给大家介绍一下，这位是艺术研究院的著名学者赤风……”

青果见一精瘦、五十来岁、中等个儿男人站了起来，青果读过他的文章，没什么特色，不过对新潮美术倒很支持，他身居要位，听说快要当院长了，有了他的支持，这些造反派的日子会好过点。

陆华不停地介绍，一共七八位，有各大美院的，各研究院艺术理论的专家，还有就是各大艺术杂志、报社写文章的人们。青果对这些人物都耳熟能详，最近天天看他们的文章，说实话，看得都烦。青果觉得他们的文章大都毫无新意，空洞无物，拿腔作调。青果受不了八股，总跟林欢说“这些人的文章哪里能及你们作品的一点儿儿呢?真没什么好见识。好东西他们说不出来，没用的说一大堆，就会转词儿，真真懒得看！”说实话连陆华的文章她都懒得看，觉得写得逻辑不清，冗长，宏观大论，言之无物，她知道这就是现在文人的风气。

陆华越讲越兴奋起来，拿着话筒喊：“我们现在让各地的艺术家来自我介绍一下自己。大家在报纸杂志上也许都熟悉了彼此的作品，现在我们让大家有个真正的认识。大家除了报名外，可以随便说几句。”他把话筒递了出去，第一个拿话筒的是一个小个子，他站起来大声说：“我南京的，高强，你们看到的那些超现实主义的马就是我的。”青果一下想起来，对了，自己还曾跟林欢说起过这个人的画，这个人把马都放进室内，精致又有点哀伤的室内，马也画得变了形，同样细腻哀怨，屋子里帏幔环绕，说不出来的荒诞味道，很好看呢，就是有点太小资了。

画家们开始一个一个站起来，青果有的能对上号，有的完全不知。一个小老头似的小个男人站起来，只听他说：“本人郝冰，厦门达达。”说完就坐下。青果完全不敢相信自己的眼睛，这就是那位如雷贯耳、专干离经叛道、摧枯拉朽之事的郝冰?那些个破坏性的事情都出自这个小老头?跟他坐在一处的人似乎受他影响，都默不作声，偶尔一个人站起来说两句。到森林群体那堆人了，青果睁大眼睛，一个二十七八岁的男人站起来，只说了三个字“罗小刚”就坐下。青果忙打量他，见他穿着一件深咖啡色的皮夹克，牛仔裤，脚上配着大头皮鞋，身材适中，国字脸，端正的五官，留着小络腮胡子，应该说是个美男子；旁边一位瘦高个儿、眉清目秀、清雅风流的二十七八岁的男人随着也站起来说：“林间。”此人穿了件黑色的皮夹克、牛仔裤，配了黑色的大皮鞋，也蓄着络腮胡子，仔细地修剪了，眼睛很黑，青果想起他的作品大都细碎，却轻盈，如梦如幻，很有诗意，真是人如其画；又一个人站起来说：“大卫。”青果在肚子里叫声Wow！他们群体的领袖人物！这位大卫好搞活动。再看他虽生得高大，却没有一丝儿彪悍之气，反倒一脸诚恳，大鼻子，方脸，方嘴，轮廓分明，眼睛有点眍。青果记得他的画都很激动，有很大的女人体，印象深的还是他写的那些个宣言啊，搞的各种活动啊什么的，他是个很好的组织者、宣传者。他穿着件黑毛衣，也是牛仔裤，军用大皮鞋。

会议比想象的热烈，第二天大会议室里首个研讨会就变成各个群体之间的一场混战。江文革先扔下一颗炸弹，这位不知从哪个南方艺术学院来的理论家，清瘦，冷酷，他冷言冷语地要清除整个八十年代以来的“人文热情”、“政治理想”，谁都听得出来，他在变相否定’85新潮，强调中国的先锋艺术应该转向。

青果在下面听了，不禁摇头，这又是个要“接轨”的，难道世界上人家干什么，我们就得干什么吗？要不然就不够先锋？不够全球性？艺术又不是经济，也不是科技，这刚刚才开放，小康都还没达到呢，可这先锋艺术到底要转到什么地方去呢？江文革的声音又尖又细，直蹿每个人的耳膜，他不时拿手推眼镜，一说要意义消失，再说消费文化和流行文化，语无伦次，就听他嘴里喋喋不休这个“文化”那个“文化”，一屋子人都听得兴趣全无。

接下来周通宣读论文，一位瘦高儒雅的文人，青果知道他是陆华在北京的同盟，看过他好些文章。他强调过去十年’85新潮的历史意义，强调艺术家在这场中国历史变革中的先锋作用，更进一步指出，干预社会变革才是中国当代艺术的独特本质，是中国真正的先锋艺术。

大侠早忍不住了，第一个站起来反驳江文革，为’85新潮据理力争。紧接着，就听到德拉暴怒的细高音。让青果万万没想到的是还没等德拉把话说圆了，北望群体已成众矢之的，被全国各地群体艺术家群起而攻之。德拉急得恨不能浑身上下长出一百张嘴来，青筋暴凸，撸胳膊，挽袖子，只差跟人动手了，青果看着差点笑出声。

全国的群体群起攻击北望群体，其实不为别的，实际攻击他们在江湖上的得意地位；他们处处以得宠运动员的身份，带着高高在上的优越感；他们贪天之功，把’85新潮当成好像是他们一家的胜利。至于其他的，这些“土匪”们也没要怎样理论，很难看出谁真的要怎样去跟世界接轨，不过再玩儿过去所谓的崇高理想和道德，就是个笑话了。看着德拉委屈、着急的眼神，听着他声嘶力竭的声音，青果为他着急，可陆华自始至终没帮他说一个字，看来“人文热情”和“社会理想”可能真的要成为历史的一页翻过去了，陆华和所有在座的“土匪”们已经变了心肠，如果还守着它恐怕只能被历史抛弃。

江湖的牺牲品

开了几天会，一整座宾馆像炸了窝的蜂窝，灯火通明，人们楼上楼下，大小会议室，各个房间窜进窜出，明里暗里，画家们交换想法，讨论作品，结交关系。青果隐约感觉到这江湖里各种关系微妙，谁都想在这个运动里出人头地，得到学术权威们的支持。她每天看幻灯展，参加各种学术讨论，一日比一日兴奋，天天和森林群体的人进进出出，偶尔跟窦斗、陆华碰面。窦斗几日下来，早跟兄弟们混一起去了，除了喝酒便各处窜，陆华则忙得手脚朝天，没工夫理会别的事情。会议开过一半，他终于找到一个机会告诉青果，为她找着一位专家出席她的学位论文答辩，此人便是人大的教授赵健，正好昨天来了。

“哎呀，我看过他的文章，他严吗？”青果紧张地问。

“应该没什么问题吧?他都答应了,你俩再定下时间。”陆华含笑看她。

“那你给我他的房间号,我去找他。”

“214,你别忘了。”

“谢谢,不会忘的。”她三步并作两步蹦着就回了房间,拿起电话就给赵健拨过去,有人敲门,罗小刚推门进来,手里拿着一盒幻灯片:“青果,今天下午我们森林的要放幻灯,你就是第一个观众,想让你先看看感觉一下,这些都是最新的。”

青果放下电话,微笑接过幻灯片盒子,从里面抽出一张来,兴奋的双眼把她的脸都照亮了。

这次来黄山,最开心的是见到眼前这位画家,她读过他写给陆华的“情书”,知道他心里所有的秘密,让她没想到的是他不仅思想深邃而且情感深厚,读完他的东西从心里就觉得跟他很亲,来之前曾期待见到他,可没想见到他后她会羞怯得驻足不前,每次他一要把话题说深了,她就在心里叫他不知道我什么都知道啊!她有犯罪感,觉得她在偷窥别人的心思。今天他居然拿来作品让她先看,“为什么选我?”她有点诧异。

“因为你是外人,”他似乎觉得说错了,黑络腮胡下漂亮的嘴唇微微一笑,“嗯,你这样看起来会更客观。”

青果笑了,她想本来就是个外人。她急速在幻灯盒里翻找,说:“我想看你的,你知道我一直都喜欢你的画。”青果又翻了几张,抽出一张来,一张很诡异的画,暗绛红调子,一个女人坐在地上,裸着身子,手支着下巴,歪着头,瞪眼看着人。她身子精瘦,乳房就像两个三角形袋子吊在前面,旁边挖着棺材坑,里面有人骨。

青果大惊,问:“这是你的吗?你变了好多。”她记得他关于生命的思考,对死亡的痴迷,她曾暗叹他们有那么多共同之处,没想到他把那些想法画出来是这个样子。

见她举着幻灯片仔细端详,“你觉得好吗?”罗小刚问得有些紧张。

“我更喜欢这些。你看你在给我们讲一个生命的故事、一个寓言,困扰你的那些噩梦、死亡都发生在这个故事里,你想说人所遭受的一切悲苦,还有欢乐实际都要消失,我们能得到什么呢?”青果的眼睛清澈明亮,静静地看着他,“我们能做的除了体验和无尽的眷恋别无所能,不是吗?”

罗小刚吃惊地看着她,似乎不相信这些话是从她嘴里说出来的,他愣了半天才说:“对啊,你没看我这题目是生生不息的爱?爱是生命唯一的意义,一切的一切,除了延续,我们没有任何目的。”

青果深深凝视他,说什么?生命延续?

罗小刚看着她的眼睛,心里一颤,她知道我在说什么!他的心就像河水放开了闸门,一涌而出:“你看,让我们爱的目的是什么?传宗接代,尽管我们不承认,可上帝就这么干的,人类的繁衍被赋予爱意,所以我们的爱必然伴着欲望,人多无望啊,别无选择,你看我们操纵在上帝的手里,像傻子一样爱得昏头,不能自拔……”

“也许到头来不过空欢喜一场。”她打断他，觉得这个话题不能再往深里讲了，这个人跟李心正好相反，李心能阻止她下坠，而这人跟她就像两颗一同下坠的石头，绑在一起会坠得更快，下面便是荒诞和虚无的深渊。她体验过爱，就在最近，爱上人是那样的伤人，让她时常都觉得无能为力，他也一定这样深爱过一个人吧？青果戛然而止，慌忙找个借口跟他道别，逃跑似的找赵健去了。

罗小刚走出她的房间，意犹未尽，心里有一点儿惊诧，这是一个什么样的女人呢？她的心思那样深，他刚触摸到，就像站在悬崖上看到下面森森然墨绿幽谷，正想要靠近看个究竟，心门关上了，下面一片云海，什么也看不见了。

青果兴冲冲跑到214号门前，轻轻敲门，里面说：“请进！”她推门进去，一屋子人，乌烟瘴气，河南的画家们都在屋里，大家都回头看她，她进去不是，出去也不是，正尴尬，就听坐在桌旁一个年纪大点的问：“你是青果吧？”

青果紧张地“嗯”了一声，就不吭声了，她知道发问的就是赵健。此人四十多岁的模样，瘦高，一脸苦相，戴着副黑方框眼镜。

河南的画家们面面相觑，都站起来告辞。

青果很不舒服，你有事就不要让我过来嘛。这次开会大家都在私下开玩笑议论，讥讽赤风。开会的头一天大家就看到一个高个儿年轻女人跟他贴着，青果一度以为是某个杂志的文编，没想到是上海不知道哪里蹿出来的一个画家。开会几天下来就跟赤风形影不离了。青果觉得在这些男人圈子里，女的做事都好尴尬，如果一个单身、独立的女艺术家在外面混，她怎样交际，大家都好似心照不宣地认为这女的有问题，有企图。可男人有企图就不可耻，女人就很可耻，被认为用了女色。青果很为她不平，也许她根本就没有做到那一步。现在好了，叫那么多人看到我单独来找这个赵健，这些人在背后又有的说了。

赵健看着青果进了房间，上下打量她，见她穿着鲜红的条绒裤子、白色粗毛线织的厚毛衣，梳着根独辫子，脚上蹬着浅灰色的软底小皮靴，正绯红了脸看着他，心里哼一声，这个陆华，怎么总招这些个时髦、漂亮肤浅的女孩儿？等一屋子画家都出去了，他指了下跟他对着的一把椅子，说：“坐。”

青果拘谨地挪过去，坐下，小声问：“赵先生，您看过我的论文了吗？”

“看了，看了！”他停住没接着往下说，青果很紧张，不知道他要怎样说她的文章？

赵健瞥了一眼床上订成一本的稿子，才说：“我真没想到你这样的文章也能算硕士论文？七拼八凑的，完全没有章法。”说着把青果打印好的论文拿起来，随便翻了一下，又扔回到床上去，面无表情：“你这个东西，从头说到尾都看不出你的观点。”

青果一时惊得目瞪口呆，就像他张开手掌照直就扇在她脸上，还不能还手。她睁着大眼看他的嘴一张一合，想他还能说出什么更侮辱人的话呢？她尴尬地涨红了脸，不知道该怎么下台。停了半天，赵健似乎也没有什么可说的了，就冷冷地看着她。她慢慢站起身，跨前一步，弯腰把床上的论文拿了起来，低头说了声："谢谢。"转身便朝门走，听见他在背后喊她的名字，她仍然头也没回走了出去。她忘了来的目的，昏头涨脑，只有一个想法，快逃，快逃！

回到自己的房间，她一仰身倒在床上，瞪着天花板。床头的电话响了，她没应。又响了半天，青果还是没有去接。没一会儿，就听见敲门声，青果拉被子蒙上头，喊："快滚吧，这里没人！"

来人又敲了半天，听见陆华的声音在外面喊："青果，开门！是我，陆华！我知道你在里面！"

青果坐起身来，定定神，她不想让他看见自己生气，这才站起来去开门。

陆华进门就问："刚才在二楼我见你出去，耷拉着脸，都没看见我，就给你打电话，想问你跟他谈得怎样了？没想你就是不接。"

青果的气冒了出来，恨声问："你这是给我找的什么人啊？"

"怎么了？"陆华忍着笑问。

青果见他忍着笑便喊起来："什么怎么了，怎么了！他说我的论文不好，不好，七拼八凑的，没有观点！"

陆华听了反而笑出声："是吗？他这样说吗？他应该不会吧？我们都说得好好的啊！"

"你们说得好好的什么啊？"听起来就好像他们有什么黑交易似的，青果听了气得更凶。

"说好来帮你这个忙啊！他应该不会，你放心他肯定会去给你答辩的。"

"谢了，我想我宁肯没有学位也不要他帮忙，谢了！"青果气得直喘气。

陆华笑着过去坐在她旁边，说："你真是个孩子。你想他又不认识你，不打压下你，能抬高他自己吗？"

"他要打压人也用不着这样照着脸就来嘛！"青果急了，眼泪快掉下来。

见她要哭了，陆华伸出一只手抚摸她的肩，青果感觉到他的手哆嗦着小心翼翼，一扭身子甩掉："你们这些男人真的很可恶！"

陆华笑得更厉害了，他勾着身子，寻着她的眼眨了一下："是啊，都不是什么好东西！你想啊，青果，他这样不是冲你的，他又不认识你，干什么要跟你过不去？他是冲我的，你明白吗？"

青果瞪大了眼："你们男人之间较量，我成了牺牲品，我可真倒霉！"

"真聪明，真是一点儿就明白。所以不要在意他说什么，你就让他占个上风，哪能帮了你还不让人占个上风的？"

"那我就不要他帮了还不行吗？干什么要这样作践别人啊？！"青果的声音已经高了八度。

"傻子，他已经把难听的话都说了呀，总不能叫他白说了吧？那岂不更亏了？我们不仅要他帮，还得谢他。"

“你放屁！不可能,不可能！”青果已经顾不得礼数了,摇头乱喊。

陆华抓住她的双手,喊:“青果!青!你不要急嘛,你看看,这事是我做的,怪我事先没想好,我现在风头太健了,能不招人忌恨吗?”他停下凝视她,又笑,“谁让你这样出类拔萃的?这么抢眼,这不就更让人恨嘛！”他顿了一下,“如果你不要他帮忙了,不光关系到你,其实关系到我,你懂吗?”

青果终于安静下来:“你的意思是人家出了一招,你不得不接,如果我不接就等于你不敢接?”

“对啊！我总不能不在这圈儿里混嘛！”陆华兴奋地大笑一声。

青果气直了眼,恨道:“你这混的是什么污浊的人际关系?跟我有什么关系?!我又不要跟你们混！”

陆华笑了:“青果,你现在就跟我混啊!就算你帮我一个忙,受点委屈行吗?你看我一开始是要帮你的,现在变成我求你,欠你的,还是你厉害啊！”

“我真是气死了,我怎么就这样不明不白地跟你混了?替你受这份闲气?你讲的是什么理?我被人作践了,倒让你高兴了,你这人安的什么心呢?”青果气得又大嚷起来。

“青果——你就是要恨他我也不反对啊, 可是我们不用把不高兴摆在表面上啊?青果,你明白吗?我陆华哪能是那么承不住事儿的人呢?”

“他又没有作践你,你有什么承的?他说的是我！”

“说你跟说我是一个样的！”

青果这下瞪着眼大喊:“陆华你搞清楚,你是你,我是我！他能那么肆无忌惮地这样说你的文章吗?还不是因为我是个手无寸铁的人,才叫人欺负！真没见过这样的小人,拿我这样一个跟你们都无涉的人来出气,真够低级下流的。你告诉我,你们这个所谓的北京的艺术圈子、学术圈子都是些这样的小人吗?”说完憋了半天的泪水终于流了下来。

陆华把双手放在青果的肩上,更哆嗦了,他轻轻地拍一下,转身进卫生间,拿了手纸出来,坐在她对面,抬手为她拭泪。

两人一时都不说话。

青果接过手纸,擦干泪说:“陆华,我告诉你,我很后悔认识你!我不知道就怎么跟你们一起玩儿上了,我现在很后悔！”

陆华急了:“青果你不要这样说,不要把话都说绝了,我知道你是在气头上。哎呀,我得走了,我还得去主持幻灯展呢,你不要生气了行吗?咱们晚上再聊。”

“不要来找我！”青果甩了一句。

陆华伸出胳膊搂了下她的肩,转身走了。

见陆华急匆匆跑出去,青果气得哪儿都不想去,翻身躺在床上,恨不能马上就走。她拿起电话给窦斗拨了个电话,看能否买一起的火车票,没想到他屋子里的人说没在。

青果躺在床上，泪眼模糊，林欢在这里就好了，这个死林欢去了什么地方嘛！他也是一样的，为了他自己，跑了那么远，才不顾惜到我呢！青果想一阵，哭一阵，没一会儿，睡了过去。

一阵铃声，把她从梦里吵醒，青果接过电话，就听见窦斗在里面大声喊："青果你在房间里干什么?幻灯展都完了，快到餐厅来，都该吃饭了。"

青果一看窗外，天都暗下来，我睡了一下午吗?她看了眼手表，都5:30了，赶紧爬起来，一个人慢腾腾地走出房间，穿过大堂往餐厅去了。

森林群体的一群人都坐在靠门不远的桌子旁，罗小刚一见她就喊："青果，你真不守信用，下午说好看幻灯，怎没见你影儿?"又高兴招手，"过来，过来，马上就开饭了，我还说你失踪了呢！"

看见大卫、林间等等都在那里看着她，青果笑道："下午我有点事情，真是对不起，幸好你们的东西我都看过了。"

窦斗远远地坐在一张大圆桌旁，没动地儿，在那儿正盯着她呢，她突然想起昨天跟他约了今天一起吃饭的，就忙说："今天跟人约了不跟你们吃了。"

罗小刚问："怎么了?是我们得罪你了，见我们就要跑?"

青果笑着走到窦斗身边坐下。

"青果，你还真是个香饽饽嘛，开了几天会我都捞不着跟你说话，更别说在一起吃饭。"窦斗笑着斜她一眼。

"你一天忙得要死，要跟你的哥们儿喝酒，要不就要去拜会领袖啊、学术权威啊，要不就要跟什么人交流啊，我给你打电话你都不在嘛！"青果说得气哼哼的。

"天地良心，就你今天打电话我不在，我怎么这么倒霉呢?每天都等着你的召唤，好不容易呼我了吧，我还不在！"

青果笑了："就放你的狗屁吧！你什么时候苦心等过我?你每天都玩儿得不亦乐乎的，哪里还想到我?"窦斗还要争辩，青果打住他："别贫了，我找你是问买火车票的事情，我改变主意了，想明天就回去。"

"真的?你要跟我回去吗?看来你现在终于醒悟了，青果同志，我郑重地告诉你，你一直都在犯着多么严重的错误！不过你只要想改，我们都是欢迎的嘛。"窦斗声音里都憋着笑音儿。

"乱说什么！告诉我是几点的车?"青果笑着瞪他一眼。

"不要担心，是明天晚上9:00的，我们都赶得上。"

"那好，我们说定了，咱们一起走。"

陆华带着组委会的几个人——七八个所谓的权威们走进来，赵健也在里面，青果一见他就来气，故意歪了头只跟窦斗说话，装着没有看见他们。

突然陆华走到他们桌边，在青果身旁坐下，低头在她耳边说："青果，我刚才问了赵健，他看过你的论文，说很好，他愿意去你们学校参加答辩。"

青果冷冷看他一眼，说："请替我谢谢他，我不敢请他，就告诉他我觉得他说得对，我这水平离硕士差太远，已经放弃了。"

"青果——"陆华求饶地喊了一声，又小声说："不要耍小孩子脾气嘛，就看我的面子算了。"

青果转头又看了他冷声问："那就请你告诉我，他怎么觉得那东西又好了呢？"

陆华笑了："在党的教育帮助下呗，你要允许一些同志犯错误，更要允许他们改正错误嘛！什么事情都得较量几个来回才能得出胜负，哪有你这样的还没怎样先跑了！青果你说，气也生了，事情也没有办成，那才不值嘛。"

"谁像你们似的没有廉耻？冷得都没有心？我宁肯不去办这件事，也不委屈了自己！"

"哎呀，青果！你怎么就不听劝呢！你总不会要让人来给你道歉吧！我已经给你道歉了，都是我的错，一开始没有计划好，你就那么给人下不来台吗？你也不要太认真了嘛！"

"我为的是我的——"青果猛地抬头，见陆华鼓着眼正死死地看着她，她收住话，没有再说下去。

陆华在青果耳边悄声说："等会儿有机会咱们再说。"说完，站起来走了。

窦斗笑着一直坐在旁边没有说话，虽然他俩刚才一直都在耳语，还是把他们的争吵听了个全。

青果烦躁地站起来说："窦斗你慢吃，我走了。"

"嗯，晚上有舞会，听说带乐队的。"窦斗忙说。

青果点头走出餐厅。

晚上，会议请来了五六个人的乐队，有几只管子、电子琴、鼓架子，摆在宾馆豪华大舞厅里，显得非常简陋。灯光暗下来，只剩下屋顶中央的大彩球灯在转，黑色的大理石地面反着五彩光影，所有的画家们黑压压一片站在周围。音乐起了，昏暗的灯光里，鼓和锣打起来，整个大厅顿时喜气洋洋，青果心里的不快被敲得不翼而飞。乐队吹奏起缓慢舞曲，黑暗的人群毫无动静，谁也不敢迈出第一步，一支曲子完了，没一个人走出来。青果独自坐在一个角落，希望什么人来邀请她，望着空空的舞场，她心里暗笑，这些人真的都是些银样镴枪头，看着放荡不羁，关键时候真没什么用。

第二支曲子吹起来了，还是没人出来跳，难道我们得坐这里听一晚上舞曲吗？青果快笑出来，就见一个身着白色绒衣的长发女人拉着罗小刚走出人堆，他们身贴身跳起来。这就是他深爱的女人吗？她什么时候来到黄山的？看得出来是她领着罗小刚跳，她开朗地仰头大笑着，罗小刚低着头无地自容。一支曲子完了，这位白衣女人换了另外一个森林群体的成员，一支接一支，她跳遍了所有森林的人，也把场子里其他人带动起来，终于舞场上有几对人跳起来。青果发现森林群体只有一个人没进舞场，这人是林间，他一直一个人坐在旁边，怅然若失，好像又游离神外，她奇怪他是个什么样的人？正出神，突然发现他已悄无声息站在她面前，向她伸出一只手来，青果迟疑着站起来，搭着他的手走到舞池中央。两人刚站定，他猛地就把她拉进怀里，身子贴在她身子上，脸挨着脸，另一只手紧紧地搂住了她的腰，让她动弹不得。青果往外推了几下，他既不松手，也不说话。青果站在地上不动了，抬头寻他的眼睛，他还是不肯松手，看着别处，可他的手和身子都在用劲。青果跟他僵持着，往后绷着劲，他们谁也不让步，都不说话。青果想我应该甩开手跑下去，可她知道所有的人都看着他们呢，他拽得那么紧，也不一定甩得掉。她又抬头找他的眼，刚好碰上他黑亮的眼睛转过来望她。多好看的眼睛！她在心里惊了一跳，他的眼神忧郁，里面的愿望是那样的温柔，淡淡的有点飘忽，她一时迷在他的注视里，本来绷得紧紧的心软了下来，她安慰自己说就跟他跳这支舞吧。

他们跳了一支漫长的贴面舞，除了跟林欢，青果没跟任何男人这么近地跳过。他们自始至终都没有说话，林间闭上了眼，他们身体挨着身体，谁都不再僵着，在音乐里慢慢地摇着糅在一起，青果一时忘了在什么地方。音乐停了，青果眼睁睁地看着眼前这位修长、蓄着小黑胡子、风流飘逸的美男子牵着自己走出舞场，把她引回到座位，她边坐边在心里赞叹：这人真是太漂亮了，神秘得跟他的画一样。林间悄然离开她，坐到离青果尽可能远的位子上，一晚上便没有再跳一支曲子，也没再说一句话。

罗小刚的白衣女人满场子跑，她跑到乐队那里，给大家唱了一支最时髦的毛阿敏的歌。

> …………
> 让我再看你一眼
> 看着你那充满泪水的脸
> 让我再看你一眼
> 我要把你记在心间
> …………

陆华不知什么时候坐到青果身边，说："来，青果，别愣着，我们跳一个。"

青果站起来，随着他走到舞池中间。陆华很绅士地跟青果保持一臂的距离，看她在走神，就问："你怎么了？还在生气？"

青果摇了摇头。

"青果，你跟我去爬黄山吗？我们有车。"

青果再摇下头。

"你不要现在就做决定，不还有一天嘛，来一趟黄山不容易，你不上山岂不可惜了？还是你就不想跟着我去玩儿？"

青果一时醒过来："陆华，我今天中午说的话你都不记得了？我说过我都后悔跟你们玩儿。如果就是要上黄山，我也跟西南的那些人走，也不会跟你们这些权威们去。"

"我知道，你嫌我们岁数大了。"

青果瞪他一眼："你明知道我恨你们什么。"

"青果，你要我怎样哄你才肯罢休呢？我已经跟赵健说死了，他要去参加你的答辩。"

青果气得只差喊了，皱着眉说："你怎么这么霸道？凭什么要做我的主？"

"青果！"陆华使劲拽了下她的手："凭什么？凭我们之间的交情，凭这件事是我起的头，我不会让这件事半途而废的。你看一下，他已经知道理亏，他在向你示好了，你还要怎样呢？"

"放屁！他在跟你示好，不是我。你让我受伤，你来收战利品，你知道你是在逼着我吃一只苍蝇，你跟他一样可耻，跟他一样是个小人！"

陆华惊愕得张开嘴，身子、手都僵在那里。

青果猛地甩开他的手："你不要再说了，我都懒得看见你！"说完她转身跑出了舞厅。

第二天一上午，青果在房间里躲陆华，只在电话里跟窦斗说了几句话，定好了吃过晚饭就去火车站。

吃过午饭，所有与会者都被叫了出去，大家聚集在宾馆门前的空场地上，在冬天暖暖的太阳里照相留念。除了会议雇来的人给大家照大合影，人们都拿着相机再互相留影。

德拉在广场上找着青果，拉上她就走，他指挥摄影师给几个书的合作者留影。青果被安排跟陆华紧挨着站在一排，两人眼瞪眼，谁都没开口。青果见了他心里不耐烦，陆华也恼火，昨天晚上她居然骂他那么难听的话！昨天在她屋里，她愤怒的眼泪让他惊觉那些习以为常的事情多么荒唐，她涉世不深当然受不了，其实那是个什么问题？什么都不是。有人的地方就有阶级斗争，要都像她那样把心掏出来给人家看，那还不早被踩死了。陆华最不怵的就是跟人打交道，什么样的是非都伤不到他，他才不在乎别人怎么想，他面前最大的问题是要把所有这些人都拧成一股绳，把明年的展览做成。不过她发脾气的神情还真让他心动，哼，火气还真不小啊！

画家们都站在宾馆门口的小广场上，知道过了今晚，便会散伙，各自回家。青果不停地给认识和不认识的人留地址名字，人们依依不舍，她也不舍起来。看着这些野心勃勃的、怀着梦想的、反叛的、热血的、愤怒的、赤诚的、玩世不恭的、狡猾的、聪明的年轻人，觉得各个都那么可爱，她明白她为什么被他们吸引，因为她跟他们是同样的人，是一个时代的人，她爱他们身上的野性，爱他们叛逆的梦想。

其实所有的人都知道，'85 运动从今往后就该算结束了，将近十年的折腾，现在该画个句号。十年来，全国聚集了这么些人，为着同样的心愿，在各地搞事情。这几日大家聚在这里,把过去的事情、现在的作品都再演了一遍,谁也不想让这些个青春岁月就这样消失掉。人们看着自己,看着别人,越来越怀旧,越来越自恋。经常在看幻灯时,在发言、讨论时,互相调侃、逗趣,那种从不被人明说的情义和眷恋就飘在会议室里,飘在幻灯间里,飘在餐厅里,飘在宾馆的过道里,飘在这无他人入住的整个宾馆里。

人们盘桓在宾馆门口一个下午就是不想离开,勾肩搭背,拍胸打肩地说着说不完的话,照着照不完的相。青果见陆华站在那里,一直也没走,他在跟每个人谈,跟任何要合影的人合影。她知道他对这些人的情感,不是对某个人的私人情感,是对这整件事情,对他脑子里的理想的情感。他的眼神里,流露着真诚和不舍,让她为之心动,她有点后悔,咳,昨天把他骂得太狠了点。

天终于黑了下来,青果回到房间把包收拾好,电话响了,青果知道一定是窦斗来催了。她拿起电话刚"喂"一声,就听见陆华的声音:"青果,我知道你想走,请你不要把我想得那么龌龊。我的动机一开始就是要帮你,没别的。我已经回绝了赵健,你放心了。"

青果听完心里一热,眼睛湿了,马上说:"陆华,谢谢你!我,我,我知道昨天有些话有点过分,你不要往心里去。我这就要过去吃饭,咱们一会儿见。"

她立刻起身去餐厅,见陆华坐在组委常坐的圆桌后面,正看着她来的方向。她冲他微微一笑,走了过去,在他身边坐下。

待她坐定,陆华伸过头问:"你不生气了?"

"嗯,早就不生气了,今天下午看你在外面跟人告别的时候就不生气了。"

陆华奇怪了:"那为什么?"

"因为我看到你的真心,看到你还有那么些真的东西在你心里,就原谅你了。"

陆华闭眼:"青果,你这个人可真苛刻!"

青果微笑:"那我们就不要做朋友,就做个一般认识的人。"

"这还能改吗?发生的事情已经发生了。我们——"陆华看着她没有说下去。

青果接过去笑:"我们以后可以来往少一点儿,省得让你觉得时时被批判。"

陆华苦笑:"看来也只能这样了。"他低头摆弄手里的勺子,又抬眼,"你买票了吗?真的今晚就走?消了气还是要走?"

青果笑道:"票还没有买,窦斗说到车上再说。"

"你就不被诱惑?你真不想跟我上山?我这次来开会另外想的就是要跟你上几天山的。"说完眼闪了一下。

青果有一丝儿心动,却说:"陆华,放弃幻想吧,我怎么能跟你上山呢?咱们刚才还在说连朋友都做不成呢!"

"那,青果,我们什么时候可以再见?我有理由可以再见你吗?"

青果微笑着摇了下头:"没有,你没有理由。"

陆华闭上嘴,看眼桌上的酒杯,"那我们现在就再见了?"

"嗯,再见！"说完青果站起来,要离开他的桌子。

陆华生气了:"你连一顿饭都不跟我吃吗?"

"我跟窦斗约了,他一会儿就来,我们吃了就走。"

"青果！"陆华失望地叫出了声。

"好,一会儿窦斗进来我们让他到这儿来。"青果复又坐下。

开始上菜了,因为是最后的晚餐,比往日都丰盛些,还有酒。开会的画家们陆续就座,窦斗跑了进来,进屋就拿眼满屋子里找人。

"窦斗,这里！"青果招手。

他冲了过去:"我说在哪儿呢?没往领袖人物这桌看。"

突然餐厅大门口进来了一大群人,吹吹打打,穿得花花绿绿,有新娘和新郎,他们走过餐厅大门,进了隔壁宴会厅。窦斗兴奋大喊:"哎！结婚的,结婚的！"

陆华端着酒杯,心中大喜,这是什么兆头?我们现在在庆祝,瞧,大家都在大喝特喝,庆祝我们这十年的成果,这结婚的也庆祝,真是巧了,这不是给我们添喜来了吗?

隔壁的音乐和哄笑声带动了这边屋里的气氛,满屋的画家们都站起来,挨个桌子碰杯。人们一群一群地拥过来干杯,青果不敢喝酒,悄悄离开了餐厅。

回到房间,一看才6:30,她知道不到8:00,窦斗是不会回来的。她走进卫生间,伸手打开浴盆的热水龙头,说实话就是回到学校也没这个条件洗这样的热水澡,她放满了一盆热水,脱光衣服,躺了进去。一闭上眼,这几天的事情在脑子里就像电影过了一遍,她奇怪那么多的人和事,都跑到这个偏僻的地方,在这么短的时间里发生了,她见了也许十年都没机会见的人,经历了他们的事,还见了他们所有的作品,够让人振奋,真是万幸。欢欢也去经历他的事情去了,在不同的地方,这就是他们的缘分。她力图要强硬点,但是在外面就觉得势单力薄,她怎么能应付像陆华那样的人啊?还有更多可恶的人像赵健之流,碰到他们只有败下来的份儿,除了逃跑,她还能怎样呢?陆华失望的眼神在她眼前晃了一下,哎！真是对不起,我不会玩儿,也就只能是这样了。

土 匪 之 战

餐厅里欢声笑语,碰杯声不绝于耳,陆华眼望着一屋子欢乐的"土匪"们,知道青果已经走了。就听山西、河南那桌闹起来了,王远的大嗓门儿都要破了:"妈的,倒酒！倒酒！"陆华把手里的酒杯举起来,跟身旁的赤风碰了一下,赤风把杯里剩下的半杯酒喝净,站起来说:"我走了,你留下吧。"

陆华笑着也干了,说:"好,你回去,我在这里。"他承认,他是舍不得这些人,还有这让人伤感的欢乐。

一阵欢庆的音乐声从隔壁传过来,就听人堆里有人高叫:"闹新娘去！走啊！闹新娘去！”一群人呼啦啦都拥了出去。

陆华跟一桌的几个会议组的人和艺术理论权威们都笑着摇头。

隔壁举行婚礼的餐厅里，到处都挂了红，一屋子二十来张桌子，一色的红桌布，桌上七大碗八大碟的，堆满了美味佳肴，围着桌子，坐着穿红着绿，或崭新蓝色中山服的老乡们。餐厅的顶头一面墙上糊着金纸，上面贴着大红双喜和龙凤呈祥图案，下面一个一尺来厚的台子，一个身着红旗袍、头上戴红花、脸上搽胭脂、烫了满头刨花卷的中年妇女站在上面主持婚礼，台下正中，俩新人被蒙了眼，脸对脸站着，一小伙子在他们中间，站在一把椅子上，手提一根绳子，下系一只红苹果，悬在两人的鼻子上方，正跟新人玩儿啃苹果游戏。酒席中年轻一点儿的都离了席，在司仪刺耳的吆喝声中，围在两人周围起哄。

就在这时，门口黑压压拥进来一群喝红了眼的不速之客，大约二三十口子，只见他们各个放浪形骸、蓬头垢面，一看就是一群“土匪”。为首的那人个头不高，挥着手臂笑着大喊：“新娘子啃啊！张嘴啃啊！”

这头一屋子人齐刷刷地回头，都愣了，哪儿来这么些人?！还没等众人反应过来，那群人已经冲到新人跟前。

那为首的便是山西的王实，他一把将站在椅子上的小伙子拉下来，自己跳上去，大声对满屋宾客说：“乡亲们，今天我们这些全国的现代艺术家给新娘新郎道喜来了，哥们儿，别客气，使劲儿喝！我来给新人做裁判，他们今天咬不上这苹果，就罚新郎官喝，今天我们要把他喝倒！”

随他而来的一群人大声响应，毫不客气地在各个桌子上抓瓶倒酒，不管认识不认识，逮人就碰杯，一屋子吃席的顿时都蒙了。

新郎官一把将蒙眼的红布扯下来，这才看清来人。就听台子上那中年女主持高八度大声喊：“哎！你们都什么人?请出去！我们这是私人婚礼，请出去！”

“土匪”群里一人高叫：“这个臭婆娘！别不知好歹！我们这给你们道喜都不知道！”

王实还站在椅子上，回身对着那女人嚷：“你个臭老娘儿们，你给我下来，让我来主持婚礼，让我这个全国响当当的艺术家来主持！”不速之客们立刻哄叫起来。

还没等他们笑音落下，新郎大吼一声：“去你妈的！”一巴掌把王实扇下椅子，摔在地上一个大屁股蹲儿。

“嗷！”王实一声号叫，跟着他的一群人立时疯了，一拥而上，叫的叫，砸的砸，抓着新郎还有吃席的人厮打起来。“乒——乓——”就见碟碗酒瓶飞舞，人们混战成一团，一桌一桌的酒菜洒在地上。

新郎急红了眼，揪着王实不放手，朝他的脸一拳下去，顿时王实被打得两眼冒金星，新郎就手捡起一个啤酒瓶子，照着他脑袋就砸去，王实的脸上立刻开了花。他的兄弟王远在旁边见了，大叫一声“妈的！我叫你砸！”抓过一把椅子就往新郎脑袋砸去，新郎应声倒下。就听新娘一声尖叫，几个上点岁数的大妈忙把新娘子往餐厅边上拉。

吃席的老的老，小的小，就十几个青壮年，眼睁着不是这群喝红了眼“土匪”的对手，不到两分钟，就被打得七零八落。

青果走后，窦斗早去了山西那桌人堆里，只是他没敢使劲喝，他怕一会儿吐了就别想走了，好不容易能跟青果一起走，别误了事，王实怎么劝，他都没敢放开了灌。这会子打起来了，他心里乐开了花，可顾不得了，跟着起哄，围着那几个小青年推来搡去，不时还踹上一脚，扔个盘子，丢个碗的，直叹青果走太早，好戏都没见着。

就在这时，陆华领着一群人冲了进来，大声喝住了还在厮打的画家们，把新郎扶起来。新郎额头上流着血，大声喊：“你们什么人?！你们赔我！赔我！王八蛋，你们赔我！我跟你们没完！”新娘过来扶着他，站在他身边哭。

陆华气得浑身乱颤，冲那些画家大声训斥：“你们——你们——无法无天！无法无天了?！你们要负所有的责任！看吧，有你们的好果子吃！”又回身对新郎说：“我们赔你，真对不起，我们一定都赔你，请你和乡亲们原谅，他们喝多了，我们跟你道歉，跟乡亲们道歉！”

“不行！不行！这事儿没完！他们来捣乱！他们先动手！”新郎大叫。

王远不干了：“胡说！我们没捣乱，我们来给他们祝贺了，是他先动的手！他先打的我哥，把我哥打出血了！”

陆华怒目而视，大声呵斥他：“你还有什么理可讲的?还不赶快认错?！你们在这里扰乱了人家的婚礼，你还有理了?！你们——”他手一挥，“你们所有的人都过来，给这对新人，还有所有的乡亲们认错！今天你们不认这个错谁也别想走！”

一群画家正打在兴头上，被陆华这么一喊，顿时没了情绪，王实一看不道个歉看来是脱不了身了，就忍住笑给新郎一鞠躬说：“新郎官，对不住了，是我们错了！”

一伙子人都憋着笑，随声附和，弯腰给新郎官道歉，陆华忙说：“好，你们都先退下，有什么事情由会务组的人来解决，还不快走！”

一群人心领神会，飞快溜出餐厅，留下陆华和会务组的人跟新郎交涉赔偿事宜。他们兴高采烈，在宾馆的过道里推推搡搡。窦斗拍了一下王实的肩，瞧着他脸上的血问：“哎，兄弟，怎样?”

王实大笑：“没事，就破点皮。”

王远在他旁边喊：“妈的，还没打过瘾，真扫兴！”

“就是！”“就是！”“土匪”们嘻嘻哈哈各自回自己的房间。

窦斗和王实兄弟一个房间，三人一进屋就撂倒在床上，王实爬起来进卫生间，在水龙头下清理伤口，把脸上的血擦干净，就听见“砰、砰”轻轻敲门声，窦斗心下一紧，不好，别不是那些人找上门来算账了?手指王实，叫他把卫生间门关上，自己走到门口把门打开。

来人让他大吃一惊，不是新郎官，是又瘦又高、这几日被大伙儿议论纷纷、紧贴赤风的那女人。他忍不住笑问：“怎么，今儿到我们这儿找谁啊?”

那个女画家面不改色，沉着问："听说王实被打了，我来看看他们哥儿俩。"

我×！他们什么时候勾搭上的？他一扭头笑着大叫："王实，有人找！"

话音还没落，王远早蹿出来挡在窦斗前面，一把拉了那女人笑："哟，是你啊！我没事，走，咱们走，我正想你呢！"

窦斗目瞪口呆，没想是冲这小弟来的！又瞅一眼那女人，瘦得跟个竹竿似的，有什么搞头？饥不择食了？！

王实早在卫生间里听得一清二楚，从厕所里蹿出来对他弟说："今天晚上你就别回来，要不然新郎官没准回来找你算账！"

王远笑嘻嘻说："你以为我想回来啊？"又朝窦斗嚷："四哥，我就不送你了，祝你跟青果回去一路都风流！"

"风你娘的流！"窦斗一脚踹在他屁股上。

王远得意地眨眼摸着那高女人的屁股，跟屋里两人摆摆手走了。

等门一碰上，窦斗大叫："你弟什么时候勾搭上这长颈鹿的？我怎么不知道？"

王实一撇嘴："早勾上了，前两天差点得手，这不，过了今晚明天就打道回府，还风流个屁！"

"行啊！真有这小子的，还真看不出！"

王实一撇嘴："这有什么，跟抱一捆柴火棍儿有什么两样？我才不费那劲！"

窦斗一巴掌拍在他脑袋上："行啦，别吃不着葡萄嫌葡萄酸，你还得跟小青年学着点儿。"

王实眯眼笑起来："老窦，你别说我，你还不是一个屁都放不出来？瞧你那个熊样儿，那天跳舞，你就盯着她一步也没敢动，直叫别人占了便宜。"

说得窦斗急了，举手再要拍他，王实忙捂着头笑："别价，四哥，算我没说，算我没说。"又抬头笑："我知道您，不管心里多在意，有能耐就会气自己，您可别再浪费了回去这一路了！"

最后一句说得窦斗乐了，那一巴掌还是落到了王实的脑袋上。

青果看着时间，穿好衣服，给窦斗的房间挂电话，没人接，这才重新把包又再装好提上，回头再看一眼住了几天的房间，碰上门走了出去。一进楼道，就看见画家们三三两两站在那里，议论纷纷。罗小刚站得离门口不远，一见她就喊："青果不要过去，前面乱得很，打起来了。"

青果继续往外走，问："怎么了？打起来了？"也没听罗小刚回答，脚没有停。

越往宾馆门口走，人越多，大家都堵在那里，一片混乱。青果抓着个人问："怎么了？怎么了？"

"打架了，王远被打破头了，送医院了！"

青果大惊："谁？谁跟谁打？"

"那些结婚的，当地人。"

青果想那王远不就是窦斗的同学吗？他们总在一起的啊，天，别他也进了医院啊！她忙在人群里找窦斗，远远看见陆华在前台跟一个身穿制服的公安交涉，神色严峻，青果知道事情闹大了。她还要往前去，突然背后被人拍了一下，一回头，是窦斗。青果一见他便松了口气，上下看他一遍，说："你没有被打破头吧?谢天谢地！"

窦斗笑得眼都眯着："哎呀，你去哪里了?那么好的戏没见着！"

"瞧你幸灾乐祸的！那不是你的革命兄弟吗?"

"是啊，今天真是寸了。咱们不是要走吗?我就没敢使劲喝，他们哥儿几个喝高了，跑到人家喜宴上去捣乱，把人家新郎给打了，后来王远被人家堵在外头打惨了。"

"怎么就选了王远呢?"青果好奇了。

"这也是该着的，你知道贴赤风的那女的吗?王远把她搞定了，拉了她又不好走门，就跳窗想到外面去快活。哎哟！正跳进人家的埋伏里，这一通打，把那个女的吓个半死，还好她马上跑回来报了信。"

青果一听，也忍不住笑起来："瞧你们这些该打的，没个好的！那后来呢?"

窦斗开心得眉飞色舞："这楼里的哥们儿听了还有不急的?谁怕打架啊?这几天吃香喝辣的，憋得都恨不得大打一场。大伙儿冲了出去，把王远救了回来，跟这些个山里的土匪一通乱打，把他们打跑了。"

"啊?！"青果喜得大叫一声。

窦斗眼里冒光，兴奋地接着说："没想到，这帮子地头蛇、土匪，他们邀了一大帮的人来，百十来口人呢，都带了家伙，这么粗的大木头棍子，"窦斗两手比划了一下，"把这里围住了，谁也别想走了，见我们的人就打。"

"你，你什么意思?这些人现在就在外面，我们出不去了?"青果更惊了。

"哦，你以为呢?刚才送王远去医院都交涉了半天，其他的都别想离开。这回惨了，王远流了那么多血，得缝个十几大针的。"

"那陆华旁边的不是公安吗?难道他们不管吗?"青果急得问。

"青果，这些公安怎么会向着我们这些外人?你难道连这都不明白?现在要看陆华的本事了，看他怎么搞定这件事情。"窦斗笑着搓了下手。

青果站在窦斗身旁，也兴奋起来："我想出去看看这帮子人，我好奇他们长什么样?"

"好，你出去看看，看他们还在不在?这里还有几个受伤的兄弟，看能否送出去?"

青果听了抬腿就要往外走，还没走两步，窦斗抓住她的胳膊，喊："你还真敢往外走啊?回来，回来！这些土匪真没准打女人呢，他们都红了眼了，你可真够勇的！"

青果回头看了他一眼，想这有什么?不过她还是回到了窦斗身边，知道今晚是走不成了。

陆华面对面地跟刘局长坐在当地公安局一间小办公室里，他已经跟他耗了快两三个小时，事情一发，他就知道不妙，现在唯一的想法就是不能让这个刘局长抓走任何一个艺术家，现在已经有一个躺在医院里缝了针了，不能让事态再进一步恶化。说实话他有点后悔，当婚礼的队伍进到酒店隔壁大厅时，他就该警觉，这些喝醉的“土匪”什么事情干不出来？

刘局长面白，精瘦，一双细眼，面无表情，抬手吸一口烟，不耐烦地吐出来。陆华低头诚恳地说：“刘局长，真要感谢你对这些艺术家的照顾，你看，如果不是你同意及时把那位受伤的画家送到医院，还不知道后果会怎么样呢？”

刘局长现在和两个小时前比起来已经平和多了，当他刚听说画家们在酒店里闹事，聚众打架，第一个反应就是非得抓几个，给他们点颜色看看，这些外地人欺负人都欺负到头上来了，这还了得？他怒不可遏，没想就碰上陆华，这个人看上去没什么，却不卑不亢，有理有节，该争取争取，该承担承担，一步一步地，把事情压下来，不过刘局长还是没有放弃他的初衷，他今晚一定要抓至少一个进局子，不这样，怎么能杀一儆百？叫乡亲们气顺？

陆华见刘局长没答他的话，就知道成败在此一举了，他抬头直视他的眼睛，平静地说：“刘局长，您看，来这里开会的艺术家们都是全国有影响的人物，我们这次在你们这里开会，给你们地方带来了多少知名度？上了电视、报纸，你想想，过去谁知道你们这个地方？你们这里这么好个宾馆都没人来住，可现在不同了，大家都知道你们这里了。这次出了这样的事情，我也很遗憾，我们该赔偿的赔偿，该道歉的道歉，但还是不要把这些艺术家弄到和群众的对立面去，我相信他们跟这里的老乡没仇，他们喝了酒，是过失，重要的还是批评教育。”说到这里他停了下来。

刘局长伸手弹掉烟灰，终于开腔：“可是陆华，你们这些画家的行为非常恶劣，民愤极大，我们公安如果办事不力，也很难交差啊！”

陆华一听急了：“刘局长，请再考虑考虑，我们全国优秀的现代艺术家就这么几个，这次来你们这里开会，犯了错误，你们就给拘了，这在全国会造成多不好的影响？你们这里不是要大力发展旅游事业吗？这么容不得人，来了这里一不小心得罪了你们地方上的人就把人抓了，那谁还敢来你们这里？我看将来你们也别想发展旅游事业了。还有你们如果真的抓了人，我也交不了差，我们这个会议中央也挂了号的，是全国性的，如果真的怎么样了，还是得上面的人来跟您解决问题，到时候你们不更麻烦？”陆华这一句话倒把刘局长说得没了话了。

整个晚上，大家都没有睡，等陆华跟公安和山民交涉的结果。青果和衣躺在床上，让房门大敞着，随时都有人进来通报情况，一会儿来说：

“陆华去派出所了，公安抓了两边的人过去了。”

“陆华把我们的人保出来了。”

“陆华又送了一些人去医院了。”

“陆华把他们的人也送进医院了。”

“陆华跟他们谈判呢……”

凌晨5:00，终于传来消息，事情解决了。会议组支付对方的医疗费用，所有肇事者向山民道歉。免除所有参与打架人员的刑事责任，山民们撤出宾馆。消息传来，窦斗正好坐在青果的房间里，听后高兴地喊："今天我们可以走了！今天下午还有趟车，咱们下午走怎样？"

"好，"青果一口气松下来，就觉得困得不行了，"窦斗你去安排，到时候叫我，我可要眯一会儿。"说完翻过身就闭上眼。

窦斗低头端详她，见她微微皱着眉头，已经睡着了。柔和的灯光下，她的脸温柔平和，窦斗摇头，一醒了就不是她了，那个活泛！他压着想摸她、吻她的冲动，跟自己说：不行，这哪行？那样我在她心里成什么人了？将来还怎么见她？他站起来，帮她关了灯，碰上门，走了出去。

中午，电话铃把青果吵醒了，她拿起话筒听见窦斗在那头喊："青果快起来，到餐厅来。"

青果忙收拾好，提上包就走。餐厅里，稀稀拉拉就几个人了，窦斗站在门口，见着她就说："咱们快吃，3:00的车，开会的都走得差不多了。"

青果跟他坐在桌子前，忙忙地吃了些，问："你今天见着陆华了吗？"

"没有，他们会议组的人还在解决事情呢。"

"嗯。"青果心不在焉地应了一声。

没一会儿，就见陆华同着几个公安还有会议组的一些人进来，青果知道他恐怕没得机会睡觉，又见他两眼炯炯冒光，似乎比昨天还精神，就奇怪这个人真神了，就不知道累吗？

青果和窦斗吃完站起来，拿上包准备往外走，两人默契不跟陆华道别，显然他跟公安还有没了的事情。

陆华在那头看见他们，离了桌子过去问："这就走了？"

青果轻声问："你睡了一会儿没有？"

陆华却盯着她，露着不管不顾的神情："我可最后再问一次了，我们下午上黄山，你跟我去吗？"

青果听完笑起来："看来你真不累啊？还想着呢！我们可走了，陆华，你好好玩儿吧，咱们以后再联系。再见！"说完她伸出手，陆华使劲握住，青果觉得他的手在颤抖，让她的不安似乎越加漫长，终于他松开了。

陆华不顾窦斗就在身旁，目不转睛地望着她，眼里遮不住的失望，半天才说："好！你们慢走！青果，窦斗，北京再见！"

"再见！"

走出宾馆大门，窦斗高声喊："青果，我们得快，先得坐半个小时的汽车到火车站。"

"好！"青果也高兴起来，终于可以走了，离开这个宾馆，离开陆华，真是太好不过了。

上了直达T市的火车，因为有很多人从这里下车去黄山，他们补买到卧铺票。

青果一上车就说:“还是我睡在上面?”

窦斗开心道:“当然只有你压迫我,我哪敢压迫你啊!”

青果笑道:“真是没良心的,照顾你,不让你爬上爬下的,不说个谢字,还不知足啊!”

“谢,谢,能不谢啊!我已经都高兴得不得了了。你既没跟西南的人走,也没跟陆华走,坚定地跟了我,能不让我高兴吗?”他嬉皮笑脸地直朝她眨眼。

“真不要脸!”青果笑着瞪他一眼。她很高兴,这次开会,窦斗成了真正的朋友,不似过去在背后盯着她,让她发毛的怪物。现在好了,会也开了,饭也一起吃了,架也打了,舞也跳了,对了,奇怪他怎么没有跟我跳舞?看着窦斗把包都放到了架子上,青果坐在窦斗的铺上问:“哎!怎么那天跳舞我都没有看见你,你不是说要跳舞的吗?”

窦斗瞥了她一眼,小声嘟囔:“还跳什么舞?一开始就跟林间贴得那么近,我——”

“要是欢欢见了还不得气死!”

青果听了脸唰地一下就红了,看着他黑亮的眼睛不知道该说什么。窦斗再看了眼她,也就没有再说话了。

人生困顿,生之悲

下午2:00,青果回到宿舍,这五六天在黄山就如同一个世纪那么长,路过Jenny的门先砸了一下,大喊一声“Jenny!”随即叮当咣啷打开自己的房门,就听身后一声尖叫有人冲了出来,跟着就被揽住脖子。

青果一边推门一边喊:“哎呀,你没看我都累死了,还来缠人,都不知道帮人一下!”

Jenny忙抓过青果手中的包喊:“你个死人终于回来了!”

青果边脱大衣边问:“帮我收林欢的信没有?”

“你就想着他啊,看见我也不问我一声儿!”Jenny大嚷。

“你不是欢蹦乱跳好着吗?我知道你们马上就要结婚了,这不赶回来了?!”

青果撩开蚊帐,一屁股坐在床上。

Jenny从枕头下面拿出来两封信递到青果的手里。“喏,你刚走就来了一封,后面这封是昨天来的。”

青果顾不得说话,先打开了第一封,信皮上面盖着“敦煌,甘肃11月28日”邮戳。青果迫不及待地看信,见林欢写道:

我日夜想念的青青:

我已经有很久没有给你写信了,我一个人上了火车,在西部流浪,每个小站都下来，跟各色各样的人打交道，这种人气不是在哪儿都能接的。这种活生生的东西才是真的东西，它真实而又痛彻。我们的生活真的太优越了，我们的情感也太高了。在城里，尤其在校园里，你体会不到芸芸众生，那些生活在底层的人们，他们是多么的卑微，贫穷。可这些卑微的人却活得坚强、快乐、豁达，这是我感受最深的。人活着就得是这样，活的就是一口气。我以为这些都是做人最好的品质：宽容，坚韧，乐观，这些卑微的人就有这样的品格，我希望我也有。看着他们，我就在想是什么在支撑他们这样艰苦地活着？什么是他们的信念？可见有了信念一切都不在话下，无论怎样都是快乐和幸福的。

青青，我们要的是什么？当我想到你时，我的心会痛，我恨不能你就在身边，跟你分享我的体验，这些都像这西部的天空，晴朗无云，高远清澈。有一天在路上，突然想起你，大白天的，我一个人就把眼泪洒在空旷无人的野外。

现在我在敦煌，找着一家便宜的大车店，给你写点，怕你会太担心。

因为走了几个县，鞋磨破了，可我手里没有多少钱了，就让它这么着吧。你不要担心我，我一个人在外面的生活费很低，住大车店，住农民家都花不了多少钱，我留了回程的路费，你放心我能对付，保证能回去见你。敦煌的东西太好看了，我要看几天。等这些都完了，再告诉你下一站去什么地方，总觉得还没有完。青青，我现在没有任何你的消息，这是唯一让我不安的，你要好好的啊，不要想我。

爱你的欢　11.28

青果边看边流眼泪，哽咽："就是你要走的嘛！"

Jenny 抓过信去看，说："他还没完的意思哎！快看下一封信，看他在哪里？"

青果被 Jenny 一提醒，忙止住泪，把另外一封信撕开，见日期是 12 月 2 日。

青青，宝宝：

我现在在格尔木给你写这封信，马上要进西藏了，一会儿就要开车，赶紧给你写几个字。

去敦煌这一趟，要说看佛教艺术、壁画，也够了，但是那天一看地图，觉得离格尔木已经很近了，你知道吗，从格尔木去拉萨有直达汽车，大概十四五个小时，西藏再也不是那么遥不可及的了。宝宝，我现在很兴奋，进了西藏恐怕就再也没机会给你写信了，只是现在我快没钱了，不过你放心我没事，最迟年底就能回去。

不要想我。

爱你！

欢　12.2

看完青果把信捧在胸前，直着眼说："他没有钱了，他没钱了，怎么办？他没钱了……"她想象他穿着破鞋在西藏流浪，没钱了怎么办啊？

Jenny拍拍她的背要她别担心，青果笑道："真不好意思，一回来我就这样，也没问下你的事情。你跟汉生都准备得怎样了，有什么计划吗？"

Jenny说："有什么计划？我们热闹一下就罢了，你不知道他越要走了我越舍不得，我才知道我那么喜欢他，看他一天兴冲冲的，真不好扫他的兴。"

青果拧她的脸说："看你还说我痴傻，你是时候不到，到时候别跟我哭。"

Jenny忙转话题："好，快跟我讲讲你开会的事情，那个大灰狼还没有灭了他的狼子野心？"

青果笑着把黄山的事情都说了。

Jenny听了点头儿："这些男人，他们越聪明，越有本事，就越要到处找女人，找那些有味儿、有深度、有境界的女人，你知道这是什么吗？这是挑战和征服。应付得越多，好像越能证明他们的能力和魅力，所以他们没够，永远都不会停止。平庸的女人对他们没有挑战性，女人的外貌只是一个因素，而智商和精神上的较量对他们来说才是致命的吸引。他们正春风得意，就太自信了，觉得他们能得到他们想要的任何东西，能征服他们想要的任何女人，但是这种人，他们谁也不爱，只爱他们自己，女人一旦被他们征服，他们会立刻减了兴趣，马上又转移目标到下一个，菁菁就是一个例子。"

"哟！长篇大论的，你倒想了不少啊？"

"你以为就你想啊，我什么事情不为你着想？你还是离他远点吧！"

青果笑了："宝贝，我只离小人和坏人远点，你还不能说他是个小人吧？坏人就更不是。在这个世界上没几个聪明人，难得碰上，该怎么着就怎么着，谁都喜欢挑战啊？也不就是男人的特权，还能怎样呢?！"

这时楼下有人喊"青果！"Jenny一听就说："李心知道你今天要回来，他在下面呢。"

"不要让他上来，我这刚回来乱糟糟的。"青果一边说一边揉眼。

Jenny叹了口气："我看你还是让他上来吧，你走了这些日子他好像出了事情，也没怎么上课，我仿佛听见有人说他老婆自杀没成。"

"是吗?！"青果吃惊地瞪大了眼睛。

李心站在小红砖楼下面，见Jenny在二楼窗户上摆手，知道青果没时间，只好转身走了。就在青果不在的这个星期，他搅进了一场生死之战。这半年来的交往，他跟鲁红兵彼此都明白这回是真的了，鲁红兵写信告诉远在东北部队的男朋友，没想那人一急之下来了学校。李心一得消息就明白必须得站在她背后跟她共同面对了，同时还得跟小张开诚布公地把事情摊开来说清楚，就是再痛苦也得把婚姻解决了。等人来了，两个男人之间面对面的较量还好，跟小张却不那么容易。在他摊牌后的当天夜里她吃了一大瓶安眠药，幸好被他发现没有死成。在医院里，握着她枯瘦的手,见她奄奄一息躺在病床上,他真恨不能替她去死。他问自己原以为跟她结婚是爱她,帮助她,解救她,可他都做了什么?现在居然逼她去死,这简直荒谬,荒谬!他开始恨自己,也恨跟鲁红兵的事情,觉得自己是个自私、卑鄙无耻的人,他不能容忍自己犯那样的错误。他找着鲁红兵,就在湖边跟她做了了断。她一听脸色惨白,当场晕倒在他面前,他的决定同样也要了她的命。她曾告诉过他三十几了,只有这一回,这一条命,这回是动了真格的了。这一个星期,他奔跑在两个女人之间,使出浑身的解数挽救她们的生命,向她们忏悔,鲁红兵望着他疲惫又哀伤的眼睛心疼得大哭一场,向他保证她已经过去了,真的过去了。李心知道她心里是怎样的伤痛,因为他的心跟她一样的痛,他问自己我还有别的出路吗?没有出路,没有!

确实李心的生活陷进了一个死胡同,超出了他的智力范围,找不到出口。他发现他不能爱谁,哪怕是喜欢都不会有好结果。他爱过小张,他们之间的亲密和痛惜依然如故,那种程度他这一生里跟任何人都没有过,跟父母,跟祖父母,跟兄弟都没有过。可是不知从什么时候起,他开始有乱伦的负罪感,恍惚中小张就是有血缘的亲人,对她再也不可能有男女之间的欲望。在秋天温暖的黄昏,他以为他可以再爱了,面对鲁红兵那张干净的脸,兴奋的眼睛,他头一次觉得她那样性感,内心的冲动让他慌乱不已。这么些年,从小张变成了"妹妹",他没有真正对谁有过这样的欲望,就算前些日子对青果都没有,现在没想是这样一个结局,还来得这么快,一拳把他打倒在地上, 连翻身的可能都没有。他平日里在人面前彬彬有礼的绅士派头和教养,有谁知道其实他内心里有多么渴望女人?

Jenny 的嫁衣

一进宿舍,楼道里看见鲁红兵拿着厚夹子往外疾走,青果冲她喊:"哎,鲁红兵,要开晚饭了,大冷的天你往哪里用功啊?"

鲁红兵看她一眼,说:"先去图书馆占个座儿,等会儿开饭再回来。"

Jenny 问:"你干什么事要这样争分夺秒的?是要考这个月的托福吗?"

鲁红兵笑笑,摆摆手,走了。

两人望着她匆忙的背影,Jenny 奇怪道:"李心最近好像不来找她了, 看来前段时间闹的是真的了,他们完了?"

青果没吱声,等进了屋,才把他们的事情讲了一遍,当然她没有告诉李心跟小张的"兄妹"关系。前两天青果到底跟他长谈过,对整个事情除了替他悲哀,一样无能为力。

Jenny 大叫:"好啊,这么多事也不告诉我一声!我问才说。"

青果说:"是因为你我才说的,别的人更没有可能。人家的私事我在这里传已经很不好了。"

"那鲁红兵这是急了,是想要出国?"Jenny 问。

“我看是，她外语那么好，出国没问题，这样对她和李心都好。对了，你怎么样？你开始联系外面的学校没有？”

Jenny 噘了嘴：“你看这几日要赶论文，又要结婚，还得给他准备行装，我们还要享受在一起的时光，哪有时间看书复习考托福啊？等下学期吧。”

从黄山回来后，陆华来了两封信，讲正在筹备的中国第一届现代艺术大展，邀她过去做筹备工作，青果回信拒绝了，并恭喜他事事顺利。这些日子，她心里为李心难过。而林欢则彻底没了消息，她每日思念，牵肠挂肚，暗地里伤心。眼见着到年底了，节日越近越绝望，西藏实在是太远了，林欢不可能回得来，他千辛万苦地去了，就是没钱也不可能这么快就回来，窦斗在那里一待就是一年，皮皮也三月，他能回得来吗？她越想越没指望，免不了没人时哭一场。直到一天突发心绞痛，才知道这样日日伤心不会有好结果，也与事无宜，幸好发病那天李心正好在跟前，跑到卫生院要来硝酸甘油才没出事。

Jenny 的婚礼定在 22 号，一到周末，就拉青果上街买结婚的衣服，想分分她的心。一开始两人选白裙子，后又说要做中国新娘必须得穿红的，她们看了一圈都觉得俗不可耐，挑不出一件满意的。青果突然有个想法，说：“Jenny，走，我们去布店，买绸缎，然后到裁缝铺里让师傅定做。”青果记得小时候看茅盾的《子夜》，曾对里面好多关于旗袍的描写着迷，什么样的颜色、花样，滚什么色的边，书里把旗袍在女人身上的那种妩媚妖娆都写出来了，都恨不能做几身。她笑道：“我一直就想旗袍其实是最适合我们中国人的了，跟我们的样儿合。有味儿，又性感，就怕俗了，这会子好了，我们给你做一件。”

Jenny 听了拍手拥护。

两人兴冲冲跑了好几家店铺，终于买到一块软缎。正红色，上面起着暗红小梅花。又跑了几家裁缝铺，最后找到一家很小的，在一个偏僻的巷子里，一个小门脸儿。她俩撩开厚棉门帘进去，暖气扑面而来，就见屋当中生着一个老式的大生铁炉子，上面坐一把冒着热气的水壶，靠窗一个大台子，横着支在屋子当中，一个高瘦的老师傅站在台子后面。

师傅一见俩漂亮姑娘进来，忙打招呼：“两位大姐，好！”

打过招呼，Jenny 把布料往师傅手上一塞，说：“师傅，你可是我们找的最后一家了。”

师傅接过布料，看着俩姑娘，问：“你俩谁做？想做个什么样的？”

青果笑嘻嘻说：“是给这个新娘子做。老师傅，我们要做件旗袍。要可着身，长袖的。”

老师傅把布料在一张大台子上抖开，拿尺子在缎子上擀了擀，看了青果一眼，青果马上又说：“我们跑了好些店，他们都做不了。”

“是吗？”老师傅不相信地在鼻子里哼了一声。

青果忙道：“他们都做不了我们想要的。我们不要现在的新式旗袍，不要四根道子在腰上掐腰，要老样子，三十年代、四十年代那种，腰不是收出来的，从外面看不到缝，是裁出来的，然后袖子不要上去一根整的，我们要过去那种，肩和袖子是连着裁的，那种小抹肩，在胳膊肘再往下接。”

青果一边比划一边说，把老师傅说笑了：“你小小年纪，哪里知道的这些?”

青果得意笑道：“小说里。”

“你可找对人了，整个 T 市也没几家知道怎么做。好，让我来给这个小新娘好好做一件。”

师傅把布料抖开，拿一把尺子量起来。

青果又说：“老师傅啊，就用同样的料滚边，不要加任何其他颜色，扣子做得细一点儿秀气一点儿，不要搞得五大三粗的，也用同样的布料。另外领子不要太高，适中就可以了。”

师傅听了，低头看看青果，说：“这位大姐，看来你很讲究啊！”

Jenny 笑道：“她就是穷讲究。”

青果笑着皱鼻子说：“你嫉妒了？因为你笨，所以就知道大花大朵的像朵烂菜花！”说得老师傅“嘿嘿”一乐，Jenny 气得要过来抓她。青果忙躲她，冲她喊：“师傅你看，我为她操心操肺，她还要来打我。”

老师傅笑道：“我看呢，这位大姐挺上心，新娘子就让一让吧！”

Jenny 笑着说：“饶你。”

师傅开始用软尺量 Jenny，让她伸直了胳膊。青果又嘱咐一句：“老师傅，一定要可着身给她裁，千万不要大了。”

师傅笑着回她：“知道了，知道了，这位大姐！”

Jenny 跟青果做个鬼脸。

她们跟师傅交代好取件日子，她们要在 20 号取件。

老师傅说：“有点赶，但是给这么漂亮的新娘做，我就加点工，保证你能穿上，当个最美的新娘。”

俩姑娘听了，连说谢谢。

寻神之旅，一个野人

林欢蹲在格尔木长途汽车站外面的泥地上，匆匆在一张纸上写了些字，写完，胡乱地把纸叠成条子，塞进信封，又把包打开，从本子上撕下几页前些日子写的诗，叠小也塞进去，拿口水舔了下信口，把信封了；又把信翻过来，在上面写上青果的地址。等写完地址，他拿起信来，轻轻吻了一下那两个又肥又大的字，在心里叫了一声：宝宝，我可就走了！

不远处汽车站停车坝子上，有两三辆红色的老式客车，其中一辆在十分钟之内就要出发，林欢就要跟了那车一直往南，翻过世界最高的唐古拉山脉，然后直达拉萨。林欢这时激动得手直哆嗦，他没想到这一路过了敦煌，突然就做了这个决定。难以置信一直在脑子里那么遥不可及的西藏居然那辆破烂不堪的老红客车就能把他带去。

他经陕北、敦煌一个来月风吹日晒，长途跋涉，已经又黑又瘦，毛发疯长。平时都剃掉的络腮胡子打着小卷长出来一条，贴在耳朵旁。他的鞋从陕北走下来，已经破了，鞋帮子跟底子之间开了大口子。能不破吗？他一个人背着包走了好几个县，直走了两个多星期。裤子也挂破了好几个地方，麻烦的是不知道在哪个村里，染上了虱子，咬得他心慌。

一个温暖、阳光灿烂的下午，在陕北一个土山沟里，他发现了一条清澈见底的小溪。见四下无人，他把自己浑身都脱光了，才把衣服上的虱子抖落干净，躺在一块大石头上晒了会儿太阳。

他跋涉在贫瘠空旷的黄土地上，处处让他惊心的，是人，他每天接触到的生活在社会最底层的人们。从黄河沿岸到陕北窑洞，他遍历他们的生活，知道这才是大多数中国人真正的生活，他们贫穷得让他惊悸，过去能想到吗？可人们就那样活着，像蚂蚁一样顽强地活着，看着他们，他既心痛又感动，恨不能青果就在身边也能看到这一切。

他在敦煌石窟待了七八天，其实已经很满意了，西安的老关介绍他去找敦煌艺术研究院的张老师，给了他很多方便，看了很多，甚至让他进一些不对外开放的石窟。他拍了很多资料，也买了很多。敦煌给他的震惊不仅因为它的艺术，更重要的是被古人，那些在那里凿山、画壁的古人所震惊。

看着那些壁画，林欢就想这些画家们是多么的坚苦卓绝，可他们心里是怎样的快乐和满足啊！从那些壁画里能看到，每一幅都祥和快乐，神采飞扬。幸福，什么是幸福？这些古人就幸福，他们在描绘他们心里的神，他们笔笔如神，没有杂念，没看见这颜色是对的？构图是对的？形更是对的？他们想怎么画就怎么画，笔笔都对，他们能不幸福充实？心里面有神，笔下才可能创造出艺术来，林欢，你心里的神是什么？他一下把自己问倒了，答不出来。

望着漫漫黄沙，他惊叹古代的文明曾在这里不可思议地繁荣过，灿烂过，对啊，这里过去是繁忙的丝绸之路，现在难以想象当时这里是怎样的繁忙，真是个奇迹。林欢边看边叹，爱得盘桓数日不愿离去。他在心里想怪不得张大千跑到这里来临这些壁画，他就多拍，拍成片子就是临了。只要允许，他就拍，趁人不注意就拍。他进洞前先闭上眼，跟自己说接接气吧，先人们，我来接你们的气了。他觉得只要他默几分钟，他们的精神、信念，他们的爱都能传到他的身体里，就能跟他们交流。一个星期下来，他跑遍了所有的山洞，有的重要的去了好些遍，他迷在里头，不想走，后来给青果写了一封信。

谁知在他留住的大车店里，一天夜里看地图，突然发现敦煌跟青海的格尔木其实已经很近了，就七八个小时的车程，再从格尔木去西藏，最多十几个小时的路程。

要不跑一趟西藏?他在心里跟自己大叫一声,这个念头让他兴奋不已。第二天中午当他站在格尔木的长途车站里,发现气氛完全不一样了,这里几乎没有汉族人,都是藏族人,耳里听到的是藏语。

林欢没钱了,跑到汽车站的小卖部花了三毛钱买了一个大饼子,干啃着,再跑到卖票的窗口问下一趟去拉萨的车,里面回他要十四块钱,林欢在心里叫一声:完了!里面再告诉半小时后就有一趟走,再有就得等一天。林欢一听急了,一头蹿出车站,跑到停车的坝子上,见一辆车里有人,便毫不犹豫冲了上去,他发誓今天就是赖也得赖着走。

一个小个子精瘦的中年男人正在检修车子,做出发前的准备。林欢上去就热情地大声打招呼:"师傅您好啊!"

那人一看,哟,来了个北方大小伙子,长头发,背着包,衣服脏兮兮的,哦,不稀奇,准是搞艺术的学生,这些年就不知道有多少美院的学生坐了他的车进西藏。

林欢咧开嘴笑着问:"师傅,请问咱这趟车什么时候开啊?"

"马上!再有二十来分钟。"师傅冲他笑了下,一口S省口音,想这个小伙子还挺礼貌的。

"哎哟,你是S省人吧,我女朋友也是S省的,我们能算半个老乡吧?"一句话把师傅说笑了。林欢见他笑了马上说:"师傅,你看我是个穷学生,出来考察,把钱都用得差不多了,你看都走到这里了,确实没钱了,离去西藏就差一步了,你看看能不能通融一下,让我上车。"

师傅摇头笑着说:"不行,这些座位都被人家有票的人买了。"

林欢立刻抢过去:"师傅,你不要担心,我不要座位,坐地板上就成,只要你能把我带去西藏就成。"他突然想起老关送的烟来,老关在离开西安时塞了两条在他包里说拿在路上,以备急用,现在看来派上用场了。他手伸进背包,摸出一条烟来,交到师傅手中,说:"师傅,请你帮忙了,我实在是没钱买票了,这条烟送给你,算我的谢意。"

小个子师傅看看他,又看看递到鼻子跟前的烟,有一条呢!一股烟丝的香味儿立刻蹿进鼻子,直蹿得他心里痒痒的;又再看看眼前这小伙子诚实、炽热、着急的眼神,就把烟接了过去,笑道:"说好了,可没座位,只能坐在发动机盖子上,地板不能坐,冷得很。"

林欢听了喜得大叫:"谢谢,谢谢!"一头奔了出去,他要赶快给青果写封信告诉她,要不就来不及了。

他哆嗦着从钱包里找着了邮票,贴了,把信扔进汽车站旁边的一个邮箱里。这时乘客们朝客车走过去,有人爬到车顶给大伙儿绑行李,藏民们拿着票开始往前挤,小个子师傅喊:"检票,检票!"

林欢急了,挎上包冲到众人前面,第一个跳上车,上去后松了一大口气,坐到对着车门鼓出来的发动机盖子上。他看着人上来,老人、妇女、孩子、汉子,最后上来两个长头发、穿着打扮跟他差不太多的学生，林欢一见他们就笑了问："哎！哥们儿，你们哪个美院的？"

那俩张大嘴笑："西安美院的。"

林欢见其中一个有点蔫就问："他怎么了？"

另一个忙说："他感冒了，没事。"

客车坐得满满当当，下午 3:00，林欢离开了格尔木。

小个子师傅对林欢说："哎，小伙子，你呢就跟我说话，我要犯瞌睡就给我把烟点上。"

林欢赶紧笑着答应了。在有节奏的摇晃中，一车人昏昏欲睡，林欢忍着困把送他的烟一支一支给他点上，怪不得他要烟呢，真派得上用场，看来他自己平时都舍不得多买烟，哪能像现在这样一支接一支地抽，给了他一条，够他抽一阵的了，林欢很欣慰，在心里直谢西安的老关。

车窗外，风景奇峻，天空湛蓝，低垂，有几朵云彩。灰紫褐色的山脉静静地卧在远处，严峻无语，连绵不断。在那些昏暗的山影背后，兀地有顶天的大雪山蹦了出来，遮了天幕。云雾缠绕在雪峰下，漫在山谷里，高耸的雪峰散着寒气，威逼着扑面而来。林欢拿着相机倒吸一口凉气，突然，就见一道奇异的金光穿过云彩，单单就照在雪峰上，立时一整座雪山变成了一座透明的金山，在黑影里发出金黄色的光芒，连缠绕在它周围的薄云都变成了橘黄色，看得林欢一时呆了，差点忘了按快门。

冬天的青藏高原，枯黄无垠，偶尔能看到牲口出没，时有河流湖泊镶嵌，连绵的雪山就倒映在水里，天上的云彩落到了地上，让人分不清天上人间。林欢兴奋得手没有停，不停地按快门，他已经没有工夫来惊叹了。

没多久他们的破客车开始爬唐古拉山了。人在大自然面前已经渺小到几乎可以忽略为零，在这浩瀚无垠的大自然里，这破客车也就是一只小甲壳虫。客车在山里穿行，林欢有时觉得就像穿行在泛着金光的云彩里，人和天就这样近，近得可以伸手就触摸到。

天完全黑下来了，客车停在山里的一个兵站里，所有的旅客都下来休息。林欢见西安美院的那俩学生也下来了，感冒的那位已经在大口大口地捯气儿，看来是不行了。

小个子师傅走过去问："唉！你这个样子咋个行呢？你有感冒为啥子一开始不讲呢？搞懂没有我们要爬到海拔六千米呢，现在才四千米，再往上走，你非得肺穿孔，不行，下去，下去，越高越缺氧，死人都搞不好。"

两个学生都被留在了兵站，部队的人说当晚有车回格尔木，就把他们送下去。

同车的藏民们和林欢进了一间土坯小屋子，里面几排长凳子，大家散坐下来，拿出干粮来，也有人拿出搪瓷杯子，到热水桶跟前打水。林欢什么都没有，只好饿着。他下午太着急了忘了多买个饼子，就见一个藏民手里拿一块干牛肉，放嘴里嚼。没想那吃干肉的汉子见林欢看着他，就把手里的那块肉递给他，嘴里叽里咕噜，林欢知道他的意思。林欢接过去，笑着道谢。那汉子又从口袋里摸出另外一块来，还向他举了举。林欢学着藏民的样子开始吃那块干肉，他早就从书里知道藏民们把生牛肉切块，风干了带在身上，作为出外放牧、旅行的干粮，这回吃的就是真东西了。他张嘴咬下来一块，嚼了半天，没什么味道，完全不像在其他地方买的牛肉干。干肉很筋道，一小块嚼下来，腮帮子直痛。不过他知道他们要在车里熬通宵，就硬着头皮把整块干肉都嚼了下去。

他们的客车继续上路，整夜，林欢没睡一秒，一直坐在师傅的旁边，后面其实已经空出位子来，林欢还坐在发动机的盖子上，没多久那盖子就烫得坐不住了，他就蹲在司机旁边给他点烟。司机一支接一支地抽，一晚上没有停。小个子师傅一开始还夸林欢身体不错，到后来累得也不想说什么了。

凌晨，他们终于到了唐古拉山的最高点，海拔在六千米以上。车停在兵站里。整车的人都下来休息，师傅给车子加油。林欢站在公路上，看着周围的雪峰，层层叠叠云雾缭绕，烟波浩瀚。这时太阳已经升起来了，点点温暖里还带着些寒气。林欢独自站在公路上，在心里高喊："我上来了！上来了！"兴奋得举起双臂，看着自己的影子在空无一人的公路上晃动，突然青果的笑脸在他眼前一晃，青宝，她在哪里？他一时呆住了，城里的生活恍若隔世，现在和过去到底哪个是真的？他垂下了双臂。

下午，林欢终于到达梦寐以求的拉萨。在西藏大学艺术系，碰到大头。

因为走之前就听说凡画画儿的去西藏都在西藏大学落脚，没想在系里就碰到了大头。大头从山西来，西安美院毕业就来援藏，两三年了，跟这里有感情不愿走了，他大眼睛，大鼻子，厚嘴唇，一颗硕大的脑袋，得了这个名号。两人闲谈提到窦斗，大头一听高兴了，说："窦斗在这里一年，我们熟得不能再熟，一天到晚我俩就想着搞什么好吃的，我俩还去过无人区，看过天葬。窦斗好玩儿啊！他画得又好！"

大头安排林欢就住在他宿舍里，还带着他出去逛了几天。

要说林欢在敦煌是着迷，在拉萨便是被刺激得犯晕，他觉得他进入一个完全神秘的地方。他每日都在神游，好像魂儿被人拿走了，老觉得不真实，好像在梦里。

他去了拉萨附近所有的寺庙，去看刻在山壁上的佛像、佛经，去闻每间庙里的酥油灯，去看了壁上的壁画、挂在寺里的唐卡，去看了所有能看的经幡。他在拉萨大大小小的街上逛了好些日子，每天就看来来往往的藏族人。

前些天在敦煌，他看到的是古人的信仰，是曾经精神信仰的物证，那种震撼已经让他痴迷，现在他体验的是活生生的信仰，大街上每一张脸，每一双眼睛，每一个扑倒的身体，满眼皆是，他大脑一时失去了思考能力，失了魂般游荡在拉萨的大街上，突然发现只有自己是个可怜的没有信仰的人。在这里谁不气定神闲？谁不胸有成竹？只自己像一个没有灵魂的人，飘在大街上，还挣扎着到处寻找自己，寻找意义，寻找生的价值，他跟自己喊：林欢啊林欢，你心里的真神是谁？

12 月 20 日，星期五，是 Jenny 取旗袍的日子，Jenny 和青果下课后就骑车往外跑。到了裁缝铺，老师傅从台子下拿出来做好的旗袍，包在一张半透明的白纸里，青果见了兴奋得心直怦怦跳。

两人千恩万谢老师傅夫妇,Jenny又换上厚衣服，这才分头骑车回去,Jenny直接回汉生家去布置婚礼场地等等事情,汉生离了她就抓瞎。这次汉生请了所有在他困难时帮过他、教过他、救过他的人,还请了他们乐团的人、音乐学院的人。Jenny只请了青果,她不敢张扬。临分手Jenny说:“这两天就不回去了,你22号一早就来,帮我化妆。”

“嗯,你别累坏了,凡事就让它是那个样子就是了,别什么都要Perfect。”

“知道了。”

回去一路青果都在为Jenny高兴,她是个爱热闹的人,婚礼会很热闹,汉生去一个那么好的学校,出国,是多少人的梦想?再加上过节,真是喜上加喜！要是欢欢能回来看见这些就好了,一想到林欢,青果的心就沉了下来,快快往学校骑。

在宿舍门口她低头往里搬车,一个人影倏地挡了去路。青果一抬头,就见林欢笑盈盈的脸正对着她,满脸放光。

青果呆了,张开嘴轻轻唤了一声:“欢欢！”林欢仍然笑着,没有说话。

青果丢了手里的自行车,大叫一声“欢欢！”跳起来张开双臂就搂住了他的脖子。

林欢一手搂她,一只手还去扶车,在她耳边说:“宝宝,等一下,我很脏,不要抱我。”

“不！我不管！我不管！”

“青,等等,我——可能有虱子,衣服里。”林欢笑着小声在青果的耳边说。

青果立刻松开手,后退半步,这才仔细打量他:他的头发就像茅草一样立在脑袋上,长长了好多;人又黑又瘦,络腮胡子和唇上的胡子都长出来了,贴在耳边唇上。还穿着走时的那件羽绒服,但是已经脏得一片亮光了,下面仍然是那条带着大兜的军裤,膝盖和腿上都有划破的口子。一双走时新买的回力鞋,看得出来底子和帮子之间已经破了好几处,张着大口子,粗帆布已经脱了线,毛毛线头都支在外面。青果流泪望他,林欢就像个野人一样,真难以置信!

林欢一只手握着她的手,一只手推车,看着她的眼说:“走,我们回家。”

青果点头,睁着眼看他把自己的车架好,锁好;又让他牵着手走到外面,上了他的车。青果仍然坐在前杠子上,忍不住伸手摸后面林欢毛发厚重的脸,眼圈红了。林欢吻着她的头顶说:“青青,我不是回来了嘛,告诉过你我要跟你过节的。”

回到两个月没人的“家”,门口地上躺着军用大包,林欢一回到家扔下它就去找青果了。他笑着说:“青,你等着,我去烧水,我有两个月没洗了,还在陕北染上了虱子。”

青果笑:“我看也是个野人回来了。”她从柜子里找来一条破床单铺在地上,等林欢从外面烧上水进来,让他站在上面脱衣,一件件的,就剩下几乎灰黑色里面的卫生衣裤。林欢笑问:“你要干什么?想非礼吗?”

青果摸着他精瘦的身子也笑："想啊，就是你现在太臭，等我来收拾你。"她把一只凳子摆在单子上，让林欢坐下，拿把剪刀开始给他剪头发，边剪边说："欢欢，现在就不要什么样式了，短了为好，虱子爱在头发里下蛋的，要不我们都染上就麻烦了。还有你的衣服都不要了，等会儿我把这些都包了拿出去扔了。"

林欢笑着任由她摆布，她急着跟他讲这两个月发生的事情，书的事，北京的聚会，黄山会议，还有 Jenny 的婚礼。

林欢笑眯眯地看着她说："看看，我不在，你都多能干了?那论文答辩请谁呢?"

"我不要管了，让系里去管这件事。欢欢，你怎么写起诗来了?"

林欢笑着说："我也不知道，其实这一辈子也没有写过，这是头一回，告诉我写得怎样?"

"当然写得好啊！"青果停了手中的剪刀，弯腰吻他的嘴，林欢坐在那里不敢动，浑身都是头发。他炽热地望着她，两眼放光，把她推开说："青青，想死我了，你就快剪吧！"

青果笑着又吻他几下："怎么写得那么好呢?你平时又不怎么看诗的。"

"其实要从技巧上来讲，应该说没什么。可当你有感而发的时候，就是技巧不能替代的了。在那个时候你就想写，是你心里的东西，应该说每个真正的艺术家都是诗人，他就长在你的身体里，需要的时候他就会跳出来。灵感来了什么都挡不住，但是如果没有灵感，就是天天晚上在那里搞也搞不出来。"

"那你说这一趟得了好多灵感?"

"嗯，很多。"林欢慢慢地又给她讲这一路的体悟，还遗憾把后来写的诗稿丢在敦煌的大车店里了，青果听了俯身再吻他："那些诗丢了多可惜，我们回来记一下，看能不能都再回忆起来?"

林欢笑着说："好，青，你快点，我要冻死了，还要急死了，你就这样虐待你老公啊?"

青果忙剪完他的头发，把他一身的头发扫下来，又把所有的脏衣服，包括大包里的都扔进单子里。当扔那双鞋时，青果仔细看了看，右脚鞋底跟帮子之间磨开了好几个大口子，笑问："欢欢，我们是不是应该把这鞋留着做个纪念?纪念你两万五千里长征?"

林欢笑了："好啊，只要你不嫌臭。"

"当然嫌你臭了。"

青果用了三大锅水才把林欢洗干净。

缠绵之吻，哭泣的婚礼

早晨，阳光灿烂，把他们的小屋照得通亮，林欢先醒了，看看怀里的青果，温柔恬静，嘴角微微上翘，听她微弱的鼻息，觉得那么不真实，这情景不就是这两个月天天梦想的?他轻吻她微微张着的嘴唇,跟自己念叨,是真的,是真的,青宝就在怀里,我就睡在自己的床上。昨天晚上他们说了一晚上的话,也疯狂了一晚上。

两人就静静地抱着,一直到中午,青果才睁开眼说:“明天 Jenny 的婚礼,我还没给他们买礼物,你说怎么办?送个什么给他们啊? Jenny 叫我什么都不要送,因为汉生马上就走,送什么都没有意义。”

林欢听她说完,起身下床把大军包打开,从里面翻出一个丝绸卷子来,递给青果:“就送这个吧。”

青果接过来一看,是一幅画在黄绸子上的佛像,一尺来宽,两尺来长,裱在双层的绸子上,有点像工笔画。只见佛坐在正中,四周五彩流云,芸芸众生,必是佛经上的故事,画得笔力老到,栩栩如生。一看还不像幅新画,是旧货。就问:“这是什么?我知道是好东西。”

林欢说:“这叫唐卡,只有西藏有。这原是画了佛像挂家里、庙里祈福、保佑用的,但你看这画的,哪儿去找这样的好东西?越是旧的越值钱。我见了自是喜欢,就是没钱,这个刚好够,就把身上的钱都用来买了这个,在一个藏大援藏的画家那里蹭了好几天饭。好人啊!我提到窦斗,他们认识,因为我是窦斗的朋友,所以就成了他的朋友,就这么简单,我不仅住在他那里,睡他那里,还陪我出去玩儿,说要是季节好,要带我去阿里无人区,说那里好得要命。可惜我待不长,只好看将来了。青青,西藏是个圣地,人的灵魂都要干净一些,可惜你去不了,那里太高了,你的心脏不行。”

林欢把唐卡展开给青果讲上面的佛经故事,又说:“这个给 Jenny 跟汉生结婚留念,意思太好了,既祈福,又是件好东西。”

青果翻眼问他:“你好不容易千辛万苦、节衣缩食得来的舍得就给人家吗?”

林欢笑道:“他们不是结婚吗?没有什么舍不得的,给就要给好东西,没有好的宁肯不要给,我可丢不起那人。”

青果争辩:“我不是舍不得那东西,是舍不得你,我知道你费了多少心,吃了多少苦,因为你没有钱啊,我好心疼。”

林欢笑:“这话说得还像我老婆说的。”

说到汉生马上就要走,林欢大叹:“我往西走,可汉生却往外走,他这回要走远了,不可能跟我似的两三月就能回来,走之前就听皮皮在嚷要出去,没想到他倒先走了。我们这些人都怎么了?大家都出去,都往外面跑,跑得人心惶惶。像我这样的人,如果不走,就好像被遗弃在这里,我有这样的感觉,他好像逮着更光明的前途,而我还在原地,被人家落在了后面。”

青果听他说完坐了起来,看着他明亮的眸子,轻声说:“欢欢,你不知道我早就有这种感觉,你不在我们学校里,你不能了解。去年暑假,我们上一届的几乎走空了,差不多一栋楼的女研究生!欢欢,那是什么感觉?是逃生。我们留下来还在楼里的,看着她们走后留下的残迹,就觉得自己就是那个被抛弃的人。你看学校里谁不在玩儿命考托福、GRE?谁不在往外联系?出国成风,这是所有大学里最热的狂潮。你身边才一个人走你就这样,我身边是一层楼一层楼的人走,过去跟我们玩儿的只有Jenny还在了,可Jenny也快了。”说着她神情黯淡下来,换口气说:“幸好我有你,可以对她们视而不见,你看我多幸运!”

“青青,咱俩就在这里,随便人家怎样,我们在一起就行。”林欢把青果往紧里抱一下。

转天,是Jenny和汉生大喜的日子,林欢不辞而别两月,婚礼上跟大家伙重聚了,兴奋和开心把汉生要走的别愁都冲淡了些。屋里屋外都是帮忙、祝贺的人,Jenny听见青果进来,开了卧室的门冲出来在楼梯上迎她,见到林欢大喊:“哎哟!谁回来了啊?这是谁啊?”又笑着对青果嚷:“这么晚才来,就知道自己快活,把我全都忘了,你个没良心的!”

青果笑着,忙捂了她的嘴,把她拖进卧室。Jenny一把将青果推倒在床上,扑到她身上,喊:“小别胜新婚啊!老实交代你们昨天晚上……”

青果笑着推开她,打了她一下,小声说:“没有,没有,你知道我起不来,昨天忘了上闹钟。”

“说!说!”Jenny又摁着青果的双手。

青果急了喊:“快松手,痛死了。”

Jenny这才把手松开,问:“你们玩儿疯了吧?”

青果起身,笑着不好意思承认:“昨天去吃了涮羊肉,他太凶了,我真的快受不住了,要你这样的才行。”

“我这样的?你舍得把林欢让给我?我可不跟你客气!”

青果笑着打她一下,骂道:“你个臭不要脸的!”

“又不是我说的,是你说的!”Jenny嬉皮笑脸地喊。

青果忙说:“你不要喊,我就在你跟前,听得见。过来,坐下!”

Jenny乖乖坐在青果面前,对着梳妆台上面的镜子,从镜子里看着青果说:“我知道你高兴,看你的气色就知道。”心里说林欢要在,她的脸都放光,也有红晕,可不像前两天犯病的样子,死眉塌眼的。

“你现在也是这样啊!来,过来,让我给你弄得更漂亮一点儿。”青果满脸的喜气,把Jenny一头乌黑的长发松开,往后梳,梳得丝毫不乱,没有一根头发在前面。“Jenny,你不知道你好看的地方是你的大奔儿头,还有这翘鼻子,我要把一切可能挡住它们的都梳到后面去。”说着就开始在后面绾结,Jenny的头发黑亮,浓密长至背心,青果给她绾了巨大的结挂在后脖子上。用的清一色的黑卡子,只见一大股一大股的头发翻来倒去,纠缠在一起,根本就看不出里面是怎么生出来的。青果绾好后,看了一眼,很满意:“真好看,我建议什么色的卡子都不要加了,就你这头发自己就很Expressive。”她拿了块手镜,放Jenny背后,让她看。

Jenny大叫:“青果!你哪来的这手艺?真是好看,应该说翻江倒海,我这形容贴切吗?”

青果笑了:“我小时候住的院子里有个地主老婆婆,她什么都很讲究,这个就是跟她学的。”

Jenny拉开抽屉,拿出好些金、玉首饰,说:“这是汉生妈妈的东西,汉生说都给我,你看。”

青果在里面挑了一下,找着一对又重又大的圆金耳坠子,上面镶着红宝石,说:“这对好,配你的旗袍。”又选了同样设计的两个大手镯,一起给Jenny戴在左腕上,笑:“我现在真有嫁姑娘的感觉,又高兴,又舍不得。”

Jenny笑着喊:“谁是你姑娘?反正我不是!”

青果笑了说:“我就是这种感觉,快去把衣服换了。”

Jenny在她面前把外面的衣服都脱下来,从柜子里拿出那件红旗袍。青果一粒一粒帮她扣扣子,手从她的乳房往下,到腰,然后转到她的臀部,最后在撅着的屁股上拍了一下,说:“你看你这么性感,这件旗袍真是绝了,真真光彩夺目,汉生见过没有?”

Jenny摇头。

青果说:“他要看见还不疯了?”

“他早就疯过了。唉,我心里很乱,青青,谁不想一辈子有一份刻骨铭心的爱情?就跟你和林欢,我跟他真说不上,好像就差那么一点儿,他后天就又要走了,你说,我们这婚结得也太虚了,谁能知道将来会怎么样呢?”

青果听了忙止住她:“你这是婚前恐慌症,不要想那么多,我跟林欢就是普通人里最普通的,你俩金童玉女,别人都羡慕得不得了呢,快别乱想了。”

Jenny点头:“我知道,现在哪怕是自欺欺人我也得笑着把这戏唱完,可是你知道我有多舍不得他?他这一走我的魂都没了。”

青果摸了一下她的脸,摇头:“我知道你心里舍不得他,他那么好,那么优秀,我知道你的心,不过你要往好处想,你会在很短的时间就跟他团聚,最多最多一年,也许半年就行,你可千万别往坏处想!”说得Jenny眼圈红了。

青果让Jenny再坐下,说:“来,让我给你化妆。”

这时楼下已经热闹起来了。汉生推门就进来,喊了一声“青果”,就冲到Jenny的面前,吃惊得嘴都张大了:“乖乖!你怎么弄的?跟换了个人似的?哎呀,这才是我的新娘嘛!”说着一把抓过她就亲,青果站在一旁抿嘴笑。

汉生不好意思看了眼青果说:“你们快点,下面乐队、客人都来了。”

Jenny大叫:“知道了,知道了,你快出去,我们马上就下去。”

青果忙让Jenny坐下,从粉底搽起,说:“虽说是你结婚大喜,我还是不想给你弄得太浓,像上的戏妆。”

青果给她化得只比淡妆稍微重一点儿,只有唇画得很红。又从他们的大衣橱里找出一条大红有黑色梅花的丝绒披肩,青果把它披在Jenny的肩头。问:“你的鞋呢?”

Jenny拿出新买的大红色的高跟鞋,青果问:“有肉色、透明的长筒袜没有?把这个厚的换下去,要让肉露出来才配。”

Jenny找了出来换上,问:“为什么?”

青果说:“哎呀,你看你这一身料子都软着可着肉,下面一双不透明的黑袜子,就像两根木头杵在下面跟肉分着,看着不舒服。透明的袜子把肉露出来,就和整个身体配了嘛,这样才性感,傻子!”

“就是你讲究,穷讲究。”

“不讲究,能让你们汉生刚才目瞪口呆吗?好了,这回我们下去让全屋子的人都目瞪口呆。走啊!”

汉生又推门进来,喊:“好了吗?”

青果立刻把Jenny拉到他身边,说:“我可把她交给你了,你要一辈子对她好!”

汉生笑着说:“遵命,遵命,保证,保证。”说得三个人都笑了。

随后汉生把胳膊伸出来,Jenny就挽了他走到楼梯口,往下一看,只见已经一屋子人了。有人喊:“新娘子,新娘子下来了!”

下面有人放结婚曲子,整个屋子的人都屏住呼吸看这一对完美的新人缓缓走下楼梯。他们刚落到地板上,大家都叫了起来。

大厅被Jenny和汉生装饰一新,张灯结彩,到处是红双喜;悬在中央的老水晶大吊灯上挂满了各色纸带子,往四下里牵得满屋子都是,五彩缤纷。一个五人爵士小乐队聚在楼梯旁,奏着缓慢的曲子,乐器盒子、架子,再加上各种乐器摆了一地,看着就热闹。汉生的朋友真多,三教九流,塞满了一屋子,大部分青果都不认识。下面已经有人在主持婚礼,欢笑声震耳。青果站在楼梯上找林欢,终于看见他了,他跟皮皮、窦斗夫妇站在一个角落里。青果轻轻地从楼梯上下去,穿过人群,走到他们身边,林欢见到她早喜得眉开眼笑。

就在来汉生的婚礼前,王维心里还直打鼓,有一点儿紧张,也有点兴奋,终于要再见窦斗嘴里常提的青果了。从黄山回来,窦斗经常情不自禁提到她,可每次说到她了,又把话打住,做出一种漫不经心的样子,一个说不出来的味儿,让她一眼就能看出来。她了解窦斗,知道他的禀性,他要不是特别在意了,不会是这个样子。她忍不住每次都在旁边酸言醋语,鼓励他把话说出来,窦斗干脆就不说了。去了一趟黄山,他觉得跟青果的关系变了,成了很近的朋友,过去的秘密憋在心里头,其实跟她没有什么交流,反而把自己搞得很紧张。现在不一样了,他可以在她面前放松,过去蠢蠢欲动的心思一下都消失了。回来后这么长时间,他没敢去找她,再加上王维有时要酸他两句,便越发小心。这会儿,他们夫妇见青果和林欢眼手不离,都放下心来。

好几个月不见,贾红已经出怀,有四个月了,她兴奋地告诉青果为皮皮做的计划:把他推出去,让他去美国闯荡。青果试着把自己放到贾红的位置,能做到吗?跟欢欢分开才两个月,已经犯病了,她不能想象分居一年,有可能两年,甚至更长,还带着刚生的孩子,天,这都什么人啊?可贾红说了这样一番话让她大为震惊:“青果,你看一个男人的事业、前途比什么都重要,皮皮太贪玩儿了,在国内他能有什么前途?到了外面,受更好的教育,见更广的世面,将来就会有更大的发展。我们皮皮智力没有问题,教养也没有问题,他需要的是机会,这个出去的机会多难得,好不容易才有的,我的亲戚肯出担保金,他才可能拿到签证啊!”

青果感动地看着这个长得细眉细眼的小人儿,没想她是这样一个有主意、意志坚强的女人,让她肃然起敬。

婚礼一直持续到深夜,基本上是 Jenny 一个人在送宾客,汉生已经醉得躺在沙发上,起不了身,他口中还喊:“不——准说走——哥儿几个不准走!”

林欢、窦斗、皮皮几个人把汉生放倒在新房的大床上。大家一一道别,Jenny 搂着青果眼圈都红了,青果在她耳边小声说:“没事的,我们明天再来看你,你一会儿就赶快去睡了,听见没有?”

大家又一阵劝,Jenny 这才松了青果的手。

出国风潮,难于离开,难于存在

一回到家,青果仰倒在床上,望着天花板发呆,后来她就紧紧地抓着林欢的胳膊不松手。林欢温柔吻她:“咱们明天再去看他们,你不要太难过。”

“我真的很疼他们两个人啊!”青果长叹一声。

林欢在她耳边嘟囔:“幸好不是我们,我们会一直都在一起。”

天灰蒙蒙亮了,窗外呜呜地刮着北风。

青果迷糊地醒了一下,往林欢的怀里钻,没有睁眼。林欢吻了吻她的额头,他早就醒了,看看手表,在她耳边轻声说:“我今天得到公司去看一看,乖,你要不想起来,就躺着等我回来。”他把青果的手从身上拿开,下床梳洗,穿戴整齐,走了。

大街上北风呼啸,他缩着脖子顶风往公司骑,风就像刀子一样刮脸。他费劲往前蹬,跟自己说:林欢,这就是你的人生吗?你得蹬了这破车,冒这刺骨的寒风去公司上班,去领你一百二十元一个月的生活费,这就是你的人生吗?当你看见像蚂蚁一样多的汉子在黄河边挣扎,你有一种生来的优越感,但是你和他们又有什么本质上的区别?你不是也在挣扎吗?你的一生里除了青青,就没有什么可求了吗?他摇了一下头,西部一路的情景就在眼前,难道那些美好的东西不让你心动?不让你觉得生命充满了意义?林欢,你得活着,得热血地活着;你得去爱,爱这世上所有让你爱的东西,你要永远都保持这份狂爱之心,只有这样你才不枉为人,不枉让青青为你犯病。想到这里,他心里一热,微微笑了一下。

中午 12:00,林欢打开房门,果不出所料,青果还在床上。他脱掉大衣,把带回来的几个大包往门边一扔,轻轻走到床前,刚俯身一探头,青果就蹦起来搂着他的脖子大喊:“欢欢,我不干,我不干,你跑到什么地方去了都不告诉我?”

林欢奇怪了:“宝宝,我去公司了啊!你真不知道?我以为早上你听见了呢。”

青果羞得笑了:“是吗?你跟我说了吗?我怎么什么都没听见?”

林欢忍不住在她脸上轻轻咬一口,从牙缝里说:“宝宝,你要小心,不知哪一天我真的把你吃到肚里去,你可别怪我,谁让你这么嫩呢!”

青果一边笑着挣脱他,一边嚷:“你敢!”起身下床,又问:“我们今天要出去吃吗?”

林欢说:“家里有包子,我们蒸蒸,外面可冷了,咱们就在家里吃。”

林欢蒸上包子,青果出门去水房洗漱,回来精精神神说:“欢欢,我们吃了饭还看 Jenny 去。”林欢没吱声,看着她发呆。

青果坐在床沿上,对着桌上的镜子,把头发梳成两根大辫子挂在耳朵旁,回头问:“你今天去公司怎样了?这可是从西藏回来头回去,头儿有没有不高兴?”

林欢在她对面坐下,眨眼笑道:“女王终于问到臣的事务了,不胜荣幸啊!”

说得青果乐了,拿梳子敲了下他的头,喊道:“快说!”

林欢站起来,一躬身并脚,笑回:“遵命!今早臣冒刺骨北风去公司,没见着公司的头儿,听说他正忙着当更大的官,倒买倒卖赚更多的钱。臣的顶头上司见了臣,也没有什么欢喜,他们一伙人正借着公司的名头跟别的什么做生意,少一个人知道内幕少一个人分红利,所以他们都恨不能臣长期不在公司,以图无人碍事。臣深知其奥妙,便早早退出,去财会科领取两个月工资,两百四十元外加一年奖金两百元,纯羊毛毯一床,毛巾、香皂若干,床单、床罩两套,苹果一箱,食用油一桶,大米一袋。这些东西都被臣费尽千辛万苦,左绑右缠悉数带回家里,请女王陛下明察!”

青果听了笑得倒在床上,惊得瞪大了眼睛说:“你们公司年终发这么多东西啊?天啊,那你不是都富得流油了?”

林欢说:“今年我们公司的人都在抱怨,过去发得还凶,什么彩电、冰箱都发,我没赶上,都说是今年不行了。”

青果跳下床说:“我要看,我要看!你就知足吧!”

林欢突然想起外面蒸的包子,喊了一嗓子:“坏了!”就奔了出去。

没一会儿林欢端着蒸锅进屋,青果早蹲在地上,面前毛毯、床罩、床单等物摊了一地,看得眉开眼笑。林欢说:“哎呀,东西又没长脚,跑不了,过来吃包子,要不都凉了。”

青果说:“我不,我就怕吃烫东西,等会儿再吃。”

林欢望着她,突然心里有点酸,真是,这么点东西就把她高兴得跟得了万贯家财似的,我将来一定要给她比这些好得多得多的东西,这些算什么?!

青果欢天喜地,睡醒了,吃饱了,又见林欢得了那么多的东西,脸都红扑扑的,把昨天为 Jenny 和汉生的伤心抛到九霄云外去了,她兴奋地嚷:“走,我们去看 Jenny。”

林欢看她的兴奋劲儿,稍稍放心,嘱咐她多穿衣服,说外面冷得要命。

他们敲汉生的门,Jenny 穿了件平时常穿的紫色毛衣,飞快跑来开门,见了他们就喊:“正等着你们呢!”

他们进去,皮皮一对、窦斗一对已经在那里了。青果跟林欢一边脱大衣,一边跟大家问好,又问 Jenny:“你们昨天晚上怎样啊?”

Jenny 看了一眼躺在旁边沙发上的汉生说:“惨了,他喝得太多,吐了。”

青果走到汉生跟前看看他脸上的气色,说:“汉生,你今天一定要听话不要喝酒了,你这样后天早上很难上路呢。”

汉生说:“青果,我求你了,再别提上路的事情,不要提。”

贾红笑:“青果你就别哪壶不开提哪壶了,汉生正烦呢。”

青果见几个人横七竖八乱躺在沙发上,都没精神,知道夜里喝多了第二天就这样。她拉着 Jenny 到厨房,问:“你家里有什么?有烧汤的东西吗?”

Jenny 说:“这里就有前天炖的排骨汤,冻在外面院子里呢。”

青果拍手说:“好极了,端进来。”

Jenny 出去,一会儿把一个大锅从外面端了进来,青果打开一看,里面还剩有大半锅排骨,正好用,立刻打开炉子,又给锅里加水,在厨房里找着些白菜、胡萝卜。汤开了,青果把菜洗净,切块,都倒进锅里,再闷盖子煮十来分钟,排骨汤的香味立刻弥漫了整个厨房。青果在汤里加了点盐,再撒点白胡椒粉,搅匀了,Jenny 拿来小汤碗,青果一碗一碗都盛了,连汤带肉菜,拿大茶盘托了,端进客厅。

贾红见了喜得说:“看看,还是人家青果知道怎么来救你们,我应该早想到的。”

窦斗早在旁边大叫:“我就想喝口热汤!正不好开口呢!”

青果和 Jenny 把汤端给每个人,说:“你们几个不好受的要多喝几碗,厨房里还有,喝了就舒服了。贾红你怪累的就不要说了,你也喝一碗热的。”说着就给她一碗。

一时大家把一大锅汤连肉带菜都吃下去了。汉生、窦斗、皮皮都好受些了。Jenny 收了碗,王维抢着去厨房帮 Jenny 洗碗。

Jenny 带几个女人上楼,一进卧室,就看见地上摆着两个巨大的尼龙箱子,王维说:“要带这么多东西啊?”

Jenny 说:“对啊,除了学习用的东西,生活用的一样都不能少。四季的衣服,小到针线、药水,哪一样能少了?汉生没有奖学金,所有的费用都得靠自己。他现在一共就一百美元。到了那边就得打工,要不然连房租都付不起。他的亲戚给他付了第一个月的房租,这就是天大的支持了。我连菜板菜刀都给他打进了箱子,让他能不花钱就不花一分钱。”

青果感叹道:“怪不得为这两只箱子你忙忙叨叨快一个月,你把汉生的命都系在上面了,事无巨细,确实哪样都不能少啊!”

青果看着满箱的东西,说:“你要让汉生知道你给他准备了什么,要不然他都不知道有什么东西。”

“我给他写了清单,你看大大小小一共五百来样东西,到时候他就可以找了。”

青果打开清单,没想到 Jenny 写了密密麻麻好几页。贾红和王维都称奇,青果笑道:“贾红你刚才表扬我,你看 Jenny,我哪一点儿及她呢?人家这老婆才是好老婆。”

又搂 Jenny 的肩,“宝贝儿,真难为你了。”

Jenny 苦着脸说:“我看汉生这一辈子就是无依无靠、孤苦伶仃的苦命,真不知道我们还能再见着?”说完眼睛就红了。

青果突然想起昨天晚上林欢劝她的话,就照着说一遍,贾红和王维都随声附和,Jenny 听了稍微好一点儿。

没一会儿就听见下面在放崔健的歌,几个女生走到楼梯口,扶着栏杆,见下面哥儿几个还胡乱倒在沙发上,每个人手里又都拿着酒杯,大厅里男男女女又新来了几个人,青果不是很认识,知道是汉生乐团的朋友,她没有跟她们下去,留在上面专心听。

崔健心烦意乱正唱:

…………
我不愿离开
我不愿存在
我不愿活得过分实实在在
我想要离开
我想要存在
我想要死去之后从头再来
…………
我难以离开
我难以存在
我难以活得过分实实在在
…………
看看前后左右,看看男女老少
看看我那到了头的金光大道
…………

青果听得呆了,离不开又待不下去,汉生抛家别新妻,为的是那真正的金光大道,是那死去活来也要求的新生啊!在这里他已经再也找不到任何意义了,他得走,抛下一切,痛不欲生都得走。我们那一栋楼、一栋楼的研究生就都这样走了,都去找他们的金光大道去了。青果想着不禁悲愤满腔,她不知该恨谁?恨什么?我们这代人为什么要受这样的苦?受这样的煎熬?汉生他没有错,他知道要受苦,他现在就在受苦，就是这样也得走。她不忍再看到他哀伤的眼睛，转身回到他们的卧室，进门见Jenny还蹲在地板上整理箱子，她的眼圈红了。

Jenny抬头看见她，诧异地问："青青，你怎么啦？"

青果恨声说："Jenny，你看来还得快点办，越快越好，早点去跟汉生会合，什么毕业论文、答辩、工作都不要放在心上，就像鲁红兵，搞定了退学就走人！"

Jenny站起来，拿手扳着她的肩问："你怎么了？"

青果点点头，没再说话，停了半天，才平静下来："明天是圣诞夜，也是你们在一起的最后一个晚上，我们就不要来打扰你们了，25号早上我们再来送他。"

Jenny说："汉生定了席，一会儿大家吃完不要走，再陪他一会儿。"

"嗯。"青果答应了。

第二天，24号圣诞夜，上午，林欢忍着头痛骑车去公司，因为头天晚上他们被汉生留下，在餐馆里喝得都吐了；下午跟青果去自由市场，她要买排骨，说要送给汉生一特别的圣诞礼物。回到家里，青果在过道里把小细排骨拿酱油香料烧了，再把汤收干，香气扑鼻，她找来一个小饭盒子，给汉生盛了一盒，剩下的做了他们的晚餐。

晚上他们躺在床上，小电视上报着世界各地圣诞新闻。有条新闻讲一欧洲滑雪圣地生意如何火爆，有多少外国游客。青果突然推开林欢的胳膊，立起身说："还到外国去度假滑雪呢？我们这里出国就跟拿命换的，Jenny和汉生就是生离死别，出去了就回不来，再也别想见着。我们什么时候可以随便地出去度度假，上上学？那种生活，"青果拿手指了一下电视，"对普通的中国人来说就跟一个梦那么不真实，这世界就是这样的不公平啊！"

林欢侧头说："青青，我们的现实就是这样。"

青果看着窗户，脑袋贴在林欢的胸前，喃喃轻语："欢欢，我们研究生楼里走的那些人，都是聪明人里的聪明人，是我们学校里的佼佼者，他们知道出去面临的像崔健唱的，是'死去之后从头再来'，他们是去奋斗的，汉生也是他们乐团里最优秀的，他想去最好的学校深造，他想奋斗出点名堂，他们为的是自己的理想，自由生活的理想，可付出的代价真的太大了。他们都走了，这些人才都走了，谁知道什么时候才能回来？"

"是啊！"林欢叹了口气。

窗外北风呜呜，吹得窗户噼啪响，青果担心："明天不要下雪啊！"

第二天清早5:30，天还黑着，寒冷的空气清凉透心，他们急急忙忙骑到汉生家，外面一个白色的面包车已经等在门口了，林欢急得把自行车摔在门边，拉着青果冲进楼。一进门就看见两个大箱子躺在地板上，旁边一个小提琴盒子，一个大双肩挎背包。汉生和Jenny都穿着厚防寒服，戴着大围巾站在屋子中间，皮皮一个人和窦斗夫妇，还有乐团的四五个朋友也都穿着厚衣服，站在他们周围。

林欢过去就跟汉生拥抱，又跟大伙儿打招呼。青果跟在他身后，伸手把红纸包的方盒子递给汉生，笑着说："汉生，这是我跟林欢给你的圣诞礼物，你打开看看，包你喜欢。"

汉生惊喜地接过去，他万万没想到临走了还收到圣诞礼物，忙撕开红纸，一看是个饭盒，再打开，大伙儿一看全乐了。

林欢笑着说："青果说给你路上吃的。"

汉生忙笑道："谢谢！谢谢！"说着说着眼圈就红了。

Jenny 拍了下青果："青青，真要谢你，这两天乱得我这里都没有开火。"

青果搂了她一下："我知道你，这不替你想啊，让汉生在飞机上吃着这个，就感觉还在国内一样，到了那边恐怕就没有这么多中国饭了。"说着又看眼汉生，他一双黑眼睛正泪汪汪地望着她，青果的心猛地揪了一下，忙转开目光，碰上窦斗雪亮像刀一样的目光正盯着她，她低下了头。

这时乐团的朋友进来喊："到点了，我们走吧！9:00 的飞机，去北京机场还得开三四个钟头呢，还加上要过安检，托运行李。"

就听人喊："走。""走。"

青果蒙在那里，看人七手八脚地把那两个箱子搬进车，有人又搬了那大双肩挎。汉生一手抱着琴盒子，一手抱着饭盒站在门边。一会儿，皮皮、林欢，还有乐团的几个人，都上了车，汉生跟 Jenny 也上去了。地上就站着青果和窦斗夫妇，看来是挤不进去了。Jenny 一使劲把林欢推下车，说："你就不要去了，这么早，让青果一个人回去啊?我们这里也挤不下了。"

林欢下来，伸手握住汉生的手说："哥们儿，多保重！再见了！"

窦斗也上去，握住他俩的手说："再见！汉生！"

青果和王维也把手加上去，五个人握在一起，汉生的眼泪涌了出来，青果见了忙抽出手来说："让汉生走吧！"

林欢一使劲拉上车门，大家挥手看着车离开，终于，车过了街口，向左一拐没了影儿。

青果不顾窦斗夫妇站在旁边，眼泪下来了。

看到青果眼里控制不住的泪水，窦斗的心还是抽了一下。从再见面，他的心就这样反反复复、上上下下，两天下来，压下去又翻起来，他知道只要见了她，就压不下去心里那点心思，几次暗地里灰心丧气。

林欢一只手搂了青果，安慰地轻拍她的肩头，笑着对窦斗夫妇说："好，我们也分手吧！咱们说好，元旦新年夜，就是 31 号到我家里来，到时咱们乐呵乐呵！"

青果微笑着跟他们道别，两对人各自往家去了。

元旦火锅，生之美

Jenny 送走了汉生，从北京回来后闷了好些天，青果就在学校里一直陪在她身边,学校连着放圣诞元旦假,就又带她回去跟林欢挤着住了两个晚上,Jenny 觉得不方便,要求回去,青果看她情绪稍微稳定些,才放她走,林欢舍不得青果,没让她跟了回去,不过说好元旦晚上再回来吃火锅,Jenny 满口答应了。

31 号早上,林欢先醒了,见青果还眯着,知道她已经醒了,就问:“青青,我们今天可请人来吃火锅的,你能行吗?”

青果猛地翻身,睁圆了眼睛说:“什么能行吗?我现在有的是劲!”

两人起来,忙忙地去大食品店,买到了 S 省的知名辣酱,又跑去自由市场买到所有食材,还买回家一大盆水仙花放在桌上。青果嗅了下鼻子,欢喜得声音都高了:“闻到了吗?前两天的梅花香,今儿这盆水仙也香,我就喜欢香花,这才有点过节的意思。”

“青,只要你以后回家,我就买香花回来,就跟过节一样,你回来都是节日。”林欢斜躺在床上看青果收拾屋子,叠昨天洗的衣服,收好整齐放进柜子里。他心里暖洋洋的,窗外的阳光射进了屋里,印在糊着宣纸的窗户上,他画的那几笔山水好像显得更随意洒脱,宣纸在长时间太阳光照下已经发黄,给整个房间更添些温暖气息。

青果一抬眼见林欢歪在床上眼巴巴地望着她,就说:“欢欢,你傻了?”

“没有,我就在这里欣赏你。我回来几天了?你就这样在我面前好不真实,宝宝,在西部我整天地就梦想着你就这样在我身边。”见青果不理他,又自顾自地说:“谁看见你都不会知道你那么能干,看你长得这个样儿,会以为是个要人侍候的主儿,没想你真让人吃惊!”

青果住手,坐回到床上,说:“这只能说明你们都看错了我。在七岁的时候我父母都去了干校,就剩下姐姐看着我,你以为她能有多大?她也就十四岁,她还是个孩子呢!”

“我知道你跟姐姐相依为命。”

“是啊!我很小就知道要听姐姐的话,没有人可以依靠,只能靠她。天冷流鼻涕,浓浓的绿鼻涕直流得脑门儿痛,姐姐都不知道其实我是冻成鼻炎了,所以你看我鼻子这里有点变形。”说完侧了脸叫林欢看她鼻峰中间高出来的一块,林欢心疼得拿手摸摸,“不管饭有多难吃,还好,还不至于饿死。记得有一年吃肉,也是过元旦,我不知是干了什么错事,姐姐就不让我吃那盆里的肉,还打了我一顿,我哭了一整天,不是为打得痛,是为那肉。”

林欢听完蹦起来:“青!不要再说了,咱们今天就吃肉,宝宝你要多吃,把过去的都吃回来!”

说得青果笑了,林欢又气得叫一声:“她还打你啊?!”

青果听了抿嘴一笑,摇头:“我才不记她这些呢,姐姐自己都还是个孩子,还要管个小人儿,能不冒火吗?”实际上姐姐对她来说就是个小妈妈,比妈妈管得严,让她很小就学会照顾自己,七岁就自己洗衣做饭。

《敦煌之舞》　　宝乐德/作

宝乐德是'85新潮美术运动最重要的艺术家之一。《敦煌之舞》结合中国特有水墨抽象表现形式和西方具有浓烈色彩的抽象表现主义表达对中国古老文明和艺术的敬意。

林欢叹了口气："我们家再苦，再难，起码我妈妈在家里。"

青果笑着摸了下他的头："你去做件事情，你去通知皮皮和窦斗两口子，再去学校把 Jenny 一并都带回来，我在家里洗菜洗肉，做准备。"

林欢没走，不舍得让她一个人累，他帮着准备好了火锅要用的东西后才离开，临走还嘱咐她睡会儿午觉。

他骑车通知完皮皮和窦斗，最后去 N 大，在宿舍下大喊："Jenny！Jenny！"

Jenny 正在屋里看托福，忙丢下书趴到窗户上，见是林欢在下面，一对浓眉皱着，仰着脸，一副不耐烦的样子，喜出望外，忙答应一声，换上汉生临走前新给她买的衣服，从楼上"咚，咚"冲下去，跑到林欢面前就喊："我正想怎么去呢？骑车或坐车都怪没趣的，都是我一个人，我都想放弃了。"

林欢笑道："这不，在下奉老婆之命前来接驾，请上座。"说完蹬车就走。

Jenny 大叫："耶！有这等待遇？专车接送啊！"一歪屁股蹦上了林欢的车后座。

随她一跳，自行车龙头晃了两下，林欢大喊："坐稳了，别晃！你就不能安生点？"

"好，好！"Jenny 马上老老实实地听话不敢动了。

她手抓着自行车的后架子，僵直着身子，坐在小小的后座上，没一会儿就把她累得腰酸屁股疼。她想起前两天跟他们挤在一起住的情景，他穿着睡衣俯身跟她和青果道晚安，清澈长眼里露着宠溺，让她惊心，她从没有被这样的目光沐浴过。那两天，她头一次跟他那样的亲近，几乎能感受到他身上散发出的热烘烘气息，他就穿着一条牛仔裤和一件全棉的白色高领秋衣，显着他修长健硕、黝黑的身子，在过道里做饭，在屋里随意行事，撩得她心里像被猫乱抓一般，时刻都感受他温暖的柔情，让她想起那些写给青果的诗句，她深知这些都不是为她，但她却体验到那辐射的光芒，让她伤痛失落的心有一些慰藉和温暖。晚上跟他们躺在一张床上，她便不能停止遐想他和青果在这张床上怎样恩爱，想到最后心跳加快，煎熬难耐，两个晚上后便狼狈逃回学校。这会儿他就在半寸之内，望着他宽阔的后背，心猿意马，那两日的感觉又回来了，心中"怦怦"乱跳不已，她强按捺下心里慌乱，有一搭没一搭地跟他说点汉生到纽约后的消息，好显得轻松愉快。她真后悔上了他的车，跟自己嘀咕还不如自己一个人骑呢，青青，你是派他来折磨我的吧？

林欢一路越骑越累，他理解青果要带着 Jenny 的心思，知道在这过节的时候尤其不能把她落下。他奋力蹬车，突然车被路上的一块大石头颠了一下，后边Jenny 被颠靠在他后背上了，旋即她的两臂搂在他腰上，他立刻僵硬了身子，慢蹬两脚，后面 Jenny 没有放手的意思，他左脚支地停了下来。他没有回头，两人都愣住了。Jenny 因为车斜着，人已经站在地上，贴在林欢的后背上没有松手，他们谁都没说话，僵持着，林欢感觉到 Jenny 的头靠过来落在肩上了，忙用自己的左手把她箍在腰上的双手拿开。

Jenny 一松手就哭了。

林欢仍然没有回头，轻声说："Jenny，我知道汉生刚走……"

Jenny立刻把手缩了回去,说:“对不起。”

林欢在心里叫这就是青青把我跟她分享的后果,傻青啊!他回头看她一眼:拿她怎么办呢?他斟酌着字句:“Jenny,你现在是有点混乱,想一想汉生在那边盼着你——”

Jenny抬头生气打断他:“我知道我爱谁,你不用告诉我!你以为就你一个人爱青青啊?”说完眼泪滚了下来。

她说什么?林欢吃惊地看着她,Jenny却越发伤心起来,林欢苦笑,不知道该怎么劝她,她是说她爱青果?

Jenny哭了半天,转过头对林欢说:“今天还是不要去你家了,别扫了你们过节的兴,让我一个人在宿舍里伤心算了。”

林欢发愁道:“Jenny,今天是元旦夜,青青挂念着你,她想要你跟着我们,你这样非要自己在宿舍里,她要担心了,会以为我做了什么手脚。”

“你越这样说,我越不能跟你们在一起,从现在起,我要慢慢开始学会跟你们保持距离,我跟你们越近,受的伤越重。”

“好,让我送你去附近的公车站。”林欢没犹豫答应了,他确实觉得她要老在家里同吃同住的还真有点纠缠不清。

他带着她去附近的公共汽车站,看着她上了车,这才往家骑。他脑子里一片空白,就跟被雷劈过,跟自己叨叨:Jenny真是个怪人,她不会是神经了?受了教会的刺激?也不知道那教会对她干了什么?傻青还蒙在鼓里,一天牵肠挂肚的,就是个傻青啊!

他连撞带踢地进了家门,青果没躺在床上,屋子收拾得一尘不染,床上铺着雪白的单子,桌上水仙开得热闹,暖香阵阵,没一个人影。林欢急了喊:“青果!青青!”冲进水房,还是没人。他又朝水房旁边的厕所喊了两声,也没听见答应,只好回屋,呆呆地想不出青果去了哪里?刚才的事情要不要告诉她呢?门开了,青果笑着进门:“怎么了?咱们不就分开了这么一会儿吗,你就这样找?”

林欢埋怨:“你为什么不答应我?让我着急?”

“厕所里有别人啊,我一喊人家会说这两人连上个厕所都要找,成何体统,你不臊我还臊呢!”

林欢急得嚷:“你就想着别人,不想我,就不知道我着急要见你?!”

“有什么好急的?傻子!你怎么了?”说着轻轻吻一下他的脸,“这两日没给你吃什么禾大壮之类的东西啊?”平日里青果没少拿这个电视里的广告取笑他旺盛的欲望,说得两人都笑了,“对了,Jenny怎么没跟你一起来呢?她要坐车来?”

林欢听问,慌忙支吾解释,说得青果脸耷拉下来,他突然想不能,不能告诉她今天的事情,Jenny对她来说是一份多么珍贵的情义,她要知道了会伤心的,就让她在Jenny面前永远都不要有尴尬,永远想怎么喜欢就怎么喜欢,于是说:“真的,是她跟我认真说的,她要复习考试,还有31号晚上汉生要给她打电话到宿舍里,所以我就理解她,让她跟汉生过这个新年吧。”

“嗯?”青果半信半疑的,眼瞪着他,心里还是不那么踏实:“真是的,没法跟她说上话,我要听她说才信呢。这个人是个爱热闹的人,哪有好事她不积极的?大过节的,哪至于要这么用功?以她的能力,用半天功就能考托福六百多分,GRE 满分,她可是学数学出来的。”

林欢听了直冒冷汗,忙打岔说:“别疑神疑鬼的了,等过了节,回校上课你去跟她对质好了。”

“节都过完了,还对个屁啊!”青果气得甩他一句,轻轻推开他,黯然说:“你知道我挂念着她,她自己一个人过年也太委屈她了。”

这时“咚咚”两声,有人敲门,林欢长出一口气,知道有人来了,大声应着奔去把门打开。门外站着窦斗和王维,窦斗手里提着一大包啤酒。林欢忙接过去说:“哥们儿叫你什么都别拿,我们这里都买齐了。”

青果见了他们这才高兴起来,迎了过去,说:“哎,新年好!快进来,快进来。”

王维跟窦斗都笑嘻嘻地进屋,脱下他们外面的大衣。青果忙接过去叠好了放到床上去,见王维穿了件暗红色细条绒的小对襟中式棉袄,很喜欢,拉了她的手坐到床边;又见窦斗穿了件粗布深蓝色的对襟褂子,罩在毛衣外,就看了王维问:“你哪里找的这些小衣服?哎呀,这才是真的舒服呢,又好看,又可身。”说着就拿手摸。

王维笑道:“这没有什么稀奇的,哪个布摊上都有卖的,我是说这些布,买来后我就自己裁自己做,都是手工缝的。”

青果欢喜地喊:“欢欢!你看见了吧?嗯,你整日说我手巧,这才是真正的巧手呢!”说得窦斗两眼放光,浓黑的胡须下,露出一排结实的牙齿,呵呵直乐。王维腼腆地笑了一下,拿手推了下架在鼻子上的眼镜,苍白清瘦的脸上飞起了红晕。

林欢站在门口说:“我知道,王维是仙女,要不然让老窦千里迢迢从南方娶回家?哎,老窦你来,我们把外面的煤气炉子抬进来,咱们今天的火锅就得用这炉子。”

等他俩把炉子搬进屋子,青果开始把洗好、切好的食料都从外面端进屋摆在桌子上,虽然没有南方火锅常有的鸭肠、鸭舌罕见的东西,不过有海鲜,还有肥牛,盆盆碗碗摆了一桌。窦斗看着桌上摆好的食料,两眼放光,直咽口水,说:“哎呀,看这些就让我想起两年前从西藏回来,下飞机第一站就是你们C市,”说着就看了青果一眼,“我当时腰包里鼓鼓囊囊装了百八十块吧,进了一家火锅店,一看那锅,立刻傻了,那哪是什么锅嘛,就一大槽子,所有的人都坐在那槽子边涮,就像牲口的食槽。”说得四个人都乐了,“哎,没想到我一坐下,那味又浓又香又辣就打不住了。我坐在那里从中午一直吃到天黑,肚皮由小变大,钱包由大变小,臭汗淋淋,到最后没钱了只好走了。幸好我已先买了机票,要不然我连家也回不来了。”

青果听了大笑:“你这个要死的,就这么没出息啊?!你这样能吃,你看我们这里的东西够吗?”

窦斗扫了桌子一眼,说:“品种是够了,有的分量再加点。”

林欢听了忙说："窦斗，你别胡闹，这些东西你要能吃了我都谢天谢地，你现在是饿了，眼大肚皮小。"

青果看窦斗眼馋的，知道他恨不得就开吃，就笑道："让我来开始准备做吧，欢欢，你去自由市场看再帮我买些花椒来，或者再买些什么窦斗特想吃的，我们可别叫他来了一趟饿着回去。等我把锅都弄好了，皮皮他们也该来了。"

林欢笑着应一声："遵命，娘子！"

窦斗说："王维你别让林欢自己去，你陪他去，顺便再买些我想吃的，再买把花回来。"

青果瞪他一眼，说："家里这盆水仙还不行啊？"

窦斗没理她，对着王维说："来点带色的花，怎么艳怎么好，我就留下来看青果怎么做这个，学一招，下回到我家吃去。"

王维看他一眼，没说话。

青果招手把林欢叫到面前，小声在他耳边说："到我的书包里拿钱，你还有钱吗？"

林欢顺便就在她耳根上亲了一下说："青青，还不到你救我的时候呢！"

青果笑道："好，快去快回。"林欢松松地搂了下她的腰，带着王维出门走了。

窦斗坐在凳子上看青果和林欢亲热，发愣了，青果冲他说："哎，你怎么了？发什么愣？我可要开始了。"她把一个不锈钢大锅拿来放在一个火头上，拿了个大勺子，在先熬好的猪油里舀了好几大勺子放进锅里，然后打开火，把买来的整整一袋辣豆瓣酱放了进去，接着就下姜、大料、大量的花椒，一通爆炒，一间小屋子顿时烟熏火燎，烟雾弥漫。

两个锅都滚了，青果把火关小，盖上锅盖，笑道："等他们回来，我们就可以开涮了。"

窦斗听了两眼冒光，咧嘴冲青果傻笑，青果看着他也笑起来："你是傻了？一见好吃的至于这样啊？！"

窦斗好像没有反应过来青果在说什么，还一味地看着她呆笑。青果见他憨傻痴呆眦愣着眼，垂涎欲滴，不禁大笑起来，捂着胸口一屁股坐到床上，眼泪直流。

窦斗望着狂笑的青果，也讪讪地笑了，他呆呆走过去，坐在青果的旁边，看她抬手擦眼角的泪水。

青果扭头说："你不会真发痴了？"

窦斗愣愣地说："我们来之前吵架了。"

"什么？"青果立起身子问。

"我们吵了。"

"为什么？"青果感觉有点不妙。

"因为你，王维说阿青变成了我的兴奋点，只要有阿青的事情，我就兴奋。"窦斗说这些话，没看青果，眼睛盯着床头上林欢画的青果的人体速写。

“什么?你们在背地里这样叫我?”青果大为吃惊。

“是啊,王维这么叫你,你们南方人都这么叫人,我也跟着叫了。”窦斗把眼光从墙上又转到她脸上,痴痴地望着她。

青果生气了:“你就不能跟王维好好解释吗?不要叫她误会嘛!哎呀,这不没有的事嘛!”

窦斗打断她:“是什么都没有,是!”他的口气和目光一样坚定,“可是她总跟我吵,我不知道我怎么了?”说到后面,他的眼睛在青果的脸上游离,似乎在看她的反应。

“还总,什么意思?你们没事就找一些无聊的事来吵?有什么好吵的?你要做点耐心的思想工作,让人家放心嘛!”

“好,我听你的。”窦斗迟疑着,又看眼墙上的画,问:“这是什么时候画的?”

青果抬头看墙,脸红了,忙跪在床上,伸手把所有的画都摘下来,嗔道:“你眼睛往哪里看啊?”

“往你看啊!”

青果立起眉毛,声音也高了:“窦斗,你就是个流氓!”

窦斗得意道:“这有什么?你也太保守了,我们画画的人看这个就稀松平常的事情,我们成天在画室里看的不就是这个吗?”

“放你娘的屁!”青果急了大骂一声。

话一出口,两人都愣了,窦斗回过神,不怒反而更喜,把脑袋伸到她脸前,笑着逗她:“哟,真跟我急啊?好,我不看行吗?反正你不都收起来了。”

青果有点尴尬,刚才冲口说了句粗话,红了脸说:“瞧你这不正经的,要不让人家生气。”

窦斗眼睛仍然在青果脸上,不过有点讪讪的,住了口。

“咚,咚,”有人敲门,青果跳了起来,跑去开门,皮皮扶着大肚婆贾红笑嘻嘻站在门口,手里提着一瓶红酒,还抱了一盒高级点心。

青果喜得大叫:“天,你们还带了点心来,真守T市的规矩啊!”忙把他们让进屋。在T市当学生几年,逢年过节,便到处可见人们手提红色点心盒子,女人头戴红丝绒假花,满大街窜,是T市的民俗,被那些南方来的同学们嘲笑土气又恶俗。不过今天青果接过皮皮递过来的点心盒子,一点儿恶俗的感觉也没有,反而觉得他们那么可心。她忙把盒子放桌上,帮他们放置好脱下来的大衣。

贾红也穿了红, 皮皮穿的家居的咖啡色毛衣。青果低头看自己黑色鸡心领毛衣,就说:“哎呀,就我没穿红。”

窦斗在旁边小声说:“黑的正合适你。”

青果转身背对着他,装着没听见。

皮皮跟贾红在屋子中间站定,异口同声喊:“真香啊!”

贾红笑嚷:“林欢跑来说要吃麻辣火锅,我们这位就急得像热锅上的蚂蚁了,果然名不虚传啊，太香了！”

窦斗在旁边插话：“我可看她做了，跟C市吃的差不多。”

青果回头打断他：“你还没有吃呢！不要乱说。”

窦斗忙住了口。

青果把家里最舒服的一把带背的椅子放炉子前，让贾红坐，说：“你一会儿不要在这个小锅里涮，这里加了干辣椒。”

只听重重一声脚踢门，林欢和王维进来了。王维抱了一把红黄两色开得正繁的玫瑰，林欢手里提了一大包吃的。青果忙迎了上去，喜得叫：“真好看，真好看！”又看了林欢问：“是什么？”

“熟肚。”

青果回头问窦斗：“这就是你喜欢的东西？”

王维说：“他爱吃这些乱七八糟的东西。”

青果笑：“别说，把它切了丝，拿到浓汤里涮，会很不错的。”

窦斗笑：“知我者老婆也。”

林欢笑道：“那我去切这肚丝，青青，你去把花都养起来。”

青果忙把插梅花的玻璃瓶子拿到水房盛了新水进来，把花插好，摆在桌子上，真真娇艳得满屋生辉。

青果把火开大，大家围着炉子坐定，青果跟林欢挨着，接下来青果的左手是贾红、皮皮，再下来是王维跟窦斗。林欢开酒瓶，每人都拿酒杯倒了红酒。林欢站起来，举杯说：“来，我们来碰个杯，新的一年就要开始了，来，祝我们哥儿几个明年都顺风顺水，万事如意！”

皮皮和窦斗都喊：“干了！”“干了！”

大家碰杯，一仰脖子都喝了，青果就抿了一口，林欢忙从她手上接了过去，自己喝了。青果喊：“开涮！开涮！想吃什么涮什么，不过我建议先吃海鲜、肉类，再吃菜，要不然好东西很快会被某人吃光的。”

说得大伙儿都望着窦斗笑，窦斗也傻笑，王维在旁边笑着打了他一拳。

青果准备了很多，有虾、鱼、肥牛、提前做好的丸子、熟肚子、猪心、几大盒午餐肉，然后是各色蔬菜、土豆、粉丝、豆腐，几个人涮得热火朝天，青果还在中间又新煎辣豆瓣酱、花椒，加盐，加猪油，还在辣锅里加了干辣椒。

窦斗一直在大喊痛快，辣得他汗流浃背。他真是心满意足，这是他从西藏回来后头一回吃到地道的麻辣火锅，还是青果做的。他举起酒杯来，喝下一大口，望着青果忙进忙出，嗯，人生有这样的美食，有青果在，大家都在，就是幸福啊！窦斗是一个痴人，他痴迷食物和跟人一起吃食物亲厚温馨的气氛，由此才觉得跟人在情感上瓜葛得上，有时他糊涂不知自己到底更钟情哪一个？在他看来美食就是他人生的一部分，如果没有美食，没有与人共饮的饭桌，这人生还有什么乐趣？没在一起吃过，怎么能算得上认识呢？微醺中，什么都变得更美好，哪怕情义都变得更真切动人，在他的心眼里，恨不能跟人吃饭的过程越长越好。当然这样的机会不是很多，因为周围无论谁都没钱，他自己的钱袋也不鼓，尽管如此，他仍经常流连在跟人的聚餐里，把一个月不多的钱都花在饭馆或自家的厨房里，就是花完了所有的钱也在所不惜。

几个人吃吃再停停，直闹了一晚上。

墙 上 阿 里

过完新年，学校一连放几天假，林欢不舍得让青果离开，就把她留在家里，可她一天都把 Jenny 念上几声，她心里放不下 Jenny 一个人在学校里。

2 号早上 9:00，窗外风刮得呜呜的，天阴着。

林欢把青果弄醒了，青果推开他的嘴，迷糊地说："让我再眯一会儿，就一会儿，欢——你去吧，我不去了行吗？"

"不行，你就是个不守信用的人，哪能答应了又不去的？快，起来！"说着就掀被子。

原来头天晚上都 11:00 了，窦斗突然跑来敲门，邀他们今天去家里吃饭，还说有惊喜。青果见他站在门口尴尬躲闪，深更半夜地跑了来，觉得不妙，她心里正不舒服元旦那天他在家里跟她说的那番话，想拒绝不去，可又不知道该怎么跟林欢说。而林欢一听却早高兴得满口答应了，看来今儿躲是躲不过去了。

吃过早饭，两人骑车去 N 大，想把 Jenny 带上，给她补上元旦没有吃上的那顿。一路上寒风带着沙子，卷得昏天黑地，他们虽然穿着军大衣，带着厚围巾帽子，仍然被冻得浑身哆嗦。进到宿舍，青果拉着林欢穿过楼道里七歪八倒的自行车，路过 Jenny 的屋子，重重拍她的门，大喊一声"Jenny！"走进自己房间。一进去就见桌子上摆了好几封信，有妈妈的，还有陆华和德拉的。青果让林欢坐在床上，急不可待地打开妈妈的信，读完，把信放在胸口说："妈妈都想我了，她说的都是回去过年的事情。"

然后开始读陆华跟德拉的信。青果读一封，递一封给林欢，说："陆华在北京做展览很顺手，德拉要过来。欢欢你看，他们在北京好热闹啊！"青果继续看手里德拉的信，说："你看德拉就是这样一个人，他真诚地是非着，幼稚地市侩着，你看这里他在讲小锋跟陆华的是非，他俩看来是闹僵了。"

"陆华这个人是个要做事情的人，他所有的一切都为的是他自己的目标，他不会考虑别人太多，只有你为他的，没有他为你的。"

青果歪着脑袋看他，笑着问："你又没有怎样跟他接触，怎么就下这样的结论？"

林欢咧嘴一乐："不用多，一两件事就可以，我是何等聪明的人！"

"嗯，火眼金睛，又一个孙悟空。"青果笑着瞥他一眼，林欢急了要抓她。

这时门"砰"的一声被踢开，Jenny 冲了进来，张口就喊："你俩有完没完啊？从家里到这里……"

青果笑着跳起来说:“死人,说什么呢！我这里专门来接你,喊了你半天都不理我,还说我什么?！”

“专门来接我?干什么?”Jenny故作惊讶。

“走,今天我们去窦斗家吃饭,元旦没去我们那里,这回可以补上。”

“是吗?有这等好事?我当然去了！等着,我去穿件衣服。”说完一摔门走了。

青果忙把包挂在床头的钉子上,信收进抽屉里,Jenny穿了件黑大衣,又一阵风进来,大喊:“走啊,走啊！”

三人顶风骑一路,喝了一肚子冷风。路过花店,青果跳下去买了把橘黄色郁金香,三人气喘吁吁爬上六楼,敲开窦斗小公寓的门,确切地说应该是窦斗跟另外一家人合住的小公寓。窦斗有一间自己的厨房和一间不大的屋子,卫生间是和别人共用的。林欢用力砸门,推门就进去。一开门,他又惊又喜大叫:“哟,这是谁啊?！大头你好！哥们儿你怎么来了?老窦！这就是你说的惊喜?！”

屋子中间,大案前三把椅子上坐着王维、窦斗和一个二十出头的中等个秃小子,瘦小的身子顶着颗大脑袋。三人见林欢他们进来,都站了起来。

林欢早冲了过去,抓着大头的手就摇,转过身介绍:“大头,这是我媳妇,青果,这是Jenny,也是我们一哥们儿的媳妇。嗯,这就是西藏的大头。”说完使劲拍了下他的肩。

大头憨厚地微笑着,沉着地跟两位女生握手。

青果忙上前握他的手,真真名副其实的大头,比照片上更具体,五官都更大更厚实,她笑着问好:“林欢回来就一直提你,说要好好谢你呢！”

Jenny也跟大家都打过招呼。

窦斗的家,一间不大的房间向阳,上午的阳光照了半间屋子。进门顺着左手一面墙放着一排浅颜色齐胸高组合柜子,里面杂乱放了画册、书。柜子顶上堆着宣纸、笔墨之类的材料,还放了不大三座佛像,有金身泥塑、木雕、石雕三种。柜顶正中间,非常醒目地摆了一大敞口水晶大花瓶,养着一大抱深粉红色玫瑰花。正对门窗下一个大案子,上面铺着羊毛毡子,仍旧是纸墨笔砚、大水罐子、粗大木雕笔筒子、石雕笔筒子,还有就是木雕的笔架子。贴门右手顺墙一张新的大床,居然是浅粉色的,时下流行的仿欧西式花边床,粉红色的床罩和枕头。右面墙跟前,立着两个画架子,一幅画还没有完,工笔重彩,窦斗自己的头诡异地笑在云端里,下面一对小鸟在抢食;另一个架子上才起了稿子,还看不十分清楚。左右两面的墙上挂着好几幅裱在镜框里画在黄绢上的人物古画,一看就是他俩的手笔,只是临得太好了,可以乱真。

王维跑进厨房,打来水,把青果带来的花插进一个大圆柱形玻璃瓶里,说:“真漂亮,我们窦斗就喜欢花,越漂亮的越喜欢。”

“他好色呗！”青果脱口而出,说得王维愣了,青果立刻觉得窦斗犀利眼光就像刀子在脸上划了一下,忙笑着找补:“对不起,我是说好颜色的意思。”

林欢笑着瞥她一眼,帮着打圆场:“你们别在意,青青她就这样说话,我总让她气个半死。”

窦斗不窘，反而得意笑：“这有什么？说得对啊！男人好色也不是什么坏事，对吧？我这好色就是喜欢女人，总比喜欢男人强吧？”

青果瞪他一眼，转身跟大头、Jenny说话去了。

屋里几个人坐下，窦斗把最近画的东西都拿出来，让大家看。一共五幅，一色的工笔重彩，画在细布上，一米见方，一系列超现实主义似梦似幻的场景，也有人物，是窦斗自己，他云游在梦境和现实之间、云彩之间。那现实里都是西藏的元素，一眼就能看出来，西藏的颜色，黄、红、深蓝、绿，庙宇，佛经，动物，人物，画里的天空阴晴不定，气氛飘浮、诡异，突然会有兽头或尸骨，还有鸟，神秘的动物出没，天与地，人与动物还有神灵交融一体。林欢见了大叫：“老窦，真不错啊，你这批东西大不一样了，不那么狂放了，神秘起来，是西藏的味儿！”

窦斗笑道：“是啊，这几幅画我可费了大劲了，得亏有王维帮着画，我画得胳膊都要肿了。”

大头在旁边说：“别说，老窦离开了西藏，把西藏画得更出神了，感觉好，抓得特准。”

青果愣在他的画前一个字都说不出来，这些画就跟朝她射来的犀利目光一样让她哑口，让她惊悸，可她不知道她惊悸的是什么？

几个人进了窦斗的小厨房，是个横着的细长条，在右手尽头，摆了一个常见的白瓷大浴缸。青果见了就笑：“还是你们会想办法，这里没有热水，你们就自己烧了？”

窦斗笑道：“对，只有你们南方人要这些东西，这叫没有条件创造条件也要上。这么小个地方，别人还不知道怎么想多放点杂物，她就要放这个。”

“我倒很理解她呢！要是我，恐怕也要放。”

几个人都在厨房里忙起来，厨房太小，转不开身，窦斗要求没事的都出去，青果正洗菜，窦斗在灶头上忙，一时小厨房里只剩下他俩。突然，窦斗扭头定睛看着她像是自言自语：“你不知道她刚来时我们什么都没有，一直都睡在地上，好不容易打了现在这套家具，把她高兴得傻了好几个星期……”

青果微笑看他一眼，窦斗见她没说话，又说：“可——可她净跟我吵架，昨晚还大吵——直把我气出门。”他迟疑着没有把话说完，见青果愣着，又接着小声嘟囔：“昨——昨天夜里我就想见你，吵得我就想见你一面，要不然，我——我的心不服。”窦斗低下头。

青果明白他在讲什么，又是这个话题，她尽量让自己的声音镇静：“窦斗，你俩也不要吵了，没有意义，你要好好跟她开诚布公地谈，消除她的疑虑。”

窦斗抬头哀怨地望着她，目光清亮又温柔：“可是，我不可能断绝跟你来往，我——我——不管怎样，只要关系到你，她就生气，你说——”

青果愣愣地看着他还在酌句，“我又没想要怎样！”窦斗的语气里带着委屈，一双亮眼像小鹿似的怯怯地望着她。

青果不知怎么的突然觉得很窝心，说："别再说这事了，以后你就少提，少跟我来往不就行了吗？"

这时林欢进来了，问："我们在哪儿吃啊？"

窦斗忙说："就这里，来，咱们就坐在这里。"又大叫："王维快过来，再拿些凳子过来！你们都过来吧！"

一顿饭吃了几个小时，窦斗和林欢尽情招待大头，喝完一瓶白酒。饭后，窦斗从矮柜子里把幻灯机拿出来，插上电，对着床上面那堵白墙，摁开开关，一个大光圈印在墙上，他又熟练地调好了焦距，把大头拿来的幻灯片都插在机器的盘子上，几个人都找了舒服的位子，王维关了屋里的灯，窦斗手里拿着遥控绳，手控着机器，一张，又一张，几个人足足看了一个多小时。

没有人说话，阿里的片子好得让屋里的人无话可说。青果见过林欢带回来的一些西藏的片子，阿里可不一样，美得不像人间。窦斗开始讲阿里，青果在黑暗里放心大胆地端详他，借着幻灯的余光，她发现他的眼睛因为兴奋更亮了，胡须下的嘴唇饱满又湿润，眼里闪动的光亮似乎要流出似悲又喜的泪滴。

墙上，阿里古格王朝的断壁残垣在绚丽的夕阳里发着光。古格王朝六百多年前被蒙古人灭了，屠了城。时间就停在那个时候，灿烂的文明没有埋在地下，而随时间的流逝就这样摊开了，裸露在西藏高原纯净、干燥的空气里，任阳光和风雨洗刷。从那个时候起，就没有一个人生活在那里，冤死的鬼魂游荡在空气里。大头看着墙上出来的片子，直喊："瘆人，瘆人！"浑身发抖。

林欢叫："你们看天上那光多怪异！简直就是七彩的！"青果坐在他旁边，有一些心颤。寺院里壁画仍然奇迹般的光彩夺目，令人叹为观止。林欢又叫："神了！神了！"

光影里，烈日下到处死一样的绝望和寂静，但又神奇、诡异，美得炫目。

窦斗说："没有去过西藏的人不能了解那种感受，这里我们哥儿几个都去了，大头最有发言权，待的时间最长。你们说我们都奔了那里，跟吃了迷药似的，就是回来了心里还惦着那个地方，我这里一刻都没有放下呢！欢欢才回来，他肯定心还在那里，我看他神都没回来。你们看我这两年的东西，出得了那个圈儿吗？只有在那里我才待得自在，我画这些画是把我的魂儿放到一个自在的地儿了，唉！"

林欢嘴角上挂了一丝笑意，盯着墙没说话。

青果没想到窦斗叹气，"自在的地儿"，她想起林欢回来后经常一个人出神，眼神恍惚，他必是也跑了去那里。

青果和Jenny要回学校去，林欢要把大头带回家，说在窦斗家太不方便了。四个客人跟窦斗夫妻道谢，起身告辞，两人直把客人送到楼梯口，窦斗恋恋不舍地似乎还没尽兴，青果避开他的眼睛，低头牵林欢的手下楼走了。

陆华筹钱

下课铃响了，李心笑嘻嘻地坐到青果旁边，说："新年快乐！哎，你俩新年过得怎样？"

Jenny 在青果身边笑着大声喊："你新年快乐！"

青果笑问："你干什么了？"

"也没干什么，在图书馆里翻译了一篇韦伯的东西给《社会学论坛》。"

"那你都干活了？"青果小声问。

"对啊，你们玩儿又不带我，觉睡到头还是得做点事情。"

青果说得很抱歉："真对不起，忘了叫你了，我们在一个朋友家看了一特好的片子，有人从西藏回来，拍了阿里古格王朝废墟的片子，好得不得了。"

"没关系，以后总得出画册。对了，我帮你问了系里，发出去的信就一个回音。"见青果满脸疑惑，李心笑了："忘了？你自己的事情都不上心！"

青果这才反应过来，忙笑："谢你挂着，是谁啊？"

"人大的赵健。"

"什么?！是谁?！"

"赵健。怎么了？你认识他？"

"就没有别人了？从别的单位？"青果有点急。

"你知道，我们系和搞艺术的没有什么关系，只能公事公办，有这么个回复的就很不错了。"

倒霉死了，怎么还是他?！青果心里别扭，但对着李心又不好说什么，知道这些事情都是他在系里帮忙，就小声嘟囔："也算认识吧。"

李心问："怎么了？此人不好？你不喜欢？"

"没有，没有！"青果忙摆手，"对了，鲁红兵走了没有？"她盯着他问。

"快了，就这两天，我这几日都在忙她的事情，帮她把行李什么的都托运走了。"说完他看着窗外眯了下眼睛，耸着肩，手往裤兜里插了进去。

其实新年前宿舍里就传开了，鲁红兵已经被美国宾州大学录取，她马上要从学校退学，过完新年就飞过去入学，说是转了专业去学社会学了。宿舍里顿时哗然，居然放弃经济管理那么好的专业去学社会学，谁也没弄明白为的什么，只有青果知道她为什么要那么做，她肯把一辈子的专业都改成李心的，就为心里一个念想，这让青果对她立刻肃然起敬，更为她惋惜，看看现在的男人谁能有这样的担当？

"你不去送送她？"她轻声问他。

"去，肯定要去，我要把她送到北京机场，送到不能送的地方为止。"

"你就悠着点，事情反正只能是这样了。"

"知道。"李心小声回了一句，站起来走了出去。

Jenny 看着他的背影，说："跟他比谁的痛苦都不是痛苦了。"

“对啊，你只要稍微努力一下就跟汉生团聚了，你看他有这个能力可也不能这样做，有人在这里要他的命呢！”青果也叹。

眼看着过了新年，陆华终于忙出点头绪了。从黄山回来，他的情绪还没有回来，几百号人在那里大打一气，按说够解恨的了，可他心里还是觉得没有把事情做彻底了。现在机不可失，失不再来，筹办中国第一个先锋艺术大型展览提到了他的议事日程，陆华白天晚上想的就是这一件事。他发动了所有可以发动的人脉，找了能找的关系，盼望能从政府和美术馆那里得到许可。他知道这个展览不可能以个人的名义承办，这在中国也没有这个先例。而美术馆答应提供场地就已经谢天谢地了，那么陆华面临的是要找到一个承办这个展览的单位。他这一个来月没有别的，就是找人谈，先谈下来好些个文化单位答应联合做组办单位，然后争取政府和美协、美术馆的许可。他直谈得舌头起泡，和政府的、美协的、学院的、研究所的、出版社的、报社的、电台的、电视台的名人、权威、老的、小的、志同道合的、不屑一顾的、誓不两立的，只要有一线希望，一线生机他都不放过。一个月下来，他不仅没有气馁，反而更加亢奋，因为他看到了曙光，看到了希望。他禁不住给青果写信，一有好消息就写，等他把信都发出去了，才在心里奇怪，为什么要告诉她？现在他已经无暇顾及其他，每日心中情绪高涨，宏图大略正在赢得整个世界，为什么要给这样一个无足轻重的女孩写这些？他自己也觉得有点好笑，经了黄山的事，好像更放不下她，可给她寄去的信，每次只得几个字的回复。

过完元旦，他终于找到七家单位答应联合做承办者，也从上级那里拿到了许可证，美术馆也谈下来了，所有这些事都在新年后的头一天搞定了。陆华刚松下一大口气，更大的问题又来了：原来许愿出赞助费用的两家企业都改变主意，撤了资金，他一棒子被打晕了。这样一个全国性的展览，连带租金和其他费用，最少最少也得要十万块，让他上哪里去弄这十万块？现在跟七家承办单位合同也签了，筹备组也成立了，许可证也有了，美术馆场地也定了，连展览的日子都定了，就在春节期间，可是没钱了，如果因为没钱办不成这个展览，太冤了！有几天他已经睡在火车上了，听见哪个地方有人说可能出赞助，不管多远，上到黑龙江，下至深圳，买了车票就去，没钱买卧铺，就坐硬座。在去黑龙江之前，他曾戏言：“要是这次筹不到钱，我就被冻成哈尔滨的冰雕！”结果他还是没有筹到钱，当然人也没有冻成冰雕。知名作家高援朝知道了这个事情，不禁在报上写文章感叹、呼吁，还亲自打电话给T市的文联主席大马，消息回来说有希望得赞助两万元，陆华得知后兴奋异常，买了当天的车票，上了去T市的火车。

中午，青果跟Jenny刚到宿舍门口，就见陆华提着个黑色的公文包站在门厅里。

Jenny见了大叫：“喂！陆华你怎么来了？”

“我就不能来看看你们？”陆华上下打量青果，见她笑吟吟地看着自己，脸色苍白，娇弱似有病态，心里一颤，问：“你怎么啦？生病了？”

青果忙笑:“没有。你怎么来了?你好啊!展览的事顺利吗?”她确实没病,不过倒霉了,这些天肚子痛刚好些。

陆华沉吟片刻,目不转睛地看着她。

Jenny忙告辞,抬腿进了楼。

陆华看着青果又问:“咱们多久没见了? 我给你写了那么多信就得你寥寥几个字,不过总比没有强点。”

青果笑笑:“我知道你很能干,事情办得很顺利,除了表扬你还能写什么?我的表扬又不值什么,所以就免了吧。”

“谁说不值什么?你的表扬可能比任何人的都值钱呢!”

青果朝他一声轻笑:“你说话不要言不由衷,不实的话还是不要说的好。”

陆华佯怒道:“青果!你怎么就这么看我呢? 这就是我大老远跑来应得的待遇吗?”

“对不起,请你不要在意我说什么,你不要急,我请你吃饭赔罪不行吗?”

陆华这才笑道:“好,我们走,今天我请你。”

没回宿舍,他们去了学校里外国专家专用餐厅,里面环境好,菜比外面的精致干净,人也少一些。青果点了糖醋鱼、青椒炒肉丝、蛋花汤。

菜上来了,热气腾腾,陆华伸筷子搛了一块鱼放在青果碗里说:“青果,我……”

青果忙打断他问:“你今天来T市有事吗?”

陆华听问,厚镜片后两眼立刻鼓起来放光:“有啊,今天我来有件重要的事情呢,想拉你跟我一起去办。下午跟你们T市文联主席大马约了,我要去拉他的赞助。你知道现在还是经费问题,我们需要钱,钱!大马这人很不错,支持新生事物,放得开,他答应给一两万的,我想再跟他要点。到时请他去开幕式剪彩,把他的名头挂上个顾问就行了。”

大马,记得上大学时全国文学热,大马全国都有名,写的东西也好玩儿,有T市民俗特点,记得是义和团的故事,后来还拍成了电影,青果没怎么读过他的文章,电影倒是去看了。她问:“你拉我去干什么?我又能起什么作用?”

“你就跟我去吧,总有你能派上用处的地方。”

青果心里疑惑,见他殷切目光,只好笑着答应了,陆华高兴说:“这还差不多!”

青果举着筷子兴奋起来:“快,跟我说说展览的事情,到底都怎么着了?”

陆华鼓眼道:“你那么感兴趣为什么不来北京看看?我们都忙得要死,尤其我需要你这样的人来帮忙,给你写了这些信,你就是不来。”

青果微笑:“第一,我不能旷课跑北京疯;第二,我什么也不会,去了只能跟给你添乱;第三,我人又懒散,过不了跟你们混战没地儿睡觉的生活。”

没等她说完陆华已经笑得两眼放光,说:“别说了,我知道了,你根本就不在乎这事就是了。这不我就是再忙也一定要抽空来看你。”

青果大笑:“哎!你不要好话说尽,坏事做绝,你不是来拉赞助的吗?”

“那我到N大来不是来看你的?”陆华正色道。

“哎哟,我真的不敢当,要不我说要请你一顿谢罪呢?刚才在宿舍里我可说了,你别否认。陆华你还要我怎样啊?你再不说我可不要听了!”

陆华看她雪白的脸上稍微有点血色,噘了嘴娇嗔地瞪着他,不由得搓了下手,控制一下情绪,然后缓缓把筹备展览的事情讲了个大概。关于政府、美协、美术馆,这几大关,跑了多少路,找了多少人,谈下来一共四层楼,完全占领整个美术馆。最后他两眼放光,低声说:“现在组委会也成立了,一共十来个人呢,大家都分头干,正式通知都已发向全国,几百件作品在开展前最后三天都得运来北京。现在关键的是钱,没有钱什么都做不了。前些时候有人介绍了北京一个卖盒饭起家的个体户,我跟他谈了几次,他同意出五万,你知道这五万解决多大的问题吗?没有这笔钱也许这个展览就是一句空话,不过这个五万还只是一个口头承诺,钱还没有到手。还有安徽的一个画家,我都不知道他画的是什么,他跑来找到我说能给我找来一万,我就毫不犹豫让他参展了。还有……”

青果静静地端详他,他的语气、表情依然沉着冷静,可他抓着筷子的手一直在哆嗦。听他历数每一笔钱怎么来的,青果有点同情他,他一个理想主义者,天天跟德拉之流干的、说的、写的都是形而上的事情,这下好了,现在每天为钱的事情求爷爷告奶奶,拉关系。坐了火车天远地远跑这里来也为的是钱的事情,现在不仅为五斗米折腰,为一斗都折。

听他数落完,青果笑道:“哟,看你真不容易,今天我就舍命陪君子吧!下午跟你去找大马,我干不了什么,不过让你觉得到T市来不至于孤军奋战就是了。”

陆华听了盯着她愣了片刻,才说:“这还差不多。”

吃过饭回到宿舍。陆华见她脸色苍白,就问:“青果,你怎么了,这回见你就像有病似的,脸都没有血色。”

青果递给他一杯茶,笑了笑说:“劳你关心,熬夜熬的,昨天晚上没睡好。”

“你又不赶稿子熬什么夜嘛!”又再看她一眼,说:“你不化下妆吗?别叫人以为我带个病人出去筹钱。”

青果一听急了,嚷:“哎呀!我可是陪你去,你以为怎样呢?你还这样那样有要求,我可不是你的公关!你要找公关找别人去!”说完一屁股坐在床上。

陆华忙勾下头,看着她的眼说:“我没有这个意思,我是说你这么个漂亮人不要把自己搞得跟个病人似的,况且我也没见过大马,就通了几次电话,毕竟他也是个人物,咱们也别太怠慢了,青果,你说是不是?”说完,拉过凳子坐在她对面。

青果瞪他一眼:“那我就不去了。”

陆华一把抓住她的手喊:“那怎么行?你答应了的!”

青果忙把手抽出来,说:“我真后悔,每次跟你干点什么事情都叫我后悔,你知道我不喜欢化妆的。”说着把桌上的镜子拉近,打开抽屉把化妆盒拿出来,陆华笑吟吟地看着她,没说话。

青果开始描眉,陆华突然说:“青果,让我来给你描。”

青果朝他“扑哧”一笑,扬眉说:“你?算了吧!”

陆华有点讪讪地:“你以为呢?我很会描眉的,男的其实比女的会化妆,因为你们都不知道你们好看在什么地方。”

青果举着眉笔打断他:“你还是歇歇吧!”

陆华听了脸唰地一下涨红了,眼都不知道该往哪里看。青果冲镜子里的自己暗笑,又瞄他一眼,看着镜子给自己上了点口红,将就着把口红在腮上抹了一点儿,揉匀了,朝陆华说:“好了!”

陆华这才大胆看她一眼,说:“看,稍稍一下,就面目全非,你现在看起来有精神多了。”又小心翼翼看着她,含混着说:“也漂亮多了。”

“快闭上你的嘴,少说这样的话,再说我可不去了!”青果瞪他一眼。

“都是实话,你不是不要我说言不由衷的话吗?说实话你也不高兴啊?”

“这种话你还是不要跟我说,跟想听这话的人说去!你到底要不要我陪你去啊?”

“要啊,要啊!我什么都不说了行吧?”陆华站了起来。

他们上了大马的高层公寓,可能是T市最高的公寓了。陆华看着手中的地址条很礼貌地敲了敲22—4号房门。

他们等了约五分钟门里面似乎也没动静,青果想来得不是时候了,人家也许在睡午觉,下午一两点正是睡午觉的时候,文人时间就更不好掌握了,搞不好能睡一个下午呢,也不知他跟这个大马定了时间没有?

她轻声问:“你跟他定了时间吗?”

“没有具体的时间,就说了下午,你看我在北京,要坐火车,时间不能定得太死。还想去见你——”他没有把话说完,瞥了她一眼。

这时门开了,一个高大中年男人站在门后,让青果大吃一惊,此人不只是高,是太高。他的头几乎能顶着门框顶,大概有一米九的样子。有一点儿发福的身子,一颗大圆脑袋,一双大圆眼睛,也就四十五六的样子,一身灰不溜秋的衣裤,这就是大名鼎鼎的大马。

他伸出手和陆华握了一下,又握了青果一下,笑着问候:“你好,你好,你就是陆华?”

陆华忙说:“是,你好,大马!这是N大的青果,我朋友。”

青果笑着忙问好,他的手可真软,又才发现他的嘴唇长得很肉感。

大马跨出门,随手把门从身后关上。青果心里一惊:怎么回事?难道连门都不让进?不至于在过道里谈吧?哎哟,这回陆华可真够受的了。她扫一眼陆华,见他讪讪地,脸上也有尴尬之色。

谁知大马向左让了一下,说:“请过来,到我书房来谈。”旋即往左走,开了22—2号门。

他们跟着大马走进书房，进去不大一间起坐间，屋子中间摆着黑色的皮沙发和茶几，正是时下市面上时兴的。除去窗户和有门的地方，所有的墙面都打了通天花板的书架子，上面塞满了各种各样的书。青果一边坐一边想，真是人高不一样啊，连书架都高些，看来是个好书之人。和这房连着的似乎还有几间屋子，大概是他写作的地方吧？

大马给客人泡上茶，陆华和青果都站起身客气两句。大马仰身坐在旁边一把大皮躺椅上。青果细细打量他，看他人高马大，一双长腿支了半间屋子，真难想象那些有意思的文字出自这个人。嗯，这么大的身体，那脑子还真好使。

陆华面带微笑，把筹展的情况向大马仔细讲了一遍。大马一直都聚精会神地听着，听到高兴处，支起身子，两条长腿一搭，跷个二郎腿，伸手从茶几上抓过一包云烟，跟陆华让了一让，陆华笑着摆摆手说："不会！"

他熟练地点火，厚嘴唇紧着深吸一口，旋即吐出来。长胳膊往茶几上一甩，把火柴盒撂烟缸旁，再把剩下的火柴棍扔进去。

等陆华讲完，大马笑起来，把烟灰往烟缸里弹了一下，叼着烟，眯了眼说："电话里跟你聊天，以为你是个红卫兵干将呢，没想你书生气十足。你们干的事情都好玩儿，我们文联能支持当然支持，不过你也知道我这里就是个清水衙门，没什么钱的，最多就是电话里讲的那个数了，不过我可以去你们的开幕式，给你们捧个场。另外我正为香港一个出版社出一套关于中国当代文学丛书，可以帮你们搞一部美术的，这样也算是帮你们推广。"

陆华笑着没吱声，大马看了他一眼说："其实你也不用亲自动手，让她去干具体的工作，"说着朝青果指了一下，"你把把关就行了，好，就这么说定了。"

陆华又笑着含糊其词，没明确响应，最后微笑道："过两天你们的支票弄好了，我叫青果来拿，她跑T市这边的事情，找她就行。"

青果瞪着眼，听他嘴里蹦出自己的名字，大为吃惊，她张了下嘴没好说什么，尴尬地笑了一下。

大马看她一眼，对陆华说："你很能干嘛，全国的人都听你指挥，你到什么地方都有人为你出力吧？"

陆华笑着站起来，谦恭地说："没有，没有。"他又朝青果笑了一下，说："不多打扰了，我们告辞了，到时你来开幕式我们去接你。"

"不用了，我自己有车，到时再拉几个我们文联知名的青年作家。对了，青果把你的电话给我留一个，我好跟你联系。"

青果在茶几上给他留下宿舍的电话。两个人站起身再一次告辞，道谢，这才出门。

青果闷头快步走进电梯，陆华兴高采烈跟着进去，发现她面露愠色，不正眼看他，心里立刻明白是怎么回事，便笑道："对不起，刚才没有跟你商量就支你做事情，不是我提前想好的，你也在场，一下就说到那了，我想你不会生气的，对吧？"

“谁说我不会生气?我现在就生气!”青果一双黑眼睁得溜圆。

陆华勾头对着她的眼说:“我以为你会支持我呢,支持这个运动,支持这些前卫的造反派,所以就想当然了,对不起,我把你看错了。”

青果恨声嚷:“没错,我以前是跟你干过什么,那是我高兴!你怎么就知道现在我就高兴?!你这个人从根本上就不知道尊重别人,都以你自己为中心,哎!我是个人,又不是你身上的胳膊!”

见青果急了,陆华笑起来:“我以为你今天见了我很高兴,也很高兴请我吃饭,陪我来这里。”

青果听罢脸都红了,大叫:“没错!是很高兴,因为我很久没见着你了,因为你求着我陪你来,所以我高兴做这些事情,可是我就是不高兴你想当然地给我安排事情!还替我做主!”

“我在黄山的时候就说过你要求苛刻,不管怎样,我可对你就没有那么多要求,把你当自己人,胆大妄为了,那今天的事情算我求你帮忙行吗?”

“废话,事情都完了你才说请,还有意义吗?”

“那你要我怎样补救这个事情?青果!我给你道歉还不行吗?下次一定注意,一定不把你放在我的朋友圈儿里。”

青果一听这话,眼泪快出来了:“哟,你还是别把我当你的朋友,我也受不起,我在黄山就说过我们不过认识而已!我的朋友里也没有像你这样的人!”

随她话音一落,陆华一直笑着的脸一下僵了,伸出两手一把抓住了青果的两只胳膊,这时“丁零”一声,电梯到底层了,门开了,陆华忙缩回去一只手,另一只手拽着她走出电梯。

门厅里没有一个人。他们就站在大厅里,陆华鼓着眼,两手扶着青果的肩,轻声说:“青果!青果!你怎么——你知道,你知道我,我——”

没等他说完,青果打断他:“我不知道!不知道!你说我知道什么?我了解你吗?”她直逼着他的眼,“不了解!”

听她喊出来,陆华怔怔地看着她,见她眼里已经有一层水雾,心里一股热浪翻出来,脸唰地一下红了。他放缓了语气说:“青果,请你原谅,我,我——”

青果终于软下来,低下声音说:“咱们走吧!”

他们走出高层公寓,天有点阴,要下雪的样子,青果冷得缩肩,双手插进军大衣口袋里。陆华猛地想起有一次在北京,他骑车驮着她,在大街上顶着风沙。他停下来,伸手把她的围巾整理一下,说:“青——果,我们走走,我送你回学校。”

青果没说话,跟着他踱步。他们一时都沉默下来。

是个阴沉寒冷的下午,人行道上没有什么人,他们一步步缓缓而行,只听见彼此的鞋磕在地面十字砖上的声音。高层公寓下一间间的小铺子霓虹灯都亮着,有餐馆、服装店、鲜花店、小吃店……

他们同时都看见了一家咖啡店,陆华转身看了眼青果,她微微动了一下嘴角,陆华轻轻扶着她的右胳膊肘，右手掀开门帘把她让进去。

小店里温暖如春，空无一人。放着欧式的椅子和圆桌，铺着雪白的台布。墙上贴着暗红的壁纸，挂着印象派印刷品、欧式的壁灯。青果选了张最靠里面、隐蔽的位子坐下。她觉得里边会暖和一些，跟着陆华跑了一下午，她有点怕自己着凉，虽然倒霉的日子该完了，可今天已经喝了太多凉风，搞不好晚上会肚子痛。她没有脱大衣，也没有脱围巾，就坐在陆华对面。

一会儿，来了个男服务生。陆华要了两杯咖啡，青果说："请给我的不要加糖和奶。谢谢！"

服务生端来咖啡，摆好，走了。

抱着杯子，青果连喝了两口热的，肚子里的寒气顿时驱出去几分，心和胃里暖和起来，抬头望陆华，眼睛晶莹闪亮，脸上开始有一点儿血色，鼻子边的几颗雀斑若隐若现，刚才的怒气消了大半。

陆华盯着她笑道："把大衣服脱了，要不一会儿出去会感冒。"

青果把围巾取下来，只把军大衣的领子解开，说："咱们也不坐很久，我懒得脱啊穿的，麻烦。"

陆华没说话，饶有兴味地看着她，听她说完就伸出手，抓住她放在桌子上的左手，笑道："青果！要不我要让你动起来，做点事情，你这样不荒废了你这么个人吗？"

青果看了一眼他握着自己的手：不大，白皙，手指纤细修长，像只女人的手，太漂亮了，怪不得能写出那么漂亮的字来，又抬眼看他，陆华忙把手收了回去。

青果微微笑了一下，说："哦，给你取支票就不荒废我了？我看还是荒废的好。"

"你，你怎么——"陆华语塞，一时恨得牙痒痒，真想过去在她白嫩的脸上掐一下。他胳膊肘支在桌上，十指交叉举在自己脸前，让眼睛躲在后面，仿佛只有这样才能让自己平静一点儿。青果笑着故意不睬他，不看他的眼睛。

喝了几口咖啡，青果觉得后背开始热起来，就把大衣脱了下来。陆华把手放在桌上，说："热了吧？怎么就那么喜欢反叛呢？要知道大人说的都是为小孩子好，可好心都当了驴肝肺了。"

"嗯，知道你心好！"青果朝他小声喊了一嗓子。

陆华得意地笑起来，举杯子让服务生过来给两人加咖啡，等人走开，才开口说："这咖啡很不错，但还是不如茶好，我更喜欢喝茶。"

"我平日里都喝茶的。可能因为周围好些人附庸风雅，好像喝了咖啡就变得更时髦、更洋派、更文明，所以就更不大喝了。从去年到现在就两三次进咖啡馆，有两次都跟的是你。"

陆华大笑："真是不胜荣幸！嗯，要说喝茶，我在内蒙当知青的时候喝的牧民的酥油米茶才叫好喝，你肯定没喝过。"看青果笑着睁了大眼看着他，陆华得意说："告诉你吧，牧民在蒙古包里都有火的，烧的都是牲口的大粪。一个小铁架子上放个铁锅。先在锅里抓把米，倒黄油炒黄炒香，然后倒水进去，再掰块砖茶放进去煮，最后再倒进鲜奶，真的香得要命呢！你知道吗?那香味来自炒米。”

陆华仰身往椅子上靠舒服了，眯缝眼瞄着青果，停了片刻，他的声音变得很小，像从很远的地方飘过来：“青——果，你不知道我第一次到了草原，站在我们知青点的房子前是什么感觉?”

“嗯?”

“唉！不告诉你也罢！”陆华没有动身，但他睁开了双眼，可他的眼神飘忽，知青点的土屋子就在眼前，一间破屋子，一口大破锅，他曾经以为就要把他的青春，甚至一生耗在那里。房子又矮又破，一共三间，一间给女生，一间给男生，一间做了厨房。一个知青点十来个人，女的管做饭、洗衣，男的管重活，他就是队长。从城里到了那里，他们一个组都从一个中学去的，在学校他就一直是个领头的人，一个红卫兵的头，站在那破房子前他曾想非得在这里干出点名堂来。他们不仅要建设边疆，还得建设他们自己的生活，从砌炕开始，建厨房，建活动室。

他得意地笑起来：“你知道我插队好多年，都没受过罪，连衣服都没有洗过，几个女生都争着给我洗衣服。”

青果笑：“嗯，我相信，你到哪儿都是受宠的，特别受女人宠，是人家都崇拜你！你要好好反省，你用了什么办法，让人家那样为你奉献?”

“你的意思好像我是个坏人。”

“你难道不是吗?”青果坏笑。

见青果撇着嘴笑，陆华说：“我还真的从来没欺负过她们，每次最重的活都是我去，去远道的都是我。我们知青都有自己的牲口。”他又眯了下眼说：“有一次，我赶着牲口走了很远，碰上了暴风雪。你看过《草原英雄小姐妹》吧?”青果点头。“我遇上的只有比那个更大，什么找回公社的羊啊，都是假的，暴风雪来的时候你唯一能做的就是随风而去，刮到哪儿是哪儿，根本就没有方向。你知道那个时候我骑的是匹骆驼。”

“骆驼！”青果轻叫一声。

陆华给她讲暴风雪里逃命的经历，他奔跑了两天一夜，倚在骆驼身上躲风，取暖，直到第二天下午才看见一个蒙古包，一对蒙古老人用一晚上来救他，用雪揉腿揉身子，喂他吃喝，他才拣了条命。

青果听得兴奋起来，脸涨得通红，陆华笑道：“你没有接触过蒙古人，他们才是世界上最好的人。一见你进去了，根本不认识你，就把家里最好的东西拿来救你，如果不是风雪天就把家里最好的东西拿出来招待你。你想啊，在大草原上，你要走几天才能看到一个蒙古包，才能见到几个人影，他人就稀罕人啊！牧民见了人，马上会这样说‘毛日勒’。”他讲出一串蒙古语，躬下身子，两手齐往后让，“意思是‘进屋里坐’，然后马上会‘切耶窝哦’。”他又伸出双手把咖啡杯端起来献在青果胸前，“意思是‘请喝奶茶’，说成内蒙古那地方的汉语，就是‘哎哟，快请屋里头坐，喝滚烫的奶子！’”陆华点头哈腰，做着手势，内蒙古话的语调像唱歌一样，听起来稀里哗啦，有轻声和气声。

青果捂了嘴"哧哧"地笑出了声,眨着眼问:"你的那些羊呢?"

"都没了,你知道那两天我跑了有多远吗?我跑到另外个旗去了。"

"你后来再见到过他们吗?我说那俩老人。"青果还好奇。

"没有。蒙古人就漂泊在草原上,他们跟着牲口走。"停了一会儿,陆华把身子再往后仰了一下,"记得刚到内蒙时人家请我们吃饭, 一见锅里白花花的肥羊肉我就吐了,谁知吃后才发现一点儿都不膻,好吃得很呢!"

陆华见青果喜得两眼放光,听得聚精会神,知道她已经完全不生气了。

青果笑吟吟凝视他, 琢磨他到底说这些是什么目的呢? 是想告诉我他是个好人,真诚的人?我能看得清他吗?青果摇头,可他知道我喜欢听什么,他知道说这些我会对他增添好感,确实如此。

陆华看了下手表,说:"今天还必须得回去,事情多得不得了,什么时候你们学校放假?你可得过来看看,这么大的事情,你怎么可能不参与呢?"

青果保证:"去,我一定去!一考完就去北京找你!走吧,天都要黑了,你还得坐火车呢!"

"对了,我回头给大马打电话让他把支票寄给我,你就不用去拿了。"

青果笑:"谢谢。"

青果没让他送回学校,他们分头坐上不同的公交车走了。

不能割舍的感情

整个周末,林欢对着空白画布,拧着浓眉,一笔都没有画出来。青果笑着把手搭在他肩上问:"找感觉?"

"嗯,青,从西部回来很多东西都憋在肚里,别看我一直没动笔,心里一刻也没有放下,可能是东西太多了,得再消化一阵。可是看到大头那些个画儿,我心里就有要画的冲动。"过去这一个星期林欢跟大头去北京,帮他布置画展去了,原来大头这次回内地是为办个展。

"欢欢,我一会儿就回去,别在这里搅和你,你需要自己一个人平心静气一段时间才行。"

"那好,今天晚上就跟你聊,把思绪理理。你不要走了,我的话还没有讲完呢,宝宝就你一人可以讲,你还忍心把我扔在家里?"

青果心一软,留了下来。他们早早洗了都躺在床上,小电视上正播着新闻。

林欢似乎在听新闻, 过了半天才说:"你看大头的西藏人物, 是他最直接的感触,他每天的生活。太具体了,细节似的,但是他生猛,有原始的东西在里头,这得亏他没那么完整的科班训练,他的敏感没有被破坏。你看过陈丹青的西藏组画,你知道原画有多大吗?"

青果摇了摇头。

林欢比划了一下，就一两尺见方的样子，说："就这么点大，可里面给的能量很大。他抓住了东西，他在西藏是个过客，最生动的人的东西、野的东西他一下子就抓住了。我这次一路过去，视觉上给我最大的冲击还是西藏，西藏的感觉就像一根棍子打在脑袋上，回来这么久，我故意不去想，想让它沉沉，可它还是往外跳。"

青果伸手摸了一下他的头，温柔地笑道："欢，你就让它出来，让它蹦出来，看是个什么?"

"嗯，我得用别的形式，别人没用过的形式，大家都在画人物，我不想，我得再想想。记得在拉萨整个时间都发晕，我的魂都没了，就跟在你面前一样。"说着就吻她，青果笑着推他："胡说！我什么时候有让你晕?是你让我晕！你每次都……"她盯着他的眼不说了，她觉得自己对他没有任何抵挡能力，这两天明明自己还没全好，可他要，她就那么让他任性。

林欢见她没把话说完，就笑道："嗯，宝宝，你说啊！我知道你要说什么，你想说我任性，总让着我。"

"你还知道啊！你知道这个还故意欺负我！"青果噘嘴叫一声。

林欢两眼放光看着她，突然猛醒：对啊，对她我怎么做都是对的，因为我迷她，迷得失魂落魄，没了理性，她深知这点，所以她让我任性胡为，在她都不过分，可迷西藏，却没有迷到那个程度，我现在还不能任性，出来的东西恐怕会不对。

星期一的早上，青果还是迟到了。青果从教室的后门进去，一屁股坐在Jenny的旁边。Jenny一看见她，就伸手在她胳膊上掐了一下，小声在她耳边说："说话不算话，说昨晚回来，现在才来，怎么罚你?！"

青果忍着痛，没敢叫出声，好不容易熬到课间休息，见李心坐在窗边，低着头居然没出去抽烟，就捅捅Jenny问："鲁红兵走了吗?"

Jenny一脸茫然："好像不是今天就是明天。"

青果走过去，坐在他身边，问："哎，走什么神?鲁红兵走了吗?"

李心抬起头，满脸疲倦。

"你怎么啦?昨天晚上没有睡?"

"嗯，今天下午她就走，先去北京，明天早上很早的飞机，她要到她朋友那里先过一夜。"

"你是要去的了?"

"嗯。"李心低头应了一声，仍然无精打采。

青果安慰他说："等下了课我也去看看她，也算我送她。"

李心抬起头："好，你去，你去看看她。"

下课后，青果和Jenny直接去鲁红兵的宿舍，她的床就在门的后面，床上已经什么都没有了，露出来光木头板子，鲁红兵没在宿舍。青果心里晃了一下，走了，真的要走了！两人拿上饭盆去食堂，远远看见李心和鲁红兵面对面地站在食堂台阶边。Jenny 说:“怪不得宿舍里没人呢?”又大声喊:“哎!鲁红兵!我们刚去你宿舍,你在这里啊!”

她们笑着走到他俩跟前,青果轻声问:“下午几点的车?”

鲁红兵抬头看眼李心,说:“我们 2:00 出发,到时候碰上哪趟就坐哪趟,反正要在北京过一夜。你们都不要来送了,送的人越多越难受,李心一个人就够了。我们系里的人和宿舍的人我都不要他们送。”

“我理解,理解,不过 2:00 前我们还是要去你宿舍送送你。”

李心紧闭着嘴,只点点头。

Jenny 说:“我们先走一步,待会儿见!”拉青果走过去。

刚进食堂门,就听见鲁红兵在背后叫:“青果!”

青果转过身,知道她有什么要说,撇下 Jenny 向她走去,鲁红兵快步走到她跟前,一双大眼在灰暗的食堂里闪光,声音急促:“青果,要请你原谅我冒昧,我知道你跟李心是无话不谈的朋友,你——你大概也知道一些我们的事情。”她说得有点结巴,青果没吱声,“我这一走就是一辈子的事情,我知道再也不可能见他了。他是这样一个人,他这个人注定会潦倒孤独一辈子的,不到万不得已我真的不想离开他,你不会像我这样,甩了他走人,将来,将来——”鲁红兵说不下去了。

青果看着她红红的眼圈,心就跟被人捅了一下,忙说:“你放一万个心吧,李心是个何等意志坚强的人?他的意志力谁也没有,有理想的人会受得住寂寞,不会孤独,他的朋友都在这里,不光有我,我相信和他对胃口的人大有人在,你就放心走吧!”

听她这样一说,鲁红兵一颗豆大的泪珠从右眼角滑了下来,另外一只眼含着泪。看她强忍着,青果心里的热浪冲了出来,一把抓住了她的手臂说:“你要往好处想啊,李心的将来只会很好,你们也不是完全没可能再见,其实你自己出去,一个人在外,才要多保重啊!”

李心这时已经走过来了,鲁红兵立刻收了泪,冲他笑一下。Jenny 排在买饭的窗口,歪头朝青果这边看,青果忙跟两人说:“等会儿我们再见,嗯,我走了。”

又摁了下鲁红兵的手臂,调头走了。

Jenny 盯着她到跟前,问:“嘱咐你几句?她放心不下李心?”

“是啊,人要走了,心还在这里,她放不下啊!”

Jenny 听了,一时发呆闷住了。

青果见她愣着,说:“宝贝幸好你好点,你出去是和汉生团聚不是分离,起码你是幸福的,没什么让你放不下,更好的生活在那边等着你。”

Jenny 听了心里烦躁,背过身不说话。

鲁红兵走后连着两个星期,Jenny 考 GER、托福。李心天天埋头翻译,上课,考试,看不出什么变化,可青果从他眼睛里还是能看到失落,她不知道该怎样去安慰他,就尽量多跟他聊天。一天中午他问青果:“我是不是太狠心了?看着她一个人拉着大箱小包的出去，真的很不忍，是我逼得她走的，青果，我是否太滥情？我在想我是否错了？我对美好的事物的热情和热爱也许本身就是个错，我没权利去爱！”

青果摇头，想起陆华来，陆华对菁菁，对自己，也许还有更多的女人，跟李心没有质的区别，虽然他们都不是为了随便找人上床的主儿，但他们对女人的热情和兴趣永远都是个变数，他们不知道他们要什么。没有什么人能让他们心服口服，不再被诱惑。李心的追寻可以很绅士，但陆华就不好说，记得曾见菁菁拉陆华的衣服，那种亲昵决非一般关系。他们对女人的感情跟欢欢的感情太不一样了，他们也许根本就体会不到我跟欢欢之间那种刻骨的爱，这世上有的人真的这一辈子都得不到真爱。

李心见青果在旁边沉默着，又说：“在北京的那晚，我跟鲁红兵在一起，我对自己很失望，我不是那么悲哀，也没有多么的不舍，我不爱她吗？我不欣赏她吗？不喜欢她吗？我的理性告诉我是的，但是我反而没了那些想法，只有疯狂的性欲。我觉得自己很可耻，她那么爱我，那么不舍。”

青果瞪大了眼，吃惊地看着他，真把他看错了，还以为他不会做越轨的事呢？看来他和陆华也没有什么区别，她叹口气：“也许你还没有找到让你这一辈子真正爱的，让你不能割舍的女人，我替那些爱上你的女人惋惜。这就是不公平，人家不能割舍你，可你一下就把人家给抛到脑后。告诉你，在这个世界上，男女之间有这种双方都不能割舍的感情，那就是真爱。你只是没有找到，不是所有的人都能碰到的，有的人一辈子都碰不到。”

“我知道你说什么，我父母就是那种。”李心低下头，小声嘟囔了一句，又抬头问：“林欢是你碰到的人吗？”

“嗯。”青果点了下头。

“青果，原来我跟你说过，我知道你的想法后更尊重你，是真心话。”

“李心，我们不要再说这个了。”

“可我要问，他对你也这样吗？”李心认真再问。

“是啊。”青果点头。

奉献与索取

青果坐在满满当当的机舱里，前前后后邻座的人，此起彼落，把头上的行李箱子打开又关上，忙得一片混乱。她回想起自己生平第一次坐飞机飞过大海见林欢的情景，当时自己是一个什么样的心情啊！不禁感慨万千，湿了眼睛。快二十年了，飞机也坐了数不清的次数了，可每次要单独一个人飞，还是要伤感。又跟林欢分开了，她心里空落落的，好在想到马上要见到李心，还有阔别已久的同学们，特别是快十年没见的Jenny，才稍稍安下心来。

北京机场已经大变样了，就一个奥运，把事情全都变了。机场大得吓人，到处都显示着国家的财力，尽管这些年没少回国，国内的变化仍然让她惊讶不已。

她推着行李车出了站口，人群里远远地就看见 Jenny 和小谢。她笑着过去，跟 Jenny 紧紧相拥，两人谁都不说话，趴在彼此的肩头上默默掉泪。

小谢在旁边喊："唉！你俩都怎么了？见了面也别这样啊！"

Jenny 推开青果，冲小谢说："你知道我们有多久没见了吗？有十年了！你俩恐怕去年或前年才见过吧？"

青果这才伸手给小谢："你好，小谢，我们也大概有五年没见了。"她又上下打量 Jenny，"让我来看看你，这些年你都变成什么样了？"

Jenny 穿了件白色的 T 恤，上面有一排小黑色字母设计，下身一条牛仔裤，人可瘦了不少，仍然长发披肩，只是大眼睛尾部有好些鱼尾纹显得她有些憔悴，不过她的身材仍然玲珑有致，青果笑道："你倒不见老，我可是老了。"

"老什么？小谢，你说青果变化大吗？"Jenny 瞥她一眼，她可比过去更丰满了，上身穿着深蓝色的紧身 T 恤，下身一条牛仔裤，身段袅娜，短发齐耳，比十年前似乎更滋润，皮肤仍然白皙，没有皱纹。

小谢忙在旁边笑着说："不大，还那样，只是胖了些。"

Jenny 伸胳膊把青果搂住："瞧她还那么水灵灵的，也不知道林欢每天喂她些什么？"

青果推她一把："说什么呢？我喂他还差不多，什么他喂我！瞧你说的！"

Jenny 把头伸到她耳边小声说："我是说他是拿那好东西喂你，别不承认。"

青果急得就掐她，骂道："你个臭不要脸的东西，都当妈的人了，怎么还这么不是东西？！"

Jenny 故意高声大叫，抓过青果的手捏着，小谢在旁边笑道："我刚以为你俩这回见了不会再跟以前一样打了，可两分钟都没待住就故态复萌。"

Jenny 把青果拉到跟前，笑着在她耳根子上说："我是说他拿柔情蜜意喂你啊，你自己是个流氓，想到哪里去了？不要脸的是你！"

青果根本没理她，举手再掐："你还不住口！"

Jenny 笑着投降："好，我不说了还不行吗？"

小谢在旁边看两人掐架，笑得合不拢嘴。青果这才收了手问："小谢，你老婆儿子都还好吧？"

"好，好，我儿子都上高中了！"

"真不得了，我们都把你当小弟弟，结果你的孩子都上高中了！对了，Jenny，Olivia 今年几岁了？"

"比你们乖乖小三岁，今年也十岁了。"

三个人上了小谢的车，他在车里把第二天葬礼安排一一说了，为照顾李心的夫人和孩子，俩女生就留宿李心家。说到李心，三个人都默不作声，心情都沉了下来。

李心的夫人在他们的小公寓门口迎接他们，几年前当李心在北京一家小餐馆里给青果看她的照片时就有错觉，好像是另一个小张，这两人长得一样，又高又瘦，大眼睛，干净利落，烫过的齐肩长发在脖子后头揪了一个大尾巴，穿着一件白色的确良短袖衫，下面一条蓝色长裤。这会子见了真人，还是让青果吃一惊，仿佛又见到小张。

青果出国后，李心去北京读博士就跟小张分开了，不过他一直没跟她离婚，读完博士，他就去奉节挂了个副职，一去就三五年，没有回京的意思，小张终于提出了离婚，李心从那时起便无牵无挂在奉节干上了。青果到美国后头两年不知给他写过多少信，后来还帮他联系过学校，都石沉大海，她知道他是不愿再与她有什么瓜葛了，这一沉默便是十年。他们第一次再见已是十年以后了，当时他才离了婚，刚巧从奉节回京办事。记得她专门从T市去看他，那时她和林欢已经在长岛做了两三年画廊生意。那天她从北京火车站出来，远远就看见他一身浅色风衣鹤立鸡群，站在一堆深蓝色灰暗衣服人群里，还是那样卓尔不群，玉树临风。青果笑嘻嘻走到他跟前，他疲倦的眼睛里灵光闪烁。

青果到现在都还记得他当时带着她坐北京地铁，他面对面地跟她站着，挡着后面拥挤的人群说："你就扶着我。"后来带着她去一家装修得很讲究的咖啡厅，一如既往给她开门，搬椅子。她在心里感叹这个人是不会变的，这么多年了，一见了，过去的感觉一下子就回来，中间隔断的十年时间就像只有一瞬间，他们就在见面的一刹那，回到了从前。虽然青果没敢去扶他，但却非常自然地接受他的殷勤，十年的沉默一笔勾销了，青果连提都不用提起，不管到底是为什么，她都不在意。等他们坐下来，她端详他，他更瘦了，脸上多了好些皱纹。记得李心那天心情大好，说了好些事情，都是那些年他在奉节经历的事情，很少他个人的私生活，青果也没有问。

他笑眯眯问："这几年回来，是不是觉得还满意？国内的发展还令人满意？"

一句话把青果问愣了，回他："为什么这么问我？我满意不满意有什么重要的？"

"对啊！这几年中国在努力，大家都在努力，国内发展不错，这是最值得欣慰的，我们得到这样的结果，不是没有付出代价，可是我们没有办法，我们必须走这条路。"他喝了口咖啡，青果被他说话的口气搞得有点糊涂，他是在代表谁说话呢？代表政府？难道我是他的对立面？或者我是一个外国人？

李心根本没看青果眼里的神色，继续说："我们的政府不是不办事情，现在的问题是政府正在努力地办事情，但大家的怨声更大了。一个来自内部，大家生活好了，好得多了，但却端起碗来吃饭，放下碗来骂娘。一个来自外面，现在世界上，就你们美国见不得我们好，为了它的强权霸道利益，专门跟我们为难，除了干涉、欺负别人，没有比它更霸道的了。"

"哎，哎，哎！你搞清楚，什么你们美国？我又不是美国人！"青果喊起来，"把我当谁了？美帝国主义？"

李心笑："你还不是美国人？我以为你早是了。"

"你什么时候才能改了你自以为是的毛病？"青果白他一眼，笑嘻嘻地看着他，心想他还是没有一点儿变化，甚至比过去更认真了。

“恐怕这一辈子都变不了了！”李心笑了，喝了口咖啡：“我忘了你不爱喝咖啡，不过这里的咖啡很好，是巴西的，这里的老板是个从澳大利亚回来的留学生，酷爱咖啡，才开了这家地道的咖啡馆。”

“你又错了。”青果瞪他一眼：“其实到了外面，咖啡跟我们的大碗茶也没有什么区别，遍地都是，既然不是崇洋媚外附庸风雅的事情，我为什么要抵制呢？”

“你这个人就是各，还改不了。”

“谢你夸奖。”

青果发现还是不太一样了，他说话的腔调带着点官腔，俨然一个国家利益代言人，青果心里有点好笑，国家利益？谁给他这个使命的？当听到青果在美国经营中国艺术，他说：“对他们美国人不要客气，就是要赚他们的钱。”

青果想制止他，告诉他老百姓和政府是两件事情，不要混了，美国政府跟美国人民风马牛不相及，但是她没有张口。

没想他继续发表高论：“美国总有一些别有用心的人故意打压、歪曲、丑化中国，故意与我们为敌，把我们逼成这样的。前段时间《波士顿环球报》一个记者来采访，说我们低廉报酬违反人权，我当时就跟他发火了！”

青果笑着点头儿：“我看到了，当时是林欢在看报纸，还直跟我说你是个愤青呢！”

她记得李心在那个采访里咄咄逼人，质问那位记者到底是谁造成中国这么低报酬的？指责美国的奸商和西方资本霸权跑到中国来，一再打压中国的价格，剥削中国的农民工。他向那家报纸陈述事实：成千上万的青壮年农民工，十八岁到二十四岁，他们每轧一双鞋只能挣十美分！中国只能以这么低的工钱才能从美国那里抢到订单，把韩国、印度、印度尼西亚、泰国都比下去，才能保住饭碗，他质问那个记者你们有什么权利跟中国谈人权？

“那个记者当时说什么？”青果来兴趣了。

“他还有什么好说的？被我抢白得脸红一阵白一阵的。美国人都太自以为是，好像真理都在他们手中，他们拿着至高无上的裁决权，说你不好你就是不好了。”

青果点头笑道：“偏见和先入为主是很可怕的，全世界任何一个国家都洗脑，尤其在美国。”说到这里她停住了，美国人从小就被这样教育出来的，不到那个地方生活是不会了解的，嗯，他对美国也有片面的地方，其实谁不想比别人优越，谁不用自己的价值标准来 Judge 别人？他不服气也没有办法。她笑道：“你还是最好不要在心里就轻易地恨上一个国家和那个国家的人，你不知道有多少中国人以赚美元为生呢！”

“这些人里也包括你。”

青果嘴角浮着一丝笑意：“当然！不过我算什么？看看我们的出口贸易，你就知道有多少中国人以他们为生了。”

李心尴尬地笑了一下,从兜里掏出烟盒来,抽出一支点上,深吸一口,又吐出来。

“你还抽得很多吗?”青果关心地看着他问。

“一天一两盒吧。”

“你真的找死啊!现在也没个人管你,你就更为所欲为了。”

李心笑笑,又抽了一大口,眼睛直视她,若有所思,说:“你没有去过那些沿海一带的乡镇企业,没有到过那些工厂,没见到那些年轻的生命,等见到了你就会跟我一样愤怒了。”没想到他脑子里还想着刚才的话题。

青果端着咖啡仔细端详他,心里欣喜万分,感叹十年他不仅没有变世故,反而更纯粹。李心那天也很欣慰,知道她跟从前一样,她刚才虽说了一番那样的话,并不代表就真的变成一个外人了。

往事历历在目,此刻青果却站在李心家的书柜旁,望着墙上遗像。

李心的太太姓赵,牵了他们四岁的小女儿走进书房,Jenny 跟在后面。青果忙转身,笑道:“真的很打扰你们,谢谢了。”

“没有,没有。你俩这么远都要赶回来送他,我才要感谢你们呢!”说完她低下头,对女儿说:“快跟阿姨说谢谢啊!”

小姑娘张开小嘴就说:“谢谢阿姨们来送李心,李心他知道的,他心里很高兴。”

青果一听马上把孩子揽进怀里,见她瘦骨嶙峋,长着一双机灵的大眼睛,又听她小嘴里说出来大人的话,心里不禁发酸。她知道因为李心一直在三峡,孩子随母亲住在贵州,他前年才从三峡调回北京,谁知去年查出来小姑娘身患绝症,是血癌,为了方便治疗,才把她们娘儿俩从贵州接到北京。

小赵苦笑:“我们孩子不怎么爱叫爸爸,长年不在他身边,我们去年来了后,李心每天都忙,在家的时间也少,连抱都很少抱她。唉,他根本没有精神准备一下有个家庭,还有个病孩子。前些日子因为老跑医院,我一个人实在弄不下来,他才挤出时间帮我,跟孩子稍微亲近一些。这不才刚好点,他又出事了……”说完,她眼圈红了。

青果蹲在孩子面前,从包里拿出从美国给她带的玩具,递到她小手里,心里后悔当时懒了没多买些,应该再多带点。

小姑娘眼里冒出欢喜的神情,立刻伸手接过去又抬眼看看妈妈,小声说:“妈妈不让我要别人的东西。”

青果忙说:“阿姨不是别人,阿姨是姨。你就拿着,妈妈同意的。”

小赵笑着点头,孩子这才放心露出笑脸。

Jenny 拿出一个信封塞给小赵:“你收下,这是我的一点儿心意,我没来得及买东西,你给孩子随便买点什么。”

青果也站起来塞给她一个信封:“你无论如何都得收下,我们不在这里为你做不了什么。”

小赵推辞再三总算收下了。

记得那次李心在餐馆把小赵的照片给她看,告诉她这个女孩是从网上认识的,贵州的一个护士,因为看了《中国青年报》一篇对他的报道,专门找到他,舍弃一切都要嫁给他。

青果听了笑问:“你就这样要跟她结婚了?还真有爱上活雷锋的事情?!你爱她吗?别又搞个小张,到头来结果不好。”

“现在谁还看得上我呀?又老又没钱,四十好几的人了,我是两袖清风,现在她肯嫁给我,我还有什么可选的?”

青果点头,可不是,他也不能老是一个人啊!他又不真的是个圣人,一个人在这个世界上耗着,能不寂寞孤单吗?

小赵让青果和Jenny坐下,又给她们上茶。两位客人都站起来谢她。

小赵辞职来北京后因为孩子的病,要不停地去医院,工作也不好找,就干脆没去找,家里的生活全靠李心微薄的工资,现在李心一走就更难了。

青果看着她为她发愁,她嫁给李心真的倒霉啊!他几乎跟她没有过过什么家庭生活,两人长年分居,孩子又有病,李心的心根本就不在她们身上。

晚上关灯后,青果和Jenny躺在一张大床上,因为李心都睡不着。

青果半天欠身起来说:“Jenny,你说他的心到底在哪里?我觉得我很了解他了,但是到去年我俩在电话里大吵之后,我真的很悲哀,我觉得他走得太偏了,他真的变得很怪。你说这个世界上就有这样的怪人,他越来越不是人了。”

Jenny笑:“他不是人?那他是什么?”

“他就是个怪物!你说有这样的人吗?他好不容易从奉节回来,跟小赵结婚,但是又一直单身生活,终于生个孩子,却连孩子都没有抱过几回;他没有什么钱,却好几年一直资助一个乡下孩子上大学,轻描淡写跟我说那孩子很聪明,举手之劳而已。他本来博士毕业到基层挂个副县长的职,在别人就是镀金,可他却一去就陷进去了,一待就好些年,说是工作太多,太需要人了。他在县里一边做移民,一边扶贫,但他自己的孩子都没有钱送医院,他把自己给完全奉献了,你说他还是个正常的人吗?”说完青果眼里溢满泪水。

“唉!”Jenny叹了口气,伸手搂住青果:“青青,我知道你心里气他又疼他。”

“我只是希望他能活得正常一点儿,凡人一点儿,到去年我发现他只能是这样了,他今天的这个结局是必然的,他不这样,也得那样了结,只是太快了点。”青果哽咽着说不下去,起身去卫生间。

Jenny抱着头倒下,这回见着青果,让她感慨万千,她原来以为一辈子都不要再见她了。那年在纽约重逢后,她便伤心去了加州,上了加州最好的Ucla,就此天各一方。二十年下来,毕业,工作,结婚,离婚,打官司,匆匆几乎一生,十年前在纽约匆忙见过她一面,后来带着孩子逃到新西兰,这些年跟她已经没什么联系,原以为过去的情感终于淡了,没想到一见她,一闻到她身上独有的温柔气息,就糊涂了。她刚才一要流泪,这二十年磨得跟钢铁一样的心居然还是软了,她发现跟从前一样,只要在她跟前,还是不能自已。

青果轻轻回到屋里，把什么东西放到五斗橱上。又听见她摸回床上,Jenny侧头,望着她的黑影,忍不住地欢喜。就听见青果叹了口气:“Jenny,我刚才在卫生间里看见小赵用的东西了,那雪花膏还是二十年前我们都不用的大宝之类,我把我俩的东西都拿进来了,真不好意思放在那里。”

Jenny在黑暗里点头:“还是你想得周到。”说完就伸出胳膊搂住了青果的脖子,“青青,告诉我这些年你都怎么过的?你跟林欢还好吗?”

青果推开她,笑道:“我们还能怎样?不过就那样了。我们的画廊这几年也就这样,你知道我不是那种特能挣的人,就一个懒人,林欢更无所谓,只要能过得去就行了。你怎么样?你的Tom还找你麻烦吗?”

“找啊!”Jenny的声音里充满了笑音儿,“我现在是明白了,我这辈子生来就是为了跟他打的,我生的目的就是为了他,真是俗话说的不是冤家不聚头!”

Jenny离婚后到美国,在学校里追上学校游泳队的十佳全能冠军Tom,一毕业两人就结了婚。因为她没有身份,我的工作地点就不能随意,Tom为了她,没找工作,随她的工作地点流浪,几年后他们有了一个女儿,可生活却发生了变化。Jenny的年薪随职位和公司大小变动越来越高,两三年就超过十万,而Tom因为失掉毕业后最初两年找工作的最佳时机,工作越来越难找,脾气也越来越糟,家里开始争吵不断,最后大打出手,两人以离婚告终。Tom一个Ucla出类拔萃的游泳冠军,学校里被女生穷追的骄傲王子,怎么可能接受这样一个现实?受这窝囊气?他的一生就跟她摽上了,寻找各种理由为女儿的事情跟她打官司。Jenny没法,辞去工作,逃离他们生活的城市,可Tom总能找到她,她就逃更远,最后逃到南半球,他仍然能把她找着,至少隔一年就跟她打一场官司,她这几年辛苦挣的钱都交了律师费,换了无数工作,一个人养女儿,受的罪只有她自己知道。

青果在旁边说得有点幸灾乐祸:“这是你活该!谁让你伤人家?告诉你在这世界上没有人是好欺负的,人家这样不依不饶,可见你伤人家有多深了,你这辈子是碰到一个厉害的了,够你受的。”

Jenny翻身起来压住青果小声说:“你这个没良心的,你倒是向着谁啊?他给你什么好处你净帮他说话?”

“我当然向着他了,人家当初跟你好不就是爱上你了?什么都不要跟你,多好的小伙子,你嫌人家这不好,那不好,跟人家结了婚,就要学会宽容一点儿,一点儿都不知道让,怎么过日子?”

“你就让着林欢了?”

“那当然!你没见我对他都多心软?”

“可我就对他软不下心来,除了对我们Olivia,我的小宝贝一哭我就跟着她哭,Tom跟我怎么打我都乐。”

“你个死猪,我看把你的心挖出来准是个黑铁疙瘩,你心里就没有真正爱一个男人！”

“我凭什么啊?我才不把我自己贡献给别人呢！”Jenny在黑暗里撇了下嘴。

“唉,我不知道该为你庆幸呢还是悲哀,你也许这一辈子都不知道爱一个人是个什么滋味。”

“什么感觉?”Jenny伸手搂着青果的身子故意问。

“不忍啊！当你不忍,狠不下心来的时候,你就爱了。你对Tom不忍了吗?对汉生不忍了吗?对最早的那个高个儿子男孩不忍了吗?”

“我只对我们Olivia不忍,我不能让她受一点儿委屈。”

“那是不一样的！跟你爱上男人不是一回事情！”青果气得打断她。

“青青！你说我不会爱个男人吗?”她闭上眼摇头,也许她是对的,跟任何男人在一起,觉得很爱他们了,立刻想的是跟他们上床,对他们饥渴想念都是床上的事情,好像一走就走到那儿,情感也停在那儿,再也不能深入。“我好像没法让自己的心就这样都刨开来放在他们面前。”她说得有点自责。

“你怕什么?”

“不知道,我就是做不到,是我不能把自己完全给出去。要说Tom很优秀了,人又聪明,你想能上Ucla的都是佼佼者,可只要我们有冲突,最后都是我不耐烦,他曾经骂我Abuse他。”

“我觉得你是啊！”青果记得曾经给她从加州打电话说警察到他们家的故事,当时两人吵架吵得厉害了,Tom干脆报警告她打人。

“你不知道一跟他纠缠深了我就极不耐烦,就上火。”

“看来你也是个怪人,跟李心一样就是个孤家寡人！你说说,你俩怎么就都那么少见呢?”

Jenny不说话了。她看着黑洞洞的窗外,突然一阵心慌,和青果这样躺在一个完全陌生的地方,这样彻夜聊天儿,好像在哪里出现过,在梦里?还是自己的想象里?她想起当初在纽约见着汉生和林欢时的悲哀,她不知是为谁伤心?反正她一下没了丈夫,也没了朋友,知道她必须一个人逃出去挣命了,她不敢留在纽约,不敢离他们三人太近。她叹了一口气,伸手又抱住青果的身子,把头埋在她的后背上说:“青青,你不觉得吗?我这一辈子都在逃避,到处逃,我现在逃到那么远的地方,该着的鬼还是能找着我,逃不出命去的。”

青果翻身把她推开:“Jenny,你是个多聪明有能力的人啊,你这样做真的是浪费！你跟我不一样,你不是个懒人,你这个人控制欲旺盛,心思缜密,好算计,好张罗,好出风头,善交际,办事能力极强,我一直以为你在这个社会能有所作为的,你看你,上了全美差不多最好的学校,刚毕业就在世界五百强大公司里找了时髦的高薪工作,二十多岁就挣快十万年薪。这个世界上每个人都有自己的位子,你的位子就在这世俗社会里,那样才能把你的才能用尽,可惜你走了完全不适合你的路。”

“可我不后悔,我这样走也是我人生的选择。”

“是啊,俗世就是咱们中国人讲的江湖,不是人人都适合走江湖,也不是人人都适合隐居,我就是隐居了,还照样认为你应该在红尘里过。”停了一下,青果又叹:“唉——都这么多年了,我都不知道你怎么为生的?”

Jenny 又紧紧地搂了下青果,在黑暗里笑:“不知道就不知道吧,反正我活得很快乐,每天看着我女儿就很开心。我经常一个人在家里喝酒,自己享受得要命。”

青果无声地摇头:“我们睡吧,明天还得起来去开追悼会呢。”

两人这才都住了口,睡下不提。

求职,西藏新画

Jenny 算算汉生走了快有一个月了,自己只收到一封信,两个电话。汉生一如既往地开心,激动,每天似乎有使不完的劲,除了说打工的事情,就是他在纽约这个大都市里遇到的新刺激、新故事。可 Jenny 总觉得他的那些信息里没有她想要的东西,没有林欢给青果信里那些刻骨铭心的东西。她有点失望,她跟汉生总是这样不痛不痒的,说远不远,说近也不是那么近。她还发现她不怎么想他,完全不像青果想林欢那样要死要活的,她对自己也很失望,难道我不爱他吗?她问自己。

著名画家方明来学校做电影诗歌报告,学校里传开了,此番为在学校建艺术系做宣传,他们现在正招人。听完报告,在 Jenny 和李心的怂恿下,青果决定去试试,如果能留校那不太好了?Jenny 急得当晚就用一个小打字机帮青果打简历, 催青果写求职信,青果坐在床上,握笔皱着眉凝神,想怎么措辞才好?写成什么样才能打动他呢?

Jenny 一看就急了:“青果,你平时那些个才情都哪里去了?写个求职信都这么难?让开,让我来写。”

Jenny 没几分钟就写完,递到青果的鼻子下,说:“看看,看看,我管叫他看了就要你这个人!”

青果一把抓了过去,边读边笑:“你恶心不恶心啊?我是这样的人吗?不行不行,太过分了。”

Jenny 急了,指着信道:“说,那一句过分?嗯?那一句?不这样写怎么表达你的崇拜之情?”

“可这些话我怎么说得出口?”青果脸都红了。

“这有什么?又不是说给每个人听,不就给他一人吗?谁知道啊?他看了,高兴了,不就解决问题了,又有什么关系?!这种事情何必那么认真呢?管他真假,达到目的就行了。”

听 Jenny 这么一说,青果不说话了。Jenny 忙把写好的从本子上撕下来,把笔递给她,说:“赶快再抄一遍,我们今晚就找他去。”

青果照着抄了一遍,再又翻翻过去的论文,找出一篇关于道家美学的作业,一并放进一个大信封。

放寒假了，林欢迫不及待带青果回家，一开家门，昏暗中，青果就闻到浓浓的油彩味儿，似乎满屋子的画，她扔下包就奔到画架前，喊："开灯，开灯！画了这么多啊？数一下，哟！五幅呢！"靠柜子两幅中大的，靠窗户两幅大的，画架子上还有一幅巨大的。

林欢站在门边将屋里的灯打开，青果这才看清，全是抽象画，没有具体的形，色彩浓烈，笔力强劲，完全不是林欢毕业展览时的颜色了，青果一眼就能认出来，现在画布上的颜色是西藏，西藏的颜色。

青果站在五幅画前，屏声静气，仔细端详，半天没说话。她感觉林欢的手从后面搂在腰上，嘴就在她的耳朵根上哈着热气，她仍然没有回头。

"青青，说话啊，到底怎样啊？"

青果转过身来，眨着眼问："这就是你的西藏？你对西藏的感觉？"

"嗯，是，青，快说，怎样啊？"林欢急得再问。

青果搂着他的脖子说："我喜欢啊，跟读你的诗的感觉一样，这些是你心里的诗，你的情绪、情感，我都能感觉到，欢欢，纯粹的东西就打动人啊！"

"真的？真的？"

青果忙点头。

林欢喜得一头栽倒在床上，手指鼻子大喊："青青，看这里，这是谁？这就一大师啊！"

青果笑着回头骂道："臭不要脸的，不知羞耻！"

林欢喜得翻身起来把青果拽倒在床上，压在身子下面。

青果推他："欢欢，等等，我还要看看，让我再看会儿画，你去烧水。"

林欢支起身，委屈地望着她，没动身。青果笑着摸了摸他的脸："听话快去。"

林欢只好起身，出去了。

等林欢进来，青果还站在画布前，回头看他一眼说："欢欢，这几幅就是你在拉萨的感觉：混浊的，凝重的，眩晕的，你看你这里的笔触，很厚重，这里用了刮刀，但是每一笔又都是活的，看得出你手里的劲儿，就跟书法的笔力一样有劲。喔，你这劲儿是从里面出来的，看这爆发力，所以不只是颜色、形好看的问题，这画面上的能量夺人。"

林欢从后腰上搂着她，认真听她讲，听到后来忍不住从后面吻了一下她的脖子。青果甩开他，指着另一幅画道："你看你这几幅，就明快得多，大块的颜色，是什么？"

"宝宝，你就是个小妖女，什么都知道。"说完就吻她。

青果急了把他推开喊："快说啊！"

"青青，这几幅我想画拉萨城外给我的感觉，我去了那附近好些寺院，走在外面的感觉又高，又干爽，又晴朗，又明亮，又干净，又强烈，又孤独，又神奇，又宗教……”说到这里他停了一下，说：“那种感觉——”

青果又指了下画架上那幅最大的，大概有一米八见方：“这幅还没完？”

“没呢，我想再加东西进去。把空间拉开，多一些层次。”

“欢欢，我感觉这幅有点哀伤，虽然颜色那样明快，不知哪里来的哀伤。不知道能不能用‘伤’来形容。你看这。”青果用手指了下中间，“这好像在哭又哭不出来的感觉，嗯，是寂寞或者说落寞。”

“没有啊，偶然成这样的，我没想这样，它自己就出来这个效果。还记得大头阿里的那些片子吗？明媚阳光下一种莫名的空寂，就想要这个感觉，这幅画还没完呢。宝宝，水热了，咱们不说画了行吗？”

“嗯，”青果答应他，仍然看着画布，若有所思。

林欢给青果打了水，他俩依次都洗漱了，换上睡衣，青果坐在床上还在看那些画，突然说：“欢欢，你能把这些画都翻过去？它们都太厉害了，在它们的注视下我可睡不着。”

林欢笑着下床，把所有的画都翻了背朝床，才上床搂着她问：“青，这下行了吧？”

青果咬着他的肩说：“欢欢，你里面的东西太厉害了，就像要从画布上冲下来，我怕你了，看不出来你是一个那么有内劲的人，你可别对我那么厉害。”

林欢笑：“哦，你才知道我厉害啊？还没领教过吗？怎样？再尝尝滋味？”青果笑着喊：“你个流氓，故意打岔，你知道我说的不是这个。”

“谁说不是这个？”林欢咬着她的唇，已经不能自已了。

停在风暴之前

林欢跟青果好不容易在《艺术》编辑部一间办公室里找到陆华。

一推门进去，见一屋子人都站着，除了张良、郭亮认识，还有黄山开会知道的张伟，其他十来个人都不认识。张伟给青果的印象很像个“五四”青年，三十出头，又瘦又高，长脸，深棕色的头发又浓又密，留了个盖头，围着深灰色长围巾，高鼻子上架着一副黑色的大方框眼镜，总穿着中黄色粗条绒裤子、长黑皮夹克，风流倜傥，非常洋派。在黄山的时候就听人介绍他学法语出身，后又在美院西方美术史拿了硕士，留校任教。青果从来没有跟他说过话，在黄山时也就远观，见他从不发言，可总鹤立鸡群样，像个从国外回来的人，和大家都格格不入，没想他也在，出人意料。

陆华正站在人圈子中吩咐什么，看到青果和林欢进门，高兴地喊一声：“哎，你们来了，正好，正好！来得正是时候，你俩等一下，我这就完了。”

郭亮和张良也回头跟两人打招呼。

青果笑道：“你们先忙，不要管我们。”两人站在门边，听他们开会。

陆华继续朝大家说：“好，郭亮，你就负责接收全国各地的作品，从明天起，派人去火车站接。把你们美院的学生组织起来，没有车就蹬三轮、板车，总能把作品都运到美术馆。老米，就要麻烦你做展览设计了，你们几个谁能帮老米的主动跟他报名去。现在标志大家都同意了，就用南京王军的不准调头路标那个设计，很有气势。唐国庆，你负责印刷请柬、首日封，还有明信片、海报、宣传品。张伟，你负责外事，通知各大使馆、新闻机构、媒体、各级政府、美协、名人，所有文化机构，重要的是美协、美院、油画协会都由你去联络了。张良，你就管所有的经费事宜，没有你我们就完了，你就是我们的总管家，那些赞助的，你还得跑，去落实下来，我们等着米下锅呢，不管是口头上，还是怎么答应的，都叫他们不能反悔，得把他们的钱掏出来放进咱们的腰包才算作数。"说到这里一屋子人都乐了，陆华挥了一下手接着说："另外几百件作品马上就来了，我们得赶紧定下各个画家的展线、展览的方案，大家的工作量都要加大，可能这几个星期都睡不成什么觉了。"

高个儿子唐国庆高兴地接过去说："哎，各位，所有该印的东西基本上都印出来了，只等首日封了，你们来看看。"

青果知道唐国庆是《艺术》杂志编辑，消瘦，厚密黑发中分，有点斜肩，他说着在一个大黑包里掏出一沓子印好了的卡片，分给屋里的人，青果也拿了一张，是请柬。正中间白地子上印了一个大的鲜红的不准调头交通标志：一个红色圆圈里面，一斜横道横在调头红箭头上，醒目又明了，言简意赅，一看就知道它的寓意。

唐国庆又从兜里掏出印好的招贴，同样的设计。

老米说话了，他一说话青果就断定是他，这还是第一次见老米呢，矮个儿，最多比青果高出去一点儿，一颗大脑袋，大眼睛，眼神温和，留着修剪得很整齐的小黑胡子。青果好奇怪他长的一点儿也不是她想象的样子，没想到那么温良，看不出他文章里的血气。就他跟陆华两人，这两年把美术圈闹得够呛，看他们都不显山不露水的，这才是做事情的人呢。他的声音很沉稳："关于大侠的作品，我们还得跟美术馆交涉，要是这样的作品都不能通过，我们的展览还有什么意义？我的意见除了万不得已，为顾全大局，可以牺牲个别作品，但不是大侠这件。"

陆华接过他的话茬儿："咱们开会前刚跟美术馆联系上，还没来得及说，明天我俩都去，跟他们交涉，争取把大侠的这件作品留下来。他们已经通知我们，三天后要到美术馆审查，所有的作品差不多也该到齐了。"又扫视每个人，"大家还有什么要讨论的？现在都可以提出来。要不现在咱们就分头行动？"

没人说话，陆华又说："你们反正都能找到我，我不在这里，大部分时间在美术馆，或美院，那边近些，人也集中些，就在郭亮的办公室里。"

青果再打量陆华，见他穿了件深咖啡色的毛线开衫，头发蓬乱，脸有点浮肿，眼睛因为浮肿更往外凸出，青果想大概睡眠不足吧？这就是他召集来的人？展览的筹备组？这样一个大型的、全国性的展览，他一个人是做不出来的，得用各种人才，张伟就是个好的外交人才。还有老米，这两巨头得合作，要不那些画家怎么能听话呢？这几个筹备组的人最老的恐怕就是老米，最多四十出头，陆华也就三十八九，最多四十，其他的几个人也就二三十的样子，这应该算得上新中国成立以来，全国大型展览里最年轻的筹备组了，看他们各个都精明强干，真的改朝换代了，三十年来政治宣传的，歌功颂德的，假大空、红光亮的美术作品霸占着美术馆，马上就要被这些年轻的"造反派"取而代之，真让人欢欣鼓舞。

会开完了，人们开始往外走。陆华走到门边冲青果和林欢高兴地说："你们来得正好，正是时候，现在正需要人帮忙，真是千头万绪，缺人手呢！"

青果跟林欢都笑笑，说："展览7号开啊？腊月二十九啊，不过年了？"

"都不过年了，全国的画家都来北京，还过什么年？这儿就是最好过年的地儿。"见青果笑嘻嘻的，就说："怎么着，你们还要走啊？"

青果笑得有点尴尬："对啊，票都买好了，下午6:00的车呢！"

陆华叫起来："你还真想走啊？没见人都来吗？现在全国的人都往这里赶，都给我去把票退了，开了幕再走！走，走，走，退票去，有的是你们的事情做。"这时张伟跟老米说完事，正要出屋，陆华一把抓住，"哎，给你个兵，青果，你黄山见过，就叫她跟你跑点事情。T市联系大马还有文联的事情交给她去。还有你给她在美院找个床铺，让她有个地方住。"

张伟笑了："这是我办公室电话、宿舍电话，我的办公室在新楼617，来找我。"说完又再看眼青果，把写好的纸条塞到青果手里，走了。

陆华看看愣着的青果，说："走，咱们去美院，还有好多事情呢，要不你们先去火车站把票退了？"

林欢问青果："怎样？我们去退票？"

青果有点可惜地说："好吧，我们可好不容易才搞到卧铺票。"

陆华已经笑开了："这还像个话。"

青果也笑："告诉你陆华，开幕后我们还得回去，你得答应给我再找两张卧铺票来。"

"答应，答应，到时候找张良，他有路子。"陆华笑着答应了。

陆华急忙忙地跟他们告别去美术馆了。两人站在汽车站上，目送陆华骑远，青果问："欢欢，我们真的去退票啊？"

"可不是真的，咱们就留下来帮他们几天，再说这也是画画儿圈里的空前盛事，咱们也别错过了。对了还得告诉你父母一声，别叫他们盼你。"

303大长车来了，慢悠悠地停在他们面前。正是五六点下班时间，车外挤满了人，他们挤了上去，青果问："我们今天就住美院吗？"

林欢皱着眉头，想了下说："张伟给你找的肯定是女生宿舍，我怎么住？这样吧，我先回去，你留下来。我回去把我的画画完，也送来参展，不是三天后审查吗？只要选中了就进美术馆了。"

"好！欢欢，这可是个太好的主意！"青果兴奋得一把抓住他的手。

春节前的北京站，人山人海，他们也没去退票，直接进了拥挤不堪的售票大厅，把票卖给一对带孩子的民工夫妇,然后去6号站台,去T市的车都从那里出发。天已经暗下来,去T市的车快来了,林欢搂着青果的肩说:“青青,你一个人在北京,自己多注意,嗯?”

“咱们说好,你两天后把画画完,然后送过来,我在这边等你。”青果靠在他身上有点不舍。

站台上铃声响起来,林欢低头吻了一下她的头:“我走了,宝宝。我去给你妈拍个电报,告诉她过了三十才回去。”

青果看着林欢上车,等车走了才怏怏离开。

当晚在美院,筹备组的人都聚集在郭亮的办公室等候美术馆的消息,9:00陆华终于现身,一进门就兴奋地喊:“成了,大侠的画过了,过了。今天谈得不错!多亏了美院的几个教授,有他们的支持,事情才有可能,我今天话说得多了,顾不得了,据理力争啊!”说完赶紧拿杯子,找暖壶倒水。

郭亮听了喜笑颜开:“这就是大势所趋,真正保守的人还在少数,谁也不愿成一个老顽固被历史抛弃。人家一开始就给我们定的三大条,你们看,什么不准反四项基本原则,不准黄色淫秽,还有什么不准有行为艺术,记得当时不同意就不把美术馆签给我们,现在怎么样?事情都是事在人为的。”

陆华笑了:“当时真的是忍着气签的!但是有什么法子,我们最大的目的是要把这十年全国造反的东西放进美术馆,这是大目的,就是忍着气也得签啊!”

张伟“嘿嘿”笑了两声说:“这就叫小不忍则要乱了大谋,咱们这是大谋。”又转身对青果说:“明天我们还得去给这些老爷们儿抬抬轿子,明天你到我办公室来,我们去发请柬,这才叫共襄盛举!”

青果笑着答应了。

陆华看了眼青果,又看着大伙儿说:“这两天各路诸侯都来了,他们可不知道我们争取展览的机会有多么来之不易,这些人,黄山大打一仗,什么事情干不出来?他们要闹事,要违反游戏规则就太正常了。我已经有耳闻美院有些学生要做行为艺术,而且要从美院一路做到美术馆,公安已经很紧张了。我跟美术馆声明他们的作品不在我们的单子里,跟我们没关系,但还是得去做点劝阻工作,郭亮你们美院的学生还是你去找他们说说。”

郭亮点了下头没吱声。

陆华又接着说:“问题是到开幕那天不知道还会有什么事情冒出来,大家现在就要把耳朵伸长,很可能会因为一件小的事情影响到全局,我们要确保展览的顺利开幕,不要像过去十年来很多的展览还没开幕就被封了。这可是中国美术馆,不是随便的一个什么文化宫啊之类的场地,失去了就再也回不来了。”

张良说:“对啊,大家都多通通气,有什么动向及时处理,几百人不可能每个人给他们做工作,这些人,天生就反叛的,防不胜防啊。”

几个人为展览细节一直讨论到深夜,陆华突然侧身对坐在旁边静听的青果轻声说:“别跟我们熬了,去睡。”又扭头问张伟,“有地儿给她过夜吗?”见张伟点头,又朝青果说:“明天事情会更多,忙不完的。”

黄昏时分送完林欢回到美院,张伟不仅帮她找到一个空床位,还带着她去食堂,买到饭菜票。青果站起身告辞,回到张伟介绍的房间,胡乱睡下了。

第二天早上 8:00,青果就起来了,在水房里用凉水洗把脸,跑到食堂买了个馒头,啃着就往张伟的办公室走。一进去就听见他在用法语打电话,青果没敢惊动他,悄悄坐到桌边的一把椅子上。他笑着看了她一眼,继续在电话上跟人说了一会儿,青果觉得法语真好听,很柔软。话从张伟嘴里说出来,好像他这个人都变得浪漫柔情了,其实他说的青果不用猜都知道是什么,无非通知使馆或法国在这里的机构展览的事情。

电话打完了,张伟笑着跟青果说:“早上好啊! 今天咱们先打电话,给所有的外国使馆、报社打电话,然后打信封,把所有的请柬寄出去。下午我们还有时间的话,就跑几家。中国的老爷要当面送才礼貌周全,外国的寄就可以了。”

青果笑着说:“我呢打字还可以,口语可不行,我来打字,你打电话。”

“好,你可以给国内的新闻界打电话,就以筹备组的名义,电话在这里。”

“在北京圈子里,你们和新闻界都是通的,还用得着这样郑重其事地通知吗?电视台、电台、报社都是你们的同学朋友,还用我这里打电话吗?”

“正式的通知还是应该有的,私下里早就通知了。”

青果拿着电话单子,说:“你这里就一部电话,我另外去找一部打。”

张伟忙说:“不用,不用,我去我房间里打,你就在这里。”说完他迈开长腿走了出去。

青果照着单子挨个打电话。没一会儿张伟回来,站在旁边听会儿她工作,觉得她的声音清亮动听,笑问:“青果,你是哪儿人?说话声音很好听。”

青果笑道:“听不出来啊?C 市的啊。我说话带口音,普通话说不好,Z、C、S 都分不清的。”

“我听出来的,反正南方口音就好听。”他指着桌上一台打字机,“你就用这台打吧。”又从桌上一个文件夹里拿出一份长单子,“这是所有的地址,都靠你了,真是要辛苦你了。”说着拿出一大沓有美院红色地址的空白牛皮纸信封堆在她面前。

青果笑笑,心想就别假客气了。她正襟危坐,“吭哧,吭哧”打起来,张伟趴在另外一张办公桌上写一篇法文宣传稿。

一两个小时,两人都不说话,就听见打字机“啪嗒,啪嗒”之声,没一会儿,青果面前已经堆起打好的近百信封。

青果直下腰,觉得腰和脖子都很累,工作一上午,一年也没有这样手脚不停地干过活呢,说:“中午了,我们不吃饭吗?”

张伟一看表道:“哎哟,都 11:00 了! 走,走,不干了,吃饭去。”

这时门开了,陆华进来,见青果面前桌子上一堆打出来的东西,就过去在她肩头上摁了一下，说："辛苦了。走！我们去吃饭。"

张伟忙把刚完的稿子给陆华："看看，给法新社的。"

陆华瞥一眼稿子，笑道："不错，不错，不要给我看，我又看不懂。你们今天下午怎么安排？"

"给老爷们送请柬啊，寄这些东西。"张伟指着桌上一堆信封。

"我让青果跟我去库里，画都来了，有好多事情呢。"

张伟笑道："行，没问题。不过大马和方明的请柬就叫青果去送了。还有大马开幕那天来了，青果你负责接待。"

青果笑着答应了。

陆华又冲张伟说："走，郭亮他们都去了，走，我们去跟他们会合，外面吃去，就在你们学校外面的小馆子里。"

张伟拒绝了，青果知道他不会去的，他长得就不是一个哥们儿的样。她可不行了，恨不得就跑出去吃一顿。

在电梯里，陆华欣慰地上下看着青果，笑道："你看，把你这样一个人都劳动起来了，真不容易，我就不说谢了。"

青果笑："又不是为你，做这些我高兴。"

"对，对，是不为我，我才感动呢！你看你把票都退了，值得表扬。"

"你可真够啰唆的！还有别的可说吗？"青果瞪他一眼。

陆华住嘴，又笑问："林欢回 T 市了？"

"对啊，这里又没有他住的地方，开幕那天他会来的。他正好回去画画儿呢，这两天也许过来。"

陆华笑吟吟地凝视她："今天我请客，说，我们吃什么？"

荒诞游戏

青果算是真住下来帮忙了，连着两天，她感觉自己就处在一场即将爆发的风暴中心，看着眼前来来往往形形色色的年轻艺术家们、组委的同仁们、北京文化圈，甚至政府各色各样的人物忙进忙出，她的情绪每天都为新的事情、新的消息波动，随时都处在兴奋当中，虽然林欢不在身边，睡的地方别扭，也没觉得日子难挨。她跟陆华每天都能碰一两面，不过他忙得已经顾不上她了。她在心里念叨一场革命就要来啦，一场暴风雨就要来啦！

她被派在美术馆的仓库里给所有进来的作品登记、编号。后来又被张伟抓了去帮着翻译所有作品的名字，打成标签。让青果高兴的是跟所有在黄山见过的画家们又都在仓库里见面了。当见到西南那些人时，她差点尖叫起来。罗小刚拿来的是上次在黄山给她看过的那组三联画，每幅画有一米八高，一米五宽。看原作跟看幻灯很不一样，青果站在画面前都愣了。

罗小刚在她背后问:“怎么样啊?”

“还是看原作好,效果太好了,你这画要把我的魂勾走了。这样一字排开能挂一面墙,太好看了,没想有这么大呢!”青果兴奋得两眼发亮。

林间在旁边抿嘴笑着没说话。青果过去把他的画登记了,没张口。见了他,就想起那次跳舞,心里又好笑又有点尴尬,她没敢跟他对视,不过还是趁他不注意时瞄他一眼,见他穿了件咔叽布风衣,仍然风度翩翩,留着小黑胡子。仔细端详他的画,心里惊叹:瞧他灵巧的笔触,多么灵秀,他内心不知怎样的温柔呢,笔笔都透着诗意。说他是个诗人也不为过。

第二天在库里,青果终于见到大侠那幅让陆华和老米跟上面费劲的新画,三幅巨大的标准人物像,就跟天安门上的一样大,只是几乎没颜色,黑灰色,上面打着黑、白、红格子,在这五彩缤纷、各种画成堆的仓库里,它们仍然像三束强光把整个仓库照亮,让所有的画黯然失色。

北望群体的人一拥进仓库,就把仓库塞满了。二十来个人忙进忙出搬画,吵吵嚷嚷,青果拿出登记簿,一幅一幅登记。当走到大侠的作品前,大侠得意地说:“青果,这就是打格放大。一颗炸弹,这次非得把美术馆给炸了。”

青果笑:“恭喜你,这才叫不鸣则已,一鸣惊人。大侠我要好好采访你,等过了这两天忙日子。”她想起大马说的在香港可以出一套书。

大侠这阵子真是春风得意。从黄山回来,他得一个最重大信息,就是这个第一届,搞不好也是最后一届的当代艺术大展是一个千载难逢的机会,如果抓住了他就成了。他心下拿定主意,非得弄出一个最惊世骇俗的东西,一个有最强大冲击力的东西。他灵机一动,想到美国玩儿得最潇洒的 Andy Warhol,还有他的画。看看中国当今社会,大家都在找一个突破点,无论哪个行业,说说,想干成点事儿,最后都得在这个点上,凭什么我不能画他?我才最有资格画他,干什么让个美国人占了便宜?他为自己的突然醒悟庆幸,立刻秘密在北京租来的一间小小的画室里干上了。

德拉在旁边拿了个锤子,一边把一幅大画布往架子上钉,一边愤愤不平地说:“就因为他这幅画的政治性,这次组委的人把他从我们群体里拉出去了,单独给他一个空间,破坏了我们群体的完整性。”

青果忙安慰他:“听说位子都还没有最后定,只是个大概,明天审查后,要到后天才挂呢,到时候你们再好好商量。德拉,呦,这可是我头一次见你的画呢。”

“青果记下,这叫《绝对原则 1 号》。”

青果登记下来,又一幅两米见方的大画。她认真看了看,一个大球体悬在黑暗中,球体一层套一层,有点像蜜蜂窝,中间悬了一个十字架,黑灰为主。青果摇了下头,真看不出来有什么绝对的原则在里头。

德拉见青果摇头,忙说:“我的画很多人都不理解。”

“嗯,”青果笑了,“因为你的哲学太高深了,不是谁都懂哲学的。”

“是啊!”

青果听得出来德拉语气里有一点儿失望，她想他是不是很失望自己没有像大侠一样能引起轰动?这回不靠辩论和宣传，要靠作品说话了，看得出来他就像被打了一棍子，蔫了。

德拉知道这回他没什么戏唱了。所有人看了他的画都跟青果的反应差不太多，一般都说不出来什么，不会像看了大侠的画那样叫好。他不知道问题出在什么地方?过去无论发生什么事，似乎他都在中心，现在被排斥了，被排斥到边缘了。可身边的哥们儿大侠仍然在中心，世道莫名其妙地就发生了变化。难道我们现在不要理性了吗?我们不再想要建设一个高尚的精神文明了吗?我们的画不再追求艺术的本真了吗?为什么给我的画命名《绝对原则 1 号》?就是告诉人们艺术不仅不是政治的宣传工具，也不是所谓情感的发泄，艺术应该是追求真理的，形而上的，可现在火的再不是当初革命的东西，我们这些年的革命到底为了什么?

他是失落了?青果突然意识到来了这几日是头一次见他，不似往日有陆华在的地方就有他。他被陆华排斥在筹备组之外了?陆华没有用他!怪不得他蔫不唧的，青果想起德拉曾告诉过他，他是如何成就了陆华。她同情地看他一眼，问："嗨，德拉，你曾经给我写过一封信，说要来 N 大，然后就没有下文了，你到底怎么了?"

"我原来是想去 N 大找方明啊！听说他要建艺术系，我本来想去找他的，后来被展览的事情搞乱了，等下学期开学我再跟你联系，我还得给自己找个吃饭的地方嘛。"

"你们消息比我都灵通，我都是才知道这事，上个星期才递了求职信给他呢。你要来了，我们就是同事了。"

"好，我们说好，开学去找你，你也给引见引见。"

"哎哟，别说引见，我又不认识他，我只知道他住哪里，我可以带你去就是了。你真不想在北京混了?"

"唉，一言难尽啊！"

青果见他垂头丧气的，心里很不是滋味，曾几何时他是何等的神采飞扬，口若悬河?一个那么有精神的人现在萎靡了，还在这样一个历史紧要关头。她丢下手里的笔，跟他道完再见，坐上公交车直奔美院。

在郭亮的办公室她找到陆华，他正跟几个人开会。等会开完，人也走了，她才进去，陆华看见她开心地说："走，都中午了，我们吃饭去，你们那边都怎么样?"

青果没回答他，故意不经意说："我刚才在仓库看见德拉了。"说完盯着他就不再说了。

陆华一时愣着，跟她对视片刻，最后忍不住笑起来问："怎么啦?他的画不都进了库里?"

青果再装着轻描淡写说："他想到 T 市找工作去，跟我说想去 N 大找方明，人家不想在北京混了。"

陆华两眼直视她，微微笑了一下："北京确实不是一个好混的地方，如果你——"

他嘴里含糊其词起来。

“人家在这里是失望了。”青果打断他。

陆华笑着扶了下她的肩,说:“走吧,咱们去吃饭。”

他们坐在美院门口那家小面馆里,青果看着他仍然没说话,也没动筷子。陆华终于说:“你看德拉是个群体画家, 他不够资格进筹备组, 他需要的是有分量的作品。青果,这是一个全国性的展览,有很多势力和复杂的关系在里面,我要尽量做到公允。”

青果点了下头,陆华无须费力,轻易就说服了她。

她心里感慨现实就是这样残酷, 个人的情感在这个名利场上就是这样微不足道,如果在这个游戏规则之外,再怎样的血肉相连,该抛弃的仍然会被抛弃,游戏本身成了绝对的主宰,它控制了所有的人。你想在这个游戏里是个主角吗?那好,最后决定你角色的是你手中的牌,对于画家来说是你手里的作品;对于任何想参加这个游戏的其他人来说,是你对这个展览能起到一个什么样的作用,你的本事。你能找来钱吗?你能像张伟那样外交吗?你能在美院和美协,以及政府中有这样或那样的关系吗?你是个有分量的、有影响力的、权威的艺术批评家吗?等等,总的来讲应该是你的社会地位、你的名望、你的出身决定你的角色,如果你手中没有牌,那么你就不可能是主角。德拉的问题是作为一个画家他没有过硬的作品,作为一个批评家或组织者他没有后面所要求的任何一项。尽管他前几年似乎是个出众的组织者、鼓吹者,甚至在某些场合是个领导人,但是他没有陆华的学术背景,没有陆华的职业背景,更没有陆华的人脉关系,就算他说是他成就了陆华和北望群体,但是现在已经不是革命的初级阶段,不需要集体作战,光凭理想和热情不一定就能取胜,凭深厚的交情就更不可能,现在要的是手段,是你超人的聪明才智,像大侠那样不择手段才能制胜。

想到这里,青果笑道:“我现在觉得这个游戏玩儿得越来越荒诞了,你是主角,还有那些在这个展览里举足轻重的画家们,你们扮着角色,你们的激情和热血都是真的,可我越靠近这个游戏中心越觉得这台戏唱得虚妄。你看大侠多聪明,他比德拉聪明多啦!他是个最大的投机分子,看看这些造反的人,所有人都无一例外,不过为了名利战斗一场,如此而已。”

陆华开始还听得饶有兴趣, 听着听着脸就拉下来了。青果忙笑道:“你不要着急,我说为了名利也没有什么不好,它荒诞的地方就在这里,就你吧,这些名利的背后还有理想。每个人都有他们的野心,正因为这样,才有可能把这个世界搅翻。”她想其实他就是个老红卫兵的头儿,他们现在干的这些事情跟“文革”那些摧枯拉朽之事有什么区别?他们就是新的造反派。还有说他们投机也没有什么不好,要前卫、要先锋他怎么能够不投机呢? 大侠他不画超现实主义的北方理性了, 他要出人头地,他不走到极端,不走到前沿,他怎么能前卫呢?他得正好是中国当代艺术现在要表达的,这就是潮流,他得正确了。想到这里青果笑了一下,见陆华鼓着眼,愣着,就说:“你看大侠灵活、敏感,他会马上就变,搞出精彩来,德拉一比就比下去了,还是他狡猾。”

陆华看着青果的眼,愣了半天没说话,他不知道眼前这个女孩还要跟他说出怎样出格的话来?他跟自己说为什么喜欢她在身边?为什么我一见她就让她把票退了?我要她留下来是为了炫耀给她看吗?是为了让她爱上我吗?听她的口气好像我错了,可她如果鄙视我,就不会留下来。她留了下来,帮我的忙,就是对我的情义。她对这件事情不也是拥护、推崇的嘛,她能否认吗?她每次都自以为把事情看得很清楚了,但是她看不清楚她自己,她愿意当我的朋友,起码她愿意跟我交往,我看见她的眼睛就知道她见着我是高兴的,甚至是兴奋的。其实她不只就是我的朋友,也许爱着我,要不然她跟我这是怎么回事情?他笑了起来,问:“那青果,请你告诉我,你在这场游戏里是个什么角色?”

“我?什么都不是,不过是个旁观者,看你们玩儿就是了。”

“那你留下来就什么都不图吗?”

“你说我图什么?”青果反问。

“你不认为我是你朋友吗?你不是为了帮我吗?难道你什么都不为?”

青果有点不耐烦起来:“行,行,算你说对了,我就是为了你,一半都是为了你,因为我看你费尽了心机,况且这件事情不算坏,要不我才不这么,这么——”说着,说着她脸红了。

陆华大笑一声:“好,承认就好,承认就好,青果,就为这个我干什么不值得?你说?”

“都跟你说了多少遍了?不要说言不由衷的话!你不是这样的人,不是为了这个。你的价值坐标里只有事情的成败,没有其他,你不否认吧?”

“你怎么就这样看我?”陆华又拉下脸来。

青果笑着投降:“好,我们不要吵了,今天下午还有很多事情呢。”

陆华笑着再看她一眼,想这个人跟所有身边的女人不一样。菁菁毫不犹豫,立刻就告诉我从她见了我的字的第一眼就爱上了我,她向我袒露的不仅是她的心扉,还有她的身体。还有小张,那个《都市报》的记者,芳芳,《人物》杂志的编辑,对了,短头发的小琴,《光明日报》的记者,这不这几天都在这附近围着转,都来帮忙。在北京这圈子里,这样的女人多了,她们好这时髦的艺术,好这些虚荣、热闹,对付她们,可以不用费什么脑子。可青果不一样,别看她小,她不是那样的女人。我看不清她,她对我有意思吧?看她刚才脸红了,说一半是为了我,什么意思?他抬头又看了眼她,她正调皮地冲他笑,他真想扑过去,抱住她脑袋使劲摇摇,把她脑子里的真实想法都摇出来,可他没敢动,这会儿只能失神地望着她,在桌下攥紧了两只拳头。

“走吧,我们都去美术馆,事情多得不得了。”陆华的语气里有点泄气。

青果笑着站了起来。

向美术馆进发

陆华和青果刚走到美术馆门口，就碰到窦斗和一个年轻小伙子从里面出来。窦斗穿着黑色皮夹克，另外那位年轻人穿着一件石油工人穿的老蓝布工作服棉袄，上面用机器竖着轧了道道，脖子上还挂着一副军用棉手套。

青果见了他们一声惊叫："窦斗！哎呀，你怎么来了?!"毫不掩饰她的惊喜，像久别重逢。

窦斗被青果这一声叫得两眼放光，瞪着眼，支支吾吾，咧嘴傻笑。陆华跟两人寒暄两句，忙忙慌慌往美术馆后面的办公室去了。

窦斗旁边的小伙子乜斜了眼，看窦斗傻笑着呆在那里，就嬉皮笑脸地说："哟！见着老熟人了?还不介绍一下?"

窦斗这才醒悟过来："介绍一下，我哥们儿，孙建军，这儿四年级同学。这，这是青果。"

青果笑起来："哦，你就是孙建军啊?我可知道你是谁了！这两天我们都在议论谁是这个坏小子呢！"她打量他一眼，此人长一双小眼，高颧骨，大鼻子，两片薄嘴唇坏笑着，大冬天剃了个秃瓢，果不其然贼眉鼠眼的是个坏小子样。

"怎么了?我哪里坏了?让你们这么说我?"孙建军得意地笑道。

青果没理会他，笑着问窦斗："你来送作品?"

"嗯。"窦斗还愣着，就回答了一个字，两眼放光，目不转睛地盯着她，知他又呆了，正想怎么走开，却见孙建军小贼眼瞄着窦斗，拍他的肩说："老窦，你还不邀请你老友去我画室看看?"又看看青果，做出一个最灿烂的笑脸说："青果，走，到我那里坐坐。"

青果见窦斗可怜巴巴地看着自己，便笑："我可刚从那边过来，没你们这么折腾的。"

孙建军说："你的时间还真都给他们啊?还不留点自己会会朋友?"

窦斗这会儿像是刚醒过味儿来，猛喊："走，走，就是啊，哪能光想着他们?！"

当着他朋友的面，青果不想扫他的兴，跟他们搭公交车走了。

孙建军的画室在一排美院最老的平房里。美院就一亩三分地，原来的老房子都拆了，建了一座大楼，教室、宿舍都在里面，这两天青果就住在大楼里。小操场边剩下几排老房子，孙建军的画室就在其中一间。孙建军兴冲冲打开朱红色破旧的房门，喊："请进，请进。"

里面黑压压的就一间大仓库，由布围子、板子、箱子、桌子，隔成一各个小空间，到处杂乱无章，堆着画架子、框子、木头条子、板子、帆布卷子，一股子刺鼻油画颜料味儿。四处黑漆漆的，青果都不敢伸脚，怕踩着什么。

孙建军走在头里，窦斗在中间，青果跟在最后面。他们穿过不同隔离障碍物，窦斗不时回头一下，说："注意，这里有电线。"或大叫一声"看着！"

他们走到仓库的最里头，孙建军用深蓝布和板子围了个十米见方的小空间，居然里面放了张双人座的烂沙发。他让青果和窦斗坐下，又忙拧亮旁边一个照相馆常有的、可以自由升降的落地灯，估计他用来照模特用的。

青果和窦斗并排坐下，一缕温暖的黄色灯光洒在他们身上，青果顿时脸红了，还从来没跟窦斗这么近挨着坐在一起过呢，被这么照着，四下里漆黑一团，就跟在舞台上一样，虽然就孙建军一个人，可她仍觉得有千万双眼睛在看着他们，她有点坐不住，想站起来，可也觉得不妥。

正烦着，孙建军提暖瓶倒茶，捧给青果一个带盖瓷杯子，笑着对窦斗说："哥们儿，没你的。"又"嘿嘿"一声，瞥了两人一眼，坏笑说："你们坐，我走了。"说完一溜烟儿跑了。

这会儿青果端着热茶杯更窘了，这儿怎么回事？搞什么鬼？脸更红了，扭头看眼窦斗，他正咧嘴看着她无声地傻笑，她不由得"扑哧"一声也笑了："他有病吧？"

窦斗盯着青果，心里骂了声臭小子，乐得胡子直颤。

青果笑："你跟他也能成朋友？你们哪点像啊？一个小痞子！"

窦斗忙道："哎，我的朋友就跟我不一样才对了，没听说我广交朋友，广结良缘，四哥名头不是白来的。"

"胡说，什么广结良缘！"青果瞪他一眼。

窦斗急得瞪眼辩道："缘是缘分啊，夫妻是缘分，朋友也是缘分啊！"

"他怎么变成你朋友的？"

"哎呀，早认识了，认识他的时候他还没考上美院呢！"

"这次大家都在说他的画呢，他画的那些农民铅笔肖像真的好玩儿死了，一个一个的脑袋跟土豆似的。我今天才见他，画里男的女的全都长得像他，亏他想得出！"

"行吧？"窦斗有点得意地问。

"也就坏小子、嘎小子画得出那个味儿来，他真的是够坏的。"

"他在那调侃呢！谁要看那些正经东西？！"

"哼，我看出来了，你就想着跟他似的不正经！"

"对了，我以前都太正经了，太根正苗红了。"窦斗很不以为然。

"人都想着法子好，真没见过想着法子坏的，我知道你就是生怕自己不够坏，不够痞。"青果撇了下嘴。

"你可说对了，还得练，还得练！"窦斗"嘿嘿"乐起来。

青果笑着站起来说："不跟你贫，我得过去了。"

"你不走吧？我这里请你吃饭？"窦斗也站起来问得有点心虚。

"不了，也许今天晚上就回去，欢欢回T市了呢，他今天不过来，我就回去。"

"看来你是不想跟我吃饭的了，那我可自己去吃好东西了，我可说的是单独跟我吃。"

青果瞪他一眼:“废话,谁要跟你吃啊?!我走了!”说完青果往外走,窦斗赶紧走在头里,把她引了出去。

天已经黑尽了,林欢四脚八叉躺在床上,两眼瞪着天花板,猛地听见门响,一转头,瞥见青果冻得红红的小脸闪进门,他激动得翻身跳起来,扑到门边,一把抓住:“青!我正后悔把你一个人留在那里,正生气呢,你怎么就回来了?!”

青果靠在他怀里说得有气无力:“欢欢,我还没吃东西呢!”

“你坐着,我来煮面,我也没吃呢!你看我画了几天,这刚画完了,正想歇一下,今天来不及去北京了。”说着帮青果脱掉外面的大衣,让她在床上坐下。

借着桌上点的台灯,青果看见床头阴影里画架子上的画大不一样了,起身过去想看个仔细,被林欢摁住,他穿着件沾满油彩肥大军绿绒衣,浓眉下一双长眼炯炯有神正端详她,青果心里一热,伸手搂住他脖子,林欢俯身狠命吻她一下,说:“等我煮好东西来吃。”

第二天早上,青果前所未有地醒在林欢前面。一抬头,看见林欢刚完成的大画立在床头。上午的阳光正好,整间屋子都被照得耀眼。那幅画正安详地注视着她。她爬出被子,到画跟前,这才仔细打量,昨天晚上还真没看清楚。林欢把它完成了,还跟过去一样明亮和空寂,大块的蓝色和黄色、黑色。整幅画似乎是一只巨眼,静静地看着这个世界;又似一朵巨花,怒放在光天化日之下,却又沉稳寂静。不知道哪来的失落和绝望?就跟在阿里的片子里,明晃晃的阳光下,万物色彩斑斓却绝望,寂静无声。青果想可能去过西藏的人或者看到过西藏的人才会有这样的感觉吧?

林欢在画的中间加了麻布,最粗的那种,就露着麻布的颜色和经络,这就是青果昨天晚上没有看清的一团。她发现麻布是粘上去的,边缘还有被烧过的痕迹,故意露着黑焦煳茬子。其实整幅画再没有改什么,这麻布加上去以后,有了意想不到的新意,加入完全不同的层次和空间,让画不仅更好看,还别有一番滋味,说不出来的滋味。

青果兴奋回身,见林欢已经醒了,正眯着眼瞄她,便大叫:“欢欢,你怎么想出来的?我昨天晚上就想看仔细了,你都不让。”青果有点不好意思笑了。

林欢半躺在枕头上,见她兴奋异常,翩着头发,黑色长发就像瀑布一样披在后肩上,睡衣敞着怀,露着雪白的身子和大腿,她还没来得及穿衣呢。林欢心里痒得一把就将她搂进被子,拿自己的热身子焐她:“傻青,还不快进来,别感冒了。”话还没说完,青果“啊嚏!”“啊嚏!”连打了好几个喷嚏。

林欢笑着吻她:“怎样?叫我说中了。”

青果又在他怀里一激灵,又打了个喷嚏:“欢欢,今天2:00前必须把画送过去,下午筹备组要审,晚上美术馆,还有美协、美院的教授们审!快起,还得给大马送请柬!”

“宝宝,这画刚完,还有点湿。”林欢的声音好像没有多激动。

“等我们出去,把窗户打开,让风吹吹?”

林欢眯缝眼好像没什么反应。

“怎么了?欢欢,你不想参加展览了?我好喜欢你最后的效果,西藏的哀很不好表达,那种明快的、灿烂的哀和寂寞,这种感觉不是谁都有的,你都把它画出来了,不拿去展览太可惜了。”青果一看表9:30,有点急了。

林欢往紧搂了下她说:“我那天就那么一说,其实无所谓的,在北京的气氛里就说了那样的话,现在在这里我只想跟你就这么着,这两天画得我脑袋疼,嗯——”他鼻子哼着吻她的耳根,手开始抚摸她光滑细腻的后腰。

林欢陪着青果去大马的公寓,亲手把请柬给了他,还交给他一沓子给文联的请柬,又说了好些热情感谢之语,告别出来,在半路上找了个邮局把手里所有的请柬发了,包括给方明的,这才回家吃中午饭。

饭后,两人抬着画出门,画又大又沉,进不了出租,林欢在大马路上拦下一辆三轮车,这才把画运到车站。他们抬着,千辛万苦挪到进站口,被里面的人拦了下来。一个胖大妈穿着铁路蓝色制服挑着眉毛嚷:“这哪行,你这么大的东西不能上火车,门也进不去啊,就是进去了也得挤烂了,车门都没这高!”

青果一听急了:“求您了同志,让我们进去吧,我们一定小心,这是去北京参加全国的展览,让我们进去吧!”

胖大妈把青果往边一推说:“这位大姐往边靠靠,不要堵在门口,你没看见后面都是人吗?”说着胖手在空中一挥,眼一闭,止住正要说话的青果,“说什么都没有用的,让开,让开!”眼看她一只胖手就要再落到青果的肩头上,林欢“啪”的一声将她的手打飞,皱着眉头,拉脸冲她低吼:“有话说话,不要动手动脚!”

胖大妈“嗷”一声叫了起来,恼羞成怒大喊:“你是干什么的?我动手动脚怎么了?我叫你们让开,你们听见没有?如果还不让开,到时候不是我来拉你们,有的是人来拉你们!”

青果知道碰到个麻烦人了,也急了喊:“你这个同志什么态度嘛!你凭什么推我?我们今天还就不走了,把你们的领导找来,不让我们进我们就是不走!”

林欢已经气得脸都白了,两眼狠狠地瞪着那个胖女人,说不出一句话。

排在他们后面的旅客急了,一个劲儿地往前挤,把青果和林欢挤得往前一冲,画框的木头又粗又硬,一下顶到胖大妈的胸口上,痛得她大叫一声:“干什么?干什么?你们要干什么?!”

青果忙笑着应她:“你可不要怪我们,是后面的人挤的。”

两人抬着大画被挤进了进站口,胖大妈指着他俩喊:“不要走!就站在旁边,把进口让出来,等我们领导来!”

他们把画小心地立在地上,青果看着拥进的人流,担心可能真的进不了火车:“怎么办?欢欢,他们不让我们进去怎么办?”

“不要急,到时候跟他们好好说。”林欢倒不怎么慌。

没一会儿来了个中年男人,也穿着蓝色的制服。那胖大妈一见就冲过去喊:“主任,你看看这么大的物件怎么能让他们上去?把他们拦下来还不依不饶了。”

青果一见,跨出一步对着那男人满脸堆笑:“主任同志,您好。您是这里的领导吧?我们真的要请您帮忙。您看这画是去参加北京全国大展的,今天下午就必须赶到北京美术馆,这位同志就是不让我们上去,过了时间就赶不上了。”

那男人看了看画,又看看青果没说话。青果急得不等他开口又说:“领导同志,您看看这全T市一共就选中两个画家的作品,这就是其中一件,如果我们去了,不是也给T市争光了?要去不了,那多可惜啊,全国有将近两百来件作品呢,T市的本来就少,您这里再拦一件,就更少了。”青果说着从包里拿出请柬来,递到他手里,又说:“我们真的是十万火急,今天是收画的最后一天,要赶不上就太晚了。您看这上头写着中国美术馆,我们就是要把画送那里去。”

那人拿着请柬看了看,还是将信将疑的。青果急得又说:“领导同志,我可没有撒谎,这件作品大马和方明两前辈都知道,就是他们推荐的,后天的开幕式他们也都要去,请您一定想法子让我们上车吧!”

这句话好像起了作用,那领导看了看手里的请柬,又瞄一眼画,面无表情地说:“这样吧,你们这画也太高了,不能走普通车厢,走最后的邮车吧。李姐,带他们过去,上邮车。”

“好。”李姐的声音很响,没一点儿不高兴的意思。

青果和林欢忙赔笑,千恩万谢。李姐高高兴兴地带着两人走到最后一节车厢,大门一拉开,是节闷罐车,和站台齐平,两人抬着画正好可以进去,林欢说:“确实这种车厢才行,我们常坐车都不知道这后面有邮车。”

李姐笑:“你们又不运东西,怎么会到这车尾来呢?这里只走邮件和大件行李。你们的画真的去北京展览啊?你们谁是画家啊?”

青果笑着指了下林欢。李姐高兴大笑:“我就知道我猜得没错!”

两人再向她道谢。

两小时后, 在北京站广场上看着林欢和美院的两个学生把画搬上来接画的三轮车,青果终于松了一口气,这下好了,下面的事情就不用再操心了,就看这幅画自己的命运了。可林欢却有些忐忑,他没想到事情如此的顺利,画就要进美术馆了,过去连做梦都想不到的事情! 作品进国家最大的美术馆对一个画家来说意味着什么?不是谁都可以了解的,他虽从来没奢望过,但真的变成了事实,却让他觉得不真实,他突然觉得自己这样做有点冒失,就说:“你知道我这人不爱凑热闹,可我居然来凑这个大热闹来了。”

“凑一下又怎样?你又不想自绝于人民,况且我也喜欢这次的热闹呢,就是为我,咱们也来凑这个热闹。”

林欢笑起来:“就是为了你。”

“你还真这样说啊?! 老实承认,你可不是为了我,是你自己想吧?这也没什么不好,毕竟是我们这代人的事情,你还想真自绝于人民啊?”

林欢笑着再轻轻吻了一下青果的手,说:"行了,我承认,我承认我想,这总行了吧?"

青果点头笑道:"这还差不多。走,我们去找家馆子。"

风暴前夜

那天晚上,政府和美术馆的人审画,陆华谢天谢地没有审出去几件作品,百分之九十的作品都保留了下来,一共三百三十件作品,两百九十七件保住了,陆华和筹备组事前担心的事没有发生。

之前组委内部审画,他非常惊讶地看到了林欢的大画。筹备组里的人没人知道他,大家都在问:"这是谁?""哪个群体的?"陆华没有吱声。林欢不在邀请的名单里,也不属于任何群体,他不知道如果说了事情会怎么样?他想还是让这幅画自己给自己争取个机会吧。他举起手里的圆珠笔,环视一眼十几个组委,问:"大家觉得怎样?过?还是不过?"十几个人一致举手通过。陆华松了口气,为林欢高兴,更为青果高兴。他奇怪青果为什么不提前给他打招呼,他想着青果瞪着他生气的样子,不觉地笑了,嗯,她是不想求我,这个人!后来几天,陆华想告诉青果这个好消息,可是找遍了所有地方都没再见着她,难道留下来不是为了我,而是为了林欢进展?他不好问任何人,心里闷了一会儿,幸好事情太多,也就放下了。

连着几天挂画,一楼的装置作品费点劲,好在人多,大家七手八脚地把好些大家伙搬进美术馆。陆华一开始很着急,江苏女画家鲁冲做的那件《对话》差点就搬不进馆,一件铁装置,两个真的电话亭。陆华没想到看起来弱小的鲁冲能做这么彪悍的大作品。女艺术家的作品在整个运动里就凤毛麟角,像这样观念性的就更少。这件作品讲述人与人之间交流的阻隔和渴望, 一男一女在两个并排的电话亭里打电话,但是他们之间的电话线却是断的,他们也许明知如此,还在努力争取,鲁冲摆了男女两个假人在电话亭子里,这样他们的电话看起来打不到头,荒诞、悲观又无望。还在筹备组开的首轮审稿会里,这件作品就得到所有组委推荐,一致同意放在展厅一楼进门显眼的位置。

许兵的大作品《神书》,几乎要占二楼右面整个展厅。陆华在他们布置完后被郭亮叫上去,一进展厅就让他倒抽了口凉气,他脑子里只有一个词:厉害,厉害!只见从上到下再到墙面,铺天盖地黑压压、白皑皑挂满了这件宣纸作品。黑的是墨,白的是宣纸,就两色,纸上整齐地印着许兵自创的文字。宣纸大多一米来宽,还有更宽的,可长就不一定了,从十米、二十米,到五十米不等,在天顶上一浪一浪地翻腾着,似波浪从天而降,而地上堆着山样印着同样文字的线装书。这个阵仗在美术馆的历史上就没见过,从五十年代建馆,什么时候有过这样的东西?这种视觉的冲击力不是一幅画可以带来的。搓着两只手,陆华极力掩饰内心的得意和激动,说实话这才是一件让人心服口服、有学术分量的作品,有这样的东西摆在展厅里,真给这个展览抬色,看谁还敢说这拨人是乌合之众?!这两三天,所有的组委成员,加上美协、美院、美术馆再加上所有见过的艺术家,进了这二楼右侧展厅就没有不服的。这个许兵名不见经传,整个八十年代默默埋头苦干,不管外面新潮美术运动如何风起云涌,他一个人躲在美院版画系的工作室里拿着刀在方木头块上刻着他自己创造的汉字。他一个字一个字地刻,整整刻了几千块,刻了好几年,然后再用古老的活字印刷术一张一张的煞有介事印出来,就这个功夫就能让所有人趴下。

两个星期前陆华和许兵第一次见面,坐在美院郭亮的办公室里,陆华好惊讶,眼前这位文雅书生有这么宏大的想法!他再一次打量他:三十出头的样子,白皙的皮肤,尖下巴,几乎是瓜子脸,尖鼻子上架了一副白色塑料边眼镜,紧抿着薄薄的嘴唇,一双单眼皮黑眼睛正静静地看着自己,一头乌黑的头发翻着大波浪偏分着,和常在他眼前晃的那些搞前卫的不一样,没有一点儿放浪形骸的样子,倒像个书生。

许兵的手有一点儿颤抖,把桌子上的一沓稿子拿起来,又放下,说:"你们再考虑考虑吧,反正这件作品如果要展就得占起码大半个展厅。"他轻言细语,像是怕惊扰了谁。

陆华尽量平静自己的语调,不让他听出内心的激动,伸出手来跟他握了一下,站起来说:"许兵,你把这个方案先留下,让组委的人看,过两天就给你答复。"

许兵也站了起来,嘴角微微地翘了一下,诚恳地握一下陆华的手说:"好的,老郭知道我的工作室,到时候告诉一声。"又转头微笑着看了眼郭亮,说:"那好,我就听你们信儿!我走了。"说完他走出了办公室。

要不要给这样一个根本没有参加'85运动的人这么多的展线?全国的造反派都在这里,虎视眈眈地盯着,为每一个位子、每一寸展线,各个群体的艺术家都恨不得人脑子打出猪脑子来,况且许兵的作品跟这个运动实际唱的不是一个调,跟德拉和子圆他们十年来唱的正好相反,和自己一直推的也是反的。当你看见他印出来的"字"铺天盖地挂起来,甚至装订成册,你以为你可以阅读了,等走近一看,全都不认识,像字而已,你被他当头一棒,阻挡在这些字面前,他告诉你文字、文明的不真与不可知。他像个智者一样超脱,他的批判超越了政治,对整个八十年代的人文热情和理想狂热,对"文革",对五四新文化运动,甚至更远,对整个中国的历史和文明一个完全质疑和超然的态度,大泼冷水。陆华想起他脸上和嘴角慧黠的笑意,他整个作品都是慧黠的,他看起来那么儒雅,彬彬有礼,这才玩儿得阴狠呢,傻小子德拉实心热肠的哪里是对手?!

陆华盯着桌上许兵的方案沉思:我不能否认他的智慧观念和作品的质量,对了,好恶永远不是一个客观标准,时代已经在变了,搞了十年运动,难道这件作品就是个端倪?理想的热望很快就会被人们抛弃,会成为人们玩儿过的东西,将来时髦的,会是许兵这样的作品。其实东部省市的群体早有人不玩儿理想了,只是没有这么深入和完整。

筹备组的人为了许兵的这件大作品专门开会。陆华把许兵的作品图片和展览方案跟大家一说，基本上没有什么阻力，大家都叫好。实际上大部分人都已经看过作品，早就批准了，这些人也许从一开始就不是个崇高精神的推崇者，也没一直参与整个'85运动，当然老米除外。老米在展示的设计上提出了几点意见。展线的问题也通过了，大家都赞成这样的作品要占这么大的空间。

陆华看看每个人，心里不免有一些悲哀，这确实不是十年前的状况了，当初为了革命，为了艺术的自由和理想，精神便是手里的武器，现在是时过境迁了，奋斗十年，各省打"游击"，到今天看来牺牲的不只是德拉，还应该有当年的精神和理想，它们都将被历史抛弃。只有大智大勇的人才能在这场游戏里把握这时代的脉搏，看看大侠，他这回玩儿波普，玩儿冷酷的政治、意识形态大批判，我敢断定他跟许兵将是这个展览里大放异彩的人，他们将是最大的明星。说到底，我跟德拉都是殉葬的人。对了，青果确实是个清醒的人，去年就一直跟我提游戏的荒诞，她那天又跟我提名利动机。可她并不就做个完全的旁观者，她进来，也跟着玩儿，她不也说有了这个才能"搅翻"这个世界？

张良站在陆华旁边，见他拿着一沓稿子，一直愣在那里，就冲大伙儿喊："哎！你们看老陆睁着眼都在打盹呢？"大伙儿一听，都笑了起来。

郭亮说："后天开展了，我看得把老陆锁起来，让他睡会儿，这两天他没睡几个小时。"

尽管跟美术馆签的合同上写着不能有行为艺术，但是各地艺术家都不想放弃这个最好的表演时机，纷纷提交方案，看得陆华头疼。他知道大家都疯了，不管过去搞什么的，油画的，国画的，雕塑的，版画的，民间艺术的，现在都提方案要做行为艺术，真是摁下这头，那头又起，每天都得说服阻劝，这嘴上的大泡也就跟着起来了。

离开幕就几天了，下午组委的人又都聚在美术馆后面的办公室里开会，讨论各种提交的方案。陆华手拿一沓纸说："今天第一个，万山红的方案。"说完把稿子递给右手边的老米，"大家看看，因为有美术馆的合同，几乎所有的行为艺术都否了，不过这个有点例外，他的观念很有意思。你们看看，大家给个意见。"

老米没有接稿子，看着大家说："我那里有一份，昨天已经看过了，我觉得他的想法很好，咱们就睁只眼闭只眼，让他做了，到时候也许出不了什么事情。"

万山红在'85运动里是浙江的活跃分子，以很多红色大批判系列行为艺术出名，这次他的方案叫作《大生意》。他在方案里写道：

> 美术馆不光是展览艺术品的地方，也可以成为"黑市"，为了丰富首都人民精神生活和物质生活，我从家乡带来了特级出口转内销对虾贩卖。地点：中国美术馆。价格：每斤九点五元。

几个组委看了都笑起来，张伟说："想想他的顾客们，文化部、宣传部的部长们，美协、作协主席以及各种各样政府文化部门的官员们、权威们，还有可能有公安，对了还有各国领事馆的人,加上学术权威们,这哪遇去?这可是千载难逢的机会!”

郭亮接过去:“要亵渎权威和神圣,这是最平民化的调侃了,把虾卖到这些人的手里,这个机会还是要给他,我同意。”

剩下的几个组委也同意,陆华也举了下手说:“好,就这么定了,我们睁只眼闭只眼,让他卖虾!”说完,又从桌子上拿起另一沓稿纸,说:“大家再看看这个,上海的画家高山要在展览大厅一楼正厅从顶到地挂一幅巨大男性生殖器大画。”说着递给旁边的唐国庆,又举起另一沓,“还是上海的王深、王喜两兄弟的《充气主义》大实验。他们要用充了气的避孕套,还有手套作个阴阳交合软雕塑。”他再递给唐国庆,又拿起一沓稿纸,“还有,这个叫纪思德的,也是上海的,要在整个美术馆里撒避孕套。”说完把稿子甩在桌子上。

张良笑道:“他们上海的疯了,都憋坏了?”

屋里的几个人都笑了起来。

张伟拿起稿子念起来:“1.动机,宣传计划生育,免费供应避孕套七千个,两分硬币七千枚。2.目的,统一现代艺术展的大体风格。3.过程,空投避孕套及硬币三次,空投目标为观众和作品。4.风格,强迫欣赏戏谑式。5.艺术追求,统一中国现代艺术展的风格,即把整个中国现代艺术展当成再制造的对象。”

老米听着只微微笑了一下,没说话。

陆华忍着笑问:“你们谁能找着这个纪思德?我要跟他谈谈,还是要劝他放弃这个行为艺术吧!”

老米点头:“高山的那大生殖器我看也别挂了,我去跟他谈。”

陆华听了忙点头:“对,要让他断了这个念头。关键要劝他们不要不宣而战,到开幕时他们如果突然搞起来,我们防不胜防。不管怎么样,我们大家都要小心,不要让上面封了这个展览,谁听说了什么请立刻告诉我,刚才美术馆的人跟我又打了招呼,要我防止意外事件发生。”

老米笑道:“如果真有什么事情搞起来,就冲他们这些人也正常。封我们本身就是中国现代艺术运动的一个过程,中国现代艺术就带着浓烈的反叛革命性,由我们这个先锋艺术的特点决定,一味地妥协是反艺术精神的。”

陆华忙说:“我们当然要尽最大的努力保证艺术的独立和自由, 但是我们这个机会得来得不容易,现在还是要顾全大局,确保展览馆里大多数的作品能和大众见面。”

张伟接过去:“我这两天就一直风闻工艺美院的一些学生要在这两天搞行为艺术,要从他们学校一直搞到美术馆,公安已经很紧张了。”

“不是都劝阻了吗?”陆华问。

“他们表面上停了下来,但是还准备后天开展的时候搞。”郭亮说。

陆华笑了起来:“这我们有什么法子?又不是我们的艺术家,他们搞跟我们没关系。”

老米眨了下眼没有再说什么。

陆华又问："那么这个《充气主义》怎么样呢?大家说说。"

老米说："我看可以留下来，以性为题材的作品很多，这个还算可以，所谓充气是充阳刚之气，把性的问题扯到社会问题上去了，还可以接受。"

屋里的几个人也都没什么意见，就算通过了。

会后，陆华找着机会跟纪思德谈了一个小时，总算他口头上答应撤销方案。

离开幕就剩下最后一天了，陆华嘴角已经起了大泡，牙床也肿了，他知道这两天不停地在筹委会里开会，审画；又被美术馆、美协、文化部、宣传部的人叫来叫去，开各种会议；再加上连着好几天每天就睡几个小时，这火不上才怪呢。他看看表，才早上 10:30，这会儿展布完了，一切就绪，再等老米过来把他们设计的巨大横幅挂上，就等明天开幕了。

正要下楼，张伟气喘吁吁上来喊："老陆，快下去，美术馆的人，公安还有安全部的人在下面等着你呢！"

陆华一听脑袋就大了，他们还要干吗?都分别来谈过几次了，没完没了的。他忍下口气，快步下楼。

走进后面的办公室，美术馆周副馆长，还有俩从来没见过的五六十岁男人坐在桌旁。

陆华冲进屋子，周副馆长笑着站起来："陆华，过来了?来介绍一下，这是公安局董处长，这是国安局张处长，两位这次专门负责这次展览的安全问题。"

从筹备这个展览伊始，陆华跟这位周副馆长打了无数交道，他是个开明温和的人，一直帮着他们。陆华忙伸出手，握住周副馆长的手，笑眼似乎在乞求他：老周罩着点，罩着点。

周副馆长温和笑笑，眼睛转向两位处长。陆华又笑着跟这两位处长握手，心想这回是来真格的了。

两位处长神情严肃，都不动声色地打量眼前这位叱咤风云的人物，大概都得出了结论，不就一个书生嘛！两人的表情更加威严起来。

陆华尴尬地站在地上笑着，不知道这两人要来干什么?

董处长终于发话了："陆华，你是这次展览的负责人，我代表公安和安全部门在这里跟你正式交代：明天的开幕式我们要确保没有任何意外事件发生，我们今天来就是来给你提醒，你现在如果有任何信息，任何消息现在就讲。我在这里警告你，如果你知情不报，明天出了事，你要担负一切责任！"

陆华一听就要冒火，他瞪着眼把要喷出来的话吞回去，低头看着自己一双污浊的烂皮鞋，再咽下一大口口水，这才抬起头来看着两位处长，勉强笑道："我只能保证我们名单里的艺术家明天的行为，明天开展了，公众都进来了，我怎么可能去管公众的行为?你们是安全部门应该由你们负责。"

"我现在说的是你们这些画家们可能要做的事，而不是公众的事！这点你不要装糊涂！”董处长厉声止住他。

陆华的两眼都快冒出火来了，本来缺觉的眼就充满了血丝，现在快要成红眼了。张伟站在陆华的旁边，忙拉了下他的衣服，笑着说：“这位领导，如果我们有什么消息，我们一定提前通知你们，我们也不想出任何事情嘛！”

陆华再咽了两下口水，没有说话，他咬了咬牙，怕一张口跟董处长干起来。

张处长终于说话了，没想到他的声音轻飘飘地：“好，这样就好。我们交代给你就看你们的了。”说完站了起来，董处长也站了起来，两人留下电话走了。

等把他们送出门，周副馆长才说：“陆华，明天的展览牵扯面太大了，北京的新闻机构，包括外面驻京的新闻机构都要来，还有各级领导也要来，你们还是要小心一点儿才好，事情搞砸了对大家都不好嘛！”说完拍了下陆华的肩，也走了。

陆华一屁股坐在桌边的一把椅子上，气得说不出话来。他冷笑了一声，扫了眼张伟和急匆匆跨进门的郭亮，说：“听见了吗?跟我们说话的口气好像我们就是些犯人！真是岂有此理！”

郭亮急得问：“他们想要什么?”

陆华大声喊：“他们想知道明天要闹事人的名单。我怎么知道明天有什么人要闹事?人家要闹事又不会告诉我们!”他在心里嘀咕：就是知道了我也不能跟你们说!

郭亮过去拍了下陆华的肩，说：“忍口气吧，反正明天就开幕了，一会儿老米过来，咱们就布置展厅。”

没一会儿，老米进来了，手里拿着画好的设计图，神态疲倦，睁着一双带着黑眼圈的大眼睛平静地问：“进来时听说了，公安又来了?”

陆华嘲解似的笑了两声：“对啊，要我交代情报，根本就把我当成了犯人！不说不知道有什么可交代的，就是知道了也不能交代给他们！”

老米说：“咱们干咱们的，别理会他们! 这是方案图，有些改动的地方，咱们这样搞，要跟美术馆打招呼吗?”说着把图递给陆华。

陆华拿起图纸来，见展览馆门口五根三层楼高两米宽的柱子上画着黑色巨大条幅，上面印有展览的标志，一个红色的不准调头的交通信号和白色的巨大美术字“中国现代美术展”，他问：“你们昨天晚上又搞的?”

“嗯，差不多搞了一个通宵，条幅都拉来了。”

陆华翻下一页，是展览门厅里面的设计，同样的条幅，只是小一点儿，有三条，挂在进门大厅里面，进门的地上摆着一个墓碑状的黑色雕塑，上面有许兵刻的“谨以此展献给为中国现代艺术奋斗的当代艺术家”。

陆华看了感觉很好，庄严肃穆，调子非常好。

张伟和郭亮都抢着看。

张伟笑：“这设计，搞得有点灵堂的感觉了，阴风阵阵啊！”

郭亮大叫：“好，要的就是这种气氛，别以为我们是闹事的土匪，看这里，这些都是为艺术献身的人！”

陆华又问:“条幅都在哪里?”

“都拉来了,就放在库房里。”

陆华皱了下眉说:“我看问题不会太大,但是我觉得还是把这个设计给美术馆的周副馆长看一下的好,免得麻烦。”

老米说:“好,走,我们这就去找他。”

四个人都出来,往二楼后面周副馆长的办公室去了。

老米见着周副馆长,老远笑着打招呼,把图纸给他:“老周,要请你帮忙了,我们今天就想挂起来,怕明天来不及了。”

老周看了眼图纸,问:“这是什么?这又是什么?”他连着翻下去,看完后把图纸往桌上一扔,“这是你们的设计?你们就不能消停点?层出不穷总有事情!你们看看,你们这个设计,这外面五根大柱子上挂上这么个黑色的条幅,从大马路上老远就能看见,你们想扰乱社会秩序啊?让过往的人以为这里在办丧事啊?这个在我这里就通不过。里面的应该没有什么问题,外面的再改改。”

老周一句话说得四个人面面相觑,老米笑道:“老周,请您通融一下,我们都把条幅做出来了,都在库里了,这是个前所未有的大展览,要的就是马路上的人能看见,所以故意设计得比较打眼。”

“那吸引人的办法很多,也不能像个灵堂的感觉嘛,我们这国家的美术馆怎么可能办丧事呢?”

陆华觉得也是,看看老周也不是故意为难人,就拽了下老米,说:“老周,您说不能挂高了,我们能不能想个什么办法来通融一下?我们能不能铺在地上,从进门的广场一直铺到进馆的台阶上,就像红地毯一样,不过我们铺五条这样的黑地毯,这样总可以了吧?”

老周想了想,同意了。

陆华高兴地站起来,握了下他的手说:“谢谢!”

几个人都谢过了,一起离开。

老米在过道里无奈地叹口气,说:“铺地上可比挂起来效果差远了。”

陆华笑着回头:“老米,铺地上比什么都不让搞好吧?不管怎样里面的没有动就行了,人一进展厅就把外面的事情忘了。”

郭亮兴奋地说:“那我找学生来把里面布置了,外面明天早上铺都来得及。”

张伟说:“我还去干我那摊子事情去了,还有好多说明要翻译,要打出来,标签也得贴上去。对了,陆华,青果哪儿去了?怎么这两天都没见着她?这几个学生打字老是错,用改正液涂得乌七八糟,放到展厅里都不像话,我只好自己打,活儿太多了。”

陆华闷声回他:“这几天我也没见她。”

郭亮接了过去:“我最后见她在审完画那天晚上,她还跟我说转天过来呢,就没再见她。对了,她跟一个男的,叫林欢的在一起。”

陆华说:“好了,我们去大厅吧。”他掩藏着心里的不高兴,知道青果一定是回T市了,心想不管怎么样她明天总得过来。

展览开幕前的最后一个晚上,大家都早早回家,陆华好像终于可以喘口气了,拖着疲惫的身子进了几天没回的家门。

小平一见他,忙让他坐下,端出刚煮好的饺子。吃着老婆包的饺子,陆华这才感觉家里的饭可真好吃。小平知道这几日丈夫不容易,见他好几天都没回家,就包好饺子等他,看着他吃完,忙催他去洗了,早早躺下。

陆华躺在床上,闭上眼,突然想起要是真出了什么事,在这个世界上到最后不会抛弃自己的会是身旁这个人,他翻个身,似睡非睡。

小平和陆华初中毕业从不同城市下放到内蒙古,几年后在自治区的一个中专认识。陆华刚进校就被她吸引,不仅因她娇小玲珑,妩媚可人,还因她是全校最傲气的女生。她可有傲的资本,她是学校的状元,无论怎样的考试,永远考第一。学校里的男生成天围着她转。可陆华从来都被人宠,被他们点里的女知青崇拜,心里哪有服气的?这下子两人摽上了,一来二去的,就好上了,在那里结了婚。

小平悄悄哄睡了孩子,才上床。陆华伸手搂住老婆,小平翻身滚进他的怀里,委屈地抱着丈夫的身子,默默的,眼睛湿了。

陆华知道老婆怎么了,每次在床上对她都有说不出的内疚。最近一段时间,不,应该说快一年来,几乎没怎么跟她做爱,每次从菁菁那里回家,连摸她的欲望都没有。他搓揉着她,手心里的小平,还是那么温柔可人,小巧的身子在他怀里温柔磨蹭,他一翻身把老婆压在下面,吻住她,突然过去那种熟悉得不能再熟悉的感觉回来了,他彻底地放浪起来,尽了兴跟她缠绵。这才是真的!这才是我!他喘着大气。陆华最近这一两年跟不少女人上过床,却总让他有轻飘飘的感觉,就跟最近这几年的运动一样,飘浮,膨胀着让他发虚,没有抓拿。可跟小平就不同,他一下就能抓着那种最真实的感觉,让他记起他陆华是谁。他累得瘫倒在床上,满意地笑了,陆华,明天事情就做成了,你一个从内蒙古来的知青就把这么大件事情做成了!你会被写进历史,明天的展览也会被写进去!北京也没什么了不起,平平就能证明,她能证明我陆华过去是个什么样的人,我这不把你们都跨过去了吗?我在这里征服的不仅仅是几个女人,是你们所有这些人!

小平小声说:“华子,把衣服穿上吧,今晚别太累了。”他今晚这般疯狂,真是久违了,她惊喜地发现其实他根本就没变心,还是那个对她充满了激情欲望的丈夫。

她欠起身,用最细的纸巾为他擦拭身子,陆华放松平躺着,由她摆弄,没一会儿就睡着了,发出均匀的鼾声。小平可睡不着,她抚摩着他,心想那些女人再怎样,都别想把他抢走,刚才他喊着我的小名呢,看看,在他命运最关键的时候,他需要的是我。从他们到北京后,事情就大变了,她被陆华安排到政府机关里,做一个办公室的工作,丢了原来的数学专业,成一个在家里管孩子、做饭的家属。而他这几年在北京文化圈里也有些建树,从研究生毕业,他的朋友圈子都变了,他们之间的距离越来越大,陆华每天做的、想的跟她没有一样搭得上。一开始陆华还带着她去参加各种聚会,后来干脆就放弃了。不仅陆华,连小平自己都不愿去,因为她发现在各种聚会里,对流行的时髦话题,从艺术到政治、哲学,再到经济,没有一样自己能插上嘴;还有,还得看着妖娆风情的菁菁跟丈夫眉来眼去的,聊着体己话。每次看见后,她就更加自惭形秽,觉得菁菁好像更配得上陆华。她曾经恨过自己,为什么就不能像菁菁那样妩媚风情?自己老土得让他拿不出手?! 虽然她过去一直是个心高气傲的女人,但是到最后,还是得想办法来改变自己。曾经去烫过头,可效果更不好;也想去买几身衣服,但是她跟陆华两人一个月那么少的工资,再加上有个孩子,又舍不得下手。她最后想通了,反正不管怎么收拾都不会有菁菁那种风流婉转的样子,干脆不搞了。这些年,她眼睁睁地看着陆华离开自己,他常年不碰她,背地里不知道流了多少泪?除了带好孩子,做好饭,无微不至地照顾好他,不知道还能做什么?每当想起自己过去的骄傲、专业,就很沮丧,陆华现在不再需要她优异的数理化了,她觉得自己就像一个被抛弃的人,要不是因为他宝贝他们的儿子,还有他们这将近十年不能割舍的亲情,也许他们早就散了。这会儿,她借着楼外的灯光再仔细看他睡熟的脸,真的感谢老天,这个重要的时候他回来了,说明什么?我们才是他最重要的人,他永远都不会离开我跟孩子的,这个结论让她满意地笑了,侧身轻轻为他把睡衣衬裤穿上,这才睡了。

早上6:00,小平醒了,轻手轻脚地去厨房,她要做一顿陆华最爱吃的早餐,今天可是历史性的一天,也许到中午都吃不上饭呢。她把昨天晚上发好的面拿出来,包南方人的小笼汤包。陆华一直都爱吃她包的包子,赞她的味道调得好。等陆华醒来,包子都蒸好了。

陆华扭头看了眼床头,整整齐齐摆着为他选好的衬衣、毛衣、条绒西服外套,床下还摆了双新皮鞋。这时小平手里端着蒸锅走进房间,陆华心里一股暖流涌出来,伸手拉住她喊一声:“平平。”

小平笑:“快起,看看给你选的衣服行吗?要不你自己配配?”

“你什么时候给我买了双新鞋?”陆华一边起,一边问,心想她怎么知道我就需要一双新的啊?

小平边叠被子,边回他:“就这两天啊,你看,我一直就想着开幕式别穿那双破皮鞋去了,就是钱不多了,要不然应该再买件好点的西服。”

“行了,行了,这就挺好,最烦那种正儿八经的西装,这个就很好。”说着站起来把衣服穿上。

吃着滚热的包子,他在心里感叹:这就是老婆,也许什么都是假的,只有这老婆给的是真的。可我这马上就要出去大干一番,到底什么是真的?他想起青果说的大家不过是为个“名利”,对,我就是要这个名,哪怕它确实是个虚名,我也要!我要干一番事业,要得这世人的尊重和荣耀,我要把我的名字留在历史上,这些都是真的,我陆华干了这些才不白来这一世,其他的都是过眼云烟!

匆匆吃过早饭，看看天还黑着，他拿起包就往外走，小平在后面追着说等把孩子安顿好跟着就过去，他摆摆手，头也不回地冲进寒冷的大街。

开幕，美术馆的枪声

不到8:00，天还没有大亮，陆华已骑车到美术馆了，门口已经有二三十位外省来的画家聚集在那里，门卫把着不让进。陆华跟大家打了声招呼，冲了进去。

中国美术馆始建于五十年代，是新中国成立后著名的十大建筑之一，坐落在北京市最繁华的五四大街上，就在王府井大街的尽头。主体建筑为仿古阁楼式现代建筑，整个建筑有三四层楼高，气势宏伟。大楼呈鹅黄色，沉稳大气，所有的楼阁式屋顶一律用明黄琉璃瓦，四周有廊榭，典雅中带着皇家的富丽和霸气。楼前一广场，由矮铁栏杆围墙围着，站在东四大街上能把广场里看得清清楚楚。

陆华一进去就见郭亮领着五六个美院的学生把五条巨大的条幅往地上铺。从馆门的二三十级台阶开始，一直往外，过了小广场，都快铺到最外的铁门了，黑地白字，蔚为壮观。

郭亮见了他忙问好："吃了没有？"

"吃了。"陆华按捺不住内心的激动，"都完了吧？"

"差不多了。"

没一会儿，筹备组的人都到齐了，陆华抬抬手腕看表，8:15，朝大家说："让他们把门打开吧，让所有的参展人员都进来。"

没一会儿，展览馆前广场上，几百号人黑压压站了一片，组委的十几个人全都站在正门楼前的台阶上。这时唐国庆和张良从后面抬出来一个三米来高的白色展览广告牌，上面印着鲜红的不准调头展览标志，上书：

> 中国现代艺术展 Avant-Guard
> 地点：中国美术馆
> 时间：2月7日—19日

场子上所有的人都目送他们把那块巨大的广告牌子抬出去放到铁门外售票处，鸦雀无声，大家都明白，真正的时候到了。

陆华站在台阶上，向下扫了众人一眼，血直往上涌。这些放荡不羁、蓬头垢面的一群人真像从深山老林里冲出来的游击队，现在身后的美术馆就是他们最后要占领的堡垒，看看，我这手一挥，喊一声"乌拉"，这改朝换代的革命，就在我们这些人的手中完成了！想到这里他双眼湿了，抬眼找，看有没有谁带着相机，把这些人跟美术馆一起照下来，那才有纪念意义！一眼瞥见青果站在人堆里，正兴高采烈看着林欢，旁边还站着窦斗、皮皮、孙建军，几个人聊得正欢。他冲大家摆了摆手，下面顿时安静下来，他大声说："好！大家都在了！今天将是一个具有历史意义的一天，我没什么要说的了，我们大家干到现在都不容易，这就是我们的胜利！希望今天开展一切顺利，之后这几个星期大家都留下来，参与这个盛事，把这个展览办成功！"随他话音一落，一阵欢呼声和掌声在广场上空响起。

青果病了几日，林欢不让她乱跑，威胁她如果病好不了，就别想参加开幕式。说实话她也觉得不去北京的好，可是答应了陆华又觉得不好不去，这下好了，可以有个正当理由了。今天早上6:00多，他们就从T市搭车出发，赶到美术馆正是时候。他们在人群里找到窦斗、大头、皮皮，还有孙建军。

林欢见了窦斗问："我们去你家找过你，你都干什么去了？王维呢？"

窦斗瞥一眼青果，笑道："回家过年去了，送她回去，我就没回T市，一直在北京待着呢。"

青果转头问皮皮："今天你们贾红不来了？"

"对啊，她还是别来凑这个热闹，从那天收到你们的请柬我俩就讨论来不来，她现在更不方便了，我看还是算了。"

林欢问在旁边的大头："我们前些天去文化宫看你的展览了，吃了个闭门羹——"

没等他把话说完，青果冲他大叫："大头！那是个什么地方啊？你怎么找着的？我们居然发现他们的后院是片很大的墓地！好奇怪！"

大头咧开厚嘴唇，"嘿嘿"笑了两声："那就是北京城有名的元朝古墓啊，你们这都不知道？"

林欢笑道："快别提了，那里可真的阴气太重了，我看你还是把你的展览快从那里撤了吧，青果从那里回去就发烧，烧了好几天。"

"真的？"窦斗像吓了一跳，看青果一眼。

她笑着没说话。林欢说："可不是真的，她从墓地回去跟撞了鬼似的，不仅发烧，情绪还低落，唉声叹气！"见青果制止他，就笑着转了话题，"大头，你还是好好考虑一下我的提议。"

几个人正说着，张伟过去把青果拉到一边，在她耳朵上说了几句。青果点点头，回头笑着冲林欢喊："欢欢！过来！"

林欢走了过去。在几个人的注视下，青果亲热地挽起林欢的胳膊走了。

孙建军全都看在眼里，窦斗好似不经意，其实眼睛却一直瞥着他们，两人一离开，他立时拉下脸来，转身就往外走，孙建军忙喊："哎！四哥，还没有开幕呢，马上就开幕了，往哪里去？"

"走了！"他头也不回径直往铁门走。

孙建军只好跟着他往外走，留下皮皮和大头还挤在广场上。

青果和林欢跟着张伟去到后面的办公室，他急需青果帮忙打些标签。青果忙答应了，道歉这几日都没有来。郭亮在旁边听了大叫："昨天谁还问你呢，我说怎么就没人了?”

林欢坐在桌子上看着青果灵活地打着英文，记得窦斗说在黄山她就是个香饽饽,还真没说错。

张伟也在另外一台打字机上忙着,边打边说:“青果,一会儿大马来,你就负责接待。你带着他走一圈,然后看他需要什么,解答他的问题。”

青果笑道:“哎哟,别让我做这个,我最不会做招待了。”

郭亮正要出去,回过头来说:“就你跟他认识,我们谁都跟他不熟,你不合适谁合适啊?”

张伟忙安慰她:“青果,你先别急,先把这些都打完了再说。”

青果笑了起来:“好。”

陆华带着菁菁冲进办公室,他一眼看见青果坐在那里忙活,高兴地喊:“哎！这是谁啊?这么多天都哪儿去了?”

青果忙向两人问好。

林欢帮青果回答:“她回去就生病了,病了好些天,我不准她出门,刚才好。”

陆华说:“哦?好,到时间了,大家都出去。”

屋里的人都出去了,就剩下林欢、青果和张伟。两人手脚不停,青果先打完,立刻扔给张伟,拉着林欢跑了。

他们冲进展览馆,正好9:30。门厅里人山人海,已经围得水泄不通。正中央挂着三条巨大黑色条幅,上书“中国现代艺术展”,青果看见陆华站在正中间,组委会的人都站在他背后。

林欢低下头在青果耳边说:“看刘开渠。”青果知道这位中国美术馆第一任馆长的大名,可从来没见过。

“哪个是?”

“陆华背后那位。”

重要嘉宾里,她就认识大马一个人,站在那里高出人一两头,她听说这次展览的顾问都要来,像知名画家吴作人啊、美协主席靳尚宜啊、理论权威绍大箴等等,估计现在都站在人堆里。

陆华手拿着话筒，颤抖着声音大声宣布:“现在我以中国第一届现代艺术大展组委会的名义,欢迎各位来宾,欢迎所有今天来开幕式的朋友,欢迎全世界的媒体朋友们,我现在正式宣布:第一次由中国艺术家自己举办的‘中国第一届现代艺术大展’正式开幕！”

掌声雷动,人群开始朝四面拥动,拥进各大展厅,组委的几个人都陪着领导们往右拐,进入右侧第一个展厅。青果一眼就看见万山红举着个大牌子,在门口摆摊子卖虾,牌子上书:出口转内销大对虾,每斤九点五元。他的第一个客人就是刘开渠。周围的人看着,都笑了起来。

青果说:“你看见了吗?刘开渠买了呢！”

展览馆里人挤人，每个人的脸上都喜气洋洋，大有扬眉吐气之象，像过节逛庙会一样热闹。大部分作品青果都在黄山看过幻灯片，或在库里登记过，可当它们都正儿八经地挂在美术馆高大的展厅里，感觉还是不一样，到处可见年轻人喷射的热血能量和赤诚之心，它们恣意张扬，在这个神圣的地方更显得放浪形骸。从建馆到如今，三十年来，这可是第一次，展品里没有政治宣传，没有上面规定的形象，没有意识形态的要求，它们完完全全讲述着新一代人要说的话，有宏大思辨的、批判的，有深邃的，有快乐的，有痛苦的，有戏谑的，有性的；有装置、雕塑，有布面油画，有纸上国画，甚至有剪纸；还有各种综合材料的，有钢材、铁、木、石头、混凝土、塑胶、化学材料、影像……整个展厅，不，整个美术馆似乎都在呼喊：自由了！解放了！回声震荡在美术馆的空气里，映在每个人兴奋的脸上。

青果看得眼花缭乱，整整差不多四层楼呢！她笑着对林欢说："你看这些作品都多好看啊，我们这代人这里想说什么就说什么，这样看着都高兴，那么辛苦十年真的很值。我讽刺过陆华，说他名利熏心，可没有他这样的野心就没有今天这样的盛况，你说是吧？"

林欢拉了青果的手笑道："我们别跟着他们，走，我们去其他的厅看看，我的画都不知挂在什么地方呢？"

在另一个大厅里，他们看见上海的高山坐在那里洗脚。青果笑道："欢欢，我没听说过这个，你看他的脚盆里有美国总统里根的头像。"

他们笑着绕过他，上了二楼。在楼梯拐弯处，又看见一个人蹲在那里，屁股下面放着一个稻草窝，里面有十几个鸡蛋。林欢大叫："看！这里有孵蛋的！"过去拍了那人的肩说："哥们儿，好好孵，孵出小鸟儿来！"

青果笑道："这些人也不知道是哪里的，我怎么从来没听说过这些作品呢？"

他们继续走。

陆华急忙忙地从他们身边过，见了他俩就问："你们见了孵蛋的人了吗？"

青果笑着回头指了一下："刚还在那里，怎么回事？来开玩笑的吧？"

陆华摇头："麻烦了。"说完急急走了。

青果跟林欢突然见四五位用白布缠裹的"僵尸"正慢慢地游走在人群里。青果走过他们的身边，发现他们只留了两只眼睛露在外面，还真裹得严实。青果拽了林欢一下，说："这肯定又是擅自搞的，我不知道这个作品。"

林欢拉着青果没说话，等走到人少一点儿的地方，才说："看看，这个美术馆就是个竞技场，这是革命带来的好处同时也是坏处。可是谁去想革命带来的是自由，但不是绝对的自由？谁都不想失掉这个机会，都要表演，真是活色生香啊！"

"用词不当！说错了！"青果笑喊。

林欢拿牙咬着她的耳朵说："我觉得这个词最贴切，你看这场景难道不是吗？"

"应该说丰富多彩。"

"不，就活色生香！"

两人正闹着。上海的纪思德从他们身边过，背着个大包，沿路撒避孕套，还扔了一个给林欢。

林欢接在手里，说："这也是作品？"

青果撇着嘴，瞪着他直摇头。林欢笑着忙把避孕套揣在兜里，嘴凑在青果的耳边说："怎么样？咱们今天晚上就试试？嗯？从来还没用过呢，这可是件艺术品。"

青果笑着打了他一拳。

他们在二楼看到大侠的作品了。林欢低头在青果耳边说："听你说了大侠这么多，这幅画真是他最好的，够滑头。"

青果笑着瞥了他一眼，没说话。林欢走过去，看眼标价，回头说："知道吗？一万呢！"

青果白他一眼："我打的我怎么不知道？！"

大侠作品旁边就是大名鼎鼎的子圆的《大悲剧的力量》。林欢跟青果都走到跟前，按常规看原作要比片子效果好些，再加上这幅画画面的尺寸大，足有两米见方，还是有一定的威慑力。青果说："看原作好些，至少比片子强。"

林欢笑着点头："不过看着还是觉得痛苦得笨。"

青果扭头见对面厅里三幅大画并排挂着，正是罗小刚的三联画。他们立刻舍了那里到对面厅里，青果说："我喜欢。罗小刚不知道聪明多少，真是一个天一个地。你看罗小刚的忧郁和痛是里面的，痛在骨子里的，表面云淡风轻，可有的人痛在表面上，每一笔都在嘶喊'我痛苦啊！'一假看着就累了。"

林欢笑着点头。

画跟前围着一些人，罗小刚正跟几个外国人讨论价格，青果说："三千块一幅呢，欢欢，你一个月多少钱？就一百多一点儿吧？咱们是没钱，要是有钱我真想买。你看那穿蓝色棉袄的就是罗小刚。"

他们等一会儿，想跟罗小刚打个招呼，可那些老外没完的意思，正要离开，就见罗小刚气呼呼地从人圈里冲了出来，根本没有看见她，跟他们擦肩而过，嘴里嘟囔着："降什么降！把我也降价卖了算了！"

黄山见过的那位白衣女人跟着追在后头喊："哎，你别跑嘛，别跑嘛！"

林欢突然说："怎么还没有看到我的画？"

"在三楼吧？"

"你可别把我贱卖了，你定的什么价？"

"我一直在生病，怎么会卖你？哦，你以为老婆都会贱卖丈夫啊？"青果瞪他一眼。

林欢好像恍然大悟，忙笑道："哦，对了，我说错了，我道歉。"

两人高高兴兴往三楼走。在楼梯口，青果一眼看见陆华的夫人了，一时忘了她的大名，就拉林欢过去问好："嫂子，你好！"

"你好，青果，你好！"小平很意外有人能认出她。

青果忙给林欢介绍:“这是嫂子,陆华的夫人,这是林欢,我男朋友。”

“哦,真好,真好!”小平笑嘻嘻打量林欢,青果也打量她,看来她今天是精心打扮了的。一件土黄色的中长呢子外套,一条彩色纱巾围在脖子上,黑黑的短发精心梳理过,苍白的脸上,两片薄嘴唇涂了鲜红的口红。她突然想起刚才一直都在陆华身边意气风发的菁菁,哎!她在心里叹一声,今天是她丈夫的大日子,她只能默默地在暗处看着,支持他,可她丈夫忙得可能都不知道她在这里,而跟他相伴的却是另外的女人,青果不忍再多想,她怕她的脸上会露出同情来,忙道再见,拉林欢上楼。

他们一进三楼右侧大厅,就看见林欢的大画挂在前排的大墙上。两人都冲了过去,左看右看,青果笑道:“比在家里看着还好呢。”

“嗯,这里有灯光,又有空间,当然效果会好。”又俯身看了一下标签,回头说:“没标价。”

“看你还敢说我贱卖了你?!”青果喊。

林欢见她娇态可掬,忍不住拉过她来就亲。

青果忙推开他:“到处都是熟人,你要死了!”

“怕什么?谁让你惹我?”林欢嬉皮笑脸地拽着她不放。

青果一回头,见大马一个人在对面的厅里,正聚精会神地看一幅画,“看见没有?大马在对面!就他一个人。”

“哎,张伟不是要你招待他的吗?”

“是啊,刚开展还见着他,一会儿就没人了。欢欢,你说怎么样?我真要去陪他啊?”

“去吧,你好人做到底。”

两人过去问好。大马很意外,没想在展厅再见到青果和林欢,前几天在家里,两人才给他亲自送过请柬,就说:“咱们还真有缘啊!”

青果仰头说:“大马先生,你好啊!我说过要在开幕式里再见你的,让我们今天就陪你转转吧?”

“谢谢,谢谢!”大马很高兴。

青果开始当向导,领着大马一个厅、一个厅地转。他们进了国画大厅,所有作品篇幅都很大,没有一点儿过去文人山水画或人物花鸟的意思,不是大泼墨抽象的宇宙冥思,就是大笔的书法画,要不就是完全抽象的几何图像。

他们转过一堵墙,突然见迎面一面墙一溜挂着六幅两尺见方的小画,别出心裁,倒让所有的人眼前一亮,非常打眼。

青果叫了一声:“哟,这都是窦斗的,就他不一样,不仅有人形,有意味,还传统呢!”

窦斗的画都裱在深褐色的木头框子里,画在黄书纸上,一种最廉价的宣纸,给人的感觉就似要故意低,“低到尘埃里”,青果不禁笑起来,她想起张爱玲的名句。林欢正仔细看画,回头问:“你笑什么?”

青果忙说:“没什么。”

大马问:“这位窦斗是咱们T市的?”

“对啊!”青果回答。

“这还有点意思。”大马指着一条鱼说,看来他喜欢。

青果仔细看那幅画就一条鱼,周围无一物,此鱼正龇牙咧嘴,瞪着眼珠子,不知有多恨呢!身上染着淡淡的浅灰浅粉,柔极了。周身线条勾得笔力老到,游刃有余,纤细有弹力。上题:咸淡不知。再一幅一个和尚坐在一个石头上,膝上摊着本书,这和尚翻着眼珠子,看着天上,上题:月下好念经。还一幅,一个老汉跟人怒目而视,握着拳头,勾着腰,头上题:盼四化。青果忍俊不禁,这四化有这么盼的吗?四化早已是老生常谈。八十年代初,电视、新闻、报纸、广播、流行歌曲,铺天盖地的到处都是,谁都知道是国家提出的要在世纪末实现四个现代化,本来是国家的梦想,后来就潜移默化变成了十亿中国人的梦想。嗯,咱中国人得迎头赶上全世界,憋足了三十年的劲儿呢,可不得这么恨恨的?这个窦斗可真逗!青果想着又乐了。

还有几幅,没等青果走到跟前,已经笑得身子发抖,问:“窦斗人呢?我们刚还跟他在一起呢,这个人跑什么地方去了?”

林欢笑着说:“还是我们哥们儿的画好看。”

青果又给大马一番介绍,一层楼逛了将近一个小时,临走把他送到楼梯口,才又返回大厅继续看画。

青果眨着眼问:“感觉怎么样?林欢同志,你看这三楼的四楼的是不是不那么受重视啊?”

林欢笑一声:“青青,你想说什么?”见青果跟他眨眼,就笑:“这个人啊就是这样,有可为和不可为,不是不会,是不想。”

“德行的你!”青果笑着打他一下。

林欢抓过她的手吻着:“你看,这就跟穿衣服一样,有的衣服虽然穿起来好看,但我就不喜欢,穿上就觉得不舒服,就觉得不是我,这就没办法。”

青果笑道:“也就是你这样说,要是别人还不知道怎么急呢?看,对面就来个着急的。”

林欢一扭头见两男一女走过来。一个小个子男人,一对黑眼珠子藏在一副黑圆眼镜后面,穿一灰色防寒服,正挥着手,声嘶力竭地讲着什么;另一个男人也戴着黑色方框眼镜,国字脸,消瘦,中等个子,穿着蓝色老气横秋防寒服,微笑着,认真在听;女的皮肤很白,露着大奔儿头,穿着彩色的手织毛衣,气质很好。

青果已经在旁边打招呼了:“哎,德拉,高一平,健雅,今天一天都没见到你们呢!”几个人相互问好,青果忙给他们介绍:“这我男朋友,林欢。”

“哦,哦,哦,我可总听青果说你,我德拉,你好,你好!”德拉大叫起来。又上下打量林欢,大喊:“我说呢,怪不得青果每次拼了命都要回去,不跟我们玩儿,拒腐蚀永不沾的,原来是这个阳光大帅哥在那里勾着魂呢!嗨,真阳光!”

林欢“嘿嘿”笑着跟他握手，“你好！我也知道你！”“你好！”他又跟高一平、健雅握手，说：“真荣幸，真荣幸。”这就是大名鼎鼎的高一平啊！

德拉在旁边大叫：“今天可难得，我们得照相，照相！”

高一平说：“哦，对了，好像我们刚看了林欢的画，我还正遗憾不认识这个画家呢，这下好了，走！我们去他的画前照相。”

青果笑了：“好主意，好主意。”

几个人正高兴，就听见“砰，砰，砰”三声闷响，德拉大叫：“听，什么声响?有人放鞭炮?”

几个人都站住脚仔细听，又没什么声音了。正要继续往楼上走，就见三五个公安冲上来，另外还有几个往四楼上冲，冲他们大喊：“走！走！走！所有人都暂时离开展览馆，都出去，都出去！”

德拉大声问：“怎么啦?出什么事情了?”

“不要问，出去，出去！都动起来，出去，走！”一个公安大声喊。

德拉诡异地笑了：“肯定有人搞事情，这下有好看的了！肯定有好事情！”说完俩黑豆眼直冒光。

青果也笑起来：“恐怕有什么节目吧?走，我们出去瞧瞧。”

不到五分钟，几个公安把楼上所有的人都轰了下去。

等他们到展览馆大楼外面，广场上已经黑压压站了一广场的人了。他们刚走下台阶，就听人群里有人喊：“青果！”

青果循着声音，就见李心在人堆里朝她挥手，她又惊又喜，扬手大声应：“哎！哎！”几步就冲到他跟前，“你什么时候来的?收到我的请柬了?”青果兴奋得声音都变了调。

这时林欢也跟着过去，伸手握住了李心的手说：“真高兴在这里见到你！”

“你好！你好！”李心笑着，很礼貌地握住林欢。

“快说啊，你来了多久了?”青果急得催他。

李心看了青果一眼，笑道：“今天本来我要回北京跟父母过节的，又收到你的请柬，就搭了10:00的车，下了车就直奔这里了，没想一到这儿你们人都出来了，又是公安、警车什么的，我估计看不成展览了，正想走，就看见你们了。”

“哎呀，你可错过了好戏了！这个展览还不知道能不能继续开呢?这十年的好东西你都没有看到。”青果惋惜地又叫了一声。

“对啊，来了这里才知道发生了什么事情，听说你们一个画家朝自己的作品开枪了?你们早就在这里了?”

“什么?开枪了?”

“对啊。”

青果和林欢忙跟旁边的人打听，确实有人开枪了，估计马上要闭馆。

李心听后告辞走了。两人看着他出了铁门。林欢笑着瞥了眼青果，说：“哟，看你激动的,看见李心不至于激动成那样吧?”

“你说什么?”青果气得举拳就打。

“好,好,好,别打,这么多人成何体统!算我说错了。”

“你少在这里酸溜溜的,我在这儿见着他就高兴了,就高兴了,你管得着吗?”

“好,我管不着,管不着,我冒酸水你也管不着吧?我就不喜欢你见了别的男人高兴得比见了我还高兴!”

“你就是个心胸狭窄的小气鬼,小气鬼!”青果气得甩开他就走。

林欢在后面紧跟着去抓她的手,没想她一甩手头也不回还往旁边走。林欢一个箭步跨过去,把她搂在怀里了,低头在她耳边说:“别闹了。”

“那你以后不准乱嫉妒!”

“我保证,保证!”林欢说得气哼哼的。

“才不是你的真心话,你的小心眼谁不知道?”青果瞪着他,还不饶。

“那你要我说什么才肯罢休呀?”

青果小声说:“每次你一这样就让我生气。”

“那你就不能把你的高兴收敛一点儿?把你喜欢人家的样子藏起来点儿?至少不要当着我的面,这个要求不高吧?”

“我,我——我没有喜欢他,就是喜欢也就是朋友的喜欢。”林欢摸了下她的脸,两人对看着不说话了。

历史狂欢,封展

开展后,一切都顺利,陆华终于松口气。不管怎样主要的顾问都来了,都是美术界的权威和泰斗,终于可以让这些人刮目相看了。陆华知道从此他陆华再不是昨天的陆华,不可同日而语了。他小心地陪着顾问们大致看了一楼的作品,大家都看得兴致勃勃,当看见他们当中谁露出不以为然的神情,陆华得意地想再怎样你们也不得不承认我们的存在,我们已经进来了,并且占领了这个地方,看看我们这一代人的东西,你们这些人做得出来吗?

一进门,万山红举着个大牌子兜售他的“大生意”概念,看到刘开渠居然买了五斤虾,陆华傻了,真没想到他以这么实用的方式接受新潮美术。他怀疑这些权威们懂他要说的话吗?他们知道他要亵渎美术馆的目的就由他这个第一任馆长完美地完成了?他怀疑刘老馆长是不是真的明白万山红的意思?不能因为比外面农贸市场便宜就这样买嘛!他心里好笑,但尽量不在脸上表达出来。说实话,万山红这件作品不仅要亵渎、反叛权威,更重要的是他敏感地抓住了将来这个时代的发展方向,一个商品的、大买卖的时代就要到来,艺术是卖的,看吧,就十年二十年,中国什么不是买卖的?!陆华看着权威们,心里想他们这回该严肃认真对待我们了。他举头望望,知道报社的朋友们一直都跟着把所有的都记录在案了,心里甚安慰,要留下来,这些都是美术史的珍贵资料，特别是刘老馆长买虾。

他陪着权威们走到二楼，张良气喘吁吁地从后面赶了过来，在陆华耳朵边说了什么，陆华只好跟郭亮交代了几句，让他代为陪同顾问们参观。他急匆匆地离开人群，上到三楼。原来刚才张良来报告有人在二楼与三楼之间孵蛋，任谁都搞不走，非要见他才行，等他赶到时，已经没人在那里了。他正要转身，一个高个儿子男人抓住了他的胳膊，低声在他耳边说："跟我来。"

陆华吃惊地问："你是谁？你就是那个孵蛋的人？"

那人笑了一下，手劲很大，陆华突然脑子里冒出两个字"便衣"，对，看他长得就是个便衣的样子，脸和手脚都干净。

陆华挣开手平静地说："别抓，别抓，有话说话。"

那人说："跟我去老周办公室。"

陆华只好跟他过去。一进办公室就见四个裹了白布的艺术家和一个头发蓬乱的年轻人。四个裹白布的倒认识，是山西大同的，另外一个陆华还真不知道，他想这位就是那位孵蛋的仁兄吧？

陆华忙跟公安说："他们都不是我们参展的艺术家，他们作为个体自行做的作品和这个展览没有任何关系。但作为艺术家，他们的作品并没有反政府，只要他们不再搞了，我建议就把他们放了吧。"他又看了下那五个人，他们正都拿眼斜瞟他，他一生气喊了一声："你们还不知道表下态啊？"

五个人这才忍着笑都表了态，保证再不做任何干扰的事情了。

看公安放了他们，陆华松了口气，走出老周的办公室，心里正又好气，又好笑。突然，他听见三楼上"砰，砰，砰"三声，有点像放鞭炮的声音，就想别又是谁捣乱？抬了腿就上楼。冲到楼梯口，发现没什么意外，还看见德拉、青果、林欢，还有高一平、健雅正在聊呢，就转身下楼，摇头自嘲真是紧张得神经了。他缓缓下到二楼想去迎迎那些顾问们，没想张伟冲上来喊："快！快下去！开枪了！公安抓人了！"

"谁？谁开枪了？抓谁？抓了谁？"陆华顿觉一股凉气上了他后脊梁，跟着张伟冲了下去。

等他们冲进出事的一楼右侧大厅，见俩公安正在铐一个中等个儿青年，这次展览并没有他的作品啊？陆华似乎知道他的名字，是浙美的画家。见他们站在鲁冲那件《对话》的装置前，一个公安手里拿着一把枪，看来这枪便是这位画家的了。

陆华一头雾水，不知道这位艺术家做了什么？紧走两步，到两位公安面前问："请问这位同志，我是这个展览的负责人，到底出了什么事情？这位艺术家虽不是我们的艺术家，但是你们也不能随便把人抓走吧？"

一个公安看了他一眼，说："好，告诉你，这个画家和一个女的合伙人朝这个电话亭开枪，就在我们的眼皮底下。开完枪以后，那个女的甩了枪就跑了，这个还敢来捡枪，你说我们不抓他，抓谁？！他要伤了人谁负责？"

见陆华目瞪口呆，另一个公安说："你还是做好准备吧，我们领导马上就来找你。”

众目睽睽之下，两人把那个画家推着押出了大厅。

接着一队公安冲进展厅，开始往外轰人，展厅里顿时大乱，人们慌作一团，有人已经奔了出去，而艺术家们在展厅里奔走相告，围在一起议论纷纷。陆华脑子里飞快地转了起来，他最担心的事情还是发生了，开展后不到三个小时，有人还是做了惊人的事情，这个事情到底会怎样？他心里还没数，现在首先要做的是镇静，让那些在展厅里的人镇静。

这时所有的新闻记者都来了，纷纷问他事情的始末，一群外国记者在拍照，镁光灯围着他闪，他一下警觉起来，小心，还不知道会怎么样呢，马上控制说话的冲动，只冷静说：“对不起，无可奉告，情况不清楚。”

老米神色严肃地快步过来，在他耳旁小声说：“我建议组委立刻召开紧急会议，以防更严重的事情发生。”

“好，通知大家都到后面的办公室开会。告诉在场的门卫多加小心。”陆华转头对张伟说：“走，分头通知人去，我马上就过来。”

他一个人上二楼冲进老周的办公室，老周一见他就站了起来，说：“陆华，你还不关闭展览啊？枪都开了，我刚跟公安局局长通话，他马上就过来，我建议你马上关掉这个展览！”

陆华笑道：“问题出来了，解决问题，公安已经把人抓走了，我们就是关了展览也无济于事，这么大个儿展览，不能说关就关嘛，而且现在要紧的是馆里的保安要加强，我们筹备组的人马上开紧急会议，就来跟您说一声，请再加强保安工作。”说完他冲出了房间。

当陆华跨进美术馆后面的办公室，差不多所有组委的人都在了。他扫了大家一眼，看得出大家正憋着劲呢，知道马上就要有风暴来临，看来要大干一场了。他镇静了一下，问：“谁能把事情的经过再详细讲一遍？还有谁能告诉一下那些顾问都走了吗？”

老米皱着眉说：“我也是没有亲眼看见，听在场的艺术家说的。鲁冲和秦汉昨天就密谋干这件事情，可以肯定他俩是知道的。鲁冲从什么地方搞到的枪不得而知，刚才鲁冲拔出枪来，照着《对话》连着开了三枪，好在她没有朝别的什么开枪。”老米笑了下，“可能觉得事情搞大了，丢下枪就跑了。当时秦汉就站在她旁边，等她跑了，他弯腰把枪捡了起来，在旁边的便衣立刻就把他抓了。”

郭亮说：“枪响时我跟顾问们在一起，后来知道出事了，就把他们都送了出去。”

陆华松了口气：“马上公安要过来，我们要面临的是如何处理这件事情的问题。肯定一会儿公安来要说法，还得要处理方案，得有个好的回复。”他又看了看大家，“第一，我们事前当然不知道这件事情。”顿了一下又说：“第二，就是有这样的事情发生了，艺术家也是艺术行为，不是什么反国家和反社会的行为，我考虑的还是要救他们才是。”他又停下来，看大家有什么反应。

老米说："现在的问题是对这个展览的前途。我已经风闻老周在喊封了。"

陆华急了接过去："我们努力了好几年才办成了这次展览，开了三个小时就封?!我的态度是不行，绝不能让这样的事情发生!要想尽一切办法让这个展览开下去，让过节放假的北京公众看到这些作品，看来我们最要紧的是挽救这个展览，不能让他们把它封了。"

张伟挥了一下手："如果他们要封这个展览，这本身就是个行为艺术，中国特点的行为艺术，现在围在馆外的中外记者就要记录这件事情，那么这个展览就不是一个全国性的展览和事件，那将是国际事件。"

"事情闹得越大越好！"不知哪个组委接茬儿。

陆华举了下手："话虽说得不错，事情是闹得越大越好，但不能以牺牲这个展览作前提，我们不做一锤子买卖，我们这个展览是十年的总结，不是一个可以随便想掐就掐死的东西！"

这时门被推开了。五六个便衣簇拥着一个身着灰色制服的人进来。

陆华知道这就是北京市公安局局长了。此人六十来岁，国字脸，横眉立目，面带怒容。

外面广场上，青果跟林欢从大家的口中知道到底发生了什么事情，噘了嘴抱怨："都是你要换个大厅，我都没有看见那个作品，要是整个展览被封了，我们可能都看不到那个《对话》了，都怪你！"

林欢笑着说："放心吧，就是撤展，你也有机会看见的。"

"可我没有看到展览时的作品，意思就是不一样，要看那个时间的那个作品才有意义！"

"你今天就不停地跟我闹!等会儿还有机会，我们一会儿别的都不看，就看那一件作品行了吧?"林欢捏了下她的手，她拧着眉气得扭了头。

被公安轰赶出来，广场上聚集着成百上千个艺术家、媒体，还有围观的群众。人们站在广场上拍照留念。画家们勾肩搭背，不胜欢喜。所有的人庆幸又开心，这个展览真的变成一个历史事件了，三生有幸，都赶上了！现在作品就在里面，被封了！青果和林欢不停地被拉了去跟人留影，认识的不认识的，凡是参展的人都留影作个纪念。

这时老米写了一个两米高的大牌子，上书："中国现代艺术展因故停展"，让人抬了出去。人们见了牌子，顿时哗然，都围了过去，抗议声不断，把广场上欢乐的气氛推到高潮。人们围着牌子拍，要把这个历史的时刻留下来。青果猛然想到在黄山宾馆前的合影，人们也这样勾肩搭背，不停地照，是大家都有预感?这样的事情一生也就一次，也就昙花一现，不管多么绚烂，就一瞬间。是啊，奋斗了十年可不就为的是这三个小时，多么珍贵，得保留下来。

这轰轰烈烈的三个小时跟当年的蒙古骑兵比起来怎么样?人家改朝换代，征服了一个国家和民族，现在的这些"土匪"能比吗?她的眼前又浮现干枯黄草中那一排排寂寞哑口的石碑,那些石碑上厚厚的鸟粪,心里一阵悲哀,这样的欢乐又有什么意义呢?

已经是中午了,大家都没有要走的意思,都在等筹备组的人出来报告结果。

菁菁跟《市容报》的小张过来了,两人手里举着两串糖葫芦,看见青果站在林欢身边就问:“哎,青果,吃过东西没?来,别饿着,来。”说着就递一支给她,“快吃,你们也不知道出去买点吃的。”

青果忙说:“不饿,不觉得饿,真没觉得都中午了。谢谢。”青果伸手接过糖葫芦,还别说真有点饿了。

菁菁冲那些有相机的大喊:“哎, 还不给我们照个相啊? 哪里去找这么好的风景?三美女在这个停展的牌子边吃糖葫芦!”说得众人都笑了。

孙建军在人群里看到青果和林欢,就走了过去,嬉笑问:“青果,你吃东西了吗?你要不吃点?”说着就伸出手。

青果见他手中有块面包,笑道:“谁要吃你手里的东西啊?对了,窦斗呢?你看见他了吗?”

孙建军瞥了眼林欢,眯着眼笑了一下说:“他走了,回T市了,早走了。”

“什么?开幕后就走了?”

“还没等到开幕就走了。”说着又瞥了眼青果。

青果奇怪地问:“为什么啊?没开幕就走了?”

“还不是被气的啊!”孙建军的声音小了下来。

“哦,谁气他啊?他不满意他的作品在三楼?”青果瞪大了眼。

“嗯,差不多吧!”孙建军支支吾吾。

林欢拉下青果的手说:“青果,你就别问了,等今天回去我们问他就是了。我们走吧,去找个面馆先吃点东西,我也饿了。”

两人跟孙建军道别,出了大铁门。

英勇抗争

外面广场上抗议的声音越来越大,陆华跟公安局局长对坐着,组委的几个人也都没敢离开。

陆华带着所有组委的成员从办公室里出来,走到广场上。几百名艺术家和围观的群众见他们出来了,一下都围了过去。

陆华站在美术馆门楼的台阶上,看着黑压压的一群人,全都眼睁睁地望着他,一股热浪从他胸中涌出,直冲脑门子,就要在他眼里泛起浪花,这些人终于都聚齐在这里了,现在不是我一个人在这里喊,大家都来了,我们要把我们的旗帜打起来,让它铺天盖地,豁出去了,大不了牺牲我,还有我们这些人!他压着,努力压着吞下一大口口水,忍着喉头的酸涩,幸好他厚厚的眼镜片让人们不是那么容易看清后面眼睛里的微妙变化。

见他一直都不说话，郭亮伸出双臂，往下一摁喊："大家不要乱，不要乱，我们组委的人正在跟上面的人交涉。出了这样的事情，我们也没有办法，现在不是封馆，只是例行检查，我们会尽快给大家一个交代。"

青果和林欢已经从外面小吃馆回来了，她看见陆华说不出话来，心里真为他高兴。她能体会他的心情，这样的经历不是想要就能得到的，像他这样一个人，与天斗，与地斗，与人斗，好不容易斗到这美术馆门口，他能不激动吗？这就是他想做的搅翻世界的事情，他成了，就是不出一件好作品他都成了。她拉了下林欢的手小声说："欢欢，你看陆华是太激动了吧？"

"他该啊！可别不出声，这么多人都等着呢！"

陆华在台阶上本想就不说话了，郭亮把话都说得很明白了。

陆华朝大家摆摆手，咽下一口口水，才说："我们现在要做的是想尽一切办法来保住我们的展览，大家现在都明白了吗？我们要向人家证明我们不是一群土匪，不是一群乌合之众！我相信大家可以做到这点。好，我们现在马上跟上面去交涉，尽快给大家一个交代。"

陆华留下一部分组委成员在广场上，以防再有什么不测。他急匆匆地又回到办公室。

外面广场上，人们还处在狂欢之中，冬日午后暖暖的太阳正照在广场上，更添些节日气氛。青果见孙建军手里拿了一支彩色笔正往一个高个儿子年轻女人的裙子上画，就笑着对林欢说："你看他们都疯得没边了。"

就见老米走到那女人跟前，跟他们站在一起聊天。一直听人讲老米离了婚又找了个女人，说是这女人倒追的，青果想肯定是她无疑了，看她对老米的亲热劲儿和孙建军对她的殷勤劲儿肯定不会错。

青果好奇地在远处打量，这是个什么样的女人呢？就如同在黄山见过的那位又高又瘦的女画家，看准了，一下手就逮着一个目标，不管他是老是小，是高是矮，是丑是俊，只要有的可图就行了。青果曾自嘲地想过按自己愚蠢的脑袋，怎么就不理解这些女人呢？怎么就可以这样贴上一个很不合适的男人，就为了一个了不得的目的？女人可以完全牺牲掉自己吗？她除了佩服之外，还好奇这些女人的心都是什么做的。老米有四十多岁了吧，这个女人看起来最多也就二十六七的样子，站在老米的身边比他高出去快一个头，少说也得一米七以上，非常打眼。老米喜欢这样一个人高马大的女人？青果想起他温和的大眼睛，也许这人跟人就是互补的，老米那样的男人就需要这样一个强悍的女人。只见她扯开斜裁的灰色长裙，得意地向老米展示各个画家在她的裙子上留下的印记，爽朗地大笑着。能在她裙子上留下印记的不是一般的画家，都是这场运动的佼佼者。当然如果她不是老米的女人，青果怀疑谁会乐意到她裙子上去献殷勤？青果转过身不想看那些不停前去弯身给这位高女人裙子上画东西的人，不想看那些献媚的嘴脸。大侠准在那个女人的裙子上留东西了,青果背着身都能听见他浓重的东北口音和那个女人的高声大笑。这就是一个大舞台,你能在众目睽睽之下在这个高个儿女人的裙子上留痕,说明你跟老米关系不一般,还不是谁都有资格来献这个媚的。你其实是在炫耀,在向所有在场的人宣称,你在这场游戏里举足轻重。青果没回头,想着周围全国上百的先锋画家都在看着这些所谓驰骋风云的人物献媚,她羞愧得脸都红了。

青果的脸红一阵,又白一阵,林欢见了轻声说:“我们再到那廊子上去?”

“走吧!”青果冲他感激地笑笑,牵着他的手,两人慢慢地走在温暖的阳光里,穿过小广场。林欢一只胳膊搂着青果的腰,青果扭身倚着他问:“欢欢,这些人,这些造反的人奋斗了半天是为了什么?当然第一是为了自己的名利,可有一点儿是共同的,为的是艺术的自由和理想,这是为什么会去反权威。但是你发现没有,没有了老的权威,在这个游戏场里,艺术家还是要去舔别人的屁股,要抬轿子。这就是中国的事情,要在这游戏里玩儿,就得失去人格,就得没心,得厚颜无耻,真的很可悲。”

“咳,咳,你不要说得那么严重,在你看来是原则性的问题,在人家只是逢场作戏罢了。”

青果转过身直视他:“放屁!只有没有心的人才会认为是逢场作戏,没有廉耻的人才会这样认为!”她眼角瞥见罗小刚正弯腰笑眯眯地在那高女人的裙子上画东西,就小声说:“他那个白衣女人也不管管自己的人,让罗小刚跑到别人的女人裙子上画什么画!真栽面!”

“你真搞不懂,可能就是他老婆让他去的呢,你没见他老婆怎样卖他的?”

“哦,天!幸好你这样说,你知道我有多喜欢罗小刚的画?他这样做我就怪他老婆了,算你救了他。”

林欢转身笑:“你就是个傻青,想问题太单纯。人们都有自己的价值标准,有人肯牺牲一部分去换回更大的东西,有的人不愿意,如此而已。”

“欢欢,可你不是这样的人,好多人都不是这样的人。”

林欢笑道:“这个世界本来就是各种各样的人组成的,你活你的,人家活人家的,各不相扰。”

“可是我为这些人感到可惜,可悲,还可耻!”

“你怎么就是个傻青呢?”林欢笑着咬着她的耳朵,倒希望她就一直这样傻下去。

青果沉默半天又说:“欢欢,要成功就一定要牺牲吗?要牺牲人格、自我,就算你有多大的本事都没有用?如果是个女人还得加上色相?在场子里混,就得是这样?”

这回轮到林欢不说话了,他的嘴唇轻轻地吻着她的头发,吻了一下,又一下。

看着一广场的“土匪”,青果突然想起大马说的要在香港出本关于中国当代艺术的书的事情。这些人都在这里了,还不如就开始采访他们。她抬头说:“欢欢,我想这会儿是个好机会,就采访这些人,大家都在这里。”

“好,这是个好主意!还没有这么齐全呢!天南地北的!”林欢高兴地大声拥护,又在她的耳边咬着她说:“快找点事情做,要不然你就知道跟我闹。”

青果被林欢推着,走进了人群。

她在广场上找到德拉,问他谁是许兵?德拉给他们介绍。青果在包里找了半天,就发现一本小通讯录可以写字,拿了出来,冲他笑道:“许兵,很高兴能认识你,我这是第一次看你的作品,你真的让人吃惊!我现在正准备出一本关于中国当代艺术的书,可能要在香港出版,我能问你些问题吗?”青果笑着打量他:中等偏上的身材,温文尔雅,身着浅色的防寒服,苍白秀气的脸上架着白框眼镜,一头乌黑的头发,居然大波浪翻着。青果想着二楼一个展厅里铺天盖地的《神书》,再看看眼前这位儒雅的人,很难想象就出自他手,他像个学者而不是“土匪”,不过确实,《神书》不是“土匪”能搞出来的。

“欢迎,欢迎,凡是宣传和支持中国现代艺术的,我都欢迎。”许兵谦和地笑了笑,态度出乎意料的诚恳。

林欢看他们开始工作了,就拉了德拉到一边聊天儿去了。

青果开始问问题,许兵有问必答,关于他的艺术追求,《神书》的始末。青果了解得越多,越觉得这件作品了不得,是件名著,就像那些画册里的名作。她问:“在你两年前开始刻字的时候,想过今天吗?想过今天会有这样的盛况吗?”

许兵又微微笑了一下:“想过,我的作品出来就会是一个有分量的东西,这些年的思考,不是盲目的。”他又微微翘了一下嘴角:“还有这些功夫,实实在在的功夫。”

“我想再问你,”青果来了兴趣,“你发明的这些字,搞了这么多没一个重样的,全是假字,无法阅读,诚心要人读不懂,对吧?”

许兵笑着眨了下眼。青果又继续:“你想说什么呢?你不仅仅就是想讥笑人类的智慧吧?你刻了那么久,一刀一刀地刻,两年,你在体验什么,或者说你想体验什么?”

许兵看着青果笑了起来,青果发现他笑起来其实很好看,让他冰冷的脸上有了些暖意。

许兵看着眼前这个女孩,不,不应该说女孩,可她的眼睛闪着光,透着单纯和热情,真的就该说是个女孩吧,他笑道:“青果,让我告诉你一个故事。你知道,我曾经下过乡,我在乡下的时候,村里有个疯子,这个疯子每天都到村头的小河沟里,把捡来的废纸一张一张地洗,然后把洗好的就放在河边的石头上晒干。第二天他又去了,日复一日,月复一月,年复一年。我下了多久的乡,他就洗了多久,我知道他会永远洗下去,直到他死。我每每见着他,就自惭形秽,他的眼神告诉我他的生活是多么的充实,他的生活就在那每一张洗干净的纸上,在水里一划一划的动作上,他的世界就是那个事情,他活在里面,外界跟他都无关,他超越了我们和这个世界,没有痛苦。”

“所以你就去刻,一刀一刀地去刻?让刻字变成你的世界?结果怎么样呢?两年也不是个短时间了。”

许兵迟疑了一下:“我的体验是不可言说的,可我不是个疯子,不可能做得那么彻底,所以——”

“所以你得到的是假的体验,它不能说明什么问题,只有你真正放弃了一切才有可能得到,像那个疯子,可是你不可能放弃,你不是疯子,这是你不能言说的实质。”青果得出了结论。

许兵瞪大了眼,一下闭了嘴。

可青果来劲了,她喜欢禅宗,曾在大四时读了好些原著呢,她又问:“那你的《神书》就只是个命题了?你讲了一个不可知的命题。你想给个答案,但是你给不出。”

许兵腼腆地笑了一下说:“青果,我可以问你一个问题吗?”

“嗯?”

“你是学什么的?”

“大本学的是哲学,研究生念的是社会学。”青果也笑了一下。

“怪不得。”

青果没太在意许兵的表情, 仍然热情洋溢:“我没在’85 运动里 没看到过任何人做你这样的作品,就我那点可怜的美术史知识也没见过你这样的作品。你从禅宗上来做作品,和现代西方哲学一样,越读越晦涩,要真正读下去得是一些有病的人。你不会要走现代西方哲学那条路吧?”

许兵不置可否地看着青果,心想哪里来的这么个人啊?

青果还在问:“后现代西方艺术,完全走的就是这条路,搞到最后晦涩得没人看得懂。请你告诉我,你将来还要继续朝这个方向走下去吗?你下一个作品会还是这个方向吗?”

许兵有点谨慎地回她:“我还在考虑,肯定跟中国文化、哲学有关。”

青果又开心道:“我也看了些’85 的作品,大家都很深刻,都在解读哲学,尼采的,存在主义的,叔本华的,宗教的,你这禅宗的,各种现代西方哲学的,可能八十年代的人就是酷爱哲学吧?艺术变成了哲学的图式了,你看是这样吗?大家都恨不得自己的作品宏大深刻,恨不得就是一部警世训言,恨不得是大众的一盏明灯、精神指南,你们艺术家都恨不能是个哲学家,”青果嘴角上露出些笑意,许兵也笑了,“挽救多灾多难的中国人民,”说到这里两人都大笑起来,她喘口气,“你有点不一样,不仅仅聪明,应该说智慧,你好像不想当精神领袖,你想干什么啊?”

许兵笑道:“就想做点活儿,泼点冷水。”

青果微笑:“这么好的活儿应该让更多人看到,不仅中国人,应该让外国人也看到,你这挽救的就不单是受苦受难的中国人民了,还挽救了受苦受难的世界人民。”

许兵听见青果说到最后,眼睛都快笑眯缝了:“谢谢,谢谢你这样说。”又问:“青果,这是你第一次采访人吗?”

“对啊,你是我有生以来采访的第一个人。”

“你很快就进入了角色。很像。”

这回轮到青果不好意思了："这哪里是什么采访呀?你知道我喜欢跟人讨论，争论，只要是好题目，我就停不住。"

他们停了下来，林欢在旁边见了就过去问："完了?"

青果仍然对着许兵说："请你在我的本子上留下你的名字和地址，我要专门给你写信，请你寄给我你的一些材料和作品片子，你要答应我一定寄。"

许兵笑："一定，一定。"遂认真在青果的通讯录上写下了名字和地址。

青果又在旁边说："你可别写些我看不懂的字。"

"不会，不会。"周围几个人都笑了起来。

"好，谢谢。"青果挽着林欢走了。

林欢说："你们聊了不短时间嘛，这样你搞不完这么多的人，这样吧，看来今天你最好是留下所有人的联系地址，以后写信去要材料。"

青果笑道："欢欢，你就是我的救星，而且总是的。"

"你才知道啊?"林欢笑着摇头。

陆华在办公室里打了无数个电话，终于找到了打枪的鲁冲。他们聊了几句，最后陆华说："我还是希望你过来，公安局的都在这里，你跑也不能解决问题，还是要请你为整个展览考虑一下，如果你不回来，我们这个展览就有被封的危险，顾全大局吧。"

鲁冲在电话里没吱声。陆华耐心地等了一会儿，听见她支支吾吾地终于说："好，我回去。"

陆华扔下话筒，跟留下来的那位董处长说："好了，鲁冲答应过来自首了，马上就过来。"

董处长立刻拿起电话通知他们的人。

过了半个小时，广场上的人都看到鲁冲戴着手铐，被公安带进那辆中型白色面包车。青果捂着嘴说："鲁冲什么时候来的?我都没有看见她进来！"

"她也许进来的时候你正跟人要地址呢。"林欢看看天开始暗下来，就说："人也抓了，现在该有个结果了。"

"欢欢，我想回家。"青果顿时情绪低落。

"你就不想等等鲁冲的消息?"

"好，我答应只等今天一晚，明天无论如何得回C市去了，今天是年三十，妈妈还不知道怎么想我呢?"

"一遇到困难就找妈妈，还是没长大，我在这里都不行啊?"林欢笑她。

"你要不在这里，我就更不会在这里了。"青果嘟囔一句。

他们在广场上继续等着，到6:00，终于看到陆华和一部分筹备组的人从后面办公室出来，他们各个也跟广场上的每一个人一样疲惫不堪。陆华清了清嗓子，对着下面黑压压一群人大声说："谢谢大家一直在这里等了这么久，在我们努力争取下，公安和文化部、宣传部、美协终于同意不关闭展览，但是关闭春节这四天，节后展览继续。鲁冲只是暂时拘留，我们会跟公安交涉，争取让他们早点放人。现在大家就都散了吧，明天是大年初一，明天上午，所有参展的艺术家都过来，我们在这里的二楼一起过个春节！”

大家默默地散开了，青果和林欢还站在原地。陆华从台阶上走下来，菁菁、张良、张伟和郭亮跟在后面，走到青果面前他停下了，青果努力笑了一下。

陆华的双眼在厚眼镜片后面闪了一下，疲惫地笑笑：“你们今天不要走了，郭亮，帮他们在美院找个住的地方。”

郭亮说：“青果，今天你俩就住在招待所吧，走，跟我们回美院去。”

大家道别，各自走了。

第二天天刚亮，青果就醒了。她和林欢挤在招待所的一张小床上，尽管一晚上林欢都搂着她没松手，可她还是觉得地方生，睡得不踏实。她一醒来就说：“欢欢，我们今天回家行吗?”

“嗯。”林欢鼻子里哼了一声，嘟囔：“这么早你就醒了?你不是最会睡吗?今儿怎么了?”

“睡也要看睡在什么地方，这个地方多难受啊！我不管我要回家去了，每天有车回C市，下午6:00多的，你要留在这里你留下，我怎么都得走了。”

“说什么呢?没说不回去啊！走，今天就走，上午我们跟大家一起过年，下午就走行了吧?”

青果终于噘着嘴笑了。

等他们到美术馆侧楼二楼会议室里，已经黑压压坐了一屋子天南地北的画家们。看来陆华睡好了一觉，他精神抖擞地站在那里，张伟、郭亮、唐国庆、张良、菁菁，还有组委其他几个人，再加上报社的，出版社的，丛书的几位组委都在座。陆华见人都差不多齐了，就笑着拱手给大家拜年，说：“给大家拜年，拜年！我们难得有这样的机会在北京一起过节！拜年！”

底下人们都喊起来了，站起来回拜他也互相拜年。

青果坐在座位上，掩嘴就乐，林欢正跟旁边的人拜呢，见了就坐下问：“笑什么?”

“我觉得大家都好笑死了，就跟书里梁山好汉似的。”

“可不就是梁山好汉嘛！”

“瞧瞧，你们占了什么山头?排了什么座次?你们这闯的是什么江湖?谁是你们的江湖老大?哎，怎么不见老米?”

林欢正要说话，陆华在上面摊开双臂，大声喊：“静一静，哎，静一静！”喧闹的房间立刻静了下来。

陆华开始一一向大家描述昨天交涉的整个过程，最后他看着满屋子望着他的眼睛，咽下一口唾沫，提高了音量说：“我在这里要严肃地批评一些人，在昨天除了鲁冲，我们还有四起其他艺术家在展厅里擅自搞行为艺术，给我们这个来之不易的展览造成不可弥补的损失！”

他又停了一下，屋子里鸦雀无声，他接着又说：“大家都知道，就是我们这些人这几年来在全国各地辛苦作战，一个活动、一个展览地搞，才有今天中国现代艺术的盛况。三年前我们就开始筹备这个全国性的展览，我们都为的是什么？我们每个人心中都有自己的理想和自由！我们不甘心永远做山寨之王，我们不是农民的起义队伍，我们也不是深山里的游击队！就为这个我们一直在努力找钱，找合作单位，找组办单位，好了，努力了三年，我们终于干成了，我们进了国家美术馆，我们向全中国人、向权威展示了我们的实力，这就是我们这几年来奋斗的胜利！我要在这里跟大家再强调一点儿，在整个的历史当中不是你，你，或者你，你们某一个人的艺术或才华的胜利，是我们这一群人，记住了，是我们这一群人的胜利。”

他又停了下来，来回踱了几步，接着说：“我在这里要请大家在做什么之前，考虑考虑这屋子里这么多跟你志同道合的人，还有很多不在这屋子里也跟你志同道合的人，想想我们得来的这次机会多么的不容易，在你动手的时候不要就想到了你自己。同时我也要告诉你，就算你动手了，你也不可能完成一个什么了不起的作品，那只能算一锤子买卖，你会得一时的名声，但你只有新闻价值，没有艺术价值！”“好！”底下不知谁喊了一嗓子。陆华没有停。

“如果你想在这样一个展览里，就可以达到你想要的所有目的，你就大错特错了！你以为过了这个村就没了这个店，所以你要充分地利用这个机会，你也错了。中国的现代艺术还要走很长的路，这样的展览还得有一次，两次，三次，四次，甚至很多次。你的目的只能在一次次这样的展览中达到。所以，我奉劝你不要急功近利，不要做一锤子买卖！”

陆华话音刚落，纪思德霍地从人堆里站了起来，大声说：“我要向组委和在座的各位道歉，昨天我在展厅里擅自撒避孕套，我对不起大家。”说完，又“咣”的一声坐下。

屋子里一时安静得没有声音，突然谁又喊了声“好！”

顿时四下响起掌声、叫好声，气氛一下热烈起来。

张良站起来说：“今天是大年初一，我们组委的人今天定了肯德基炸鸡，算是我们大家的团圆饭吧。”

“哦！”

“耶！”

每个人都叫了起来。

英雄的胜利，情与欲

下午6:30，青果和林欢已经坐在去C市的火车上，因为是大年初一，火车上没有人，林欢去补了张卧铺票，两人居然得了一个有自己包厢的软卧。

推门进去，小包厢里靠左面墙上下两层铺，红色的沙发床，白色的毯子，看着豪华又舒适，右面是柔软的沙发座位，也是红色的。

青果一下倒在下铺上，喊："我可要好好睡一觉了！从来也没有坐过软卧，这么高级啊！"

林欢笑着也倒在她身上说："怎么样，跟着我就享福吧！"

"美得你！"

林欢咬着她的唇问："承认不承认?嗯?"

青果笑着轻轻地吻他的嘴唇，突然眼睛转了一下说："嗯，我在想陆华，今天上午他讲了那席话，是我把他看错了吗?他有那么天真吗?"

"青青，你想说什么?"林欢从她身上抬起头来问。

青果坐了起来，说："你看，陆华是个老江湖了，他应该知道现在哪有什么集体主义啊?他不会真的觉得搞中国现代艺术是一个集体的行为，那可就太天真了。"

"青果，我还是比你大几岁，比你更懂他们这批老三届。你想想，我们都受什么教育长大的?集体主义教育！他们比我们更有使命感、责任感、历史感，他们被教育的就是要承担历史的责任，这种英雄主义的理想在他们的骨子里。尤其像陆华一直是人堆里的尖子，红卫兵和知青里的头，即便他翻江倒海阅历遍了人世，他骨子里的东西不会变，就算他理智上已经不相信集体主义，但在不自觉当中他还是信的。你看，这十年来他推动的新潮美术运动，你也不能说不是一个集体的运动。"见青果笑着瞪他，林欢笑，"宝宝，你不知道我对他印象好多了呢！"

"我也说呢，就我对他的了解他不是连这点都看不透的人，但今天上午讲的那些话却不一定是假话，是他的肺腑之言，是他心里的愿望和理想，要不然我会认为他的智力有问题。今天上午他不过是在自欺欺人罢了，他在享受当一个集体中英雄的成就感。"

"嗯，也是，当英雄也得有点本事。像陆华这样肯花力气、精力去鼓动，去组织大家，整个'85 才会形成风潮，形成一股子势力，这样的人我们需要的不是少，是更多。如果他们因此而获得名誉和地位，那也是应该的，连雷锋还有个名声呢。自由解放了，最后真正获利的是艺术家。"

"你倒宅心仁厚的。"青果笑他。

"你现在才知道啊?"

他们在车上没有吃晚饭，一觉睡到了第二天中午，起来后在餐车里，林欢要了一份回锅肉。青果看了眼一小盘油光冒着香气的肥肉，笑道："这是这一个星期以来最好吃的饭。"林欢听她这么一说就没再舍得搛盘子里的肉，两个人身上加起来也就剩下十来块钱了，他咬咬牙还是没有加菜。

青果见他没怎么伸筷子，就把盘子里的菜都往他碗里倒，笑："咱们马上就回家了，家里有的是好菜好东西等着咱们，香肠、腊肉、火锅，想想吧，想着这个就幸福了！"

林欢被她说得笑了。

初一跟大家吃过肯德基,陆华可以说是志得意满,不管事情有多么不顺,他觉得历史把他推到了那个位子上,他非常满意走到今天。会议室里发表的那通讲话,是他的肺腑之言,看得出来所有的人都被触动了,连他自己都被自己感动了,说完那番话,他忍不住湿了眼眶。

等大家都散了后,菁菁拉着他回到她的公寓,在她发着幽香紫色的卧室里,他跟她消磨了整整一个下午。

菁菁把她的丈夫和孩子都支到老家去过年了, 这些日子她的心思都在陆华身上,她整天地泡在美术馆,跟着他,只要他在她的视线里,她的心才安稳一点儿。她看着他做事情,发号施令,跟人打交道,特别跟那些公安、官僚们打交道,恨不能长出三头六臂,可以帮他一些,可她几乎做不了什么,她只知道她不可救药地陷得更深,爱得也更深,她甚至不能容忍陆华是别人的丈夫这件事情,想起来心里就痛得要死。每天,陆华忙完事情,很晚了,累得不想说话,她一定把他拖回家,让他躺在自己的床上,给他按摩,千方百计把他留下,跟他彻夜缠绵。可陆华在很多时候都必须回家去,她只好忍着泪,深夜里让他走。

这会儿陆华在她身上大动着,喘着大气。他喜欢菁菁,更喜欢跟她上床,她给他的感受小平给不了。菁菁文雅又有教养,既婉约又妖娆,在床上炽烈奔放,陆华从来也没有经历过这样一个精致完美的女人,尤其喜欢她雪白细腻的皮肤,有时候都在想是不是一开始就因为在办公室里见她露着雪白的胳膊就起了心? 记得那年夏天刚从研究院硕士毕业,一上班就碰上她穿了件淡蓝色的连衣裙站在办公桌边,像一道雪白阳光照花了他的眼。可菁菁对他疯狂的迷恋有时又让他有点不知所措,他觉得虚, 不知道他在这关系里到底能给她多少承诺? 他完全没想过要放弃自己的家庭,小平和孩子是他生命的一部分,怎么能放弃呢?

那天,一个慵懒夏日的下午,陆华怀里揣了《艺术》杂志社公函,绷紧了脸,眼睛在厚眼镜片后面鼓着,小心地推开编辑部大楼一楼向右拐第一间办公室的门。菁菁当时正好串门儿在那间屋里跟人闲聊,一抬头看见一个小伙子伸头进来,打听报到的地方,再瞧他穿着洗得发黄的白色的确良短袖、深蓝色的笔挺长裤,裤缝就跟刀锋一样立着,厚厚的黑头发偏分着,冒着油光,心里一笑,哪里来这么个老土! 又看他紧张得眼睛都像要鼓出来了,不由得心生怜悯,便自告奋勇带他去人事部。没想到他伸出来拿各种表格的手引起了她的注意:手指均匀细长,指甲修得干干净净,手上的皮肤光滑无毛,细腻得就如同一个女人的手。天,菁菁在心里诧异起来,一个男人怎么能长个女人的手?没一会儿,陆华拿起笔来填单子,菁菁瞥了一眼,哇,那字俊秀,飘逸,还透着股子刚劲儿,一下落在她的心坎里,因为她自己就是一个美编,知道得有多聪颖和有个性才能写出那样一手字来。常话说字如其人,看不出来,这个小伙子心里不知道怎样的俊秀和潇洒呢,菁菁因此对他刮目相看。

一个夏天还没有过完,菁菁跟陆华在办公室里已经眉来眼去,她发现陆华不仅不拘谨，还意气风发，才华毕露，他的魅力在什么地方?菁菁暗地里想过，他似乎天生就是人堆里的头儿、尖子，别看他其貌不扬，他只要一说话，就叫旁人服，就像他一手漂亮的字，一拿出来就叫人服气。看着他不停发文章，有理论有深度有力度，眼见着就影响当时的美术界，没半年下来，他就成了整个杂志社里所有年轻编辑的头儿，不到一年，就成为一个新兴美术运动的领袖，她不由自主地成了他的拥护者。从他到了编辑部，社里整个风气都变了。本来《艺术》是美协的官方刊物，一贯保守，菁菁见陆华跟总编谈，跟副总编谈，跟板块负责人谈，跟所有需要的人谈，总之，他要让介绍'85运动的文章刊登出来，要让他们的作品印出来。菁菁还见他全国各地地跑，有时不惜坐几个甚至十几个小时的硬座火车，不是总能买到卧铺的，后来碰上有经费，她也跟他跑过些地方，每次都累得她嘴都歪了，暗地里惊诧他无论床上还是床下无穷的精力。

后来事情乱了，她发现他很会调情，从不甜不啰嗦，虽然话不多，但会在特殊的时候说特殊的话，让她明白他多在意她，多欣赏她；甚至有时他会在她面前紧张、惶恐不安，让她心里既得意又异常满足。他就那样殷殷切切地、心神不定地、挑逗地望着她，把她活活地吸走了。两三年下来，陆华已经在北京的艺术圈里小有名气，进了他们的圈子，和最时髦的诗人、画家、玩地下摇滚的、第五代导演、写实验小说的，还有最时髦搞哲学的混在一起，出入他们的聚会。菁菁起了很大的作用，菁菁的母亲过去是人艺的演员，父亲是一位有名的诗人，她从小就在这圈里混，大部分的人她都认识。大家对他们的关系心照不宣，谁也没觉得有什么不妥。

菁菁这会儿抱着他，两人都大汗淋淋，她笑着喊："陆华，这些日子你就不累啊?我都怕你累，不敢惹你。"

"还不敢惹我?是谁把我搞到这里的?大过年的家都不让我回?"陆华故作委屈，其实他心里一百个、一千个愿意来她这间紫色的卧室。

菁菁一听他提家就来气："我就可以把他们都支走，你为什么就不行?我费尽心机就想这个节跟你过，可一会儿你就要回家，把我一个人留在这里，你说你就不能公平一点儿?"

"菁菁，你算算我跟你在一起的时间和跟小平孩子在一起的时间，哪个长哪个短?你就知道你在我心里有多重。"陆华翻身坐了起来，拿手抚摸她的腰身。

"可再重要也没有你老婆儿子重要啊！关键的时候你还是要回去啊。你每次走了，我都伤心难过得要死，你怎么就不替我想想？"菁菁支起身喊了一句，眼里含着泪。

陆华忙拿枕巾给她拭泪，这下麻烦了，一时半会儿走不了了，想着孩子和小平在家里等得焦急，他有点后悔不该跟她来这里。又见菁菁已经哭得梨花带雨，他又不忍了，把手放到她肩上，轻轻拍了一下，叹口气说："菁菁，我是男人，孩子小平正盼着我这个父亲和丈夫，你不想要我做个不负责任的男人吧?就是再怎样我也不能不担负我的责任，他们又不是包袱，说扔就扔。"

“那我就是包袱，你说扔就扔啊？你就对我没有责任啊？”菁菁气得叫了起来。

“菁菁！”陆华俯身双手扳过她的肩，“你看着我，听我说，我问你，你的生活依靠我吗？你离开了我就不能活吗？你看你是个独立的职业女性，他们不行，他们离开了我就无法生活。”

菁菁听他这样一说，干脆哭开了：“陆华，你原来就这样对我啊？我为了你连家都不要了，我是可以养活自己，我儿子也不用我来养，但你知道我离了你也不想活，你把我的心都掏空了。你忘了黄山开会时我还流了你的孩子，你自己倒走了，把我一个人留在北京受苦，我的这些难道你就不应该负责吗？你怎么可以对我这样冷酷无情？”

陆华抱住她，轻抚她的身子：“好了，好了。我说错了，我已经不止一次跟你承认错误，上次流产的事情是我犯了错，但是会议要开我不能不去啊，你知道我已经悔恨得不行了，怎么不心疼你？我们已经说过千百遍了，不是吗？菁菁，今天请你不要闹了，我真的已经很累了，明天还要去分局看鲁冲去，我们现在争吵这些都没有什么意义，你说是吧？我们之间就不用讲了，要不然也不会走到今天。但是事情也得一步一步地来。”陆华尽量把语调放平缓，免得惹她再情绪波动。

菁菁抬起泪眼，望着陆华哽咽：“陆华，我在他回老家前已经跟他摊牌了，他是赌了气走的。”

“什么？你说什么？你告诉他了？你告诉他什么了？”陆华紧张得提高了声音。

“我就告诉他我不再爱他了，爱上了别人，要跟他离婚！”菁菁眼里包着泪花，哭着喊。

“那他知道是我吗？问了没有？”

“你以为他是个傻瓜啊？我们形影不离的，他从一开始就知道，只是他从来都不好问我。”

陆华这下有点傻了，他看着菁菁，过了半天才说：“好，你放心，等他回来我们再说。”

菁菁泪眼婆娑，听了这句话心里稍稍好受点，就又低了头跟他说：“这事要请你原谅，我也没想到就说破了，话里赶话，就说出了口。”她抬头又看着陆华说：“可是我不后悔说了出来，我俩这样，我根本就受不了这样虚伪的关系，我不可能今天跟你在床上，明天再跟他，我做不了那样可耻的事情。我要跟你就正大光明地跟你，反正这也不是什么新闻，我们这个圈子里谁不知道？可我不想欺骗，欺骗，再欺骗！”

陆华感动地抱紧她，轻轻地吻在她的额头上：“菁菁，我陆华何德何能让你这样啊？”他觉得他的心都在流血。

那天晚上，陆华一直待在菁菁的公寓里，再不敢提回家的事情，到了11:00，他还是忍不住看手表。菁菁终于说：“你还是走吧，心不在焉的更刺我眼。”

陆华就跟得了大赦令般搂着她狠亲一口，笑道：“菁菁，我就知道你最知道我。”说完他马上站了起来，走到门厅穿大衣。

菁菁没好气地笑道:“你恨不能生对翅膀飞回去吧?”

“哪里,哪里。”陆华尴尬地“嘿嘿”笑了两声。

看他快跨门了,菁菁问:“明天你去监狱我就不跟你去了,你完了事情还过来吗?”

陆华马上说:“怎么不过来?肯定要来啊,你放心。”

大年初一的晚上,大街上还有放鞭炮的,行人很少,冷空气里弥漫着火药味。陆华把围巾再围紧一圈,冒着夜里的寒风往家骑,外面的冷空气让他马上冷静下来。今天菁菁说的话无疑是颗炸弹,这颗炸弹搞不好会把两个家庭都炸翻,他不由得想起昨天开幕,一枪就把整个展览推翻,到现在谁都动不了,菁菁一句话就有这么重的分量。

他认真地问自己这个问题,我是否要为了她把自己的家拆了?那意味着我不仅要失去儿子,还要失去家。这个家对一个非北京人、一个跑来这里奋斗的北漂来说意味着什么?北京人永远都不会明白。陆华的根,他的魂都在这个家里,是他在北京混的根基,没了家,他的心就虚,两脚轻飘飘。可是对菁菁的真情和付出,又做不到无动于衷。他脑子里又浮现菁菁刚才哭泣的样子,楚楚动人啊!我怎么能辜负她呢?实际上从认识她的第一天起,就被她吸引,是他花心思最多的女人,他曾自鸣得意,得了她的芳心。看来到最后还得恶战了,菁菁不会停止的,我都做了什么让她这样舍身啊?身边的女人也不都像她这样的,这只能说明,菁菁爱我,别的女人不爱。他现在有点糊涂,搞不清女人爱他是件好事呢,还是坏事?跟她们调情是一种乐趣,是件斗智斗勇的事情,可菁菁这样一搞就倾家荡产了,什么也别玩儿了,她玩儿的可是真的。其实北京圈子里这种时髦、好艺术的女人也不都像菁菁这样,睡就睡了,大家都在游戏,玩玩儿就丢开手,谁也不会轻易动真格的,唉!怪我,怪我贪心,陆华现在终于明白他变着法想征服别人,要人家的心,没想等人家真爱上了,自己也就被套住了,这世界上没有让人白玩儿的事情,坏就坏在这里,这不,把握不好度,就得把自己玩儿进去。

他费力地蹬车往家赶,知道儿子肯定没睡,瞪着眼等着他呢。唉,只有回到家可以真正地放松,那些个麻烦的事等事情来了再说!

打枪的英雄

大年初二上午 11:00,陆华领着唐国庆、郭亮、张良骑车去北京公安局东城区分局,看望在押的鲁冲和秦汉。对这两位艺术家没有跟组委的人打招呼就干了那么惊天动地的事情,所有组委暗地里都很开心,说实话,开幕式上这一枪有历史意义,她打得好,打得妙。公安局到底要把这两人怎样,没人有谱。陆华觉得大过年的,自己的人被关在局子里,不管怎么样,慰问还是要慰问的。几个人买了水果罐头,还带了两大盒饺子,算是犒劳二位吧。

几个人进了分局的接待室。唐国庆走在前面，接待他们的是一个科长。等唐国庆把来意讲明，那位科长早笑开了："你们搞艺术的就是无组织无纪律，也不通告你们，这俩就敢开枪，进来了吧，又不通告你们，他们自己想办法早出去了。"

"什么?""什么时候走的?"几个人异口同声惊问。

"你们又不是不知道，这两人家里都是高干，那男的家里还是部队的，要不哪里来的枪?上头给我们下的通知是经调查没有政治企图，予以放人，今儿早晨来的，一大早就放人了，哎！你们还蒙在鼓里呢，你们也被玩儿了！"

几个兴致勃勃的人听完都傻了，各个啼笑皆非，呆呆地走出公安分局。

一伙人推着车，走在大街上，郭亮说："看来这都是预谋好了的。"

唐国庆瞪大了眼接过去："你是说连被抓进去，再放出来都预谋好了?"

陆华点头："也许，监狱就是这件作品的重要部分。要是他们真的从一开始就设计了这些，这就不单是件轰动一时的作品了，应该是一件划时代的名著。"

听陆华这样一说，每个人都点头，又摇头，都不相信这两人有这么深的谋略。

在一间小饭馆，几个人还兴兴致勃勃地谈论鲁冲和秦汉的事情，陆华举了下筷子问："你们当中有谁知道这个秦汉和鲁冲到底是个什么关系?"

张良说："如果看他俩一起做作品，一起进监狱，再一起出来，他们的关系非同一般，应该是男女朋友。"

郭亮说："可接这件作品的时候，是我经手的。这件作品跟秦汉根本没有一点儿关系，自始至终都是鲁冲一个人的想法和工作，看她一个女的做那么大件作品，我还感叹她一个人怎么搞得动?后来作品来了，安装时都是我们的人帮着的，没见秦汉啊！"

陆华道："我也觉得奇怪，一开始没有秦汉这个人啊，他既不是我们的参展艺术家，也不是任何人的助理，根本就没有在名单上。我当时见警察抓他都有点奇怪。"

唐国庆说："现在这两人要躲几天，估计他们还在北京，三天后开展，我想他们应该过来，他们能不来吗?到时大家好好问他们。"

几天后，2 月 10 日，展览重开。陆华和菁菁一进美术馆后面的临时办公室就见着鲁冲和秦汉，组委的几个人也在，所有的人都站了起来。

张伟说："来啦，我们的英雄都等你五分钟了。"

陆华和菁菁忙跟大家打招呼，他握住俩"英雄"的手说："出来就好，出来就好，我们大家还头疼怎么把你俩弄出来。"

两人谢组委去分局看望他们，秦汉说："真的对不起，我们也是才知道的，我们出来后一直待在北京的亲戚家里，谁都没联系，家里人也怕媒体蜂拥而来，我们应该跟组委的人打招呼的。"

陆华说："没有关系，分局的人已经把情况跟我们说了，你们能出来就是我们最关心的。"

秦汉从书包里拿出一张纸递给他，说："如果有媒体想采访或者什么，就请你把这个给他们。”

陆华接了过去，见一张纸写了大半页，是他们的声明，只见上面写道：

作为中国现代艺术展开幕当天枪击事件的当事人，我们认为这是一次纯艺术事件，我们认为作为艺术本身是会有艺术家对社会的不同认识，但作为艺术家，我们对政治不感兴趣，我们感兴趣的是艺术本身的价值和社会价值，以及用某种适当的形式进行创作，进行更深刻认识的过程。

陆华抬起头来，笑着对他俩说：“好，你俩现在来说说吧，把这个事情的来龙去脉说说。”又指了下椅子，让他们坐下。

这时屋子里所有的组委都围了过去，想知道事情的经过。大家七嘴八舌都在问：

“鲁冲，秦汉，说说。”

“对，秦汉，鲁冲，到底是怎么回事情？”

陆华摆了下手，让大家都安静下来，他发现鲁冲有点不一样，怎么不一样他说不好，她就像做错事的小孩，不时低下眉眼抿嘴笑一下，不像开幕前底气十足的样子。而这个秦汉倒神气十足，滔滔不绝。鲁冲偶尔低下头，或看他一眼，或点一下头，始终没说一个字。

根据秦汉的叙述，他俩从一开始就一起蓄谋，设计，最后一起被抓进去。周围的人都瞪大了眼。郭亮简直无法相信鲁冲能把秦汉藏得那么深，他喊了一声：“鲁冲，你可真行啊，从一开始你都在演戏，演得跟真的一样，把我们都蒙了。那这件作品是你们两个人的，在我们的记录里都只有你一个人，这得改过来，现在谁也不能估量这件作品在中国美术史上的位子，如果秦汉是作者之一，他应该被记录在案。”

鲁冲朝秦汉笑了一下，还是没有说话，缩了下肩，往秦汉的肩后靠了一下，似乎想藏起来，秦汉伸手紧紧地握了下她的手，她羞涩地笑了一下。

陆华看着她，还是觉得哪里不对。他直视鲁冲的眼睛问：“鲁冲，你告诉我在开枪前你们已经设计好了要被抓，最后再被放吗？”

屋子里几个组委的人都静了下来，伸长了耳朵。

鲁冲腼腆地回道：“一开始想着要开枪就很兴奋，知道后果会很不一样，可能会有麻烦，但从没想过会有这么大的反应，也没想过有这么大的麻烦，最后居然惊动了公安局，后来还惊动了家里的关系。”

“要是没有家里的关系，你估计你们会这么快就出来吗？”有人问。

鲁冲面有难色，秦汉马上接过去说：“实际上我们在做事前并没有想这么多，为艺术献身是我们的理想，我们不在乎任何政治的东西，也没有想过家里能够在这件事情上还能怎么样，我们做的时候连想都没想过。当然知道我们进去了，家里人确实想了办法，这也是个事实，但是我们一开始只考虑的是作品。”

两人一席话让屋里所有人长出一口气，几乎所有的人都和陆华交换眼神。陆华环视一下大家，又笑着对鲁冲和秦汉说："好了，不管怎么样都得祝贺你俩出来，你们去展厅看看自己的作品，今天不要走远，西方各大报恐怕要来采访。"

等两人走出房间，郭亮喊："我说嘛，老陆，他们哪有那么深的心机？！"

陆华皱着眉看了大家一眼说："我还是觉得他俩哪里不对，可又说不出什么地方来。"

张伟拿出一大沓报纸，摔在办公桌上说："看看，看看吧，世界各大报、各大周刊的报道。"

陆华一看，一二三四五六，真不少，有六份呢，张伟还给翻译了题目：

一、2月7日《基督教科学箴言报》有一篇文章，题名为 *Avant-garde Bursts onto Chinese Art Scene - Action Art Symbolizes Artists Determination to Brashly Take Advantage of Eased State Censorship* （《中国艺术圈爆发前卫艺术——行为艺术象征着艺术家们决定充分利用宽松下的中央控制》）。

二、《时代周刊》，1989年，第3期，文章题名为 *Beijing Art Condoms, Eggs and Gunshots*（《北京艺术，避孕套，鸡蛋和枪击事件》）。

三、2月6日《纽约时报》，两篇文章题名为 *Police in China Close Art Show After Artist Shoots Her Work*（《中国警察封闭展览，在一个女艺术家向她的作品开枪之后》）。

…………

大家都把报纸抓过去看，陆华笑道："看来这一枪还是打得好啊！"

张伟也笑着接过去："我得去展厅看看，今天开展有很多媒体还要来，得嘱咐鲁冲和秦汉两句，别乱说。"

"好，我们大家都去展厅，严密监视，不要再出什么意外。"陆华提议。

大家都应和，都出了办公室。他们一进展厅，看见已经有媒体在采访秦汉和鲁冲了。只见鲁冲几乎是缩在秦汉的背后，不像那位举枪射击的英雄，而秦汉正眉飞色舞，撸着胳膊，倒像是英雄。陆华摇了下头跟身边的张伟说："你看他倒像那开枪的英雄。"

张伟也摇了下头说："看他能说会道的，完全用不着我来嘱咐。"

这时保安队的一个人来找陆华说抓着一个搞破坏的艺术家。陆华一听脑袋"嗡"的一声大了，不知道又要有什么麻烦。他和张伟立刻跟着那保安出去。在铁门边，陆华见一个高大小伙子正红了眼跟保安争吵，旁边放了辆自行车，两人正撕扯那辆车。陆华仔细打量那小伙子，并不认识。他知道准是不知从哪里跑来的艺术家，就回头跟张伟苦笑一下。张伟却拍拍他的肩说："你去解决吧，我还得干其他事情去。"说完嘴角稍稍向上翘了一下，头也没回走了。

陆华过去,那位正和小伙子厮打的保安说:“你是管这些画家的领导吧?管管这位吧！他从对面自行车存车处扛来这辆车就想往美术馆里去,说是他的作品,叫我们拦了下来,在这跟我们吵,还不服。”

陆华忍着笑朝保安摆摆手说:“好,没你事了,我来跟他说。”

陆华把那位小伙子叫到一边,抬眼打量他,问:“你哪里的?叫什么?”见他双眼充满了血丝,满身酒气,想这家伙定是喝多了。

“你是陆华吧?我王向东,山东的。”小伙子好像清醒些,睁了眼盯着陆华。

陆华尽量把声音放平缓些:“王向东,你这样做我完全可以理解,但是这个大展不是任何一个想来的人都可以来的。所有的艺术家都是经过严格筛选的,还是要请你遵守一些纪律,不要擅自闯进来,这样对我们这个展览没有任何好处,对你也同样没有任何好处。”

王向东一听急了,双眼更红了,大声嚷:“陆华,你别以为我不知道,我们从全国来的艺术家多了去了,你为什么就给某些人特权?让有些人就可以做惊天动地的事情,成为英雄?为什么我们就不行?”

陆华把两手一摊,笑着说:“你看,王向东,我们并没有给任何一个人特权,这里能够展出的每一件作品都是经过组委会十几个人决定的。”

“那么你们在收作品的时候为什么不向全国各地所有的人发出邀请?只向某些人,某些有势力的人。我就是山东做现代艺术的艺术家,我就没有得到邀请！”

陆华又好笑又好气,真跟他说不清楚了。见陆华语塞,王向东更来劲,大声说:“陆华,我看过你写的文章,你曾经说’85运动是我们艺术家老百姓的运动,是我们反权威、反传统的运动,好,现在好了,我这个艺术家老百姓被你们这些新的权威排斥在展览外面,所有真正的艺术家老百姓都被你们排斥在外面,我们不服,就是不服！你们这些沽名钓誉的人,虚伪的伪君子！骗子！”

陆华被他骂得不仅不生气,反而笑得更厉害。

菁菁一开始没有跟着过来,可一看陆华老回不去,就跑了出来,站在陆华的身边,听见这喝醉了的人大骂陆华,就忍不住张口了:“你这个人怎么说话的?有你这样说话的吗?告诉你别以为你在这里耍无赖就可以进全国的展览！要像你这样说,每个想参展的都说自己是艺术家老百姓,都可以进去,全国那得有多少人?你说说,这美术馆能装得下吗?”

“可我就知道有人就进去孵蛋,有人开枪,还有人撒避孕套,他们为什么可以,我就不可以?他们做了这些事情,不仅没有被阻止,反而各个都成了英雄,成了报纸上头条的新闻?陆华你说,这公平吗?这就是不公平,是特权！特权！”王向东的嗓子都有点变调了。

陆华笑着把菁菁往他身后拉了一下,说:“王向东,看来我们得好好谈谈。”他怕这浑小子真的做出什么浑事来,到时候就无法弥补了,又笑着推了下菁菁说:“你回去,这里太冷,让我跟他谈谈。”说完他让保安过来,把自行车交给他,请他还给对面街上的存车处，带着王向东去后面的办公室。

一个小时后，王向东眼也没有那么红了，心平气和地跨出办公室，正碰上菁菁进去找陆华，她吃惊地瞪大了眼睛，目不转睛地看着他出去，回头问："你愣跟他叨叨了一个小时？真有你的！"

陆华笑道："得耐心啊，你知道这样的半疯状态的人搞不好就干出什么来，弄不好不打枪了，搞进几个比枪威力大的炸弹，我们就别想安生了。"

菁菁把脸挨到他脸边，看着他的眼问："让我看看，这是颗什么样的耐心？嗯？"

陆华把她往怀里拉了一下，又推开，微笑道："菁菁，你要累了就回去，我这里闭了馆就去找你。"

"哦，你以为我在这里是为你啊？"菁菁瞪他一眼。

"当然，当然不是为我，这里谁不是你的朋友？谁不尊重你？"陆华笑道。

郭亮推门进来，说："哎，老陆、菁菁，来，你看下我写的发言顺序。明天后天的研讨题目，明天是《我的艺术观》，后天的是《中国现代艺术是中国现代的？还是倒爷的？》"

陆华道："好，研讨的事情由你负责，组织好他们，别叫他们都打起来就行。"

恐吓炸弹

展览如期进行，两三天下来，研讨会激烈异常，什么事情都没有发生。陆华谢天谢地，希望就这样不要再有新的状况出来。这些日子劳累，再加上前段时间太紧张，他有点疲惫，正在后面会议室里走神，张良走了进来，急火火把他叫了出去，说："坏了，又出事了，美术馆保卫处和公安开会，让你赶快去，又出什么大事情了。"

陆华一听立刻冒了一头虚汗，他倒吸一口凉气，忙问："什么事？出了什么事？"

张良小声在他耳边说："听说是恐吓信，到底恐吓什么我不知道。"

陆华立刻从二楼叽里咕噜滚了下来，大脑已经木了。等他冲到美术馆保卫处，门口有公安把着，让他在外面稍等，里面正开会。

陆华心急火燎，想知道这个恐吓是什么？突然他想起那天王向东充满血丝的眼睛，不至于吧？我那天费了很大的劲才把他摁了下去，就怕他这样的干什么浑事。那天担心，还真想过，瞧我这乌鸦嘴、坏脑子我往什么地方想啊？越担心它就越找你！

等了一会儿见没有开门让他进去的意思，陆华起身想离开，没想到门口的公安示意他坐下，不能离开。陆华只好坐下，这一等，就足足等了三小时，很显然里面的人在研究对策，作为这个展览的负责人，他是被排除在外的，他只有干等的份儿，想到这里他便火冒三丈。

办公室紧闭着的门终于打开了，屋子里烟雾弥漫，陆华见公安的董处长和安全局的张处长、美术馆保卫处的谢处长都在。

董处长把手里的烟往烟缸里杵了杵，看着陆华气哼哼地说："看看，看看，一封恐吓信。”说完他把桌上三张信纸往前推了一下。

陆华拿起来一看，是一张空白信纸，上面大大小小粘了一些从报纸上剪下来的字，拼成：

必须立即关闭中国现代艺术展，否则将在美术馆内三处放置引爆炸弹。

董处长说：“这个人不仅给这里保卫处一封，他寄了两封给公安局、国安局以表达他的诚意。现在把你叫进来，告诉你这件事情，你看该怎么办？”

陆华心里冷笑了一声，你把我叫了来，在门口等你们三个小时，倒问我怎么办？你有没有搞错?!

看陆华没吭声，董处长又说：“你认为这个展览应该关还是不关？如果你不想关，那么以后出了什么事情都由你来负责。”

陆华冷笑道：“你们要问我？我当然不关闭这个展览，可凭什么要我来负这个责？我一不是公安，二不是保安。有人恐吓就马上关门，你有炸弹的真凭实据吗？没有，没有干吗马上就关门？这不正中了人家的下怀吗？我们别说炸弹，连手榴弹都没见过，我不能负这个责任。”

董处长看了陆华一眼，说：“好，既然如此，你就把你刚才说的都写下来，这算是你的一个态度，也是你们主办方的态度。”

陆华忍无可忍，大声说：“你们在这里面搞了三个小时，尚无办法，这一进来就要我做决定，要我来承担这个责任，这可能吗？我一个人做不了筹备组十几个人的决定，我得开会，召集所有的筹备组委开会，然后才能给你们一个答复。”

董处长说：“那我只能给你一个小时。”

“对不起，一个小时之内我连人都召集不齐，至少给我两小时！”陆华气得大声喊了起来。

“好，好，好，给你两小时，我们今天晚上一定得解决。”

陆华气冲冲从保卫处出来，心里恼火万分。他气那些捣乱的写恐吓信的人，唯恐天下不乱。他奋力蹬着车，寒风刺得他脸都麻木了，他想还是先去美院，那里人多，也容易打电话。

已经是下午5:30了，天也都黑了下来，一到美院，他先跑到学校教工的单身宿舍里找到了郭亮，然后让他通知能通知的人。郭亮老婆小宋知他还没吃晚饭，赶紧在过道里给他煮了碗面条，他三下五除二就吞进了肚里，看得小宋在旁边“哧哧”直笑。陆华把吃空的碗交给她，拿手抹了抹嘴，不好意思说：“让你见笑了，太狼狈了，我从早上到现在一直都没吃东西。”

小宋微皱了眉头说：“老陆，你就是再忙饭还是要吃，要不然胃要坏掉的。”小宋是江浙人，一口南方普通话，陆华听得心花怒放，抬头扫了她一眼，见她粉面白齿红唇，一双杏仁黑眼珠子，娇俏可人，心里想这个老郭长那么丑，倒有本事。陆华在一张椅子上坐舒服了，手里抱着小宋递过来的热茶杯，闭了眼刚想养会儿神，张伟推门进来了，没一会儿，组委大部分人陆陆续续都来了。

陆华把事情大概跟大家一讲，每个人都有方案要提。陆华让郭亮写了下来，最后归纳了三条作为组委的意见：

1.不同意关闭展览。

2.主办方不负责任何安全问题。

3.主办方可以协助公安部门工作，愿意派在京的艺术家参与检测、检查、值勤工作。

陆华满意地看了看写好的意见，代表组委签了名，说："张伟、郭亮，走，我们去交给他们。"

三个人冒着寒风蹬车又去美术馆。

三个人上了楼，推门进办公室，只有保卫处的谢处长一个人在那里等着。

谢处长一见他们三个人，马上说："你们可来了，瞧让我这一个人等的。陆华，你刚走，上头就来电话了，让我们关闭展览两天，查找炸弹，两天后再开展。命令一来他们俩处长就走了。"

"哦，既然你们根本就不需要听我们的意见，干什么要折腾我们啊？让我们天南地北地找人，还限定时间，你们知道有些人住得很远，来回骑车，我们也是人哪！"陆华气得恨不能打人了。

张伟冷笑一声："哼，逼着我们做决定不过是要我们顶缸。"说完他头也不回往外走，陆华和郭亮跟着他也拂袖而去，连个"再见"都没跟谢处长说。

谢处长在后面叫："我有什么办法？他们一会儿来了走了的，我还在这里等了一晚上呢！"

几个人都没理会他，奔了出去，闷头骑上车，各自回家去了。

陆华骑得很慢，北风顶着他。他心里憋着气，这一下午受的气都憋在胸中，现在似乎蹿到了脑门儿上，就觉得脑袋疼得快爆炸了。"嗷！"他在心里狂叫一声，真恨不得大叫出来，泪水慢慢从眼眶里渗了出来，陆华甩了下头，把剩下的都忍了回去。迎面寒风刺骨，每一阵风过来，就跟刀子刮在脸上，就让这些刀子来割吧，把我割成碎片才好！他一下一下地蹬着车，发着狠。寒风让他慢慢地冷静下来，他痛心地感到不管多么理直气壮，自己前两天一呼百应英雄的感觉都是虚的。不知不觉他发现他骑到菁菁公寓的门口来了，他下车站在地上，仰头看了眼高层楼房上菁菁家的窗口，温暖黄色灯光正亮着，猛地醒悟过来，我怎么跑她家门口来了？人家丈夫都回来了，今天还嫌气没受够？他又蹬上车往家骑去。好，现在可以再睡两天觉，反正所有的活动都停止了，明天就补觉！他自嘲地笑了两声，消失在昏暗无人的马路上。

2月19日,展览终于到了最后一天,陆华挣扎着起了床,蹬上小平给他买的新皮鞋,不过现在这双鞋已经污浊不堪,根本都看不到多少皮面了。吃着她为他蒸的汤包,想只有老婆永远都不会变,展览要完了,所谓筹备组也要解散了,跟这些人临时的那种组织关系、领导关系也要完结了。在这个圈子里他一呼百应的时候过去了,将来是个什么样子?还得重来。现在的朋友、战友,搞不好将来会成了敌人,谁知道呢?要在北京这个圈子里混,可不就得这样?

自从说有炸弹,公安、武警跑来使用了各种仪器找了两天,毫无悬念地没有发现任何东西,好端端地把展览又关了两天。整个组委的人都被折腾疲了,大家的感觉是爱干吗干吗去!谁也不在乎了,该回家过节的回家了,该玩儿的玩儿去了,只有他一个人不能离开,只要展览开一日,他便必须到美术馆报到,因为他是这个组委的负责人,因为这个展览是他呕心沥血奋斗了几年的成果。

他推门走进组委办公室,最后一天,除了老米所有的组委成员都到齐了。没想到董处长也在座。他站了起来,陆华走了过去朝他说:"董处长,谢谢您这段时间一直关照我们,才让我们这个展览蜚声国际。今天是最后一天了,您还专门来,真是不敢当。"

董处长板着脸扫了眼陆华和屋里所有的人,走出了房间。

全屋子的人都鸦雀无声地看着他出去,没人说一个字。等他出了屋,陆华一拳砸在桌子上,大喊:"真受够了这个人,从一开始就把我们当犯人!还没完没了了!"

郭亮笑着拍了下陆华的肩,说:"老陆,放轻松,放轻松,今天我们风平浪静,什么都不会再发生了。"

陆华也笑了说:"好,大伙儿这些日子不容易,趁你们都在,我要在这里谢谢大家,这个展览的成功多亏了你们,希望将来我们还有机会一起再干,干出更多的事情来。"大伙儿都笑了起来,互相握手,拍肩。

"好,现在来说说撤展的事情,美术馆只给我们几个小时,我们要在今晚拆除全部六个大展厅的全部作品。今天晚上要干很多活儿,请大家都别走,我们把这件事情办彻底了。"陆华话音一落,大家伙积极响应:

"好!"

"行。"

门推开了,大侠走了进来,他脸上泛着光,兴奋地大喊:"老陆!老陆!盒饭王找你!盒饭王找你!"

陆华一听鼓了眼急着问:"人呢,在哪里?"

"刚进来,在外面广场上。"

陆华喜得就往外跑,大叫一声:"财神爷来了!"

几个组委一听也跟着他奔了出去。

在美术馆外面的小广场上，陆华接着了正往里走的盒饭王。跟陆华第一次见他时一样，小平头，穿了件军大衣，斜挎一个大绿书包，见了陆华笑着就伸出手来："我来迟了，来迟了。"

陆华紧紧地握着他的手说："不迟，不迟，你这是雪中送炭啊，雪中送炭。"

"老陆，都在这里了，五万，都在这里。"说着就把书包从肩上取了下来，交到陆华的手中。

陆华把书包抱在怀里，手里就感觉往下坠了一下，真沉啊！他翻开书包盖看了一下，都是二十元、十元或者五元面值的钞票，一捆一捆的，是啊，一盒盒饭能值多少钱？陆华这一辈子也没有见过这么多的钱。他眼睛有点湿，看着盒饭王，一句话都说不出来。

盒饭王好像完全知道陆华在想什么，笑着说："捐给你不为别的，就为跟你交个朋友，老陆，我佩服你这样做事的人，佩服你这个人。"

陆华的眼睛红了，只说出两个字："谢谢，谢谢。"

陆华转身把书包立刻给了张良，说："你赶快去把这笔钱存了，我们正急需。"

然后回身邀请盒饭王去看看展览，盒饭王笑着说："我已经看过了，我来了好几次，你不知道就是了。你今天忙，我们回头再说。"说完，摆了下手走了。

所有围观的人也散开了。

陆华看着他转身走了，心里波涛翻滚，大为惊异，这世界上竟有这样的人?！给了五万块，连个收据都没要，不为别的就为我！说实话，陆华没跟他说过几次话，这才是个真正仗义的人呢！陆华啊，幸好你肯做这样的事情，你这一生才没有白来，什么都让你碰上了！

下午5:00，是闭馆的时候了，中国现代艺术展到了最后一刻。差不多所有参展的艺术家都聚在美术馆外面的广场上，黑压压地站了一地，等待组委最后交代。青果和林欢回来了，从火车站直扑美术馆，赶到广场。青果满脸的喜悦，和大家打招呼，一回头，见窦斗、皮皮站在一处，就挤了过去，看着窦斗问："可见到你了，那天一开展你就没影了，跑哪儿去了？"

窦斗见了青果，眼睛早笑着眯成一条线，一排白牙齿在浓黑的胡须里闪了下，没说话。皮皮在旁边笑着喊："这个春节我倒霉了，你们不在，这个人一天到晚跟我喝，贾红天天跟我打。"

青果忙笑着问："贾红怎样？还好吧？"

"好，能吃能睡，脾气见长。"皮皮撇了下嘴。

"别这样说啊，皮皮，你现在要宠着她才是。"青果笑着杵了他一句。

这时德拉冲了过来，拉了林欢说："林欢，走，跟我过去。"又回头看了青果一眼喊："青果，哎，青果你回来啦！"笑着把林欢拉走了。

"欢欢！"青果叫了一声，眼睛跟着他过去。

林欢回头笑着挥了下手，跟着德拉挤进北望群体那些人堆里了。

突然窦斗在青果旁边小声说:“喊得真亲啊?”

“什么?”青果把眼光收回来,见他眼里闪着光,正也斜着瞟她。“什么?”她顺嘴又重复了一句。

窦斗没说话,就笑眯眯地看着她,小声在她耳边说:“上次就是被你气走的,你就当着那么多人叫得那个亲,也不避讳一下。”听他这样一说,青果转身走了。

陆华和一群组委的人都出来了,陆华站在大家面前就摆了下手,说:“我们这个展览到现在就结束了,大家在这里共同经历了这十几天的事情,不,应该说这十年的事情,到今天该给’85运动画上个句号了。现在让郭亮讲讲撤展的事情。”说完他站到了一旁。

青果在人堆里打量他,这几天头发长了好些,蓬乱地堆在头顶,显得人瘦了不少。脸似乎肿了,眼也更往外突出。青果想就这十几天就大变了样,还记得那天离开这里他在二楼上发表宏论还精神振奋呢,可见这事情是真磨人,来了就听说还闹了场炸弹虚惊。

陆华站在郭亮的旁边,看着眼前的人群,他见着青果了,她正皱着眉头盯着自己,便微微朝她笑一下。

等郭亮讲完,人群默默散开来,依依不舍。青果想就这样完了?

一个人突然拍了下陆华的后背,陆华回头一看是北京的画家温道明,此人身高体壮,戴着一副白框眼镜,他的作品多以梦境为主,这次参展的就是一幅梦境绘画。

温道明说:“老陆,这里有个事情要跟你说,有各个体户哥们儿,他开了个酒吧,就在三里屯,想邀大伙儿都过去,给大伙儿庆功。”

陆华一听“个体户”三字心里就一热,盒饭王才送来了一书包钱,你能不相信有这样仗义的人吗?他高兴地问:“我们这里有七八十口人呢,大家都还没吃晚饭,正好,请大家一顿!真是太好了,谢谢,我们都去,都去!”

陆华身边的郭亮、菁菁、张伟、张良,都兴奋起来。

青果和林欢也得到了消息,让他们别走,有庆功会在后面。林欢在人群里找窦斗和皮皮,想搭伴一起留下来,晚点再回T市,可这俩人的影子都没见着。

青果说:“咱们就留下来吧,我跟好些人都还没说上话呢,等吃了饭我们就回去。”

林欢点了下头。

撤完展,他们跟着认路的一些画家搭公共汽车去三里屯。黄昏时分,他们到达三里屯天已经暗下来,沿街一溜简陋平房,青果怀疑这里也会有酒吧?在她脑子里,酒吧跟霓虹灯、萨克斯、繁华、颓靡相关,和这么一条朴实、简陋的大街真不搭配。一群人来到一个小门脸,前面的人推门进去了。

青果拉着林欢的手也跟着进去。还真是个酒吧!青果心里叫了一声,一个不大的房间,左手一个黑色的吧台,上面吊着酒杯子,后面一大酒橱,琳琅满目摆满了各种各样的酒。柜台前一溜高凳子,地下有几张台子。青果发现这屋子里已经有不少人了，还有不少记者。青果想他们会给什么东西吃？千万不要是西餐那种冷餐，都要饿死了。

画家们一群一群地往里拥，大家都挤在一起，没一会儿陆华、菁菁，还有其他组委的人都来了，老米也在里面。青果和林欢已经被挤在一个小角落里，想这怎么吃饭？人都转不开身子。

陆华一进去就发现里面已经挤满了人，不仅有参展画家，还有媒体的人，尤其外国媒体的人很多，屋子里架着大灯。他立刻皱了眉头，敏感地知道这里要搞事情，唉，吃个饭都不清静！

他抬起身大声说："这是一个私人聚会，我们只是要在这里吃个饭，那些跟这没什么关系的人都请离开。"

大家等了一会儿，没有人离开。

从后面出来一个身着黑色西装、黑色衬衣的小个子精瘦男人，见着陆华马上伸出手来握住，笑着自我介绍："我叫张红军，我就是这个酒吧的老板。"

陆华已经有点不高兴了："你要招待我们也用不着通知媒体啊！我们可以开始了吗，大家都饿了，你搞这么些人在这里我们也无法坐下来吃东西啊？"

张红军说："我这里就是个酒吧，只管供应酒，没有晚饭。"

"没晚饭？你把我们这些人叫这里来干什么？那是我理解错了？没见这些人都饥肠辘辘的？好，如果没有晚饭我们就告退。"

"你们不能走。"

"为什么？"

"我有事情要宣布。"

"你有什么事情可以先跟我说。"陆华皱着眉已经很生气了，他非常清楚地知道让人给骗了。

张红军说："我这里有一封很重要的信，由晶心等三十三位著名作家给中央的一封联名信。我们把你们找来，是想让所有的艺术家在这封信上签名。"

陆华听了脸一下就拉了下来："其他的都不要说，要让所有参展的艺术家集体在这封信上签名，不行。我们这个展览没有安排这个项目，而且也不能让人这样欺骗利用！"说完，他大声向屋里所有的艺术家喊："所有参展艺术家都出去，都出去！所有参展艺术家都出去，到外面集合。"

菁菁带着好些人走在头里，门口一个黑大汉扣着门，拦住了去路，菁菁大吼一声："让我们出去！"那大汉见菁菁怒不可遏，只好把门打开了。参展画家们都呼啦啦出去了。

青果和林欢站在最里面的角落里，根本不知道门口发生了什么，就看见陆华在跟一个黑衣人说什么，没一会儿就看见那人上了凳子。等那人把事情宣布完，青果就跟林欢说："哎哟，这就是那种政治聚会啊，我们今天也碰上了。"青果拉了林欢往外走，走到门口，想都没想拿起笔就签了名。

她和林欢后来在大街上追上了所有的人，陆华看着她问："你们怎么才出来？"

青果笑着没吱声。

一行七十多个人去了一家小饭馆。陆华开始讲事情的经过，青果听了睁大了眼直瞪林欢。

坐在饭馆里，陆华根本没有心思吃东西，脑子里飞快地转开了，虽然大部分人都跟着出来了，他知道老米还在里面，这说明他肯定知道今天的事情，还有那个温道明。他问身边所有的人，谁知道他的电话？谁能联系上他？他真想立刻当面质问这个人，是何居心要这样欺骗他？谁在后面指使？他越想越气，差一点儿这个现代艺术大展就又要变成一个政治事件，经了这大半个月紧张疲惫的战斗，刚要松口气，这事情就又来了。你们想来利用这个展览，想来耍我？也不看看我是谁？我是被你耍的人吗？你们搞民主政治，既然是个光明正大的理由，用不着耍手腕玩欺骗嘛！这些人，这些躁动的艺术家其实用不着你们欺骗，你们大可手一挥，他们就跟你们去了。你们也太下作，太卑鄙了，谁都想来利用一把，看这个现代艺术展有名声了，就来利用了。要想利用也不能坑蒙拐骗嘛！

在北京这个场子里混，水到底有多深？陆华一时又陷入了深深的悲哀，各种势力都在这里搅和着，尤其国外的一些政治势力，这是一个各种社会的、政治力量的角逐场，一不小心就会被别人下了绊。想到老米是知道内情的，悲哀取代了他刚才心里的愤怒。这个展览一路走到现在，他不是不知道作战的艰辛，为什么要欺骗我？为什么要牺牲这个展览，为什么要把这个展览和这个政治事件挂上钩？中国的现代艺术就是要关注中国的民主政治，也不能被别人当枪使吧？中国现代艺术就不可以自己独立地说出自己的话吗？我们这十几天的展览说得、表达得还不充分吗？

陆华想到这里气愤又填满了他的胸腔，他煞白了脸，一句话都不想说。菁菁一直在他的身边，一看他煞白的脸就知道他心里的滋味，也气得不想说话。她最不能容忍的就是欺骗，她认为这样做的人都是阴险小人，没想到老米会干这样的事情！她为陆华伤心，不管怎样，老米一直跟陆华都和平相处，虽然他俩在这个运动里是主要推手，但是从黄山会议以来，陆华似乎更活跃，更有号召力。陆华要年轻几岁，年轻气盛，这就得罪人了。

吃完了晚饭，到了美术馆，菁菁正看着陆华沉着脸忙着往外运画，突然见老米从美术馆的大门走进展厅，她叫住了陆华，小声说："陆华，老米来了。"

陆华放下手里的画，压住火朝他走了过去，直视他的眼睛冷冷地问："老米，你知道温道明在什么地方吗？"

"不知道。"老米淡淡地回了一声。

"你要见了他请他来找我，我知道你准能见着他。他这是干什么？我想要问问他，这样欺骗我们到底安的是什么心？"

老米不置可否地看着陆华，没有说话。

陆华憋了半天的火爆发出来了："如果他认为他搞的事情是光明正大的事情，

用不着这样欺骗我们！他用得着这样玩儿欺骗吗？如果对我们这些人没有一点儿尊重，可见这所谓的人权签名是一个什么样的见不得人的事情！不就是要在一些外国记者们面前表演一番吗？我觉得我们这个展览用不着！我们这些画家们也用不着！"

老米忙说："也许这里有误会，不要激动嘛！"

"误会？这里没有误会！他告诉我们去开庆功会，结果是骗我们去签名，你不觉得这样很卑鄙吗？"

菁菁也忍不住了，在旁边大声说："他完全就是个小人！只有小人才干这种事情！还人权、民主自由呢，他应该先学会怎样做人！"

陆华一下停不住了："有些人是想把这个展览跟这个政治事件挂上钩！中国的现代艺术就没有独立表达自己的能力吗？所有这些作品，几百件作品，十几天在这里呐喊，难道表达得还不够吗？用得着把我们骗过去，偷偷摸摸地，就像干一些见不得人的勾当，表演给几家外国的报社看，我们用得着吗?！"

老米一直没有说话，他心里很清楚陆华这后来的话不是对温道明，而是对他。陆华和菁菁痛快地说完后，两人昂头激动地走出大厅。

老米低下头，慢慢步出了美术馆。

青果和林欢把林欢的画搬进了在美术馆后面的库房里，郭亮刚才在大厅里念了一个长名单，现代艺术展里有部分作品要送到香港联展，林欢的画被选中了。说实话，青果一直在发愁怎么把画再运回T市呢。青果拉了他说："咱们快走，还能赶上回T市的最后一趟过路车。"

林欢看了下表说："走，咱们也许得跑了。"

青果又说："怎么着也得跟陆华打个招呼，我今天一天还没跟他说过一句话呢。"

两人忙忙地跑到前面展览大厅里，楼上楼下都是搬画的人，到处一片混乱。

林欢说："走吧，以后再说了。"

两人出了大厅的门，冲下台阶，就看见广场上有一堆人，好像几个人在厮打。青果站下了。她刚看清楚，是温道明，那个骗人的温道明在跟陆华厮打。就见他抡起胳膊一拳打在陆华的脸上，陆华的眼镜立刻飞了出去，耳朵里顿时听见菁菁的尖叫声。哦，天！青果使劲睁大双眼，她简直不敢相信自己的眼睛。没一会儿，陆华周围就围满了人。

林欢拉着青果快步走出美术馆的铁门，在门边她看见惊愕地张着嘴的罗小刚。

他问了一声："你们走啊？"青果和林欢都没来得及回答他便跑了出去。

就此在青果以后的一生里，没有再进这道铁门。

青果疾走在东四大街上，脑子里一片混乱，她被刚才的景象惊呆了。那人扬起了手臂，一拳打下去，好像没有落在陆华的脸上，而落在了她的脸上，她悲哀，觉得耻辱，为陆华，也为所有的人，所有造反、搞现代艺术的人。就这两个星期，没多久啊，都多激动，欢欣鼓舞，以为干革命了，谁知不过一场江湖之战，最下三烂的东西，他们真的就是一群乌合之众，叫人看不上！

林欢拖着她在候车大厅里跑，他们没买票，混进了站台，等上了车，她都一直呆呆地任林欢牵着她。林欢在车厢里找着一个空位子，两人好不容易坐下来，他仔细看着青果的眼问："你怎么了?别不会傻了吧?"

青果轻声说："欢欢，你看，事情到头就露出它肮脏的一面了，这世界上的事情都那么龌龊。"

林欢摸了下她的头，说："这就是现实。"

凌晨1:30，他们才回到阔别将近二十来天的"家"。别说就二十来天，青果觉得有一个世纪那么长，整个'85运动就在这二十来天里，以一拳打飞的眼镜结束了。

一个精神的哀悼

李心的追悼会在北京郊县一个偏远的殡仪馆举行，除了李心工作的社科院同事，他这二十年在各个地方交的朋友都去了，青果没想到去了好几大客车的人，班里的大部分同学也都去了，看着有这么多人来送他，青果反而不伤心了。

李心穿着蓝色西服躺在一个台子上，四周放满鲜花，这回他的脸是真的苍白无色了。青果走到台子前，目不转睛地盯着他，还是那么瘦，他疲倦的眼睛终于闭上了，再也不用彻夜不眠地思考问题，不用为自己的信念跟人紧张地争执，不用为社会的事情满世界奔波了。他的神经一直都绷得太紧，靠着大量劣质香烟支撑着，青果欣慰地想这下他真的可以放松了。

有人在前面发表讲话，青果一个字都没有听进去，她忍着没在大庭广众之下掉下泪来，不想表现得比别人更悲伤，她要为他守住秘密，他内心的苦是他们之间的秘密，青果连林欢、Jenny都没有告诉过，估计这个世界上也就只有她知道。

老王站在青果的身旁，低着头，青果扫一眼大厅，所有的人都在静听前面一个人发言。青果从毕业后这是第一次见老王，他头发都花白了，完全一个中老年人的模样。他跟李心之间的龌龊早有耳闻，没想到到最后还是他头一个给她打电话，而且从南京专门跑来悼念他，青果叹了口气，唉——再大的过节，在死亡面前都不算什么了。

前年李心从奉节被调回北京，青果回国见到过他，从他那里听说了他们之间的故事。青果没有完全听太懂其中的细节，不过知道老王为了在奉节兼并国有企业，做了什么违法的事情，被公安关了一年。当然老王能去奉节做生意完全是因为有李心的方便，最后进了局子估计也跟他有关。李心当时就跟青果说："我怎么可能让人这么占国家的便宜呢?那不把国家卖进了他们私人的腰包里了?"老王一年后出来，被打击得很惨重，怪不得现在这么老气横秋了。青果看着他，心想什么样的人遇上李心那样的怪人，都无话可说，老王拿他也没有办法啊！记得当初他在学校里入党还是老王介绍的，真是世事难料，谁会料到他们现在是这样一个结局?

小赵一身黑衣，低着头站在花圈旁边，手拉着孩子，青果想她的明天会怎么样呢？她放弃了所有的东西，就这样嫁给了他，可他什么都没给她，哪怕是最起码的眷顾。她穿的用的，每一样都是八十年代的，或者九十年代初期的，极其低档和简单。

记得前年第一次见到她时，她和孩子刚到北京，青果以为她会留下来一起聊天，李心却尽量把她支开，让她去厨房烧水泡茶。看得出来小赵从来就没有介入他的精神生活。

就是在那一次，李心得意地把去法国买回来的油画拿出来给她看，还笑着说："你现在是这方面的专家了，你看看我这画怎么样？"

青果看着他把四幅一尺宽两尺长的小油画在地上一字排开，瞥了一眼，就笑道："你哪里买来这些东西？街边吧？这种画不值几个钱，也就五十至八十美元吧！"

李心咧嘴乐了："差不多，差不多。"

"你买这些垃圾干什么？钱多啊？！"青果揶揄他。

"就是钱少才买它们，钱少什么也买不了，连双鞋都要好几十美元，几幅画还有一点儿法国浪漫的气息，你看看，也不是都那么不堪吧？"

青果笑着只好点头："反正你买了就算了，要我？我可不买，就是在巴黎买双鞋也不买这个。"

小赵在旁边没好气道："我说他出国能给我买个什么回来，什么都没有，就这几幅烂画，我上次说，他说我不懂，看这回青果也这样说，你怎么说呢？"

李心不耐烦地朝她挥一下手："好了。"

小赵忙闭上嘴。

青果后悔自己说话造次了，其实小赵的要求真不高，这他都不满足，青果不满地瞪他一眼："你啊！你让我说你什么好呢？"

李心干脆找了个什么借口把小赵推出了书房。

那个下午，他把青果带了出去，去他喜欢的咖啡厅、餐馆、画廊，去北京最大的书店，然后去他工作的办公室，给她看长江三峡的画册，说他带回来好些画册，都是关于三峡的。他一页一页地翻给她看，青果静静地听他颤着声讲那里的事情、沿岸的历史和传说，他眼里露着哀伤和眷恋，说到最后他笑道："你不要笑我，在那里待了好些年，有感情了。"

"不会，我为什么要笑你。很遗憾每次回来时间都那么短，我真应该去那里看看。"

"去吧，去看看，再不看就没了。"他眯上眼，沉默下来，点上一支烟。

那天他送她去火车站，临要进站前她突然感觉他们之间的距离，她想他是不是已经变得跟李叔同一样，让人不能够着，只能瞻仰了？就在那一瞬间，她想起过去他们在一起听音乐、看电影、下馆子、讲生死、谈艺术，一起出去游泳、跳舞、溜冰，甚至一起在大街上游行，他现在已经没有这些闲情逸致了，他眼里除了沉沉的思绪，就是淡淡飘浮不定的忧虑，青果知道她已经抓不住他了。

她一个人坐在去T市的火车上，怅然若失，想起曾跟陆华开的玩笑，当时他正说着李叔同，她就开玩笑说再不吃盘子里的鱼，将来恐怕就没机会了。果真没了！那种心心相印、有血有肉的日子一去不复返了。

追悼会结束了，全班同学聚在一家餐馆，青果看着众人，没兴趣说一句话，李心都走了，还有什么可聚的？李心跟大家的缘分就是这么浅，他早早地走了，把大伙儿甩在后头，让大家来伤心，还是他聪明啊！晚上，青果和Jenny好说歹说从李心家搬了出来，小谢给她们在附近找了家旅馆，说便于第二天带她们上路，大家商量好一起回N大看看。

两人洗过澡，分别躺在两张床上，Jenny暗笑道："今天晚上再不出来我就要睡不着了。"

"你是说终于可以洗澡了？"青果笑着问。

"对啊！"

"唉，李心他们单位也就是个清水衙门，哪来钱？他也不会这些，他扶贫扶得恨不得把那点工资都扶出去，那不前几年还资助一个农村孩子上北大吗？"青果又叹，"那个学生还真有出息，今天他不都发言了。"

Jenny翻了个身，把脸对着青果："青青，这么些年，我没想到他会变成这样。过去你跟他近一些，我一直觉得他很难接近，像个贵族一样，不是谁都能入他的眼，你看我跟你这么近，他基本上不睬我，他不感兴趣的就很冷漠。还记得那个鲁红兵吗？在我看来又老又没女人味儿，可就对了他的胃口，他热情得随时都恨不得跟她在一起。我可知道他对你的用心，那个殷勤劲儿连林欢都有得拼，幸好你们林欢大度，人家没当回事。"

"他向女人献殷勤的样子很让人讨厌吗？"青果问。

"不，他太Gentleman了，感觉从十八世纪法国小说里走下来，把自己搞得太扎眼。你可能记不得了，他当着全班给你让位子，给你拉椅子，一场舞会霸占着你，只跟你跳，别人都别想染指，太过分了。"

青果听了微微笑了一下，没说话。

Jenny也沉默下来，才又道："这几天我就在想李心是这样一个怪人，他必须得有个什么对象或事情把他的精力和热情奉献出去，要不然他就活不出来，他在学校的时候你就是其中之一，后来又是鲁红兵，所谓的学问啊什么的，都不是他要的，用他脑子的一小部分就搞定了，关键的是他随时都得有个奉献的目标。"

"他这不是受累的命吗？不过你说得有点道理。"青果打了个哈欠，"Jenny，我们睡吧，今天晚上再不睡，我们明天就别想回N大了。"

Jenny没声音了，就在青果刚要闭眼时，突然又说："看看，我们班的这些同学，各个都混得人模狗样的，反倒是我们几个出国的好像很一般，想当初，我们可都是班里的佼佼者，倒不如他们了。"

"傻子，一个人怎么可能跟命争呢？"青果在黑暗里笑了一下，"看来你还是不满意你现在的生活,可我却觉得在哪儿都一样呢?关键看你求的是什么?什么在你是有价值的?你要有根就不会困惑,不会因为别人的生活让你觉得心慌意乱。还记得我们曾跟李心争论什么是幸福吗?”记得那次几个人骑车到校外春游,正值春光明媚,春花烂漫,绿油油麦田里一群女人穿红着绿、戴着花头巾干着活儿,青果见了大为感叹,惊呼美丽至极,打赌她们比他们中任何一人都幸福。“其实这个争论到现在还是有意义,我到现在还是认为幸福不是个物质的事情,而在你的感觉和想法。”李心他幸福吗?她在心里问,他是拼了命想让自己幸福,逃出苦海,让自己的灵魂有一点儿安慰,一点儿刺激,他选了一个积极、入世的办法,才把事情做到那么极端,其实他在求幸福啊!

记得最后一次见面,他痛骂国内现在的学术,说都是假的,其实研究的东西跟现实社会没一点儿关系。他宁肯去农村,到基层干实事,也比出版个什么专著,得个什么名头有意义。他这一生要做的是真正改变这个社会,让他的理念潜移默化地在现实中实现,他兴奋地告诉她,过些年,就会看到变化,会看到他的理念对现实的影响。记得那天讲得兴奋了,说中国有像他那样的一群人,在按着自己的理念做事情,对社会和历史将有真正和长远的影响,他握着烟的长手指一直在抖。青果很感慨,虽然没有进一步询问他的具体理念是什么,到底他做了什么?如何影响改变这个社会?可知道这一定是他认为有意义、有价值的事情。

青果朝窗户翻个身,望着黑洞洞的窗口,终于她困劲儿上来,睡了。

Jenny 听着青果均匀的呼吸声,知道她睡过去了。刚才青果的话却如雷贯耳般还在她脑子里轰响,她问自己:我心里有根吗?我 Jenny 都找了一辈子了,我找到了吗?二十来岁的时候,以为上帝就是了,可最后知道都是虚的,真应了林欢写的诗了,记得他说过历尽千辛万苦,走遍千山万水,唉,她的思绪回到了过去,二十年颠沛流离的生活,女儿 Olivia 漂亮的小脸跳了出来,她满意地笑起来,这宝贝现在干什么呢?困乏终于袭来,她慢慢沉入梦乡。

第二天早上,小谢来接她们,班里同学的五六辆车在旅馆的院子里集合,大家分头上车。Jenny 和青果上了小谢的车,一行人浩浩荡荡直奔 JT 高速公路。

青果没想到高速公路上繁忙异常,大车、小车挤作一处,尤其带拖车的大货车,在公路上横冲直撞,吓得她和 Jenny 在车里惊叫连连。

“嗷! Watch out! 它别过来了! 怎么这么不讲礼呢?”Jenny 气得大喊。

小谢抿嘴微笑,波澜不惊,很沉着地把着方向盘:“这有什么?我们中国人开车就这样,我们每天都跟这些不讲规矩的人干,都习以为常了。”

青果笑道:“回来可不敢开车,太可怕了,谁也不让谁。”

Jenny 咂嘴说:“这就能看出人的状态, 我们中国人对别人没有一点儿谦让,这种心态什么时候才会好呢?”

青果笑:“你是说 Mean? ”

“对啊,人们直接就把 Mean 都摆在脸上,连掩饰都不掩饰一下,真让人受不了。”

小谢插话：“哟，你们两位从文明西方来的小姐受不了国内的恶劣气候了?这算什么?没有对你出手相向就是客气的了。”

青果笑道：“我倒没什么，待段时间就习惯了，赤裸裸的也没什么不好，人家的意思一目了然，用不着费心思猜，被人暗中伤了才真气闷呢！”

小谢笑道：“告诉你们一个李心跟人打架的故事。”

“什么?他跟人打架?”Jenny好奇地问。

“你别忘了他是从工厂出来的。”青果鼻子里哼一声，记得李心曾告诉过她在工厂里跟人打架，为一些他认为至关重要原则的事情，经常火暴得就动手。

小谢笑道：“他跟人打这一架打出了名声，他可是远近闻名了。”

“为什么?说说。”Jenny更好奇了。

小谢给她们讲了个故事，也就是前年的事情，社会学所的人跟经济所的人开会。之前，他们已经讨论了整整一年，开过无数次会议。那次李心是真急了。大家都知道他一直是个“左派”，没想这一次让大家知道他是个极“左”顽固派。他大骂经济所几个从美国和欧洲回来的博士洋奴、卖国贼，认为他们推行全盘西化毁了中国。那些洋博士也不是好惹的，有理论，有依据，驳得他一愣一愣的，最后言语上相互都不客气，就打了起来，是李心先动的手，人家后来都说他走火入魔了。

“真的?！还有这么精彩的事情?！”Jenny惊叫一声，“他还真成堂·吉诃德了?！”

“可不！”小谢笑。

青果皱着眉问：“小谢，这几年他是不是变得太厉害了?非常偏执，而且易怒。”

“是啊，从那次以后，没人跟他争论，都不敢惹他了。”

“就没有人跟他好好聊聊吗?你们这些老同学都了解他，他真的变得都不认识了。我去年回来在C市跟他在电话里吵了一两个小时，你们都不知道他都骂粗口了。真想不到，如果我不把电话挂了，他还喋喋不休没完没了，我都觉得他精神有问题了。”

小谢笑道：“你不是不知道，他历来都很霸道的，从来都认为无论在任何事情上他的智力和能力都高于别人，谁能跟他沟通啊?现实是，很多事情他没有能力控制，就变得越来越偏激，谁也帮不了他。”

青果叹了口气：“他今天走了对他还真不见得是个坏事呢。”

青果看着车窗外，想起去年跟他在电话里的那一场恶吵，不禁嘴角露出了一丝儿笑意，他愤怒的高分贝的声音好像还在耳朵里咆哮：“青果！妈的，你他妈的忘了本了！你忘了是共产党把你养大的！……我们的国家、共产党没有什么对不起谁的！没有我们这些年的努力，你有今天的日子吗?没有我们的开放，你能出去留洋吗?你吃了几年面包就忘了人家给你的好处了！”

青果甩了下头，想把耳朵里的声音甩出去，Jenny在旁边着急问：“青青，他跟你吵什么?我以为他跟谁急都不可能跟你急，看来他真的有点疯了。”

青果对小谢笑道："这样看来，他当时说出那样的话来就很正常了。可我当时哪知道啊？非常震惊，连见他一面的兴趣都没了。我就像在跟一个完全陌生的人讲话，你们都知道我这个人从来都不勉强谁，如果没有共同语言，就不说了，可回头一想还是觉得很遗憾，毕竟跟他认识那么多年……"青果没再说下去。

Jenny又摇她："青青，你们吵什么？"

"还说那些干什么？反正都不是他了。"

青果不想再说那天的事情，闷了脸看着车窗外，可当时的生气和失望现在还记忆犹新，更多的是失望。

德　拉

展览后，林欢情绪低落，干什么都不起劲，正好二轻局有去北京进修外语的名额，就和皮皮报名都去了，两人隔一星期回一趟T市。两个月后两人都考完托福，林欢还跟同学起哄也往美国几所学校寄去入学申请，日子过得很快，转眼到四月份。Jenny的录取通知书来了，被Ucla，美国一所一流大学录取，她立刻向学校递交出国申请。没几日青果也突然从艺术系得到好消息，她在艺术系的工作落实了。好事成双，两人喜上眉梢，可半个多月了，Jenny的出国申请却石沉大海，没有一点儿回音，直到月底，李心向青果证实Jenny这次是卡在公安局，因为他们找到老王调查，还找了班里所有的党员，Jenny别想从N大出去，公安的人一直都在学校里，监控着呢。在青果和李心的劝说下，Jenny跟刚刚兴建的深圳大学联系工作，原则上离学校越远越好，看来只好走曲线出国这条路了，南方新学校人生地不熟的总会有办法。联系工作的事三人做得极其保密，生怕支书老王知道。

整个四月份，林欢和皮皮每次从北京回来，都带回来北京各高校热闹新闻，听得青果激动不安。四月底林欢和皮皮两人彻底从北京搬回来，原来北京的学校全都不上课了。

一天青果下课后远远见林欢坐在那湖边的石头凳子上，旁边坐了个小个子男人，两人说得热火朝天，一时蒙了，这是谁啊？林欢能跟谁这么熟？几步过去，这才看清，大叫："德拉，德拉，哎哟，你怎么来了?！真是太意外了，太意外了！"

德拉站了起来，也大喊："青果，哎——青果！"喊着伸出手来。

青果握着他的手问："你怎么来了？怎么就碰到他了？也不打个招呼！"

"哈哈！"德拉答非所问："北京现在真的没什么劲了。知道吗？现在江山打下来了，大家都在分战利品，没意思，没意思，现在玩儿的都不一样了，再不如前几年那样，大家都不再关心艺术了。"

青果知德拉从北京来必有事情，便问他，原来他这次来是为联系艺术系的工作。青果帮着往艺术系一打听，不巧方明不在学校，德拉的两眼立刻变得茫然不知所措。

林欢忙安慰他:“尽管你今天没见着方明,但也不能让你白来了这趟,走！我们吃东西去。”

德拉听了大叫一声:“对！走,走,走！我们今天要痛快一晚上。”

他们去常去的朝鲜小馆,林欢比平时要得多些,一大份酸菜鱼、朝鲜烤肉、炒时菜、酱卤猪蹄,一大碗榨菜肉丝汤。

林欢给德拉倒满一大杯啤酒,青果端茶,三人碰杯。

林欢喊:“吃,吃,敞开肚地吃,德拉到了这里就不要客气。”说着给他碗里搛烤肉。

德拉搛起来就往嘴里送,就听“哎哟”一声大叫,甩了筷子,两手捂脸,一弯腰,头磕到桌子上。

青果惊得忙问:“怎么啦?德拉,怎么啦?”

德拉左手捂着脸,右手指了下嘴,勾着腰痛苦万状:“牙疼,牙疼。”

青果“扑哧”笑出了声,林欢使眼色制止她,可她还是忍不住“咯咯”直乐。

林欢忍住笑问他:“德拉,德拉,怎么样啊?是左边疼?”

青果嬉笑道:“哎呀,德拉,你可真倒霉！我小时候就牙疼,不知怎么惹着了,就疼死。这可没什么办法,拿温水漱下口,小心别再惹它。”说着跟服务员要了杯开水。

好不容易德拉不痛了,眼看着满桌子的好东西,就是下不了嘴。青果拿汤给他泡了半碗饭,叫他用勺子送到嘴的右边。

小半碗米饭下肚,德拉又来精神了,两眼放光:“哎,瞧这牙疼的,重要的事情都忘了说了,来之前我见着老陆了,他埋怨你们上个星期五没去我们跟北京哲学界那些人的party。”

青果听见他提老陆,心里紧了一下,从那天晚上跑出美术馆,就没再回去,虽然接到陆华几封信,可她都扔一边没兴致回,看看这些日子,觉得快一个世纪那么长了,她一直都回避他们的消息。林欢在北京的时候曾要去看看他,后来也没去成。德拉这会子说的都是陆华:温道明去给他道歉了,就第二天;陆华跟老米肯定对上了,这回真的要被孤立了;陆华跟小锋完全掰了,因为书的事情;陆华一个人在跟出版社的人搞那本合写'85史,谁也不知道怎么回事;陆华好像跟嫂子有点事情,搞得很不愉快。

青果沮丧地听着北京的是非,恨不得他能住嘴,他说得越多,越觉得丧气。林欢知道青果的心思,可德拉根本没停的意思,就给他搛了片鱼放他碗里说:“这个嫩,你放到右边嚼。”

德拉突然被打断,看着碗里白白的鱼片,好像没明白什么意思。林欢笑着问:“你想跑到T市来工作,那你跟卡桑不就分开了?”

德拉顿时没了兴头,声音低下来:“我们也许就该分手了,我没有这个能力给她一个物质上的或者最起码的满足,卡桑是个好女人,是我不行,她的要求没有什么不合理,都是合理的。我们还是好朋友,最好的朋友。她现在有个人,人家小伙儿很好，卡桑跟他比跟我幸福。”

青果看着他，往他碗里又搛了块鱼，宽慰他：“等方明回来我再跟你联系，我陪你去见他，这里离北京近，怎么着就两个小时的车路，就跟你在北京一样，想干什么都一样。”

德拉感激地笑道：“没关系的，我今天来也是来看你们，工作的事情别放在心上，我都无所谓的，能到哪儿就到哪儿。”说完抓了一块猪蹄放进嘴里，还没等青果把话说出来，“嗷！嗷！”他已经捂着脸大叫起来。

爱的悲剧

展览后两个月，陆华觉得周围的事情都变了，首先自己陷入家庭的灾难里，让他痛不欲生；再有就是四周的敌意和冷漠。

展览后，陆华的处境变得尴尬起来，那一拳把什么都变了，他深感江湖险恶，而自己一激动做事太过简单。他知道有些活动和展览他们都不通知他了，老米就更不用说了，他几乎跟他断了联系。圈子里流传着一些对他极其不利的流言，他有所耳闻，都是些无中生有，他不停地跟自己说：陆华，你要明白你要什么？你要做什么？他尽量出现在可能出现的活动里、研讨会里。文章还一篇一篇地写，现在发文章没问题，欠的稿债不少。这些日子跟编丛书的卫东方等人交往甚密，他们是北京文化圈子里所谓的精英，说实在的，他发现他的视野应该更宽一点儿，不要局限在艺术圈里，所以当温道明来道歉时，他已经根本没把他当回事，对一个打手他又能怎么样呢？最近几个星期他又有新的兴趣，想着如何把艺术圈跟文化圈联合起来搞事情。卫东方、唐人之流这几年来，不仅出丛书，写文章，还出电视大片，全力推动一个新的文化价值观念，在社会上已经有效应了，中国的现代艺术只能跟这样的价值取向挂钩才有出路。他花了好些心思搞了个大的研讨会，把唐人等都弄来，又把在北京的新潮艺术家、批评家们都招了来。活动搞了几天，谁都来了，就青果没来，给她去过信，告诉她这件事情，可连她影儿都没见着。那天晚上，在美术馆门口，他在混乱中见到她惊愕的眼睛，就那么惊鸿一瞥，从那以后，就再也没见着她，连一句话、一个字都没有。可事情过了两个月，青果失望的眼神却一直在他的脑海里挥之不去，让他心里不踏实。

被打那天晚上，菁菁抱着他哭了，为他洒下了愤慨、不平的泪水。她一直在他身边，为他跟老米吵，疯了样地跟温道明打，在美术馆后面的那间小办公室里，她大喊：“陆华，我不能再跟你这样了，我现在为你什么都能豁出去，我要跟你在一起，正大光明地在一起，我受不了这样，再也受不了这样了！”陆华感动地一把抱住她，在心里喊：菁菁！我要做什么才能不辜负你的心呢?！他知道除了老婆再也没有一个女人这样爱他了，她真的就一门心思地向着他。

菁菁从来就不是一个没理性的人，她明确知道她爱陆华，从认识到展览前后，她发现自己更爱他。她下决心，要跟丈夫小马谈，马上就得谈，这样虚伪的日子一天也不能过了。她静下来一个人仔细想过，小马跟自己就如同跟胳膊腿那样亲，是亲人。两人在两家互相拜访中一块儿玩儿大，后来两家的父母都被下放去了干校，孩子们中学毕业也被一同下放去山西，下到同一个生产队。在山西的穷山沟里相依为命。几年后，小马从一个初中生长成一个高大英俊的小伙子，菁菁也出落得水灵灵妩媚动人。她从来都不曾怀疑过小马是她的男朋友、将来的丈夫，是她一辈子的亲人。“文革”后，两家人回到北京，她在杂志社做美术编辑，小马在一个高校的图书馆做管理员，在两家父母的祝福下他们结了婚，不到一年就生了他们的儿子。菁菁一直都很幸福，小马是个沉默寡言的人，凡事都依着她，没想到就在那个夏天，在办公室里碰上了陆华，一切都变了。陆华对她献殷勤，他身上不知道什么就让她动了心。其实陆华没小马帅，甚至比他大好几岁，可他就敢去挑逗、勾引她，她就像第一次恋爱，失魂落魄地陷了进去。

展览前菁菁跟小马摊牌，他以为分开冷却一段时间，菁菁能冷静下来再好好考虑考虑，他痛苦地带着儿子回老家过年去了。菁菁明白告诉他爱上了别人，小马知道这个理由才是一个真正无法挽回的理由，他当着她的面掉了眼泪，搞不明白菁菁为什么会爱上别人?他不能想象没有她的生活会是个什么样?他幻想着离开她一个春节，也许在他离开的日子里她会发现他跟儿子才是她爱的，会回心转意。没想到，等他春节回家后，菁菁更坚决了，他彻底死了心，菁菁不要他，不要儿子，不要这个家，已经无可挽回了，两人在家里红着眼，把事情再一次讲得明明白白。

小马问：“你就这样，可他知道你这样吗?他有什么打算?他也要离婚吗?”

菁菁摇了摇头：“我只告诉他我要跟你分，他还没有跟我提一个字。”

小马大叹了一口气：“菁菁，先让我们就这样，看他是否会离，如果他离婚，我再跟你离。”

菁菁哭着摇头：“不，不，小马，这样对你不公平，你明明知道我的心不在你身上，就让我走了吧，如果我倒霉也活该我倒霉，你去找一个真正爱你的人，全心全意爱你的人。”

小马艰难地说：“你不知道我全心全意就只爱你一个人，这一辈子也只爱你一个人?”

菁菁听完搂着他放声大哭。

离婚的痛，不仅伤了他们一家人，还伤了双方的父母，可她凛然决然一头撞了出去，心里唯一的支撑就是她对陆华的狂爱。春节后一个月，她跟小马终于去办了离婚手续。陆华知道菁菁家里发生的一切，他红着眼告诉她一定会给她一个交代。

就在菁菁离婚的第二天，他正式向老婆提出了离婚。他把孩子支开，对着老婆，他的心揪成一坨。小平从展览后就感觉陆华对她更冷淡了，他连着好几个晚上都不回家，当然他都有托词说太忙了，但是她看见菁菁跟丈夫在美术馆的情景，他们完全就像情人，这会儿看着丈夫在面前欲言又止的样子，知道他要摊牌了。

陆华哆哆嗦嗦地又咳嗽了一声，说："平平，你看，我们这几年在北京生活，多亏了你，照顾家里和孩子，我没有担起一个好丈夫、好父亲的责任，只顾忙事业，对你关心不够。我们之间感情也开始发生变化，越来越淡漠，这些都不是你的错，是我的错。但是人的感情变化了就不可挽回，我现在对你已经没感情了，我爱上了别人，你看——你看我们这样的婚姻也就没有什么意义了，我们——我们就分开过吧。"

陆华话音刚落，就听一声绝望、撕裂心肺的长啸从屋顶自上而下，直击头顶，似乎要把他的头一劈两半，他一时毛骨悚然，一身冷汗，愣在那里，不敢相信刚才耳朵里听到的这声怪叫真的发自老婆的喉咙？

小平脸色惨白，应声倒在床上。

陆华忙扑过去，摇她："平平，你怎样啊？你怎样啊？你不要气，不要气，什么事情好商量嘛！"

小平闭着眼，什么都没有说，眼泪就像决堤的洪水，直冲而下。

陆华跪在她面前，颤着声喊："平平，平平，请你理解，我也是没有办法了。"

小平睁开眼，哭着问："华子，你说到底是为了什么？我哪一点儿做得不好了？你要离开我们，拆散这个家，我就去死，反正你不想让我活，我就死给你看！"

陆华一把抱住她，他的眼泪也流了一脸。

离婚的话题没有再谈下去。

第二天他去菁菁的公寓见了她，把实情讲给她听："菁菁，你不知道那一声怪叫有多恐怖，叫得我汗毛都立了起来，那根本就不是她的声音，你想象不到她的喉咙里能发出那样的声音。我要再继续的话，她马上就会去死给我看，菁菁，真是没有办法，我不能逼她去死吧？"陆华说完低下头。

菁菁听完眼泪顺着脸颊就流了下来，哽咽道："我不知道我们会是这样的结局，会是这样的糟糕，会这样的伤人。"

从离了婚，菁菁就搬了出去，在外面租了一个小公寓，她什么都没有带走，净身出户，把房子、财产都留给了丈夫，因为丈夫是独子，所以孩子也判给了他。陆华在这些日子里一直帮她，帮她安顿下来，他们就此基本上过着半同居生活。看着菁菁为他牺牲一切，陆华感动得就要奋不顾身，可又见小平要为他寻死觅活，他又于心不忍。他时时在两个爱他的女人面前检讨，自责，无地自容，有时他真恨不能把自己劈成两半，希望不再有麻烦。

菁菁知道现在不能逼陆华去离婚，他已经去试了，小平那样的反应可以预料到，她知道陆华没有跟她撒谎。说实话她同情小平，因为她是胜利者，陆华爱的是她，她相信陆华最终还是会跟小平离婚，只是个时间问题。她流着泪跟他说："陆华，你不要着急，我相信你会给我一个交代，我这里反正什么都没有了，只有你。"

就在菁菁离婚后两星期，小马一个人出门，恍惚中被一辆汽车撞死在大街上。噩耗传来，所有人都蒙了。菁菁疯了一样地赶到小马家，跪在双方父母前哭得抬不起头来。小马生命的结束才让她真正知道她给两家人带来的是什么样的痛苦和灾难,才知道她作了多大的孽。

小马从离婚后就一直恍恍惚惚,失去菁菁是件他不能接受的事情,他带着孩子回到父母家。一开始独自一人闷在屋子里,暗自伤心,父母再三相劝,终于他开始说话了,可这一说就停不住,一直絮絮叨叨,自言自语。父母怕他出问题,就劝他出去走走,到外面散散心,可这一走,就彻底走了。谁也不知道他是故意“走”到汽车轱辘下还是一个交通事故,反正那位司机说不知道怎么回事,他就已经在车下面了。

小马的死让菁菁心痛得失了风。她恨自己,恨陆华,她恨不得去死。好几个晚上陆华看着她,怕她去寻短见。她哭得已经没了泪水,见着陆华就恨不能扑上去打他。她不停地质问:你为什么要对我做这样的事情?你为什么要害我?为什么要害他?为什么要?

陆华在死亡面前觉得自己无能为力,他除了道歉,认错,真正的后悔,没有任何可补救的。他陪着菁菁哭,照顾她,最后他跟着她去小马家。当他看着菁菁跪在小马父母面前时,也情不自禁跪了下去,向小马的父母磕头谢罪:“伯父,伯母,你们就只有一个儿子,如果你们不嫌弃,就把我当你们的儿子,我愿意为你们养老送终。”

菁菁再也不跟陆华提离婚的事情,她见着他就有说不出来的悔恨。她甚至不想见他,可一天没见到他,又发疯地找他,等见着他,仇恨又咀嚼着她的心肺,就想尽办法折磨他。她不能想象她跟陆华还会有什么前途,只要跟陆华在一起,她就有犯罪感,她恨自己爱上他,恨自己到现在还是爱他。

陆华被这个突如其来的死亡搞蒙了,这样的惨事是他始料不及的,看着菁菁痛彻心扉,在旁边也一点儿点地跟着痛起来,他跪在小马父母面前,表示要做他们的儿子,完全发自内心,他不知道他还能做什么来补偿生命的损失。菁菁的折磨让他精疲力尽,但是他认倒这个霉,心里憋着气,每日都忍着,哄她稳定情绪。他再也不敢跟小平提离婚的事情了,这里已经有条人命了,再加一条不是不可能的。

小平知道出了人命,自始至终没有说一个字,陆华几乎每天都在菁菁那里,她也没话说,她心里可怜陆华,知道人家不知道有多恨他,可他还得硬着头皮去认错,赔罪。她也在心里恨他,恨他爱上了别人,害了别人也害了自己。

陆华就是卷在这惨烈的家庭灾难里,还是策划组织了和理论界联合的大活动。他觉得他快要被发生在他身上的悲剧窒息了,如果再不做事情,每天面对菁菁,面对死亡的伤痛和自责,他会疯掉。

下篇

梦想

决定,逃

四月底,青果完成了论文答辩。

林欢来祝贺,骑车带着青果,在她的耳边吹了口热气,小声说:“我收到录取通知书了,你相信吗?我收到一份美国学校的录取通知书!”

青果尖叫了一声,忘了他们是在大马路上。“真的?!真的?!哪个学校?”青果回头瞪圆了眼睛。

“芝加哥大学艺术系。”

回到家,林欢果真给她拿出一封从国外寄来的信,里面确实有一份录取通知书,还给了全免学费的奖学金。青果放下信不安地问:“欢欢,你想要怎么办呢?”

林欢一面开电视,一面回头答:“我现在没心思出国。”

青果把信收起来,递给他说:“那你把这个收好,起码半年之内还是有效的,如果改了主意,还能用。”

林欢接过去扔在桌子上,眼睛盯着电视。

林欢一翻身起来拉她:“走,让老公带你出去散散心,看在学校里把你憋的,我们去看皮皮,贾红快生了,然后去看窦斗,这些日子都没见着他们。”

青果感激地吻他,确实这几个月论文答辩,加之林欢在北京,大家伙儿都没怎么见面,两人牵着手出门。

在皮皮的小屋子里,贾红挺着大肚子,给青果端过一杯茶,说:“你看这么乱,我的预产期在6月6日,这都乱了套了。”

青果忙笑着宽慰她:“不要担心,你还是要安心休养,等着宝宝出来。”

皮皮递给林欢一支烟说:“你看,现在这么乱,我怕我就这么走了,让红红一个人弄那么小个孩子——”青果这才知道前些日子他幸运地从大使馆拿到学生签证了。

贾红还没等他说完就喊:“走你的,走你的!你看这儿还有什么可待的?你看你儿子一眼就给我走人!”

青果摇头:“皮皮,我看你还是能多待就多待一天,贾红她生个孩子多不易,我要是贾红我才不会让你走。”

皮皮委屈道:“我也这么想的啊。”

贾红笑着摸了下皮皮的头说:“不要担心,我不是一个人,有父母和朋友,没问题。你的学业前途比什么都重要,我跟孩子以后还要去投靠你呢!”

青果听她说着,心里悲哀,这是招谁惹谁了?皮皮要在这时候走,离开刚生的孩子和老婆。

林欢和皮皮两人埋头抽烟,电视里播着新闻,屋里四个人都不说话。

回家后,两人疲惫地躺在床上。青果突然一跃跳了起来,喊:“欢欢,你的入学通知书呢?快找出来,快找出来!我们星期一就去签证!”

林欢一时看着青果没说话，就像没有听懂她说的是什么。

“欢欢，快找啊，把通知书找来！”青果已经急得眼都瞪大了。

林欢双手勒着青果的双臂摇了两摇：“青青，我不想跟你分开，我一走，你怎么办？你一个人在这里，不行，不要想了。”林欢直摇头。

“不！你一定要走！你出去了我就玩命考试，我们总能在美国团聚的，我有信心。”说完，青果的眼睛红了，她打定了主意。

“宝宝！”林欢叫了一声。在她脖子后面说：“出去我不反对，但是不能我一个人先走，你赶快联系，咱们一起走。”

青果一翻身喊：“不！不行！已经过了今年的申请时间了，你的入学通知就只有半年有效期，我怕人家收回去，我们就没门儿了。你千万不能浪费了这个机会，你就别婆婆妈妈的了，我们等不起，知道吗？”她一把抓住了林欢的手腕，手直颤。

林欢握住她的手，想让她平静下来，看着她一双泪眼，心里跟针扎一样。

就在那个晚上，他答应她星期一就去北京使馆签证。

林欢一个人去了北京签证，坐了凌晨的火车。出了北京火车站，他直接上了去东长安街的公共汽车。

他以为他去得还不算晚，没想到美国大使馆门口已经人山人海，等候签证的队伍已经排出去了几条街！大家都跑到这里来了，来领取一个许可证。看看这么多人，看看他们热切渴望的眼睛！林欢不禁悲从中来，我林欢如今也落到了这步田地。他觉得青果颤抖的双手就抓在他的胳膊上，她的泪眼就在他的面前，他摇了下头，眯着眼站在美国领事馆的门口，望了望看不到头的队伍，知道今天无论如何也排不进去了。

他跟排在前面的人们打听，原来人家晚上根本就没有回家去，在这里排了一个通宵。他估算了一下，如果他早晨4:00来，有可能进得去。因为使馆每天只上午办理手续，一天最多能办理签证几百人次，只要能排进这前几百人就有希望。可这几百人里的百分之九十五以上都拿不到签证，人们现在根本就不在乎这希望有多渺茫，哪怕是千分之一、万分之一也在所不惜。

在北京晃了一天，林欢不想见任何熟人，他就在使馆附近找旅馆，准备过一夜，这才发现使馆附近围绕签证什么样的生意都出来了。他找到的这个旅馆就是一个大楼下面的地下室改的，一个床位十块钱。全国各地来签证的人，远的有新疆的、内蒙的、东北的，他们拖家带口，办不顺利有办一年半载的，于是就有这样的小旅馆。旁边也有了为他们服务的各种新生意：有照相的，签证表格上要贴照片，很多人没有合格的或者根本就没有照片，有人就开了这样的生意，让人马上能取；有小门脸里给复印文件的；再有就是卖吃的，卖基本生活用品的，暖瓶啊，盆子啊，毛巾肥皂啊，手电筒啊，电池等等。林欢见了心里叹我们中国人是招谁惹谁了？让我们受这些个苦？出个国容易吗？

林欢胡乱睡到凌晨，3:30他就起身，直奔大使馆。他大步往使馆走，街道上没有人。看看天，黑漆漆的，跟自己念叨：我这是玩命了，今天一定要签下来，要不然怎么对得起我自己？也对不起青青，他想着加快了步伐。突然又一转念要是我今天真的签了下来，怎么办呢？那我真的要走？把她一个人扔下？记得汉生离开时，她就伤心了好几天，想到这里他放慢了脚步，突然意识到也许真的就要跟她分开了，不禁心中大恸，停在马路上。

林欢在大街上磨磨蹭蹭，到了使馆门前，队伍已经过了一个街口，他排到了长龙的尾巴上，心里矛盾不安。在队伍里他跟自己说要是进不去，就说明老天不让我走，我就再也不出去了，没想他还是排进了大使馆，是倒数第三名。不过他一上午都看见出来的人说没有签上，心里又松了一下，反正这样回去跟青果也好有个交代。林欢进了签证大厅，里面有几排椅子，前面一溜窗口，喊到谁谁上去。

林欢手里拿着一堆材料，坐在最后一排椅子上，喇叭里叫他的号了，林欢提着包奔过去。林欢朝窗口里看了一眼，签证官是一个黄头发的年轻女人。林欢把包里的所有材料一股脑儿都从窗口上递了进去，乱七八糟一大沓，有表格、录取通知书、自己作品的照片、参加大展的照片、小树林活动的照片、毕业展览的照片、印有自己的作品《艺术》等等。

窗口里的女人很不耐烦地把所有材料都推出来。林欢一看生气了，心想我这么多东西你看都不看一眼就给我枪毙了？老子一晚上睡在那个地方，排了一天队，凭什么？他伸手一推又把所有的材料推了回去，喊：“你看一下，我是去上学！”他的声音洪亮，震得满屋子都颤，他气愤地想你以为人都稀罕你们那里啊！

窗口里面的人愣了一下，才把材料一样样都打开看，接着，她朝林欢笑了一下说：“你参加了那个现代艺术展览吗？”

“对啊，就是这张作品。”林欢指了一下。

“你看你经济上没有保证。”

“没问题，我可以假期打工把生活费都挣出来，我什么都能做。”

那个女的又笑了一下，给他在一张黄纸上写了几个字，林欢的心一下跳到嗓子眼儿，他一早上一共就看见几个人拿了这黄纸出来，凭这黄纸，下午能取盖有签证章的护照。

当天傍晚，林欢在宿舍门口堵住了青果和Jenny，把消息告诉了她们，引得两个人一阵尖叫。

Jenny喊：“怎么搞的？林欢你怎么跑到我前面去了？”

青果笑道：“他收到录取通知书后一直都没有跟人说。”

“你现在舍得了？林欢走了你能行吗？”Jenny斜眼瞟她。

“有什么不行的？”青果笑着扬了下头。

“走！走！我们今天去朝鲜小馆，我请客，我请客！”林欢开心地喊。

在餐馆里，林欢给她们讲签证的所有经过，俩女生啧啧称奇，因为从来听说跟签证官吵只有死路一条的，而林欢昨大的声音几乎能把人家的房顶掀开。

吃过饭,林欢站在宿舍门口跟青果告别:“今天晚上真的想让你回去,我心里乱得慌。”

青果摸了下他的脸:“欢欢,我真的很高兴,你也要高兴,谁有你这样的运气啊?你看 Jenny 别说出国,连学校门都出不去呢!我俩将来就有希望了,我真的很高兴!”说着说着,她的眼泪不争气地流了下来。

林欢低头说:“青青,你让我怎么做呢?你要我怎样做?”

青果猛地推开他喊:“我就要你走,你走,你走,你现在就走!”她哭着转身上楼,把林欢一个人留在那里。

两个星期过去,青果在林欢面前都表现很好,她跟 Jenny 没事就跑到外面去给林欢采买东西,Jenny 过去两大页的单子全都派上了用场。

贾红不负众望生了个大胖小子,大伙儿一起给皮皮贾红道贺,恭喜他们喜得贵子,在他们家大吃了一顿。皮皮做了一桌子菜,还请了贾红的几个发小。

皮皮给孩子起的大名皮学运。小家伙长了对黑圆眼睛,机灵地到处看。青果见了就喜欢,喊:“贾红,你看你们学运,多机灵,一看将来就是个情种,勾女孩一勾一个准。”

贾红笑着说:“青果,没想到林欢也马上就要走了,这么快。好,剩下我们来做伴儿。”

林欢马上笑道:“对啊,你俩多走动,青果还能帮你一些,将来你们可一起去领事馆签证什么的。”

窦斗笑着摸摸头说:“看来我也得走了,这些哥们儿没一个仗义的,都跑了,把老婆孩子,再加上老哥们都撇下不管,太不够意思了!”

林欢立刻说:“我跟皮皮,还有汉生,我们哥儿几个先给你打前站去了,等你来的时候,说纽约,说芝加哥,说费城,得,哥儿几个那里接着,你不就不慌了嘛!”

窦斗听了大笑:“有你这句话我踏实了,踏实了。”

青果听了心里别扭,她不喜欢听任何关于出国的事情,每次都强颜欢笑,她瞥了眼窦斗说:“你也不用羡慕他们都出国了,出去有出去的好,不出去的好处恐怕你现在还体会不到呢!”王维听了在旁边偷笑。

贾红说:“欢欢,你定在什么时候走?九月份开学,皮皮想七月就走,他得在开学前先打工,你俩一起走最好。”

林欢忙看青果,说:“我们还没有定呢,起码得等青青毕业,然后要结婚,至少也得七月底了。”又朝着皮皮说:“哥们儿,我不敢耽误你挣钱,你要先走就走吧,夏天不都在纽约吗?汉生也在,到时候我去找你们就是了。”

青果在林欢的背后正看小孩子,听见他的话,不禁愣了,难以置信那些话真的从他嘴里说出来,那么具体,什么“纽约”、“去找你”说得多轻松啊,天,他就要走了!心里不禁搅了一下,她忙低头看床上的小学运,伸手勾他的小手指。

窦斗在旁边把一切都看在眼里,走到她身边问:“你俩怎么商量的?”

青果慌乱抬眼，见他灼灼目光正看着自己，低了头含混说："还不知道，我们都不提这些事情。"

从签证下来，他们都不敢提走的事情，怕提具体的日子，因为知道了就会觉得很快了。林欢几次提，都被青果打断，什么毕业、结婚、最后分开的日期，任何一样她都不想听。林欢在单位里悄悄把什么手续都陆陆续续办好了，不用上班。他不跟人联系，天天就守着她。青果回学校，他就回家，干脆就睡在父母家里，他怕自己一个人睡在他们的大床上，他想她，想得发慌。贾红和孩子都回家两三个星期了，他们这才第一次去看他们。

学校里人走空了，领导想出个好办法，免去大家的痛苦，提前放暑假，除了毕业班，都放了，老师不用上班，学生也不用上课。

青果他们走不了。Jenny 的工作单位定下来了，深圳大学社会学系。就在七月初的一个下午，天气干热，就跟下火一样，青果他们一届正式毕业。全班同学都坐在教室里等最后颁发学位证和毕业证，没有任何典礼仪式。

系办公室主任进教室叫出青果和李心。

青果心里一抽。等走进办公室，她松了口气，屋里没有别人。办公室主任让他们坐下，神情严肃地说："现在系里正式通知你俩，因为各种原因，你们的论文虽然通过了系里的答辩，但没有通过国家教委政治审批。你俩论文的内容都有违反党的四项基本原则，有严重的精神污染。所以你们两位同学允准毕业，但不授予硕士学位。"

青果听到这里不仅没生气，反而乐了，心想居然自己还能碰上这样的事情？我那样的文章都会被砍下来？那文章有这么大的学术价值吗？她心里不免有点骄傲，看来我的东西还不是言之无物啊！

李心很冷静，点了一支烟问："那我想继续拿这个学位怎么办呢？"

"你只需要改动一些相关的内容就可以了。"

"哦，那我可以另外重写一份吗？"李心吐了口烟。

"当然，当然，再次说明一下，不是学校或系里跟你们为难，是上面。"

"理解，理解。"李心点了下头。

全班同学里就他俩没有拿到学位证书，只拿了毕业证书。

林欢知道后安慰她，她却心不在焉，又说不稀罕。有好几次，林欢跟她提结婚，她却要林欢想好了，要去美国变了心就不好办了，到时候再离就不方便了。林欢知道什么事情都谈不成，青果一直就这样躲避着，她不想要结果，恨不得永远都毕不了业，就这样在学校里晃荡，弄得林欢心急火燎，但又什么都不能跟她提。

皮皮走了，去纽约找汉生去了。走的头天下午，几个人都去了他们家跟他道别。贾红搂着孩子一个劲儿哭。皮皮一会儿抱抱孩子，一会儿抱抱贾红，再又转身抱一下林欢，心烦意乱。

那天晚上哥儿几个都喝了很多酒。林欢把青果送回了宿舍，又回头去了皮皮家，就在他家里胡乱过了一夜，因为第二天要赶很早的车去北京机场。晚上从北京回来后见着青果就阴着脸说以后要多去看贾红，她带着个小孩子过日子太难了。

青果黯然点头。他们连着几天都去看贾红，她的悲伤就跟传染病一样传到了青果的身上，她恹恹地，不思茶饭，一天天消瘦下来。

青果再想躲也没有用，到七月份的第二个星期，分到外地的同学都走得差不多了。偌大个校园，顿时萧条起来，到处鸦雀无声，几处食堂都关了，就剩下宿舍后面的研究生小食堂还开着。天气就跟盖着一个大热盖子，闷热得无处藏身。林欢每天都跑到宿舍来帮青果收拾行李，帮 Jenny 打包。青果心里烦躁又落寞，一天见不到林欢都心慌。班里的散伙饭也吃了，散伙舞会也跳了，大家都格外伤感，每个人垂头丧气。Jenny 和青果更各怀心事，比大家又多一些哀愁。班里好些男生都走得匆忙，很多人离开都没有来得及打招呼。青果心里不免又难过，见了李心就说："小周都走了，我知道他去了上海，我连'再见'都没有来得及跟他说，你说也许我这一辈子就再见不到他了?"

"哪能呢?你的人生才刚开始，你还有的活了，我们这些同学都会再见的，你想到哪里去了?"李心嘲笑她。

从此，学校就成了一个伤心之地，所有的人都在逃，青果绝望地发现只有她一个人逃不了，她必须得留在那里遍历那痛彻入骨的分离。她一个人一个人地去送，送不到车站至少送到宿舍门口。身边的人一各个不断地离开，一个班没有了，大家几年在一起，在教室里，在食堂里，在舞会上，在公园里，在学校的小礼堂里，甚至在 T 市的大街上……大家在一起干了多少事情?那些聚在一起快乐的日子没了，消失了。难道真的像昆德拉说的它们就轻如薄烟，消失得无影无踪，再也回不来了? Jenny 也要在那两日里走，青果觉得她就被那些薄烟压得、伤得抬不起头来。

傍晚林欢来看她，见她眼里除了哀伤还是哀伤，就说："青青，你在学校里待着太伤感了，眼见着大家离开，对你情绪不好，跟我回家去。"

"不，我要在这里陪 Jenny，她明天就要走了。"说完她眼圈红了，"欢欢，你看黛玉就说过与其散的时候没趣，还不如不聚，现在一下都散了，真的灰飞烟灭。"青果停了下来，眼睛看着湖边的柳树。

林欢发愁地看着她，没说话。

第二天，林欢和李心都来送 Jenny，因为班里的人已经都走完了。三个人一直把 Jenny 送到火车站，Jenny 铁青着脸，一路都没有说话。

到了检票口，Jenny 转身抱住了青果，在她耳边说："青青，我俩都要坚强，你要玩命考，听见了吗?我会常跟你联系，会想办法给你打电话，宝贝，I love you, love you！"说完热泪盈眶，两人抱头痛哭。

Jenny 进检票口了，青果挥着手喊："再见！再见！"她心里知道这一别也许真的以后很难再见了，眼泪顺着脸颊就流下来，她觉得痛，浑身的痛，身上的痛是那么的具体，就跟断了胳膊腿，痛得她难以忍受。见林欢和李心都笑着要宽慰她，她忙朝他俩摆摆手,边抹泪边自嘲地笑了一下说:“我最近可能太伤感了,你们别见笑。”

李心笑着说:“知道你俩好,Jenny她没问题,到哪都能冲会打,她没问题,你就放心了。”

林欢抓过她的手握着,心里变得沉重起来,这些日子她真伤着了,幸好我在这里,过两天我走了她怎么受得了?

新婚,生离

送走了Jenny,林欢和青果回了家。青果一开门就闻到茉莉花香,见桌上大玻璃瓶里养着一大把茉莉花,青果高兴地大叫一声:“欢欢!你哪里搞的?哎哟!喜欢死了,你闻闻,香得要命!”

林欢把她从桌边抓了过去搂在怀里说:“我知道你喜欢,想你今天要回家就去找的,你喜欢香花儿,就让我找到了。”又咬着她耳朵问:“宝宝,开心吗?嗯?开心?”

“开心,开心!”青果搂着他的脖子眼睛红了:“欢欢,我不敢想没有你会怎样?”

“要坚强,‘顶住!凤凰山的敌人一定要顶住!’我们很快就能见面,你要有信心!嗯?”林欢抓着她的双臂使劲儿地摇了两下。

青果含着泪还笑着使劲儿点头,口不能言。

林欢揽住她温柔地吻去她眼里的泪水:“走,我们出去吃饭,今天你毕业,该庆祝庆祝!”

他们去了四水。青果靠在林欢的身边,没有什么食欲,恹恹地说:“欢欢,这些日子我都没什么食欲了,天又热,更吃不下,你少要点儿,我就要碗凉粉。”

“宝宝,你老这样怎么行?心情不好还得吃东西,餐馆的饭不想吃,那咱们回家做来吃?你看你这些日子瘦了多少?”

“欢欢,是我们的命不好吗?是我的命不好吗?其他的我都能放得下,就是,就是……”青果看着林欢眼睛又红了。

林欢在桌子下捏住青果的手:“青青,你要坚强,像贾红一样坚强,你看贾红还有一个那么小的孩子呢!”

“欢欢,我是一个很没有用的人,我一直就很没用。人都说没有受不了的苦,只有享不了的福。有些事情人就只好受着,不受也得受,你说我有什么选择?”

“我不走了!”林欢皱着眉喊了一声。

“不!欢欢,我们现在只能选择这条路,不是你,看看我们周围的人,但凡有点法子的都选择了这条路,汉生、Jenny、皮皮,贾红、窦斗也会的,还有我们一楼一楼的人,这就是我们这代人的命。”

“可也有人不选择这个,李心就不想走。”

“他是一个有执着想法的人,他的理想就是要改变这里,为这个他可以忍受很多事情,可我们能行吗?我们受得了吗?”

“我们——”林欢欲言又止。

“我们只能认命。只是这一下要跟你分开就跟拿刀子割我这儿。”青果说着摁了下心脏，眼睛又红了，她摇头笑了笑，“不过死不了人，我能受得住。”

林欢再一次紧紧地握住了她的手，一顿饭两个人都没吃下去多少。

从餐馆出来，林欢说：“我们该去照张结婚像，青青你还没有正式嫁给我呢。”

青果的脸上露出了笑容：“嫁给你，嫁给你，欢欢，让你着急了？我们今天就去照。”

“走！”

跨出照相馆的门，青果小声跟林欢说：“你觉得怪吗，这是我俩第一张正式的照片，照相馆的照片，就在这么一间破烂的地方照的。”

“这才开始，我们这一辈子会有很多，就跟家家户户里都有的那些照片一样，我们会不停地进照相馆，我们下次去美国的照相馆！

晚上，林欢闷头在家里东翻一下西翻一下，青果好奇地问：“找什么？”

“日历。”林欢抬头望着青果说，“青青，我要选个好日子去登记，这可关系到我们一辈子的幸福。”

青果笑着伸手摸了摸他的脸，觉得喉管里泛起一丝儿苦涩。

三天后，18号，就是他们取到照片的那一天，林欢和青果走进了他们家附近的街道办事处。青果难以想象这一排简陋的红砖小平房将是她一生里最重要的地方，在她的心里只有出生的医院可以与之相比，就这样一个像抗震简易房的小平房？跨上肮脏的街边人行道，青果看见漆成朱红色的房门用的是稍厚一点儿的三合板。天啊，我的一生就要在这里头决定了！她不由得抓住了林欢的手。

林欢回头笑着看了眼她，一伸手推开了房门。

一间不大的办公室，靠左右两面墙一边两张棕色简易办公桌，背靠背横放着几把椅子。墙角放了两个墨绿色一人来高文件箱，另外一头放了个文件柜子。门边有个报纸架子，上面挂了好些报纸。墙上挂了几面锦旗，青果没认真看上面写些什么。

屋子里没有一个人，靠左手办公桌旁一架落地老电扇还嗡嗡地转着。

林欢喊了一嗓子：“有人吗？”又马上跑到门外喊：“有人办公吗？”他回头对跟着出来的青果说：“你在这儿站着，我去找人。”

他跑了去隔壁敲了好几家门，终于敲出一个老大娘来。她笑眯眯地看着林欢问：“小伙子，来登记的？你来得不是时候啊，你看现在几点？才1:00啊，人都去午睡了，下午2:00才上班呢！”

林欢不好意思地笑了：“哎哟，我都给忘了。大妈，您能给办吗？您看大热天我们都走来了，您要是给办了就省我们再跑一趟，就谢谢您了。”说着就给鞠了一躬。

大娘看了眼跟前的小伙子，浓眉长眼，留着小平头，穿一件黑色T恤，正眼巴巴地看着自己；几步远，一个苗条姑娘，细白皮肤，齐肩长发，袅袅婷婷站在那里，一双黑亮的水灵灵眼睛正笑盈盈地看着她。老太太心里一下就喜欢了：哎，这对人还真般配。她笑着朝林欢点头:“好,小伙子,我看你跟你的女朋友都好,我喜欢,来,来,来,到这屋子里来。”说着就朝青果走过去,开了刚才那间房门。

林欢和青果在她后面直谢她。

大娘让俩年轻人坐下,从抽屉里拿出表格来,让林欢和青果填。林欢把准备好的户口本、单位里的介绍信和青果的盖了系里公章的介绍信以及两人的未婚证明等文件都放在桌上,说:“我们的文件都在这里。您看行吗?”

大娘看了看说:“怎么没有婚检证明?”

“我们不知道要这个。”林欢小声嘟囔一声,又看着大娘恳求道:“大妈,我们真的不知道要这个,您就行行好,我们都没有病,就相信我们。”

大娘笑了问:“你们是自由恋爱吗?”

“是!”林欢抢答。

“多久了?”

“一年零两个月。”

“你们自愿结为合法夫妻吗?”

“是!”林欢的声音震得一屋子响,青果一直抿嘴微笑没有出声。

“好!我现在就宣布你俩为合法夫妻。我这就给你们登记上。你们的照片呢?”

林欢笑着在桌子上找出来,大娘起身走到另一头打开柜子,从里面拿出两个红绸面夹子出来。

大娘把夹子打开,抽出里面的瓤来,其实就一张浅粉红色对折硬纸。大娘在左页上贴了两人的照片,又拉开抽屉拿出两个公章来,一个是T市北区人民政府结婚登记专用章,她在红泥盒子里杵了半天,在日期上盖了一个圆圆的红章,一式两份。大娘又拿起一个铁夹子,打开在照片上一夹,一个钢印打上了。她等两个证书都干了才把它们装好,交给林欢,说:“恭喜你们,祝你俩互爱互助,白头偕老。请交二十块钱。”

林欢忙掏出两张十块的给了大娘。青果和林欢一起鞠躬说:“谢谢!谢谢!”

大娘收下来,又在一个小发票本子上写了,撕下来交给林欢说:“我希望我一辈子也别看见你们再来这里。”

青果问:“你是说如果我们离婚还必须到这里来离?”

大娘指了一下结婚证上的号码,说:“你看你们的号码都在这里,记录在案了。”

“哦。”青果点了下头,心里有点奇怪,就没有再问了。

进了家门,林欢笑出了声,一把就把青果抱了起来,喊了一声:“抱新娘子了!”

青果搂着他的脖子也笑了起来。林欢把她扔到床上,喊:“说吧,怎么惩罚你?今天结婚你却跟人说离婚,乌鸦嘴,嗯?怎么惩罚?!”

青果笑着推开他,坐了起来:“欢欢,今天饶了我了,看在我们刚结婚的分上,我让你罚一辈子还不行吗?罚我一辈子在你身边为你劳心劳肺,为你做饭,洗衣,侍候你,这总行了吧?”

林欢听了喜笑颜开，更紧地搂住她："宝宝，我们今天是真的夫妻了，真的，真正的夫妻了！哎——我们结婚了！"

他喜滋滋地望着青果水灵灵黑亮双眸，内心的欢喜如潮水涌出来，他觉得他要被这欢喜融化了，一仰身倒在床上大叫一声："青果！"双手捂了眼。

青果侧身坐在他身边，低头看他，伸手抚摸他的头，手指伸进了他的头发，轻柔地在里面穿行。她每动一下，都让林欢心里一股热浪往外涌，她的温柔爱意都在她的手心里、手指尖上，就这样传给了他，让他的头皮阵阵发麻。

青果温柔凝视他，俯身轻轻地吻他的眼睛，小声地说："你怎么就是个傻子呢?！欢欢，我们今天结婚了，高兴都来不及，快起来，我们去告诉你父母，再就要告诉我父母。"

林欢一听跃了起来，喊："走，我们现在就走！"他站了起来，把青果也拉起来，说："来，新娘子，咱们去见公婆去！"

林欢把俩红绸结婚证放进书包里，拉了青果就出了门。

他们回了林欢父母的家，把喜讯告诉了家里所有的人。林欢的父母立刻安排后天家里要摆婚宴。又忙着通知了姐姐家。家里一时欢天喜地。

林欢带着青果专门去邮局打电话通知她父母。青果在电话里哭了，她遗憾欢欢跟她不能回去见他们。青果的父母失望之余还是很高兴，爸爸大声在电话里喊要给他们寄东西，妈妈拿了听筒就嘱咐她这样，那样。放下电话，青果坐在邮电局的椅子上不住地掉泪。

最后一天还是到了。

林欢带着青果回了趟学校，帮她搬了家，把蚊帐和被褥都为她弄好了，告诉她东西放在了什么地方。青果一直都默默地，有一点儿痴呆，安静地跟着他。

从林欢父母家吃过晚饭，青果一直就没有再说话。

回到家，青果仰身躺在床上，看着天花板，眼泪狂涌，林欢坐在她身边，握住她的手。

早上5:00，闹铃响了，两人其实刚睡着一会儿。

林欢姐姐弄来的军车来接了。青果紧张地抓住林欢的胳膊，林欢翻手紧紧地握住她的手。

一进机场青果就晕了。拥挤的人流，大包小箱，人声嘈杂，检票，过行李，查护照、出境卡……青果泪眼模糊，一团糊涂，她唯一知道的是林欢还紧紧地握着她的手，就见林欢转过身来紧紧地抱住了自己。

欢欢！欢欢！青果泪如泉涌，口不能言，知道这就是最后的时刻了。林欢久久地抱着她，红着眼对一起来的姐姐说："姐，我把青青交给你，你好好照顾她。"又低头在青果的耳边说："宝宝，我走了。"狠命在她脸上吻了一下，松了手，转身走进排着长队的入口。

"欢欢！"青果哑着嗓子叫了一声，蹲在了地上。

林欢回头看了眼，给姐姐招招手，转身消失在门里面。

"青果！"姐姐叫了她一声。

她没有回答，转身疯了般地跑到楼梯口，上了自动电梯，冲进二楼的休息室。二楼的休息室用玻璃板挡着，看得到楼下大厅里的情况。青果围着玻璃挡板几乎跑了一圈，她看见林欢了！他穿着黑T恤衫、军绿带大兜儿裤子，正往传送带上搁箱子。

欢欢，欢欢！青果心里大叫一声，人扑到了玻璃板上。拍着玻璃板大叫："欢欢！欢欢！"哭得喘不上气来。

显然林欢在下面根本听不见，他自如地搬着箱子，来回走动着。青果望着他，心如刀绞，口里的叫声越来越小。她顿时觉得周围的一切都鸦雀无声，都失了声，林欢在下面走动，恍若隔世，就像在另外一个世界里，她看得到却够不着，他们再也不能交流，像看电影默片那样。林欢进了一个不真实的世界，那道门，就把他们分开了，把他们分在了两个世界里了。

青果的心痛得哆嗦，她把脸贴在玻璃上，望着他，看他每一个细小的动作，一点儿儿都不愿错过，直到他又进了一道门，估计要登机了，她再也看不见了。

青果在心里大叫：欢欢！欢欢！贴着玻璃滑坐在地上，哭得抬不起头来。

林欢进了候机厅，刚才青果蹲在地上他看见了。他的第一个反应就是想跑过去把她抱起来。可手里拿着东西，后面的人又推着，只好放弃了。他心里流着血，知道还是不回去的好，回去也解决不了问题。他咬着牙，想着他将要面临一个新的世界，他将会大干一番，心里便充满了希望。他不知道青果这时正在上面看着他，经受着生死般的分离。

4:50，中国民航的大飞机从首都机场的上空呼啸而过，青果仰头看着它在碧蓝的天空里变成了一个小点，终于死了心。跟着姐姐进了车，回T市几个小时的路程，再也没有说一句话。

回到T市，她拒绝了林欢父母的邀请，一个人回了家。

坐在床沿，放眼一看，都是他的痕迹。都过了夜里12:00了，她流着泪恍惚地骑在无人的大街上，沿着河边往学校骑，凉爽的河风让她清醒一点儿儿。她下了车，把车靠在河边的栏杆上，默默地望着河面静静的流水：它们都要流到什么地方去？它们要流到大海去，最后要进太平洋，到了太平洋就可以到美国了，欢欢就在那里，这些水倒可以过去啊！可是我却不行，不行，就是跳进这水里也不行！我怎么着也变不成水，过不去啊！她摇下头，呆望着河水，跳下去会怎么样？一了百了，不这样难受了，想到这里她愣了，脑子里一片空白。

一阵河风吹来，吹在脸上，吹得满脸的泪水凉冰冰的，她突然清醒起来，摇了一下头，刚才的想法把她吓了一跳，青果！再痛你也不能去死，你不能因为受不了就跳下去，欢欢知道了也活不成了，你要活着，得活着！

青果在宿舍里整整躺了两天，不吃不喝，直到晚上大娘在宿舍门口叫她的名字。她没命地跑了出去，林欢的越洋电话使她如一个病重的人看到了一线生机。

两天以来，青果躺在床上经历了她一生从来没有经历过的事情：她一直在哭，长时间，不能控制地哭。她没有出声，只是流泪，应该说哑哭。她的枕巾哭湿了，耳朵里进水了，眼睛肿了。她上气不接下气地抽泣着，抽得她的胸膛生疼。可是她眼里还是有泪水，任何时候她只要想起林欢眼泪就涌出来，她直哭得脑子里一片空白，失去了知觉，等什么时候醒来再接着哭。"吧，吧，吧"她能听见自己的泪水掉到碗里，掉在桌上，掉在纸上，真响啊，她吃惊自己的眼里怎么有这么多的水，还这么重。其实她明白就是哭死了也见不到他，见不到！

同屋的女孩陈军没想到这位新来的一进来就是这个样子。

第二天上午，青果一个人去了校门口的一个小理发店，把头发全剪了，剪成了一个男孩头。陈军见了大吃一惊地喊："青果你那么好的头发都剪了，多可惜啊！"

青果微微地眯了下眼，苦笑了一下，没有说什么，心里却说这样好，这样心里轻快一点儿。

青果起床了，她的话很少，一天都在整理林欢给她留下的托福书，好几大本。

陈军见了问："青果你要考吗？"

青果咬着牙说："要考，必须考，直到考出去。"

陈军笑道："好，我们一起复习。"

"你也要考？"

"不考干什么呢？我最好走了算了，无牵无挂的，不要像你似的，有了人就要受罪了。"

青果听了抿嘴笑一下。她发现陈军是个很聪明的女孩，不仅聪明还独立爽快。

现在摆在青果面前有两条路，在林欢走之前他俩商量过，一条就是考出去，再一条以探亲的方式出去，不过这两种方式都得用起码一年的时间。青果愣愣地看着桌上一厚沓复习资料，心里却急得似乎一刻都不能在那黑屋里待着，恨不得马上就离了那里，追他而去。她此刻觉得就跟被人用斧子劈成了两半，血淋淋的，鲜血直流，痛得她心神不定，烦躁不安。她不能一个人凝神，稍稍一静下来，林欢就占据了她的脑子身子，她就又痛又慌。她站了起来，跟陈军说："我得出去一下。"推门出去了。

她蹬上自行车，一口气就出了校门，直接骑到皮皮家，因为她知道皮皮跟林欢在一起，贾红那里任何皮皮的消息都会牵扯到林欢，哪怕蛛丝马迹一点点都行。没想到他们家锁着门，她只好接着再往前走，也就五分钟的路，进了窦斗家的公寓。

在窦斗家，青果得知，波士顿一个学校的画廊邀请窦斗去展览和讲学，他很快就要去签证，弄得好年底就能成行。而她的出国梦仍然那么遥不可及，青果再次坠入到失望的深渊之中。

纽　约

林欢坐在民航飞机经济舱狭小的座位上，脑子里什么都没有，只有青果在人群里蹲在地上痛哭的样子,而且她一遍又一遍地在他脑子里蹲下去,耳朵里响着撕心裂肺的哭声,其实这哭声不是青果发出来的,因为当时他根本就听不见,他疑惑那哭声就在他心里,是他自己在哭。他把前面椅背上的小桌板放下来,双臂支在上面抱住了头,再有十几个小时就到纽约了,一个新的生活、新的世界在那里等着,嗯,我要大干一番了,青青!不会太久,不会太久的!

飞机盘旋在纽约上空,就看见巨大的肯尼迪机场在下面,真真是灯的海洋,林欢一辈子也没有见过这么多的灯,一点儿一点儿地,和这个巨大的、闪着金黄色光芒的城市靠近,他的心忍不住"咚,咚"跳了起来。

当他拖着两个巨大的箱子,疲惫不堪地从肯尼迪机场出来,已是万家灯火。他在行李带边上才发现,从北京飞来的这一飞机的中国人,都带着巨大的箱子,尤其他的两个,他一眼就认出来了。林欢吃力地把箱子从传送带上拖下来,放到行李车上,推了往外走。

机场里所有的英文标志和来往的旅客让他立刻明白他已经身处异地。机场大得让他分不清方向,好在同机的好些人走在一处。林欢学的英文派上了用场,居然是他认着标志,指挥一群浑身冒着酸汗味儿的中国人走出了迷宫样的肯尼迪机场。

林欢发现肯尼迪机场没有任何花里胡哨的东西,一切都简洁明了,有效又实用。没有北京机场的壁画和彩灯,整个机场一色的不锈钢和灰、黑两色,连地上的地毯、地砖、大理石、候车室的椅子都是灰、黑色的。看得出来所有的椅子、柜台,通道边卖食品、杂志的小铺子,都被千人用,万人使过、摸过,平实又好用,没有什么时髦的。不过,他放眼一望就知道,整个机场就是一个巨大的现代设计作品,每个细节都是,他想这就是纽约了,无需什么 Fancy 的来吸引你,好处在每一个地方,它用不着跳出来大声叫嚣,它的丰富和前卫就足以让人服气。

步出电扶梯,老远就看见皮皮和汉生欢呼的笑脸。皮皮穿着一件蓝色的 T 恤,一条牛仔裤,黑瘦了不少;汉生穿着白色 Polo T 恤,一条洗白的牛仔裤,依然神采奕奕,俩黑眼放光。两人冲过去对他又拍又打,大叫:"欢欢!你小子可来啦!"

"欢欢!哥们儿!"

林欢张开双臂跟他们拥抱,开心地张大了嘴喊:"皮皮!汉生!哥们儿,我来啦!'我胡汉三回来啦!'"

"你小子!受苦来啦!"皮皮用手捅了他一下。

"不!冒险来啦!"汉生拍了下他的头。林欢一把抓过汉生的手,使劲儿摇了两下:"汉生!好久不见,看看,你更精神了!看来你混得不错啊!"又转身抱了下皮皮的肩:"哦!皮皮,你怎么瘦了?才一个月,又黑又瘦,看来纽约是个好地方,大公子皮皮也脱胎换骨了!"

"你小子!"皮皮朝他肩上捶了一下,林欢发现他的眼眶已经湿润了。

三个人出了机场,上了一辆黄色出租车。汉生流畅地跟司机,一个印度人说着英文,林欢发现他一句都没有听懂。

出租车在灯河里穿行,林欢和皮皮坐在后排,看着窗外的风景,林欢兴奋地说:“皮皮,哥们儿对不起,临走时太急了,没去看贾红,就跟她通了个电话,她说她跟学运都很好,让你不要有压力,慢慢办。”

“嗯,”皮皮的声音没想到很低,他转了头也看着窗外。

林欢看了他一眼,把话打住了。又拍了下前排汉生的椅背,问:“哎,你跟Jenny有消息吗?我们送她回家后到我离开就没有她消息了。”

汉生回头说:“我已经很久没有她消息了,我又搬了一次家,还没来得及跟她联系上,我知道她要去深圳,估计现在她在她妈妈那里吧?”

深蓝色的夜幕,满天的星斗。有多久没有看到过星空了?林欢在记忆里搜寻,是啊,不知什么缘故,国内的天空很少有这般透明群星璀璨的夜空了。与之遥相呼应,地上肯尼迪机场遍地的灯火,夜幕吞噬了地上所有的一切,只剩下各种各样的灯光,空中的,地下的,房子里的,路上的,到处闪烁着,天上地下的,一切都如同梦幻,纽约就是个星光四射的城市。林欢深深吸了口气,觉得车子就在星河里飘浮。

他们越走房子越密、矮小,可高速公路上的车辆却拥挤不堪,皮皮说:“我们现在去皇后区,纽约的一个区,我现在住在那里,汉生住在市里。你今天跟我住。”

林欢笑着拍了下他的肩说:“哥们儿,谢了。”

他们的车到了一排住宅楼前,几个人下了车,搬下来行李。林欢举眼望了望眼前的楼房,有三四层高,似乎是个公寓楼,心想皮皮还混得不错啊。跟着他们进了楼。皮皮走在前面,引着他们走到楼梯口,没想到他绕了过去,到背面打开了一扇门,林欢一下反应过来了,这是要往地下走,皮皮说:“我刚租的地下室,汉生还没有来过。”又转过身对汉生说:“这里还便宜八十块。”

林欢在黑暗、狭长的楼梯上摸了下兜里临出国前跟人换的美金,一共三十五美元,就这么点钱,连个地下室都租不起,亏得有哥们儿在这里,要不真得露宿街头了。他吸了口气,一股子厨房油烟味儿吸进肺里。

皮皮在入口的墙上开了灯,下面居然是一间厨房,一头连着一间卧室,斜对着楼梯口是一个小卫生间,林欢叹怪不得在楼梯口都能闻到油烟味儿。皮皮一面拖林欢的箱子,一面把食指放嘴上,朝左手的卧室努了下嘴,说:“对面的是个纽约大学的学生。”

“男的女的?”汉生兴奋地问。

“没劲,没劲了! 你吃香的喝辣的,就不要在我们这些饥饿的人面前显摆了。”

“好,好,不问了,咱们还是先把欢欢安顿下来。”

林欢跟着他俩进了右手房间,一个不大的屋子,靠右手边的墙上方有两个小窗户,地上铺着人造革塑料方格花样地板,屋子中央横着摆了两张床垫子,一个上面皱巴巴地铺了床单,毛巾被堆成一坨,显然是皮皮的床。另一张光着,污浊不堪,基本上看起来是浅灰黄色的,上面一圈一圈还有污迹。一个小柜子摆在床头,林欢看见前左腿的地方垫着砖头。床的对面,放着一张已经看不出颜色的破沙发,老式、高背,在好些好莱坞西部电影里见过的那种乡村式单人绒布面沙发。

皮皮一推,把林欢的一只箱子推到了屋子中间,说:"欢欢,你好运气,今天我就在街上留意,想给你捡张床。下午汉生过来,我们一下就见着这张垫子在前面那个街口,真是得来全不费工夫!"说完往那张脏兮兮的床垫上一倒,摊手摊脚喊:"哎,别说,你这张比我那个好,软多了!"又一咕噜翻身起来,"你不知道,我刚来时没有床垫,睡地板睡了好几天,睡得我浑身疼!"

林欢笑道:"哎哟,真够意思,皮皮大公子真没有想到啊!你要觉得这床好,那咱们换一下,今晚你就睡这张,我睡你那张?"

汉生笑着拍了林欢一巴掌说:"别听他瞎喊,都他妈一个尿样!你就安心睡你的,要好了谁还扔大街上?"

"哎,坐下,坐下!"皮皮笑着说,三个人脸对脸都坐在垫子上。皮皮伸手从床头拿起一包万宝路来,给每个人散。

汉生笑着推了,说:"你不知道我戒了?一个要花钱,二个在美国社会,抽烟很不文明,白妞们见你一张嘴满口黄牙,吐着烟臭气,整个一野蛮人,谁还跟你玩儿啊?我可不自决于人民。"

林欢笑道:"哎哟,看来你没消停一下,你小子!来说说,这一年都怎么样?"

皮皮笑:"他可是活色生香,把他忙得要死!瞧他那个得意的熊样!"

汉生笑道:"哥们儿,别这么说!我可是最惨的,我来这里没有一个熟人,我那个远房亲戚给我在这附近租了个地下室,扔下我就走了,兜里就十块钱,妈的!老子饿了两天,出门地儿都找不着,幸好把我扔这儿,要搁别地儿,恐怕得饿死在街头了。欢欢,你不知道,这皇后区都是中国人扎堆儿的地方,有中国人的地方就有活路。我跑去买了份中国报纸。"他没理会林欢吃惊瞪大了的眼睛,"别瞪我,这里就是一个小中国,美国的法律都管不着,中国人在这里自得其乐。什么都有,别说报纸,连电台、电视都有,你一句英文不会说都能在这里存活。招工的都在报纸上面,餐馆工有的是!还有各种杂活的,妈的,我什么都干过,生活费、学费都挣出来了,没什么大不了的,我现在什么工都不想干,就在地铁里拉琴,挣得比打工强。"

皮皮笑着接过去:"我来后听说了,他可出了大风头,上了《纽约时报》。他在地铁里拉琴,纽约人都给他钱,后来惊动了一个记者,给他大大报道了一家伙,他可就财源滚滚来了。听听 Juilliard 的学生,地铁里拉琴,他不成头条新闻都不行!"

林欢笑着问:"后来呢?"

"后来他就成名人了。瞧这么 Cute 的中国小伙子,中国的 Tom Hanks 上了报,一下就捕获纽约时髦姑娘的芳心了。资助也源源而来,他换着跟白妞们睡觉,又搬到曼哈顿去了,把哥们儿一个人留在那个地下室,我越想越来气,干脆搬来这里!"

汉生听了大笑:"胡说什么?根本就没跟几个白妞!夸大其词,夸大其词!"

皮皮叫道:"我听见的就有俩!"

汉生嘿嘿一乐，说："那俩都过去了，现在这个我才喜欢呢！不过睡觉归睡觉，也不挣一分钱，倒贴钱。"

"你还想怎么样啊？说说这个新的，有照片吗？拿出来，拿出来看看！"皮皮强烈要求。

汉生装模作样在身上一通乱找，拿出个钱包，从里面掏出一张相片。皮皮立刻抓了过去，相片上一个金发碧眼的年轻女人，穿着露臂白色紧身T恤，光着大腿，跷着二郎腿坐在汉生凌乱的床上，正对着一面小手镜子抹口红。只见她身段风流苗条，两腿修长，面目姣好，梳着齐耳根短发，皮皮羡慕地咂嘴："哟，这个漂亮，你哪弄的？"

"前些日子在学校的party上，我们学校的party都是些纽约的上层社会的人来，这丫家里不是一般人，我们刚好了没几天，什么都还不知道。这不趁她在，给她抓拍的，妈的，每次来了就干，干完就走，我成了她泄火的了，勾死人！别看她苗条娇小，她那个劲儿就我老婆可以匹敌。"

"所以你就喜欢了？"皮皮大呼。

"嗯。"汉生的声音一下子小了，林欢笑着望他，心想他还是放不下Jenny的，心里便有一丝安慰。又想他在这里的一切，Jenny不会知道，怎么可能知道呢？人不在这里，说什么都不会明白的，人在这里，什么都不用说就理解，这就是两个世界。汉生这样林欢没有一点儿儿反感，反而为他高兴，可要放在国内他想他的态度绝不会是这样，毕竟Jenny跟青青很近，怎么可能容忍这样的事情发生呢？

见林欢愣愣地没说话，皮皮突然拍了下头问："欢欢，你还没吃东西吧？"

林欢笑道："飞机上吃了点，巨难吃！"

汉生大笑："皮皮，赶紧了，出去煮东西去！把我们都饿在这里，你像话吗？"

皮皮站起来跑了出去。

外面的厨房锅碗瓢盆一应俱全，不知是房东的，还是皮皮买的。顺两面墙一溜最简易橱柜，炉子、水管、水池、冰箱，连微波炉、烤面包机等电器都是齐的。

汉生和林欢站起来也跟了出去，汉生喊："皮皮，你有什么？拿出点好东西来。"

皮皮打开白色冰箱，从里面拿出来一兜虾，说："我专门给欢欢买的虾，我们煮个鲜虾面，怎么样？"

"皮皮，这些家什都是谁的？"

"房东的，有的是前面的房客留下的，有的是大街上捡来的，有的是那个同屋的。"

"我说呢，你怎么会去买这么多东西。看来这纽约大街上什么都有，你这不捡了个床垫子，这又捡了些锅碗，我看还能捡些什么？"林欢好奇地说。

"什么都有可能，你不知道有多少纽约人以捡东西为生？"汉生大叫，"他们居然还捡得到一日三餐，Dinner！Can you believe it？"

"好！"汉生走到屋子中间的饭桌旁坐了下来，指着凳子，让林欢也坐，说："咱们痛快喝一杯,皮皮,你这里有酒吗?”

“有,有,有!为了欢欢来,我专门买了的。”说着就开冰箱,又喊:“对了,我还买了广东的烧鸭,味道好极了。哎呀,一见欢欢,真的悲喜交集,什么都忘了!”

林欢笑着望他,心里一阵发热。没想汉生说:“我在这里谁都不想,就想你们哥儿几个!老婆都不想,窦斗要过来吗?他过来了咱们就齐全了。”

林欢说:“我走的时候恍惚听他说他也想办办了,也许他什么时候也就过来了。”

皮皮回头冲汉生大叫:“谁跟你似的?我可想我们学运,不知道怎么回事,这小子每天都在我梦里,跟我玩儿,不知道有多好玩儿了。”

“我哪能跟你比啊,你是当爹的人,我吊儿郎当一个人。”

皮皮打断他:“你不是有老婆吗?”

“我们就那么回事,其实也没有真结婚,我也不知道。”说完汉生打住了。

林欢疑惑地看着他问:“怎么了?难道结婚是假的?”

“也真也假,当时要结婚心是真的,跟Jenny难舍难分的,就结吧,她也愿意。可她没有户口,我就跑到公安局搞了一个假的证明,后来去登记了,不知道这算不算真的?”

“傻子,登记了就是结了。”林欢大笑。

“哦,我原来以为这个婚就是个安慰婚,既安慰她又安慰我,要在当时不结似乎也过不去。妈的,来了头半年光想她了,有什么用?!她连封信都少!”

林欢突然回想起Jenny来,确实,Jenny好像不怎么提汉生,甚至到后来跟青青都不多说了。他朝汉生笑:“你可不要冤枉她,她一天到晚地提你,跟青果说你,你不知道她的事情有多难办?学校卡着她,不让她走,把她都急得上火,嘴起大泡。皮皮可以证明。”

皮皮忙说:“我可不知道她,我看她除了对你们青果上心,什么都不在乎,成天风风火火的,厉害啊!你还向着她?”

“我当然向着她,谁叫她是我老婆的铁姐们儿呢!对了,正式告诉你们,我临走前结婚了,跟青果登记了才走的。”

皮皮拍着手大叫:“我说你怎么就一根筋呢?你这临走了还给自己上个套子干什么?在这里你怎么就知道不会碰上什么人?我就不信了这全世界就青果一个人让你动心?别人脱了衣服你都不看一眼?你这是何苦要受这样煎熬呢?你说,你知道她什么时候能过得来?那么几年过不来你就这么忍着,还不得残废了?”

汉生笑着拍了下林欢的肩,朝皮皮眨了下眼:“欢欢这一点儿我就佩服,他的境界我俩都不及的,皮皮,你以为我怎么风流快活,我要有欢欢的十分之一快活就好了,他跟青果……好,不说这个,不说了,我们喝酒!”说着就从冰箱取出啤酒,起开盖子,三个人一人拿了一瓶,碰了一下,汉生说:“为纽约,为我们聚首,来!”

皮皮仰起脖子就喝,林欢拿着酒瓶,也仰头喝了一大口,刚才提到青果,他的心一下沉了下来,我在这地下室里跟哥们儿喝酒,她不知道在哪里难受呢?我狠了心跑到这里来,不会就这样甘心的,我得在这里干出来,要不我跑来干什么?他猛地再喝一大口说:"为我们所有人的老婆能来,为 Jenny,为贾红,为青果,为她们来干了!"

"干!"

"干!"

第二天,早上 5:00,林欢已经醒了,他知道他在倒时差,他的身体现在还是中国的时间。他起来去卫生间,拧开热水,让水猛冲头顶,再把水温调得烫点,两手捂了眼睛,唉!我人躯壳在这里,可里面还在国内,我得脱胎换骨,得活在这里。别看这就是个地下室,也有青青一直想要的热水淋浴,当然,人不会为了热水舍了亲人,林欢,你为的是什么?是什么?他在热水里狠狠地挠头,血管里热血沸腾。抬头看看小窗户,纽约的天空只是两个小小的黑洞。他在心里跟自己喊:林欢!今天,就今天,你的新生开始了!

穿好衣服,走到厨房里,四周静悄悄,汉生和皮皮在屋里睡着,对面屋里也没有声音。昨天晚上没有拉进卧室的一只箱子还立在地板上,林欢走了过去,把箱子放倒,开了箱盖。

蹲在地板上,看着满箱杂七杂八的东西,他轻轻地闭上了眼:每一样东西的来路,青果怎样把它放进去的,甚至放进去时的眼神,对着他说的话历历在目,他不禁在心里叫了一声:青青!

他举眼看看周围,陌生的屋子、家具、炉子,没有一样属于自己,只有这箱子,箱子里的东西是熟悉的,是自己的。林欢发现在这个陌生的环境里,他完全是孤零零,跟哪儿也不挨着。以前所有的生活,他的来处,他的精神,他的情感,他的全部,还有大海那边所有的所有都缩进了这箱子。他吃惊地瞪了眼,难以置信这些就是他之所以是他的物证了?如果他今天死在外面的大街上,身上什么也没有,整个纽约,整个美国也不知道他是谁?现在只有这只箱子能证明他是谁。

他拿手抹了把脸,镇静一下,心里还是虚起来,觉得自己被连根拔了,漂在河里,这箱子不过是根上带着的泥土,是他唯一可以附着的一点儿点依靠,他垂下了头,立刻把箱盖子扣上,两手压在上面。

这时背后一个声音:"起来了?倒时差吧?"是汉生。

林欢抬头问:"这时差要闹多久?"

"因人而异,有的一天,有的要一个星期。我去洗洗,下午我们进 Town,带你去见识见识纽约。"

林欢兴奋地喊:"我去把皮皮猪搞起来!"

汉生笑着进了卫生间。

出发前,快中午 12:00,林欢给青果打了电话,完后他一个人坐在饭桌旁,愣了很久,皮皮跟汉生躲到卧室里,没敢惊动他。林欢把手摁住头顶,忍住要涌出的泪水，跟自己说：林欢，再也不许打电话，记住了，再也不许打了！林欢，你得像个男人，不要麻麻烦烦的！他拍了下手喊：“哎！我们出去！”

皮皮给林欢上了第一课。交给他一把沙滩椅，那种彩色尼龙带子编在铝架子上轻巧有舒服靠背的折叠椅子，再给他一个画板说：“走，我们这就出去，先带你去买点东西，然后就去中央公园。”说着又拿过一个盒子给林欢看，说：“这就是Pastel，国内说的粉笔，挺细腻，国内用得少，用这个画彩色的。”林欢看了一眼，小指头粗细，像各种颜色石膏条子。皮皮接着说：“看两种纸，这种厚点，画彩色；薄点的画黑白炭条。”

林欢拿起一根粉笔，往纸上画了一道，说：“手感不错，好画。”

汉生在旁边笑道：“我们又多了一个战友了，在时代广场上又多了一个猛士，看看谁能挡住我们中国人的脚步?！”

“汉生你今天下午干什么?”林欢问。

“陪你玩啊！到下班时间就去拉琴。”

“那今天我一定要做你的听众。”林欢高声喊。

“欢迎，欢迎，你可以不给钱，免费，免费。”

皮皮笑：“你可要去地铁听听他拉琴，比在音乐厅还好听呢！”

汉生大笑：“我呀，人越多的时候我就拉悲伤的曲子，像《白毛女》啊，《二泉映月》啊，痛说革命家史啊，忆苦思甜啊，怎么心酸怎么拉，一定得苦大仇深，听得那些人啊赶快掏钱！”

皮皮笑着推了他一把，林欢也乐了。

几个人就在家里把昨天晚上剩下的虾面一人吃了一大碗，锁门出去了。

同情病，大祸临头

青果早上起来，借陈军的打字机打信，她跟好几所大学发函，索要他们的申请材料，噼里啪啦打了一上午。快到中午陈军回来了，手里拿了张报纸，上面有关于时局的社论，她把一上午打出来的信都收了起来，封了口，对陈军说：“我得出去，先把这寄了。”

“哎，你忙忙慌慌地干什么?马上要吃午饭了！”

青果头也不回地说：“不行，得马上寄。”开门出去了。

进了校门口的小邮局，暑假的中午，没有什么人，青果把几封信交给柜台里的工作人员过秤，付了钱，就呆呆地出来。外面毒日头下，被照得两眼发花，想着报纸上的文章，上面对出去恐怕又有新的政策了，心里焦躁不安，突然她想起来应该去找李心问问，对！怎么把他给忘了?从欢欢走还没见他呢。

她从校北骑到校南，站在李心家门口，在心里祈祷：天啊！叫他在家吧！举手敲门，等了有几分钟，听见里面窸窸窣窣的声音，知道有人，她松了口气。

李心迷迷瞪瞪开了门,青果念:“哎哟!你可来开门了,我真怕你不在家!”

李心揉了下眼说:“我怎么会不在家?都发烧几天了。”

青果问:“你怎么了?这么热的天还感冒?”

“我也不知道啊?一直就这样发着低烧,我昏睡了几天。”李心一边把青果往屋里让,一边说。

青果伸手摸了下他的额头,说:“走,上卫生院,怎么着也得看看去!怕是什么地方有炎症吧?”

李心有气无力地拒绝了。自毕业后,这些日子他一直忙着翻译,累得病了。早知林欢要走,今见她失魂落魄的必是了。就问:“林欢走了?”

“走了。”青果低下头。

李心认真地往她脸上看了看,说:“我可有一阵子没见着你了,又不好找你去,知道你跟他正蜜月,就不好打扰。”

“什么蜜月?伤心月还差不多!”青果抬起头眼圈已经红了。

李心微笑着摆了下手:“他哪天走的?”

青果叹了口气:“唉!其实他才走,没两天,我搞不清楚,可我怎么就觉得有一个世纪那么长呢?李心,我真觉得度日如年啊!我想走,现在就想走,去什么地方都行!”说完憋了半天的眼泪不争气地流了下来。

李心见了,忙伸出双手向外推了一下:“青果,青果,你不要着急,会有办法的,会有办法的。不要急,不要急。”

青果含泪不好意思笑了一下,问:“你今天恐怕还没有吃饭吧?好啦,我也没吃,这样吧,我来给你做个病号饭,咱们等一会儿再聊。”说完,走去厨房。

青果开始下面条,她做了个西红柿鸡蛋面。盛了两碗,两人就坐在小厨房里吃起来。

李心吃完了面,有了精神,开心地说:“今天托了你的福,要不然我一天也许都吃不上东西。”

青果黯然道:“我前两天也没有吃东西,都伤心透了。”

李心接过她手里的空碗说:“好,我来洗碗,真对不起,我前两天该去看看你,让你一个人那么难受。”

“幸好你没有来,你来了都不知道该往哪里躲,我都要哭死了。”

“可以看得出,那你现在好点了吗?”

“好一点儿,起码可以这样跟你说话,要前两天都不能够。”说着青果眼圈又红了。

李心定睛看着她,又看看她带来的报纸,知她焦灼,嘘了口气:“青果,林欢走了,你要拿出勇气来生活,相信自己的能力。”他告诉她一个听来的去美国的新办法,他的一个朋友就是这样走的,就是以劳工输出的方式去南美,然后再转去美国。

从李心家出来,青果心里有了一线希望,只要能出去,就是南美也行啊!她闷着头往宿舍骑,心里还是不踏实,因为李心并没有给她任何可靠的内部消息。

到了宿舍门口,就见窦斗站在外面,因他浓厚满脸黑胡须,穿着黑色T恤,人又魁梧,就觉得黑糊糊的一堆,见他满头大汗,青果不禁笑道:“你什么时候来的?看把你热的,走,进去凉快点。”

“我从我妈那里回家路过你这儿。”窦斗低了头说。

“有什么消息吗?是不是出国真的都要卡了?”青果马上着急地问,她知道他父母是市里某个部门的领导,他来肯定有消息。

窦斗抬起头来,忧虑地看着她,心里想着是否把话都说了?她这样听了别更慌了。

见他不吭声,青果急了:“窦斗! 你怎么了?快说啊,你要急死我啊?”

窦斗吞吞吐吐地还是把坏消息说了,国家现在停止公费留学了,再有也不允许公费生的家属探亲,恐怕对自费探亲也会有影响,也不再接受人文科学类的申请,到底包不包括社会学?窦斗糊里糊涂,说不清楚。

青果破涕为笑:“你个死人,就把我要知道的忘了! ”

他咧了嘴傻笑:“青果,你不要着急,我明儿去问,再来告诉你。”

“嗯,你也不用这样毒日头里来回跑,这是我这儿的电话,门口老大娘会叫我。”青果抄在了一个纸条子上递给他,“你有消息了,得机会抓着个电话通知我,听清楚了?”

“好。”窦斗接了过去揣兜里。

窦斗望着她,手心里全是汗,觉得真是有劲无处使,他绝望地想:我这是犯了同情病了?她什么时候能好点呢?我一看见她伤心就没法,她真的勾了我的心呢! 谁承想我会这样牵肠挂肚的?! 他愣愣地一直看着她,说不出话来,人即使坐在冷气里还是冒了一身的汗。

对林欢的思念变成了实实在在的伤痛,无时无刻不痛在青果的身体上,她绝望地揉着胸,打开抽屉找药吃,想不出任何办法来消解。青果除了到食堂打饭,便埋头学托福,当她一道题一道题做的时候,焦躁的心才稍微平静下来,觉得每解一道题就向林欢走近了一步,心里就踏实一点儿点。不管她有多么痛恨英文,知道得把这厚厚几尺高的书都做完了才有可能见着林欢。她每天晚上睡前仍然要伤心一阵儿,会仔细地看一遍钉在墙上林欢的照片。

一个多星期过去了,没有林欢一点儿儿消息,一想到他在纽约,心就慌起来,他不会出什么事情吧?他每天都在干什么呢?为什么不给我写封信呢?照片上的林欢笑着,可纽约的林欢就不知道怎样,青果脑子里一片模糊。

一天,她又凝视墙上的照片,心里烦躁,把托福书放到一边,照片里林欢搂着她的肩,开心地笑着。青果侧头看了下肩膀,仔细回想,他搂着我是什么感觉?看着自己在照片里也开心地笑着,青果的眼泪又流了下来。她伸手把照片从墙上摘了下来,放到嘴边亲了一下,欢欢! 我觉得我好像活在另一个辈子里了,我们的过去是前辈子的事情，你现在变成了一个抽象，欢欢，我多想要你！她仰身倒在被子上，伸出俩胳膊在空气里抓了一下，看看空空的两手苦笑：你是空气，伤我杀我的空气！

她正躲在蚊帐里伤心，听见有人敲门，门“吱呀”一声被推开了。

“青果在吗？请问青果在吗？”是窦斗的声音。

青果马上坐了起来，把蚊帐挂起来，见窦斗的半个头伸进了门。她忙起身喊：“请进！请进！”

窦斗推门走了进来。青果大吃一惊：“你怎么了？你怎么把你的胡子都刮了？”说完给他搬凳子，让他坐在床头。

窦斗垂头丧气地坐下来，瞥了青果一眼，见她满脸泪痕，就说：“我看你还不好啊，嗯，事情要往好处想一点儿。”

“我——我——我刚才觉得我跟这隔着辈儿呢。”说完眼圈又红了。

“你现在才明白过来啊？”

“所以我才伤心啊，太绝望了！”青果红着眼继续道：“你不能体会那种痛，古人说‘生离死别’，我这跟死了永别是一样的，真的很无望啊！怪不得是人生的境界呢！我现在在修行，在受这个折磨，当你经历过才会知道。”

窦斗带着个刮得乌青的脸，告诉青果两个坏消息，一是他没签上证，二是王维又怀孕了。他抱怨把胡子刮干净了，人都没底气了，又托青果转天陪王维去医院打胎，因为他必须到学校上课去。

窦斗见她脸上气色好点，便慢慢告诉她这两天在北京听来的事情。陆华和老米都挨整了，但陆华似乎被孤立了。现在孙建军一帮子人都去了圆明园，跟老乡租个房子，在北京漂的画家都去了那里了。老米现在是他们最大的支持者，老米这个人很是义气，几乎他们所有的地下展览，老米都去支持。

“是吗？”青果听了心里一惊，没想到北京圈子里现在都这样了。

窦斗笑着瞟了青果一眼，知道她想知道这些消息，然后又告诉她一个重大新闻，“好人酒吧被封了，公安抓了领头搞签字的张红军，现在正在查签名的人，一个一个对笔迹，这个案子被立成了大案，要在全国查签名的人。”

“啊?! 消息可靠吗？”青果捂了嘴大叫起来。

“怎么了？青果?! ”窦斗一见她惊慌失措的眼神什么都明白了。

青果仍然捂着嘴，慌乱地点了下头。

窦斗又好气又好笑，一点儿都不奇怪，想起在黄山时她说出去就往旅馆外跑，也不怕外面的要打人的山民。可以想象她在那个小酒吧里毫无畏惧，毫无顾虑就跑去签名，这下好了！

她愣了一会儿，才把右手从嘴上拿下来，放在胸前，喘着气喊：“你说怎么办啊？他们查到T市没有？你去帮我问问你母亲，他们查到T市没有？”

窦斗一双小眼眯成了缝，微微笑了。

青果急道：“你知道，那天我想都没想，没觉得是个什么大不了的事情，陆华也好,老米也好,更别说张红军了,都无所谓,当时有人就站在门口,好像出去不签名就没给人面子。"

窦斗目不转睛地看着她,两眼放光,笑问:"所以你就去签了?"

"对啊!"青果委屈地喊了一声,皱了眉头嘟囔:"这下死了,就怕他们查到这里。你在公安有人吗?你母亲那里有人吗?我想知道他们究竟查到了这里没有?窦斗,你去帮我问问行吗?"

"不要急,不要急,我就是回家去问,或者找人也不能马上就有结果,你要先稳下来。"

"我怎么稳得下来嘛!我要被公安挂了名就别想出去了。"她望着他,两手拧在一起,在桌子上向前伸了一下。

窦斗忍不住把两只手的前半个手掌压在桌面上,真想就去握住她的双手,给她一点儿信心,让她镇定下来。可他的手没敢往前多伸一寸,一句安慰的话都说不出来,他不敢。他担忧地看着她,青果这时已经六神无主,手微微颤抖。

两人一时又都不说话。

窦斗只觉得胸中一股热浪往外涌,几乎能听见自己的心"怦,怦"狂跳声,他霍地站了起来,向她说:"我走了,回去问问这件事情,再找一找公安的人,你不要担心,这两天就给你个消息。"

青果跟着也站了起来,说:"好,我等你消息,明天让王维来找我,我现在什么也学不下去。"

窦斗转身往外走,临出门又回头深深地看她一眼:"你别跟着出来,我走了。"

青果跟着他往外走,到宿舍门口,在他身后说:"真要谢谢你,我一直想说都没说出口——"

正说着,没想窦斗转过身问:"你还真要谢我?"

顶着他炯炯目光,青果微微笑了,跟他说谢真的很见外,但总得告诉他,就点头:"对啊,你知道我有多紧张。"

"放心。"窦斗轻轻地就说了这两个字,看她的眼神温柔又明亮。

"嗯。"青果应了一声,心里一酸就要掉泪,她瞪了他一眼,忙转身往宿舍里跑了,撇下窦斗一个人站在外面。

窦斗望着她跑走的背影,她竭力要忍住泪水的红眼还是把他的心又搅了起来,揪在一处疼得他心慌,他失神地叹了一口气,骑上车走了。

一锅牛肉汤

当青果见王维苍白着小脸,一拐一拐从妇科手术室慢慢挪出来,心里就好疼她,把窦斗骂了一声:也太不知道疼人了,记得上次皮皮结婚就刮过一次。从医院出来,青果立刻把王维扶上自行车后座,带回宿舍。一进屋,就让她躺在自己的床上先休息,然后骑车跑了趟自由市场,见猪肉实在太肥,又不是很会弄鸡,就买了块半肥牛肉。青果回到宿舍把肉切成小块,用小不锈钢锅放在电炉上清炖一锅牛肉汤,只放了姜和盐,因为肉新鲜,一锅汤香气扑鼻,整个房间顿时香气四溢。

青果拿了碗,舀了一大碗,又专门挑了些带点肥的肉块放到碗里,笑着端到王维跟前,把碗放到桌子上,扶她坐起来,说:“你要把这一碗肉都吃了,我专门为你挑的,光瘦的你嚼不动,这电炉子得使劲煮呢。”

王维有气无力地朝她笑了一笑,嘴唇没有一点儿血色。青果忙拿一个饭盒盖子垫在碗下,让她端了就倚在床上吃,还问:“好吃吗?什么都没有,就放了点姜和咸盐。”

王维喝了一大口汤,笑道:“还从来没有吃过这样清炖的牛肉,平日牛肉都红烧的,炖点土豆什么的,这味道真的不是一般的鲜美,你快舀一碗尝尝。”

青果笑:“我知道的,这是电炉子菜。要是能买到牛排骨上面那个部位,五花那种,炖出来就更香,冬天的时候再下点青萝卜,人间美味呢。你回去拿砂锅做味道更好。记住了什么杂味都不要放,就要它纯牛肉味儿,其实东西单纯了才好。”

王维听了啧啧称奇。

两人一人吃了一碗,王维终于脸上有点儿血色了。青果把碗、桌子收拾了,又坐在床上跟她说话儿。一会儿就听见过道里勺子、碗盆嗑得叮当乱响,同屋的陈军也回来拿碗,青果看看表说:“开晚饭了,我去打点儿饭回来,一会儿窦斗过来也有吃的,你就躺着别动,嗯?”

王维笑着答应了。

等饭菜都买回来,青果又给陈军舀了碗牛肉,窦斗才敲门进来。一进门就大喊:“炖的什么?这么香?”

青果见他进来,高兴地跳到他跟前嚷:“哼,好东西可没你的份,谁让你干坏事?这肉只给受害人,不给肇事者!”

窦斗眯眼看看青果,又看看躺在床上的王维,咧嘴傻笑:“老婆,我以后再不敢了。”说得王维和青果都笑起来。

青果把桌上扣着的饭菜打开,又在锅里舀了一碗牛肉递给他,窦斗吃得大呼过瘾。

天黑了,两人道了谢,才起身告辞。

青果搀王维出去,看着窦斗扶她上了自行车后座,又嘱咐他照顾好王维,这才回去。

窦斗带着王维骑在路上,一碗肉汤吃得他浑身发热,连心里也是热的。刚才他一进屋见王维虚弱地躺在青果的床上,不由对她抱歉万分,又见青果那样自然地照顾她,给她添饭,舀汤,搛肉,心里真不是滋味。后来他把王维抱上车后座,她瘦弱的身子就剩下了一把骨头,弄得他心里再一阵翻滚,这可是我从南方娶回来的老婆,我怎么能让她老受这个苦?青果说得对,我应该好好照顾她。

回家后,窦斗一个星期基本没有出门,就在家里侍候王维,给她炖汤烧鱼。王维卧在床上,从未有的满足和开心,两人又像刚结婚时,难舍难分。

夜深人静,窦斗怀里抱着王维,青果那天一下跳在他面前说话的样子又浮现在眼前。他忙搂紧一下王维,为什么老是她?他翻了个身,仰躺在枕头上,没想到青果的身影不仅没停,那天的一举一动、一颦一笑,细细地在脑子里又演了一遍。哎!他在心里叹一声,拿手捂住了双眼。我心里的苦有谁知道?王维她就是感觉到一点儿,都不会相信,连我自己都不相信,都这么久了,我这是怎么了?我还是少见她才好,越少越好。

啃心大虫

到纽约一个多星期了,与其说林欢熟悉纽约,不如说熟悉作为一个中国画家在纽约挣钱的路子,因为他根本没有时间去干其他事情。每天中午起来,拿着画具和皮皮先搭 7 号地铁进曼哈顿,转战好些地方,白天有时去中央公园,在动物园出口摆摊,或者去港口,去康妮岛;晚上大部分时间都在时代广场和 42 街,偶尔也去去西四街。他一整天都在街上游走,要不就坐下来画人头。

夏日炎炎,纽约就是个热闹非凡的地方,尤其在时代广场上,每天都跟在集市里一样,而且是世界上最大的集市,好像全世界的人都到这条街来过夏天了,一天二十四小时没有一刻消停。满大街形形色色的人流,各种肤色的,各种装扮的,奇形怪状都不知道从世界上哪里蹿出来的?到了晚上,百老汇大街就像在狂欢节一样喧闹,蜚声世界的霓虹灯广告,把整个时代广场变成了一个绚丽的狂欢舞台,世界上所有著名的商品都在那几个街区找到自己的地盘,以最现代、最耀眼、最华丽多彩的方式向时代广场上的人们闪烁;光影里,人行道上,人流如织,街头有吹号的,打鼓的,跳街舞的,引路人围观;马路上,呼啸而过的车辆也跟他们的车主一样各式各样,除了黄色出租车,高档的、低级的、怪异的、长的、短的、敞篷的、封闭的,五颜六色,车上叮咣作响放着音乐。林欢每天晚上就在这样一条世界上最繁忙的大街上,把他的沙滩椅子摆在街边,跟那些在街边摆摊子卖香水、卖手表、卖手工艺品的小摊子一样,混在狂欢的人流里,讨他的生活。林欢从第一个晚上下来就完全理解汉生一见他说的“在时代广场上战斗”的含义,可不是战斗吗?

在那样一个拥挤不堪的街边,昏暗的霓虹灯下,以最短的时间给人画像,能不是战斗?没想到的是纽约人的夜生活在晚上 12:00 才正式开始,他们的生意也才从那个时候开始,一直要画到凌晨三四点,一天的事情才算完,然后再跟皮皮搭地铁回皇后区的地下室。

第一天下午,皮皮带他到中央公园,让他大吃一惊,没想到见着了从全国八大美院来的一群画家,当然还有戏剧学院、电影学院,以及师范学院、大大小小艺术学校出来的人, 差不多全中国在纽约的画家都在那里了。就在中央公园的动物园门口，绿树浓荫里，绿色的长椅子上，坐着十几二十来口子。大家没有相约，似乎从天而降，自然而然地就聚在一起，把沙滩椅一字排开，等候过路的游客坐下。画家们画一张肖像，能挣十五至二十五美元不等，大家居然都能挣上钱。林欢的第一个星期，每天从四十美元到上百美元。林欢心想照这样下去，等到开学不仅能交学校的费用，还能给青青开出银行证明了，离开学只有一个月，他跟自己说时间紧任务急，一天也不敢耽误。

他不是那街上的游客，当他穿行在纽约的大街小巷里，坐在地铁里，躺在中央公园的椅子上，坐在时代广场的霓虹灯下奋力在画板上涂抹，或在百老汇大街街边吃热狗，在 Roy Roger 吃炸鸡或牛排店里吃牛排，他便生生地感受着纽约。这里的一切才真的活色生香，充满了生机，时时刺激着他的感官。他知道他还不该算是纽约人，虽然他现在挣着纽约人的钱，可他心里充满了惊喜和希望，这不就是他跟青果想要的吗?他觉得自己来对了，他跟自己说，我不会永远都是个外人，是个这样在街边挣钱的人，总有一天我就会跟这个城市融为一体，会成为这里的一个艺术家，会在 Soho 的画廊里卖我的画，会跟这些来来往往的纽约人一样在这里精彩地活着。他心里非但不失望，反而浑身是劲，看看身边来的这些画画的，谁能甘心在街边过一辈子?谁不是抱着梦想和雄心来的?千里，不，万里迢迢，不会就落在这百老汇的街边。他多希望青果跟他在一起，一起感受这眼花缭乱的纽约生活，可青果现在在他心里却是一道伤疤，他不敢揭，也不敢碰，很多时候宁肯不去想她。

林欢的到来对皮皮来说是一个极大的安慰，那天在机场接着他，皮皮莫名地就掉下了眼泪。这种从手到嘴的生活，一个月下来才刚刚适应，对他来说不是身体上的辛苦，而是心灵上的煎熬。他奇怪林欢怎么就跟汉生一样兴趣盎然，浑身都是劲?至少表面上看不出有任何的失落，他不敢想象让贾红抱着学运来跟他过这样的生活，不可能，想都不要想!

提着画板和椅子在纽约大街上晃荡，真让他觉得没劲。他看见纽约人尽兴地玩儿，乐着，享受着，疯狂着，觉得自己活得没有什么希望。他的希望是什么?从来就没清楚地想过，来之前，来之后，他都没有认真想过。他糊里糊涂上了飞机，觉得这是到外面混了，肯定会有好结果，因为贾红就这样深信不疑。平时别看他成天在外面疯玩，踢球，游泳，喝酒，跳舞，跟人聚会，可贾红才是他的主心骨，她为他安排的到国外深造，能错了吗?在纽约的大街上，离了贾红细致入微的宠爱照顾，他的委屈已无法言说，当见着林欢，眼泪就再也止不住了。

他仔细地想过，他的一生最大的热忱是玩儿，各种各样的玩儿。除了运动，无论绘画、音乐，还有文学、诗歌等等，无一样不是兴之所至、玩耍的事情，没有什么可假模假式地摆样子，或生生求的，都是他生活的方式，最自然不过的事情。谁让他生来就是个西方文学加诗歌教授的儿子，四岁就弹钢琴，五岁读唐诗，六岁就有美院的教授(父母的朋友)教他素描，七岁就读大部头小说《战争与和平》。他到了纽约，这才发现一切都得生求，不光艺术，连吃饭都得生求，这不找倒霉吗?

可这并不意味着他不喜欢纽约，毫无疑问他喜欢纽约，可以说喜欢得要命，那种丰富多彩正对他的胃口，可他要不这样挣钱，不这样住在地下室，纽约就是个天堂。他一个月跑遍了纽约的大街小巷，就说全世界的饭吧，哪一样它没有?非洲的，亚洲的，中东的，南美的，高级的，低级的，大部分的店他也就只能在门口看看，里面铺着雪白的台布，各种各样异国情调的装潢，桌上如豆温暖的小蜡烛，让他望而却步。说它的夜生活，他可是历历在目，他就在这百老汇和42街这几条全世界最有名的百老汇剧院区和红灯区画像，在各大剧院的门口、电影院的门口、俱乐部、酒吧、高级餐厅、妓院，所有热闹场所的门口，他眼见着长轿车来来往往，人们衣香鬓影，晚礼服在霓虹灯下闪闪发光进进出出，他在心里想这是什么生活?多不公平！我就只配在这门口画像挣钱，而他们却在这里享受?！

当望着时代广场上那些打鼓的、翻跟头跳街舞的黑人们，他又觉得不可能跟他们似的无忧无虑尽情地疯玩儿；也不能像那些在街头摆几个纸箱子的黑人们，拿几张扑克牌做游戏骗人钱；当然更不能像那些拿着酒瓶子的醉鬼，随处捡个地方就躺下；望着那些在中央公园踢球的人们，他最喜欢的事情也都做不成，因为没人有时间跟他踢；更别说在高级 Ritz Hotel 的餐厅里吃饭了，那间餐厅的大玻璃窗就跟中央公园对着。那天他看到纽约房地产商大亨川普就在那间餐厅里跟一个美女吃饭，当时他就坐在街对面的人行道上，正摆了椅子在街边，希望有人能坐到他的椅子上，让他能挣上个十块二十块的。当时他心里一生气，提了椅子就走。可走出了那条街，也就挪个地方，他在这个社会的地位并没有改变，这让他备受打击。看着汉生一边在地铁里拉琴，一边在纽约的上流社会里混，和纽约的各种时髦漂亮女孩睡觉，令他羡慕又嫉妒。毕竟人家汉生能操一口流利的带口音英语，当然人家还长得英俊潇洒，有那样一个社交圈子，可自己的英语只能一个词儿一个词儿地蹦，交流都成问题，怎么泡妞呢?！还有他根本连碰上那种有质量妞的机会都没有，那些女人如果在大街上看见他，恐怕连看都不会看他一眼。所以女人想都别想，唉，这活得还有个什么劲呢?

42街是全世界有名的红灯区，一条街都是妓院和色情场所，满街的色情广告，那才叫活色生香，光从街上路过就够让他精神振奋的了，更别说一晚上都在街上画头像。满街的广告上写着：二十五分——裸体表演，几乎每家店门口都有，直向他招手。他第二天就忍不住进了一家，就是一台机器，上面有一小孔，塞进一个二十五分硬币，小孔打开，他真看见脱衣舞娘在表演，白人，光洁无瑕的身子，性感得要命。可一个二十五分硬币只能看五分钟，小孔自动关了。他看了一会儿，觉得没什么劲，最好是搂着个女人才解馋，可他还不想嫖妓，觉得自己还不至于堕落到那个地步。

他时时都在怀疑自己是不是来纽约来对了?这个地方令他又爱又恨。林欢的到来，让他有了一点儿依靠，一点儿温暖，可钱还得一块一块地挣，日子还得一秒一秒地过，一想到学费和贾红、学运，没过两星期，他就又回到了原来失落的状态。

其实林欢最了解他，一看见他潮湿的眼睛就完全明白是怎么回事，他装着没看见，每天跟他聊天儿，讲笑话儿，把时间混过去。如果他不想出去干活，林欢也不勉强他，等晚上给他带点吃的回来。他俩都心照不宣地从不提青果和贾红。

林欢到纽约两个星期后的一个中午，他们正要出门，皮皮在门口捡到一封信，他忙回头冲正在屋里拿椅子的林欢喊："欢欢，青果的信，青果的信！"

林欢一时立在厨房中央，伸手接了过去，在心里念：对不起青青，我一直都没有给你写信，一直都没有写，我是怕……他的手抖着，眼睛就看着皮皮。

皮皮喊："傻了，看着我干什么？贾红现在都不理我了，反正我就不喜欢写信，你说写什么？不到这里怎么可能了解这里？写回去不让她更难受？"

林欢撕开信皮，哆嗦着坐在饭桌旁，开始读信：

欢欢：

算算你走了已经一个多星期了，你不能想象这些日子我是怎么过的。那天听到你的声音我已经哭死，早知道这样苦，我现在有点后悔让你走。我每天都在盼望你的信，觉得这两日该有信来，老是牵肠挂肚的，什么也干不了。今天又白白盼了一天，好伤心啊！虽不及你在纽约打工辛苦，到底也太苦了。没有你一丝儿消息，我晚上就睡不了觉，白天看不进书，都好些天了。已经报了十月的托福，急得我就是做不了题。你为什么不给我写信呢？

欢欢没有你，我就死了大半，你现在对我来说就是个虚幻，我夜夜地望着墙上你的照片，想着我们在一起的感觉，真的如同隔世啊！欢欢，是我的命不好，要我今生受这样的折磨，历这般的煎熬。我真的很怕，怕你就此成了个符号，成了个梦，我们会变成满地的落叶，被风吹散。

没有办法，你知道我从来就不是个有毅力的人，只能随它，一天二十四小时就是专心专意地想你，没有别的，流了一辈子的都没有流过的眼泪，欢欢，是我上辈子欠你的吗？可我却知道我是多么的爱你，这个爱咬得我心痛，直痛到我的骨头里，痛得直不起腰来。欢欢，我俩就会是这样吗？会永远地这样隔岸相望？这跟生死相隔有什么区别。我真真觉得我们是在两个界呢，你说我们这修的是什么果？我怕这一生的目的就是来想你的，那我就太惨了。

送你走那天夜里，在滨河边就想如果能变成水，兴许能流到你那边去。我现在脑子里想尽了办法，就想随了你去，哪怕不成个人形都成，可我一筹莫展，想不出任何办法。对了，李心那天说他可以帮我办劳工移民先去秘鲁，然后再从那里想办法去你那里。你说这样行吗？这些日子窦斗来说了好些消息，搞得我心惊肉跳，国家将要有新文件出来，全面卡出国留学，公费完全停了，自费的也要监管，尤其文科，我的专业都出不去，看来我要以上学出去可能性不大了。

窦斗也去签证了，没签成。那天我陪王维去了趟医院打胎，他们都不想要那个孩子，我真替那孩子可惜，现在我要有个孩子，也许就不这么痛苦了。王维可怜的小身子又被刮了一刀，我最后跑去实验室拿刮出来的东西，装在一个塑料口袋里，里面就是些血浆，有一点儿点小颗粒。我好惊讶，这就是生命，就在我的手中。看她痛白了小脸，我又庆幸你没有让我挨过刀，你一直都那么在意我，谢谢你。

我在这里想象你在纽约的事情，很担心你，怕你在那里孤独寂寞，又心疼你太辛苦，可你到底在纽约怎样？我只好猜。

我从贾红那里要来皮皮的地址，知道你能见着他，就写到他那里了。

给皮皮问好，有他跟你做伴我心里还好受一点儿。告诉他贾红和学运都好，她们还好有父母家人在身边，小学运很乖。

欢欢，如果我说了什么太悲观，你不要往心里去，你知道我不管怎么哭，Life goes on，我明天会照样看英文，你不要担心我。

我就是太想，太想你！

爱你！

wife 青

林欢看完了信，心里已经酸痛起来，他忙把信叠起来，对瞪着他的皮皮说："青青问你好，你们贾红和学运都好，让你放心。"他抓起电话："我得给她挂个电话，她……"他没有把话说下去，拿起话筒，心里默念青果宿舍的电话号码，拨完，听见"嘟嘟"的铃声，直在心里叨叨：我错了，我错了，宝宝让你受苦了。Come on，大娘接一下，接一下！

林欢挂了电话。

他低头坐在那里，拿出一支烟来点了，抽两口，又站起来，在厨房里来回走了几圈，最后走进卧室，见皮皮躺在床上，便问："皮皮，有纸吗？"

皮皮忙跳起来，从床头柜的抽屉里拿出一沓黄色的稿纸。林欢接过去说："来了两三个星期都没给她写一个字，把她急坏了，她都失眠了，我得马上给她写，让她放心。"

皮皮看着林欢，半天才说："好，今天我们就家书日，我也写，我也很久都没有写了。"然后抬起头来，看着林欢说："真不想跟她说这里的事情，就我自己一个人知道了，就够了，还得再加上一个，这不没事找事吗？"

林欢笑着说："可不告诉她，她要担心啊，我一直回避这事，怪我。"他自责地摇摇头，逃避没有用的，这两个星期以来，只要想起青果，他心里就难受，他采取不想不提的办法，让自己混过去，现在他发现是他自己不够坚强。让她一个人在那间黑宿舍里担惊受怕，回想她刚才的哭声，林欢的心揪成一坨。他拿了纸走到厨房，在桌上给青果写了一封长信，把他的状况，他对纽约最新鲜的感触，他的愿望和对他俩将来生活的梦想，足足憋了三个星期的话都详详细细写给了青果，他发现只有面对青果，他才真正放松和畅快。对她的思念就像一只大虫子狠狠地啃着他的心，痛得他直哆嗦，可他咬牙挺着，不让皮皮有任何察觉。

皮皮也拿了笔跟林欢坐到外面的饭桌上给贾红写，两人写完了，贴了邮票，才拿着椅子、画板出了门。到外面大街上他们找着个信筒把信扔了进去，林欢舒了口气，仿佛推开了两星期以来一直压在他心里的一块石头。

停职，初到圆明园画家村

七月中旬一个闷热的下午。

陆华坐在椅子上，隔着办公桌正对着新来的杂志社总编关月和书记宋单。老总编已经因为支持新潮美术被罢免了职务，现在这个新总编是画界出了名的“左派”，延安时期老鲁艺的人。两人神色严肃，陆华知道重要时刻来临，很明显上面要处理他了。他心里直打鼓。

关月从书柜里拿出一摞书，走到陆华身边放在他面前，又走到桌子对面坐了下来，这才说：“组织上决定，解除陆华同志编辑职务，勒令他离职学习一年，提高思想认识，以观后效。”又抬手指了一下桌上的书：“这些马列著作，你要认真研读，尤其毛主席的《在延安文艺座谈会上的讲话》，那是我们党和国家对文艺的方针政策，希望你认真领会，肃清思想里的流毒。”

他话音一落，陆华心里一块石头落地，脸上不由得浮着一丝笑意。他忙点头说：“请领导放心，我这一年就什么都不干，认真读马列，一定提高认识。”

陆华手捧马列，走出了总编办公室，尽量面无表情，可他心里却一阵暗喜。路过菁菁他们美编办公室，他推门探了一下头，菁菁早等得心焦了，见了他立刻跑了过去，一把把他拉进房间里，问：“有事吗?”

陆华乐了：“有事，看看，这不领导见我没钱，送我书，要我读一年，还管我饭钱，你说有这么好的事吗?”

菁菁拿手捂了嘴，眼睛瞪得溜圆：“真的?你没事了?”

“有什么事?我能有什么事?”陆华在牙缝里冷笑了一声。

菁菁高兴地在他耳边说：“好啊，反正你也不要上班了，每天就到我那去上班，我正巴不得呢！”

陆华看着她哭笑不得。

陆华现在真的觉得失落了，他觉得自己被人遗弃了。自从单位罢免了他的工作，他便是一个在社会上没有职业的人。过去所有的朋友都不找他了，那些跟他志同道合的人一开始还跟他联系，大半个月后，联系也少了。所有正常的学术活动也都不邀请他了。当然地下的活动更不邀请他，反正他知道，那些从前处处向他表忠心，时时写“情书”的前卫画家们对他开始不冷不热、客客气气起来。他很不愤地想：哦，我没有利用价值了吗?我不能给你们写文章了吗?不能帮你们组织展览了吗?不能把你们的作品登上杂志了吗?你们这些唯利是图的家伙，谁要是单为你们，才真是瞎了眼!

上面来的冷处理没让他觉得怎样,可圈子里的冷眼、孤立才让他觉得失望。他时时反省,是自己过去一段时间太得意,得罪人太多?还是对人不够哥们儿?唉,就是时间倒转,再过一遍'85,我也许还得那样,真不可能跟老米似的跟那些画家称兄道弟,说清高是好听的,应该说不识时务,不会拉队伍吧?

德拉跟卡桑分开了,带了几个北望群体的人去了西南一个省,到底是哪儿陆华也不清楚,离开了北京这个水深火热的是非之地;大侠自己跑去了南方一个偏远城市;青果回了T市就再也没有音信;大部分各地来的艺术家们也都离开北京;小锋带着对他的嫉恨到美国去跟他的老婆团聚去了。老米他们《中华美术报》已被勒令停刊,听说他也跟自己的下场一样被停了职。北京的圈子一时安静下来,人都没了。其实陆华知道大家不过藏在什么地方,不公开出来亮相罢了,前些日子就听说一大批先锋艺术家聚集在圆明园附近的村子里,在那里过着饥一顿饱一顿没着落的日子。

八月下旬大热的天,为一个小型展览,孙建军邀请陆华去圆明园他住的地儿看看他的新画,陆华正想去看看这些圆明园的画家们,他骑上车就走,菁菁毫不犹豫地也跟了去。他们骑得满身大汗,过了北大,来到圆明园废墟,远远看见一个村落,这个村应该说就建在过去的皇家花园废墟附近。

他们推着车往村里走,光秃秃的没几棵树,一色的红土砖矮平房院子,一条肮脏小水泥路直伸进村里。正是下午,整个村子静悄悄的,有几条脏兮兮的土狗懒洋洋在小路尽头观望,连叫几声的兴趣都没有。

这种典型的北方村庄,陆华太熟悉不过,内蒙古农村的房子跟这都一个味儿。房子憨实、简朴,房顶既粗且短,又直又秃,不像南方的农舍花枝灵巧,有或翘或弯的屋顶。不过陆华还就喜欢北方农舍,他喜欢那种直截了当的风格,一切设计都为的是防风、抢太阳这两个目的,没那么多的花花肠子。

他拿出孙建军写的条子,上书:进村后沿小路到头,往右,一大红木门。他向前指了一下,说:"还得往前。"

菁菁喊:"他们还真能找地方啊!"拿手遮了额头,香汗淋漓。

"你还不得不说这是多大的巧合?圆明园多有象征意义,不知道是谁的主意?听郭亮说子圆也来这里租房子了。"

"他没有回家去啊?"

"他一直在北京跟着老米,在《中华美术报》打杂,现在报社也解散了,他肯定会留下来陪老米一段了。"

"那我们今天去看看他?"

"当然,进了庙哪有不拜佛的?"

菁菁捂嘴笑了,对啊,过去都是人家拜他呢?因此说:"你什么时候倒要拜他们?"

陆华也笑道:"谦虚使人进步嘛,这些日子学了这么些马列主义,还是毛主席说得对。”

菁菁笑着瞟他一眼，理都不理他，推了车走到头里。陆华望着她珠圆玉润的背影，今天她又穿着那件淡蓝色的连衣裙，衬得她皮肤雪白如凝脂，他心里一热赶过去抓住了她的胳膊。

菁菁回头看他，两人一时站在那里。陆华动了几下嘴唇，一个字都说不出来。菁菁冲他微微一笑："别抓着不放，怪热的。"

"菁菁，我——我——我对不起你。"陆华鼓着眼终于说了出来。

菁菁一听眼睛红了，推了车往前走，说："你也别说这个话，咱们走吧，都到了，别让人看见。"

陆华松了手，默默跟她往前走。

大展后，菁菁一直在他身边，凡是他最需要的时候，她都会在他身边。他们之间更默契，她再也不提离婚结婚的事情。停职后，陆华深夜回家，她都一直要送到楼下。她几乎忘记了自己最开始对他的要求，她离婚时就想的是要和陆华光明正大地生活在一起，要成为陆华唯一的妻子。现在倒好，她连她的初衷是什么都忘了。现在她只知道要去爱他，看不得他落魄，看不得他寡欢，只要能让他感到一丝儿温暖、开心，她的初衷是什么都不重要了。陆华刚才一说，她真想投到他怀里哭一场，可看看周围的红砖墙、肮脏的小路，又把眼泪忍了回去。

陆华的愧疚是发自内心的，他知道把她害惨了，菁菁对他的爱让他越来越自责，因为到现在还是不能给她一个说法。现在小平在家里睁一只眼闭一只眼，任劳任怨地带着孩子，在他停职后，越发对他温柔体贴。每天陆华回家面对她，都不知道如何是好，无理要求一直就说不出口。他发现他在家里对不住人，在外面也对不住人，这才明白什么是真正的里外不是人。他落魄郁闷时怀疑过自己，觉得自己就是一个最最普通的人，干什么这两个女人要舍了命来喜欢自己？他自愧没有她们痴情，他知道从一开始就没有像她们那样。是啊，男人怎么可能跟女人一样婆婆妈妈沉湎在感情里？他自认为自己是个能决断的人，但在这个事情上，他是个废人。

到了漆着大红油漆的破木门，陆华举手拍了两下。过了一会儿，孙建军揉着眼来开院门，一见两人，开心大叫："我说呢，谁这么有礼貌？真稀罕！这儿的人踹开门就进。"忙把两人让进院里去："来，来，请进，请进！"

陆华进了小院，四下打量了一下，也就巴掌大的一个小院子，墙角堆着木头、水缸之类的杂物。孙建军把他们让进了东厢房。房间不小，有二十多平方米，整个房间都很暗，因为靠西，向着院子开的窗户很小。窗户下，一张断了腿的书桌，由砖垫着，上面堆着画册、书籍、报纸、杂志等杂物，还摆了一张破沙发，一个简易本色木质茶几和几把凳子，冲北尽头那堵墙立着一幅二三米见方的大画，显然是新作了。

陆华没有寒暄，立刻走到画跟前，上下细看：浅蓝的背景下，一个秃头小伙子身着白T恤，正不耐烦挤眉弄眼打着哈欠，嘴张得巨大，一张扭曲的脸占了三分之二的画面。后面一溜重复四个秃头男人，冷眼站在身后观望，陆华一下就给慑住了。他两手握在一起说:“好,这可是个大家伙,真不错,真不错!”

孙建军诚惶诚恐地忙说:“老陆,给提提,给提提,最近画的一系列都是这种的,我本来想都画这么大的,就是太贵了,一张这样的得好几十块钱呢!”

菁菁在旁边问:“你们这里房租多少?”

“一年两千元,就是最好的了,因为这间房子还算可以,能画大画。”

菁菁又问:“那你们生活呢?怎么吃饭呢?”

孙建军指了下房子的另一头,菁菁见一张凌乱木质单人床,旁边一个破柜子,放着几只碗。地上一个方便面大纸盒子,旁边一堆空酒瓶子。

菁菁小声喊:“你就吃方便面啊?”

“嘿,嘿,”孙建军干笑了两声,“有时我们去北大的食堂买饭吃,便宜。”又指着破沙发:“老陆,菁菁,坐,请坐。”他猫腰拿眼扫了两人一眼,提暖瓶给两人泡茶,见菁菁阻止他,他笑着把俩装满茶水的玻璃杯子往茶几上放,转身在桌子上拿了一本杂志递给她说:“这么热的天,你们大老远地来,茶还是有的,拿去扇扇。”

菁菁笑着接过去,想别看他是个大男孩儿,心思倒挺细。

陆华见他对菁菁献殷勤,满意地笑了一下:“说说这批画的情况,还有吗?”

“有!”孙建军见问,忙从靠墙一堆画框里抽出些来,都是一米见方的画布,把它们一一翻过身,铺开来沿墙摆开,足有五幅,和那幅大的题材风格差不太多。

陆华走到跟前,蹲下来细心看一遍,嘴里说:“不错啊,不错啊。”

“唉,老陆提提,提提,不要客气。”孙建军眯着眼,诚恳地说。

陆华站了起来,问:“这些是你为那个展览准备的?”

“嗯,是又不是,说实话,我舍不得这幅大的,还有好些活儿没完。”

“嗯,看得出来,这些画跟你在大展时的东西还是有联系的,你现在这个东西情绪都出来了,更具体,很不错。”

孙建军笑嘻嘻地眯着眼听着,直点头,最后说:“谢谢,谢谢。”又回头指了下沙发,说:“坐,坐,坐。”两人复又回到屋子中间,陆华在沙发上坐下来,孙建军忙拉过一把椅子,坐在两人旁边。

菁菁笑着说:“你的这批新画让我想起前些时候王朔出的几本书, 都是你这味儿的,一副吊儿郎当的样子。”

孙建军又“嘿嘿”笑了两声。

陆华也笑道:“现在这种时候,有这样的情绪很正常,这种北京痞子的调侃、玩世不恭可能还得流行一阵子。”

孙建军听他的口气便知他对自己画的看法,心想谁还吃你那一套?自以为是的精神贵族?真不知道其实我这画就针对你呢?我可跟你们'85是两回事,哼,什么“大精神”都是些扯淡!他心里虽不以为然,但脸上仍然客气着,赔着笑脸。

他们坐在那里又闲扯一会儿,孙建军讲了讲圆明园村的情况,告诉他们村里一共也就有十几个画家,还有几个玩儿摇滚的,俩写新诗的,俩搞摄影的,听得陆华、菁菁兴趣大增。陆华站起来说:“我们再到其他几个画室看看,子圆在什么地方?干脆你带着我们各处走走。”

孙建军巴不得,心想跟你还真没有什么好聊的,忙站了起来,带着两人出了院门。

他们先去了子圆那里,还是一样的农家小院,门锁着,孙建军回头说:“人不在,可能进城了。”

几个人又顺着小水泥路往别处转。陆华问:“子圆现在怎么样了?都画些什么?”

孙建军说:“我也好些时候没见着他了,前段时间还画那些黄土地,估计这个销路不错吧!”

“对了,你们在这里都脱离了公职,完全靠卖画为生,到底卖得怎么样呢?”陆华又问。

“时有时无,卖不掉的时候居多。子圆可能是卖得最好的吧。还有几个哥们儿在这里画行画卖,销路也不错。”

“你们的客人都是老外?”

孙建军笑了一下算是答复,心想这不明知故问吗。

拐了个弯他们来到一个宽大的院子,陆华问:“这个院子大,是谁这么有钱租这么大个儿地方?”

“不,这是一哥们儿跟房东合住的,他就租了一间房子。是河北的画家,周向东,刚毕业的,你也许不认识。”

孙建军领着他们进了院子,跑到西厢房门前,重重地砸了两下门。一个小伙子开了门。

陆华见他也就二十出头,小眼,高颧骨,瘦小枯干,萎靡不振,心里叹看来这些人还真缺营养。

孙建军在旁大声说:“介绍一下,这位是陆华,’85领袖,这位是《艺术》杂志社的菁菁,这位是周向东。”

周向东听了忙擦了擦双手,抓住陆华的手就握,激动地喊:“久仰,久仰!这两年就看你的文章,如雷贯耳啊!这不在您的指引下,毕了业就直奔北京,就落在这圆明园村里了。”一席话把所有人都逗乐了。

陆华笑着跟着他进了屋,菁菁也睁大了眼跟了进去。一间房子跟孙建军的格局差不太多,几件破烂家具,估计不是老乡房东的就是哪儿捡来的。关键是墙上的画,大大小小挂了一屋子。房间中央一个破木桌子上挤满了颜料,看来他直接就在桌子上调色,画架子上正画着一幅两米见方的新画:淡蓝色的天空下,天安门广场上,一排人站得整整齐齐,张着大嘴不知道是在喊口号还是唱歌,红色的天安门城楼就在远处,画面简洁又干净。所有的人都是一个模子刻出来的,张着的大嘴可以看成干笑,笑到不能再笑,嘴也张到不能再张的地步,简直就是个面具。

陆华和菁菁看着满屋子夸张的笑脸,不由得都笑了起来。陆华打量眼前这个不起眼的小伙子，真看不出他有这样的机灵劲儿，看来他把戏谑、调侃、讽刺、幽默再加上玩世不恭发展到极致。

陆华笑着说："好玩儿，好玩儿，你们这儿是有一拨人都画这种调侃题材吗？"

孙建军马上接过去："我们这个展览就叫作'新写实画展'，还有几个人不住这里，都有点这种味儿。"

陆华笑着又仔细把墙上的画看了一遍，这才从画室里出去。

周向东忙关了门，跟了陆华一行人到村里各处转。他们穿过街，进了对门小院，周向东用拳狠捶大门，喊："出来，出来，有人来看画了！"

话音刚落，一个像电线杆子一样瘦高个儿出来。陆华上下一打量，心中大惊，这人也就二十出头，皮肤白净，眉清目秀，留着平头，足有一米八以上，穿着黄色的布军装，没想碰到一个篮球运动员一样身高的画家，这还是头一回。又见他翻着一双水灵灵大眼，冲他羞涩一笑，陆华更奇，这样一个大高个儿小伙子，却跟女人一样漂亮。

周向东给他们介绍，小伙子叫梁泉，东北人，东北师大应届毕业生。梁泉把大家让进画室，大家进去一看，房子又矮又小，光线昏暗，估计是房东过去堆杂物的库房。屋里除了一张单人床、几把凳子、一张木桌，便无他物。

菁菁在旁边已经大发感慨："唉，梁泉，这些都是你绣的吗？"

大家的视线都转到墙上，这下陆华才发现，屋里没有画架，可满墙却挂满了五颜六色、闪着金光、各种各样的"画"。陆华走到跟前仔细一看，这些"画"并非画，怪不得菁菁大发感叹，原来都是些刺绣作品。

菁菁在旁问："这些小珠子，都是你一颗一颗穿的啊？"

梁泉不好意思低头"嗯"了一声。

陆华仔细端详，这些"画"由五彩丝线，或小珠子绣在廉价的人造丝绸上。尺寸大小各异，有六尺长、两尺宽似条幅的，还有几尺见方，有方有圆，不拘格局。题材应有尽有，条幅上的女人体一看便知是卖淫的，姿态撩人，她们的下体用的鲜红丝线，缀着小亮片。还有明星头像，有大白菜，有雷锋，有三十年代老式日历牌美女，有香烟，有酒瓶子，有红宝书，有"文革"时期的一些形象和符号，真真眼花缭乱，大红大绿，艳光四射。

菁菁在旁边又叹："你哪里找来的这些材料啊？"

"地摊上到处找呗，这附近农贸市场让我都找遍了。"梁泉抬手在鲜亮宝蓝色条幅上摸着，腼腆地笑了一下说："这种材质的就最理想，你看既鲜亮，又有点硬，一看就是人造的，要的就是这种廉价的效果。"说完又挥了一下手："所有这些，我要它们看起来既艳又俗，还廉价，这就是我要的。"

陆华听了大感兴趣，说："讲讲，怎么个想法？"

梁泉抿嘴微微笑了，大眼闪了一下说："坐，坐，咱们先坐。"忙拉开地上的几只板凳让来人坐下。板凳不够，孙建军和周向东都坐到了他床上。

梁泉从桌上拿了烟给大家散。陆华摆手，结果只有周向东接了，孙建军也不抽。梁泉给自己和周向东点了，吐出来一口，才细声细气地说："前些日子老米来这里，我们这里一拨人在这里聊。想想那天还有谁，杨有为、我、张进、王大力，还有几个，我们这几个人都是毕了业就来这里，没有太直接介入'85。"说着他瞄了眼陆华，陆华聚精会神地听着，没有表态。

他又接着往下说："现在再回头看'85觉得一切都不真实，那种高涨的热情，那种崇高的理想，都很虚，不真实。"他弹了下烟灰，"什么是真实的？跟我们，中国人，所有的中国人切身相关的？不是那些高高在上的精神，是萝卜白菜、人民币、流行曲、明星，大众的，我们的艺术应该关注的是这些，这才真实。大众的情趣、审美价值才应该是我们的艺术要表达的。艺术为什么只去关注那些高高在上的精神贵族？而忽略了更大更广泛的受众？"

"那你们这不是照搬美国POP艺术的观念吗？"陆华问。

"那又怎么样呢？POP艺术的概念并没有过时，'85运动里头什么不是借来的？可我们做的东西是我们中国的，全世界哪儿的POP艺术也没有我们这样的。"他有点得意地笑了下，"我们这是中国农民式艳俗的审美情趣，你能否认吗？这种审美泛滥成灾，充斥中国的城镇。从张艺谋的电影到春节联欢会，到街头的秧歌队、婚纱照，还有很多，很多，这才是我们中国的真实。"

陆华笑道："那你们是个什么态度呢？居高临下地讽刺挖苦？"

梁泉马上接过去："那可不一定，我们有什么权利去讥讽别人？我们不一定就比别人高明，不过有时调侃一下还是会有的。"他又腼腆地笑了一下。

"怪不得你这些颜色都俗得、土得掉渣。"菁菁在旁边叫了一声。

梁泉两眼看着陆华，认真地说："我觉得艺术要为人民，中国的现代艺术，真正的现代艺术是反传统艺术的，不仅要反传统艺术的观念，还要反它的形式，要彻彻底底地反。我们的艺术就是反艺术的，刺绣从来就不在艺术范围之内，最多是个民间工艺，我就用它作媒介。王大力拿大漆画在板子上，你们知道大漆在中国传统民间工艺里是用来刷器皿和家具的，他拿来画他的画；杨有为更绝，他的雕塑才有意思，他拿树脂搞的大白菜，还种到地上，真绝了。"

看着他兴奋地滔滔不绝，陆华心里真为他惋惜：他不知道我就是那个在'85大唱精神赞歌的人，我就是那个他所批的精神贵族，他真找对了人！

孙建军心里直骂：傻小子，说什么呢，也不看看面前坐着的是个什么人?!

梁泉完全沉入到情绪里了，收是收不住了，他红光满面，俩大眼闪着光，根本没有看见孙建军递过来的眼色，接着还说："我们不要深沉的痛苦，不要，就要这肤浅的及时行乐。什么历史的责任啊，痛苦啊，宏伟的目标啊，跟中国人的生活有什么关系？跟广大人民有什么关系？这才是真实的。"说完他指了下墙上的条幅，"嫖娼，赌博，吸毒，人民币，卡拉OK，这些才是真的生活。没有什么不可以作为题目。"

陆华勉强站了起来，点头说："很有想法，很有想法。但是你也不能一竿子把过去完全打死,我认为过去对精神的追求还是难能可贵的,人类不是在这样的追求中才得以进化和进步的?如果精神之树都死了,那人类还有什么指望呢?"

梁泉愣愣地坐在那里,这才发现周向东和孙建军都在给他使眼色,他一下住了口。

陆华深深地看着他,又看了看满墙的作品,伸出手来握住了他的手说:"不过很难得,像你这样,为自己的理念,这样千针万线,这样投入,就你这样一个大小伙子,做出这样的作品,本身就说明了问题,不错,不错,很不错!"

梁泉听罢,这才笑了。屋里其他人也才松了口气。

陆华又问:"你们几个人的作品有出路吗?"

梁泉肯定地摇了摇头:"没有,没有一点儿点可能。"

"哦。"陆华的声音又低下去,他环视了一下房间,心里想这些人他们还能坚持多久?我能做什么?现在文章不让我写,活动不让我搞,我还能做什么?他伸手拍了下他的肩头,站了起来,说:"继续,继续,你会搞出好东西的,好,我们走了,下次再来看你的东西。"

梁泉开心地直说谢谢,陪着一行人出了院门。

他们在村里又走了几家,天快黑了才离开。

"政治上正确",社会与理想

夏天最后一个月,林欢在纽约挣足了钱,临要开学了,跟皮皮、汉生两人在地下室大喝了一顿,三个人马上就要各奔自己的学校。皮皮因为托福没有考过关,先要入学校的英语补习班,学费照交,什么时候过了英语资格考试,什么时候才能学专业。汉生已经是第二学期了,所有的事情都轻车熟路,他现在是著名的Manson教授手下的学生,琴艺一日千里,他将面临更多的社交和纽约的上流社会生活,还有就是更深的课程。林欢心里揣着希望,正憋了一股子劲,跃跃欲试。所以三个人各怀着心事,喝得晕头转向,最后还是以皮皮狂吐告终。

在纽约后来的日子里,林欢仔仔细细地逛了Soho各种画廊,真是千头万绪,不知道从何入手?纽约不愧是世界艺术的中心,什么都有,丰富得不能再丰富,严肃的画廊几乎没什么画,譬如墙角堆一堆糖,就是一件作品,要几十万甚至百万美元,可人家的内在是怎样运转的?真不知道。再有,各种各样的展览每个星期都有,风格大不相同,大部分都不是布面两维的东西,也看不到任何红点(卖掉的标注),这些画廊怎么生存的呢?后来看得越多感觉越乱,不过有一点儿感触很深,就是纽约的艺术如茂盛的森林,充满了生命力,而且不受任何规则教条的束缚,给人的感觉想怎么做便怎么做,创造力和想象力惊人。他顿时茅塞顿开,发现自己过去在国内学得机械教条,条条框框太多了,见的也太少。这会儿他带着满脑子纽约的刺激,一头奔向学校,坐在Greyhund上默想:这下要去上学了,真的从零开始。

到芝加哥后，林欢直接就去学校报到，如他所料，学校就在大街上，不远就是学校的美术馆，大得跟国家博物馆一样，这是个什么学校啊？林欢不由得兴奋起来。

在系办公室里，他碰到了 Paul，和他一个专业的同学。这位同学金发碧眼，一米八的大高个儿，让林欢第一反应就是古罗马雕塑。当他知道林欢是新来的研究生时，便热情地和林欢握手，直说“欢迎”，还告诉他，他们是同门师兄弟，并带着他去行政楼、教室、图书馆、食堂；他一路走一路在学校各处的留言板上和各公共汽车站上撕条子，最后交给林欢一把说：“打这些号码，都是房屋出租的。”

林欢忙谢谢他，跟他告辞，赶快回到系里，他的行李还存在那里。系里的秘书 Mrs. Morris 热情地帮他挨个打电话，最后林欢选了一个日本人的招租。问下来是音乐系的一个弹钢琴的女生，说是两室公寓，离学校十分钟的路程，每月房租五百美元。等林欢敲开灰街 46 门的时候，已经是下午 5:30 了，那位日本女生正等着他。

一开门，林欢忙说：“你好！我是林欢，对不起来晚了，我走过来的。”他一面用磕磕绊绊的英语说着抱歉的话，一面打量她，这个日本女孩和青果差不多的中等个儿，也就二十多出头，小巧玲珑，黑发披肩，齐眉的刘海儿，下面一对黑黑的杏仁眼睛，皮肤很干净，瓜子脸，小巧挺直的鼻子，红口白牙。只见她躬身行礼，笑着回道：“Hi！”一边说一边伸出手来：“我是 Kiku，很高兴认识你，请进来！”她的英语也带着口音，一听就是外国人。林欢发现她笑起来一双眼睛就跟豆荚一样弯了下来，她的手指修长，对了，她是弹钢琴的。林欢忙跟她礼貌地握了下手，说了一声：“你好！”不免心里高兴，一个这么漂亮的合租人，真是幸运。

Kiku 把林欢让进屋，领他到他的房间，边走边问：“你真的是走到这里来的？”

“是。”

“从艺术系过来带着这两个箱子？”

“是。”林欢揉揉手，这两箱子可够沉的，可费了大劲了，累得他一身臭汗。这时他闻到 Kiku 身上淡淡的香水味儿，便有点儿狼狈地在额上抹了下。

Kiku 看了他一眼，抿嘴微笑，给他房门的钥匙，告诉他哪里是卫生间，然后便告辞说：“我得走了，再见！”

林欢忙说：“再见！”

她走了两步，又回头说：“如果你想买点儿吃的东西，向左两个街口有一个小超市。嗯，厨房里我有方便面，你如果……”话还没说完，她看着林欢又抿嘴笑了一下。

“哦，不用，不用，谢谢，谢谢，我已经吃过，吃过，晚饭了。”林欢赶快拒绝了。

Kiku 点下头，又说：“那，再见！”

林欢客气地又回一句“再见！”也点了下头。

Kiku 走了。林欢目送她出了门，这才仔细打量租来的这个小公寓，房间真的很小，厅也就十平方米，放了张小方桌子和俩凳子。左手是卫生间和厨房，右手是 Kiku 的房间，自己的小屋子正对着厅，也就十二平方米大小，里面一张铁架单人床、一张老书桌、一个床头柜，一共就三件家具。书桌上面老式百叶窗关着，林欢走了过去，把窗户打开，下午的阳光扫进来。林欢一屁股坐到床上，不管怎么样，在纽约睡了一个月街上捡来的恶心床垫子，这回终于可以睡在床上了。他这会儿才感到饿了，来了一天也没有吃东西，嘴都饿得有味儿了，他忙站了起来，拿上钥匙出门。

出门往左，没走五分钟，果真见一个意大利人开的小食品店，看来专为做学生生意的，东西都一小份一小份地包好了，店不大，可什么都有。林欢买了两大牛皮纸兜，一气儿花了四十美元，立刻心疼地想，这样花钱可真跟流水一样，这两天得花多少啊?一个月来，他跟皮皮在纽约都很节约，当然纽约的东西也要便宜一些，他们恨不得把挣来的钱都存到银行里，好给青果和贾红开证明。

林欢回到公寓，抱着东西进到厨房。厨房很小，就一小窄溜，右手靠墙一排白色橱柜，靠尽头窗下一个炉子，靠门一个小冰箱，到处都收拾得干干净净，整整齐齐，几乎一尘不染。林欢打开头顶上的柜子，没有几只碗筷，都整齐地摞着，一看就是日本瓷器，比国内的精致好多。另外一个柜子空着。

林欢心想这下麻烦了，跟这么个干净人合租房子还不得把自己搞死?他转身去隔壁卫生间，见里面挂着粉红色的窗帘和淋浴帘子，浴盆、坐便器、洗手池都擦洗得雪白铮亮，挂在杆子上的淡粉色毛巾没有一丝儿污迹，屋里隐隐飘着淡淡的香水味儿。天! 我这不找死吗?他一下想起从纽约带回来的脏毛巾、臭袜子。一扭身猛地看见自己在洗手池上面镜子里，便拿手敲了一下镜子里自己的脑袋，说:“你小子，想什么呢，这下可好，遭报应了，有你好受的! ”

他气鼓鼓地奔回厨房，把买来的东西一样样整齐地放进冰箱，又跑回自己房间，把箱子打开，拿出自己的杂物，幸好在箱子里找到一条新毛巾，多亏青果当初什么都给他多准备一份。等把一切都收拾好，他这才拿了自己的小锅煮了碗面。

洗完澡，天都黑了，他这才发现他屋里没有灯，就干脆脱了衣服仰身倒在床上，什么也不想了，不到一分钟，便鼾声如雷。

开学头几个星期，林欢忙着选课、上课、熟悉环境，跟 Kiku 每天都有照面，不过在厨房里客气几句，说实话林欢的英语还不能让他轻松自如地跟人聊天。公寓里整天都静悄悄的，他俩很少同时都在。一切看起来都令人满意，只有一样让他稍稍觉得美中不足，就是不那么随便。他是个散漫惯了的人，成天要小心翼翼整洁卫生让他觉得很受拘束。和一个女生，又是那么漂亮一个日本女生共用一个卫生间真的别扭，让他想入非非，好像撞进了一个陌生女人私密禁地，看着那些精致的女人用品，浑身地不自在，每次去都有错进女厕所的感觉。所以一般他都要等到 Kiku 离开后才用卫生间，把自己在卫生间里的痕迹减少到尽可能的少，就挂了一条毛巾，放了一套漱口用具，浴盆上放了一块香皂。

第一学期林欢只选了三门课，Giovanni 教授的二十世纪世界美术史，自己指导老师 Russell 教授的油画，Kane 教授的人体写生。

开学第二天，他跟 Paul 一起去了学校有名的 17 号楼，全校学生的画室都在那栋楼里。芝加哥的九月还很热，两个人走下来已经都出汗了，实际上 Paul 有辆自行车，看林欢没有，就把车扔在系楼前了。他们一路走，Paul一路给林欢介绍沿路的商店：这是旧书店，到这里买课本；那是复印店，晚上赶完作业可以来印东西，他们24小时都开着。他突然指着一个店喊："嗷，嗷，嗷，这是卖绘画材料的，特棒的店。"说着他笑着摇头，"Bloody expensive！"

林欢望着他也乐了。

他们又过了一个旧货店，他朝林欢笑了一下，点头："都是好东西。"

林欢听他这一说，朝店里伸了下头，黑漆漆的就看见些破铜烂铁，笑着冲Paul摇了下头。

17号楼到了，一栋四五十年代厂房，听说是过去一个纺织厂的房子。从艺术系出去也就七八个街口，林欢远远就看见学校蓝色的旗帜像幌子一样立着挂在一栋巨大的红砖楼上，一栋楼占了整整一个街区。林欢数了一下，一共八层，临街一色的工业铁框大窗户。

进了楼凉快多了，整个建筑里面是又高又大的框架结构。两个人开始爬楼，他们的画室在6楼，两个人没一会儿就都气喘吁吁了。林欢停了下来，笑着看看Paul，他正忙着喘粗气。林欢挺惊讶：别看他这么大个儿，可脸看上去却跟孩子般的单纯和干净，还这么漂亮，淡蓝色的眸子清澈见底，棱角分明的嘴角微微上翘，衬着挺拔的鼻子，真难以置信。

他们开了644号房门，门没有上锁，里面是一个巨大的车间。调色油的味儿立刻扑面而来，满眼就见五花八门的隔断和刺耳的摇滚音乐。林欢心里一抽，"怦怦"狂跳起来，他边走边看每个小空间，有浓烈得画得不成样子的，还有整齐干净，画得规规矩矩的，也有各种材料的，根本没有画架的。大概瞄一眼，应有尽有，随心所欲，一派自然。这个大车间有十来个隔断，没有一个重样的。有些隔断里还有人，男的女的都有，各个都衣着随便又时髦，看见他们走过，都打招呼，又接着忙手里的活儿。林欢心里一股热血往上涌，觉得自己真的太幸运了，一个夏天在纽约没白干，能到这么好的环境里画画，真他妈的棒！

林欢在回去的路上立刻进了那家材料店，买了画画所需材料，大出血，花了六十美元，就这样还没敢使劲儿买。拿着那些东西，他真恨不得马上就能去画室画画。后来又进了那间旧货店，在里面买了一个台灯、一把椅子、一辆自行车，一共又花了一百八十美元。

Russell教授的第一堂课在艺术系里的6号画室里，林欢一进去就见Paul和一个又黑又矮的南美人站在那里，林欢知道这就是David了，Paul给他们作了介绍。没一会儿Russell来了，脸上没有什么表情，一条洗白的牛仔裤，一件淡蓝色衬衣。

四个人坐下，开始上课了，林欢没想到就他们三个人。

Russell看了看他们，说："这学期收你们几个不是没有原因的，从你们寄来的片子里我发现一些有趣的东西。这样说吧，现在已经过了六十年代，也过了七八十年代，到了绘画已经死了的年代了。可我们这些人还在画，到底绘画死了没有？"说着他看了下大家,又继续:"你们几个的作品,我觉得大家都还在画,还在说着自己想说的事情。林和David有着不同的文化背景,他们在讲他们自己的故事,让人看了惊喜。因为在座的都热衷绘画这件事情,那我们就来集中时间和精力把它做好。"

几个学生听了都没有吭声。

Russell停了一下又开始讲:"我现在要来讲讲对美术史的看法,过去到现在学院里到处都充斥着这个讲法,说艺术就是一个风格的发展史,艺术是一个逐步抽象的、追求形而上学的过程,我不同意这种说法。按照这种说法绘画只有死路一条,你看抽象到最后就没有什么可再搞的了,似乎所有的形式和风格都被前人搞完了,它不死还等什么?要我说这都是谬论!"

林欢伸长了耳朵,目不转睛地望着他,生怕漏掉了一个字。

"到底历史是不是艺术史讲的那样呢?我看未必!依我看那些书里讲的历史永远都不能真正客观地反映真实,艺术史是一些别有用心的人撰写的,它所反映的只是撰写人脑子里和眼睛里的东西。他们要鼓吹的、宣扬的就变成了主流,最后就变成了历史。其实在任何时候,都有很多东西并存着,充满了活力和创造力地存在着,制造了很多东西,因为不被这些撰写人重视,就被忽略不计了。那么历史真相是怎么一回事呢?我们无从知道。譬如说六十年代我跟你们一样还是个学生,在纽约,一场抽象表现主义运动轰轰烈烈,这是主流,每个人都在搞这些东西,包括我。Edward Hopper在那个时候从来也没被人重视过,被认为是东北的土老帽儿,但是我们现在来看他的东西,就知道他被忽视了。所以我这里要讲一个,"他放眼又看了三个学生,"一个真正的艺术家首先要真实地对待自己,不要投机取巧想方设法去让自己在政治上正确,不要怕自己不在主流上,这样才有可能创造出来好的艺术。"他挥了一下手,继续道:"所以,具象的东西自古就存在,在所谓的抽象潮流时期仍然大面积地有价值地存在着,只要人们拿着画笔,它就永远会存在下去,我仍然要说,现在好的具象的东西和古典时期的一样伟大,它们只是手法不同,表达的东西不同,但是你不能说具象的东西就过时了,就没有画的意义了。任何时候只要你认为这是你最佳的表达方式,它就有意义。"

他又停了一下,看三个学生直愣愣地听着,接着又说:"我的这个课,没有任何要指导你们的,希望你们放开了画,找着你最想要说的和你最合适的方法。如果能达到这个目的,就很了不起。从今天开始,我们一个星期碰一次,评讲作品。"

"太棒了!"Paul大叫了一声。

林欢口不能言,Russell的一席话,如雷贯耳,他深感如果要谈学术问题,还得加紧练英文,这些过去想过的很多问题,Russell今天都说了。看来跟着他大有学头。David在旁边也怔怔地没有说话。

Russell站了起来,说:"好,我们这就结束,大家都去工作。我们下个星期在这里见,别忘了把一个星期的东西拿过来。"

三个人兴冲冲进了17号楼,进了自己的空间。林欢把画框立在一把旧椅子上,说实话他买不起画架,好几十块呢。还在楼里捡了块三合板,把从家里带来的一大把笔铺开来,对着空白画布,脑子里转开了。他下意识地拧开一袋油画颜色,刚要往外挤,马上意识到挤不得,挤出来一会儿就干,几块钱就没了。他忙住手,跟自己说先理理脑子吧。随后站了起来,盯着画布看了半天,最后决定不画了,拿上钥匙,跟其他两位说声再见,回家去了。

出了大楼他骑上车,脑子里还想着 Russell 说的话,急急忙忙回家,进屋就翻箱倒柜,把带来的资料都拿出来,去西部收来的东西一样一样摆开,图片、画册、照片铺了一床一地,他盯着看了半天。又站起来点了支烟,站在屋子中间,围着那些照片走来走去,然后又走到窗户前,看着后院子里的一棵高大的松树发愣,青青要是在就好了,可以跟她聊聊,记得在国内时,就把她留下来,两人坐在床上聊。想到青果,他便低头往桌上找照片,照片中的她正站在那里,艰难地冲他笑着,他拿起照片来轻声说:"青青,你要在就好了。"

照片上青果危险兮兮站在山顶上,手扶着铁栏杆,四周什么都没有,身下霞光里一片云海。朝阳洒在她的身上和脸上,她勉强地挤出一点儿笑容,腿扭着站在那里,因为怕滑下去,在灰色的短靴脚掌外面还绑着布条子。林欢走时专门挑了这张来放大带着,她那个狼狈样儿让他每次见了心里都跟照片里一样充满了阳光。凝视片刻,他才把它放回桌上,从抽屉里拿出信纸来,给青果写信:

青青,我的宝宝:

我到学校了,你现在复习得怎么样?要抓紧时间,不要太想我,考试的时间快到了,到时候我会给你打电话,给你鼓劲儿。上次你在信里说的那些事情,千万不要把它放在心上,别紧张,事情没有来,不要自己先乱了阵脚,这些事情在你来了之后都会变成过眼烟云。你讲李心还有窦斗两口子都关心你,真要谢谢他们,我要专门写信谢他们。

今天第一次上了 Russell 的课。他的一席话如雷贯耳,我们平时想的、讨论的他都说了。一个问题,也是我一直想的,在人人都唯恐赶不上潮流的时代,如何真诚地面对自己,让画都发自内心,让画就是自己。离开了你,离开了中国也许有的问题更清楚了。什么是我?真正的我?在这里要问这个问题,答案都在你给我准备的箱子里,就这些了。下了课我就奔回来,把箱子里的东西都铺开来看。青青,我现在最清楚的就是我天生带来的东西,文化的,我吃的饭养我成这个样子, 环境再变, 新东西学得再多, 我想从根本上我再也变不了了。今天 Russell 最后说找着你想说的和最合适你的方法。其实问题就这么简单,就在最基本的问题和动机上, 想别的都没有用, 关键的是最后你创造了什么真的东西。宝宝,不管怎么样跟你写了这些,算我跟你把话说了,现在我脑子里清晰一些,你就有这么好,即使你不在身边,都让我清醒。

告诉你,我们的画室太棒了,一个大车间里有十来个空间,今天稍稍瞄了一眼，所有的画家都充满了活力和创造力，我有感觉在那里我会画出好东西。

让我来跟你汇报，我到二手店里买了一个旧台灯、一把旧椅子，还有一辆二手自行车，一共才花了一百八十美元，最近钱花得太快了，我还得去找几份工来打，要不然到时候没有钱就不行了。宝宝再坚持一会儿，我们就能再见了，说这些都恨不得时间过得快点，我真想现在就能把你抱在怀里！

不能再写了，我爱你，爱你！

亲你！　　　　　　　　　　　　　　　　　　　　　　　　欢

九月开学了，青果到艺术系报到，艺术系就是个筹备组，没有学生，除了一个星期开一次例会，大家都无事。虽然林欢每个星期都有信来，青果虽仍然日日思念他，但终于不再天天哭了。Jenny 在开学后来了一次电话，两人叽里呱啦说了一个多小时，Jenny 直后悔不该离得那么远，因为她最不喜欢写信。青果知道她在南边很自由，也就放了心。

九月底，青果去系里开例行会议，听说方明系主任回来了，从青果开始工作，这可是他头一回到系里来。

开完会回到宿舍，一想起刚才系里那一群阿谀奉承的小人和复杂的人事，她长吁短叹，心里好生烦躁，托福书也看不下去，仰身倒在床上，一侧头，就见林欢灿烂的笑脸正对着她，便在心里喊：欢欢，我怎么才能逃出这苦海呢？这些人，这些事，没有一个让人喜欢的，真受不了，当初怎么就找了这样一个地方？真是瞎了眼了。

正郁闷，王维来了。进了屋就喘着气说："贾红也太好强了，她自己一个人跑到深圳去挣钱了，把孩子就扔给了她妈妈。"

青果听了大惊，一边让王维坐下，一边给她倒水："她怎么舍得孩子啊？自己一个人跑出去能挣多少钱？皮皮在纽约挣得还不够吗？这一家子三口人分着三处，真不知道她是怎么想的？"

"哎呀，你不知道她一门心思就为皮皮着想？可能看出皮皮在美国挣钱也不是那么容易，她想在国内挣点，到时过去还能帮上点忙。你想想，咱们全中国也就只有深圳能挣到钱。"

青果听她说完眼泪就要下来："你就不要说了，皮皮和欢欢每天都在纽约大街上挣钱，整个夏天都没有休息一天，这就够难为他们的了。我可没有贾红的本事，什么钱也给林欢挣不来。他们现在都去上学了，欢欢在周末还打工呢。你说我们这有多难？怪不得贾红要这样干，我就是佩服她。"

"唉，窦斗等年底还得去签一次，你说去美国怎么就这么难呢？"

青果睁圆了双眼看着她说："签不下来也不一定就是坏事，像我们这样真生不如死，你看看贾红！"

"对啊，所以坚决不要孩子是对的。嗯，我走了，得回去做晚饭了。"王维急忙忙地走了。

送王维出了屋子，青果脑子里都是贾红瘦小的身影，多么要强的女人，别看她那么小个人，为了皮皮什么苦都能吃，什么都可以放下，孩子都可以扔到一边，真的少见的痴情人，皮皮他能体会得到吗?

这一个月窦斗一打听来消息立刻就让王维传给青果，好让她放心。他要回他父母家，也不穿过N大，宁肯绕道走大马路，在家里也不轻易提青果的话题。王维看在眼里，喜在心里，她知道窦斗还是把她放在第一位的，而对于青果，她倒生出万分的好感，偶尔会去宿舍看她，见她除了忙着考试，就以林欢是命，反而倒多约她出去，逛街啊，买吃的啊，说要让她散散心。她回了家，就把关于青果的消息样样不落讲给窦斗听。窦斗每次都不出声听着，听完照样该干什么干什么，问都不多问一句。可王维不知怎么就知道，窦斗非常愿意听，甚至越细节越好。她就更多去找青果，一个月下来，俩女人已经变得比往常更亲密了。有一天窦斗听完王维讲她们出去逛街的事情，闷在一边想青果是我的人，现在倒成了你的朋友了，真是岂有此理!又转念一想，你俩好，我也高兴。

开学一个月，李心忙得脚不沾地，他的母亲和小张同时住院，母亲心脏不好，小张卵巢里长瘤子，得动手术，一个月跑下来他更面色苍白，疲惫不堪。他跟青果一样开始在系里上班，按部就班教书，做学问。一个月下来，他觉得不踏实，发现这种书斋式的生活方式不是他要的，跟他想做的和想要的差了十万八千里。他得空去看望青果，在她伤心时宽解她，只有面对她，他才从心里稍微开心一点儿。一天青果听完他的想法后笑着问他:“教授都不想当，你还想怎样?想变成伟人吗?”说得他乐了，不过青果的这句玩笑倒提醒了他，他知道迟早他还得变。

美国梦与一盆热水

林欢拿着书和夹子冲进了教室，今天有Giovanni教授的《二十一世纪美国艺术史》考试。他昨天晚上看书看到1:00，今天起晚了。

开学三个来星期了，所有的课都没问题，就是这门理论课有点儿吃力。Giovanni布置了好些书要求读完，在课堂上讲得飞快，林欢头两堂课坐了飞机，后来他跑出去买了个小录音机来，在课堂上把她的课整个都录下来，回家放出来对着书再听一遍，有的地方甚至要听好些遍。

Giovanni教授是一个非常精干的小个儿老太太，意大利后裔。一头漆黑的头发，就一撮雪白的在额头，所有的头发向后翻梳卷着披在肩上，小脸精致，皮肤白里透红，一双黑亮的眼睛镶在上面，神采奕奕。她头一堂课一进教室就把外套脱了扔在椅子上，两手一伸说:“你们要上我的课就要准备好跟我跳跃，我们用这本书。”她从桌上拿起那本厚厚的教科书，立刻又摔了回去，“这也就是我唯一的一次带这本书来，因为这书里有很多内容我不会涉及，而且我也不赞同里面的很多观点，对历史不用像这本书那样教条，所以我们想到哪里就讲到哪里，喜欢的地方我们就停下来，大家多讨论，多发表意见。对我来说你们的意见比这些写书人的想法更有意思。还有我也不要求你们都背下来那些历史上画家的名字，在座的，你们都是艺术家，这些名字对你们来说都不重要，重要的是你们从历史上知道自己到底要做什么！”

林欢从上第一堂课起就喜欢这个 Giovanni 教授，她的课几乎就是个讨论会，说到兴奋处，一个课堂的人站的站，坐桌子的坐桌子，林欢也忘了自己的英语问题，张开口大声表达自己的观点，弄得 Paul 惊呼：“林，林！”前两天讲到劳生柏，课堂里争论了两节课。

教室里现在鸦雀无声，十来个学生都握着笔在五六页的卷子上疾写。林欢这会儿手心里直冒汗，这是他到美国后的第一次考试。他仔细读题，认真答，眼见所有的卷子都要答完了，这才放松下来。

这时就听 Giovanni 喊：“注意了，最后十分钟。”

林欢一听慌了，还有最后一道题没有答，是一道论述题“简述二十世纪你认为最重要的一位艺术家”。林欢知道用英文答时间不够了，要组织语言，就是完全知道要说的也得用两倍以上的时间，“完了，这道题一扣，就得扣下去三十来分。”他一急，手哆嗦起来，愣在那里都不知道该怎么办？一分钟过去了，林欢已经满头大汗，他突然想起课堂上对劳生柏的争论，对，就写他！

他开始用英文写提纲。

他再看下表，两分钟过去了，他在心里喊了一嗓子：管他的，就用中文写！叽里咕噜就把题答完了，写了满满两大张纸，临了还是不太满意，要时间再长点还能写更全面点。

第二天，Paul 笑眯眯地跑进画室里把林欢拽了出去，告诉他 Giovanni 在她系办公室等他，他立刻知道是考试的事情，把心一横去了她的办公室。

他轻轻敲了几下 Giovanni 办公室的门，就听见里面喊：“请进！”

林欢推门进去。

Giovanni 正坐在办公桌边，一见他进去脸上便笑开了花，说：“Oh，林！林！我真的要十分感谢你高估我的能力，你不会真的以为我能读懂你写的吧？”

林欢忍不住憨憨地傻笑起来。

Giovanni 笑着慢慢把林欢那份写满了中文的卷子在桌子上展开，指着说：“要麻烦你了，请你给我一些解释。”随后她让林欢坐在她对面，一副洗耳恭听的样子。

林欢尴尬地说：“对，对，对不起，我时间不够了。”

“不用道歉，你做得很好，可以想象，如果换作我来写中文，我连一个字都写不出来呢！”Giovanni 立刻笑着打断了他。

林欢感激地望着她，在她鼓励的眼光里，他坦然点儿，拿起卷子来，将自己的答复一条一条用英文复述了一遍。Giovanni 饶有兴味地听着，不时再问一些小问题，林欢越说越放松，声音洪亮，毫无怯懦之态，最后跟她讨论起来，把卷子的事情丢在一边。

林欢一直在兴奋地讲着,Giovanni 身子往后靠了一下,注视他一双长眼,心想我得去问问 Russell,哪里招来这么个学生?真是太幸运了！林欢见她两眼冒光,知道事情无大碍了,这才起身告辞。

出乎他意料,他的考试成绩是全班唯一的一个 A。Giovanni 教授就此对林欢另眼看待。她还时不时去他的画室看他的作品,留下来跟他一讨论就一个多小时,让林欢受宠若惊。

Paul 每次都嫉妒地喊:“林！你对她做什么了?”

林欢摇头,他自己也不知道做了什么?无论什么时候,Giovanni 教授只要看见他,眼里就冒出欢喜的光芒,让他手足无措。他在每封给青果的信里都要讲 Giovanni 怎样了,做什么了,说什么了。

有一次他告诉青果 Giovanni 邀请他去她家吃晚餐,见到了她丈夫,一个搞音乐的,还参观了她的画室。

没想到两个星期后青果来信问:是你爱上了她呢?还是她爱上了你?还告诉林欢她现在一点儿都不嫉妒了,真希望有个人在他身边爱他,最后在信的末尾说“一个孤独的人,怎能不渴望爱的抚慰呢?”林欢读罢,望着桌上青果的笑脸,一时呆了,对青果的思念,就如同一个结了疤的伤口又重新裂开,痛得他的心直抽。

林欢有三份工, 三个下午在系里做 T.A 助教, 两个下午在艺术材料店干杂活儿,周末还在学校的食堂里干活儿。他的时间排得满满的,除了上课、去画室就是打工,艺术材料店里那份工他最喜欢,不仅能让他认识很多新材料,还能让他省好些钱买颜色,因为店里给雇员百分之三十的便宜,真让他喜出望外。他现在不仅给自己买,还负责 Paul 和 David 的采购,两人直谢他。

一个多月后 Russell 三个学生的画儿都出来了,Paul 的东西属于几何抽象绘画,一个圆圈一个圆圈的重叠,颜色透亮,就跟他这个人一样阳光、幼稚;David 的画很安静,永远都是棕色的调子,一些肥大的半抽象的人物,林欢觉得很有意思,就是在颜色上看上去是“生”的。这是林欢跟青果之间的用语,他们常用“生、熟”来形容颜色。

林欢新东西的灵感来自 Kane 教授素描课的一张很大的人体速写。

那天 Russell 进了画室,一眼瞄上了林欢刚刚画完的一幅一米见方的女人体速写。他又低头看了一眼,转身跟屋子里的三个人说:“你们看看,面对人体要有林欢这样的激情!”说着拿手指指着上面的勾线:“这是基本功,你们看这炭条用的,这种手感,林的这些线都很敏感,很不错。”

难得听 Russell 夸人,林欢听了顿时脸都红了,不过他心里还是挺得意。回到家正好给青果写信就把这件事情说了,还感叹一个夏天在时代广场画了上千幅肖像,炭条用得多了,手感特别好,看来也没有白画一个夏天。

两个星期后他收到青果的回信,她很激动。

欢欢：

Russell这样夸你，你不觉得就是你的长处吗？敏感的线条！可这些都落在纸上，能不能把它们落在画布上？再用油画颜色搞出来，这不就是好画了吗？要知道自己的优点在什么地方，你的长处，然后把它们放大，这就是你的东西。你手上的感觉别人没有，画东西靠的是感觉，没有感觉画出来是死的、机械的，这便是你跟别人不同的地方，是你内在的东西。你得想法子让这些东西生在画里，活在画里，这样你的画就成了。

…………

林欢放下信，对着青果的照片喃喃："青青，你就是我肚子里的蛔虫！"说完他抓起照片来在上面亲了一下，又放下，再凝视片刻，起身拿钥匙冲了出去。

一个月后，林欢的画面目全非，Russell每次上课都赞不绝口，Giovanni看了更是惊叫连连，张开双臂就拥抱了他。Paul和David也直喊好，还把一层楼的人都叫来看。

林欢突发奇想，用宣纸代替了厚厚的速写纸，拿墨换了炭条，这样有手感力度，敏感的线条终于能跟画布融为一体了。一个来月他试了好些办法都不成，油画笔出不来那种效果，速写纸又不能跟画布相融。而宣纸就不同了，可以裱在画布上，墨和毛笔完全有炭条的张力，甚至比炭条更变化多端。然后他再在画布上用笔、用刮刀上颜色，效果出奇的好。

林欢画了一系列的敦煌散想。他干脆完全抽去了人物的细节，连衣服五官都省了，就不同的人体，变动的人体，完全是敦煌的颜色。各种深浅的土黄的、石绿的、赭石的，配着墨在宣纸上的变化，再用刮刀在画布上刮出各种肌理效果来加深油彩的力度。林欢一下子灵魂出了窍，每日画得酣畅淋漓，忘了周围的世界。他把消息告诉了青果，青果的回信除了替他高兴，就催他赶快拍下片子来，让她看看。

林欢每天除了上课打工便都在画室里，每日画到深夜才回家，被调色油熏得头昏眼花。一天夜里，他累了一天刚躺下闭上眼，就隐隐听见从什么地方传来痛苦呻吟之声。他立刻睁开眼，以为是在梦里，没想又一阵呻吟，这下他断定是真的了。黑暗里，他坐了起来，听着越来越大真切的呻吟声，发现就来自隔壁。

Kiku出事了？

从住到这个地方，他和她的交往一直就很少，虽然同住在一个屋檐下，可两人每天都忙着自己的事情，即便他们有时在家里、在图书馆、在艺术大楼里碰上了也就客气几句。不过几个月的时间下来，林欢对Kiku的印象很好，除了漂亮，这个女孩子温柔、秀气，有教养又礼貌。林欢很愿意跟她聊天儿，喜欢她笑起来像豌豆荚一样下弯的黑亮眼睛，可他实在是太忙了，有点儿时间都恨不能睡上一会儿。这下他光着脚从床上下来，心想她怎么了？别出什么事情？

他打开门，向卫生间走了过去。卫生间的门扣着，呻吟声正从里面传出来。林欢走到门口站住了，迟疑了一下，举起敲门的手停在半空。这时里面一阵呕吐的声音传了出来。林欢轻轻敲了下门，小声问："Kiku，你没事吧？"

里面没有回答，呻吟的声音停了。林欢站在门口等了一会儿，见没音儿了，正打算回屋去睡了，就听见里面"咕咚"一声，人摔倒了。这下林欢顾不得了，拧开门把手冲了进去。

一进去就见 Kiku 穿着白色的睡衣躺在瓷砖地板上。林欢忙奔了过去，蹲在地下摇她："Kiku！Kiku！你没事吧？"

Kiku 脸无血色，微微睁开双眼，又闭上，轻轻摇了下头。林欢急了，不知道她出了什么事情，忙把手伸进她的身子下面，想把她抱起来。这时 Kiku 睁开眼说话了："林，这里，"她用手指了下肚子，皱着眉气喘吁吁："——这里——痛！"

林欢看了眼坐便器旁边的小垃圾桶，一下什么都明白了，她跟青青一样肚子痛啊！不由分说，他把她抱离冰凉的瓷砖地，让她坐到澡盆的沿上，两脚放进盆里。Kiku 痛得浑身已经没了力气，半眯着眼，听任他摆布。

林欢一只手扶着她，另一只手塞上盆子，拧开热水龙头，才说："你需要用热水，热起来，我妻子有一样的毛病，每次都痛。"

没一会儿，滚烫的热水接了大半盆，Kiku 的双脚、双腿都泡在热水里了。林欢随手从杆子上扯下大浴巾，裹在 Kiku 的身上，站在她身后，支着她怕她倒。他想起青果，每次她痛的时候他都想尽办法捂着她，让她暖和，这人和青青一样可怜啊！她一个人在这里，跟青青一样没人疼。

Kiku 倚在林欢的身上，轻轻地哼了几声，渐渐地松开了眉头。滚烫的热水把热气从脚心传遍了全身，她一激灵浑身颤抖起来，拧巴的子宫终于停止抽搐。林欢看她好了点，就问："你觉得好点吗？想回床上去吗？"

Kiku 点了下头，抬眼望着林欢，一双黑漆漆长杏仁眼里泪光闪闪。

林欢见了，心里立刻又软了一下，伸手扶她。

等 Kiku 躺进被子里，林欢又回到厨房，从冰箱里找出姜来，切了些姜片放进小锅里，家里没有红糖，就那么煮了一碗姜水，端进了 Kiku 的卧室。

"Kiku，你把这个喝下去，你就没事了。"

林欢坐在床沿，把碗递给她，Kiku 乖乖地接过去，皱着眉问："林，这是什么？"

"好东西！"林欢笑了下，"姜汤。"

Kiku 眼里闪着疑惑的目光，还是几口就将一碗姜汤喝了下去。

林欢这才放下心来，告辞："晚安 Kiku，保持暖和，好好睡一觉，明天你就好了。"

"晚安，林，谢谢。"Kiku 眼里又包满了泪水。

"晚安！"林欢再轻轻地说了一句，走出她的卧室。

黑暗里林欢躺回到床上，可能刚才突然起来打搅了瞌睡，这会儿两眼炯炯有神，睡意全无，脑子里都是青果肚子痛的情形。记得有一次她坐在马路边，直吐到没的可吐了，还有一次热水袋弄得太烫，给她的肚子上烫了个大泡……青宝！他在心里叫了一声，闭上了眼，眼泪顺着眼角悄悄流了出来，他把头埋在枕头里，没想泪水狂涌下来，直哭得他双肩抽动，过了好一会儿，才停止下来，他立刻用被单把泪水擦干净，像是怕人看见，又自言自语：来美国第一次哭，青坏蛋！

第二天早晨，一听见林欢的门响，Kiku 就从厨房冲了出来，带着满脸的欢喜，大声向他问好："早上好，林！"

"早上好，你现在好了?不疼了?"林欢也开心地打着招呼。

"谢谢！我好啦，不痛了，再也不痛了，真要谢谢你！我都不能想象，如果昨天晚上不是你，我也许要痛死。再一次感谢你！"她说着又鞠了一躬。

"不客气！"林欢满意地笑了，走进卫生间。没想等他冲了澡出来，她还坐在小桌旁，桌子上摆着烤好的面包和两大碗牛奶泡的 Cereal，一把餐刀和一瓶草莓酱。

Kiku 见他出来，忙又站起来说："林，早饭准备好了……"

林欢扫了一眼桌子，忙说："谢谢，你先用吧，不用等我。"

Kiku 抿嘴笑了一下，没说话。

林欢又朝她点了下头，推门进了自己的卧室，心想别搞得太客气，别麻麻烦烦的。他故意在屋里磨蹭一会儿，穿了件军绿长袖圆领衫拿了包准备直接就去上课，起来晚了他经常就这样省一顿。

等拉开门，林欢顿时傻了，Kiku 还坐在桌子旁，东西还原封不动地摆在那里，甚至她静静的笑容都还一样。

"Oh, my god！真对不起，我不知道你还等在外面！"

Kiku 微笑着站了起来，说："没有，没有，不是你的错，从今天起，我要尽量每天跟你在家里吃饭。"

"什么?！"林欢大吃一惊，他可不想每天都跟她吃饭，他成天饥一顿饱一顿的，自己随便惯了，怎么能跟她一块儿吃呢?"不要，不要，Kiku，我不想改变你的生活方式，如果这是为答谢昨天晚上的事情，请你不必了。你知道任何一个人都会那样做的。"

Kiku 低下头，又抬起来，望着林欢，小声问："那么至少，你现在可以跟我吃吧?"

林欢看着她叹了口气："好吧，谢谢！"他放下书包，坐在小桌旁。

Kiku 咧嘴笑了起来，一颗可爱的小虎牙从嘴的右上角露了出来，林欢过去从来没有注意到过。

从那以后，林欢几乎每天回家都能碰上 Kiku，他们各做各的饭，然后摆在一起吃。林欢有回烧了一锅红烧肉，吃了好几天，每天就舀出来一碗，放微波炉里热热。Kiku 就做些蔬菜或者汤来配。

后来林欢问她："我不知道你是否真的喜欢我做的饭，你不在意吃剩饭吗?"

"不，不，我不在乎。我喜欢你做的饭，任何种的，都比快餐好。我只希望你不介意我跟你吃。"

林欢看着她乞求的眼神,笑着摇了下头。确实,一个人的饭做起来没什么劲,要是两人的就好点。有的时候他来不及做饭,Kiku会做好些好吃的日本饭,还做过寿司给他吃,林欢从来也没吃过那么鲜甜的寿司。

后来林欢知道为什么很少见到Kiku,因为她有三份工要打,一周七天都要打工,每天晚上还要到附近一个酒吧里工作到深夜,除了上课、练琴,时间当然所剩无几。林欢很惊诧,从来没见过日本学生打工,除了中国内地来的学生和一部分美国学生打工外,很少看见日本、韩国的学生打工,在林欢的印象里日本人一般都很有钱,为什么她的家人不帮助她?

一天林欢把这个问题提了出来,没想她说:"欢,这是我的选择,我选择这样生活,做我想做的事情,跟我想跟的人吃晚餐。"

林欢听到这里脸红了,笑道:"你不会告诉我你从你父母那里跑出来就是为了跟我吃晚饭吧?"

等他说完,两人都大笑起来。

"哦,真没准,谁知道呢!"Kiku冲林欢眨了下眼。

没过几天,林欢和Kiku正式搭伙吃饭,他们一人做一天饭,两人一起去买菜,买食品,收拾厨房,很开心。林欢把事情跟青果说了,青果回信让林欢替她谢谢Kiku,还说很为他高兴,有个人在他身边做伴,她就安心了。林欢立刻把话传给Kiku。

"欢,"Kiku闪着明亮的黑眼问,"你能给我看看你妻子的照片吗?"

林欢从屋里拿出来照片,Kiku接过去目不转睛地看了半天,最后抬起头来说:"她真漂亮,我知道你为什么这么爱她了。"

林欢接过照片,笑着说了声"谢谢",又低头看照片,头也没抬:"你知道吗?上次如果不是因为她,我都不知道你怎么了,更不要说去帮你,你应该谢她不是谢我。"

"她跟我一样痛吗?那个'热水'疗法是她的发明?"

"是啊,My poor girl,我现在帮不了她了。"林欢叹了一声,两眼发直。

Kiku望着他也愣了。

梦里迷失

就在青果回国前一个晚上,林欢正帮着她整理箱子,青果拉着女儿吩咐走后注意事项,诸如刷牙啊,卫生啊,学习啊等事情,就听见"咣,咣"砸门声,什么人啊,这么晚?全家人都吓了一跳。

林欢丢下手里的东西快步走到门口,从门旁一溜立着的细窗户往外看,大笑一声:"哎!皮皮!"拉开了门。

青果在看电视的房间里,听见林欢开心的呼声,笑着站了起来,拉了乖乖的手说:"你爸爸的老朋友来啦,乖,出去喊人,然后就乖乖去洗了睡,明天还上课呢。"

女儿故意问:“哪个叔叔啊?”没有要上楼的意思。

青果笑道:“还记得吗?上次你说 Slowly 的那个叔叔。”

“哦,是他呀!”

青果领着女儿出屋子迎客人。

到门厅,就见皮皮跟他的女朋友正往里搬一个四方大铁笼子。要说也有段时间没有见到皮皮了,怎么来了就搬个大铁笼子来?青果忙上前打招呼:“皮皮、小周你们好!这怎么回事?”青果定睛一看,笼子里有一白一黑两只猫。

乖乖早高兴蹲下,看猫去了,招呼也没有打。

林欢笑嘻嘻看了青果一眼:“皮皮搬家了,人家那楼里不让养宠物。”

青果向两位客人问好。

皮皮低头喊了一声:“青果。”算是打招呼。

他的女朋友也站在那里冲青果笑了一下。皮皮这个女朋友是皮皮新交的,一个学化学的,从国内来没有几年,后来到了这里就没有再继续念书,跟皮皮在一起也快一年了。人有三十多岁的样子,高个儿,大眼,皮肤黝黑,很结实,寡言。

青果看了下笼子朝皮皮说:“皮皮,你就这么把你的猫拿来了,也不提前打个招呼?”

小周撇了下嘴笑着打断了青果:“你们不是很爱小动物吗?这不连夜开好几个小时过来的。”

青果心想你什么意思?今天晚上我们不接受你的猫,我们就不爱小动物了?还真让你说着了,我现在忙得家里人都搞不定,哪还有时间照顾你的猫?!

青果没表态,林欢不用想就知道青果的态度,他也没有做好一下子接受两只猫的准备,可又不好当着皮皮女朋友驳了他的面子,就笑着说:“进来,进来,先坐,坐。”把两人往客厅里让。

青果转身对女儿说:“乖乖!听话,上去洗了睡,赶快!”

乖乖恋恋不舍地跟大家道了晚安,上楼去了。

青果立刻随女儿上楼,没有在客厅里招待皮皮。说实话,这么些年,每次见了皮皮,心里还是有一点儿不舒服。

当初贾红被领事馆认定有移民倾向,就是不给她签证,皮皮在纽约跟了一个日本女人一混好些年。每每朋友们聚会一说到贾红就痛哭流涕,不管在谁家里,准把人家家里所有的酒喝光,然后狂吐一场。看他那样痛苦,没有人不理解,再加上 Misao 小姐温和有礼,气质又好,所有朋友都接受了她。五年后,孩子都五岁了,贾红终于签证下来,千里迢迢带了儿子奔夫,大家都为他们松了口气,但同时又都替他捏了把汗,不知道皮皮要怎样来处理他们母子?林欢开了他那辆七百美元买来的老福特大车,跟皮皮、青果一起把母子俩从机场接到纽约皇后区一个 新租来的小公寓里,让人都没想到的是皮皮当天晚上就回了城里自己的公寓,把他们母子留在了那个陌生的房子里。在以后的两个月里,皮皮找出各种理由离开他们。

贾红在到纽约第一个孤独之夜就什么都明白了，她委屈、气愤、伤心，可没人能说，因为她是那样一个要强的人，对着朝思暮想的皮皮和一帮子老朋友她说不出口，她不愿承认她实际上已经被皮皮抛弃了。青果眼看着这发生的一切，心里气闷，却什么也不能说。

皮皮痛苦不堪，备受良心谴责，他跟林欢讨论："我不能一夜之间就把朝夕相处那么长时间的人扔在街上吧？这五年她可是跟我分秒都在一起，深更半夜的我在42街画像她就一直在旁边陪着，我没钱是她挣钱养活的我啊！"

他不能对不起贾红和孩子，也丢不下Misao，毕竟五年在一起的感情不可能一夜之间说完就完，说实话Misao已经跟亲人一样亲了，比跟贾红还亲，是他这五年情感上唯一能真正依附的人，而贾红这几年好像已经变成了一个概念，一个包含着道德良心、恩情等等无法逾越的概念，隔着大洋，他们之间的情感无法真正地交流。林欢拍拍他的肩摇头，无话可说。

谎言终有揭穿的一天，不到半年，真相大白，一年以后两人离婚，孩子归了贾红。那时青果除了陪在贾红身边安慰她之外，就是尽量在生活上帮她。孩子该上幼儿园了，要找幼儿园，办手续，要找工作，要租房子，要去银行开户头，总之要走出门，要张开口，对一个一句英文都不懂的女人来说得有多难？皮皮不是不知道，可皮皮做得有心无肠，有时候在，有时候就不在，这里有没有那Misao小姐在从中作梗？谁也不好说，可贾红真是难上加难，她就是再坚强，都无时不打电话求助朋友们。纽约所有的朋友都来帮忙，最后贾红找到了一份画图案的工作，总算有了经济来源。皮皮一开始还表现不错，按月给孩子抚养费，到后来就时有时无。每次贾红来电话诉苦，青果气得就想摔电话骂人。

这些年几乎是贾红一个人拉扯学运长大。在纽约，孩子按所居住的地区入学，为了学运能上一个好点的小学、中学，她死活也要搬到一个高档地区。租不起公寓，母子俩就租地下室。就这样他们住了好些年地下室，直住得贾红身体内部各种功能紊乱，浑身浮肿，每天喝中药调理。青果每次看望了她回家就气得嗷嗷乱叫，赌咒发誓再也不理皮皮，也不要林欢理皮皮，还放言只要林欢还跟皮皮来往，就跟林欢立刻也断。可林欢总是笑眯眯地当面答应，背后照旧。

小学运在地下室里长大，是青果见过的最聪明伶俐的孩子。记得在他小学三年级时，孩子一次在地下室里给她念写的英文诗，还有写的作文。孩子敏感忧郁，别提多有感觉灵气了。可惜他的父亲不要他，母亲为了他成才也给了他太多的压力，有时不惜打他，他悲愤、失望，又自卑，看得青果眼泪直流。可贾红一味地要强，要争口气，又让青果不知道该跟她怎么说？

学运不负他母亲期望，前几年考上了纽约最出名的一所高中，没有几年毕业进了一所在全美都数得上的好大学。贾红含辛茹苦总算苦尽甜来，只有一件事情不如意，这些年她一直也没有跟任何一个男人有固定的关系，贾红曾跟青果自嘲："像我这样的女人，谁还想要？我原来以为我这样的人男人应该是最喜欢的，谁知道我怎么做都是错，只会让人家看不起，何况还有个孩子。”直到去年，才听说她有了一个固定的男朋友，可惜青春已不在，一辈子都快过去了大半。

学运现在大学也快毕业了，成了一个很叛逆的孩子，冷心冷肠。可能跟生长的环境有关系，在一个被遗弃和绝望的单亲家里长大的孩子，小小的又背负着母亲期望，让他深感人生的无望。他开始不回家，放任自流。贾红每次打电话来都生气、痛心。可说实话孩子到底怎么想的，他生长的文化环境，贾红跟很多生活在纽约的华人一样知之甚少。实际上孩子在学校里已经被教育成了一个美国人，母子间隔着厚厚的文化屏障。贾红有天跟青果说：“早知道是这样的结果，当初就不要费这么大的劲。”青果望着她只能摇头。

孩子对皮皮更是形同陌路，除了仇恨，什么都没有。皮皮自认为很爱学运，曾多次因儿子不认他向林欢诉苦。可当初面对他们母子，第一个冲动就是想逃跑。他看见他们就恐惧，不是不爱他们，而是就像看见了一团麻烦。贾红对他的殷切期望，对未来生活的憧憬，小学运渴望又信任的目光让他不寒而栗。他不想有压力，他早已经习惯跟 Misao 在纽约过自由散漫的日子，他怕贾红嘴里爱说的“追求”，他早就不“追求”什么了，连挣钱都不怎么上心。挣得到钱是过，挣不到钱也是过，他和 Misao 一直过了今天不想明天，压根就没想过对什么事情或什么人负责任，连对自己都无所谓。这下来了老婆孩子，四只眼巴巴地望着他，能不吓得他手脚发凉吗？离婚后，他一个身子分成了两半，出去画像挣了钱要给孩子，又要给 Misao，很多时候顾了这头顾不了那头。贾红抱怨，甚至辱骂，孩子恨他。Misao 也不满意，说她挣钱养个男人，心还在外面，这世界没有这个道理。皮皮面对这些没有任何办法，唯一能做的就是跑，叫人找不到他。他挣了点钱，打个包一个人跑欧洲去，一溜就三五个月，什么都不想，把所有的麻烦扔在纽约。最后 Misao 也伤心地离开了他，回日本去了。

皮皮其实也知道青果对自己的态度，他也没话说，纽约众多朋友因为贾红的事情跟他疏远，他都理解。这些人里，只有林欢还对他一如既往，从不在他面前提一句贾红，也从不问他的私生活，让他放松开心。每次有什么事情，他都找林欢，实际上也就林欢一个人可以找了。这会儿他看青果上楼没下来招呼他们，林欢又告诉他明天青果要回国，一看人家家里也乱糟糟的，知道青果不会同意留下猫来，又见小周拉下脸已经不高兴了，就站起来说：“欢欢，不待了，我们走了。”

“这就走吗？都快 10:00 了，开四个小时回去，到家还不得 2:00 了？住一晚上再走吧？”

小周低头嘟囔：“走吧，我不想住了。”

林欢听了知道留不住，忙冲楼上喊：“青果！快下来，他们要走了！”

新艺术的诞生

十月国庆一过，孙建军几个人在美院画廊的画展终于如期举行，这差不多是近来北京最大的一个公开活动了。北京圈里所有人都拿到了请柬，当然陆华也拿到了。陆华那天专门梳洗了一下，换了件时髦的黑夹克，和菁菁肩并肩去了开幕式。菁菁穿了件淡蓝色的羊毛衫，下面配了条深蓝地子上起淡蓝碎花薄条绒收腰斜裁长裙，脖子上扎了一条深蓝色丝巾，头发仍然烫得翦着齐脖子长，穿一双黑色高跟皮鞋，像一簇新开的紫罗兰，清新婀娜。陆华得意地瞥她一眼，想不管有多少人，把她扔人堆里，总是卓尔不群。

好些日子没跟大家见面，今天都见着了，陆华开心地跟大家打招呼，握手，相互问候。人们的关心，让陆华心里一热，嗯，老的感觉又回来了。他跟菁菁和郭亮、张伟、张良、出版社的老郭、卫东方等热聊着，孙建军跑到跟前，笑着递给每人印好的展览小册子，又跑展厅另一头发给其他的来宾。

陆华打开小画册，一排黑体字跃入眼帘：《中国的新写实主义——玩世写实主义》，哦，这个词？起得好，谁起的？一看是老米的落款。他没细看文章，往下翻了几页，又看了眼后面的一篇：《艳俗绘画——全新的观念》，他忙看作者，还是老米。刚才还热乎的心一下子凉了下来，看来人家真的把我排斥在外了。这个展览的整个筹备和组织都跟他没有丝毫的关系。他把小画册合上，有点儿心不在焉地听张伟讲什么。

菁菁也拿着那小画册，瞥了他一眼，见他脸有变色，立刻明白他在想什么，便斜了身，轻轻在他耳边说："哎，我肚子不舒服，我们待一会儿就回去吗？"

陆华瞪着她，似乎没有明白她在说什么，菁菁笑着问："我们一会儿走吗？"

郭亮在旁边听了忙问："菁菁，你怎么了？"

陆华这才明白，便问："你没事吧？能坚持一会儿吗？"

"没事，我能再坚持一会儿。"

"我说嘛，刚来就要走，老米还没进来呢，你们跟老米打过招呼再走不迟。"张伟在旁边喊。

菁菁跟陆华相视一笑，没再说走的事了。

陆华在展厅里跟人边看画边聊，和所有的参展画家握手。画展占了两大展厅，一间为所谓"玩世写实主义"，一间为"艳俗绘画"。参展的画家们三五一群，忙着跟人交际，看见朋友们必是拍肩打背，好不亲热；看见知名的画家或写文章的，无不毕恭毕敬，又热情指引到自己的画前作一番介绍，并留影纪念。陆华自是被人尊敬，他已经习惯画家们对他的态度。不过第一次觉得那恭敬实在是虚的，不禁想起'85时，德拉在人前人后对自己的吹捧，当时没有觉得什么，现在想来不禁要汗颜，哼，自己还飘飘然呢！到如今谁还对你鞍前马后地献殷勤？

他和菁菁走进"艳俗"大厅，一群愣小子，没一个认识的。见梁泉坐在一张桌子后面，和一个小女孩亲热地聊着，根本没抬头。

两人便默默看画。展厅正中三幅巨画，都两米来高，大红大绿，整一个放大的杨柳青年画。不过大胖娃娃手里抱的是可口可乐瓶子，吃的是麦当劳，中间闪着金光的是刷着“文革”的大标语火车头，红字大书“抓革命，促生产”，或八个样板戏里的代表人物，白毛女啊，红色娘子军啊，等等。大朵大朵的牡丹花环绕，百鸟齐鸣，莺歌燕舞，百花齐放。三张画里都有文字正儿八经地刷在中间，不是“文革”标语，就是广告语或口水话，煞是风趣。陆华看了，很不以为然，心想这就是上次说的漆画了？这种肤浅、皮毛的东西要闹腾到什么时候？这个画家叫什么来着？

他走到桌子跟前，梁泉一抬眼见了他，忙撇了女孩站起身，腼腆笑道：“老陆，您好，您好，对不起，刚才没有看见你进来。”

陆华冲他一乐，心想当然看不见我，我哪有你的女孩子吸引人呢？

梁泉伸出双手，握住了陆华的手。

陆华笑着跟他握了一下，说：“你的作品放到这里就没有在画室里夺人眼球了。”

“对啊，你想想，我的东西拿小针细线一针一针绣的，说王大力他们吧，他拿大刷子刷的，还刷的反光漆，我怎么能干过他？再说了，人造丝再亮也亮不过油漆。”

“你们这拨人都来了？”

“对！老陆，我来给你们介绍一下。”梁泉兴奋地领着陆华两人走到那一堆秃头小子跟前，张口就喊：“哎，哥儿几个，我来给大家介绍一下，这位是陆华，我们的旗手。”他话还没说完，一群人都围拢过去，七嘴八舌都在喊：

“你好！”

“久仰大名！”

“如雷贯耳啊！久仰！”

陆华笑着跟每位握手，梁泉在旁边介绍：“这几个都是你上次来我们那里没碰上的。这是杨有为，看，那些白菜是他画的，看那个图片吗？把塑料白菜种在地上，就是这小子干的事情。”陆华一看一个寸头小胖子，二十来岁，一笑眼眯成一条线。陆华伸手跟他握了一下：“你好！”

“这就是油漆匠王大力，别以为王大力是一个人，他们一窝仨呢，三个兄弟，王大力、二力、三力。”

陆华面前站着仨小子，相貌相近，一看他们瘦小枯干的小身材，再加上高颧骨脸架子，就知道是两广的人。他心里诧异，中国现代艺术还有一家一家搞的，成了作坊了，真是奇闻！他伸出手来跟三个人握手，问：“你们哥仨都从北京来的吗？”

“没有，只有我们小弟，我俩都从广州来的。”

“有意思。”陆华点头。

王三力马上接过去：“老陆，还要请你多批判，这才是我们刚刚起步，很需要您的指导，我们的想法什么的还需跟您交流交流，回头我们找个时间，大家聚聚。”

“好啊！”陆华应了一声算敷衍过去。

“这是张进，那秧歌队大画就是他的！”梁泉接着介绍。

“你好！”

"徐小华,那张学雷锋、革命大合唱就是他的。"

陆华刚跟大家打完招呼，门口进来一群人。就见老米笑盈盈老远伸着胳膊过来,他左边是孙建军,右边周向东,后面跟着他人高马大的女朋友。张伟也在后面。

陆华赶紧迎过去,跟老米握手,说:"好久不见,好久不见,都好吧?"

老米温和地笑道:"老陆,你好啊！这些日子都怎么样啊?"

"不错,不错！"

"菁菁,你好！好久不见了！"

"老米,你好！"菁菁也礼貌回应。

接下来,大伙儿一阵寒暄。所有的画家显然跟老米熟得不能再熟,一群人围着老米东说西说,尊敬里带着亲热,把陆华晾在一边。陆华一下就觉得自己是个外人,就在自己的眼皮底下,人家的脚本、演员,唱的什么戏,跟自己没有一点儿关系,今天不过来捧个场罢了。想到这里,他有点儿失落,回头望了望菁菁,心里疑惑自己到底错在什么地方?怎么形势就变成了这样?

这时门口一个黑影一闪,窦斗进来了。陆华奇怪他怎么来了?大老远地专门为了这个展览?是为了老米?

就见孙建军早迎上去,抓过窦斗的手,两人握手,拍肩。哦,他们是哥们儿,来是为了他?过去怎么不知道呢?又见他跟老米握手,问好。临了,才看见他。

窦斗走到他跟前问好。陆华突然想起来,便问:"好久都没有青果的消息了,你最近看见她没有?"

窦斗两眼一亮,心想还惦着呢,便抿嘴乐:"青果毕业了,留在N大,林欢出国了。"

"什么?！林欢走了?那,那青果就一人在T市啊?"

"对啊,不是一人还两人啊?"

"那她怎么样啊?"

"挺好的。我来前才见过她,正考托福。"窦斗瞥了他一眼,心想还真惦记啊！

"那她是想出去了?"

"对啊,林欢都走了,她还留这里干什么?"

"哦——"陆华的声音低了下来。

不知是因为听了这个消息还是本身就不开心,陆华一下子闷在一边,不想说话了。

出版社的卫东方过来聊天儿,陆华这才来了兴致,这些日子一直没联系,大家都知道最近什么书都搁置下来,所以陆华连问都懒得问,今儿见了倒要好好打听一下,因此说:"老卫,我们那本书还有戏没戏啊?"

"有,有,有,老陆,你不要着急,'面包会有的,牛奶也会有的'。"

陆华听了笑道:"我急什么?我才不急呢,反正我现在靠边,出来早了,倒麻烦,省得让人抓住小辫子。"

“会好的，会好的，历史的车轮总不至于倒转嘛。”

“哼，中国的事情可不好说，历史上反复的事情还少啊？”

“我们还别太早下断论，看看情形的发展，我相信会有变化的，快了。”老卫神秘地眨眼。

陆华和菁菁在开幕式还没有结束前就离开了展厅，没有人来挽留他们。按规矩，完事后参展画家和重要人员都会有聚会，过去陆华从来都在被邀请之列，只有他拒绝的，看来今非昔比了。两人闷声骑车，菁菁心里什么都明白，但还真不知道该跟他说些什么来调节一下。

陆华闷头骑车，脑子里突然又想起卫东方说的“历史的车轮”的话。陆华陷进深思里，两只脚机械地蹬着，菁菁看他一路沉思，如入无人之境，便提醒他：“哎，你看着点路！”

他抬头看了看菁菁，冲她微笑了一下，胸中一阵热浪翻滚：现在自己一生的雄心和理想都值得怀疑，还有什么可在乎的？人家的冷热不重要，谁的心怎样都不重要了，就连她的感情也……他愧疚地又看她一眼，唉，只是枉费了她的一番情义，他还真为他自己前些年得意妄为羞愧。

菁菁觉得他的目光里有什么不同，就笑着问：“怎么了？跟我回家去？我们做点什么好吃的？”

陆华笑着摇摇头：“对不起，我得回去了，今天跟儿子说好了的。”

菁菁失望地“哦”了一声。最近发现他跟她不冷不热的，看着她时，沉沉地就像进了一个无底洞，不知道他在想什么？她一直以为是他情绪不好，其实是什么？她也不知道。他们之间仍然亲密，但她知道这亲密里有了客气，时不时地，陆华就给她软钉子吃，就跟今天这样。菁菁一时闷在那里，心里不服气，到底他是怎么了？她有点儿气恼，知道他没有爱上谁，但她就是不知道他的心思在什么地方？每次她就像哑巴吃了黄连，对着他的正当理由，发作不得。

牵挂，表白

就在孙建军他们在北京展览的头天晚上，吃过晚饭，窦斗好像无意间向王维提起：“哎，你还不去看看你的朋友？她不是明天就考试了？你不去看望看望她？”

王维一听跳了起来：“哟，得亏你提醒，我得去看她，我走了。”说完拿了车钥匙就要跑。

窦斗在后面喊：“慢点，家里不是新买了梨？你拿几个去给她吃。”

王维笑嘻嘻回身，抓了两个揣在兜里，说了声“谢啦！”又飞快跑下楼。走到路上，她心里还是咯噔一下：看来他真的很上心啊，虽说给青果送几个梨也没有什么，不过他也有点儿过于仔细了吧？我今天倒要把这个事情说给青果听，看她什么反应。

等她推开青果的门，见青果正埋头在桌上做题，就蹑手蹑脚走到跟前，把两个梨放桌子上，轻轻拍了下她的背。青果猛一抬头，见是她，忙让："请坐，请坐。"

"给你吃的，窦斗想起的主意。"王维说。

青果忙说："谢谢，谢谢你俩。"

王维一听拍了手叫："我说了，今天窦斗说得来看看你，真是对了，他还叫我带这两个梨来，让你好好考，不要紧张，看来我来对了。"

青果笑道："我正做得不耐烦，这两天失眠，大脑都木了，又倒霉了，现在还肚子痛，明天准考不好。"

"没问题，你能行。"

"可我觉得我是完了，晚上越想睡越睡不着，一个晚上根本就没睡，我这一天都晕，今天做的练习，你看，错得一塌糊涂，我得吐血了我！"青果急得直喊。

"你是紧张的，青果！不要看了，今天不做题，算了。"王维又坐了一会儿，告诉明天他们去北京给孙建军捧场，这才走了。

等王维走了，青果拿起一个梨来发呆，窦斗这样用心着实让她心惊。快两个月回避不见，青果明白他怎么想的，就算他们之间的一点儿默契吧，没想他还是放不下，还那么周到。刚才尽量在王维面前表现得礼貌，波澜不惊，实际上她的心"怦怦"乱跳，暗想过去古人说私递信物以传情，没想他用了两个梨，他的心意就让两个梨带来了，还是他老婆带来的。她看看那两个梨，心里热了一下，就想起他雪亮像刀一样刮在脸上的目光，还有他在面前低声说"放心"的温柔声音。唉！她心里隐隐痛着，有些儿酸，她不知道是为王维？还是为窦斗？也不知道是否为自己？

陈军下课回来，青果赶快把那两个梨送给她了。陈军莫名其妙地问："青果你就不吃梨吗？怎么不给自己留一个？"

青果含糊其词，没答她的问题。

到了晚上10:00，林欢来电话了，门口大娘一喊，青果没命地冲了出去。林欢算着时间，知道青果第二天要考试，专门打来的。青果一听林欢在里面喊"青青"两字，就忍不住热泪盈眶。林欢兴冲冲的声音震得青果耳朵疼，就跟他在T市不远什么地方，触手可及。林欢的电话是万灵妙药，青果按照他说的洗了澡，洗得浑身发热，更重要的是林欢的爱语抚慰着她酸疼的心，让她沐浴在无限的温暖里，就这样她睡着了。

第二天终于考完了，青果跟陈军对完题，后悔错了好些，一个晚上都没有情绪，过了9:00，正昏头昏脑要躺下，门响了，她以为陈军从图书馆回来了，门一开，她大吃一惊，来人是窦斗。

她客气地让他进屋，搬凳子让他坐在床头，才问："好久不见，怎么就你一个人？这么晚了，你们王维呢？怎么没跟你一起来？"

窦斗闷声道："我不知道，我是直接从北京来你这里的，你不今天考试嘛，怎么样？考得不错？"

青果忙笑道:“真不知道,脑袋麻木的,这几天都没有睡好觉,昨天是睡着了,可早上4:00就醒了,我真不知道是抽的什么筋?”

窦斗笑道:“哎哟,我这才知道还有让你紧张的!你那么随意、放松的一个人,昨天晚上王维回来讲你两三天睡不了觉,我都不相信,这不我今天一天都惦记着这事情,在北京都没敢多待。”

“你可别这么说,我紧张得多啦,我是一个最无能的人了,你脑子里想象的我都不对。”

窦斗一挑眼,炯炯目光直逼视着她:“谁说我脑子里想你的都要不得?你知道你在我脑子里是个什么样吗?”

青果慌乱地躲过他的目光,也躲过这种话题,可一时想不出怎么来答复他,心里一着急,就说:“我在你脑子里怎样有什么重要的呢?我还是我啊!”

窦斗听了立刻说:“当然,我的想法都不重要。对你来说我这个人就不足挂齿。”

青果一听愣着不知该怎么回他。

“青果,我不让你烦吧?我能不让你烦就行了。”窦斗脸上讪讪的,要下不来台了。

“说什么呢?不要讲这些没意思的话。”青果的脸已经拉了下来。

窦斗一看青果的脸色,马上换了话题:“你知道我今天在北京见着谁了?”

“谁?”青果还在刚才的不快里,情绪不高。

“陆华还有老米、孙建军那帮子人。”他停了一下,来了兴致:“对了,人家陆华还直打听你,很惦记你呢!你没跟人联系很久了吧?他都不知道林欢出国,也不知道你留在了N大。”

青果顿时觉得很抱歉,从大展后,对所有那些所谓搞现代艺术的失望,使她懒得知道北京的事情,也懒得见他,这些日子又自顾不暇,都关心不到他。

窦斗把从北京见到的讲给青果听,听完,她冷笑道:“这就是我最讨厌的你们所谓的江湖,都是些趋炎附势的小人,人人都打着自己的算盘,人家没了势就伙着一起踩,人家得了意,就哄着一起抬,都什么人啊!”

窦斗立刻睁了小眼认真地说:“青果,我可没有踩他,当初也没有抬他。哼,在场子里混,事情就不能做绝了,今天有人踩他,说明他有做得不好的地方,为什么人家不踩老米?”

“行了,别再跟我讲你们场子里的事情,跟我有什么关系?我讨厌的就是这些事情!”

窦斗愣愣地看着她,一时住了嘴。

青果见他傻在那里,才问:“听王维昨天讲不是她要跟你一起去的吗?她怎么没去?”

窦斗低下头,又斜眼瞄了青果一下,小声说:“昨儿,她从你这儿回去,我们——我们又吵架了。”

青果隐约觉得他们吵肯定跟自己有关系，发愁地看了他一眼，最后说："你干什么老跟王维吵？人家一门心思都在你身上，你要让着她点，她还比你小那么多。"

"我，我什么都没做，没有的事情，有的没的说一车话，烦死了。"窦斗眼里都是委屈和不服。

青果听他这样一说就更确定了，脸上有点儿发涩，还劝："你就更要好好解释嘛，不要让人家误会，千万别着急。"

"我就着急了，她说我心里有鬼才急的，你说她还讲不讲理了？"

"那是你的错，你——"

还没等青果把话说完，窦斗打断她："你不要说了，我知道怎么样都是我的错，即使有千条理，也都是我的错！谁让我这样？我也没办法！"

听他喊完这句话，青果愣了。

这时窦斗两眼泛着光，呆呆地看着青果，干笑了一声："你知道她昨天骂我什么？她骂我是猪，告诉你，我就是猪了，反正都这样了。"

听他说完，青果的心猛地往外拥了一下，骂道："我看你就是头猪！以后你也别往我这里来，你不跟王维一起来，我也不见你！"

窦斗听完低下头，脸涨得通红。

两人一时都默不作声，停了一会儿，就听窦斗"唉！"了一声，猛地站了起来，连头都没抬，闷着声说了一句："我走了。"转身拉开门就往外走。

青果也从床上站了起来，立在地上，没吱声，看着他头也不回地出去了，等门碰上，她才一屁股坐回床上。

"着境"

孙建军他们的展览结束后没两天，陆华被菁菁叫到家里。

陆华一进门就问："你把我大老远地叫来干什么？"

菁菁心里生气：哦，现在让你来一趟还得找借口了？你过去不是每天都来，想来就来吗？

看着菁菁生气地瞪着他，陆华忙笑道："好了，别闹了，把信给我吧，你不是说有信吗？"

菁菁这才把信从包里掏出来，扔给他。

陆华一看信皮，N大的，立刻知道是青果的，忙把信皮撕开。菁菁撇了下嘴想：哦，就这么着急啊？

陆华根本没有在意菁菁的表情，打开信就读起来：

陆华：

好久没有跟你联系了，你都好吧？

窦斗昨天从北京回来跟我讲在孙建军的展览里看见你了，你的情况略知一二。

我今年毕业已留校任教，林欢八月赴美，他先去了纽约，然后去了芝加哥大学读油画。我现在无所事事，不过在宿舍里担惊受怕，不知什么时候能跟林欢团聚。最近痛历人事变迁，可谓生离死别，深感世事难料，岂是人能左右的？你知我是个随性的人，凡事都不勉强，还是落得个生死痛一场。

最近偶翻佛书，深觉"着境"二字难得。人生烦恼无不缘于此，有粘连就有麻烦，各种牵绊便生出烦恼，要一一割舍，跳出"境"来岂是件容易的事情？我是跳不出来的了，也不能割舍下他，只好每日痛苦。可你不一样，你可以割舍的便割了的好，那些人和事情都不是什么大不了的，人事到底怎样，也不是一朝一夕就能定论的，你自有在历史上的位子，将来还不知道要怎么说呢？反正事在人为，我只希望你别灰了心，不"着境"，活得开心才好。

不赘述！

青果

陆华读罢，心里又惊又喜，真的巧合，这几日在家里想的就是这些，倒叫她都说了。以为她会跟你怎样吧？她什么表示都没有，以为她就此消失了吧？她又跑了你心里来跟你说温暖的话。不过，她的这些话证明她心里还是有我，要不她劝我这些干什么？她现在也许最苦，却想着来开解我，想到这里，心里便一热，仿佛触摸到她柔软的心。他抬头把信交给菁菁说："你看看她说的。"

菁菁看完信，心里惊奇，这样一个看起来娇娇气气的小女孩子，写起东西来怎么这样？于是说："怪不得你总看重她，好像她不同寻常，还真不一样呢。原来我就视她为时髦女孩子，没想她是这样。"

陆华眯了眼，想起跟青果过去交往种种，便什么都不想说了。

菁菁在旁边接着说："她这番好意，真的很难得了。"

陆华小心把信叠起来，放进信皮，当夜便留在了菁菁的小公寓里没有回家。

第二天回到家，陆华提笔想给青果回信，拿起笔来，又放下，心里犹豫：按青果的脾气，未见得想要看到我的回信，我对她的热情从来换回的都是淡漠，她人就是淡。嗯，别这么急地表示什么，反叫她不喜欢。他站起身，走到书柜前，突然想起她在信里提佛书，便在书架上找，没找到什么，心里嘀咕，看来我平时太重凡事，不如她超脱啊。

他拿上包，锁了门，下楼骑车就往市里最大的新华书店跑，希望能找点什么看看。

这是个工作日的上午，书店里没什么人，陆华干脆就站在书架前一本一本地翻。无非是些讲经的，讲史的，还有一些讲佛教哲学的。他从架子上一下抽出一本小册子，是关于李叔同的，没想读进去了。他又找，找遍了整个架子，再没有了。他拿了那本小册子，交款，出了书店。

回到家里，他一个下午都在认真地研究那本书，确切地说，研究那本书后面的大事年表。他从书柜里找出一本地图，拿了一支铅笔在上面一个地方一个地方地画，从杭州虎跑寺——李叔同出家的地方开始，到泉州温陵养老院——他圆寂的地方，然后对着那本地图愣了一下午。

连着几天，他都在跑市图书馆，查李叔同的材料。一个星期后，他跟小平说要出差去南方杭州一带。小平没有任何怀疑，他出了门，上了南去的火车，没跟菁菁打招呼。

这些日子，菁菁知道陆华突然间对李叔同感兴趣，她知道他去了几趟市图书馆就为查他的材料，没想没隔几天，人就没影儿了，菁菁不禁慌了神，她顾不了许多，跑到陆华家里打听情况。

小平冷冷地看着她，心里不免一阵高兴，他走了也不告诉你，这说明什么？说明他根本没拿你当回事。可又一看她六神无主的样子，还是忍不住告诉她："陆华去了杭州一带。"

菁菁一听在心里叫：坏了！忙问："他走了几天了？"

小平奇怪了："他又不是小孩子，出差也不是第一次，有什么好担心的？"

"唉，你不明白的！"菁菁急得不知道该怎么跟她解释。

小平瞪了她一眼：至于吗？离开几天就这样心急如焚，还真以为是你老公呢？她拖长了声音说："他——大概——走了四天左右吧？"

菁菁一听就急了大声说："嫂子，你不知道，我怕他这回出去了就不想回来了！"

小平一听就笑起来了："不可能，不可能！"

菁菁站了起来就要走，边走边回头说："嫂子，等有什么消息，第一通知我，我走了，再去问问其他人，看有谁知道他到底怎么想的？"

小平听了愣在屋子中间，一时傻了。可她在心里确实不相信这会是真的，难道这么多年对陆华的了解都是错的？

菁菁从陆华家出来，骑上车就往美院走，她想先去找谁问呢？陆华会跟谁说他这趟出走呢？他连我都不说，他会跟谁说？张伟？郭亮？张良？唐国庆？卫东方？她停在大马路上，心里凉了大半，陆华他不在乎了，怎么会跟这些人说什么？

菁菁调转头闷声往家骑，没心情去编辑部上班了。她开了小公寓的门，冲进卧室，仰身倒在床上，脑子一片混乱，难道这一切都是真的？陆华真的会抛弃一切？她越想越气，怎么会是这样？自己这几年不顾一切的付出和牺牲，怎么会是这个结局？好，陆华，我就看你要怎么样？！我就不信你真的要抛下这一切！想到这里，她禁不住热泪盈眶，悲从中来。

陆华离开北京，在江浙和福建一带走了一个来星期，白天去寺院，晚上坐火车，李叔同住过的地方他能去的都去了。他一个人默在心里，在清静无人的古刹里、浓密的古树下、泛着青苔的石阶上、黄粉剥落的寺院墙外，他没觉得疲乏，反而神清气爽,思路清晰。他跟换了一个人一样,近来心里所有的阴霾一扫而光。

当初在书店偶然看到李叔同的小册子,一下子感兴趣,就跑到图书馆把关于他的材料都查来看了,感觉那么不真实。陆华突然想去实地看看,既然不是那么遥远的事情,那些地方肯定还会保留他的东西。一冲动便上了路,故意没有告诉菁菁,也没有告诉小平,他要一个人去经历和见证李叔同,怕旁人扰了他的静思冥想。

一个人走在杭州虎跑寺浓荫下的小石子路上,仿佛真离了尘世,突然想起青果信里提的"着境",想这几年应该真的叫"着境",搅得深才痛得狠,是这个道理。能放得下吗?青果直接在信里讲她放不下,明明白白地要受苦。陆华抬头看看周围黑瓦白墙,真是个清静的地方啊!连小风吹过来的声音似乎都能听见。

怀着一个糊涂的想法,千里迢迢坐火车,找寺庙,穿山林,目的何在?他自己也不是很清楚,反正他就有冲出去的欲望,他想看看李叔同住过的地方,他得身临其境。李叔同的什么东西搅得他身心不安,非得如此方可安心?他扪心自问,他有过遁入空门的念头吗?没有,压根就没这个想法。

在虎跑寺,他去拜了大师的舍利塔,居然看到了大师出家剃度时住过的屋子,听说摆设得就如当初。一张简单用条木搭成的木头床,四角居然捆着四根用来挂蚊帐的竹竿子,简单得好笑。床脚一个老式的洗脸架子,床上的被褥都极其俭朴。这一切都如他所料,可亲眼看到实物,还是让他难以接受,太简陋了。

没想他越往几处走,越简陋,到了福建泉州开元寺的纪念馆里就只剩下一个五六尺长光木板搭在俩木头架子上,别无一物。开元寺直接把温陵养老院的大师圆寂时屋里的家具原样搬来:木板下一双他穿过的旧僧鞋,床边一个小破桌子上面有一个小闹钟和一支毛笔,床头木头架子上一个破搪瓷盆子。还看到一小段树枝,说是大师用来刷牙的。床下一个布袋子,大师用来过滤洗脸水的,怕伤了水里的小虫子。那间低矮小屋子一面墙上有一张他圆寂时的照片,上面大师向右侧卧,神态安详。还有一张大师临终绝笔照片,写在一张写过的废纸的反面,上书:"悲欣交集"四字。

陆华看了不胜唏嘘,真真触目惊心,不能自已。

出了那间禅房,陆华站在铺天盖地的古榕树下,望着黄色的大殿顶在阳光里闪着光,四周红墙绿树,灰白色的各种样式的古石雕舍利塔、焚帛炉散落在院里。开元寺有皇家寺院的风范,大殿巍峨又富丽堂皇;而弯翘的大殿顶,远处驰名中外的古石塔东塔镇国塔和西塔仁寿塔俊灵,身姿绰约,塔身上的和到处可见的石雕石刻雕工精美,各色古塔造型优美别致,还有清秀简约的长廊,所有这些又让这个寺院有南方寺院的优雅和精致。再一看这里香火旺盛,香客络绎不绝。陆华一时难以置信刚才简陋的禅房是在这样一个地方,对了,这是后人把它从别的地方搬过来的。

他呆呆地坐到长廊上,脑子里还是那间房子和那两张照片的影子,到最后什么都没了,他这样一生,到最后就剩下一块光木板,物欲已经低到不能再低,简到不能再简。唉,瞧他枯瘦的身躯,都抽没了,剩下的是赤裸裸的精神。

"悲欣交集",陆华脑子里还是那几个字,这是怎样一个人生?他圆满了。陆华的心忍不住地颤抖，错了，世人都错了，以为出家是个逃避。看看他的一生，恰恰相反，是他求的，主动地、积极地求的。他几近残酷地修行，才得那样辉煌的结果，别以为出家是个什么容易的事情！受的苦比在俗世里混要难一百倍、一千倍。他得有一个什么样的信念？得有一个多强大的毅力？这一辈子他在文化艺术上所做的事情，出家后在佛学里所做的学问，陆华你有什么能跟他比的？你不过是个俗人，一个俗人罢了！他能把事业做到这样彻底，他才是个纯粹的人。这就是境界了。想到这里，他猛地站起来，挎上包就往火车站跑。他突然明白为什么要往南跑这一趟，心里一阵狂喜，原来找答案来了。李叔同就像面镜子，让他看见了自己，陆华，你的信念在哪里？到现在你在为谁郁闷？为何事失望？为何事张皇？你有这个资格吗？你受的和他受的比起来还不应该算着苦，什么都还算不上呢！

坐在北上的火车上，他从包里拿出笔记本，撕下一页来，给青果写了封短信：

青果：

你好！

没想到我会在这样一个地方给你写信，我现在正在北上的火车上。先要谢谢你的来信，谢谢你的关心。别看你比我小这么多，说的话却让我受益匪浅。

你现在日子好点没有？建议你现在收集材料，先做点文章，做点有意思的题目，等你出国跟林欢团聚时，会有点儿作用。这样一则打发时间，二则为你将来在美国读书作点准备。

我很好，就因为你提到"着境"二字，就去翻佛书，突然对李叔同感兴趣，就跑了杭州、泉州一趟。当我看到他最后的绝笔和照片，我被刺激到了，他那样一个人，那样的身世、才华，对新文化、中国的近代艺术做了那么多事情，到最后就剩下了一张光溜溜的床板和枯瘦的躯体。物质的东西都灭了，剩下的只有精神。和他相比我们做的算得了什么？有什么可失望的？我们的信念都太浅，要做到他那样的纯粹和坚持，得有他那样一个坚定的信念，知道这谈何容易，我不过俗人一个，但我可以把他永远都放在心里，作一面镜子来提醒自己。有了信念，还有什么过不去的？

青果，给自己一点儿信心，相信自己，振作起来，不要悲伤，一切都会过去，你会很快跟林欢见面的。

你知道他最后的绝笔是什么吗？"悲欣交集"四个字。

祝你心情好起来！

陆华

寂寞温柔

天已经凉了，街上的绿荫已变成了黄云，一阵冷风后，便纷纷扬扬像雨点般洒落下来，在人行道上铺上一层。

林欢早上起来就喝了杯咖啡，背了包就跑，Kiku 在后面喊："欢！"

林欢摆了下手，鼻子里哼了一声"Bye"，走了。

这些天他忙着在图书馆里赶 Giovanni 教授那门课的期末论文，除了上课打工，所有的时间都泡在图书馆了。他选了个有意思的题目：《劳生柏对中国当代艺术到底做了什么？》 这个选题的灵感来自上次和 Giovanni 的讨论。八十年代劳生柏曾到过中国，悄悄在一些地方做了好些作品，甚至还去了西藏。记得他在国家大博物馆的展览在圈里名噪一时，当时所有美院的学生都跑去看了，那效果简直就是一颗炸弹，尤其炸了林欢他们"文革"后这新一拨的人。林欢当时也就是个大二的学生，现在他拿这个做题目，是有感而发。

可他这是头一次用英文写论文，就是不长，也得写过八至十页纸。那天 Giovanni 专门找他谈选题，什么论点、论据、观点的发展、逻辑推理等讲了一大通。林欢听后发现国内的艺术教育根本就没有这样的训练。过去美院就教你怎么画，没写文章什么事情。这会子林欢着急了，心想就是用中文写恐怕都难，还得用英文那岂不是要难上天了？他画也画不下去了，一头就扎进了图书馆，每天查资料查得头昏眼花，一个星期下来，他找着了几乎所有关于劳生柏在中国的英文出版物，一共有十几大本书，还有一厚摞杂志。林欢看着桌子上一大堆东西，开始发愁了，怎么看得完呢？可没几天下来，他发现他也不笨，找到了好些窍门。一大本书看着可怕，也没什么，先把目录打开，认真读，这本书讲什么大概齐就知道了，再找想知道的章节细读，这样一本书很快就读下来了。

他在一个没人的角落里找了个舒服的大沙发坐了下来，把那些资料都摊在面前的茶几上，这本书看几眼，扔下，又捡起另一本来，在本子上再记下些东西。这些天来，他跟住在图书馆里一样，好些日子都没有回家吃饭，在外面买个快餐就算了事，论文终于写出个眉目了。

正忙着，觉得有人在他肩上轻轻拍了一下，一抬头，是 Kiku，一双笑眼正看着他。她手里拿着个饭盒，给他送寿司来了。林欢喜出望外，接过盒子就吃起来，这才发现肚子真饿了。

她瞟了一眼林欢写满英文的黄色稿纸，问："你不用电脑吗？"

林欢摇头："不，我不会，比我用手写还慢。"

Kiku 捂了嘴偷笑，接着放下手，点了点头。

林欢自嘲地笑起来："Kiku，你信吗？我从来也没有用过电脑，都是我妻子帮我打东西，我甚至从来没有打过一次作业。"说完继续往嘴里塞寿司。

"这就是为什么比手写还慢？" Kiku 又捂了嘴偷笑。

"嗯。"林欢点了下头，嘴里塞得满满的。

Kiku 坐到林欢对面说："欢，别担心，让我来帮你打！"

"真的？你不去衣厂上班了？"林欢咽下去嘴里的东西，有点儿惊喜，他实在发愁打文章，原来想只得一个字母一个字母地敲了，现在看来有救了。

两人在图书馆用了三个晚上才把十几页的文章理顺并打印了出来。Kiku 在语法和编排上做了大量的工作，林欢对她佩服得五体投地，知道跟她在英文上不是一个等级的。她十指尖尖，在键盘上那么一敲一打，看着她在电脑屏幕上把那些英文挪过来挪过去，没一会儿，一个段落就成了。经了她的手，文章思路清晰，逻辑清楚，层次分明。林欢最后叹道："Kiku，这简直太好啦，Giovanni 不会相信是我写的！"他闭上眼拍了下额头。

Kiku 笑道："对不起了，这可不关我的事。"

说得林欢笑了："不管怎么样，谢你！帮了大忙了！"又笑着作了个揖。

交稿的那天晚上，作为答谢，林欢在家里专门做了芹菜馅煎饺，把 Kiku 高兴得在屋里踩脚尖叫，从上次吃过，她都要求了好几回了，林欢怕麻烦没有做，这回算了了她的心愿了。

就在那天夜里，Kiku 邀请林欢去看她们期末音乐会的彩排，林欢满口答应了。

Kiku 从家里跑出来有一年了，她是从父母安排的婚礼上出走的。她出身名门，毕业于日本一女子私立名校，刚毕业，家里就为她做了安排。可她根本就不想当一个早晚迎送丈夫的传统妻子，她的好些梦想都还没实现呢，可家里却不容她商量。好歹她从小学过钢琴，就在婚礼前，联系到现在的学校，瞒着父母跑了出来，跟家里完全断了联系。

从那天林欢把 Kiku 的双脚放进热水澡盆里，林欢就跟盆里的热水一起流进了 Kiku 的身体，带给她无法解释的温暖，从此让她见了他心里便如水一般的柔软。她一直对这个新房客有好感，可生来的矜持和家教，再加上孤身一人在美国生活对外界的防范，把他们之间的关系限定在礼貌客气的范围之内，可那一盆热水改变了一切。对于 Kiku 来说，每个月倒霉，肚子痛是私密得不能再私密的事情，那种女人的体验和痛苦，从小长到大，只有跟母亲 Share 过。没想到林欢就这样直截了当地闯入了她的私生活，闯进了她最私密、痛苦的地方。当他在她身后用浴巾裹起她，用身体温暖她，她心里的一切防范和屏障都没了。一年了，她有多渴望这样的温暖和关爱，她恨不能林欢再抱得长一点儿，再拥她久一些。就是那个拥抱，把他们拉近了，近到了亲人才有的距离，她霎时禁不住热泪盈眶。那晚，林欢看着她喝下去姜汤，要离开房间，她真想让他留下来，就留在她的床边，可她什么都不敢说，等他出去后，便躺在床上痛哭，其实那眼泪里一半是伤心，另一半却是欢喜。

后来他们合伙一起吃饭了，Kiku 越发不能控制地陷了进去，他们之间无言的默契和亲密让她欣喜若狂，她每日都陶醉在林欢温存怜爱的目光里。除了上课、打工，她不放过任何可能在一起的机会，一起去学校、图书馆，去买菜，去复印店、洗衣店，去书店，有好几次林欢晚上画得太晚了忘了回家，她从打工的酒吧 Puff 回家后，直接到 17 楼去等他。她喜欢一个人悄悄看他工作，经常在很晚溜进画室看他作画，无论他拿着画笔凝神或挥洒，她都喜欢。她喜欢林欢的作品，常常被画里面的能量惊一跳，她诧异在他轻松温柔的外表下，有这样一个有能量的内在！她迷他手拿着刮刀支着健硕的身子在画布前的样子，迷他身上散发出来的气味，更迷他注视她时清澈的眼睛。而林欢每次深夜里在画室见到她，都很高兴，他会忙收了笔跟她回家，偶尔还留下她，让她做几个姿势，当一回临时模特。Kiku很兴奋，她尤其喜欢他画她时眼中的神情，那种专注让她既幸福又满足，她多愿意被他就那样目不转睛地盯着，恨不得永远都被他这样看着，因此她常从Puff早出来，一个人在黑漆漆的大街上向17号楼疯骑。

其实那天夜里，林欢看见她满含泪水的眼睛，就不由得怜惜起来。后来的日子里，她给他的感觉是那样的新鲜和奇异，她像春天无声的细雨和柔风，只要她走过，到处便明亮、干净像新开的春花。她的黑杏仁眼永远都向下弯着，笑吟吟，无声无息，可总知道他要什么，哪怕他刚想起身去拿酱油瓶子，她都会像变魔术一样把它立刻变在桌子上。她彬彬有礼，可却让他从小细节上感觉到他们之间的亲近。尽管两人都说着蹩脚的英语，那种交流却让他觉得很梦幻，想想两个外国人在异国，说着别人的语言却能那样贴心，就连一个眼神他们都真切地了解；他常常惊叹她的聪明、美丽和温柔，就在那些举手投足之间，他们一天比一天亲密。从纽约住地下室，睡捡来的床垫子，到如今在学校打三份工，学业、语言的困难，尤其思念青果的痛苦，孤身一人的寂寞，一切的一切，林欢皱了眉头，铁着心扛着。这么几个月来，他狠了心让自己的心变得硬点，再硬点，可面对Kiku，他那颗孤独的心再也硬不起来了，他扛不住她温柔的微笑，也没想扛，才发现他是多么在意她给他带来的温暖，多么需要她如春雨般轻柔的抚慰。他从来也没有在心里想过跟她到底是怎么回事，也避免去想，所以到底他们之间还都一直保持着礼节。

周六晚上，当林欢走进学校的音乐厅，观众席上稀稀拉拉坐了几个人，Kiku已经坐在台上了，林欢把手塞进嘴里打了个口哨，Kiku一下看见了他，顿时脸通红，笑着向他招手。灯光这时暗了下来，林欢摸黑坐在观众席里。

远远的，就见Kiku穿着一件黑色的拖地长裙，坐在钢琴前，两手翻飞，肖邦的音乐立刻灌满了双耳。林欢一下子有点儿不相信这是那个在家里跳着脚要吃煎饺的女孩子，台上的她看起来多么神圣、高不可及。舞台的灯光打在她身上，晚礼服裹着她的小身子，领口开得很低，露出前胸和后背上光洁无瑕的皮肤，坚挺的小乳房若隐若现，长长的脖子向前伸着，裸露的两只胳膊匀称修长，一头黑色的长发就像瀑布披在后背上。她的身子随音乐摆动，有时候都要伏在琴键上，有时候又支起来，林欢没想到她这样激情，她的手指敲在琴键上刚劲有力，爆发力十足。哇！她是这样一个激动的人啊！林欢看得痴了。今天可见到了她的另一面，她其实是个充满了激情、骨子里刚硬的一个人，这个发现让他很吃惊。

台上又换了别的人，林欢还愣愣地坐在那里发呆，一个黑影无声地飘到他身边，在他耳根边小声唤："欢！"这时Kiku已经换上了一件暗绿色软皮夹克、一条牛仔裤，林欢立刻伸手抓住了她的一只手，拉她在身边坐下来，小声朝她说："哇，我从来都不知道你这么棒啊！”

听他这样一夸,Kiku倒不好意思笑了:“谢谢”，黑暗里两眼闪着光，又拉他：“我们走。”

林欢笑吟吟地站了起来,两人悄悄地离开了音乐厅。

出来走在路上,林欢问:“今晚你还要去上班吗?”

“是。”Kiku的脸还泛着兴奋,“欢,告诉我你喜欢我的表演吗?”

“太好啦,差不多都不敢相信是你,你看起来不一样了。”

Kiku跳到他面前,问:“哪一个你更喜欢?”

林欢愣了一下,没想她这样问,他还从来没有想过这个问题,“喜欢”这两个字一直被他故意压在心底,从不让它出现。他尴尬地笑着岔开话题:“我要去17号楼,让我送你去Puff。”

Kiku看他窘在那里,忍不住得意暗笑,鼻子里“哼”了一声。

两人第一次尴尬地都没有说话,林欢骑上车带着她走了。

到了酒吧门口,已经有一堆人围在那里。林欢站住了脚,仔细看了看那些人,大部分都是学校的学生和附近的年轻人。

“我也许来接你。”林欢担心地看了眼门口围着的那一群小伙子。

Kiku笑着抿嘴望着林欢,压着心里的欢喜问:“你真的要来吗?”

“嗯,小心！”林欢再看她一眼,“拜！”转身走了。

林欢往回骑,到17号楼下,一阵阴风从楼顶上刮下来,吹在头皮上,他打了个寒战,脑子里一片空白,觉得什么地方不对,可又说不出来。他走进了静悄悄的大楼,爬完了六层楼,才发现一个大楼里空无一人,今天是周六,美国学生都玩儿去了,或者打工去了。

他呆呆地坐在画布前,心烦气躁,不知道哪儿不对劲儿?他试着拿起画笔来,在调色板上调了一块蓝色,往已经半成的画布上一笔下去,“嗷！”一声惊叫把他自己都吓了一跳,我这都画的什么啊?！他忙拿刮刀把那块颜色刮下来,跟自己说:别画了,今儿别画了。

他在地板上捡起些废报纸,撕了几大块,一支笔、一支笔地擦起来,直到把所有笔头上的颜色擦干净了,再把所有的颜色瓶子、罐子都盖好了盖子,突然在心里喊了一声:对了！我这个星期还没有给青青写信呢！怪不得有什么不对劲！看我这个星期忙论文忙的！不对啊,昨天该是写信的日子,可昨天我的论文已经交了,对了,昨天晚上我跟Kiku去了湖边,Kiku想看黄昏的湖水,自己觉得主意很好就一起去了,回来后就跑来这里画画,把写信的事情忘在脑后了,对不起青青,让你晚一天收到信了。想到这里,他找着了信纸,坐在凳子上开始给青果写信。

林欢写完赶紧放进包里,怕忘了带回家。又点了支烟,凝视着画布抽起来。他想起Kiku晚上问的“喜欢”二字,低下了头。过了半天,他问自己我还要去接她吗?！

冷　夜

过了12:00,林欢起身站起来,背上包出了大楼。站在门口,寒风迎面刮来,冷得他一激灵,林欢脑子里响起Kiku刚才话音里的笑声和期盼,他咬了下牙,还是朝Puff骑了过去。

林欢到了酒吧门口,把车锁在街边上为停车用的计时器上,就见哩哩啦啦往外出人,一个门洞黑漆漆的,就一个小窗户上亮着蓝红两色Budweiser小霓虹。林欢推门进去了。一股热浪和轰响的音乐扑面而来,摇滚乐的鼓点打得他心直跳。屋子里灯光昏暗,乌烟瘴气。吧台上围坐满了人,地下舞池中央人们挤作一处,都忘情地跳着。

林欢在靠门边找了个位子坐下来,暗地里搜寻Kiku的身影,心想都要打烊了,还跳个什么劲儿啊?他正东张西望呢,耳边突然"欢!"一声欢叫,Kiku扑到他身边了。她穿着低胸黑色紧身长袖T恤,裹着她结实的小乳房,露着前胸光洁的皮肤,见了他欢喜得两眼放光。她在他桌子上放下一瓶啤酒,在他耳边喊:"欢,再大概十分钟。"

林欢一抬头几乎跟她脸贴着脸,一股淡淡的体香混着酒气热浪般向他袭来,林欢立时屏住呼吸,体内一股热血往外冲。他尽力压着,笑了一下没说话。Kiku满意地转身,一扭一扭地走了。林欢望着她摇摆的细腰肢和被牛仔裤包得紧紧滚圆的屁股,忙喝了口啤酒,咽了下去,似乎这样就咽下了想要揽住那小细腰的冲动。

没一会儿,放唱盘的DJ拿着话筒跟大家说晚安了,林欢出了口气,总算完了。

一到外面,冷风迎面刮来,林欢忙把外套的拉锁拉上,见Kiku仍然敞着怀,露着前胸,就站下来盯着她说:"拉上。"

Kiku立时贴身面对面地站在林欢面前,两人四目对视,她微笑着一软身子靠在他胸前。林欢心里再一次翻起了热浪,揽住了她的腰。两人站在寒风里轻轻相拥,半天都没有说话,过了一会儿,Kiku才问:"我们不想回家吗?"

林欢咽下了一口干唾沫,笑着松开了手。他开了车锁,让Kiku坐在后面,蹬上车往家骑去。她在后面用两手搂着他的腰,倚在他背上,一路都没有说话,快到家门口了才说:"欢,我还没有告诉你我为什么要跑到美国来。我父母逼着我嫁人,我从婚礼上跑的。"她给他讲了自己的故事。

林欢在自己卧室的门口跟她道晚安,这一路灌的冷风把刚才在酒吧里翻起的热浪压了下去,听了她的故事,对她倒更多一份敬佩和同情。Kiku见林欢转身要开他卧室的房门,"嗖"的一声用两只胳膊就绕住了他的脖子,在他耳边轻声说:"今晚不走行吗?"

林欢笑着把她的双臂从脖子上解下来,见她一双黑亮的杏眼波光粼粼,红润的嘴唇微微张开,他闭上眼,忍着想吻她的冲动说:"Kiku,不行,你知道我不能……"

“我不在乎！她不在这里，我知道你想要我，告诉我你想！”

“Kiku！”林欢伸出双臂推了一下她，在她耳边小声喊：“去，去睡觉，晚安！”说完把她向她的房门又推了一把。

Kiku 转身瞪了他一眼，只好掏出钥匙来了。

林欢看她进了自己的房门，才放下心来，关了房门就不想再出去了。他听见 Kiku 在卫生间进进出出，洗漱，直到没声音了，才轻手轻脚地出了房门，到卫生间冲了澡，换上长睡裤，光着身子出来。刚走到厅中间，“呼啦”一声 Kiku 门开了，她穿着白色的睡裙站在那里幽怨地瞪着他。林欢忙把浴巾打开遮住身子，轻声说：“晚安！”说完又看了她一眼，下巴往前一抬，“嘘”了一声：“去，睡觉去！”

Kiku 慢慢地把门关上了。

林欢进了房门，黑暗里闭眼躺在床上，晚上的事就跟电影一样在脑子里一幕一幕地重演。他摸了一下脖子，她刚才就这样搂在这里，她身上幽幽的清香和微微的鼻息仿佛还在，她柔软的小腰身还在手心里，天啊！林欢五脏六腑就像被火燎着了，烧得他口干舌燥，一翻身坐了起来，双手抱住了头，在心里默念：青青，你在哪里？你知道发生了什么事情？快来救我！

从跟青果分开，林欢控制自己从来都没有困难，今天是怎么了？他问自己，我是喜欢她吗？她今天问了我这个问题，我喜欢她吗？他垂头认真想这个问题，半天，林欢给自己的答案是“喜欢”，这答案令他既不安又沮丧。他起身把桌上青果的照片拿了捧在怀里说：青青，我对不起你，我喜欢上她了，我今天还抱她了，甚至想吻她。你能原谅我吗？我得跟她保持距离，我得换个地方，不能再住在这里了。林欢正在心里下着保证，就听见“砰，砰，砰”的敲门声，林欢噌一下坐了起来。

“欢，欢，求你了！”Kiku 的声音微微有点儿颤抖，让他立刻想象出她穿着那件白色的睡衣站在门外的样子，这么冷的天，别感冒了。林欢清了下嗓子，朝门喊：“Kiku，请回去睡觉！对不起。”

“不，不，欢，求你了！”Kiku 的声音已经带着哭腔。

林欢听了跳下床，光着脚走到门口，对着门轻声说：“Kiku，请回吧，傻孩子。”

“No！No！”Kiku 的哭声越来越大，林欢只好回到床上，知道越搭腔她越难离开，他拿定了主意今天晚上就是不开门了，于是狠了心闭上眼，听着她在外面哭，没一会儿，她的声音就断断续续，由高变低了。

累了一天，又在 Bar 里喝了一大瓶啤酒，林欢迷迷糊糊地睡了过去。不知道过了多久，他突然醒来，想去厕所，听听外面，没声音了。这下他安稳了，光着脚蹑手蹑脚地走到门口，再听听，确实没有声音，他这才轻轻拨开插销，把门打开。说时迟那时快，黑暗里，一个人影“嗖”的一声扑到他身上，差点把他扑个趔趄，林欢不由得伸出手来抱住了她以保平衡，Kiku 冰冷的身子立刻紧紧贴在他赤裸的胸膛上，两条腿盘在他腰间。

“Kiku！”林欢失声大叫，话音还没有落，Kiku 冰冷的嘴唇已经吻住了他的双唇。

林欢转动着脸想躲她。

“Yes！Yes！”Kiku喘着哭叫着再一次封住了林欢的嘴，她边哭边吻。

隔着薄薄的丝绸睡衣，Kiku柔软的身子在他怀里磨蹭着，两只坚挺的乳房蹭着他的前胸，湿热的嘴唇狠命地吸吮。林欢一时顾不得了，狠劲把她往床上一扔，扑了过去，就听见Kiku一声尖叫，两人一时都亢奋至极。

林欢喘着拿浴巾裹住了下体，回头看了看Kiku，她躺在身边绯红了脸，眼神迷离，也喘着，林欢站了起来，说：“让我去冲一下。”走了出去。

“欢！”Kiku大叫一声，林欢冲进了卫生间，反手就把门插上了。

他跌进淋浴间，拧开热水龙头，让热水砸在脑袋上。一番鏖战后，身体还微微有点儿颤抖，他伸手抓住淋浴间的把手，长长地舒了口气，闭上了眼：天！这个女人，这个女人，这个日本女人……念着念着，眼泪顺着眼角流了下来。他低头看一眼现在已经缩成一小节的下身，对已经做完的事情惊得目瞪口呆，我干了什么？我干了什么？他蹲在浴池里，双手捂了脸，这会儿他意识到这对他和青果意味着什么了，他没想到自己会做这样的事情，我剁了你这惹事的东西！他喊出了声：“林欢，你是个畜生！你再也不干净了！”他拿香皂擦洗身体，拼命擦，力图把Kiku所有的味道都擦洗掉。

等他换了衣服从卫生间出来，Kiku站在门口，怯怯地望着他，她在外面已经等得很不安了。林欢低头看了她一眼，勉强笑了一下：“晚安！”就进了自己的房间，从里面把门插上了。

他一头倒在床上，不由得伤心又心神不宁，青青！他一翻身坐了起来，我得告诉她，我不能骗她，要不然我就犯了更大的错了。

他欠身起来，抓过电话就拨，没一会儿就听见大娘的声音，林欢忙喊：“大娘，请你找一下青果，国际长途。”

没一会儿，电话那头一阵乱响，就听见青果气喘吁吁的声音：“欢欢！”

林欢的眼泪立刻就下来了：“青青，我——我——”

电话那头青果兴奋的声音：“欢欢！你怎么了？出什么事情了，怎么突然想打电话？”

“没有，什么事情都没有，我——我——就是想你了。”

“哎呀，都几点了？你还不睡啊？你那边都三四点了吧？”

“差不多，我告诉你，我就是想你了，我爱你，告诉你这个世界上我就只爱你一个人，你听见了没有？就爱你一个人！不管出了什么事情，你一定要记住！”说完林欢哽咽难语，青果在那头没听完跟着就哭了，她知道林欢那边肯定发生了什么事情，他这样失控的情绪都不像他了，就说：“欢欢，你不要再说了，你要好好的行吗？”

林欢语塞了，告诉她吗？她现在一个人在那头就够苦的了，我再给她雪上加霜，这不害她吗？等她来了再跟她坦白吧！想到这里，林欢才说：“青宝，没事情，听见你的声音就好了。我没事了，挂了，宝宝，我爱你！明天给你发信，我去睡了。”

林欢挂了电话，大战后他实在是太疲惫，抱着青果的照片，立刻睡了过去。

第二天早上，林欢听见外面Kiku的声音，他猛地坐了起来，想起昨晚上发生的事情，他狠狠地砸了一下床帮子，不知道该怎么样出去面对她？还是等她走了我再出去吧，他复又躺下。

没过一会儿，就听见Kiku的敲门声："早饭好了，请起床。"

林欢没有吱声，只希望她快走人。可没一会儿，她又来敲门了，连着又来一次。

林欢实在没法了，才在里面说："Kiku，你能让我自己一个人待会儿吗？"

终于听到她出门的声音了，他这才起来，什么都没有吃就出了房门。

他骑上车，先去邮局给青果发信，在邮局买了邮票，把信打开又再看了一遍，看罢，不由得悲伤，这还是在昨晚那事之前写的呢，要现在也写不出来这样的话。青青，你怎么能原谅我这样一个可耻的人呢？连我自己都不能原谅。

他蹬着车，漫无目的地在校区里骑，没一会儿就骑出校区，他麻木地随着腿儿蹬车，没有多久，来到了湖边。晚秋的密西根湖浩瀚无边，湖水是深蓝色的，湖面上彩帆点点。星期天的上午，湖边有很多市民和游人。他找了个无人的椅子坐下，看着周围欢乐的人群，又陷入了沉思。昨天晚上的事情还刺激着他的大脑，他在心里惊叹Kiku的强势，无论在床上还是在床下。这个日本女人真不是一般人，她事事优秀，样样都让人喜欢，是个男人就逃不掉。可我就是再喜欢她，怎么能跟青青比呢？我得搬出去，要不然会真的很糟糕，那可就真的败给她了。想着这几个月跟她的一切，他问自己，林欢你都干了些什么？你再也配不上青青了。他的心一下揪了起来，昨天的事情要是告诉她，她还会要我吗？他想象青果知道了这个消息后会怎样的伤心，真的就是杀她，幸好昨天晚上没有说出口！不能，这个秘密我一辈子都不能告诉她，想到这里，他心里一阵剧痛，好像杀的不是青果，是自己。我怎么可能爱上别人？我们的过去会因为这一夜失去所有的意义和重量吗？我们那样舍了命的爱会因为昨天晚上全都变质吗？会吗？想到这里，他闭上了眼。

一个声音在他脑子里喊：不管昨天晚上发生了什么，我没有爱上别人，我爱青果，我只爱她。他骑上车去食堂打工去了。

打完工，林欢去画室，强打精神继续他前两天开始的一幅画，快到6:00，Kiku来了。她穿了一件黑色的皮风衣，脸色苍白。Paul和David正跟林欢一处说笑，大家都准备收工各处吃饭去。林欢见她进来，就给两位同学介绍："Kiku，我的同屋。"又指着Paul和David说："这是Paul，这是David。"

几个人互相问好，Paul握着Kiku的手喊："哇，林，为什么你从来没有告诉过我们你有这样一个漂亮的同屋？你想把她藏起来啊？"一句话说得林欢乐了。

Kiku没怎么说话，只微笑着跟两人打了招呼，就等着林欢。

林欢跟大伙儿道了再见，跟她出了楼。

他们一路上都没有说话，林欢推着车走，没想骑上去，他不想让她从背后再抱住他。Kiku打破了沉默："欢，我昨晚太任性了，请你原谅我。"

“不,Kiku,请不要说这个,不是你的错,是我的错,我没能控制住自己。”林欢低了头。

“你后悔了吗?你真的不喜欢我?” Kiku 站住了问。

“不,Kiku,我要谢谢你给了我这样一个经历,你知道我对你的感觉。”

听到这里,Kiku 笑了起来:“欢,我们回家,我在家里做了晚餐等着呢,我给 Puff 打了电话,今天晚上不上班。”

林欢默默注视她,想这么着也好,可以好好跟她谈一谈,就什么都没有再说。

到家后,Kiku 赶快从厨房拿出碗筷,林欢去卫生间洗手出来,桌上已经摆上了热气腾腾的饭菜。林欢心里一热,怪不得那么难拒绝啊?这跟两口子过日子有什么区别?我过去怎么没有意识到这个?我们就这么耳鬓厮磨的,能不爱吗?对啊,这种感觉就是两个孤独的人最渴望的,怎么可能拒绝呢?如果没有青青,我敢确定我不会爱上她?昨天晚上两人在床上的情景一下从他脑子里跳了出来,林欢的心就像被钩子狠命地往外一钩,天!这才是诱惑,致命的诱惑!叫我怎能不想要?!他愣愣地望着她,心里叹她是怎样一个温柔婉转又刚烈疯狂的女人!他咽下一大口唾沫。

Kiku 给林欢盛上饭,见他愣着就抿嘴笑道:“欢,我去了市场,买了牛肉,你需要,昨天晚上我们活儿干得太累了。”又给林欢和自己倒了杯红酒。

林欢听了笑起来:“谢谢!”开始吃她烧的牛肉,拿起酒杯喝了一口。

Kiku 又笑问:“欢,你喜欢吗?”

林欢点头,味道很好,看得出来她精心烧了这道菜。

Kiku 见他点头,就从碗里给他搛了一大块,说:“多吃一点儿,昨天晚上你太让人惊叹了,Oh,Dear!”

林欢这回有点儿不好意思,笑着说:“谢谢你,你也令人惊叹,真的,让我大吃一惊。你从哪里学来的那些技术?对不起,我不该问你这个问题。”

Kiku 捂着嘴没笑出声。

两人吃过饭,林欢让 Kiku 坐在桌旁说:“Kiku,我需要跟你谈谈。”

“是,”Kiku 温柔地应了一声,她知道林欢有话要说,发生了昨天晚上的事,他躲了她一天,她原来以为完了,但刚才林欢在路上的几句话又给了她希望。这会儿她脸上泛着红晕,一双杏仁眼明亮异常,更显得她娇俏可人。

林欢定了定神,开口说:“Kiku,你是个很棒的女孩,昨天晚上发生的事情都是我的错。你知道我在乎你,但是我不能再在你这里住了,我要在这个月底搬出去。”

没等他把话说完,Kiku 摇着头已经哭了:“不要,欢,不要!”

林欢皱着眉头,深情地看着她说:“Kiku,你知道原因,你知道我为什么要这样做。”

“为什么,为什么?我不在乎你有妻子——”

林欢立刻打断她:“不!我在乎!我不想背叛她,也不能占你的便宜,你不知道昨天晚上事后我有多痛苦!我后悔,你说对了,我要后悔一辈子!”

“但是，欢，那么我呢？我的爱还有我的感情？我们的快乐？我做错了什么？我们有什么错？你跟我不是很高兴吗？你不是想要我吗？” Kiku 哭出了声。

“原谅我，我没资格，我不能，你明白吗？我不能偷，你知道我跟你很开心，我想要你，我想！ Oh，Kiku！ 让我走吧！”林欢说完一下往后倚在墙上。

“欢！ 不要，不行！”Kiku 哭着扑进了林欢的怀里，两片红唇寻着林欢的嘴唇，林欢躲着，轻轻地把她推开：“Kiku，我不会再犯第二次错误，请原谅。”说完他站了起来，拉开和她的距离：“再找一个人去爱吧，这样对你好些。”

Kiku 低下头，失声痛哭。

林欢站在那里，心里翻滚着，闭上了眼。他想起青果常说的话，她说这种事真是不能勉强的，要不然就得流血流泪，现在 Kiku 要如了愿，就得永远失去青果，想到这里林欢不禁揪了心，浑身冒冷汗。他摇了下头，Kiku 再怎样悲恸，他都看不见了，他庆幸哭的幸好不是青果，我怎能让青青受这样的委屈？真是对不起，Kiku，别怪我对你狠心。

Kiku 哭了半天，见林欢没有一点儿动静，站了起来，见他还静静地站在那里，翻身冲进自己的卧室，把门甩上了。

林欢看着她冲进去，舒了口气。

第二天，林欢在画室里碰到了 Paul，他张口就问 Kiku 的情况。林欢知道他对她很感兴趣，就来了主意，于是问：“Paul，如果你真的喜欢她，你想跟我换房吗？”

“真的？你真的愿意放弃你的房子？”Paul 大为惊讶，他都不知道该不该相信，哪有这么好的事情呢？

见林欢点头，他高兴地一巴掌拍在林欢的肩上，恨不得把他抱起来：“谢你！ 真不敢相信，我不知道说什么了，谢谢你！”

林欢笑着说：“等等，让我先跟她谈谈，看她是否同意。”

“当然，当然，我等你的好消息。”说完，他推着林欢出了画室，“请现在就去，跟她谈，我都不能等了。”

没有办法，林欢被他推了出去，他知道 Kiku 没有出门，连卧室的门都没有出，林欢心里其实也挂着，一直在想怎么来劝她，唉！ 他叹了一口气，蹬车回去。

自罚新年

圣诞节那天跟青果打完电话，林欢终于在二大道 17 街一家中餐馆里找到了一份送外卖的工作。这份工可真来之不易，也是原来送外卖的哪个学生回学校去了，才有了这个空缺。林欢发现这次到纽约倒霉透了，不仅天冷，雪多，而且工少，他和皮皮一直就没有找到一个固定的工作。两个人每天疲于奔命，打些洗碗、清洁零工，带来的一点儿钱眼看就要花光了，钱却没有挣到几个。

林欢走之前就预感回纽约不会好，可是他硬着头皮也得走，不为别的，为的是离 Kiku 远一点儿，要不然他在芝加哥一样打工，用不着千里迢迢跑来纽约。现在落到这个地步，林欢只好自认倒霉，谁让你尽干坏事？活该！他暗地里祈祷，老天保佑，让我挣够回去的钱，要不然开学都回不去了。唉，人倒霉喝凉水都塞牙！好在回来见到皮皮和汉生，总算万般不好里有了唯一的好处，哥儿几个见了自是高兴。这回团聚，几个人都挤在汉生在上城的小公寓里，汉生现在更忙了，他偶尔还会去地铁拉琴，更多的时候到外面跟人搭伙出去演出。像教堂啊，社区集市，小节日啊，有钱人家的 party 啊，人家一叫就赶快去，现在他已经和三个同学组成了一个四重奏小乐队，一有活儿，立刻就走。眼见着节日临近，他们的日程排得满满当当的。

那天一见面，林欢发现皮皮可养得好多了，比在夏天时胖了些，林欢问他学校的事情，没想他撇了一下嘴说："欢欢，我就真受不了学英文，不知道你跟汉生是怎么学的？咱一个画画的怎么受得了那么枯燥乏味的事情？这学期下来恐怕还过不了关，我✕，我那些钱花的，冤死我了。"到底要怎么办？他没有方案，只有一点儿可以肯定，学是坚决不会再上了，不干那白交钱的事，不过这事肯定不能跟贾红说。林欢皱着眉听完，觉得这也不是个办法，但又不好多嘴，事情就放下来了。

林欢从青果那里知道一点儿 Jenny 的事情，就没敢问汉生，见他一天忙着和一各个漂亮白妞约会，比上次在照片上的还年轻漂亮，知道他跟 Jenny 将来也悬，他由衷地佩服，心想人跟人真不一样，我一个 Kiku 就够受的了，他却可以来者不拒，时常更新。

上工第一天，天上飘着零星的小雪，人行便道上积着厚厚的污雪。林欢工作的餐馆叫"金鑫"，在二大道跟 17 街交口，店面不大，也就二十来张桌子，林欢一进去就闻到只有中国餐馆才有的那种油乎乎的饭味儿。餐厅的装饰也是最普通的，墙上贴着朱红地上印了花鸟的墙纸，黑桌椅，暗红的地毯，左面墙上挂着红灯笼和镏金的龙凤挂饰，右面挂着几个工艺贝雕画，无非是鲤鱼、牡丹、花鸟。靠门一个银台，上面摆了台收银机，还摆了一个镏金的财神，一个花瓶里面插着五颜六色的塑料花。这种餐馆在曼哈顿属于普通得不能再普通的了，做的都是广东人发明的那种美式中餐。

老板是中国台湾人，五十岁左右的模样，长得矮、黑胖、半秃顶，整天在餐馆里骂骂咧咧。他一个月付给林欢底金三百美元，其他就靠林欢挣小费了。厨师是广东人，又瘦又小，五十多岁。老板偶尔也上阵炒菜。老板娘大概四十刚出头，皮肤白净，身材苗条，颇有几分风韵，管着银台，实在忙不过来了，偶尔也在桌子上接单。

林欢早上 10:00 不到就进了餐馆，见过老板和老板娘、大厨。没一会儿，厨房里打杂的俩伙计，还有管油锅的小赵都进来了，没一会儿小孙也来了，他跟林欢一样是个外卖工，其余还有三个服务生。林欢笑着跟大伙儿打招呼，看得出来除了两个打杂的是从福建来的偷渡客，其他几个人都是从中国内地来的学生。

午餐时间到了，林欢跑了他有生以来的第一单。他看了下地址，老板在旁边问："找得到吗？"林欢马上回他道："没问题，没问题。"提了外卖的塑料兜就出了门。中餐馆的外卖都是客人打电话订餐，厨房做完后，盛在一种特制的方纸盒子里，由送外卖的人放进塑料口袋，提了送到人家家里。林欢实际上对环境并不熟悉，但他知道曼哈顿都是按数字排街的，就想出了门怎么着也能找到。他骑上车顺手往右一拐，飞快就骑了出去。他正看着街道牌子上的号码，说时迟那时快，车轱辘在铺着薄薄一层白雪的水泥砖地上一滑，连人带饭兜摔出去好远，摔得他四脚朝天躺在地上。

他顾不得腿疼，赶紧爬起来，跑到前面把饭兜拎起来，忙检查，幸好饭菜没有撒出去多少。他重新把外卖的盒子盖盖好，再回头把自行车扶起来。推着车跛着腿继续往前，走了半条街，这才发现走错了方向，号码越来越大，可单子上的街号小，该往相反的方向。

林欢重新骑上车再回头，终于找到了单子上的街道，再找到了门排号码，进了大楼，上电梯，终于，他找到了客人的房门。按响门铃，一个中年男人出来开门，拿起塑料兜来看了一眼问："你终于来啦，怎么走了这么久？"

林欢忙笑道："今天是我头一天干活。"

"哇！祝你好运气！"那人递给他两美元。

林欢高兴地接过钱，喊了一声"谢谢！"跑了出去。

等他回到餐馆，老板早站在厨房门口等着他了。瞪着眼看他进门，冲他喊："你这个外卖送到什么地方去了？说你是个读书人，脑子笨得跟头猪一样，15街是那个方向吗？你一出门我就知道你根本不知道方向，还硬说知道，知道，你知道个屁！"

林欢只得笑一下，看在钱的份儿上，他忍了没有回嘴，往后面的厨房里钻。

谁知老板就跟在脚后面，还在骂："你知道你用了多少分钟吗？这个单子也就三分钟的事情，你倒好，用了不下二十分钟，这么笨还打什么工？别把我的生意都耽误了！"

林欢听到这里快要忍不住了，他拉长了脸，闭上嘴站在厨房的门口，犹豫是否要发作？这时候老板娘进来，瞟了他一眼，对老板说："算了，算了，他今天第一天，多跑几天就行了，有时间在这里骂人，还不如再跑一单。看看，这里有好几单等着送呢！"

旁边的小孙走过去，把林欢拉到一边，说："你拿这两单，一个方向的，我拿这两单。走！"拉了林欢就往外走。

出了门，小孙说："别理他，他就以骂中国内地来的学生为乐，看我们怎么收拾他！"

林欢打量着这个像高中生一样的小男孩，笑着问："你们要怎么收拾他？"

"等着瞧。"小孙神秘地笑了一下。

到了夜里11:00，一天的工作才算完了。林欢数数兜里的钞票，一共三十五美元，几乎都是一美元的小票子，摸起来一大包，心里忍不住高兴起来。今天餐馆还管了两顿饭，他不仅没有花钱，还挣了这些，总算有点收入了。其实一天没跑几趟下来，他就熟悉了环境。和厨房里的其他人说说笑笑，时间过得很快。据小孙讲他一般一天要挣四五十美元，下雪天是不好骑，但是客人给小费会高一点儿。林欢头一天就收到过给五美元的，小孙说这就是好客人。

林欢进进出出，老板娘一直在收银台后面观察他，吃饭的时候还叫他："送了这单赶快来吃饭，要不然饭凉了。"

晚上 11:30，林欢拖着疲乏的身子进了地铁，上了去上城的 C 车，他瘫坐在没人的车厢里，才觉得浑身酸痛，对了，今天摔了那一大跤，狗日的老板还骂人！他气愤地咬了下牙床。

回到汉生的公寓，林欢跟皮皮讲了一天的经历，皮皮笑倒在床上，直喊："这下现原形了，告诉你不要去找餐馆的工作，你非要去，怎么样？钱没挣两个，气受了一肚子！我看你明天还去吗？"

"去！怎么不去？有钱赚就去！明天也许就不是三十五美元，是五十美元，是六十美元，只要跑的单子多，跑得快，就能多挣，我就给自己一个原则，老板骂什么只当没听见。"

"欢欢，不能为了钱连自尊都不要了吧？我就真的做不到。"皮皮摇头。

林欢瞪着眼冲他嚷道："皮皮！你说的都是什么屁话？！哦？总不能像你这样总借别人的钱过日子吧？连吃饭钱都成问题还谈什么尊严！"林欢知道皮皮早就没钱了，一直在汉生这里蹭吃蹭住，汉生是皮皮的发小，弄得也没脾气，林欢不可能像他那样，他做不到。这时候，汉生还在外面演出，喝风吃雪的，挣的这点钱也不容易。

林欢的话说得皮皮垂头丧气，忙摆手说："哥们儿，别说了，别说了，算我错了，说错了。"

林欢还接着问："你现在到底怎么打算的？你就是不回学校，怎么办呢？"

皮皮动了一下嘴唇，嘟囔道："谁知道呢？先想法过了这个冬天再说。"

林欢摇头，觉得这根本就不是个办法。想想国内贾红在深圳玩儿命打工，他们还有小学运，唉！这家子什么时候是个头？算了，我也是五十步笑百步，也不比他好多少，林欢叹了口气，去卫生间冲澡，明天还得干活儿呢。

早在十一月底林欢就正式搬出了 Kiku 的公寓，跟 Paul 换了房。他给 Paul 的借口是为了给他方便，可跟 Kiku 却谈了近两个来星期，总算让她同意了。林欢把道理横过来竖过去，掰开了揉碎了讲了百遍，Kiku 一会儿同意了，改天又变了主意，林欢只好从头再来。看着 Kiku 泪汪汪的一双杏仁眼，林欢不得不硬了心肠。他知道他不能一走了之，得把她安顿好了，就是新来的房客也得顺了他的眼。要说 Paul 是个最好的人选，第一通过他，能随时知道她的情况；第二，他也放心 Paul 的人品。他倒没有想要让他们怎么样，只是觉得 Paul 阳光，会让 Kiku 的生活变得简单快乐一些，让她忘掉不开心的事情。

Kiku 从知道林欢要走就一直不停地哭，无论何时何地，只要想起来，就要掉眼泪。来了美国一年，头一次爱上人，无论林欢怎样，哪怕对着她说着无情无义的话，她还是爱他。她愤愤地想,我该恨他的啊?可一见他在身边打点着耐心,柔肠细语地说着冠冕堂皇的大道理,她的气就发不出来,也恨不起来。林欢在她身上的用心她不是不明白,正因为这样,她才伤心和绝望。有一天她生气地对他说:"欢,为什么你让我爱上你,然后就把我甩了?"

林欢每每听了这些话,只好对着她苦笑。

分开后头一个星期她几乎离不开他,甚至旷课到画室去找他,林欢只得耐心陪伴在她身旁。面对 Kiku 的伤痛,好几次都让他心生动摇,到底还是忍了再忍,他这才发现,要真离开她,也一样难啊,这才促使他下了决心放假后来纽约。对整件事情,林欢心里未尝不遗憾,可又有什么办法呢?除了惆怅叹气别无他法。没想现在到了纽约是这样一个情形,他这会儿快被这些日子的厄运击倒了,尽管皮皮和汉生在身边,他还是提不起精神来。当独自一人没命地在纽约堆着黑色污雪的大街上蹬车送外卖,顶着摩天高楼上飕飕蹿下来的阴风,就不由得怀念过去几个月跟 Kiku 耳鬓厮磨、亲密无间的温馨日子,让他觉得从来没有过的孤单和绝望。圣诞节那天在电话里一听到青果的声音,他几乎要哭出来,最后不得不强打起精神,装得满不在乎。他舍不得放下话筒,舍不得让青果就这样走了。现在只有青果是他心里唯一的温暖和眷恋,可她就跟游丝般飘浮不定,一不小心就没了踪迹,他抓着话筒就跟抓住了救命稻草,哑着嗓子没命地说,只要听得见她的声音,哪怕是她的喘息也知足了。

1990 年的新年要到了,整个曼哈顿从圣诞节前就一直沉浸在节日的气氛里,这会子快到节日的尾声了。夜里,城里各大道小街上到处都缠着小灯泡,49 街到 50 街之间洛克菲勒中心巨大的圣诞树还立在那里,光彩耀人。曼哈顿小到一棵树、各商店门口、橱窗,大到整座整座的摩天大楼,真真是亿万个五彩星灯齐亮,把整个城市变成一个晶莹闪亮的童话世界。只是林欢没有心思去感受,他每天除了工作,挣钱,没有什么过节的想法。也许是节日,这些天他很忙,小费也很多。他每天回到家都深更半夜了,累得皮塌嘴歪。不过看着兜里日渐多起来的钞票,终于心里不慌了。对啊,前些日子光花钱,没挣到钱,他真的心里发虚,情绪也很低,这两日稍微好起来了。

新年夜,林欢从餐馆回到家,屋子里没有一个人,皮皮一个人去了时代广场看砸水晶苹果,汉生到纽约上州一个有钱人家给人演新年聚会的堂会去了。

林欢洗完澡,换下满是油烟味儿的衣服,打开了电视,拿起电话就给青果拨了过去。

"欢欢!"青果清亮的声音清晰得如同就在跟前,林欢一听见不由得咧开嘴乐了。

他瞥了眼电视,里面正转播时代广场砸苹果倒数的盛况,人山人海,纸片就像雪片飞在广场上,人们的呼喊声震耳欲聋,每个人脸上都喜气洋洋,相互拥抱着,跳着,喊着,亲吻着,祈祷着。NBC 两著名播音员正激动地拿着话筒高喊:"新年快乐！”

让人莫名哀伤的“友谊地久天长”响彻整个房间。

林欢忙把话筒对着电视，大喊：“青宝，Happy new year！听见了吗？”

“你一个人在家啊？”

“皮皮去时代广场了，汉生去纽约上州了。宝宝，我找到工作了，在一个餐馆送外卖，已经挣了一个星期钱了。你不要担心我，我很好！”林欢开心大叫。

“你每天在外面跑，冷吗？累吗？我好担心你啊！”青果的声音还是那么委婉动听，每个字都像柔软的小刷子刷在他伤痛的心上，林欢听着听着眼圈就红了。

“你不要担心，我现在挣到钱了就什么都不在话下了。没有钱，你就来不了，我前段时间都好着急，现在就好了，没事了。”

“不要急，不要急，你不要太累行吗？”青果在那边已经哭了。

“不要哭，你要高兴，这过了年，你就要过来了。让我们来祈祷，你今天晚上在敲钟的时候一定要祈祷，让我们今年一定团聚！”

两人接着又聊了一会儿，这才不舍地挂了。

放下电话，林欢歪在床上想青果，心里郁闷，迷迷糊糊似睡非睡等皮皮回家，过了2:00，皮皮回来了。林欢这才睁开眼睛，听他喘着气讲时代广场的盛况，林欢眯着眼困得就又要睡，皮皮突然揪了下林欢的耳朵说：“欢欢，告诉你个重要的决定，我想搬出去。今天认识了一个人，就在时代广场，一个日本女人。”

“日本女人”四个字就像惊雷般把林欢炸醒了：“什么?! 什么!?”噌地一下从床上蹦了起来。

“干什么？干什么？至于吗？那么兴奋？”皮皮撇嘴嘲笑他。

林欢大吼：“快说！是什么样的？快说！”

皮皮笑着回他：“干吗？不要那么着急，听我说，这个人叫Misao，二十八九到三十岁的样子，长得还可以，身材很好，她告诉我她跳舞出身，一个人在纽约，我没问她是干什么的，”没说完又笑了一下，“我想我是动心了，今天晚上去了她的公寓，Wow！差点要了我的小命！”

林欢听着听着放了心，到最后大笑起来，“皮皮！你可要小心，日本女人可不是好惹的，会把你搞死！”

“你怎么知道？你怎么知道？你是不是干了什么坏事？坦白交代！”

“没有，没有，我就有个印象日本人都挺邪行。”林欢马上笑着否定了。

“哎哟，你可说对了，这女的感觉太好了，简直浑身都是性感细胞，把你搞得太舒服了，妈的！老子的小钢炮也不是吃素的！”

林欢听了大笑，这简直说的就是Kiku。

林欢闭了眼想起Kiku，她确实如此啊，想起他们那天晚上在床上所有的事情，不禁脸涨得通红，对皮皮说：“你可要想好了，你有了她可就很难再回到贾红那里了，我可知道你这个人，你搁不住的。”

“瞎说！我跟红红是什么关系？青梅竹马，还有我们学运呢，等他们来了我再离开她就是了。”

“你能确定？”林欢怀疑地问，他对他可没什么信心，自己都那么难，就皮皮的个性，够呛，“到时候可别怨我没有提醒你。”

“知道啦！我明天就想搬过去。”

“你决定了？”

“嗯。”两人算把话说完，睡下不提。

过完节，林欢每天在餐馆里不言不语，除了跑单子，就是跑单子。一天老板娘对他说：“小林，你愿不愿意打桌子啊？你要是愿意，今天晚上就可以做。”

林欢在餐馆里干了快两个星期了，知道些餐馆里的规矩。餐馆里是有等级的，除了老板，就是大厨，然后就是服务生了，再下面才是厨房里打杂的、跑外卖的。任何上一级的都可以骂下面的人。林欢虽然没有再挨谁的骂，可他看见过服务生、大厨骂人。今天老板娘要让他干服务生的活儿就是提拔他了。

林欢问：“怎么有人要辞工啊？”

老板娘笑道：“没有，我看你做事好，想把你长期留下来。”

“哦，真谢谢你！”林欢心想还真要我长期给你们干啊？想什么呢？！林欢还是感激她的一番好意，“老板娘，我这假期完了还得回去上学，现在也没有剩下多少时间了，要干也就只能干十几天，你说我还换吗？”

“你要愿意就换呗，好歹比跑外卖挣得多些。就你的聪明劲儿，跟着我干一天就会了。”

林欢笑着又谢她，当天就换了工。

老板娘手把手教林欢，如何打大托盘，如何接单，配放器皿，上酒，上汤，上菜，上甜点，从客人坐下到离开的每道程序，林欢很快就会了。

几天下来，他发现干这种体力活儿也得动脑筋，服务生的工作就是在外堂和厨房之间来回奔跑，用最短的时间传送食客要的东西，同时把桌子上不需要的东西拿下去。会做的人会在每一次出入厨房两手都是满的，回去时带着用过的脏碗碟，回来时带着客人要的东西，不跑空趟，桌面上永远都不会太拥挤、混乱，也不用来回拼命奔跑。不会做的人忙得不可开交，也没能打下几桌。

就此林欢的收入一下翻了倍，再也不用在寒风里奔波了。

就在林欢即将回学校前，他收到了青果电话里提到的那封信。都几天了，他一直把信贴身揣在左胸上衣口袋里，餐馆里白天很忙，知道看不成，可心里觉得是个安慰，就像青果的手一直抚摸在心口上。等半夜回到家，汉生都已经睡了，他进卫生间，才把信又拿出来，坐在马桶上，再看一遍。从那天收到信到现在都不知道这是看的第几遍。

欢欢：

我最最想念的亲人！

看到你寄来的照片了，你知道我是什么样的反应吗？我拿着照片就吻上去了，这是你走后我们第一次见面啊，你走了这么久，真的是久别重逢，我的泪水把照片都打湿了。你看起来那么动人，却让我伤心。欢欢，照片给我的就是这样一个现实，我们天远地远地分着，连摸都摸不着，这就要了我的命！还给我另一个打击，再一次证明你的分分秒秒跟我没有关系，你在那么遥远的地方，穿着那身衣服，梳着那个头发，那样活着，我看到的只是个影子，而且还是一个月前的影子，你说这能不让我伤心吗？

圣诞那天你来电话，让我很难过，我知道你一个人在纽约苦闷、辛苦，我都要为你愁死了。我在这里什么都做不了，要是有个人在你身边安慰、照顾你就好了。欢欢，我们这一生受的是什么罪?！我现在什么都不求，就求你开心、健康，你就是出去寻欢作乐我都没意见，钱少挣点没关系，你要听我的话，太孤独郁闷了就跟皮皮出去玩儿一下，纽约的新年有著名的时代广场倒数，你跟皮皮去吧！

我的托福成绩下来了，考得一点儿都不好，580分，老天就这样惩罚我，不知道我的前生做了什么坏事，要我今生来受苦？欢欢，我只好受着，别无选择。

看到你手扶着的新画了，一句话喜欢，今天不想多说了，等我冷静下来再跟你讨论。看你长篇大论地讲你的画，我既欣喜又心酸。虽然为你有新的想法、新画而高兴，却心疼你在那样的环境里，还为了那可怜的梦想苦苦挣扎。欢欢，圣诞那天接了你的电话就想你去了美国，为的是什么？是为了梦想，那虚无缥缈的梦想吗？都快三十岁的人了，一切都得从头来，我怎能不心疼、悲伤？

欢欢，今天我有点儿太伤感了，请你原谅我写了这些悲观的话，千万别影响了你，你要好好的，听见没有？等你读到这封信的时候，我情绪都好起来了，希望你也好起来。

爱你！

妻青

林欢读完，把头埋到信纸里，再一次流下了眼泪。青青，你不知道我都做了什么?我，我，我——他低下头，发现泪水已经把信纸打湿了，模糊了青果随意的钢笔字，他忙把信纸收起来。青青，原谅我，我玷污了你，把事情弄脏了。我现在很后悔，后悔死了，你一定要原谅我。我向你发誓，在我心里只有你，我，我——他又把信打开，眼睛落到“寻欢作乐”那四个字上，青青会原谅我吗?这是她说的话，他在心里重重地叹一声，把信再叠好，重新放进紧贴胸的左上衣口袋里了。这才脱了衣服，冲澡，睡下。

春节快到了,整个学校都处在放寒假前的忙乱中。

青果决定回家过年,临行前李心来送她。李心兴冲冲地告诉青果他决定考博士了,准备考到北京去,换个环境。

"你就不想出国吗?"青果真的好奇他怎么就那样不动心。

"不,我还是留在这里,我不知道到了外面我能做什么?我想的、要的外面没有。"

李心的父母要去美国了,他的家人其实几乎都要在外国生活,他的兄弟在英国,曾跟他说那种感觉很不舒服,即使有个工作,还是不舒服。他的父母在东北受了一辈子苦,现在回来了,心都灰了,他能理解他们出去的动机,不过还是觉得他不是他们。

青果叹了一口气点头道:"也是,像我这样,就凭我自己,我是不会出去的——"

话还没有说完,李心就笑了,"你就不要表白了,谁不知道你?"

青果抿嘴笑着问:"那你什么时候考?"

"寒假期间吧?"李心若有所思,心不在焉,又看了眼青果说:"青果,你这也快走了,我一个发小去英国,昨天才送他走,我留在这里还有什么意思?"

"哦,你考博士是为了这个啊?"

"不全为。"李心笑道,"走,让我来送你,这个春节你回家总能高兴一阵儿,我知道你前些日子难过。"

两人出了宿舍门。青果在门外深吸了口气,连着圣诞和元旦,就没有高兴过。陆华那天来不欢而散,后来就一直为林欢伤心,这几个星期窝在宿舍里,懒得见人。她侧头瞟了眼李心,见他穿着咔叽布长风衣,围着灰色的围巾,还那样清癯高挑,风度翩翩,不过苍白的脸上眼圈发黑,疲惫不堪,便问:"你现在还有什么弄不完的事情?该睡觉还得睡,把自己累成那样子有什么好处?"

李心笑道:"没有,你知道我睡不早,都熬成习惯了,最近也看看考研的书。"

"你们小张给你做好吃的没有?你看着营养不良,你要多吃。"

"你知道我,就不在意吃什么,如果有什么事情让我兴奋,比吃什么都重要。"说完眼里闪了一下。

青果听了笑道:"常言道鸟为食亡——"

"我又不是鸟!"李心应声反抗。

"人为财死,"青果没理睬他继续道,"你呢,既不为财也不为食,你说,你有什么用?"说完青果瞪了眼看着他。

两人相视着笑了起来,李心道,"哦,照你的说法,我既不是鸟,也不是人?"

"你说呢?"青果笑。

李心笑着拉了下青果的手臂说:"走,今天跟我走,我带你去校园里你没去过的地方。”

青果笑道：“这校园我也待了七八年了，还有我没有去过的？”

“你就闭了眼跟着。”说完，李心握住了她的手。

青果一时有点儿窘，不知道该怎么办？李心察觉到了，立刻松开了手，眼睛看着别处，躬身轻轻说了一声：“Sorry。”

青果抿着嘴无声地笑了。

李心确实带着青果去了些她从来没有去过的地方，都是些犄角旮旯儿的地方。青果兴奋地喊道：“哟！还真没来过这里！你怎么发现的？”

李心得意地说：“你在这里能有多久？能跟我比吗？我在这里都一辈子了，我在这里玩儿的时候，你还不知道在什么地方呢？”

“失敬，失敬，怎么把这茬给忘了？”青果笑了起来。

李心带着她又到了另外一个地方，还是从来没去过的，在生物系大楼的背后。其实学校很大，青果怎么可能逛得周全？就见一排排废弃的红砖矮平房脱落后的门窗洞开，遍地的枯黄野草。李心抬手指了一下说：“你知道这是什么地方吗？”

青果没吭声，李心说：“这是那年大地震后修的临时房子，你没来过吧？”

青果笑着摇头。

“我就曾在这小房子里上过一阵课，我们附中的班级都搬到这里来了。你看，这几排房子，这是临时粮店、肉铺、卖菜的。”李心说着进了一个房间，在门里招手道：“进来，进来！青果！”

青果皱着眉，直摇头。

李心冲了出来，抓过她的手不由分说拉进了那间房子，并肩跟她站在屋子中央，低声在她耳旁说：“感觉一下，这是我过去上课的地方。”

青果睁大了眼四下打量，一个又黑又小的屋子，水泥地，门窗已经完全脱落了，露着水泥和红砖，屋里一股子潮湿发霉的味道，四壁长满了青苔，墙缝里都恨不能长出野草来。她想象李心小时候坐在这小砖屋里上课是个什么样儿，真不可思议！她扭头看看他，心里发紧，李心也四下里张望。她一转身冲了出去，边走边喊：“我可不要在这里待着！”

李心笑着跟出来问：“怎样？有什么感觉？”

青果摇头道：“难以置信，难以置信！叫我怎么能相信呢？”她回头望望那洞开的门窗，他的生命，他年轻时候的生命就在这里度过，一秒一秒地在这里度过，这些砖啊地的，它们都见过他，认识他！你能相信这是真的？她怎么也不能把眼前的他跟这些房子联系起来，太不可思议了！这才是孔夫子叹的“逝者如斯”呢！她又回头看了一眼空无一人的小石子甬路，说：“你说这里曾有粮店、菜店，过去这里是热闹的地方，现在都没有了，荒了——”青果没有把话说完，急切地要走出那几排废弃的房子。

李心笑着扶了下她的手臂，跟着她走了出去。

到了学校的林荫道上，青果这才舒了口气说：“别再去那地方了，多恐怖啊！这种地方看了让人不知道该如何是好! 没着没落的,你想这才多少年?最多十二三年就荒成这样,我们这些人的命要不了多久就会跟这些房子一样荒了。"

李心微微笑着想:看看时间给我们留下了什么?只是这些残败的旧迹吗?生命败落了,繁荣也会败落,这就是变迁。人其实怕变,尤其像她这样一个敏感的女人,看到败落就会哀伤,甚至惊恐,人们都愿意保持不变,繁荣永远都繁荣,这样心里才觉得安全,可事实是时光必然会流逝,事情都得败落,繁荣也会死亡,我们都会过去,可关键的是人要在这过程中把握住命运,在变迁中创造有价值的东西,这才不枉一生。他拉着她的胳膊说:"走,我们去专家楼后面的咖啡厅坐会儿。"

两人从生物系出来,一拐弯没走两步就到了专家楼。它的后面附设一个半圆形的小楼。楼下是餐厅,楼上便是咖啡厅。青果和林欢曾去过餐厅,还在那里请陆华、赵健吃过饭,可从来没去过二楼的咖啡厅。

两人进去,里面空无一人,快放假了,外教们基本上都走了,学生们也走得差不多了。青果四下打量,这个地方真没有什么可好的,装饰得极其简陋,一色的墨绿色人造革沙发位子,唯一的好处就是那一弯半圆的落地玻璃窗和难得的清静。

青果走到窗前找了一个位子坐下来,李心站在旁边等她落了座,这才在她对面坐下。

服务生过来,两人点了咖啡,青果要了黑咖啡,李心加了奶和糖。没一会儿服务生端了过来。

青果端起小杯子来喝了一口,说:"嗯,这味儿不错,烟这东西没一样好处,无论哪儿的,瞧你不吃不喝的,烟可不能少,你迟早会得病的。"

李心笑眯眯地听着,手里举着烟,又笑了一下说:"青果,你是我见过的最消极的人,无论什么事情,你的结论都不来气,我就好奇了,你的脑子是怎么长的?刚才在那些废了的房子里你就没好话,在这里你也没有好结论。"说着他吸一口,吐出一个烟圈来,"你说,我这一生还有什么念想?再不让我抽烟不就对我太残忍了?"

"行了,谁敢剥夺你的权利?"青果瞪了他一眼,伸手要过一支。

李心给她点了,看她笨手笨脚的样子,笑道:"青果,我一直想问个问题——"话没有说完,便虚了眼,没再往下说。

"什么?"青果拿眼瞟他。这会儿青果的胳膊肘杵在桌面上,立起手臂,把烟举到脸前,眼角瞟见一股子青烟绕在手指间,突然觉得自己就跟那些老电影里的特务,还有那个刺杀列宁的女人一样,又狠又酷,怪不得他要狠命地抽呢?于是兴奋地说:"李心,我知道你们为什么要抽烟了,这种感觉真的好啊,又拽又酷的。"

李心听了大笑一声,"青果! "

"对了,你刚才要问什么?"青果抽了一口,觉得又苦又涩,皱了眉,一脸难看样。

"我——我,我就在想,你们女人是很难理解的一类人,我原以为我了解了,可常又被你们推翻否定,很难搞懂。"

"你指什么?"

“譬如说——譬如——我一直以为我知你——可有时又让我怀疑，我是否错了，也许你给我的都是错觉，让我觉得很难琢磨。”

青果听完往烟缸里弹了下烟灰，过了半天才看着他柔声问：“你是在埋怨我？”

“不敢，不敢。”李心幽幽地看她一眼，又抽一口。

青果低下头，是啊，我一直明明白白告诉他我多么爱欢欢，可这么长时间，我做什么了让他这样对我？我做错了什么吗？

青果抬起头来望着他的眼诚恳地问：“李心，I'm sorry，我做错了什么吗？如果我做了什么过分的事情，请你原谅我。”

“不，不，不！”李心忙不迭地摆手止住她，“你千万不要这样想，你无论对我做什么都是我求之不得的，我都——”他干涩着喉咙没说下去。

青果看着他，心里一酸眼泪快掉下来，她想到了陆华、窦斗、Jenny，所有这些人看来都要离她而去了。原来李心是她最放心、最信任的人，现在也要去了。她不由得咽了口气，艰难地说：“李心，我也许太贪心了，我周围的人都一直对我这么好，包括你、Jenny，还有其他一些朋友，我没有拒绝都接受了下来，尤其欢欢走了，你们给了我太多的照顾和关怀，让我——”

李心低了头，喃喃地说：“可是——可——也许是我的错觉，我有时觉得你不是，有时又觉得你——对我——不一样。”

“是吗？”青果问。

“青果，不要再说了，你什么都没有做错，Sorry，怪我说这些无聊的话。”

青果住了口，她也不想再继续这个话题。

两人沉默下来，李心开始给青果讲他父母被发配到黑龙江的悲惨故事，好转移一下话题。他的眼睛闪着光，口吻却很平静。当时李心的父母跟一同被打成“右派”的人们一样，拖家带口，带着大包、大箱子的，把他们的一生都带上了，就这样离开北京。搞学问的带着他们历年收集的书籍和资料，可路越走越艰难，只好在半道上忍痛扔下一部分，一路就这样扔下来，边扔边哭！

李心其实生在北京，他的父亲是协和医院的著名心脏科大夫、协和八年的医学博士，五七年“反右”时，被定成“裴多菲”俱乐部的成员，打成“大右派”，被发送到黑龙江劳改农场。他母亲大家出身，学的外文专业，说得一口流利英文，当时刚毕业结婚，年轻漂亮。因为深爱他父亲毅然决然地放弃了外交部的工作要跟了他去。可她当时正怀着他，只好在家里等了一年，生下他出了月子就去了东北。

李心跟着爷爷奶奶在N大长大，他十八岁以前，只见过母亲两次，父亲一次。

他的爷爷奶奶是老派的知识分子，很少抱他，抚摸他，家里少有温情的东西。在一个冷漠的家里长大，他幼小的身子里却汹涌着热血，渴望温暖。为了得到一点儿爱抚，他曾经故意得感冒，发高烧，就为让爷爷奶奶摸摸他的额头，抱一下身体，当奶奶的手摸在他额头时，他紧闭双眼，激动得浑身发抖。因为从来就得不到，他心里便生出对温情和爱万般的饥渴，不仅仅在心里，甚至在皮肤上，他身上的每一个细胞,好像都有手臂伸出来在空中飞舞,试图抓住任何可能的温暖。长到七岁,他终于第一次见到了母亲。没想到母亲是那样的美丽,给了他小小一生想要的一切!他眩晕在那温暖爱的光辉里,盼望永不到头。母亲不仅是爱的化身,还是美和性的化身,当拥抱母亲丰满年轻的身体,李心的小心灵里第一次有了对美和女人冲动的萌芽,这才是他人生的第一个震撼。

李心吸了口烟,眼里放光:“你不知道我第一次见到我母亲的感觉,我不顾一切地扑进她的怀抱,再也不想跟她分开。我黏着她,几乎寸步不离,晚上也要跟她同床。我长到七岁没有被人抱着睡过。”说完他自嘲地笑了一下,青果没有说话,静静地看着他。

李心喝了口咖啡接着再讲:“有一天母亲跟我说你已经是个大孩子了,不要这样黏着大人,该自己睡了,她把我赶回到自己的小床上去了,那是我有生以来遭受到的最大的打击。”李心停了下来,说不下去了。

“那后来呢?”青果小声问。

“母亲休了一个月的假就回去了。又把我扔回到无望的渴望和梦想的深渊里。”

“可怜孩子。”青果喃喃,摇头问,“那你什么时候才见到你父亲呢?”

“都快十好几岁了。”

“因为你从来没有真正得到过,所以爱就变成了你一辈子的渴望?”青果轻声问。

李心苦笑道:“应该是这样吧。”

“那么小张呢?她没有给你?”青果又问。

李心不置可否地摇头,望着她艰难地说:“应该说她很好,可不知道为什么我就不能,她让我觉得她是我的家里人,是我的姐妹,我直接就把她变成了有血缘的关系,没法跟她是夫妻。”

青果点头说:“你心理有问题了,是你母亲给你落下的。她是你心里的情人,你明白吗?你们是有血缘的,可她是你对女人所有的幻想,谁要成了你的情人,就一定在你心里被转换成有血缘的人,你得克服这个情结,才可以正常地爱人。”

“是啊,青果,我知道我的毛病,也试图自我调节,可是对小张我真的无能为力了,我调节不了。”

“那你今后怎么办啊?!”青果发愁地喊了一声。

“有什么好愁的?人的一生又不是只有这一件事情,还有很多其他事情。”

青果再也忍不住,眼泪夺眶而出。

李心望着她,抬手给她拭去眼角的泪花。

难以启齿的情愫

整个寒假青果都在C市度过的,家里人对她的宠爱让她暂时忘掉了这半年来的伤痛，却让她不由得想到李心，更为他伤心难过，他一辈子缺的就是这些啊！原以为自己这些日子就够苦的了，可怎么能跟他比呢？好歹自己能回家，还能得到家里人的疼爱，他却不行，他就是走遍了全世界，这份爱还是无处可寻，这是一个什么样的缺憾？

新的学期来了，青果心里装满了希望，心情也好很多。

系里一开学就开了好些会，布置全年的任务，给青果布置的课是明年的《中国美学史》。青果没有任何异议全接受了，心里知道她已经等不到明年了，最多几个月就要离开这里，去跟林欢会合，想到这儿，她便脸上放光。系里的同事都异口同声说这个寒假她养好了，精神面貌大不一样了。

就在回校后第三天下午，青果接到 Jenny 的电话，说转天就到，专程绕道去 T 市看她，就待一天，然后再南下去深圳。青果听了喜出望外，她慌慌地就骑了车去找李心，把好消息告诉他，约他一同去接车。节后从 C 市回来他们还没见着呢，李心上下打量她，见她兴高采烈地，便笑道："你这回回家养好了，精神好多了，这下 Jenny 要来，看把你高兴的！没法子，我再忙也得陪你去了。"

第二天中午，李心和青果并肩站在月台上，看着从北京来的车徐徐进站，知道 Jenny 就在车里，青果喜得扭头又看眼李心，眉开眼笑。

站台上的工作人员吹哨子，举红旗，让所有的人退到黄线以外，火车喘着气，吱吱嘎嘎停稳了，就听见"咣当"铁车门一阵乱响，门开了，一个女列车员掀起盖在楼梯上的铁板子，从楼梯上走了出来。

"她说的是哪个车厢？"李心问。

"她没说，反正就是这趟车。"青果慌乱地看着从车上拥下来的人群，眼不知道该往哪里看，因为每个车厢都在往外出人，一时站台上人潮拥挤，一片混乱。

青果有点儿发慌："李心，你看见她了吗？"

"没有，是这趟车吗？"

"是啊，她说中午到，就是这趟啊！"

"嗯，她那个马大哈，说不定不是这趟。"

两人正乱着，就听见背后一声尖叫"青果——"

青果回头，就见一个鲜蓝色的身影扑将过来，身子就被紧紧地勒住了。

"宝贝！我可见到你了！"Jenny 的声音在她耳边惊叫。

"Jenny! 别勒着我，痛死了！让我看看你！"青果松开她，把她往外推了一下。两人面对面地站着互看了一下。Jenny 看见青果身旁的李心，和他握了握手。青果看见 Jenny 穿着一身鲜蓝色的呢子大衣，烫得满脑袋刨花卷，皮肤黝黑，围着鲜红的方丝巾。大笑道："哎哟！这哪里跑来的擦皮鞋的？李心你看看她这身打扮，像不像咱们 N 大门口擦皮鞋的？"

李心一听咧嘴乐了。

Jenny 松了李心的手，扔下另一只手里的包，扑了过去，伸手就拧青果的腮叫道:“看我不撕烂你的嘴!”

青果笑得喘不上气,“哎哟,饶了我,谁叫你这么鲜亮?让人不由得就联想起她们了!”

“什么?什么?”Jenny刚松了手,又拧她的胳膊,“现在林欢不在,我看谁还能救你!?”

青果大叫:“Jenny!你松手,痛死了!”

李心忙伸手把她俩拉开:“你俩真的是一见面就掐,也不分场合地点,没看见大家都在看你们?Jenny你就不能改改?!”

“噢!李心你这个没良心的,原来她有你在背后撑腰啊!明明是她挑衅在先的,你怎么就向着她?!”

李心笑道:“好了,咱们走吧,难道你俩要在这里打到明天?”

Jenny欢喜地抓过青果的胳膊在上面咬了一口,喊:“想死我了,宝贝!饶你!好,咱们走!”

青果痛得皱了下眉,“你个猪!就知道咬人!”

李心喊:“走了!”弯腰提了Jenny的包,几个人这才往站外走。Jenny拉了青果的手,走几步就侧头笑一下,说:“宝贝,你好像白了,闷在屋里闷的吧?把头发都剪了,你可真舍得!”

青果笑道:“Jenny,你是怎么回事?不是南边接近香港都很时髦吗?你怎么整成这样?看来没有我你就是找不着北。”

“你知道什么?现在我就喜欢有颜色的!”

“好了不说你了,免得伤你的自尊心。”青果撇了嘴。

三个人喜滋滋地在朝鲜小馆坐定,痛快地边吃边聊,班里同学的各种消息,大家的近况,直聊得忘了时间,等出得餐馆门都好几个小时以后了。

李心骑上车驮了Jenny,青果驮了Jenny的包,三个人这才回宿舍。

Jenny站在宿舍门口,对李心说:“李心,真的很高兴见到你,谢谢你来接我,也谢谢你这半年对青果的照顾。”

李心笑道:“这哪跟哪啊?用得着谢吗?我跟青果什么关系?行了,你什么时候走再告诉一声,我来送你!好,我走了,留下你俩说私房话,Bye!”

“Bye!”青果和Jenny同时都喊了一声,看着他骑上车走了。

青果开了门,两人进了屋子,Jenny就觉得进了一个阴湿的山洞一般,又黑又潮,等青果拧亮床头的小灯,这才把屋子看清。她不用想就知道青果的床是哪张,冲着床大叫一声仰倒在上面,“你就住这么破的一间小屋子啊?又黑又阴的,真不怎么样!你就不知道我的房间有多好了,宽敞明亮,家具都是新的。”

青果挨着她坐下来,摇她一下,说:“快好好跟我说说你的情况。”

Jenny一翻身跳了起来,抓过青果的手说:“哎呀,青青,咱们可真的见着了!”说完低头就在青果的肩上咬了一口。

青果笑着推她，“你个猪啊！轻一点儿！”

Jenny把头埋在青果的肩头上蹭，“亲死了！想死了！真恨不得多咬几口。”

青果又把她推开，笑道：“你怎么就改不了？都在外面工作了一年了，还这样？”

“为什么要改？我又不是见了谁都这样，别的人我还懒得搭理呢！”说完伸出双臂就搂住青果的脖子，“我都想这样的情景想了好久了。我真后悔当初听了你的话选了那么个单位，咱们都见不着！”

青果拿手摸了下她的脸，把她的胳膊拿下来，笑道：“我还后悔呢，我也该跟你一样去南边，这里出去很难，学校卡得太紧了，这半年就没有听见说谁走了，你现在办得怎么样了？”

Jenny忙介绍南边的情况，总之政治上要求宽松，新学校没人注意，大家的中心思想都在挣钱上，自在又开心。又急切地问：“青青，告诉我欢欢怎么样啊？”

青果把林欢寄来的照片都拿出来给她看，又把他在那边的事情一样一样都说给她听，最后说到汉生。

一提到汉生，Jenny的眼神就黯淡下来。

青果急了问：“Jenny，你要好好跟我说说你俩的事情。”

Jenny看着青果的眼，动了几下嘴唇，终于小声说：“告诉你，青青，我这次是来离婚的。”

“什么?！”青果大惊失色，叫起来：“你们到底怎么了？出了什么事情？”

“其实事情很简单，他在纽约有了新的女朋友，我在深圳有了临时的男朋友。就这么回事。”

“什么?！你有了新的男朋友?！你可真行！这么大的事情都不告诉我，看我还理你！”青果气得大喊，噘着嘴。又推了她一把，问：“坦白交代，你刚才说的什么临时男朋友，什么意思？”

Jenny从到了深圳就在学校里碰到一个清华分去的理工科研究生，在一群说广东话人堆里，两人立刻成了朋友，小伙子高大英俊，脑瓜子机灵，没两下Jenny就把他勾上了床。从汉生走，床上生活荒废了有小半年，她这才发现自己是如此的饥渴，居然沉迷其中没有一点儿愧疚，只偶尔会想到汉生，今儿听青果这样一问，便笑道：“没什么意思，就是孤男寡女寂寞时相互慰藉的伴侣。这个小伙子很棒，一米八的大个子，特别猛。”

“你怎么又搞一个就能跟你上床的人呢？既然汉生是因为这样分的，你怎么就记吃不记打呢？再找就不能找一个让你动心的？精神上有交集的？要不到头还不是分？”

Jenny觍着脸说：“既然找不到动心思的，何不就找个能上床的，这样分了也不伤心，床上的生活也很重要啊，我不能荒废一年吧？”

还没等她说完，青果早一巴掌打在她身上：“你个臭不要脸的，怎么就这样不知道羞耻呢？”

Jenny一歪身倒在她身上，大喊："你就打，就骂吧，反正我就这样了，我就不信你不想，你为了林欢可以忍，我谁也不为，我为什么要忍？"

青果听她这样说倒笑了："你还振振有词了！谁跟你似的，跟个动物似的，你这样的女人都少见。"

Jenny突然想起什么来问："对了，你刚才说欢欢跟一个日本女人住在一起？"

青果一下被问得愣了。从去年林欢进了学校，跟Kiku合租房子，青果的心里就扎了一根刺一直隐隐作痛。可她设身处地为林欢想，想到他身边有那样一个温柔美丽的Kiku，该是多好的一件事情，想到她能给林欢带来只有女人才能给予的温柔和体贴，她甚至为林欢庆幸。可不安和别扭还是不时袭来，她就用那个庆幸来消减、抹平心里的皱巴。她不允许自己在理性上有任何怀疑，所以就跟哑巴吃了黄连，苦味没有落在嘴里，却直接落到了心里。这半年来，她心里一直苦不堪言，这会儿Jenny一句话，又挑了她的心事，她镇静回道："现在没有了，前段时间是的，他放假前就搬出去了。"

"你就那么放心？"

"我有什么不放心的？"青果反问一句，其实这个问题她早问过自己。从上次林欢在半夜里来电话，她的担心就变成了更深的怀疑，她突然发现她无法面对这个事情，也没有任何能力来控制，林欢如果真的明明白白地跟她讲了，这不跟杀她一样吗？她明白她一生必须得吃这苦药，再苦都得咽下去，原来觉得是给心给肺的痛，现在知道还挖心挖肝的委屈，而对这些她都只能受着。

Jenny急了："可是人在外面，孤男寡女的，住久了能不出事吗？男人是控制不住的，你想现如今哪还有纯洁的友情啊？"

听到这里青果忍不住眼圈红了："Jenny，你让我怎样来面对呢？"

"你这不是自欺欺人吗？"

"对啊，人无奈的时候只能这样，要不然就过不去。我没想到我们的感情会遭到这样的考验，也许会让我们犯一生都无法弥补的错误，Jenny，你不知道我现在心里有多怕。"

Jenny一把抓住她说："宝贝，你不要怕，欢欢不会做任何坏事的。"

青果摇头："可我还是怕——"

Jenny喊："青青，别说了，也别乱猜了，这样只能伤害你。"

"对啊，这是我想了很久后的结论，我唯一的出路就是不知道，要不然我就会被伤死。"

"你俩也太认真了，太——"

"对啊，Jenny，我们之间的事你都知道，没想到是这样一个结局。"青果说完，泪如雨下。

Jenny捧着青果的脸说："你真是个傻子，你不是还没有任何证据吗？想法只是想法，毕竟不是事实。"

“就是这样去怀疑、猜忌都是伤害，当他一次在电话里哽咽难语，求我原谅，我就知道我们之间变了。”青果终于忍不住伏在Jenny的肩头上号啕大哭。

Jenny抚摸着她的背，也红了眼。两人对着掉泪，一时都停不住了。

过了一会儿，青果支起身来，哽咽：“我这也只能跟你一个人说，这些想法都在心里头憋了很久，我谁也不能说，连跟我自己都不能说。”

“青青，你不要伤心，这天底下还有好多爱你的人呢，而且——”

“可我就爱他一个人啊，我的心里就干干净净地爱他一个人，别人对我再怎么样都没用啊！”青果又哭得抬不起头来。

Jenny搂着她，看她哭得肩膀一抽一抽地，真真万箭穿心。她抚摸她的头发，轻轻地问：“那你现在爱他少一点儿没有？”

青果呜咽着，埋着的头摇了几下，猛地又抬起来：“你说什么啊？我怎么可能少爱他一点儿？”

Jenny拉她起来，又说：“我们不要再说这个话题了，弄得不开心。我还要去汉生家那地儿的街道办事处办离婚呢。不要哭了宝贝，你把我哭得乱七八糟的，什么也干不了，我这可是唯一的机会到这里来办事情，以后再也不会来这里了。”

Jenny起身翻包拿出汉生寄来的离婚同意书，上面有他的签名，汉生已经跟片警打好招呼了，拿了它到街道办事处一盖章就行。

青果好生惊诧，一个婚姻就可以这么简单地解散掉，我这里要死要活的，在人家怎么就这么简单？“那我今天跟你去，我也去见习一下。”她说得漫不经心。

没想Jenny扬声骂她道：“放屁！说的什么屁话！你这样说都对不起欢欢！”

青果立刻住了口，Jenny抓过她的肩头，摇着喊：“青青！你给我长点志气行吗？林欢对你怎样，你对他怎样，我心里一清二楚，你们是我在这世界上见到过最相爱的人，你给我硬一点儿行吗？别让我走了一想到你就闹心！你看看你现在这个样子！”

青果抬头，眼里还含着泪：“Jenny，你不知道这半年我所经历的，我可能流了这一生的眼泪，都控制不住。”

“唉！你们真的是冤家，我早就说过你俩非弄出人命才肯罢休，你没有犯过病吧？”

青果摇了一下头：“我知道不好就吃药，你放心。”

Jenny听了两手握在胸前大声说：“上帝保佑，让青青跟林欢快团聚吧！阿门！你要如了我的愿，我就再信你！”

说得青果破涕为笑，就手打了她一下：“别胡说！”

Jenny这才起身到宿舍门口给那个公安打电话，约了第二天去办事，她这会儿哪也不想去，只想跟青果待着。

在食堂吃过晚饭，Jenny突然拉青果起来说去小雪家，先做点功课，以后办护照好管用。青果一听“扑哧”一声笑了：“你就是个有算计的人，什么事情都给你算计了去，看把你聪明死了。”

“在外面我是比你能，想事情办事情都比你周到，谁能跟你似的睁了眼就有为你卖命的？你倒不算计，我却被你搞得劳心劳肺的。”

青果听了笑道：“罪过，那是我的罪过了？”

“走吧！别跟我这里得了好处还不知道感恩，再不走，可过了这个村就没这个店了。我可就这一招了。”

两人去教授宿舍楼找到小雪家，又跟小雪的母亲外事处向处长聊了半天，这才出来。

夜里陈军回屋了，青果给她们作了介绍。到了晚上，Jenny 死也不睡别人的床，青果没法，只好让她跟自己挤了。

青果一边铺开被子，一面笑道：“我可跟你约法三章，你晚上可别把你的猪腿搁我身上，我会被你累死的。”

Jenny 喜得举手保证：“不会，绝对不会！我要那样你就把我踢下去！”

“把你踢下去？你不把我踢下去就阿弥陀佛了！你得规规矩矩，不能蹬我！”

Jenny 笑着挺胸：“我保证绝不碰你一下！”

青果关了灯，两人躺下了，青果贴墙躺在里面，Jenny 侧身躺在外面。

青果说了声“Good night！”就闭了眼。说了一天话，又哭了半日，她真的累了。

Jenny 轻轻地回了一声“Good night”却没有闭眼，黑暗里她两眼大睁，炯炯有神。这可是她有生以来第一次跟青果同卧在这样一张上下铺的小床上。蚊帐把小床变成了一个青果的小世界，她的心忍不住狂跳起来，轻轻吸一口气，想要放松一下，一股青果的独特的气味吸进了肺里。她轻轻闭上眼，就是这种气息，温柔，甜蜜，每次在她身边就是这种气息让她从里到外发软！她又再深吸一口，听她微弱的鼻息，心里一阵发紧。这会儿她局促地侧卧着，生怕碰着她，其实在白天，她早肆无忌惮地拥抱了她，咬了她，还在她身上打了滚，可现在她却浑身发紧，跟僵死了一样。她不敢越雷池一步，并不因为刚才的约法三章，她怕不能控制住自己，控制不住想要她的冲动，这是有生以来第一次，她发现她渴望拥抱她、触摸她，甚至亲吻她。她被自己的冲动惊了一跳，原来常年对她的牵挂竟源于此啊！她猛地睁开眼，我这是，我这是，疯了，真的疯了！一晚上她都那样僵着，眼睁睁地看着她睡得很安稳，听她细细甜甜呼吸，心里有说不出的悲哀。她就这样醒了一夜，等早上起来，浑身又酸又痛，苦不堪言。

天已大亮，青果醒了，她起身看看 Jenny 的脸色说：“哟，看看你，没睡好吧？我告诉你睡那张空床，你不听，挤着能睡好吗？你今天上了火车再好好睡吧！不听老人言，吃亏在眼前。”

Jenny 无奈笑道：“对啊，你不让我这样，不让我那样，我睡得累死了。”

“哦！可怜孩子，对不起，其实你碰我几下也没什么关系，没想到你就这样老实了？你什么时候老实过啊？”

Jenny 笑着眯眼突然问："能告诉我吗?你跟林欢睡这样小的床累吗?"

青果一下想起老家自己屋里的那张小床，林欢不知有多喜欢，不禁红了脸骂道："你没别的问了?"

Jenny 也红了脸，立马闭上嘴，可她看青果满脸羞赧就知道他们有多幸福，心里不免有点儿失落。

上午，青果陪 Jenny 去街道办事处办理离婚手续，就在汉生家附近。真的简单得不能再简单，那位汉生的朋友也来了，Jenny 拿出有汉生签名的离婚申请书，他们在上面盖了章就算完了。

完事后，青果拿着墨绿色塑料壳离婚证，翻开看了一眼，心想我以为要命的事情其实也没有什么了不起，这不说完就完，也没见要死人。两个人牵着手上了公共汽车，直奔火车站去了。青果一直把她送进了站台，站在站台上她们都沉默下来。

车来了。

Jenny 抬手摸了一下青果的脸说："宝贝，你要开心，想着马上跟欢欢再见，什么都别想了。你还要坚强一点儿，不要疑神疑鬼的，叫我放心行吗?"

火车停在她们身边。

Jenny 一伸胳膊搂住了青果，两人拥抱在一起，Jenny 喊了一声："好，青青，我走了。"

"嗯，宝贝，再见！"青果眼圈也红了。

Jenny 跳上了车厢的楼梯，青果站在地下冲她摆手，看着车走了。

Jenny 站在车上，望着下面的青果，说不出的悲伤，跟任何男人都没让她这样伤神过。看见她被林欢伤成那样，还得装着劝她，让她别瞎猜。其实林欢伤的不仅仅是青果，还伤了她，她从骨子里知道青果的感觉和猜测都是对的，她的伤痛就跟病一样传到她身上。当青果伏在她肩头痛哭，她真恨不得把林欢抓来痛打一顿。这一别，知道再难有见面的日子了。青果的身影越来越小，她喃喃自语道："再见了，青青，你要好自为之，我不知道这辈子什么时候才能再见到你。"刚才一直忍住的泪水悄悄地从她脸颊上滑落下来，她埋头用衣袖擦了下去。

英国绅士，体验人生

青果一群人下了车，把车停在 N 大门口的停车场上，一起步行往学校里走。

正是初夏，学校正中林荫大道上，白桦树已经盖住了整个天空，二三十年了，这些树长了真不少。它们是"文革"后第一批学生，77 级同学种下的，青果刚进校时它们才一胳膊粗，现在它们得有大腿粗了。世事变迁，大家来了走了，只有它们没走，所有的事情都没有逃过它们的眼睛。

大道两旁的风景没有什么大的变化，老楼、小花园、花圃还跟过去一样。只见路左侧一座黄色似蛋卷呈阴阳太极形别致小楼卧在一大块草坪后面，小周笑喊："哎，青果,你们艺术系!”

青果忙笑回他:“还真不难看,我在的时候就看到图纸,动工时参加了方明动土典礼,That's it,没想方明还真把它修出来了,我这还是头一回看见呢。”

走到星湖,大家都停了下来,湖边的石凳还如过去,柳树已经快要垂到水里去了。青果望着一时痴了,我们这些人谁敢说没有在这石头凳子上坐过?没有在这里跟人谈过心?接过吻?天啊,她不敢再看这些旧物了,忙转过身冲着大家喊:“哎!咱们别在这里傻站着,换个地方,换个地方。”

Jenny 扒在她耳边笑道:“触景生情了?”

“生什么情?”青果白她一眼。

“你知我知,天知地知。”Jenny 鼻子里哼了一声。

青果笑而不语,跟着大伙儿绕过星湖,来到她跟 Jenny 住过的小红砖楼。

同学一行几个人又往教学大楼走去,进了楼,从一楼开始往上,到二楼中文系的回廊上,站在那里不动了。各楼对着楼梯口,都是一色水磨石大厅,只有这二楼不一样,二楼跟一楼打通了,大厅的中央挖了一个四方天井,用栏杆围了起来,这大厅就变成了一个宽宽的回廊。正对着楼梯口那面墙一排落地大窗,窗外一个巨大的方形露台,同学们把落地窗打开就可直接到露台上。这个地方历来都是大家,尤其是中文系情侣们喜爱的地方。

大家靠在栏杆上,小谢感叹地说:“哎!记得每到过节,他们中文系就把这宽廊子装扮起来,我们都跑到这里跳舞。”

青果扶着栏杆,绕着回廊走了一圈,在对面大喊:“哎!同学们!还记得吗?这栏杆上曾挂满了应征的小说稿子,咱们刚进校时中文系在这里办全校小说大赛。他们把所有的稿子都挂在这里,铺天盖地的。”

小周叹道:“记得!记得!结果得头等奖的是李心!”

“就是!可给我们系长脸了。”

“要说他是个人才,当初什么奖不是他拿的,全校的英语比赛也是他拿的,真奇怪了,外文系的都比不过他!”谁在旁边加了一句。

“唉,李心要继续当作家也许今天跟我们还在一起。”老王失神地嘟囔一句。

小周听了笑道:“我们要好好纪念他,我准备给我们头交个方案,搞个专题,也算给他一个交代。”

青果走了回来,听了便说:“小周,我看算了,出这些名,还是在他死后,他未必就喜欢,就让他安静地走吧,要是李心他们单位能把他的孩子、老婆好好管管,就算对得起他了。”

小谢忙说:“放心,青果,我会盯着这件事情。”

青果感激地冲他笑了一下。

晚上同学们在学校的宾馆住下,Jenny 晚上自是和青果一屋,她见青果从下午就一直心不在焉走神,知道她有心事。两人躺在床上,Jenny 有一搭没一搭地发感叹，“哎，青青，你说这小周和小谢都成熟不少，过去他俩一直跟着李心，你看现在两人都多成熟，说话都滴水不漏的。”

“嗯，”青果闭着眼，鼻子哼了一声，她真想睡了。

Jenny看她昏昏欲睡，就伸过手摇她道：“懒人，你怎么就那么多觉呢？我们这回见了都没有聊够，除了聊李心，你就要睡。”

青果翻身对着她问：“嗯，宝贝，你要问什么？”

“你还有汉生的消息吗？”

“你还记得他啊？”

“一日夫妻百日恩，怎么会不记得？”

青果一五一十把汉生的情况告诉给Jenny听。汉生现在是不想结婚了，他毕业后一直就在纽约漂着，跟人组合到处演出，到最后还是没有进正式的乐团，说实话到了外面才知道要进这世界级的乐团几乎是天方夜谭的事情，当然不是没有这个可能，就中国来的音乐人，能进去的凤毛麟角十个手指头都数得过来。他在曼哈顿买了个小公寓，不停地换女人，也换男人，过着逍遥自在的日子。

“什么？你说他找男人？”Jenny大惊。

青果笑：“你应该知道的，他那样都太正常了，他们搞音乐的人都温文尔雅，情感丰富又细腻，他尤其是。你就是个粗线条的，当初跟你可能就是被你这副面孔吸引了，你不觉得你很强悍吗？”

“真的？！他是双性恋？”Jenny一翻身坐了起来。

“我看是的，也许还偏多一点儿同性恋。你知道，这在圈子里有多时髦。”

“你是指双性恋？”

“对啊，所以我说他是不会结婚的。”

Jenny在心里想，我的这些男人里，还是他最厉害，我俩才真的是棋逢对手，曾在这里创过一个星期没下床的记录，嗯，那时候也年轻。她想到现在的生活，真和过去不能比了，现在有了女儿，她怎么能随便找人来家里呢，起码还得是个母亲样，别叫女儿看错了，况且现在的男人，谁能放心？自己倒不怕，要是女儿有个三长两短的，那可就不值了。

要说这些年也不是没遇到过动心的男人，一年前，她在英国遇见一位绅士，立刻被他吸引，他简直就是过去读过的那些西方十八世纪小说里的男主角，长得应该说漂亮，耀眼的漂亮，没想到她真的经历那些过去在小说里才有的情节。两人在电脑上互写情书，费了不少心思，亏得她过去在N大时爱读西方爱情小说，虽时常被青果讥笑为肤浅的浪漫、中学生的幼稚，可到底是她心里最渴望的，现在书里的那些话都派上了用场。没想到他们之间真有感觉，两人一来一回，话里似乎都生着钩子，一下子就钩住了对方。天远地远的，隔着半个地球，他们飞来飞去，一时难舍难分，就像进行一个危险的探险，新鲜又刺激。Jenny一直都不缺男人，尤其不缺身强力壮、床上功夫好的男人，对这些人，没一会儿她就没了兴趣，这一回可不一样。她逐步进入到这个人的生活，所谓的贵族圈子，才发现一个完全不同的世界，很不人间。这些人过着完全不同于常人的生活，都 Service，连上街买东西都少，他的绅士风度有时 Naive 得让她觉得自己又坏又淫，老奸巨猾。这人一生做的事情就是赛车和慈善，他带着她去了好些上流社会的慈善聚会，其实很无聊，就是他们有钱人的交际场，是你给我面子、我给你面子的事情。这个绅士给了她一个从无知晓的生活，她兴奋地体验着，根本没把他六十八岁的年龄放在心上。直到有一天他突然告诉她，为了名正言顺，为了给他们的关系一个名分，他已经跟他快要到金婚阶段的老婆离婚了。他不惧社会压力、丑闻，这样做并不是为了给她压力，而是他与生俱来的禀性，他不可能欺骗任何人，更不能自欺欺人。他这样的行为让 Jenny 骑虎难下，因为她压根儿就没想要跟他怎么样，就是为了她女儿，她也不可能跟这位绅士怎么样。

Jenny 犹犹豫豫，还是把这个故事告诉了青果，她听后大笑道："看来你是个叶公，真碰上龙，倒把你吓着了。你是又坏又俗，臭不要脸的，还自私透顶！"

"青青，我就告诉你了，我这辈子都不会再跟人结婚的了，我不需要把我的 Life 跟人分享，我已经活了一辈子，我图什么啊我？"

"那你不想想他图什么？他不就是图你年轻、你的活力、你的精力？还有你的异国情调吗？有了你他不就有一个新生吗？这种人心里干净，对生活总是充满了兴趣和热爱，我敢说他比我们都更热爱生活。"

"哎呀，那可真的对不起他了。"

"人家有一大笔财产，你也不动心？"青果故意挤眉弄眼瞅着她乐。

"哎哟，我 Jenny 要为钱不早就结婚了？你不是被国内的人搞晕了吧？"她不屑地撇了下嘴。

"真难得，宝贝你才是真的'富贵不能淫'呢！值得表扬！"

"表扬什么？我正在跟他断，这些日子正伤心呢。"

青果闭上眼摇头，这个人，要说当初 Olivia 她爸爸多优秀啊，她还挑他，人家在他们 Ucla 也是被全校女生追的，临了还是把人家蹬了，她现在这个老头，听她这么一说要在 Hollywood 找个明星也不是不可能，她也不要人家，她的命是太硬了，她服软，她将来的人恐怕得软一点儿，是那种温柔敏感的男人。青果笑了一下，打了一个哈欠，小声嘟囔："宝贝，你先下去，我要睡了，明天再聊。"

第二天早上，同学们陆陆续续都下楼了，老王大呼小叫地招呼着大家去了后面二楼的咖啡厅。青果记得那里，走之前跟李心在那里最后一次深谈，还有那个雨天跟窦斗最后一次也在那里，记得当时里面一屋子傻大笨粗的墨绿色人造革座位。大家鱼贯而入，里面大变了，面目全非，二十年不变是不可能的，只有落地窗还是那样，青果见了心里不免伤感，李心恐怕没有再来过这里了？是啊，如果他不走，我也不会再来这里的，窦斗就更别提了，这里早已没有他要找的人了。

吃完早饭，大家道了别，青果和 Jenny 看着同学们分头上车，绝尘而去，这才招了辆出租车，准备去看望小雪的父母和林欢的父母。从林欢的父母家里出来，已经是黄昏时分,Jenny说:“青果,我们去河边逛逛,你不知道我偶尔还梦到过那里。”

两人兴致勃勃打车到了滨河边下来。到处都翻修了,绿荫浓浓,比过去整齐规范。公园里围着一群一群的人,有拉胡琴唱戏的,有打牌的,有下棋的,青果突然想起有天清晨跟林欢在这里看人跳交谊舞,她愣在那里不走了。

Jenny却在旁边大喊:“青青,这公园是比过去好多了,就是这河水成了发臭的死水!你说,这都怎么回事啊?我宁肯要一条流动的河水也不要这新修的公园,到这公园有意思吗?跑来闻臭了!”

青果一下车也闻到一股子臭味儿,听她一嚷就笑道:“那我们走!”两人扭头走到大街上,招手打车。

Jenny问:“我们下面去吃饭?去哪里?”

“不知道四水还在不在?我想去那吃,我跟欢欢最喜欢那里。”

车来了,坐在车里,青果望着窗外绿树成荫的公园,想起前年回来李心就跟她说很多地方的水源都污染了,他那个时候就在做华北地区的水源污染调查,果然让他说中了,瞧这滨河臭的,他这一生不管怎么样,一直在做事情。人这一辈子或重于泰山,或轻于鸿毛,李心他没有白活一世。他这样付出和牺牲倒是圆满了。我们谁能有他这样的结果?我们这些人自以为得乐,到死时还不如他呢! 想到这里,青果的眼圈红了。

Jenny侧头看着她,过了半天才问:“怎么了?”见青果没理她,就说:“你不要太过悲伤了,这都几天了,你还不能缓缓?人死不能复生,这个道理你不是不知道,他的一生要说也没什么遗憾的了,他的体验够丰富。”

青果听她说到体验,知她指什么,破涕为笑,“还记得你最臭不要脸的事情,一说起来要环保了,从加州给我挂电话,好像是冬天吧,跟我说看着天上飞的鸟都要哭,等我一问站在外面穿的什么衣服?你告诉我穿的水貂皮大衣,就没见过你这么口是心非、虚伪的人了!”

“大衣买在有环保意识之前,这也是没法子的事情,花了那么多钱总不能扔了吧?你看我现在用的穿的,都是环保的,连多用一张Napkin都不舍得,环保就要从小事、从我做起,你看我的化妆品都是植物的,没有化学物质。”

青果笑道:“看见了,看见了,都是胡萝卜和什么草籽的,看着就觉得搽那个皮肤就会搽成个萝卜皮似的!”

Jenny听了伸手就要揪青果的脸。

青果笑着把她的手扒拉开,说:“我知道你们这种矫情的人,一会儿要自然了,大夏天的不刮腋毛,连穿衣都要嬉皮风格,在我们画廊门口有的是这种人,搞不好就来一群摩托党,他们随意结伴,拉风得要死,臭气熏天;一会儿要兴奋了,一群人找个地儿就抽大麻;一会儿要体验新鲜人际关系了,跑到专门的什么浴疗中心跟陌生男女集体裸浴,还臭不要脸地告诉我看见人家阳具硬了一点儿儿都不冲动;一会儿要重新实现人生价值了, 辞了年薪十几万的工作, 跑到新西兰过没有污染的生活。到现在我都不知道你以什么为生?! 你说说你什么事情没有干过?"

"哎呀,你不是在讨伐我吧?! "

青果摇头,心里想:可我怎么就觉得她没个定性呢,今天觉得基督好了,就信了,为之坐牢都肯;明天觉得环保重要了,就身体力行,不是绿色的就不吃;后天又有什么新鲜玩意儿就又跟着去了。什么流行,她就信什么,说起来她很有主意,可我怎么就觉得她像一个求知欲极旺的小孩子,凡新鲜的就好,像猴子掰苞米,掰一个丢一个,到最后我不知道她到底信的是什么?

Jenny 见青果摇头,急忙分辩道:"青青,体验,你不体验你怎么知道他好不好呢?"又嬉皮笑脸地搂着青果的脖子,在她耳边说:"我体验跟男人的爱情,也体验跟女人的爱情,告诉你,我都喜欢。"

青果瞪她一眼,"狗屁! 到最后你什么都得不到,因为你不知道你要什么! "

"告诉你,得不到的,总归是得不到,唉,这辈子我才知道什么都是命该着的。"

青果转过身,把她的手从脖子上拿下来,问:"宝贝,告诉我,什么是你这辈子最想要的,你说给我听?"

Jenny 瞪她一眼,心里哼一声,能告你吗?我要说了还不得把你气死! 她闭上嘴再不说了。

他人便是地狱

Jenny 走后没有几天,林欢的材料就寄过来了,紧跟着他的电话也打过来,嘱咐她一步一步怎么办,青果喜得心惊肉跳,感觉那么不真实,既兴奋又紧张,马上就要跟欢欢见面啦,要不忍着她都想尖叫一声!

当天她就写了探亲申请,拿了林欢寄来的所有材料,兴冲冲去了系办公室。推开门,办公室里除了收发信件和做杂事的小王,其他人都不在。

她忙问:"方先生在学校吗?"

小王笑着瞥她一眼说:"你找方先生啊?我怎么会知道?这系里的人没有不找他的,他可有日子没来了,你找他有什么急事吗?"说完意味深长地望着她。

青果忙笑着说:"没什么重要的事情。"她低头一想又问道:"你知道他什么时候能回来吗?"

小王摇头说:"我怎么会知道?我又不是周主任。开学后这去日本的事都是他最近才告诉的,可没有讲他什么时候回来。"

原来你还是知道他去什么地方了啊?青果心里哼了一声,你就是告诉了方明的行踪又不掉块肉,有什么舍不得的?! 你成天在办公室里,能不知道方明的消息? 她转身去信箱拿了信,走出了办公室。

一出来看表都快下午 5:00 了,就想等吃完饭再说,这个时候找谁都不方便。她急急忙忙回到了宿舍,拿了饭盆去食堂。吃过饭,熬到 7:00,这才又拿了那一包材料,骑车去校南村教工宿舍找周主任。这个周主任可是方明从林欢他们学校挑来的心腹之人,长着一双小眯缝眼,俩眼珠子看人转来转去,成天在方明面前点头哈腰。青果看着他就烦,一学期下来,话都没有说过几句。青果曾在私下里跟李心说他就是方明的一条狗,满脸堆着假笑,可见了系里人就瞪着眼,没个好脸色,没想到现在还得来求他。

从周主任的公寓楼一出来,她心里就一阵发慌,没着没落的,感觉凶多吉少,周主任没给她任何承诺,让她等方明回来,不知道这一等要等多久?可现在这样了又不知道该再做什么?好像无的放矢,劲儿都没处使。她怏怏地回到了宿舍。

让她万万没有想到的是这一等就等了两个月,直等得她心急如焚。每次林欢来电话她都发脾气,因为系里没有一个人告诉她方先生到底在什么地方,只要林欢一问,她的无名火就会蹿出来。弄得林欢再也不敢问了,反而宽慰她,要她再耐心等等。青果每天都去系里,隔一段时间就去周主任家一次,她怀疑这些人就是故意不告诉她消息,也怀疑周主任跟方明通了气了。面对这样的局面她束手无策,每天急得卧在床上,什么也干不了。

转眼青果的生日快到了,感叹这一年就跟过了一个世纪那么长,觉得跟林欢团聚的事太遥远了,真的变成了梦想了。世人都知道梦想很难成真的,说梦想成真都说的是奇迹,难道和林欢团聚会成为奇迹?想到这里她就又怕又紧张。看看还刚开始办就卡住了,这什么时候是个头啊?她心灰意冷,万丈的热情被冰冷的现实浇得没了一丝影儿,晚上躺在被子里免不了又哭一场。

就在生日的前两天,4 月 13 日,突然接到系里的通知:下午所有年轻老师都到方明的公寓录像,注意着装。青果得到通知真是喜出望外,方明终于回来了,等了这两个月没有白等,青果庆幸他没有让自己等半年,或者一年。

到了下午 2:30,青果按要求穿了一件灰色的风衣,里面配了一件黑色的羊毛衣,准时到了方明的公寓。

一个学校的老式公寓,只有两间卧室,一间大的用来作客厅,门敞着,上次找工作,青果跟 Jenny 来过,另外一间小的门关着,显然是他的卧房。她几乎是最后一个到的,系里的几个年轻老师都在了。屋里同时还有三个日本男人,一个在摆弄灯,一个在调收录机和摄像机,一个在试话筒。方明穿着一身深蓝色西装,打着鲜红的领带,正站在案子后面跟系里的大刘说着什么。青果走进屋子里,和大家打过招呼,跟方明点了下头,就溜边找个角落坐下。

没一会儿录像开始了, 方明坐在一圈沙发的正中, 所有的年轻人围坐在他身边。日本主播对着话筒叽里咕噜说一堆,然后就对方明开始问问题,其中摆弄机器的那位还是翻译,青果根本就没有在意听他们采访的内容。正走神呢,突然见那位日本主播拿着话筒就走到跟前了,青果还没反应过来,他已经提问了,翻译忙翻给青果,“请问这位小姐,你在你的艺术生涯里,是不是把方先生作为自己的榜样,把他作为你一生的奋斗目标?”

这时灯光和话筒都对准了青果，她有点儿蒙，下意识地摇了下头，屋里顿时没了声音。青果很窘地说：“没有，没有，我不是一个画画的，我不会画画。”

等翻译完，主播又转了去问屋里的其他人。没想到屋里每个人都争先恐后地表态。青果不禁在心里嗤之以鼻，冷笑两声。

一开始青果还在心里冷笑，鄙夷这一屋子人，等到所有的人都发表完讲话，她的冷笑变成了气闷与不安，因为她发现就她是个异类，这里没有一个人像她那样说话，谁都不会浪费掉这个千载难逢的机会表达他们对方明的崇敬之情和吹捧之态，连收发信的小王都讲了一大通她如何崇拜方明，如何立志要做一名像方明那样的艺术家。青果立刻意识到她在这群人里孤立无援的处境，让她备受打击。似乎所有的人都在拿眼瞟她，看她的笑话，嘲笑她幼稚、不识实务、自以为是。对啊，这不就是演戏吗，我为什么不跟他们一起演呢，我就是卓尔不群，不拍人家的马屁也不能当众表现出来，我干什么要得罪方明？还要得罪所有这些人呢？方明也许一生气，不给我签字我不就死了吗？想到这里，她后悔不迭，可话已经说出了口，收是收不回来的了，她气恼得窝在旁边一声不吭。

好不容易采访完了，青果跟众人一同散去，听大家说东道西，更觉得自己无能又不合时宜，她怎么可能去跟方明邀宠？她天生就没有讨好过任何人。

第二天下午过了午休，青果把申请的材料都整理好了，放进一个大夹子里，抱在怀里，忐忑不安地敲了方明的门。她在心里祈祷方明最好把她昨天的表现都忘了，最好他忘了她是谁。

青果进了客厅，里面空无一人，过了大概十分钟，方明进来了，青果忙躬身含笑道：“对不起，方先生，打扰了。”

方明指了一下沙发，问：“你有什么事？”

她勉强笑着把夹子打开，拿出写好的申请书，递到他手里：“方先生，我这是来请您批准，我丈夫出国都快一年了，他这来了信，要我过去探亲，请您批准我离开一段时间。”

方明看了眼申请书，沉默了一会儿，说：“不行！”

青果吃惊地瞪大了眼问：“为什么不行？”

“你忘了你来之前我们的约定了？说好了你得为艺术系服务五年，你这来了就想走，把这里当跳板吗？”

“我们什么时候说过五年的事啊？”青果委屈地叫了一声，急得眼泪就要冲出来，可她强忍着，不敢发作。脑子里飞快地转开了，是周主任使了坏？约定的事是周主任上次提的，方明应该很清楚他从来就没有跟我定过任何约定，他这样说定是受了周主任的启发，用这个来推托？看来他早就知道此事了，要不昨天的事情真得罪了他？

方明看了眼她，说：“你在这里一等公民不做，为什么要到外国去做二等公民？”

青果抬起泪眼，看着他问：“你就不同意是吗？”

“是！”

“请你再考虑一下，我这也是正当要求。”

“没有考虑的余地！”方明冷了脸，没给她一点儿好脸色。

青果站起身来，留下了那份申请，哭着出了那间客厅。她抓着扶梯下楼，只觉得天旋地转，两眼发黑。等开了车锁，骑在上面都觉得人轻飘飘。

她迷迷糊糊好不容易骑到宿舍，进了屋，倒在床上就哭得再也起不来了。陈军给她买来了晚饭，青果一口都没有吃，她伤心欲绝，无处诉委屈。青果后悔找了这份工作，后悔没跟 Jenny 一样去了南方。一开始青果为自己的委屈哭，到后来才意识到问题大了，她有可能再也见不到林欢，永远也出不去了，想到这里，她一直绷得紧紧的神经终于崩溃了。

她不知道在床上躺了多久，哭了多久，突然门口大娘喊：“青果！电话！国际长途！”

青果猛地坐起来，知道林欢来电话了，就拼了命跑到门口，哆嗦着抓过话筒，可嘴里就说不出一个字。

“哎！”林欢欢快的声音震得她耳膜响：“Happy birthday！宝宝，生日快乐！”

青果动了几下嘴，还是说不出话来，只是哽咽着。

青果的哭声把林欢惹得心急火燎，等他知道事情后真恨不能就飞回去。可他知道现在不能太急，只能稳住她，鼓励她去想办法。他一下冷静下来，一条一条给青果分析，帮她想可找的人，慢慢给她一点儿儿希望。一通电话两人打了一个多小时，青果终于没有像刚才那样绝望了。挂上电话，她在心里琢磨可以找谁？

绝望生日

第二天，4 月 15 日，青果的生日。

青果起来了，洗漱过后，骑车去北村，她打定主意无论如何也得找到一个能帮她说话的人，好歹也得再试试。她分头去了张教授和王教授的家，两位先生都很同情她，但都婉言拒绝了她的请求。

青果站在教授楼的外面没辙了，难道就让方明这次回来的机会白白溜走了？他也许明天就要回北京，我这不就被撂在旱地儿里了吗？她推着自行车在教工宿舍区里徘徊，围着北村教授楼绕了一圈又一圈。她又绕到方明的楼下了，抬头看看他的窗户，再看看手表，11:30，这会儿他也许在家，再去找他？青果定了定神，咬着牙，把车架好了，硬着头皮走进方明的单元楼。

她轻轻叩门，一下，两下，三下，紧张得屏住了呼吸。等了半天，没有人来开门。青果举手再敲，这回重一点儿，一下，两下，三下，又等了好长时间，里面还是没有声音。青果失望了，她知道他已经不在里面了，但在同时，她也松了一口气，终于可以不再强求自己看他那张脸了。

她赶紧骑车去系里，那儿也许有什么消息。在系办公室里，小王、大刘、周主任正往外走，准备关门。周主任拿着包迎面跟青果撞了个满怀。

青果忙喊了一声："周主任！"

周主任看见她立即停下，说："你的事今天上午方先生跟我说了，就按他的指示办，五年后你再说吧！"

青果听了如五雷轰顶，半天才问："周主任，你能告诉我他还在学校吗?"

"没有，今天上午交代完事情就走了，他回北京开人大去了。你也别再找他了，这个事情就这样了，好不好?"

完了，这就是彻底的完了！也不在乎办公室里其他几个人的脸色，青果调头就跑出去，她知道如果她不跑，肯定就会让他们看见她的失态。

她边走边哭，万念俱灰，回到宿舍一头栽在床上。

陈军打了饭回来，看见青果又在床上哭，就走过去抬手在她额头上摸摸，又在自己额头上摸一下，喊："青果你发烧了，快躺下，快躺下，我去卫生院给你要点药来。"

"砰"的一声门在她身后关上了，青果心里一惊，对啊，出去的门就这样关上了，我跟欢欢再怎么着急都没用，就是急得浑身冒火，今天烧死，都没有用！

没一会儿，陈军回来了，拿了两包药，一包退烧的，一包发汗睡觉的，让青果服下。然后要她脱了裤子躺下，青果乖乖地听话照她说的做了。也许是这两日情绪紧张，头天晚上又睡得很晚，加之烧得迷迷糊糊，哭得晕头转向，她躺下就睡着了。陈军看她睡了过去，心里稍稍放下一点儿。过了午休时间，她要去上课了，见青果还没有醒，她便轻手轻脚走了出去。

青果就一直这样昏昏沉沉地发低烧，一晚到天亮，时醒时睡，断断续续地一直在流泪，热度也没有减。早上她醒来了，也不知是几点了，屋子里悄无声息。她静静地躺着，脑子里一片空白，昨天的事情好像都想不起来了，大脑后面木木的，她摸摸额头，感觉热度稍微减了一点儿。

门上突然有重重的敲门声。青果闭上眼，谁也不想见，就没有吱声。

没一会儿门推开了，就听见窦斗的声音："青果，你在吗?"

青果忙在被子里应了一声："在，在。"从被子里慢慢坐了起来，把蚊帐撩开，窦斗已经站在她床前了。

青果不好当着他的面换衣服，只好穿着睡裙坐在被子里，勉强冲他笑了一下。

"你怎么了?"窦斗见她苍白又憔悴，俩眼肿得跟俩桃子一样，大惊。

"没什么，没什么。"青果喃喃，低了眼。

窦斗急了，握着两拳，又起身把屁股下的凳子往床前挪了挪，往近里凑半步，仔细看了看青果的脸问："出了什么事情?昨天不是你生日吗?我昨天犹豫了半天没敢来，今天心里就发毛，想还是来看看你，果真有事情，你看我的感觉还是对的！你是怎么了?"

青果被他一问,所有的伤心事都涌上了心头,眼泪忍不住就掉了下来,她抽泣着把昨天发生的事情说了。

窦斗听完了微微一笑,问:“所以你就病倒了,发烧了?”

青果生气地瞪他一眼,亏他还笑得出来!

窦斗动了下嘴唇,看着她想说什么,一时又涨红了脸,低下头,他避开青果探究的眼睛,两只手攥得更紧了。两人就这么对着呆坐着,青果不能起来穿衣服,让她觉得难为情。

时间好像凝固住了,青果觉得好难挨,你倒是说话啊?可窦斗一味低着头。沉默了一会儿,突然他抬起头来说:“我今天来,我今天来,是想告诉你一件事情——”

“什么事情?”青果听了心里发紧,知道又有什么不好的事情发生了。

窦斗脸上的肌肉似乎都僵了,喃喃道:“我——我——我在学校干了白猫——”

“什么?”青果一头雾水。

窦斗深吸了口气,一口气说完:“白猫就是一个模特,三十几岁,长得跟你一样特白,特性感,我们就叫她白猫,她成天在我面前勾引我,我——我——”

“什么?!”青果又惊叫了一声。

窦斗委屈地拿眼看着她喊:“我现在觉得特恶心,特后悔,我以为就干吗,没想到完了以后特难受,我——我——”

“你可真讨厌!”青果瞪着他,狠声骂了一句。

窦斗立刻住了嘴,愣着好像傻了,两人都为青果这句话吃了一惊,停了一会儿,他霍地站起来,低头含糊说:“我走了。”

“你滚!”青果再骂他一声。

窦斗被青果骂了两句,一时脸上搁不住,站起来走了。出了宿舍推车就骑,春天的太阳暖烘烘地照在身上,心里反而轻松起来。他看见湖边的石头凳子空着,就下了车,呆呆走过去,坐下。脑子里都是青果刚才的样子,她骂我了,她骂我了!她肯骂我!这些日子他悔恨得要死,干了那个风骚的女人,这是他有生以来第一次背着王维干别的女人,没想到把他自己恶心到了。完事后他就恶心想吐,觉得哪哪都脏,自己也脏。没想那个女人倒来了兴趣,每天扭着身子到他的画室里继续挑逗他。这个女人不知什么地方有点儿青果的味道,圣诞那夜,在他画室的那张小床上,他猛地意识到身下蠕动呻吟的女人根本就不是青果,他居然兴奋异常。过后他对自己失望之极,觉得被人强奸了还强奸出了快感,他好后悔,恨不能一辈子再也不要见这个风骚的女人。今天青果骂他了,真骂到他心里去了。

从林欢走了,青果在他家里刚一低头掉泪,他就知道事情要坏,她的一滴泪能搅得他几日心神不宁。事情变得更敏感了,尤其在他和王维之间,他们经常为了青果在家里吵,王维越吵,反而越让他明白,自己不仅仅就是被她吸引那么简单的一件事情,是王维点醒了他,让他头一次看清楚自己。几个月前,圣诞那天晚上,学校里的 party 上他跟白猫跳舞,让他一下想起她来,想起跟她跳的那半支舞,因为刚好放的就是《蓝色多瑙河》,就这样阴差阳错,白猫被他炯炯灼人的目光烧着了,在他身上既蹭又贴,几下就把他挑得欲火焚烧,当晚他们就在他的画室里做了。圣诞后的第二天,他就去找青果,想向她忏悔,求她原谅,不知怎么他脑子里有个古怪想法认为做了那事倒是对不起她,谁知吃了个闭门羹,他只当是天意,再没敢起心去见她。几个月过去了,春暖花开,他终于觉得一段平淡日子后人也该麻木了,又说服自己其实也没什么,他现在都淡下来,平静了。他记得青果的生日,想反正就见一面,祝贺生日吧。没想青果是这样一个状况, 而且自己一见了她就忍不住把什么都说了,连她的事情都没有多问几句,更没想到她直截了当就骂了他,又把他骂了出来。她骂他的口气就跟王维一个样啊,让他窃喜万分,一个“滚”字,把什么都变了,实质性地变了,这不明摆着,如果关系没那么近她骂得着吗?她的心对他到底怎么样?过去一直都没把握,只有个朦胧猜想,今天她这样,可见她对他远不是一般朋友了,窦斗想到这里喜出望外,站了起来,骑车出了N大的校门。

到了下午,2:00刚过,他又骑回了N大,脑子里除了她什么都没有,她穿着睡衣,头发蓬乱,唉！瞧她双眼都哭肿了,不知道昨天晚上她哭了多久?他急匆匆进了她的屋子,青果还在床上,还穿着睡衣。青果刚睡醒午觉,一见他就红了脸喊:“哎呀,你出去,让我穿衣服！”

窦斗瞄见屋里没人,就觍着脸说:“怕什么?我不看还不行吗?你又没有裸体。”

“窦斗！”

窦斗嬉皮笑脸地望着她,眼里都是欢喜,“我就不走了,反正我也不想让你换衣服。”

“你说什么?!”青果立了眉生气地喊。

“好——吧——！”窦斗很不情愿地应了一声,拉开门出去了。

一会儿,窦斗笑着挨身进门,咧开嘴看着她傻笑。

青果这时穿上她平时常穿的黑色紧身毛衣,下面一条牛仔裤,面无血色,眼睛还肿着,眉头微蹙,比平时还娇弱几分。她让窦斗坐在凳子上,自己坐在床上,拿眼看他,不知道该说什么?上午他来被自己骂走了,这会儿他又来了,见他对着自己傻笑,心里便一热,莫名地感动,他是骂不走的了,越骂越贴心呢。她不好提白猫的事情,人家本来就那么难于启齿,悔恨得不行,再提也无趣;还有他愿意跟我讲也是真的没人可以讲了,可见他在心里把我放在一个什么样的位子,就别再说他了。于是问:“怎么又是你一个人来了? 你们王维呢? 这几个月我以为你们再也不登我的门了,没想你一个人又来了。”

“王维在学校呢,我这是路过这去我妈那里,你这不是过生日吗?我昨天就在你们宿舍绕了一圈没敢找你,本想弄个巧遇什么的,没弄成,今天就斗胆来了,上午被你骂了,还不死心,你要不高兴我就走。那天过圣诞我也来过,你看到我留的纸条没有?”

青果不置可否地摇头,生气地抱怨道:“你们王维是真的生我的气了?她都不来找我了,我也不敢去找她,怕她不高兴。你也不帮我劝劝她,就跟我做错了什么似的。”

窦斗委屈道:“我怎么没劝她?我越跟她说跟你没关系,她越恨你,我不能说你一句好话,一开始我就是说得太多了,她才这样恨你的,现在在家里根本就不能提你。就上个星期她还跟我吵,一生气把一锅红烧肉都扣在头上,差点烫着。”

“我说,你们两个人真有毛病。”

窦斗眼红了,不知是气的,还是委屈的,“你说,我敢怎样吗?我就是想来看看你都不行,你说你的事情我都不知道。昨天我要是知道了,我就陪你去找方明,看他敢对你那样?不管怎么样在我面前他总不能欺负你吧?”

窦斗的话就如同一股暖流流进了青果的心里,又顺着血管流进了她身体里每个角落,直流进了她的眼睛里,变成了泪水再流了出来。

窦斗见她伤心,心微微疼起来,两手握紧不知道该怎么办?他抬起一只手来挥了一下说:“方明真他妈不是东西,就一个小肚鸡肠!你说跟一个小女孩较什么劲儿?这种人都不是个男人!”

青果擦了泪眼看着他说:“可现在我就卡在他手里,谁也说不上话,我去求我们系里的几个教授,谁都不帮我。

“妈的!”窦斗气愤地站了起来。

青果叹了一口气道:“你说,我怎么这么倒霉呢?我现在该怎么办啊?”

听她这样一说,两人一时又都不说话了。窦斗心痛地看着她,发愁该怎么办?怎么才能攻下方明这个堡垒?突然,他脑子里有了一个主意,把她调出艺术系,不在方明的管束下不就行了?对!找家里人帮忙,把她调出去!慢着!何必调呢?调都不用,就找一个哥们儿开的公司,不管谁只要肯在她的申请上盖戳不就万事大吉?一拿到护照,方明再怎样也拦不住了,何必调工作呢?想到这里,他看着她的眼睛,激动地讲了自己的想法。

青果听了高兴地拍手尖叫,真是喜从天降!她激动得脸都红了,窦斗看着她开心的笑脸也满意地笑开了。

青果笑着站起来,伸手推了下他说:“你不要在我这里坐着,你现在就去找单位去,你不知道我这里急得都生病了?”

窦斗笑着一把抓过她的手,捏了在手心里,说:“你可真实用啊,我屁股都还没坐热,就让我走——”

青果没等他说完,把手抽了回去,笑道:“这可是你的主意,不是我的,你既然说了,就得做到,要不然我还是不理你!”

“好,我走,我走!不过让我说生日快乐总可以吧?”说着就从衣兜里拿出一个褐色的手镯来,是用一粒一粒小骨头穿的珠子,递到青果的手里,“这是我从西藏带回来的,开过光的,一个老喇嘛给的,带着能有好运气,保平安。上午本来想给你的,你一骂我,就没给成。”

青果接了过去，说了声“谢谢”就戴在手腕上了。她举起手来在窦斗面前晃了一下说：“真的很特别啊，”又瞟了眼窦斗问：“你说它会给我带来好运气吗？我戴着它就能出去跟欢欢团聚吗？”

“怎么不能？你要信了就灵。”窦斗笑着回答她，此时他真恨不能生出万种本事让她如愿。他站了起来说：“那我走了，去找找路子，看找个什么单位。”

“那谢谢你。”青果也站了起来。

窦斗走了几步，到了门边又回头说：“我明儿一有消息就来告诉你，你等着。”

“嗯。”青果点了一下头，眼圈红了，她想到昨天的经历，没一个人在意她，谁也不肯伸手。

窦斗见状，不禁伸手又握住了她的手，青果没有把手抽出去，抬头望他，窦斗呆了也望她，两人就立在门口无声对望着。青果觉得他的手把她的手裹住了，又软又厚，带着千般的柔情和体贴，一股暖流流进了她的手心，再顺着胳膊流进了她的身体，她的眼泪就快要掉下来，窦斗立刻低下头，沉默了一秒，然后松开手，开门走了出去。

失心恐惧

青果看着门在窦斗的身后关上，“砰”的一声，把眼里的泪珠儿震了下来，心里真真五味杂陈，又悲又喜。这会儿窦斗让她心里充满了希望，昨天的伤痛和绝望一股脑儿的一下子全没了，就这么神奇，就他一个这么简单的想法，这才叫天无绝人之路呢！她低头看了一眼刚才窦斗握过的手，温暖又温柔的感觉还留在手心里，他总是这么体贴啊！他殷切的目光就在她眼前一晃，青果不禁心里发酸。

晚上，青果正给林欢写信，告诉他事情最新的进展，大娘在外面喊：“青果！电话！电话！”

“唉——来啦！”她丢了笔就跑了出去，知道是林欢的电话，这两天他肯定跟她一样不得安生。她从大娘手里接过电话，喘着把事情的前后、窦斗的主意都讲了。听到最后林欢提出了一个问题，如何搞到户口？因为青果是集体户口，瞒着学校，就拿不到户口证明，没户口怎么可能拿到护照？这一说，倒把青果难住了，不过她安慰林欢，也许窦斗在公安也有人，到时候一定能想出办法来。不管怎样窦斗的主意就是一根救命稻草，她深信总会有办法的。林欢半信半疑地挂了电话，那天晚上青果睡得很安稳，她这几天来头一次睡得那么香甜。

窦斗骑车行走在路上，四月春天上午的阳光照在他身上，他迷糊地在人群里左穿右行，一直在回味昨天握住青果的情景，那个镜头从昨天到现在在脑子里都回演了无数次了。她纤细的手那样柔软、她望着他的眼睛悲伤又欢喜。他们一下就亲近了，从来没有那样亲近过，他要不赶快走掉，也要忍不住了，他知道他的泪水就要涌出来，她的情绪已经传给了他，让他跟她一起忧伤和欢喜。他又想起她最后含泪的笑容,心猛地一动,那笑容就跟这春日里明媚阳光下的花儿,倏地盛开在他眼前,让他又惊又喜,她终于让我了！没有拒绝我的建议！想到这里他的心又狂跳起来。

昨天一个晚上他都没有吭声,回到家里就一个人发呆,王维问他话,他愣愣地不知所云。王维没觉得奇怪,她猜他一定又有什么事情,不过她一点儿都不担心,憋两天就会什么都说出来。他经常这样被什么迷住,有时想画想多了,也这样。家里的事情一切如常,王维安静睡下了,她第二天还有课。可窦斗却怎么也睡不了,他心里翻江倒海,失了心般恐惧,仿佛看见前面就是一口井,可他知道他要控制不住跳进去了。

今天一早他就跑了出来,先回了家,找母亲问了一下调工作的事,然后就在母亲家里给所有的哥们儿打电话,希望能找到一个工作单位能在青果的探亲申请上盖戳。

没一会儿,就联系上了王大兵,一个发小,市政府院里一块长大的玩伴。此人属于最早下海开公司那拨人,其实他到底做什么窦斗并不清楚,说是倒卖汽车,又说倒卖钢材,好像无所不能的。

王大兵听了他的事情,在电话那头说:“没问题,在谁的申请上盖章都没问题,我可不管是你的老婆还是情人,尽管拿来让我盖。可有一样我管不了,护照公安那头我可管不了。这个人如果在N大,她没户口你还得另想办法。”

窦斗放下电话,就求母亲在公安局托人。没想老人问三问四,发现此人可能和儿子有说不清的关系,就拒绝了,还郑重其事地说:“你和王维结婚也快两年了,不要想些歪主意。这个事情妈妈不能管,就是王维这样要办也不能管。”

窦斗一下泄了气。一看快到中午了,也顾不得,骑了车就去N大,他知道青果正等着他的消息呢。

他急匆匆地敲开了青果的门,她饭都不敢去打,正等他,一见他进来,马上就站了起来。

窦斗愣愣地看着她说:“我们出去说。”又对旁边坐着吃饭的陈军点头。

青果跟着他出去了,他们站在宿舍门口的假山旁,窦斗把事情一五一十地都讲了。青果听完,温柔地笑了:“真谢谢你,这不就有点儿眉目了吗?现在的问题是户口,我们怎么才能过了这一关呢?”

“我再找找人,你也想办法。阿青,你可要做好心理准备,不会是一天两天的事情。”

“我知道,我的事情非得三灾八难的才会有个结局,我受得起。对了昨天欢欢来电话我跟他说了,他想跟你打个电话把事情说说,你看怎么才能联系得上?”

窦斗皱了下眉,他不想跟林欢聊,要是林欢永远都不出现才好呢！窦斗连自己都不想面对,还要去面对他?他轻轻摇了一下头说:“阿青,你知道我没有电话,也不在一个地方待着,怎么跟他打电话啊?”见青果蹙眉,他邀她出去吃饭。

“那怎么行?怎么能让你请呢?你这样替我办事情。”青果不高兴了。

“怎么不行?你在T市打听一下,我窦斗什么时候要别人请过?”

他们在朝鲜小馆里坐下，青果点了菜。窦斗委屈地说:“在外面从来都是我点菜。”

青果笑了说:“哦,真对不起,今天我抢了你的先了,因为这里是我常来的地方,自以为知道这里的好菜就给你做主了。下次吃饭,让你点就是了。”

“你说的,可别反悔,下顿我请你。”窦斗开心喊了一声。

窦斗闷头喝酒,胡须上沾满了啤酒沫子,菜吃得很少,就一大瓶一大瓶地要啤酒。青果也不知道该不该拦他?到最后他就不停地上厕所,喝得两眼迷离,话更少了。青果数了数有七大瓶之多,就说:“你不能再喝了。”

窦斗抬头喊:“阿青！我——”喊完眼圈红了。

“你醉了！我们走,起来！”青果站了起来,走到前台付账,然后站在门口等他。

窦斗踉跄过去,站在她跟前,迷醉地望着她,咧嘴傻笑。

窦斗就要骑车带她,青果忙止住问:“你行吗?能骑吗?”

窦斗露出结实的牙齿,“嘿嘿”笑了一声说:“这算什么?我可有比这喝得多的时候,走了！”他脚一蹬,车走了。

青果跳上后座,被他晃了一下,一伸手抓在了他的腰上。

她抓住我了!窦斗骑在前面,身子一哆嗦,立时血冲上了头,眼模糊起来。突然,他松了车把上的左手,捏住了她抓在左腰上的手。

青果被他的举动搞蒙了,还没有来得及反应,窦斗已经扯过她的手,举到唇边,吻在了手指上。

青果惊呆了,手停在他的唇上。

窦斗仍然骑着,没有说一句话,也没回头,他的嘴唇轻轻地含着她的指尖,吻了再吻,又放在他浓厚的胡须上,蹭了又蹭。他的唇温柔、湿润,每吻一下都让青果浑身战栗,她的心狂跳起来。“窦斗！”她小声在他身后喊了一声,把手缩了回去,两人一时沉默无语,窦斗还是没有回头,他们似乎能听见彼此心脏的狂跳声。到了宿舍门口,窦斗刚站稳,青果“噌”的一声跳了下去,头也不回跑进了大门。

窦斗呆呆地站在门口,脑子里一片空白,就一句话:我吻她了！我吻她了！他的心因恐惧和狂喜颤抖起来,引得腿也哆嗦。他木木地推着车往外走,没敢去追她,慢慢踱到湖边,找了石凳子坐下,定下神,拿手摸了下嘴唇,一阵甜蜜喜悦涌上心头,不由得微微笑了,泪湿了眼眶。

青果冲回房间,一头就栽在床上,把那只手放在胸口上,忍不住心脏“咚,咚”狂跳。他柔软湿润的嘴唇,还有粗硬的胡须在她手上留下的感觉真真惊心！天啊！她叫了一声,脑子不能思考,可眼泪却止不住往下流。欢欢,我是怎么了?发生了什么?天啊！她把手举起来,仔细看看,上面有他的唇印,他的温情,他的爱恋。我要死了！她把那只手举起来盖住了双眼,心里波涛汹涌,眼泪再一次流了出来,我是怎么了?她呆躺在床上,脑子一片混乱,窦斗的憨笑立刻又浮在眼前,他忐忑不安的眼神就像把利剑直穿她的心脏。欢欢！你在哪里?她在心里叫了一声,抱住了枕头。

天黑了下来,青果躲在蚊帐里,不想说话,白天的事还刺激着她的神经,她在心里跟自己说:你要看得开一点儿,他这样也就是喝多了,没什么,青果你就忘了吧。

她一边说服自己一边拿了最近看的《佛教哲学》翻了起来。

这时就听见窗外窦斗在大喊:"青果！青果！"

青果一激灵,从床上一下跳到地上,慌了神般大声冲窗户喊道:"哎！我马上出来,你别叫了。"他这么在外面大声地喊叫,搞得全楼的人都知道他深更半夜地来找她了,就跟把见不得人的事情暴露在光天化日之下一般,让她觉得难为情。她匆忙穿上鞋,跑了出去。

跑到门厅里,见没有一个人,她抬腿就下了台阶,冲进了夜幕里。人还没有站稳,一个黑影从树丛后面蹿了出来,一把抓住了她的胳膊。

"阿青！"窦斗的声音发抖,手也发抖,"我今晚必须见到你,必须！"

青果跟他面对面地站着,黑暗里什么都看不清,只有他的两只眼睛跟狼眼一样射出雪亮刀锋一样的光芒,刺得她心惊肉跳,禁不住倒吸一口气。

窦斗一把就把青果拉得几乎要贴着他:"我们走！"他从喉咙里低低喊了一声。

青果的心"咯噔"一下,完了,他擒住我了！她好像身不由己,两脚轻飘,无声无息被他掳了去。她不敢抬头看他,脑子里一片混乱,到了湖边,他突然站住了,两人都站在地上,没有说话。

半天,窦斗才哆嗦着说:"阿青！我想了一下午,我,我今天晚上一定要亲你！"他微微侧了一下头,终于艰涩地说出想了一下午的话。

青果听见他说"亲"字,吓得弹开到一边,像是才惊醒过来,愤怒地问:"你对我这是干什么?你到底是情感还是情欲?"

"阿青！"窦斗委屈的声音里透着哭腔,"它们之间有差别吗?能分得清吗?我就这么想的,对我来说它们是一回事,一回事！"

"你真无耻！"青果生气地大喊一声。

"阿青！可我就是想你！"

"你不要说了!"青果气得回头就往宿舍走,把窦斗甩在身后。她边走边哭,什么也不想说。

"阿青！阿青！青果！"

窦斗跟在她后面,不知道她为什么一下就生气了?心里又气又慌,不知道该怎么来哄她。

青果猛地停了下来,回头哭道:"我们这是干什么?欢欢在纽约正为我打工呢,他在那边受那么多苦都是为了我！我们这是干什么?你不要再来找我,我再也不见你了。你走吧,走吧！"

窦斗一听低下了头,眼睁睁地看着她进了宿舍门。

青果哭着回了屋,说不出来的生气,可她不知道是生谁的气?是生自己的气呢?

还是窦斗的?她坐在床头拿出信纸来,给林欢写信,把对他的爱都写在信纸上,她边写边哭,好像写出来了就是一个铁证,她的心只属于林欢一个人,对,只能属于他!

窦斗站在黑暗里,看着宿舍窗户里的灯光,脑子里一片混乱,他感觉什么地方不对,怎么青果翻脸就走了?她刚才还温顺地靠在身边,还任我牵着手,她那样的柔软,怎么一下就变得这么冷硬?她今天一天看我的眼神都很温柔,我不该说要亲她,就是说这个她生气了。她动心了,她喜欢我,心里疼我,我怎会不知道?可她提林欢了,她是后悔了,是啊! 林欢,哥们儿,没有法子,对不起了,我就是动心了,我也没有办法啊! 我早就动心了,不比你晚,只是我没你运气好。现在我怎能放弃?她就是走了,我也得跟着,她的眼睛已经告诉我了其实她心里喜欢我,你说我怎么能放弃?

他一屁股坐在石头凳子上,初春的夜晚还很冷,湖边的柳树上已经挂了新嫩绿叶。寒风袭来,一树的嫩叶便瑟瑟颤抖。四下里静悄悄,只有湖对面似乎有人影,窦斗琢磨是那些不惧寒冷的学生情人。唉,我这都老了,怎么还跟那些小情人一样?!他自嘲地笑了一声。

一阵风从湖面刮来,吹在他滚烫的脸上,刚才在身上沸腾的热血冷了下来,难道我还像那些刚二十出头的小青年一样?窦斗暗问自己,可一转念想起青果,她悲伤又惊喜的黑眼睛就那样看着他,他的心立刻就抽起来,恨不得此刻就能把她拥在怀里。我刚才牵她的手了!今天中午还吻了她!他刚冷下来的心又爆炸开来,血直冲到脑门儿上,他抱着头,闭上了眼。

痛苦和欲望

林欢在青果生日头一天跟她挂完电话,心里有说不出的郁闷和焦躁,那边的事情真是鞭长莫及,他没有一点儿办法。耳朵里都是青果的呜咽,那个晚上,他急得睡不着,第二天就给芝加哥领事馆打电话,明知道是个荒唐的行为,他还是做了,果然不出所料人家说他们不干涉国内的事情。他六神无主,画也画不下去,打工也没精神,Paul 发现了就问,林欢把事情跟他说了。

Paul 听了吃惊地瞪大了他清澈的蓝眼睛,惊呼:“能有这样的事情?! 这不是梦话?太难以置信了! Oh my god! ”

第二天晚上,正是青果生日的中午,他拨了电话青果没有接,把林欢的情绪一下降到了最低点,他在画室里呆坐着,点了支烟,一笔也画不下去,满脑子里都是青果,她不肯接电话事情一定很糟。大楼里基本上人都走空了,一栋楼黑漆漆,静悄悄的。

Kiku 悄无声息地飘进来,他低着头都没有发现。Kiku 轻轻地把手放在他肩头,摇了一下,林欢吃惊地抬起头,一看是她,苦笑了一声。

Kiku 微笑道:“我听到消息了,真为你担心,你不要太着急行吗?你想你急也没有用啊! ”

“谢谢你，不过这么晚了你还是回去吧，我也走了。”说着站了起来，把烟灭了，扔进垃圾桶里。

Kiku站在他身后，看他收拾，默不作声，心里却恨不能冲过去拥抱他。她觉得他的后背、后脑勺都好像在哭泣。她一伸手从后面抱住了他的腰，两人僵直地站在地上，沉默无语。

过了半天，林欢才把她的手从腰上解下来，轻轻说：“谢谢你，Kiku，走，我送你回去。你知道吗？今天是我wife的生日，我怎么着都得跟她说上话。”话没有说完，他便垂下了眼皮。

从纽约打工回来，林欢感觉跟Kiku恢复“正常”了，偶尔在系里、图书馆里碰到，他们都会聊一会儿，再也不会像过去那样纠缠了，他心里终于平和了下来，虽有时听见Paul在画室里讲他俩的事情心里还是有点失落，但他问这不就是你想要的吗？所以他从不过问他们的事情，他俩到底怎样他也不是真的想知道。今晚在这无人的17号楼里再见到她，他一点儿都不吃惊，对啊，我们之间的交情哪能因为强硬分开而有丝毫改变呢？她对我之于我对她，我们的感觉没有变，她这样专门来安慰我，就是因为她心里在意啊，唉！他默默送Kiku回家。

第二天中午，林欢终于听到青果的声音了。知道事情都没有办成，她还发烧了，听了真真心如刀绞，恨不能就飞回去。他一整天都心不在焉，心烦意乱。Kiku下午又给他来了电话，询问是否跟青果说上了话，他匆匆聊了两句，多的话都不想讲，他一天除去上课，哪儿都没去，把自己反锁在屋子里，谁也不想见。

晚上Kiku敲门进来了，带来了专为他做的Sushi，她知道他准没有吃东西。确实林欢在屋里不打算出去，也不想吃东西，没想她把吃的送了过来，他接过饭盒，心里一热，感激万分。Kiku看着他狼吞虎咽地吃东西，心酸难忍，又见他就穿了身宽松运动服，连过去看起来健硕的身子似乎都瘦了好些，清澈明亮的长眼也没了神采，她很满意自己想着给他送来吃的，怎么能让他这么难过呢？等他吃得差不多了，这才细声细气询问他跟青果联系的情况。

林欢站起来，拿着吃空的盒子想去厨房洗，回头沮丧地说：“她生病了，急得发烧了，Kiku，今天是她的生日啊！”

Kiku听着他伤心的声音，“噌”的一声站了起来，两步走到他跟前，一伸胳膊搂住了他的脖子。

林欢被她这突如其来的举动惊了一跳，往后仰了下身子，拿着盒子的一只手在她背后舞了一下，另一只手把她在脖子上的手解开，红着眼喊：“Kiku！”望着她黑漆漆一双杏仁眼，“Kiku！”他再低低喊了一声，一颗泪珠终于从眼角滑了下来。

“欢！”这是她第一次见到他的眼泪，心里一颤，吻在他的脖子上，林欢扔下手里的盒子，也抱住她，轻轻闭上了双眼。

Kiku靠在他肩头，扭着腰肢把身子往他怀里钻，感受他温暖宽阔的身体。她的头贴在他的前胸，柔软清香的发丝拂在他的嘴和鼻尖上，沉默中她几乎能听见彼此的心跳声和他越来越急促的呼吸声，他们贴得更紧了，她坚挺的乳房在他胸前磨蹭。突然,她感觉到他身体下面起反应了,她再一次把身子往他怀里贴,贴得再紧些,她能感受到他们肌肤的饥渴。

“Kiku！”林欢惊恐的叫声近乎于哀号。

Kiku没出声,疯了一样,林欢压抑了几个月的欲望像火山一样爆发了。

中午,林欢醒来了,他连课都没有去上,脑子木木的,侧头看看枕边,Kiku早没了人影,她什么时候走的?昨晚居然发生了那样的事情,跟她缠绵疯狂了一晚上,明知是错却再一次犯了错。她是怎样一个女人啊？知我难过就这样疯了一样地来疼我,我根本就不配！我爱青青她不是不知道,我这欠下的是什么债?一个无法偿还的血泪债！我没法抵抗她。青青！我都做了什么?！他在心里大叫了一声,把头埋进枕头。

他的手指碰到枕头下的手表,摸出来一看,快11:30了,忙起身拨了青果宿舍的电话,他知道情况不会有进展,但他希望能听到她的声音,起码能知道她是否退烧了。没想到青果的声音听起来好多了,不沙哑了,还有点兴奋。她在电话里讲了一个新情况,让林欢更紧张。要背着学校秘密办护照真是太危险了,一旦发现就再也出不来了。青青太冲动,又没有经验,哎呀！林欢想起来就心焦。还有,青果一直在提窦斗,这几天他就一直在她身边,这想法就是他的主意,想到这里,林欢的情绪一落千丈。

就这样过了一天,Kiku一直都没有现身,他心里惴惴不安,一想起她,还是一脑袋糊涂,却又放不下,昨天销魂的一晚上,让他的心躁动不安,在夜深无人的17号楼里,他发着愣:我就这样Weak吗?不能抗拒她吗?还是就任自己在这要命的快感里去消减痛苦?她意味着什么?我对她意味着什么?我就是她想要的人吗?我们两个就是那种在快感里一起体验痛苦,或是在痛苦里一起体验快感的人?这致命的欲望我们谁都抵挡不住,就像毒品,吸上了会上瘾的,林欢想到这里摇了一下头,林欢你真的扛不住了吗?

上午的课完了,青果那边的事情还是让他悬心,他拿了书包就跑回去,抓过电话就打。听见了青果清亮的声音了,他心里稍安稳一点儿。可青果在电话那头从昨天的兴奋又变成哀伤,说再也不要窦斗帮忙了,听得出来他们之间一定出了什么事情。

放下电话,林欢在心里叹气,隔着大洋,他什么也做不了,就是拿着电话跟青果说上一天话,问题还是解决不了。

下午他垂头丧气地坐在画室里,想着青果的话,心乱如麻,她忽这忽那、悲喜不定的,就知道她有多难了。青青,是我害了你,当初我就不该走,把你一个人丢在那边,这怎么能行呢?他低了头,脑子里纠缠着青果的哭声,回去算了！一个声音突然在他脑子里说,再撑一两个月,这学期完了,如果她还出不来,我就回去！对,回去！想到这里,他的心狂跳起来,为什么不早想到这个办法呢?真是大活人哪能让尿憋死！想到马上就会有个结果，不出两个月，就能再把青果抱在怀里，这一年来所有的折磨和烦恼，还有 Kiku 的纠缠顿时烟消云散，他兴奋地大叫一声："Paul！过来，过来！"

Paul 兴冲冲地从隔壁跑过去，开心问："欢，又有什么好事情要告诉我？快说！"

"好消息，好消息！我很快就要跟我妻子团聚了！"

"祝贺你！祝贺你！快告诉我，到底怎么回事？"Paul 又惊又喜，这两日林欢的状况他都看在眼里，很为他担心。

"我已经决定了，如果我妻子到这学期末还不能出来，我就回去，不管怎样，我不能再跟她分开了！"

"什么？这就是你的决定？！Oh！这多遗憾啊！你不在我们还有什么乐子？你真的要回去？"

"真的，我已经决定了。"林欢很坚定。

"我只能说你的决定让我觉得很遗憾，你就这么放弃了你的美国梦？"Paul 丧气地说了一句。

这句话就像一根棍子敲在脑袋上，打得他一时哑口无言。

傍晚，林欢正准备要去图书馆，他有篇作业要交。Kiku 来了，见了他就问："欢，你真的要走？真的？"

"Paul 告诉你的？是真的，就到这学期末吧，我们不能再这样分开了。"林欢微微点头。

"你就这样爱她啊？"Kiku 气得哭出了声。

"是。"

"你就舍得这里？你的梦想？你的艺术？你的自由？还有我？！"Kiku 叫了起来。

这两日，她反复跟自己说他不要我吗？他对我那么渴望，在我身上像一匹疯了的野马，他不想要我吗？他把他痛苦的眼泪流在我身上，他抱着我哀叫，他不要我吗？怎么可能？！我们之间的需要那么明显，谁也离不了谁，只要他的妻子来不了，他怎么能不要我呢？在这世界上没有任何一个男人让 Kiku 有这样的体验，让她在疯癫快感的同时痛在骨头里，她恨不能为他粉身碎骨，只要他要，她可以一直和他做下去，唉，就是死在他手里都在所不惜。昨天一天，Kiku 都不敢见他，怕听到他再说后悔自责的话，怕他又要决绝地跟她划清界限。她小心翼翼地让自己躲起来，仔细回味那天晚上的体验，让那致死的幸福再延长一点儿时间。今天她已经忍不住了，想要见他，要跟他商量再搬到一起住，没想到是这样一个情况，林欢自己要走。

林欢听她这样一说低下了头，阴沉着脸，站在那里不出声了。对啊，从他做出了决定后都没有仔细想想，就是昨天 Paul 提起也没有仔细想过，这会儿 Kiku 把这个严峻的问题又提出来了，他这一回去意味着什么？要放弃艺术的梦想和生的自由吗？这半年在学校里，梦想刚刚开始，他已经开始奔跑了，他见到的，他画的，他改变的已经不是一点儿了。这里的自由给了他一双无形的翅膀，他可以飞，可以翱翔；他可以不在乎任何人,不在乎政治权威、行政权威、学术权威,他想怎么画就怎么画,想怎么活就怎么活,这不是青果要他走的目的吗?他们经历了这些伤痛,熬了这一年,不就为的这样一个梦想吗?他盯着眼前泪眼汪汪的Kiku,思绪却飞到千万里之外。青青现在被囚在了那边,他一想起她在电话里的呜咽声,这怎么行呢!林欢现在明白昆德拉的那本书里,托马斯为什么要回去了。他轻轻地摇了下头,深深地注视面前的Kiku,她没在我们那里生活过,怎么可能了解我和青青之间这种血肉关系呢?怎么能了解我的人生呢?她就是跟我上了床,也不能了解。他皱了下眉头轻声说:"Kiku,你不能了解的,我为了她可以放弃这里的一切……(包括你)"后面这三个字他没有说出口,他没法说。他知道眼前这个女人就是他的痛苦,是他的欲望,是他难以抗拒的毒品,他不能跳进去,以图那点可怜的温存和慰藉,他绝不能让痛苦和欲望把自己给灭了,他林欢从来就不是一个文艺青年,不会沉浸在虚无缥缈的情绪里被它们主宰,那不是他,绝不是他!

Kiku听到这里,眼泪顺着眼角流了下来,她哑着嗓子喊:"欢,我真舍不得你走!不管你对我怎样,我也希望你就在这里。给我一点儿希望行吗?我不敢求你给我快乐,只求你给我一点儿让我活下去的希望。"

林欢听了心里悲哀,唉!前天晚上我真不该做那事,他强装了笑脸,说:"Kiku,我很抱歉,为我对你做过的所有事情抱歉,尤其前天晚上我又犯了错,是我没有控制住自己,请你不要爱我,我不值得你这样,你知道我什么都给不了你。"

"不!欢!你没有做错什么,你给了我,给了我任何一个男人都不能给的东西,你让我痛苦疯狂,让我窒息,你知道吗?能跟你在一起是我活着的希望和梦想,我就做着梦有朝一日你不再拒绝我,我们又能过那样的日子,天啊,我是傻透了。你要真走了,我还不如死了算了!"

"Kiku!你怎么能这样想呢?!"林欢急得两手勒住了她的双肩,"请你冷静一点儿,冷静一点儿,Paul不是很好吗?他现在不是做得比我还好吗?"

"欢!别人跟我有什么关系呢?我爱的是你啊!我们之间的感情别人怎么能代替呢?我们的欢喜甚至痛苦都只有我们自己才知道,别的人怎么能够了解得了呢?"

"Kiku!"林欢唤她一声,双手从她的肩头顺着手臂滑了下来,最后捏住了她的双手,"请你不要这么说,你这样,真让我无地自容。"

"我不这么想。"她摇头,一双杏仁眼泪光闪闪。

那天晚上林欢到最后还是没让她留下来,把她送了回去。

几天后,Paul大惊失色跑进画室报告了一个惊人的消息,Kiku突然失踪了,她搬得无影无踪,连个纸片都没有留下。林欢听了惊得笔都没握住,掉在地上,他一时煞白了脸,知道这才是她Kiku做的事情,她就这么狠,她这是要他一辈子都忘不了她,她达到目的了。

坦　白

窦斗看着青果进了宿舍的门，呆呆地在星湖边待了半天，又骑了车回到青果宿舍的窗前，直等到她屋里熄了灯，这才骑回去。

回到家，已经是凌晨2:00了。王维还没有睡，她静静地坐在床上，正等着他。

窦斗低着头，没敢看她，脱了鞋和外衣就要上床睡觉。

王维推了他一把，说："去洗洗，在外面脏了一天。"

窦斗不耐烦地说："今天就算了吧，我真的很累。"

王维终于急了道："你老实告诉我，这些天你六神无主的，搞到这么晚才回来，到底干什么了？你也不用瞒着我，也别想欺骗我！"

"我，我——"窦斗瞪着眼看着她，一时语塞。

王维冷笑了一声道："你干的事情别以为人都不知道，你要是个人就把你恶心的事说出来，好歹也敢作敢当！"

窦斗一听急了，"我去N大找青果了，我——她现在遇到难处，我就是去帮帮她。"

王维听了再冷笑一声，连声调都变了，"怪不得呢！我说这几天失魂落魄的，原来去做好人好事了！我问你，你就是做好事用得着这么深更半夜的吗？告诉我那个狐狸精怎么勾搭你的？"

窦斗一听她骂青果就急了道："你怎么跟一个小市民一样说话呢？什么狐狸精勾搭？谁勾搭谁？我就是对她动心了，我就是愿意帮她，真对不起，这事情是我对不起你，你不要乱骂人。"

王维一听拿被子捂了头大哭起来，哭得床都在颤。

窦斗看着被子里她瘦小的身子，一抽一抽地，就跟被人在心上砍了一刀，痛得他扑了过去，把她连被子一起抱在怀里，说："王维，对不起，对不起，我从不想伤害你，可我没有办法，我自己做不了主，我现在真的没办法，我掉进去了，掉进去了。"说完他眼圈红了。

王维一掀被子起来冲他喊："那我呢？那我们呢？你把我放到什么地方去了？"

窦斗愣愣地看着她，说不出一句话来。

王维眼里都是泪，嗓子也沙哑了，"窦斗，没想到你是这样一个人，没有良心，你把我骗到这里，你骗了我的心，现在又说你爱上了别人，你说你是人吗？"

"我不是人。王维，都是我的错，我没了心，你以为我不痛苦？你以为我好受？这些日子我一直在挣扎，可是我没有办法，我要是有点办法就不这样了，你知道我都好几个月没有跟她联系了，可现在我真没办法，我陷进去了。"

"你真不要脸，还好意思说这样的话，真无耻！你现在好像就是真感情了，那我们过去就不是吗？那我们过去是什么？"

"也是感情。"窦斗小声嘟囔一句，瞥了王维一眼，又小声说："王维求你原谅我，我不想这样,真不想。”说完他眼圈又红了。

王维听了,绝望地叫骂道:“你浑蛋!窦斗你个王八蛋!你是个猪!我不原谅你,一辈子都不会原谅你!”喊完,她扑到他身上,又掐又打。

窦斗没有动,也没有说一句话,直着身子就任她打。她打累了,才抬起头来,看见窦斗眼里都是泪水,知道这下完了。

窦斗心疼地把王维拥在怀里,说:“你打吧,如果这样能让你好受点,你把我打残都可以。”

王维“嗷”地惊叫一声,从床上跳下来,冲到桌子跟前,把桌上的砚台、笔架子等杂七杂八的东西一股脑儿地都砸在地上。

“乒——”“乓——”

砸得窦斗心惊肉跳,他坐在床上,闭了眼,心想就是砸到自己身上也得挨着。

王维砸累了,又倒在床上痛哭,窦斗起身,到卫生间拿了一条毛巾来给她擦拭。王维一翻身把他推开道:“你不要对我这样!你还不如拿刀子来杀了我!”

“我怎么会,我怎么会?王维,我没有欺骗你,也不想欺骗你,事情实际上刚刚发生。”

“那她呢?我问你,那她呢?她就不要林欢了吗?她跟你一样吗?”王维哭着喊。

“没有,她骂了我,她今天晚上刚刚骂了我,说再也不要见我了。”

王维听到这里,心里松了口气,可对青果的怨恨还是没有消减,她大叫了一声:“你这个傻子,一辈子也没有见过这么傻的人!感情你这是一厢情愿啊?她这样是欲拒还迎,这才把你勾住了呢!你还傻乎乎地就上了当!你俩都真不要脸,都对得起谁啊?人家林欢在那边知道了还不得气死?你不是他的哥们儿吗,快七八年的哥们儿吗?!朋友妻,不可欺,你是人吗?瞧你俩做的这事情!”

窦斗一听生气了,“你不要骂阿青,她没有勾我,是我的事情,她这两天都焦头烂额,被方明整得够呛,她才没想要对我怎样,是我的事。”

王维一听更火了,“哦,她还说不得了?!她要是好的就不要让你起这个心嘛,她为什么让你这样呢,说明她还是怂恿你,引诱了你嘛!她就是个狐狸精!我就是要骂她!你也不是什么好东西!”

窦斗急了,睁圆了双眼,涨紫了脸,抓起床头柜上的一个杯子“咣”的一声摔在地上,吼道:“告诉你了,你不要骂她!不要骂她!”

王维被吓得一激灵,愣了一下,她没想到窦斗居然还有理跟她发火,气得伏在被子上再次放声大哭起来。

窦斗脑子这下全乱了,他愣着坐在床边的凳子上,看着王维的小身子哭得跟筛糠一样,眼泪也跟着掉了下来。他低着头,沉默了几分钟,“唉”了一声,站了起来,向门走去。

王维立刻起身问:“你要去哪里?”

“你这样闹,我没法待!”说着拉开了门。

“你要往哪里去?深更半夜的,你要去哪儿?”王维哭着喊道。

“找个清静的地方,你也别太伤心了,等你冷静了我们再说。”说完他走了出去。

“窦斗!”窦斗听见里面撕心裂肺的哭喊声,他咬着牙,冲下了楼,在黑得伸手不见五指的楼道里被邻居家的炉子、杂物磕碰了好几下,也顾不得了,一直冲到了楼外,开锁,骑上车,这才让眼泪痛快地流了下来。

已是深夜了,整个城市都在酣睡中,寂静无声。黑夜里,只有马路上昏暗的路灯一闪一闪的,早春的夜晚潮湿,黏稠,能看见灯下飘着薄薄的雾气。大街上没有一个人影,窦斗深吸一口湿冷的空气,猛蹬车,让自己在宽阔的马路上飞奔。这是要奔向哪里?是要逃避吗?他不知道。他就这样奔逃,突然感觉一个人在这黑夜里,在这悄无声息的街道上飞驰就跟在梦里一样,对!是我的魂儿在奔!在这个死了的地方奔命!天!我要奔去哪里?

没一会儿,就到了N大门口。他下了车,从开着的小侧门进去,骑到湖边,把车倚在一棵树上,一屁股坐到一张石凳子上,呆呆地发愣,不知道自己为什么又来了这里?阿青今天生气不要我,王维更不会要我了,我这是怎么了?想到这里,他的心里非常悲哀,我还能再见她吗?她现在就睡在里面,他望了望罩在黑幕里的宿舍,她就在里面,我跟她就只能是这样的命吗?我犯了什么错?这是我故意要犯的吗?我伤了王维,可我又有什么办法?我没法骗她,我怎么能骗她呢?我就是想她,就像现在她在里面,都不知道这些事情,我还是想她!她现在恐怕已经睡了,哪里知道我的苦处?!想到这里他委屈得又要掉泪。他起身推车,往青果的宿舍走去,到了她窗下站住了。

这时迎面过来三五个人,打着手电,一看就知道是校园里巡夜的保安。他一下紧张地推了车就走,那几个人走到他跟前,拿手电照在他脸上问:“干什么的?深更半夜地在这里?”

“我,我什么也没干,只是路过这里。”

“你在那里工作?叫什么名字?”

“我,我路过这里,我就住在N大后门外面,就从这里串一下。”

“有这么串的吗?你知道都几点了?”里面一个人奸笑一声。

“我,我——我不知道,我跟我老婆吵架了,就跑了出来,在你们这湖边坐了会儿。”

其中一个人怪声说:“看你也不敢干什么,就是要偷看,你现在什么也看不到了,所有宿舍的灯都熄了,你走吧,以后不要往我们N大串,外面有大路,走外面的大马路!”

“是,是。”窦斗只好忍气吞声应了了事。

他闷头骑上车,真是气上加气,直接回了他母亲家。

在母亲家里胡乱睡了几个小时,起来已经是早上9:00了。家里没人,估计大家都去上班了。他进了卫生间洗了把脸,又闷头骑车出了门。

天上下着细如发丝的小雨，灰雾蒙蒙。窦斗光着脑袋就骑进了雨雾里，不知怎么又到了青果的窗外。他站在那里犹豫了一下，还是张嘴喊道："青果！青果！"

等了半天，没有声音，他又叫了几声，才听见里面有了回应，"唉！等一下！"

他推了车走到宿舍门口，眼巴巴地盯着，心想阿青她一会儿就出来了，我见了她把昨天晚上王维的事情都告诉她吗？

窦斗眼也没敢眨一下，觉得时间好像凝固了，怎么这么慢啊？好半天，青果手里拿了把红色的尼龙伞才出来，她穿着常穿的黑色毛衣，下面一条牛仔裤。黑色的短发翩着支了起来，看得出来刚起床还没来得及梳理，发梢扫在她苍白的脸颊上，一双黑亮的眼睛波光粼粼，鼻梁边的几粒雀斑似乎也随之跳动。窦斗一见她这样，心里一酸，忍住了泪，快步走过去喊了一声："阿青！"

青果呆呆地看着他，脸上没什么表情，动了几下嘴唇，却没有说出一个字来。

两人默默地走到了门口的假山后面。

"阿青！"窦斗盯着青果的眼睛，柔声地问："你昨天晚上睡好了吗？"

青果立马说："我不是昨天告诉你不要来了吗？你不要这样，你让我——让我——"说着就打住了。

窦斗低声说："是我不好，是我不好，可我忍不住，就是想见你。"

青果一听急了，使劲儿推开他，哭着喊："窦斗！你不要这样，你这样做怎么对得起王维？也对不起欢欢！告诉你我不会做那样的事情，你也不要做那样的事情！你知道我心里只有欢欢，谁也没有，谁也没有！"

"我不信，我不信！你不要骗你自己了，你心里怎么想的，我知道！你的眼睛骗不了我！"窦斗被推出了伞，站在雨里，被淋得眯缝着眼睛。

"不！你不要瞎说，我没有，我没有！"青果说着，恐惧地往后退，"窦斗，你不要这样，我谢谢你帮我，对我好，可这不行，这不行！"

窦斗一听急了，靠过去，站在她伞下，抓住她的双手使劲儿摇了几下，低声说："你醒醒！醒醒！阿青！你不敢面对自己吗？让我来告诉你，你动心了，你早就动心了，你以为我是一厢情愿吗？没有感觉我会那样吗？我又不是一个二十岁的毛头小孩子！"

"不！我的心里没有别人，没有！窦斗你走吧，再也不要来了，我不想见你，我不爱你！"说完青果的眼泪止不住地往下流。

窦斗听她说完这句话，霎时住了口，呆呆地望着她，就觉得万箭穿心，眼泪也跟着掉了下来，像一股股小溪滑过脸颊，直流进了厚厚的胡须里。

青果见他这样，急得跺了一下脚，哭道："你这是何苦呢？我也不敢要你帮忙，也不敢要你关心，你就当我这个人不存在就是了。你这样我们大家两败俱伤，你说，我们谁能安生一点儿？"

"可我这样又不是我想的，它就这样发生了，我又有什么办法？我又不是没努力去克服，从认识你我就一直克制，甚至几个月都不敢见你，可又有什么用？阿青，你就是我命里的魔星,我就认栽。”

青果听了扔掉伞,抬手捂着脸,蹲在地上哭起来。

窦斗见她这样,也蹲在她面前,把她抱进了怀里,心里稍松了一口气说:“阿青,我这一辈子也没有这样过,让我这样煎熬——”

青果没等他说完,一把推开他,站了起来,眼里含着泪,点头儿发狠说:“你不要再说了,窦斗,我们没缘,你就信吧,我们没缘!”

窦斗瞪着双眼,也站了起来,一把把青果抓过去,摇着她喊:“我就不信!我就不信!没缘怎么会让我碰到你?怎么让我跟你去黄山?怎么让林欢走了?怎么让你遇上现在这样的事情?这些都是缘,都是!”

“可那又怎么样?你爱着王维,跟她结了婚,我更爱着林欢,也跟他结了婚,这就是我们的命,你信了吧!”说完青果努力摆脱开他的手,从地上捡起伞来,“窦斗,你就把这些日子的事情忘了吧!也不要为我操心了,我的事情就由它去吧,走到哪步算哪步,听天由命吧。你再不要自己一个人来找我了,我不会再见你的,你走吧!”

听青果说完,窦斗目不转睛地盯着她,欲哭无泪。半天,他才低下头说:“阿青,那你今天肯跟我吃顿饭吗?就算跟我决裂,我这一辈子有这两日跟你这样,也就知足了,我也没白活。”

青果听了眼泪唰地就下来了,哽咽道:“你,你——我跟你去就是了,你不要再说这样的话。”

窦斗忍着泪,开了车锁,又用衣袖擦了下后座上的雨水,扶她坐上去。

青果木木地坐了上去,浑身哆嗦,窦斗见了,才意识到她就穿了件毛衣,连外套都没来得及披上,就问:“阿青,你冷吗?”

青果茫然地望着他,好像没有听明白。停了一下她似乎明白了,就要往下跳,说:“你等我回去穿件衣服。”

“不!阿青,我可不舍得你离开,你就穿我的,我不冷。”说着就把自己的软黑皮夹克脱下来披在她身上,“你就穿上,全当我裹着你。”

青果还没有来得及回话,窦斗已经骑出去了。

窦斗的体温随着衣服裹在青果的冻僵的身子上,温暖包围了她,直暖到她心里,她不禁打了个冷战,眼泪又一次悄悄落下来。她把伞收了,头靠在窦斗的背上,任细小雨丝洒在头上、脸上和身上。

窦斗脸上也挂满了细细的雨珠,迎面的冷风穿透了毛衣,他冷得牙齿打战,觉得这像是老天故意安排来灭他的一腔热血的。他突然感觉青果靠在背上,心里一热便生出万般柔情,他不敢动身子,怕她变了姿势。他在心里想:我们现在多亲啊!我不怕你老天,我就要这样,不管你怎么对我,只求她能改了心肠。

因为还不到午饭时间,青果让他去了专家楼后面的二楼咖啡厅。两人对着坐在墨绿色的长沙发靠背椅里,拿桌上的餐巾纸擦干脸上和头上的雨水。青果要了一杯黑咖啡,窦斗要了加糖和奶的咖啡。因为是上午上课时间,咖啡厅里如往常一样没有人，只有他俩。

两人等服务生走了，都喝了几口热咖啡。青果两手抱着杯子，让热杯子温暖双手，看着窦斗没有说话。窦斗往后仰靠在椅背上，愣愣地盯着她，雪亮饥渴的眼睛像是要把她吃进肚子里去。青果不由得放下杯子，胳膊肘立着支在桌面上，分开手指来交叉放在脸前，抵挡他咄咄逼人的目光。

灯光下，纤细的手指呈半透明状，青果把眼光停在上面，似乎能看见里面粉色的肉、黑色的骨影。她抬眼注视着窦斗，轻声说："你看，我跟欢欢就跟这骨和肉，骨肉怎能分离？我们长在一起。"

窦斗听了，身子往前倾，垂了眼皮喃喃地说："我知道在你心里，我怎么都不如林欢，就是现在你刚认识我俩，你也不会选我，阿青，在这个世界上只有你这么折磨我，这是为什么？你是上天派来惩罚我的？"说完可怜巴巴地望着她。

青果怔怔地说："对啊，我肯定还是要选欢欢，因为你坏，你是个坏人。"

"我怎么坏了？"窦斗不服气小声嚷。

"你就是坏，人家都讲礼，知道不可为的事便不做，可你偏要做，你就知道欺负我！"青果气鼓鼓地也嚷了一句。

听见"欺负"二字，窦斗"嘿，嘿"笑了起来，心里又酸又甜，她就这样勾我！他禁不住眯了眼站了起来，绕过桌子，坐到青果身边。

青果忙往里挪了一下，说："你坐过去，不要挨着我。"

"不，你就让我这样行吗？"说完伸手就想揽她。

青果急得狠劲儿地把他推开，喊道："窦斗你要再这样我就走了！"喊完她站了起来。

窦斗一下涨紫了脸，乖乖地回到对面的座位上，怔怔地望着她，不说话了。

"你怎么就这么可恶！？你要看清楚了，我不是那样的人！我——"青果气得话也说不清。

"怎么了？是什么样的人了？"窦斗小声跟着问。

"就你这种可耻的，在外面偷鸡摸狗的小人！我走了！"青果气得抬腿就走。

"阿青！阿青！你不要生气行吗？我——我再不这样了，我离你三尺远还不行吗？"

青果头也没回，说："窦斗，今天的话我们也都说完了，你也不要再这样了，你以后不要自己来找我，要来就带着王维，我的事情你也不要管了。"

窦斗跟在她后面，后悔自己又造次了，他一路赔不是，还是没法让她回心转意。

挣　扎

青果不顾窦斗在身后努力挽留，铁青了脸回到宿舍，她在宿舍门口跟他道了别，头也没回就进了宿舍的大门，刚把房间的门碰上，就听见大娘在门口喊："青果！青果！电话，国际长途！"

青果摔了门就跑,她知道林欢现在放不下她,庆幸没有跟窦斗在外面吃饭,要不就接不了这个电话了。

林欢在电话里告诉青果一个重大决定，如果到学期末她还办不出去，他就回国。

青果听了直摇头,她向林欢保证让她来想办法,一定能办出去,而且不用窦斗,她要他安心。可林欢态度很坚决,说这就是他的决定。

窦斗空着肚子跟青果分了手,心里憋屈得恨不能大叫一声。好好的,她就翻了脸,又把他拒之门外。他头昏脑涨地坐在湖边的石头凳子上,想不明白。从早上见了她开始,一幕一幕地在脑子里划过,都多亲密啊,他想着心里都温暖。这会儿他虽然孤单一人坐着,看着湖面上的薄雾发呆,可心思早随了她进了那座红砖小楼。

小雨下了一上午,看样子没有要停下来的意思,整个天阴沉得像是要塌下来。雨水顺着脸往下淌,他想起刚才青果在他面前流泪的样子,想起她就在那边假山旁蹲在地上痛哭，想起她刚才还把头轻轻地靠在自己的背上，她温柔得就跟水一样啊!她看着我眼里充满了怜爱,她说我“坏”时的样子,分明是说我好,她只是拿我没有办法。我那样想她,能不“坏”吗?我见到她就控制不住,难道她真的就不想?难道我就是个动物,就是她不耻的人?!想到这里,他委屈得低下头。对啊,上次她就为这个生气,她问我是情感还是情欲?没错,我能分得清吗?他伸手抹了下脸上的雨珠,握着两只拳放在腿上。停了片刻,他转过头,再望了眼雨雾中的小楼,今天就因为这个又生气了,她骂我是偷鸡摸狗的小人,骂我可耻。阿青,我知道你不屑做偷情的人,你的心比什么都高,你以为我想啊?实际上我告诉了王维,可我能把昨天晚上跟王维打架的事情告诉你吗?你听了更要生气了。这样的事情,我能告诉林欢吗?且不说他现在不在这里,他就是在这里我能告诉他吗?想到这里他停了下来,又问自己,要是欢欢在,窦斗你敢面对他吗?他眯了下眼不知该怎么回答。我有什么资格去面对他呢?我有王维,阿青也没有明说要我。他在心里重重地叹了口气:你的心就这么高傲,可你能真的说我就是做的小人的事情吗?你看我跟谁这样过?为了你我才这么不是人,背叛林欢哥们儿,这么下贱,被王维骂,被你骂!也许还要被所有的朋友骂,想到这里,他气得又站了起来。

他推了车,不自觉地又回到了宿舍门口,气愤地盯着门厅。

门厅里只有稀稀拉拉的几个人进出,都手里拿着饭盆。他这才发觉肚子饿得都痛了，从早上起来到现在还米水未沾牙呢。他知道青果今天再也不会出现在那里了,就是她在,她也不会听他的任何表白。

他正沮丧着,没想到从食堂方向,远远看见青果的那把红伞缓缓过来。红伞遮了她的头,她手里端着饭盆,低着头。他忙把车扔在一棵树旁,快步走到她跟前,挡住了她的去路。青果抬头一看是他,大吃一惊。

窦斗没有说话,就立在她面前,浑身都要湿透了。青果站住瞪了他一眼说:“你要死了,你到底要怎么样啊?”

窦斗还是没说话，到底要怎么样？他也不知道，他只知道他这会儿就是不能看不到她。

停了半天，青果轻声说：“跟我来吧！”

窦斗听她这样一说，心里一酸眼圈红了。

青果装着没看见，领着他进了宿舍。

宿舍里，陈军已经吃过饭了，正准备躺下午睡。青果带着窦斗进去，抱歉地说：“对不起，我让他在这里待一会儿，他一天还没吃饭呢。”

“没事，没事，请便。”陈军一下从床上坐起来，笑着打量窦斗，想他今天就一直在外面淋雨吗？怎么湿成这样？

窦斗很不舒服，可他眼里看着青果，舍不得离开她，尴尬地在床头的凳子上坐了下来。青果从床头把自己的大浴巾摘下来，扔在他头上，说：“好好擦擦，瞧你都湿成什么样了！”

窦斗咧开嘴跟她傻笑一下，拿了毛巾在头上脸上一通乱擦。他使劲儿闻了下毛巾上淡淡的香味，嗯，是阿青的味道，心里一阵发酸，用毛巾蒙了脸，遮住红湿的眼睛。

就听青果在旁边说：“窦斗，你就吃我打回来的饭，我煮碗方便面就是了。”

窦斗忙把毛巾从头上拿开说：“阿青，我们出去吃好吗？你看人家也要休息，我们在这里太不方便了。”

青果看了他一眼，只好说：“走吧。”

窦斗忙转身跟陈军说：“打扰了。”拉开门，先出去了。

青果穿上风衣，跟陈军招呼了一声，这才拿了伞跟着他出了门。

窦斗从她手中接过伞，给两人撑着，他们肩并着肩往朝鲜小馆走去。窦斗心里一阵狂喜，他告诫自己不要再造次了，要不然一不小心，她又撇下他不理了，因此他闭了嘴不敢说话，就拿眼瞟她，没想青果也扭头看他，他开心地咧嘴唤了一声：“阿青！”

青果瞪他一眼，忍不住笑了。

两人在餐馆里坐了下来，过了午餐时间，整个餐馆里就坐了几桌人，青果笑着说：“今天给你点，上次你都不高兴，今天就给你机会吧。”

“对啊，你没看我多不容易，为今天这顿饭，我吃了多少苦头？我知道你不能这么狠心对我。”

青果故意装着没有听见。

窦斗东点西点，好像要吃下去一桌子的样子，青果忙止住他说：“够了，你又不是就这一顿了。”

窦斗听她这样说，心想这还真备不住就是我们的最后一顿饭呢，就看你对我的态度，你还肯跟我出来吃饭吗？想到这里就低下头，心里难免悲伤。

青果见他难过，就岔开说：“窦斗，刚才欢欢来电话了，他说他再过两个月就要回来了。”

“什么?你说什么?”窦斗瞪圆了眼,吃惊地问。

青果叹了口气说:“欢欢不想我们就这么着,他说要是我还办不出去,他就回来。”

“那你怎么想呢?”

“我当然不愿意他回来,他刚在外面有点儿意思,你没有看到他的新画,都不一样了,他要就这么回来太可惜了。”

“那你要怎么办呢?”窦斗紧张地又问。

“我就办吧,再努把力,看能不能找到方明。”

“阿青,你忘了我说的办法了吗?我们可以不找方明,你不要我帮你了?”窦斗着急了。

“我——我——”青果看了他一眼,没把话说下去。

窦斗忍不住打断她说:“我什么?阿青,你可以不跟我怎样,可我帮你跟这都没有关系,我愿意帮你,不管你怎么样,你听明白了吗?”

“可我不想欠你太多。”

“你这说的是什么屁话?! 你什么意思?告诉你,青果,我帮你不是为你,是为我哥们儿林欢,这样可以了吧?”

青果还是看着他没说话。

窦斗更急了说:“阿青,你难道还不明白?按我的坏心我恨不能你和欢欢永远都不能团聚,你就落在这里,你用脚指头想不就明白了?可我一定要帮你,我这里没有其他的想法,我就再是个你说的小人,也不至于有那样的心! ”

青果听了忙说:“窦斗,你不要说了,我也没说你别有用心,只是我自己——”她停了下来,又抬眼看着他说:“你明白我的。”

窦斗气得不说话了。

青果说:“好,我们不说这个话题了,反正要去弄户口也不是件容易的事情。”

窦斗想了一下,突然说:“这样行吗?你把户口转出来行不行?你想一下转到谁家里?可惜不能转到我家里,我倒是想呢! ”说完不好意思地笑了。

“快闭上你的嘴! ”青果也笑了,“让我自己想想好吗?”

“嗯。”窦斗心里终于轻松一点儿,青果的笑脸让刚才的气闷一扫而光。他这会儿才觉得饿得要死,正好饭菜都来了。

他大口地吃起来,边吃边喊:“饿死了,饿死了,这烤肉味道真好,真不错! 阿青你也吃啊,来吃肉! 吃肉! ”

青果抿着嘴笑,停下筷子,见他搛了一大块肉过来,就说:“你不要给我,我看这会儿还是先顾你自己吧! ”

窦斗搛了块烤肉放她碟子里,说:“你怎么不吃啊?看是看不饱的,你每天就这么看饭吗?怪不得瘦成这样! 你要多吃点,女人要圆润了才好看,你过去就挺好的,从欢欢走了，你看你都成什么样子了？”

“你不要一天到晚色眯眯地看女人，怎么就不能正经一点儿？”

“我色吗？可我是男人，我看女人只能是男人的角度啊？”

“男人都什么角度啊？你就不能在精神上或者其他方面去看女人吗？”

“阿青，我又不是清教徒，也不是雷锋，你要我不当男人吗？我敢肯定其他男人都跟我一样，只是没我直接罢了，人家不说，我说就是了。”

“放屁！你自己下流低级，还把所有的男人都说成你那样，真不知道羞耻。”

“嘿嘿，你骂得好，骂得好，我就爱听你骂我！阿青，你怎么每次都骂到好处呢？”窦斗望着她红润的嘴唇，真想就吻上去，可他抓住酒瓶什么也没敢做。

青果听了瞪他一眼。

没一会儿，一桌子菜吃得七零八落，窦斗喝了五瓶啤酒，青果忙拦他说：“窦斗，不要再喝了，一会儿你又要难受了。”

“不，阿青，我不难受，要是我们能一直都这样就好了，我就恨你不理我。”

青果听了心里咯噔一下，还是笑着说：“你还是少来找我的好。”

窦斗沉默了一会儿，猛地又开一瓶，举着瓶子就往脖子里灌。

青果发愁地看着他，心想他怎么才能过这一关呢？我得再想办法，不能让他为我操心，要不然就更难让他死心了。见他还要开酒瓶子，青果伸手拦住了他。窦斗眼都喝红了，他咧着嘴喊：“阿青，你就叫我喝吧，我跟你也就这一回了，我知道，我知道——”喊着眼泪就流了下来。

“窦斗！”青果站了起来。

窦斗埋下头，不说话了。青果走了过去，把酒瓶从他手上拿走，把杯子里的酒都倒掉，轻声说：“窦斗，我们走吧！”

两人趔趄着出了餐馆。

无处安放的心

整个四月份对青果来说都是灾难，生日没有过好，护照拿不上，林欢心急如焚，窦斗伤心欲绝。青果到最后都没有眼泪了，她在跟 Jenny 的电话里开玩笑说眼泪都流干了。李心在她出事的那个星期一直都没有露面，两个星期后才来找她，原来他一直在北京为他父母出国的事情忙着。他父母临出国前在安全部遇到麻烦，费了好些事，总算把俩老人送走了。

当他听完青果的叙述就说：“你这比我父母的事情还麻烦。”

青果说：“Jenny 还让我去找小雪，找她有什么用啊？”

李心听了眼睛一亮问：“你是说化学系的那个小雪？”

“对啊！她妈妈是外事处的，她是咱们学校足球队的。”

“哎，你就找她！你不知道她父亲是中文系有名的教授，和方明私交不错，我曾见过他们做的和诗,文人间相互欣赏那种。”

“真的？那我今天晚上就去找小雪。”青果一下子兴奋起来。

青果度日如年,每天都去系办公室打听方明的行踪,日子过得焦急无奈。她完全放弃了窦斗的想法。一个月前,那天他喝得吐在了路上,她就更下了决心不再见他。实际上那天好不容易才把他送走,青果回到宿舍还是痛哭一大场,为窦斗的真情伤心,也为自己和林欢难过。从那以后,窦斗一直就没有再来找过她,青果不经意还会想起他,他痴痴的泪眼还是让她心动,每当这时她便怅然若失,心烦意乱。

五月中旬了,还是没有任何消息。天气已经热起来了,青果换了夏装。有一天对着镜子穿衣,她突然想起春节后自己急急忙忙地从家里回来,以为马上就可以办出去了,没想到冬装都换成夏装,这出去的事情连个影子都没有,她沮丧地坐在床上,唉声叹气。

陈军推门进来了,随手扔给她一个大信封。青果忙抓了过去,看了一眼信皮,高兴得大叫一声:“我的录取通知书来啦！”

“真的？”陈军的声音都变了。

青果顾不得说话,哆嗦着手把信撕开了,是纽约大学石溪分校人类学系的录取通知书,给的奖学金只免了学费,生活费自理。

青果看了兴奋得恨不能跳起来。终于有好消息来啦,都几个月了,霉都霉到了头,好运就要来了吗？她拥抱身边的陈军,大喊:“陈军,你信吗？我的好运要来啦。”

“肯定,肯定！我没有告诉你,我的录取通知书昨天来的,密西根大学经济系。”

“真的？你怎么没告诉我？”青果喜得又叫。

“我怕刺激你,这下你也得了,我才敢说啊。”

“傻丫头！”青果打了她一下,两人高兴得在屋里抱作一团。

青果立刻骑上车去找李心,把好消息告诉他。李心自然为她高兴,不过他心里知道方明那关还卡在那里,不管探亲还是上学,只要他不同意,还是走不成。不过他可不敢扫了她的兴,还为这个两人去了外面吃饭庆祝一番。

到了周末,林欢来电话,青果迫不及待地把好消息告诉了他,让他不要急着回来,她保证她一定会出去的,会的。毫无疑问这个消息给两人的心里都燃起了新的希望,这可真的是绝处逢生。

两天后的下午,就在青果开心之际,在宿舍门口见着了等了半天的窦斗。一个多月不见了,青果别的话都没说,急得兴高采烈地先就把好消息告诉了他。窦斗被她感染着,连眼睛眉毛都是笑意,他咧开嘴说:“恭喜你啊,还是你有能耐,不是谁都能拿到奖学金的,你终于可以走了。”

青果忙把话题岔开,因心里平时牵挂,就问:“你和王维还好吧?你不要太伤了她。”

窦斗立时怔怔地看着她,半天才说:“我今天来,就是想告诉你一件事情。”

“什么事情?”青果听得心惊肉跳。

“我昨天晚上跟她睡了。”

“什么?你说什么?”青果分明听清了每个字,还是糊涂。

窦斗微微笑了一下,慢慢地说:“你应该明白我是什么意思,从一个多月前我就跟她分了,我不想碰她一下,虽然我们同住在一间屋子里,睡在一张床上,可我没有办法,我就是不能——”

“窦斗!”青果大惊失色。

他没有停下来继续说:“你不要吃惊,我都跟她说了我的心事。我们就在家里分居了这一个月。她大病了一场,前天她自己在家里洗澡,就晕在澡盆边上了,我当时幸好在家里,把她抱去了医院,才救了过来。我昨天跟她和好了,我们又在一起了。”

“天啊! 你都干的是些什么事情啊?!”青果喊了一嗓子,眼圈红了。

窦斗也红了眼圈说:“可跟她做了那事,就觉得委屈,背叛了我自己,也背叛了你,我的一生就得是这样无奈地过了。”

“窦斗!”青果哽咽着说不出话来,她没有想到他会这样,她的心揪了起来,痛得浑身发抖:“你为什么不早告诉我这些事情?你为什么这么傻呢?你把王维伤得太狠了,也把你自己——”青果说不下去了。

窦斗委屈道:“我怎么告诉你?我的这些事情是我自己的事情,你又不要我,这一个月我都不敢来找你,现在终于有个结果了,才敢来。”

“你真是个大傻瓜啊! 我就是不能跟你怎样,可还是你朋友,可以开解你俩,也不至于要你俩这样嘛! 你怎么就一根筋呢?”

“我就是一根筋!我的心没有变,我就是跟她和好了,还是一样!”说着他抓过青果的一只手摸在他的左胸上,眼圈红着说:“我这是在委屈我自己,你把我的心挖出来了,连根都拔了,你又不要它,现在它没地方去了。”

“窦斗!”青果的眼泪再也忍不住,涌了出来。

窦斗看着她,低下头。

青果哭道:“窦斗,你不要这样,你要这样就只能把我的心撕成两半,你明白吗?”

“嗯?你说什么?”窦斗问,“我撕了你的心吗?”

青果眼里含着泪,摇头说:“窦斗!”喊完,她转身走了。

窦斗看着她进了宿舍,知道事情只能是这样了,快快地推了车,没精打采地走了。

绝处逢生

青果回到宿舍,一头倒在床上痛哭,在心里求上天放过她,让她快点离开,她再也不想见到他了。她怕了他,因为知道他正在一点儿一点儿地偷她的心。他做的事情让她魂飞魄散又伤心欲绝。这不他又给她扔了个炸弹,把她炸得七零八落,惊魂不定。真难为他一片痴傻之心,他是怎样一个痴人啊?是我让他这样疯狂吗?她不禁想起黑夜里他雪亮的眼睛,那天晚上他抓了她的手就走,他想要她的眼神,真真摄人啊!想到这里她的心就狂跳不止。天啊!青果拿手捂住了双眼,我这是怎么了?她又想起他刚说过的话,我是挖了他的心又不要了吗?让他这般受苦?想到这里,她心疼得眼泪又出来了,我这不是害了他?我能这样心安理得地伤他吗?青果霎时脑子里一片糊涂,回答不出来。

就在窦斗告诉他和王维和好后的第四天,方明回到了N大。青果又惊又喜,难道祈祷应验了?青果一得消息,立刻就去女研究生宿舍找到了小雪,求她去找她的父亲。

从小雪家里出来,青果被他们一家感染着,心里充满了温暖和希望,她感叹总算有人肯帮她了,想到这里她紧张得都要窒息,她知道这对小雪的父亲,恐怕就是一句话的事情,而对她却关乎命运。她在心里祈求:上天啊,你就让我如愿吧,我一定小心不干坏事,你就不要折磨我了!

接下来的几天,青果如坐针毡,急得像热锅上的蚂蚁,可她屏声敛气不敢惊动神灵,怕扰了好运气。她不敢给林欢写信,不敢接电话,不敢想林欢,更不敢想窦斗,不愿意见任何人,每天就闷在蚊帐里,等小雪父亲的消息。

两天过去了,没有任何消息,青果心里焦灼得要窒息了。第三天,她起来,刚走到楼门口,就见小雪妈妈来了,一见她,她的心就提到了嗓子眼儿。

小雪妈并没有看见她,进了宿舍就在门厅上问大娘青果住的房间号,青果站在老远都听见她的声音。她两眼发黑,手脚发软,轻飘飘移到了她身后,伸手拽了下她的衣襟。小雪妈一回头,见是她,高兴地大喊:"正找你呢!"

青果睁大了双眼,张了大嘴,可一个字都说不出来。

"青果,我特地跑来告诉你好消息,好消息!方明同意了,给你签字了!"

青果两眼瞪着,泪水如喷泉般汹涌而出,忙低头不好意思擦泪,说:"对不起,对不起,我太高兴了,太高兴了。"

"傻孩子!康先生叫你今天就去方明那里,你的申请留在他那儿了。"

"我去,我去,马上就去!向老师,我真是太高兴了,太高兴了!"青果眼里含着泪跳了起来,双手搂住了小雪妈的脖子。

小雪妈解下她的手臂来,笑道:"快去,要不他马上又该走了。"

"嗯。"青果答应了,脸上笑得像一朵花,一只手抹了下眼泪,难以置信这是她一生里头一次因为高兴而哭,怪不得有喜极而泣之说,真的是因为高兴哭的!

送走了小雪妈,青果直奔方明的公寓楼,紧张地敲开了他的房门。

青果站在客厅的门口,没进去,见方明正在大案后面画画,就在门口喊了一声:"方先生!"

方明抬头看了她一眼,停下手中的笔,说:"我已经给你签字了,希望你出去后,在五年之内再回来为系里服务。”

“是。”青果鞠了一躬,又说了一声“谢谢!”走向他的案子,见自己的那张申请上已经有方明巨大的签名,下面一溜小字,写着他刚才说的话。

方明再看她一眼,把申请拿了起来,递给她。青果忙接了过去,心狂跳起来,手也哆嗦。她低下头,又鞠了一躬说:“谢谢!谢谢!再见!”高兴地转身就走,快步出了他的公寓,像是怕他改了主意。等门扣上了,她的脚步飞快,她不知道自己是怎么跑下的楼,边跑边在心里喊:我才不会再见你了,拜拜吧,方明!我最好一辈子都不要再见你!拿到签字的狂喜,让她立刻原谅了他这半年给她带来的所有委屈和悲伤,她现在一点儿都不恨他了,反而在心里感谢他。下午,青果把有系里盖章签字的申请交到了人事处。

屋里陈军的申请也递到系里了,正等着裁决呢,当知道方明批了,她抱着青果满屋子乱跳,直呼:“好兆头,好预兆,我的肯定也能批!”两人神经兮兮,在屋里又笑又叫。

到了晚上,青果还是激动得坐立不安,赶快给林欢写了信,期盼他这个周末就来电话,他知道了还不得乐疯了?写完了信,骑了车就出去发,才发现天都黑了。可她还是骑了出去,把信塞进邮局外面的信筒里。她突然想得把这消息告诉窦斗,对!已经有半年多了,她没有再去过窦斗家,这下可以去了,告诉他们她要走了,再也不会跟他们有什么瓜葛了,王维也可以安心了。

初夏的夜晚凉风阵阵,青果骑在车上,觉得自己就是世界上最幸福的人,她现在脑子里什么都没有了,这快一年的痛苦和煎熬,和窦斗的纠葛都烟消云散,她奇怪她已经想不起自己是怎么过来的?就是不久前才发生的事情,全都一下记不起来了,她曾经是多么的伤心绝望,那些好像都是上辈子的事情,都过去了。她问自己:我这是刚过了一生吗?对,青果猛蹬了下车。

她兴冲冲敲开了窦斗的门。推开门,里面的情景让她一下冷了下来,就见窦斗、孙建军和两个不认识的人坐在屋子当中,小方凳子上摆了一盘猪耳朵和一盘肚丝,地上放了一堆啤酒瓶,屋里乌烟瘴气,房间凌乱,床上、案子上、地上到处都是东西。窦斗一见她,“噌”的一声站了起来,叫了一声“阿青!”就愣在那里了。

孙建军瞄了他俩一眼,笑着说:“哎!青果,好久不见了!”

“你好!好久不见。”青果微笑问好。

“阿青,你,你——”窦斗愣着话也说不清。

青果看着他笑了:“嗯,我来告诉你一个好消息,方明给我签字了,我可以走了!你们王维呢?她怎么不在家?”

“什么?给你签了?你怎么搞的?”

“就求了一个老师去帮我说的,你们王维呢?”

“她,她,她出去买东西去了。”窦斗痴痴地望着她,反应还是很迟钝。

青果一看忙说:“你们朋友聊,我就来告诉你们一声,我走了。”

“别价！”孙建军一看窦斗脸涨红呆傻的样子，忙挽留青果，“哎呀，青果我们都多长时间不见了，你还不说说你的事情？你这是要去哪儿？”

“美国。”

“去投奔谁啊？”

青果笑了：“我丈夫啊。”

“哎呀，这多没劲啊？我以为你能搞个什么天崩地裂的事情，你怎么就这样走了呢？”他意味深长地瞟了一眼窦斗。

“瞧你这没安好心的，唯恐天下不乱的主儿，还是把天崩地裂的事情留给你吧，我得走了。”青果说完就要走，又说了句“再见！”

窦斗低着头跟着青果出屋，在她身后说：“走。”

青果笑道：“你有客人，不用了，我走了。就是想告你一声，也告诉王维一声。”

窦斗没有说话，闷头跟着青果下楼，又推车，跟着青果骑上了路。

青果没法，只好由他。进了N大，窦斗在湖边下来了，找了块石凳坐下，眼巴巴地望着青果，还是不说话。

青果只好坐在他的身旁，轻声问：“你不回去管你的客人？”

“不用，我现在哪里还顾得上他们？你就要走了！”说完他盯着她，黑暗里，青果分明看见他眼里泪光闪闪。

“我走了，你应该为我高兴啊！我在这里让你都不开心，王维也不开心，这一走不就都了了？”

“可你走了我这里就更虚了，你在这里，好歹实在太想，还能见着，能听见，你这一去，就再也见不着了！”窦斗说完，泪光在眼里又闪了一下。

“窦斗！”青果看着他，咽了口气说：“你看这人是有缘分的。”

“我不服！我就是不服！阿青，我就是命不好吗？”

“窦斗！”青果站了起来，“你要好好的，要开心，听见没有？我们再见。”

“不！”窦斗一把抓住了青果的手腕，坐在那里没动，喊道：“我也要去，就跟你去，我马上就再去北京签证，我就不信我出不去！我的展览还没有开，原来以为你出不去，就放弃了，下个星期我就再去北京签，直到签下来！”

青果看着他摇头说：“好，你去签，那我就祝你好运，祝你早日到美国。”

“对啊，到时候不就只是林欢一个人到机场接你，而是我们两个人！”

一句话说得青果哭笑不得，不禁伸手抚摸着他的头顶说：“你怎么就跟一个小孩子一样呢？这又不是游戏。”

窦斗从头顶上抓过青果的手捏在手心里说：“这不是游戏，是真的，我就这么想的。”

窦斗握着她的手，有一搭没一搭地问事情的经过，每一句话，每一个细节都不放过，最后说：“人家真是好人啊，青果其实你是个挺有福的人，你看看你遇到的，都是贵人，这些人都帮你，不求回报。”

“是啊！我是挺有运气的。”青果想了一下又问：“你们王维还好吧?她的病没什么事了?你不要对她不好，听见没有?她多不容易，对你那么好。”

“可我真回不去了，我知道她被伤得很重，很苦，我对她再好也不是从前了，所以她对我和我们的婚姻都很失望，看来我只能做一辈子罪人了。”

窦斗望着青果的眼睛，有点呆。刚才说跟了她去，说的就是气话，他已经被拒签了三次，有这样的记录基本上也就被判了死刑，他拿到签证的可能性几乎是零。他不可能跟了她去，她这一走，也许这一辈子都回不来了。想到这里，恨不能就把她拥在怀里，再也不撒手，可他再不敢造次，他怕青果会再生气。整个晚上他都规规矩矩地坐在她的身边，一开始还找话，到最后就只呆呆地望着，话都不愿意说了。

青果见要关宿舍门了，就说：“你回去吧，我得回去了，你也回去管管你的客人还有王维，我们就算告别了，你不要再来了，权当我走了。”

窦斗听了眼里噙着泪水，闭了嘴一句话都不说了。

青果站了起来，说：“好，我们再见吧！”

窦斗的眼泪终于滚了下来，低声喊：“没门儿！没门儿！你还没有走，还没有走呢！”

青果也急了说：“可是，窦斗，你这样见一次伤一次，这是何苦呢?我不想再见你了！”

窦斗听她这样一说，狠狠地瞪着她，青果就觉得脸上的肉都像要被他的双眼剜下两块来。她转身就走，头也没回，怕再看见他的眼睛会真的忍不住。

窦斗愣愣地望着她背影，才看清她今天穿了件齐踝灰绿色碎花布长裙，上身一件浅蓝色无袖鸡心领短衫，雪白的胳膊露在外面，摇摇摆摆。他恨不能就冲上去从后面抱住她的细腰，把她留下来，可他却像被钉子钉在了地上，挪不了半步。他眼睁睁地看着她走远了，在心里狂喊：她还是不要我，她不要我！不管我怎样，她都不要我！

从申请被批准，要跟林欢重逢的喜悦让青果在心里除了感激还是感激，不管见了谁都跟人笑脸相迎，见了系里的那些人，周主任、小王，她都开心微笑。只有在想到窦斗时，心里会咯噔一下，可很快，她就把那点哀伤压下去。从那天晚上跟他道别后，窦斗就再没有来过，看看都一个月了，一切事情进展顺利，青果办出了学校，过了市公安局，拿到了护照，就只剩下去北京领事馆签证了。每天夜里她都盘坐在蚊帐里两手合十举在胸前祈祷，希望上天让她过了这最后一关，窦斗不要来找她。

可屋里的陈军遇到了麻烦，她被卡在了学校哪个地方，青果现在跟她完全调换了角色，每天安慰她，给她买饭，看着她发愁心里替她焦心，不过她没忘时时鼓励她，告诉她要想出去，就得准备好被扒皮，运气好少扒几层就是了，不过没有不被扒的。陈军点头，知道再难也没有青果当初难，好歹系里、学校的领导每天上班，总可以去找的。

李心和Jenny隔三岔五地来问候，Jenny已经拿到签证，就等着青果的信儿了，她要跟她买同一天的机票。又来电话唠唠叨叨说了半天签证的注意事项,青果喜得都答应了。李心这些日子为青果高兴,看着她每日喜笑颜开的,也被她感染了,不过一回了家,还是有点儿失落。好在自己在这里也不会多待,很快就要离开搬到北京去了,他的新生活就在眼前,把青果送走,就像送走了他所有的过去,他的童年、青少年,甚至到目前为止的一生,他将和自己的历史说再见,和N大,还有这个他生长的城市说再见,他知道他跟青果一样再也不会回来了,所以看着青果每天忙着准备走,他的心也一样都飞了。

就在青果要去北京签证的头天晚上,他去见她,想陪她去北京。谁知青果摇头谢他道:"不要,不要,谢谢你,我很迷信的,我要自己做这件事,专心专意地一个人去做这件事情,这样老天才看得到我的诚心,他才不把对我的眷顾收回去,我可不想有任何事情来扰乱我。"

李心听了哭笑不得。

青果早早起来,故意穿上她平常穿的衣裳,她要自己和平常一样,她脑子里有个古怪的想法,如果去领事馆跟去邮局一样平常,那么拿签证就跟买邮票一样平常了,她小心翼翼地守着她的心愿,不敢惊动了神灵,一个人悄悄上了凌晨去北京的火车。

舍　　下

林欢就在那个周末得了喜讯,他喜得差点把电话摔在地上。他告诉青果他已经考完了,马上就去纽约等她,在那里一边画像挣钱,一边等她。

就在青果去北京签证的时候,整整一天,林欢都在为她担心。夜里12:00,他知道青果已经在北京了,想象她已经排在大使馆的门口,一时紧张得快要喘不上气,他盘腿坐在床上,闭上眼在心里祈祷:老天啊,求求你让青青签上,你要我做什么我都愿意,求你了。他焦灼不安,不能入睡,脑子里都是北京领事馆门前排着长龙的情景。他仿佛看见青果进去了,看见她坐在里面大厅一排一排的位子上。青果站起来了,朝黄毛的窗口走去。林欢急得大喊:"不要去!不要去!那是黄毛的窗口,他肯定不给签!青,不要去!"可青果好像根本没有听见,头都没回就朝那个窗口去了,林欢脚动不了地儿,喊又喊不出声,急得大叫了一声,猛地醒了过来,原来是一场梦。林欢惊得出了一身冷汗,天!这是什么兆头?难道青青没签上?他一翻身坐了起来,伸手把电话抓了过去,可一看表才夜里3:00,又放了回去,他再也不想睡了,怕还会做那样的梦,想这坏梦做多了也许会变成真的,我就跟这儿坐着,等天亮了给她挂过去。

他就那样坐了一晚上,守着电话,直到天亮。7:00了,立刻给青果的宿舍挂了过去。

终于听见大娘说话了,林欢急得大声喊:"大娘,美国长途,请麻烦找下青果。"

就听见那头一阵乱响，大娘的声音："青果！青果！电话！"

没一会儿，话筒那头还是大娘的声音："喂，青果不在！"说完就挂了。

林欢愣着把电话挂上，安慰自己：太早了，太早了，她还没有回来呢，她也许还在北京，在火车上？在公共汽车上？反正她一会儿就会回来了，不要急，不要急。他站了起来，在屋子里转了两圈，又去了卫生间、厨房溜了一圈，再回到卧室，看着电话发呆。

早上8:00了，林欢拨了号码，大娘一听就知道是他，林欢话还没说完，大娘就说："找青果啊？我给你看着呢，她还没有进宿舍门，你明天再打吧，我看她今天晚上够呛能回来。"

"求求你，大娘，劳驾喊一嗓子，也许她进了楼您没看见呢，谢了！"

林欢听见大娘嘟嘟囔囔地说："一天到晚地打电话，也不嫌烦，浪费钱，国际长途呢！青果！青果！"

没一会儿，听见有人气喘吁吁接话筒，林欢的心都提到了嗓子眼儿，大喊："青青！是你吗？是你吗？"

"你好！林欢，我是陈军，青果还没有回来，你再等一个小时，估计她马上就要回来了。"

"好。"林欢一下泄了气，心里急得直喊：傻青啊，签了就赶快回家啊，在北京待什么嘛，急死人了！他一头栽在床上，口不漱，脸不洗，看着电话发呆，他这会儿体会到青果告诉他前些日子急得焦头烂额，只能在床上待着的滋味了。他盯着电话，困意上来，睡着了。

两个多小时后，他猛地醒了过来，一看表都10:00了，气得边骂自己，边拨电话，刚听到他的声音，就听见大娘摔了电话喊："青果！青果！国际长途！"

林欢心里哆嗦着等青果的声音，他知道青果这回准在了。

电话那头一通乱响，林欢还没有来得急开口，就听见青果喘着大叫："欢欢！我签了，签了！我签上了，签上了。"青果的声音因为高兴都快劈了。

"傻青！你为什么不早点回来，让我都急死了！"林欢喊了一声，从未有过的欢乐占据了他整个身心。

剩下的时间青果在忙乱中度过，她办完了所有的手续，回了趟家，定了去纽约的机票。这些日子，李心一直都在她身边陪着她，帮她托运行李，跟她出去吃饭，甚至陪她上街买带出去的东西。青果的快乐和幸福让他心里发慌，他知道她这一去很可能就是永别，再也不会有跟她这样独处快乐的日子了。他的话越来越少，每天就静静地看着她。

对青果来说这个道别的过程太长了。从拿到签证，她就在心里跟所有的人、所有的事道别，让她暗地里痛苦又伤感。尤其是回了C市的家，她独自在自己的小床上哭了好几个晚上，这才意识到这是真的都要舍下了，舍下这生她养她的地方和亲人，还有朋友。他们就像她生长的土壤，和他们之间胶着的关系就如同一棵树下面的根须，千丝万缕，错综复杂，怪不得林欢曾说过他有被连根拔掉的感觉，一下子没了土壤又没了根须，她不由得心虚慌乱。可一想到林欢，心里便稍稍安稳下来，她跟自己说都舍下吧！只要有欢欢，我还有什么在乎的？她想起刚跟李心认识的时候，就说"随波逐流"，这几个字说得多轻巧，这回可真的应验了。现在她故意装着没有看到李心哀伤的眼神，没有注意到他反常的沉默，她在心里盼望这些都快点过去，她不敢去跟窦斗道别，那天在湖边就算跟他道了别，他也一直没有再来过了，她心想就这样悄悄地走了吧！

离出发的日子不远了，她给陆华写了封告别信，告诉了离开的日子。

中午吃过饭，青果坐到陈军床上安慰她，她的事情没有一点儿进展，听说最后卡在了人事处。

"砰！砰！"有人敲门。

青果走了过去把门打开，没想窦斗涨红了脸，咧嘴乐着站在门口。

青果忙出去，把门关在身后，吃惊地问："你怎么来了？"

窦斗眼睛一闪，抓了她的手就往外走。

过道里静悄悄的，正是午睡时间，青果不能跟他争，只好跟他出了楼。

两人走到门口的假山背后，窦斗笑道："我知道你要走了，告诉我什么时候？嗯什么时候？"

青果勉强笑了一下说："对不起，我，我原该去跟你道别的，可，可……"

"可什么？难道你就想这样悄悄地溜走，连跟我说个再见都不肯？"

青果看着他没有说话。

窦斗这些日子生活在绝望里，跟谁都没法说。眼睁着青果就要走了，他无能为力，他曾悄悄在她宿舍周围溜达，见她自行车后面驮了行李匆匆去邮局。他既不能去见她，要求她留下来，又不能把自己现在的状况告诉她。他现在跟王维更难了，还要每天生活在一个屋檐下，两人冷心冷肺，王维的委屈和愤怒时时都在讨伐他，而他的心却不在她身上。他想法子到外面再借了间房子，跟王维说想安静画画，独个儿搬了过去，把王维一个人扔在他们六楼的家里。他知道他这样只能更伤王维，也伤着他自己，可却没法违了他的真心，他倔着，咬牙一个人默默扛着，没去见青果，因为她已经跟他道别了，就那天在湖边，他知道这样的苦都是他自找的。

窦斗干笑了一声说："好，青果，你能告诉我你什么时候的机票吗？"

"7月18号。"

"我来看看还有几天？今天14号，最后一天不算，还有三天。这几天我可以来看你吗？"

"窦斗！"

窦斗没理她，接着说："你知道我这一两个月都干什么了吗？我找房子去了，我搬出去了。"

"什么？！"

“对，我彻底搬出去了，这事跟你没关系，我的心没了，我没法过那样的生活，我受不了。”

青果眼睛湿了，默默望着他。

“阿青，我对你没有什么要求，只求你能得空去我那里，现在她不在了，我就想你可以跟我单独在一起，可以吗？”

“窦斗！你把我当作什么人了？！我是那背着人做事的小人吗？我永远都不会做对不起王维的事情，更别说欢欢！我看你是昏了头了！”

“可，我——”窦斗低下了头，等他抬起头来，青果看到他眼里的泪水，就觉得心又被他搅了起来，痛得抽成一团。

“我走了！”窦斗脸涨红了，低了头便走去推车，青果愣愣地站在那里，没有阻拦他，也没有挪步，看着他骑上车走了。

她的泪水终于流了下来，这时有人在她的背上轻轻拍了一下，她一回头，是李心。

他看着她的眼问：“怎么啦，是那个画家吗？我见过的？”

青果低了头，把眼泪收回去。

李心又看了她一眼，沉默了半天才说：“青果，你可不要动心。”

青果抬起眼来说：“可是他哭啦，他很坏啊！”

“他哭死你也别动心。”

青果愣着看了他一眼，没想到他会说出这样的话来，哑了口。

等李心走了，青果把自己关在蚊帐里，想起窦斗刚才的样子，眼泪跟着又流了下来，我这是上辈子作了什么孽？让我这样煎熬？好不容易我不再为欢欢哀伤苦想了，为什么他要这样？他是来害我的，害我一辈子放不下他。她侧身，从墙上摘下一张林欢的照片，放在嘴边，轻声说：“欢欢，你看，事情就这样发生了，你告诉我有什么办法？”

第二天下午。青果还睡在床上，陈军回来了，她把几封信往青果桌子上一扔说：“都要走了你们林欢的情书还没完没了的！”

青果笑着起身把信抓过去，一看除了两封林欢的信，还有一封从北京发来的陆华的信。青果忙把信撕开，低头就读：

青果：

收到你的告别信我一点儿都不奇怪，谢谢你临走还想着我。我想在你走前去T市见你一面，不知可否？盼来信告之。

陆华

青果看完把信放回信封里，接着拆林欢的信。林欢的头一封信从芝加哥发的，是他离开前的最后一封，第二封是到纽约后的第一封。青果读着读着就笑了，林欢欢乐期盼的情绪马上就传到了她身上。她虽然笑着脑子里却在想陆华,让不让他来呢?他是不好意思自己就来了,上次生那么大的气,总得给他个台阶下,得是我让他来,他才来,唉,这个人!想到这里青果又笑了。她拿定了主意不给他回信,17号去北京找他,因为在那天她必须去北京拿机票,想到他突然见到她的表情,青果很满意。

就在这个时候,门上响起轻轻的敲门声,青果心里一紧:别是他啊!

她紧张地去开门,就见贾红抱着学运站在门口。青果惊叫一声:"哎呀!是你啊!你怎么来啦?什么时候回来的?!"

贾红笑嘻嘻地举了下学运,说:"叫阿姨,快叫青阿姨!"

"哎哟,小学运啊!来,来,来,让阿姨抱,让阿姨抱,乖死了,乖死了,你看看他黑豆豆小眼睛!"青果真是喜出望外,抱过小学运又亲又吻,含着小学运的小嫩胳膊问:"贾红,你什么时候回来的?你怎么不告诉我一声?!"说完把母子让进屋,仔细打量她,见她穿着一件白色短袖,下面一条蓝色短裤,比走时瘦了好些,还黑了,就说:"看你辛苦的,人都瘦了,那边热吧?"

"对啊,比这边热,瞧我被晒黑了不少,这不才刚回来,就是太想学运了,放假了,就跑回来,等开学了再回去。"

小学运这会儿似乎明白了什么,面前这个疯阿姨不是妈妈,小手伸向贾红。青果看着他精致奶气的小脸,黑亮清澈见底的圆眼睛,眼泪就要掉下来,她红着眼说:"他真的爱死人了,你怎么能舍得呢?!"

贾红笑道:"这回回来就是来带他的,我也舍不得,我要带着他回去。"

"什么?你真要带着他自己一个人在南边过啊?"

"对啊,一是我太想他,二是我妈岁数也大了,她还有课,也不是那么方便,现在他大一点儿,可以送托儿所了,这样我就可以把他带在身边了。"说着接过孩子,又看着青果问:"我听王维说了,你要走了?什么时候?"

"18号。"青果不敢再看她,林欢在电话里告诉了皮皮在纽约跟一个日本女人的事情,她知道这件事情贾红一点儿都不知道,可这样瞒着她,心里发虚,好像在做坏事。

贾红看青果发愣,就说:"唉!我们皮皮的英文不行,不能跟你们欢欢比,他要让我探亲很难啊,上次我们通话,他说他下学期看有没有可能。"

青果"嗯"了一声,内疚地说:"是啊,让你一个人在这里挣钱,还带着个孩子,真太难为你了。我这回去了,见着皮皮,再跟他好好问问。"皮皮走在林欢前头,现在自己反而要先走了,她仿佛觉得是自己的错,实在对不起她。

贾红听了青果的话眼圈红了,青果忙说:"你要乐观,什么事情都是事在人为的,你不知道一开始我也很难,几乎都没有希望了,最后还不是成了。咱们最后都能走,只是时间早晚。你看你要给他捎点什么吗?"

贾红想了一下,说:"给他带点药吧,再给他带几件我在南边买的衣服,唉!我就是担心他不会照顾自己，从小都是我给他做吃的——”

青果听了心里更难过，忙打断她：“你就是个操心的命！听欢欢说他在纽约过得很好，如鱼得水的，交了好些朋友，你想纽约那地方丰富又刺激，他正高兴得不得了呢！你真是白操心！”

贾红自嘲地笑了一下：“唉，我就是怕他受委屈，你想他的心气？平日里不是什么人都能入了他的眼，他自己在这里时能玩儿能闹，也不是谁都能进他的圈子，现在得挣扎生活，你想我能不为他担心吗？”

“我看你就是上辈子欠他的，你怎么就不多想想你自己呢？！”

贾红把孩子往上举了一下说：“想他就是想我啊，是不是？学运？”

小学运被妈妈举在头上，张开小嘴“咯咯”笑起来，青果伸手接过他来抱在怀里，仔细看他的小脸，想他还不知道他爸爸都不要他了，不禁心酸难过。青果从林欢那里知道那日本女人比皮皮大好些，是个在日本酒馆里做陪酒的小姐，现在几乎就是这个女人在养着他，人家是只卖时间不卖身的不穿和服的现代艺伎。

贾红又坐了一会儿，才告辞走了，说好了走前把给皮皮的东西带过来。青果一直就搂着学运不愿撒手，直把母子俩送到宿舍门外。回到宿舍后，歪身躺在被子上，心里仍然堵得慌，想等见了皮皮，一定要狠狠地骂他一顿，要他快点把贾红和孩子办过去。

逃　生

16号，青果在学校里把所有该结交的事情都办完了，上午贾红送来了带给皮皮的一包东西。青果一看不禁心里生气，一大包东西，这个那个，什么都有，青果气的不是东西多，气的是她还这么巴心巴肺地对皮皮。她横着脸在她的包里挑三拣四，拿出来了一堆说：“这鞋就不要带了，皮皮在纽约还买不到鞋？这衣服也太土了，别带了，不知道人家在纽约都多时髦，带了他也不会穿的，这些吃的就算了。”突然她拎出来一包用塑料袋密封好的炒蚕豆，叫了起来：“哎呀，你还给他带这个？！你要死了！”

贾红笑道：“你不知道他就喜欢吃这个呢！”她眼巴巴地看着青果说：“你敢把这些东西都扒拉出来，都得给我带去！”

青果笑着望她，无法，只好又都包回去：“真是的，没见过像你这样的人！”贾红千恩万谢，两人又拥抱了一回，这才松了手。

青果说：“红红，你一定要对将来有信心，我们会很快在美国再见的，皮皮他肯定迟早会把你们都办出去。”

贾红红着眼：“好的，我们就等回头再见！”

吃过午饭，陈军出去找他们书记去了。因贾红的事情，青果还郁闷不乐，她换了睡裙，躺在床上，欠身把桌上的电视打开，里面正演伊丽莎白·泰勒主演的《埃及艳后》,她呆呆地盯着看,没想一看就看了进去,午觉也不睡了。

就在电影快完时,“砰,砰!”有人重重地砸门,青果起身去开门,没想窦斗满头是汗站在外面。

青果愣了一下,没说话。

窦斗笑着说:“怎么啦,不让我进去啊?都过了午休时间了。”

“请进,请进。”青果不好意思笑了一下说:“我正看电影呢,没反应过来。”又坐回床上,眼睛没离开小屏幕。她身上这条睡裙是Jenny特地从南边寄来的,因见了喜欢,专门买来寄给她。

窦斗眯着眼打量她,见她懒懒的,穿着条俏皮的裙子倚在被子上,露着雪白的大腿,便住了口,挨身在床边坐下来。一阵清香从她身上飘来,直沁心肺,他心里一下荡漾起来,笑了问:“什么电影这么着迷?”

“《埃及艳后》,你看过没有?”电影正到精彩处,青果连头都没回。

“早八辈子就看过了。”

“我也是,不过今天看还是觉得好看。”青果仍倚在被子上,眼睛瞄着荧光屏。

窦斗坐在她身边,就看着她,青果似乎有所察觉,瞥他一眼,窦斗忙笑道:“你知道吗?你跟梦露一样让人着迷。”

“什么?”青果瞪了他一眼。

窦斗涨红了脸,尴尬地笑了一下,心想你这么迷人自己却不知道,你真要人命呢!他不敢多说,怕她又要生气,看她心不在他身上,只好跟着她看起电影来。

电影里伊丽莎白和她的情人波顿演的将军被围死在城中,已经到了最后的时刻了,波顿为了这个女人,背叛了所有人,跟自己人为敌,最后孤军奋战,就剩下一个人了,两人最后双双自杀身亡,电影告终。

尽管知道结局,屋里的两人看完却都不说话。窦斗低下头,青果觉得情况不妙,再看了他一眼,窦斗抬起头来说:“阿青,一个男人,不管这个男人多么骄傲,他要爱上一个女人,结局都会很惨,历来就如此。你看他到最后的孤独和绝望,这就是男人的悲剧。”

青果看着他苦笑一下,窦斗也跟着苦笑道:“阿青,我这一辈子也就这一回,再也不会有了,你把我伤得太狠了。”

青果摇头,把手举到他嘴上,想封住他的口。他却抓住了她的手,轻轻地吻在上面。窦斗抬起头目不转睛地盯着她说:“昨天晚上我哭了,在哥们儿给我开的party上,居然号啕大哭,把他们都吓着了,他们不知道我怎么了?在这个世界上只有你知道。”

“什么?给你开什么party?”青果柔声问。

“欢送会。我决定走了,我不能想象我再穿过N大,你已经不在这楼里,你待过的地方都不再有你,你再也不在这个城市,你就想想我怎么受得了?你一拍屁股走人了,把我扔在这里,我受不了!我不能去送你!我得走,得走在你前头,你来送我,好吧,你来送我！”

青果的心像被刀子捅了一下，翻搅开来，她颤着声问:“你哪天走？去什么地方?”

“明天,去西藏,这是我能跑到的最远的地方了。你看我只能这么逃,只有到了那里也许才有一条生路,要不然就跟那个波顿一样死路一条。”

“窦斗！”青果禁不住叫了一声,又小声唤他,眼里立刻噙了泪水。

“阿青,我已经买了明天的火车票,明天就走!”窦斗的声音哆嗦起来,连他的身体也随之颤抖。

青果勉强跟他笑一下,就跟受了传染,浑身也发抖。她温柔地凝视他,手举了起来,停在他的脸前,过了一会儿,她的手指尖轻轻地碰到他的脸颊,他浓厚的黑胡须扎在她手心里,针刺一样的感觉顿时从手臂传遍了全身,她又轻柔唤一声“窦斗”,努力控制内心的狂乱,冲他再温柔地笑一下说:“我明天去送你。”

窦斗呆望着她的笑脸,心里立刻融化成一片,一歪身蹲在她身边,把头枕在她的膝上,说:“阿青,你不烦我我已经很知足了,我跟你的缘分将来还不知道会是个什么结果呢！”说着又抬起头来说:“我能在你怀里靠一下吗?人家都是女人往男人身上靠,你不愿意,那我可以往你身上靠吗?”说着他立起身,往青果怀里扎。

青果两手抱着他的头,往外推他,笑着说:“窦斗！你别恶心我,老实在这边待着,来,告诉我明天你是几点的车?”

“你就让我赖一下嘛！”窦斗有点儿要赖地笑了,支起身来又说:“下午 6:30 从北京出发去西宁的。”

“好,明天我正好在北京,你几点到北京,我到北京站去送你。”

“大概要坐 4:00 的车,6:00 左右到北京站。”

“明天王维会去北京送你吗?”

“不,如果你要去,我只想见你。”

“那我单独去送你合适吗?”

“阿青,你还不明白吗?事情都这样了说这个还有什么用?”

“那好,我去送你。告诉我,这回你要在西藏待多久?”

窦斗睁了眼摇头说:“不知道,不知道!看什么时候我能活过来,阿青,你真的要人命啊！”他望着她又苦笑。

青果也苦笑道:“我真不知道怎么会这样?你说,窦斗,我一直把你当朋友的,你告诉我,怎么这量变就成了质变?”

窦斗一听笑了说:“我这里早就质变了,从一开始就是质变。”

青果笑道:“可我爱欢欢啊,我怎么能同时爱两人呢?”

“嗯,阿青,我一直就在想如果你现在同时认识我俩,你会选择谁?”

青果看着他没回答。

窦斗替她说:“我估计你还是要选他。”

青果点头儿，捂了嘴笑，因为她根本就知道他言不由衷。

窦斗抓过她的手轻轻吻了一下说："就你聪明，把人家的心都看穿了。我心里就是不服，恐怕这一辈子都不服呢。"说完又笑着低下头，正要吻，突然好像发现了什么喊："阿青，你看看你的手，长得真好看，我一个哥们儿挑女人专门要先看她的手，说手难看的女人要不得。"

青果笑着把手收回去说："你别没的可说了！"

窦斗眼睛发亮，好像又发现了什么喊："哎！你这镯子好玩儿，你哪里弄来的？"

青果的右手腕上松松地戴着两只大竹镯子，手指头般滚圆粗细，上面上着透明漆，轻盈光润，夸张又素净。

青果举起右手腕，叮当摇晃一下，得意笑道："好玩儿吧？那天逛街在一家小店里看到，就买了，5块钱一只，你看它好在不是扁的，滚圆的，这得是南方那种特粗的毛竹做的，很厚的材料才能刨出这个形呢！"说着退下一只来递给他，窦斗拿到眼前看了看，说："嗯，是整竹子做的，是你的东西就别致，你戴着好看，还真得两只重着戴才显得好。"说着把手里的镯子给青果再戴上。

两人正说着，有人敲门，青果起身去开门，李心进来了。

青果忙给他们介绍，李心伸手跟窦斗握住，说："青果快走了，我们都来送送她。我知道她的心早已飞过去跟林欢团聚了，他俩是我见过的最铁的模范夫妻。"

"李心！"青果笑着打住他，知道他故意说给窦斗听。

"那是，林欢是我哥们儿，我还不知道他？"窦斗干笑一声。坐在旁边不说话了，他很烦这个人跑来占他跟青果的时间，横着又扫了他一眼，见他苍白瘦弱的，像根电线杆子，怎么就磨磨唧唧没个眼力见儿？

几个人都坐下来，这时都不出声了，屋里一阵尴尬沉默，李心站了起来，伸手给青果："青果，那我就不多待了，祝你一路顺风，我明后天就不来送你了。我们再见！"青果早跟他严正申明不要他送。

"再见！"青果握住了他的手，使劲儿摇了一下，又说："我送你出去，走。"说完拉开门，跟窦斗点了下头，先出了房间。

李心也礼貌地跟窦斗握了手，走了出去。

窦斗不情愿，但也只好再坐回到凳子上，看着他俩走了。

两人默默地出了宿舍楼，在门口站住了。

李心微微笑了一下，说："好，你就不要送了，人家还在里面等着，我们再见吧！"

"李心！跟你说吧，我谁都放心得下，就你让我悬心。你不会好好地生活，你跟小张那样，就不会有个好结果。我只希望你能有个正常人的生活，你看看你。"

李心听了笑着问："我不正常吗？"

"对！"青果突然想起李叔同最后枯瘦如柴的照片，不禁悲从中来，她真希望他不要成他那样。

李心笑道："你放心，我没问题。青果，我知道你去投奔幸福去了，我为你高兴，我祝你幸福，一辈子都幸福！"

"谢谢。"青果又笑了一下问，"你真的不要出去吗？我到了外面可以帮你，有人总比没人强，你任何时候跟我讲，我都可以帮你。"

李心点了一下头，没说话。他这会儿不知道从哪里生出一股子怨恨来，到底恨什么？他一时搞不清楚，反正他就想立刻走开，再也不要见到她。于是他伸出手来，跟她再握了一下，说："再见，你多保重。"转身向他的车走去，青果愣愣地望着他的背影，轻声说："再见！"

李心回头笑了一下，骑上车走了。

李心知道青果在背后望着他，没敢再回头，他闭上眼长长地舒了口气，跟自己说：再见了，我们就算永别了吧，我再也不想见到你了，青果！在这个世界上，只有你这样对我，我从来也没敢从你那里奢望什么，可你为什么要随时都让我有错觉？让我觉得你那么在乎？可你给我的到最后除了失望还有什么？你放心，我永远都不会跟你再有联系，只要见不到你，我怕活得还开心些！

永　别

青果坐在去北京的火车上，看着向后退的农田、房舍、树林子、羊群、牛车……在心里说：再见了，我再没有机会看见你们了。

列车厢里的广播在播相声，是冯巩的段子，青果凝视着窗外，很注意地听，她一直觉得冯巩好笑，比其他的相声演员幽默。扫了眼邻座的乘客们，大家都在听，还都在乐，青果心里一阵失落，唉，将来听不到了。这里再苦，不如意，好歹还是自己的地方，这土地是亲的，这些人也是的，连这相声都是亲的。她脑子里一下浮现出昨天窦斗最后看她的眼神，他也是亲的，看来我是要带着对所有这些的眷恋走了，我以为不留照片让他来想我一辈子，说实话，搞不好是我，我会想他们一辈子。

昨天晚上他们去了狮子林，青果执意要付账，说要在走之前把手里的人民币都花光。窦斗低头不说话，就一瓶一瓶要酒喝，最后青果拦下来了，怕他第二天上路难受。窦斗最后把头伏在桌子上，青果千哄万哄才把他弄出了饭馆，好不容易回到他的住处，让他躺下了，才悄悄离开。

临走时窦斗嘴里还含混不清地嚷："阿青，不要走！不要。"那叫声这会儿还在她耳朵里叫，叫得她心惊。她呆望着窗外后退的风景，仿佛那些农田、村庄、牲口也跟着在叫，直叫得雨雾蒙蒙，模糊了她的双眼。

青果从订票公司出来都是下午1:00了。她把机票护照都收好了，放进背包里，找着去陆华家的公共汽车。从北京东头到西头大概也用了一个小时左右，2:00都过了，才敲开陆华的门。她边敲边想你可不要不在家，别让我大老远地找不到人。

没一会儿，门开了，开门的正是陆华。

陆华穿着家常老头衫，下面一条短裤，万没想敲门的是青果，他惊得瞪大了眼睛，张大了嘴，喊了一声："哎呀，是你啊！我正在想你是不是不愿意见我呢！"见青果穿了件红色的T恤，下面一条牛仔短裤，脸上冒着小细汗珠子，容光焕发，就又说："快请进，请进，你就没有一次不让我意外，你说，你怎么就不跟我打个招呼呢？"

青果得意地笑着看他，摇了下头，进了他的屋子。陆华让她在书房的沙发上坐下，赶快又给她倒水，兴奋地站在她面前，搓着双手，又扶了下眼镜："你看起来比上次好了，看来还是人逢喜事精神爽。"说着递给她纸巾盒子。

青果抽出几张来边擦边笑道："是啊，你不知道这些日子我是怎么过的？都差点死一回。"

"怎么啦？是出来时被学校卡吗？"陆华笑吟吟地问，在青果旁边的沙发坐下。

"我都绝望了，卡了我半年多。"

听完青果这半年的心酸故事，陆华抱怨当初她出了事也不知道到北京找他。

陆华搓了下两手说："今天你来我便蓬荜生辉，你明天几点的飞机？"

"下午5:00的。"

"我去送你，我去送你。"

"不，不要，谁也不要，我明天要自己一个人走，谁都不想见着。我这不专门来见你，就是跟你道别的，你就不要麻烦了。"

"哎呀，青果劳你这样，我可真不敢当！"

"有什么不敢当的？我不就一个小孩嘛！"青果撇了下嘴。

陆华喜滋滋地望着她，心里又爱又恨，更多的还是不舍。他低下头说："青果，我怕我们真的再见不到了，你到了那边不要浪费了你的聪明，该做点事情还是要做的，听见没有？"

"说什么呢？"

"我是说你还不能就放弃了你的爱好和专业——"陆华话还没有说完，青果打断了他："陆华，谢谢你这么关心我，我其实在什么地方都是一样的，我不过就过这一生，在哪里都是过。到那边去也是不得已，谁让我嫁给林欢，我的一生就是跟林欢的一生，过什么样的生活都无所谓，听天由命了。你说我有什么可求的？人活到头，不也要了结，人人都一样。"

"青果，你怎么就那么消极呢？你那么小个人，怎么就这样想？"

青果端起茶杯来，喝下一口，摇头笑道："你难道还不了解我？我这哪里是消极？应该说积极，我这一生不过没有什么可求的罢了。"她想我这是放任了我，随它去了。你怎么就知道我不会好好地过好每一天？你怎么就知道我不会为生活里每一件美好的事情惊喜，感动？不，陆华你错了，我虽然没有你的明确目的，可我的目的便是生活本身，我会认真地过每一天，接受它随之而来的无论什么样的结果，找出里面所有值得我欢喜的地方，我会享受它，明白吗？是享受，这才是我要的随心所欲的人生！想到这里，她自管自顾又说："你错了，陆华，我很认真，比什么人都认真。我也很积极,比什么人都积极,我准备好要去流浪了,而且要认真地去流浪。”

陆华听她说完,心里一股热浪打来,他知道他从来都没有把她看错,他望着她感慨道:“青果,在这个世界上不是人人都能像你这样,你可以抛开一切不‘着境’,你看男人怎么可能没有事业呢?要不然他何以在这个社会上立足?”

青果笑道:“我又没有说人人都得像我这样,这不过是我的人生哲学罢了。其实你知道我很欣赏你,只是我不是你,对我来说无所谓什么立足,不过飘浮一生。”

陆华笑着打断她,“青果,你也太超脱了。”

青果乐了,“有什么超脱的?不过求的东西不同而已,不管求什么,都得挣扎,该受的还得受,该苦的还得苦,该乐的还会乐。我前些日子痛苦得要死,后来又欢喜得要死,你不知道我都经历了什么?对我来说就没有白活。”青果脑子里一下想起窦斗像刀锋一样犀利渴望的眼神,她一时愣了神。

看她愣着,陆华伸手碰了下她胳膊说:“青果,你这一年参禅修道,出了境了。”

青果转动眼睛,愣愣地看着他,半天才回过神来,笑道:“没有,你说错了,我真正地‘着’着‘境’呢!我喜欢‘着境’,喜欢跟人有交葛,喜欢痛苦挣扎,喜欢征服,被人征服,你不知道我有多享受!我是个俗得不能再俗的人了!”

陆华惊奇地看着她,知道她是有感而发了,就几个月没见,她又不一样了。他不甘心地问:“青果,你还会回来吗?”

青果笑着摇了下头:“不知道,你看这出去都那么难,我不知道还能不能回得来?你说,我为什么不让你们任何人去机场?我就是伤心不舍啊!”说着青果的眼圈红了。

陆华忙说:“青果!也许我们还有机会,还能再见,现在哈佛大学在找我,要给我奖学金,没准我也能过去。”他突然想起最近收到的邀请信。

“真的!”青果惊叫一声,眼泪夺眶而出,她不知道是为他高兴还是为自己高兴。

陆华望着她晶莹闪亮的双眸,心往外一拥,他忙站起身,转身往书架走去,从架子上拿下一个大牛皮信兜来,笑嘻嘻走到她跟前,说:“打开看看,这是我给你准备的礼物,我原本想去T市给你带去的,一直就等你的信,你来之前我正在想这些东西怕送不出去了,没想你倒来了。”

青果赶快把泪擦去,笑道:“请原谅,我这些日子情绪波动太大了。”她伸手打开信兜,从里面掏出来俩大幻灯片盒子,盒子前面的小卡片上,一个上写着’85新潮资料,另一个写着“文革”美术资料,此外还有一盘磁带,上面写着西北风。青果急得忙把幻灯片盒子打开,每个里面都好几百张片子,她喜得惊叫了一声:“陆华!你哪里弄的?真是太好了!”

陆华正色道:“有两个题目你可以做,一个是‘文革’,还有一个是’85,我希望这些东西将来能给你派上用场。”

“哎呀,陆华,你让我怎么谢你呢?谢谢,谢谢!哟,你真有心,还有这盒歌带,你知道欢欢最喜欢西北风了。”青果喜得眉开眼笑。

陆华看着她,还是被她的笑脸惊了一下,跟过去梦里的一样勾魂儿。他笑着摇头:她怎么就可以一会儿哭一会儿笑的?真是个孩子,可你不就喜欢她这样吗?慢,慢,慢,陆华你别动心,她不爱你,还记得上次的事情吗?她是来讨债的,她的目的就是让你爱上她,然后就把你撂在旱地儿里,折磨你,你别动心!陆华按捺住往外跳的心,让自己的声音平静:"青果,你今天不要着急回去,我请你吃饭。"

青果一看表都4:00了,就急切地说:"不行,不行,我得走了,回去还有好些事情呢,行李箱子都要再搞搞,不行了,我最多再待一会儿,6:00前我必须得赶到北京站。"脑子里都是窦斗望眼欲穿的样子,她站了起来说:"陆华,我们就再见了吧,公共汽车有时很慢,赶上下班高峰还堵,我走了。"

"为什么这么急呢?"

青果笑道:"我把该说的话都说了,该拿的东西也拿了,我们就再见吧,我到了那边再给你写信,你要过去也赶快告诉我,也许我在那边去接你。"

"不!青果,我不会让你就这样走了的!"陆华急了伸手把青果牢牢拽住了。

青果看了下他的手,陆华把手松了:"那这样,让我送你去北京站,我一定要送送你,你不要推辞。"

"不用了,不用了!"青果一想他跟窦斗要在车站里碰面,立刻拒绝。

"青果!难道你连这点心意都要拒绝吗?"陆华生气了,青果望着他充满了怨气的眼睛,只好答应了。

两人出了公寓,挤上了去火车站的公共汽车。陆华尽量站在青果的外面,挡着挤过来的人群。一不小心,他就被人挤得跟青果贴在一起,他控制着自己想抱住她的冲动,抱歉地跟她笑一下。

青果抓着头上的把手,看他尽量回避挨碰自己,知道他在努力克制,就微笑问:"你都怎么样?我没好意思问你,你现在过得好吗?"

"挺好,现在两边都安静下来,可两边都还是断不了。"

青果把头靠过去小声在他耳边说:"那你是现代社会里的一夫两妻了?"说完冲他做了个鬼脸。

"小坏蛋!"陆华被她说笑了,他皱了眉:"青果,对这事情我真的无能为力了,看天意吧,也许去哈佛就是摆脱掉这些天意。"

青果兴奋起来,"对了,我都没有好好问你呢,哈佛的事情是怎么回事?"

陆华笑道:"你看,什么事情都不是绝对的,有一利便有一弊,我这一年被挂起来的状况不知怎么就被那边的人知道了,人家就跟来解救我了。"

青果撇了下嘴说:"别得了便宜还卖乖,谁不想去哈佛啊?别搞得不得已似的,你就不能真诚一点儿,总那么虚伪?"

"我虚伪了吗?你一直就这样看我?"

青果笑着在鼻子里"哼"了一声说:"反正不那么实在。"

两人一时都沉默下来。

青果一直看着车外北京拥挤的街道,知道陆华的眼睛没有离开过她,就在心里想跟他是怎样一个缘分呢?和跟欢欢的不一样,跟李心的、Jenny 的、窦斗的都不一样。

公共汽车慢悠悠地终于停在北京站旁边。青果一看表都 5:30 了,急得就跳下车,回头对跟在后面的陆华说:“今天我要在这里见窦斗,他今天去西藏,也算送他了,我们先去出站口。”

陆华心里立刻明白她为什么要着急走了,不免有点儿失落。他没有说话,还是紧跟在她身后。

两人疾步走到出站口,到处都是肩扛手提的旅客,人挤人。青果慌乱地在人群里瞎找,生怕漏掉了他,她已经顾不得身边的陆华了。

出站口就像一条污浊的河流出口,一波一波地吐出嘈杂的人流。青果站在那里不敢动身子,死死地盯着出口。

就听见陆华在旁边跟人打招呼:“喂,孙建军!接谁呢?”

青果一侧头,见孙建军和另外两个北京的画家也站在旁边,心下立刻明白他们也是来送他的了。

孙建军好奇地瞥了他俩一眼,惊喜地喊:“我来送窦斗!哥们儿又要去西藏了!”

陆华只笑着“哦”了一声。

青果郁闷得连话也不想说,她心里一下很失望,这么多人来送啊,原以为就自己呢!

陆华跟他们聊起来了,青果根本没在意他们在说什么,她这会儿觉得让陆华来真是个错误,他本身没想来送窦斗,也没想来听孙建军之流的聒噪,这会儿被逼着跟人应付,让他来受这些罪真不该的,他这回更要被伤着了。她同情地回头又看他一眼,唉,都怪我!可谁让他非得跟着来啊?正想着,就看见窦斗出来了,他背着个深蓝色的鼓鼓囊囊尼龙登山大包,穿着黑色的 T 恤、一条军绿色带兜大肥裤子,出了站口,两眼四下里乱找。青果一见他那慌张样子,就笑了。

窦斗看见她了,立刻欢喜得两眼冒光,忽又见着好些人跟她站在一处,更为惊讶。他咧开嘴大笑着就冲了过去,停在青果面前,把大背包从肩头上放到她脚跟前砖地上,冲着她就傻笑;又忙转了头跟孙建军之流拍肩打背,喜得连喊:“哎!你们怎么来了?!你小子!也不说一声!”又忙跟陆华握手,连说:“谢谢,谢谢。哎哟,劳您大驾,不敢当,不敢当。”

陆华客气地跟他握手,几个人围成圈,聊上了。无非是这趟出去的事情。青果见窦斗涨红了脸,跟他们寒暄着,她脑子完全出了界,什么都听不进去。窦斗也心不在焉,不时拿眼瞟她。

青果想今天是说不上话了,怎么办呢?她看了一下表,5:45 了,她的车是 6:00 的,来时她买好了票,得走了。突然她计上心来,趁几个人都没在意,蹲了下来,假装检查窦斗的包,把背包最上面的一个小口袋打开,见里面有一大把削好了的铅笔,她悄悄把腕子上戴着的竹镯子退下一个来，塞了进去，再拉上拉锁。做完了这些，她满意地站了起来，心想就是今天什么话都没有说，他看到镯子，就知道我的心了。她朝窦斗笑了一下，说："窦斗，祝你一路顺风，我得赶6:00的车，我们再见了。"

窦斗正跟大伙儿说着话，一听立刻住口，喊了一声："走，青果！我送你去站台，走！"不容分说，抢过青果肩头上的包背在背上，抓了她的手就跑。

青果被他扯着，脚不沾地，忙跟陆华喊了一声："陆华，再见！你什么时候要过去，跟我说一声！"

陆华朝青果摆手："好！再见！"两只眼睛盯着她，当着这么多的人，见窦斗那样拽着她就跑，分明跟她关系不同寻常，他不好往前冲了，他打住了要跟她进站台的念头，脚牢牢地扎在地上。

窦斗捏着青果的手得意地笑了，他很得意在陆华面前，在所有哥们儿面前，做了这样的事情，阿青是我的人！陆华你就算了吧，你就是把她送到美国去，也没你的份！

两个人快步在光滑的大厅里走着，他侧头再看看她，青果也正笑盈盈地望他，见他得意，就冲他说："你倒不客气！"

窦斗听了更得意笑了："阿青！我看咱们不要买站台票了，来不及了。"

"嗯。"青果慢下来脚步，这样他们不用那么急了。她目不转睛地望着他，想把他的样子刻到脑子里。

窦斗停下来，两眼冒光，说："阿青，让我好好看你一眼，我们这下可就分得远了，一个在天上，一个在地上，不知道这辈子还能不能再见着？我会在那高地方给你烧高香的，我要你万事都如意。"

"窦斗！"青果喊了一声，又继续抬腿往检票口走，"我刚才在你包里放了一个镯子，你回来去看一下。"

"是吗？"窦斗喜得脸一亮："我说你蹲在那里干什么呢？"

这时两人已经走到检票口了，青果看了一下手表，还有七分钟火车就要开了。她转过身看着窦斗，伸出手来："窦斗，我得走了，我，我们再见！"

窦斗的脸顿时涨得通红，眼圈红了，他把背包从肩头上取下来，交给她，双手紧紧地拽着她的手："阿青！"

检票口站着两个女工作人员，已经没有任何旅客了，四只眼睛齐刷刷就盯着他俩。

"再见！"青果松了他的手，后退着往检票口去，脸上的微笑已经僵了。

这会儿窦斗似乎才意识到青果真的要走了，他大喊一嗓子"青果——"声音里几乎带着哭腔。他靠在栏杆外，不敢往前走一步，似乎是门口那俩女人凶狠的目光阻止了他往前走。他把手举到了耳朵旁，两眼痴望着她，脸僵在那里，脸上的笑容一下就变成了苦笑。

青果进了检票口，也举起手来，冲他摆了摆，后退了几步，知道快要忍不住了，便背过身去，两行热泪顿时喷涌而出。她不敢回头，知道他在上面看着，便低了头往楼梯下跑，一口气跑到了站台上，她觉得他那双红眼睛就在背上，一直跟着，拐了弯也没敢回头。

站台上已经没人了，只有列车员还站在车厢门口，她冲进了一个车厢，闷头找着一个无人的靠窗位子一屁股坐了下来，呆望着自己在窗户上的影子，泪如雨下。

列车一声长鸣，车厢动了，车厢里的喇叭响起了欢快的音乐，哦，天啊！让我走，让我走，走得远远地，再也不要见他！青果捂了双眼，再一次泪雨滂沱。

咸阳电报

青果回到宿舍都快 9:00 了。一进门陈军就告诉她林欢来过电话了。青果听了，悲伤的心才稍稍平复一点儿。

青果把自己所有的东西都留给了陈军，再向她一一作了交代，就打来水在电炉子上煮方便面。青果想也许再也吃不到这味儿的方便面了。她把煮好的方便面端上桌正要吃，就听大娘喊："青果！电话，电话！"

是 Jenny 的电话，两人在电话里约好明天到纽约见，这才欢天喜地地挂了，青果终于不再悲伤了。她回到屋里，开始吃已经泡得很软的面条，没想大娘进来了。

青果吃了一大惊，难道还有电话？

大娘手里拿了一份电报，交给青果，说："你明天要出国啊？这是你的电报，刚送来的。"

青果忙谢她，把电报接过去。大娘走了。

她哆嗦着手把电报拆开，不用猜就知道是谁拍来的，她慌乱地展开电报纸，见上面只有一个字：想。

没有落款，什么都没有。青果忙看电报的封皮，红戳上有"咸阳"二字。青果把电报捧在胸口，心里波涛汹涌，泪水湿了眼睛：他从咸阳拍来的，他到咸阳了！天啊！再见了，我们再见了！我多高兴，我要见着欢欢了，你要好好的，听得见吗？好好的！我们再见吧！

第二天，就在登机的那一刹那，青果在心里大喊一声：欢欢，我来啦！我来啦！青果，你真正的人生开始了！

后记

记得是2008年的春天，不知道是哪根筋搭错了，突然想写上世纪80年代的故事，原本也就写来玩玩，没想到一写就写了好几年，还写成了长篇。对于我们中国人来说，上个世纪80年代的事情似乎已经很遥远了，比任何一个国家的人都感觉遥远。过去的正在慢慢地变成模糊的记忆，记得国内有个“超载”乐队就这样唱过“所有的回忆是不是真的？”时光无情，眼看着它慢慢湮没一切，包括那些有价值、有意义的东西。

希望我的故事不单是一个怀旧的故事，想到我女儿有一天能读到它——也许还有更多的年轻人能读到它——让他们知道，他们的父母也曾年轻过，也曾愤青过。那样的话，这五年的辛苦也就值得了。

非常感谢百花文艺出版社，感谢编辑们对我的肯定和支持，没有他们，就没有这本书。也要感谢《小说月报》，我的初次写作即登上这座文学的庄严殿堂。《小说月报》曾“严重”影响了我们80年代一代人，而它的诞生地——百花文艺出版社也同样曾经培育了许多年轻人的文学素养。

感谢我的老同学、老朋友们，没有你们的帮助，这一切都不可能发生，希望我的书对得起我们共同经历过的时代，也对得起你们。

戴谙写于美国
2013年12月